日本文学とその周辺

大取一馬編

龍谷大学仏教文化研究叢書33

思文閣出版

はしがき

私共は「龍谷大学図書館蔵中世歌書の研究」というテーマで新たに研究を申請し、幸いにも平成二十三年から三年間、龍谷大学仏教文化研究所の指定研究に採用された。その研究成果の一つとして三年目の平成二十五年七月に龍谷大学善本叢書31『中世歌書集』（全一冊）を思文閣出版から刊行することができた。当叢書には龍谷大学図書館に所蔵する中世歌書類のうち、『愚見抄』『光闡百首』『詞字注』『自讃歌注』『九代抄』の五点を影印し、解説して収録した。

この度の研究叢書は、その調査・研究の過程で問題になった諸点や、各研究員がこれまで温めてきた問題を論文にまとめ、文学篇、書誌・出版篇、歴史・思想篇の三部に分けて一書にしたものである。当研究叢書には私共の研究を温かく見守って下さっていた故石原清志先生のご遺稿も掲載している。この叢書を編集する時点で偶然にも先生のご遺稿を入手することができたためである。その内容は仏教を一つの視点に据えた古代から中世までの先生の日本文学史である。当叢書の内容にも合致するためここに掲載させていただくことにした。

私共のプロジェクトに所属する研究員は、この度の研究テーマの和歌文学を専門とする者だけの集まりではなく、時代や分野が異なった研究員も加わっている。それは研究対象を多面的に見るためでもある。それだけに各研究員の論文内容も多岐にわたっているが、今後共、忌憚のないご批正、ご鞭撻をお願いする次第である。

尚、本書の出版にあたっては、思文閣出版編集部の大地亜希子氏には、編集並びに校正をはじめ細やかなご配慮を賜りました。特記してあつくお礼申し上げます。

二〇一四年六月吉日

大取一馬

目次

第一部　文学篇

日本仏教と文学

石原清志

はじめに

日本仏教と文学というテーマで執筆するに当り、古代から現代に至るまでの広汎な日本の仏教と文学の展開を詳しく叙述することは紙幅の関係で困難であるから、仏教も文学も古代から中世までを重点的に叙述することとする。(1)

一　日本仏教と文学（古代）

(1) 古代仏教

仏教が日本へ伝来したのは公的には『日本書紀』の記録から欽明天皇十三年（五五二）に百済の聖明王が仏典・仏像その他を朝廷に献上した時だとしているが、おそらくそれ以前に半島から渡来して帰化した人達が私的に仏教を信仰し、仏像を礼拝していたであろうということは推測出来る。それはわが国と朝鮮半島とは早くから文化交流が活発に行なわれていた事が考古学的遺品や『日本書紀』の記述を見ても明らかだからである。その一例は『扶桑略記』によれば、村主司馬達等《すぐりしばたつと》が継体天皇十六年（五二二）に来朝した中国人であり、仏教徒であると記している。

欽明朝の頃は血縁で結ばれた氏族が勢力を持っており、それらの中で最強の蘇我氏と物部氏が反目し、対立していた。改進派の蘇我氏は崇仏、守旧派の物部氏は排仏の立場をとり、その反目は戦いとなった。蘇我氏が勝利した後は、対外的には友好政策をとり、国内では仏教尊宗の立場をとって氏寺を建立した。改進派の氏族は蘇我氏にならってそれぞれの氏寺を建て仏像を礼拝した。やがて法隆寺や多くの寺院が建立された。大化の改新の後、聖徳太子の尽力もあってわが国が律令国家となるに及んで、仏教は着実に日本に根をおろして、造寺造仏も進み奈良へ遷都の後は、大寺が続々と建立されて、奈良は後代から「咲く花の匂ふが如し」とたたえられるように発展して律令体制が強化された。仏教は国家宗教的な観を呈するに至った。

平城京で律令国家の権威を象徴する東大寺大仏殿に奈良大仏が建立されたのは歴史的な大事業であった。これは中国の雲崗《うんこう》の大毘盧舎那《びるしやな》仏に対比するかのように、大陸の仏教芸術の影響によるものである。奈良大仏は『華厳経』の蓮華世界を形象化したものであり、その華厳の世界は天皇を中心とした律令制の国家組織を宗教的に表現したものである。天平の芸術は前代の飛鳥・白鳳期の芸術の上に立って円熟したわが国の仏教芸術の粋を現わしているのである。

仏教が公的にわが国に伝えられた後に、推古天皇の世になると二年（五九四）二月に皇太子及び大臣に対して仏・法・僧の三宝興隆の詔が下されており、十二年（六〇四）四月には、天皇は皇太子・大臣・諸王・諸臣と共に誓願して、銅造及び繡造の丈六の仏像一体を造立して、それを翌年四月に飛鳥寺（法興寺・元興寺）に納めたという。このような伝統を受けて、天平文化の精粋は南都七大寺（東大寺・西大寺・法隆寺・興福寺・大安寺・元興寺・薬師寺）に集納されている。

正倉院は聖武天皇の七七忌日に聖武天皇遺愛の品々を光明皇太后が聖武天皇の追善菩提《ぼだい》の為に東大寺へ寄進した供物を収めた倉庫である。その時の願文・目録を記した『東大寺献物帳』には、服飾・調度・楽器・文房具等六百三十四点及び薬種六十種とあるが、その後、更に多くのものが寄進されて現在では正倉院に収蔵されているものは四千点を超える。正倉院は明治初年から皇室の所有となった。

仏教伝来から奈良時代の末期まで凡そ二世紀半の年月が経過している。この間わが国は絶えず大陸文化を受け入れてきた。仏教界でも聖武天皇の時、中国の高僧鑑真和尚の来朝を始めとして多くの渡来僧の来朝があり、おびただしい仏典・文物の請来があった。天平時代にも新旧の勢力や階級の対立抗争がくりかえされたが、天平文化の価値は否定出来ないであろう。飛鳥・白鳳期の仏教造形芸術が六朝の影響を受けているのに対して、天平芸術は、隋・唐の文化の影響を受けているのが特色である。天平文化は大らかな気風が満ち満ちている。それは唐文化の影響ではあるが、それを摂取した当時の日本人の心情の反映でもあろう。仏教渡来以前の日本文化と大陸文化の融合のピークが天平文化であり、日本人の勝れた美意識は、飛鳥期以来天平時代に至るまでの数多くの仏教芸術作品によって証明されているのである。単なる美的鑑賞の対象として仏像が製作されたのではない。すべての仏教芸術の作品には、そのことごとくに敬虔な崇仏の精神が籠《こ》められているのである。

(2) 古代文学

日本の古代文学といえば、『古事記』『日本書紀』『風土記』等の文学的要素を含む部分を取り上げる文学史の研究書もあるが本書ではこれらの書は除いて純粋な文学書のみを取り上げる。奈良朝以前の文学作品で仏教に関連した作品は比較的少ない。それゆえ、『懐風藻』『万葉集』『日本霊異記』等について述べることとする。

『懐風藻』は天平勝宝三年（七五一）の撰でわが国最初の漢詩集である。古代においては『万葉集』の存在があまりに大きい為に見落されやすいが、漢字・漢文はわが国の記載文学の原動力である。漢詩文の知識と制作は当時の知識人に必須の教養であった。それゆえ、古い伝統を持つ和歌よりも公的な場においては必要な新文学であった。漢詩文の制作は、近江・奈良朝以降は貴族・宮人によって多く作られ、ことに奈良朝期になってから盛んに制作されて、万葉歌人であって漢詩人である者も現われるようになった。近江・奈良朝の漢詩を集めたものが『懐風藻』一巻である。作者は六十四人、詩百二十編。撰者については未だ定説がない。詩体は殆んどが五言詩である。草創期の漢詩であり、文芸作品としての価値はさほど高くはない。侍宴・応詔・叙景等の詩が多い。詩人としては、大友皇子・大津皇子・藤原宇合《うまかい》・石上《いそのかみ》麻呂《まろ》等がいる。仏教徒では、智蔵・弁正・道慈・道融の四名がいる。次に、『懐風藻』の中から悲劇の皇子、大津皇子と釈道融の詩、二首を挙げておく。

五言臨死一絶　　大津皇子

金烏臨㆓西舎㆒。鼓声催㆓短命㆒。泉路無㆓賓主㆒。此夕離㆑家向。

釈道融

我所㆑思兮在㆓無漏㆒。欲㆓往従㆒兮貪瞋《たんじん》難。路険易兮在㆑由㆑己。壮士去兮不㆓復還㆒。

『万葉集』は古代における一大国民的歌集である。総歌数四千五百四十首、巻数二十巻（新編国歌大観・龍谷大学本による）。上は天皇から下は乞食の歌までをも含む一大歌集である。然し仏教関係の歌は殆んど無いと言ってよい程である。これに関して宮坂宥勝博士は、

『万葉集』と仏教との関連は比較的稀薄である。その理由は仏教思想が畿内の貴族階級を中心としてひろがり、当時はまだ地方の一般民衆に浸透することがなかったからであるといわれている。『万葉集』の仏教歌は世の無常を歌ったものが大部分で、その他に往生浄土、因果、輪廻などを歌ったものがいくらかある。仏教研究が盛んな割に、仏教思想はまだひろく一般民衆のなかに深く根を下ろすようなことがなかった。

（『日本仏教のあゆみ』）(2)

と指摘しておられる。けだし、適評であろう。付言すれば、『万葉集』は、五七五七七の短歌が大部分であるが、後世に無くなった長歌と旋頭歌がある。長歌は五七五七の繰り返しで末尾は五七七で終るのが普通である。長歌の後には反歌が一首か二首付け加えられるのが通常である。反歌は短歌体で、長歌の要約か、長歌の意味を補う為に付加するものである。旋頭歌は五七七五七七の六句体の構成である。古代歌謡の名残《なご》りと言われている。旋頭歌も長歌と共に後世の歌集からは姿を消してしまう。次に仏教徒の歌を二首『万葉集』から挙げておく。

世の中を何にたとへむ朝開《あさびら》き漕《こ》ぎいにし舟の跡無きがごと　（巻三）

白珠は人に知らえず知らずとも我し知れらば知らずともよし　（巻六）

前歌は沙弥満誓の歌、後歌は元興寺の僧の自歎歌である。

『日本霊異記』（正確には『日本国現報善悪霊異記』。今通称に従って『日本霊異記』と記す）は弘仁年間（八一〇～八二三）に薬師寺の僧、景戒の撰集したものである。これは中古期の作品であるが、この書に収められた百十六話は内容の大部分が古代に関する仏教説話であるから古代文学の末尾に概説しておく。文体は変体漢文である。内容は一般民衆に仏教を弘める為に、善を行なえばたちまち善報を受け、悪を為せば即座に悪報を受けるという単純な筋であるが、民衆の多様な生活を生き生きと語っている。この書は中国唐代の『冥報記』や『般若験記』を模倣したという説があるが、単なる模倣や引用ではない。後代の仏教説話の源流の一つともいうべき書である。次に二、三つけ加える。

「仏足石歌」は奈良薬師寺の仏の足の裏を形どった石に刻《きざ》んだ二十一の仏陀賛美の歌。仏の足跡を拝むことは古代印度から伝来の風習である。そのうちの一首を次に記す。

みあとつくる　いしのひびきは　あめにいたり　つちさえゆすれ　ちちははがために　もろびとのために

このほかに『東大寺要録』元興寺の僧の三首の歌や、宝亀三年（七七三）五月二十五日に藤原浜成が作った漢文体の歌論書『歌経標式』などがある。

二　日本仏教と文学（中古）

(1) 中古仏教

中古という場合は桓武天皇が延暦十三年（七九四）に平安京へ遷都を行なった時より源頼朝が鎌倉に幕府を開くまでの約四世紀を平安時代と言い、その間の仏教を平安仏教とも言う。藤原一族が摂政・関白を独占して栄華を誇った初期約一世紀は、美術史の世界でも藤原時代と言い、その文化を総称して藤原文化とも言った。それはわが国の国風文化が花を開いた時代であった。平安中期以降の仏教の主流をなすものは初期の浄土教であるが、密教的傾向の強い天台系の浄土信仰を基盤としている。平安後期には真言宗の覚鑁《かくばん》が代表する密教と融合した浄土信仰が盛んになった。天台宗の密教を台密と言い、真言宗の密教を東密と言う。

奈良時代の律令政治の停滞を打破して天皇親政を目指した桓武天皇は奈良の都を捨てて山城の国の長岡へ遷都したが、間もなく延暦十三年九月に山城国葛野《かどの》郡宇太（現在の京都市）の地に平安京を建設した。それは積年の弊害を一挙に断ち切ろうとした為であった。仏教の世界でも奈良仏教とは異なるものが求められたのである。そうした新時代の待望に応《こた》えたのが天台宗の最澄であり、真言宗の空海であった。奈良時代の仏教は僧尼令や僧綱制などで国家の支配、統制を受けていたが、最澄の天台宗と空海の真言宗は自主的仏教宗団であり、国家の支配を受けない独立した存在であった。これが奈良仏教との顕著な相違点である。

またこの時期に、中国の天台宗と密教がわが国へ伝えられた。藤原氏の全盛時代の平安中期は初期浄土教の成立の時期であった。その代表的人物は空也《くうや》と源信《げんしん》である。平安後期には武士階級が興起した時代であった。浄土信仰は貴族階級のみならず広く民衆の間にも浸透してきた。その結果、絢爛たる浄土教芸術が生まれたのである。

次に、年次別に平安仏教を概観すれば左の通りである。

承和十四年（八四七）　円仁が唐より帰国した。彼は『入唐求法巡礼行記』の著書で知られている。彼は比叡山に不断念仏の道場の常行三昧堂を建立した。これが初期浄土教の重要な発祥地となった。彼はまた『金剛頂経』などの密教関係の著書を多数残し、慈覚大師の謚号《しごう》（おくりな）を受けた。

天安二年（八五八）　円珍が唐より帰朝した。彼は真言宗の開祖、空海の甥である。また長安の青竜寺で法全《ほっせん》から密教の両部の秘伝を伝授された。彼の謚号は智証大師である。円仁・円珍により天台密教の基礎が確立したと言われている。

貞観四年（八六二）　空海の十大弟子の一人、真如親王が入唐してインドへ行く事を希望したがシンガポール付近で入滅したと伝えられた。寛平五年（八九三）三月、在唐中の中瓘《ちゅうかん》から唐の滅亡を知らせてきた。

寛平六年（八九四）　菅原道真の献言により九月三十日付で遣唐使派遣は廃止となった。

天暦五年（九五一）　空也が六波羅蜜寺を建立した。彼は市《いち》の聖《ひじり》と称して念仏聖の先駆者となった。この年に京都醍醐寺の五重塔が完成した。

天禄元年（九七〇）　良源が「二十六箇条の起請」を作った。

永観元年（九八三）　東大寺の学僧、奝然《ちょうねん》が入宋した。

寛和元年（九八五）　源信の『往生要集』が完成した。

正暦四年（九九三）　延暦寺と園城《おんじょう》寺《じ》の対立が始まった。これ以後、平安後期まで両寺の僧兵が武器を持ってしばしば闘争をくりかえすことになる。

長保五年（一〇〇三）　天台宗の寂昭が入宋し、杭州で入滅した。

寛弘三年（一〇〇六）　藤原道長が法成寺の五大堂を完成した。

治安二年（一〇二二）　法成寺金堂を建立した。

永承二年（一〇四七）　浄瑠璃寺を創建した。

永承六年（一〇五一）　藤原資業《すけなり》が日野《ひの》法界寺《ほっかいじ》を建立した。

この頃、藤原貴族の間で浄土信仰が盛んになり、上下貴賤を問わず広汎な人々の間に末法思想が強烈に意識されるようになった。永承六年（一〇五二）に世は末法の時代に入ったということで浄土教が末法思想と結び付き、ますます世に広まった。

天喜元年（一〇五三）　藤原頼通が宇治平等院の鳳凰堂を建立した。

康平元年（一〇五八）　法成寺が全焼した。この寺は治安二年（一〇二二）に藤原道長が建てた壮麗な大寺であった。もとの通りに再建されたが、たびたびの炎上で文保元年（一三一七）に廃絶するに至った。

延久四年（一〇七二）　天台宗の成尋《じょうじん》が入宋して中国で永保元年（一〇八一）に入滅した。善慧《ぜんね》大師の諡号をおくられた。

寛治四年（一〇九〇）白河上皇が熊野に参拝した。これ以後、熊野信仰は盛んになり、その流行は広く庶民に及んだ。

永長元年（一〇九六）石山寺の本堂が落成した。

承徳二年（一〇九八）法勝寺の塔が完成。これに続いて六勝寺（法勝寺・尊勝寺・円勝寺・最勝寺・成勝寺・延勝寺）が久安六年（一一五〇）までに次々と建立された。これらの寺は法成寺と共に藤原文化を代表する大寺院であったが、承久・応仁の乱ですべて焼亡してしまった。

大治元年（一一二六）平泉の中尊寺の金色堂が落成した。

康治二年（一一四三）覚鑁が紀州根来寺《ねごろじ》で入滅した。彼は東密に浄土信仰を取り入れ、後の高野聖《こうやひじり》の基礎を固め、空海の教学を復興したが、高野山を退いて根来寺に引退していた。久安四年（一一四八）大原三千院の本堂が完成して阿弥陀三尊像が安置された（以上は『仏教史年表』[3]による）。

以上、年次を追って平安仏教の経緯を記した。遣唐使廃止以後、大陸文化は公的にはわが国に受容されなかったが、宋代になっても大陸との交流は続いたのである。国内的には藤原氏の摂関政治が続き後期には院政が始まるが、彼ら貴族の志向するところは浄土信仰であり、耽美的な幻想の世界であった。それが貴族の世界から一般大衆にまで広がったのは、市の聖と称して念仏を唱えながら市中を歩いた空也の布教によるものであった。また、源信の『往生要集』は地獄・極楽を精細に描き広汎な大衆を魅了した。平安時代の浄土信仰の産物である。然し、平安時代を通じて仏教界の巨星は、比叡山に延暦寺を開いた天台宗の伝教大師最澄と高野山に真言宗を開いた弘法大師空海である。

（2）中古文学

中古文学とは、桓武天皇の平安京遷都から源頼朝の鎌倉幕府の成立までの約四世紀にわたる平安時代の文学である。始めに平安文学の流れの概説をしておく。平安時代の最初の一世紀は唐風文化全盛の時代である。勅撰の三漢詩集を始めとする漢字文化の花が開いた時代である。然し、その中にも漢字を基として仮名文学が作られ、九世紀の後半から和歌が宮廷社会に復活して来た。和歌と仮名は相互に助長し合いながらやがて国語による散文文学発展の基礎が作られた。

十世紀の初めの頃は貴族階級が階層分裂を起こして社会と精神の複雑な現実が熟して来ると、その事態に適応するものとして仮名散文の文学が様々な形をとって発生して来た。『竹取物語』は口誦説話の発想を用いて虚構の世界を展開させた。『伊勢物語』は『古今和歌集』の撰進と前後して、貴族の生活に結び付いた和歌を中心に作成された。『土佐日記』は公式の記録ではなく、在来の日記から脱皮した内面の記録として書かれた。

このように出発した新しい文学は十世紀末から十一世紀にかけて、女性達の文学活動によって飛躍的に発展した。『蜻蛉日記』を始めとする女流日記文学と平安文学の代表とも言うべき『枕草子』や『源氏物語』が出現した。当時の貴族の悲喜哀歓の心情の「もののあはれ」は平安時代の精神を象徴するものと言えよう。

十一世紀の半ばを過ぎると摂関体制は急速に崩れて行き、やがて院政時代となると、宮廷社会の内部では過去の栄光を回顧すると共に憧憬する姿勢が甚だしくなり、『源氏物語』の亜流作品が現われ、後退の色が激しくなる。一方では歴史物語が新しい世界を探り、過去の追想の如き『栄花物語』からも『大鏡』を始めとする歴史物が生まれ、一大説話集の『今昔物語』の出現を予想させる。また、『梁塵秘抄《りょうじんひしょう》』の如き作品の出現からもすでに平安京は貴族達の安穏な住処ではない事を予測させる時代の到来が予見出来る。

平安初期は漢詩文の全盛の時代である。延暦十三年（七九四）に桓武天皇は都を平安京と名付けた。その翌年正月に新京の内裏に群臣を集めて宴を賜って踏歌《とうか》を奏させた。その時の歌を『類聚国史』（第七十二歳時）から引けば次のような詩がある。

山城顕楽旧来伝、帝宅新成最可憐、郊野道平千里望、山河擅美四周連新京楽。平安楽土。万年春。

この新京賛歌は唐音で歌い、足をリズムに合せて踏みならすのである。唐風そのままの祝賀の方法である。このような雰囲気の中で勅撰三詩集（『凌雲集』（嵯峨帝下命）・『文華秀麗集』（嵯峨帝下命）・『経国集』（淳和帝下命））が生まれたのである。この時代の詩集は『懐風藻』と違って七言の詩が多く、数十句を連ねた長詩もある、『文選《もんぜん》』や『白詩文集《はくしもんじゆう》』の影響を見ることができる。

このように漢詩文全盛の時代であったから、真言宗の開祖、空海の六朝隋唐の詩論を収集整理した『文鏡秘府論』（弘仁十〜十一年／八一九〜八二〇）やその要抄の『文筆眼心抄』（弘仁十一年＝八二〇）なども世に現われたのである。漢詩文が流行していた時でも民族固有の和歌は絶滅したのではなかった。一字一音の仮名は女性中心の世界で発達したものと思われる。仮名文字は普及して実質的に国字の地位を勝ち取って行くのである。

こうして和歌は民間の小芸であったり、男女交会の為の語であったものが文字に書かれて宮廷文学としても定着するようになった。この和歌史の転換期に活躍した在原業平・遍昭・小野小町・文屋康秀・喜撰・大伴黒主らは六歌仙と言われた。六歌仙の活躍する頃になると歌合も盛んになり、やがて勅撰第一集の『古今和歌集』の成立を見るに至る。『古今和歌集』は延喜五年（九〇五）醍醐天皇の命によって撰者、紀貫之・凡河内躬恒・壬生忠岑・紀友則の四名により撰進された。歌数千百十一首。（日本古典文学大系本による）巻数二十巻。「詠《よ》み人知らず」「六歌仙時代」「撰者時代」とほぼ三期に分けられる。『古今和歌集』を見れば、万葉風の純朴美から優艶典雅な技巧に進み、観念的主知主義に至る過程がよく解る。これより以後、後撰・拾遺・後拾遺・金葉・詞花・千載と六集が続き、和歌が第一級の宮廷文学となる基礎が固められたのである。

天皇の命で撰ばれた勅撰第一集の『古今和歌集』の出現は、国字の仮名文学を自由に使った文芸ではあるが、和歌に盛《も》りきれない人生の問題を書き綴る文学が現われた。それが物語の祖《おや》と言われる『竹取物語』である。伝奇物語として、竹の中から生まれて貧しい老夫婦に育てられたかぐや姫があまたの求婚者の中から特に熱心な五人の貴公子に難題をつきつけて退けるが、その間に様々な喜劇を引き起こす。最後は天皇の召《め》しをも拒《こば》んで月の都へ帰って行く。この物語はいろいろの伝承をふまえていると言われるが、人間の無力と美の永遠性が叙《の》べられている。作者は不明である。『宇津保物語』も伝承的素材から出発している。全体として浪漫的・伝奇的であるが平安朝期を写実的に描き出している。天禄年間（九七〇～九七二）から天元年間（九七八～九八三）の間の作とされている。『落窪物語』と『住吉物語』は作者・成立年代共に未詳である。継子いじめの物語である。当時の社会を実写している面もあるが、両書とも勧善懲悪を露骨にしている点は後人の補入と言われている。

次に歌物語と日記文学について記す。歌物語の代表は『伊勢物語』である。主人公は「或る男」であり、モデルは在原業平である。その初冠《ういこうぶり》から死に至るまでの百二十五段が現存本である。現在の形までに多くの人の手が加えられたと思われる。業平は父母共に皇室出身の貴人であるが、藤原氏専権時代には無力で政治の世界に進出することが出来ず、文芸の世界に生きたのである。肉親の愛情や朋友の交りの中で「或る男」（業平）は生き甲斐を見つけるのである。そうした彼の生き方は藤原摂関家に圧迫され、停滞を続ける貴族社会でも偶像的にもてはやされたのである。『大和物語』は『伊勢物語』と違って単なる口承の聞き書きに過ぎない。『平中物語』の主人公の平貞文も王家流の人であり、業平と同じような道を歩んだが、業平の歌のような迫力はない。きびしい現実の前のはかない愛情を繰り返しているだけである。『伊勢物語』や『平中物語』は『在五が日記（物語）』『平中日記』とも呼ばれている。

和歌と日記は身辺の感想見聞に通じる所があったのであろう。日記の最初の作品は紀貫之の『土佐日記』であり、これは承平五年（九三五）に土佐守の任を終えて都へ帰る二ヶ月ばかりの彼の見聞雑記であり、女性に仮装して自由に自分の感想を述べている。それが元で女性が自己の真実を語る為に仮名散文で日記を書くようになった。その代表作品が『蜻蛉日記』三巻である。作者は藤原道綱母という中流貴族の娘である。一受領の娘が権門の貴公子藤原兼家と結婚し、苦悩多き二十余年の生活を書き綴ったものである。『蜻蛉日記』の上巻は私家集的な体裁を持ち、中巻から下巻に移り行くに従って静かな内面の観照を流麗な筆致で書き綴っている。この『蜻蛉日記』に次いで『和泉式部日記』『紫式部日記』『更級日記』『成尋母集』『讃岐典侍日記』等がある。

『枕草子』の作者は清少納言である。彼女の父は『後撰和歌集』の撰者、清原元輔である。彼女は康保三年（九六六）頃生まれ、万寿元年（一〇二四）頃歿したと思われる。正暦四年（九九二）に一条天皇の中宮定子のもとに女房として出仕した、定子の死の長保二年（一〇〇〇）までの花やかな宮廷生活には暗い面もあったが、彼女は鋭敏な感覚で「美の世界」をみごとに描いたのである。彼女の美の視点は「をかし」である。それは直感的で勝れた美学的な観察力の所産である。『枕草子』は諸本が多く、原型は確定し難いが章段は三百十八段（日本古典文学大系本による）としておく。全段を㈠類聚的部分、㈡随想的部分、㈢回想的部分に分けられている。全篇にわたって清少納言の才気を汲み取れるが、彼女の生きていた時代の宮廷の風俗や美意識が最も洗練された形で描かれている。この書は長徳二年（九九六）に草稿が出来ており、長保二年頃に完成したのであろう。

『源氏物語』は『枕草子』とは対蹠的な作品である。これは天皇四代、七十余年にわたる巨大な人生の虚構の物語である。『竹取物語』の虚構性と『伊勢物語』の抒情性と『蜻蛉日記』の独得の内面性を併せ持つ物語と言われている。『源氏物語』五十四帖は三部に分けられている。第一部は類のない資質と容姿を受けて生まれた源氏がいろいろな事件に出会いながらこの世で考えられる最高の地位を得て、長い間の恋の遍歴にしめくくりをつけるというのであり、第二部では、源氏の到達した地位にも矛盾が現われて必然的な勢いで崩れて行き、源氏は失望のあまり出家を志《こころざ》すという事になり、第三部では源氏亡き後で後継者の薫大将は源氏の弟、八の宮の姫君達との交渉を中心として生きるに堪えないような人間関係が追求されて行くという所で終っている。縹渺としたフィナーレであり、作者紫式部の孤愁のあらわれであろう。また紫式部の生歿年は明らかではないが、天元元年（九七八）頃に生まれて長和三年（一〇一四）頃に歿したのであろう。

『源氏物語』以後も宮廷女房の間ではおびただしい物語が作られ、読まれていた。『狭衣物語』『夜半の寝覚』『浜松中納言物語』『とりかへばや物語』等が作られたが物語文学は次第に衰退の道をたどった。この時代には長編のほかに短編の物語が無数に作られたが、大部分は捨て去られ、忘れ去られたのであろう。現在まで残っているものには十編の短編を集めた『堤中納言物語』がある。そのうちの一編は小式部作の「逢坂越えぬ権中納言」であるが、他の九編は無気力な時代を反映したものばかりである。

勅撰第三集の『拾遺和歌集』に次いで一世紀近く経って第四の勅撰集『後拾遺和歌集』が応徳三年（一〇八六）に白河上皇の命を受けて藤原通俊（永承二年〜康和元年／一〇四七〜九九）が撰進した。現実重視の撰歌であり、この集には神祇・釈教の部が新しく設けられた。次に第五の勅撰集『金葉和歌集』が大治二年（一一二七）源俊頼（?〜大治四年／?〜一一二九）の撰で撰進されたが勅撰集の通例を破って十巻本である。この集は三回目の奏上でようやく白河上皇に受け入れられた歌集である。次の第六の勅撰集『詞花和歌集』は仁平元年（一一五一）上皇の命により藤原顕輔が撰進した。この歌集も十巻である。

このように次々に勅撰集が生まれ、周囲に活発な批評が生まれると自然発生的に歌論・歌学が芽生えてきて、百首歌が盛んになり、歌合の隆盛や新しく流行してきた連歌などと共に和歌に対する観念を大きく変えるのに役立った。康和年間（一〇九九〜一一〇三）に『堀河院百首』があり、さらに『永久四年百首』『久安六年百首』などが相次いだ。文治三年（一一八七）に後白河法皇の命により藤原俊成（永久二年〜元久元年／一一一四〜一二〇四）が七番目の勅撰和歌集『千載和歌集』二十巻を撰した。俊成は歌の理想として余情・幽玄を標榜した。俊成の著書『古来風体抄』には初めて和歌の歴史的記述がなされている。俊成の幽玄は平安時代の最後を飾る文芸精神の燃焼であると共に、中世の文芸精神に深い影響を与えている。彼の家集に『長秋詠藻』がある。彼の歌一首を記す。

夕されば野辺の秋風身にしみてうづら鳴くなり深草の里

西行（元永元年〜建久元年／一一一八〜九〇）は平安末期の勝れた歌人である。彼は俗名佐藤義清《のりきよ》と言う。武勇勝れた武士であるが青年時代に出家し、乱世の中をさすらいの旅に過ごして、後代の人々から共感された。近世の俳人芭蕉にも西行は敬慕された。芸術と人生を自由に生きた人である。家集に『山家集』、その歌話を記録した『西公談抄』がある。次に西行の歌を一首記す。

心なき身にもあはれは知られけり鴫《しぎ》立つ沢の秋の夕暮

中世末期の漢文学は和歌の隆盛とは逆比例して次第に衰退して行った。ただ仏教との関連で言えば慶滋保胤の『池亭記』や三善為康の『拾遺往生伝』等があり、変体漢文であるが世態を描いた藤原明衡の『新猿楽記』（天喜元年〜康平元年頃／一〇五三〜五八）がある。末期の漢詩文で活躍した人としては大江匡房等が居り、大勢としては平安時代を通じて貴族の教養の必須のものであったが、元来舶来の文学であったから日本人の文学として発展は難しかったのである。

物語文学の亜流が趣向乃至脚色の奇抜さ巧妙さのみを追うようになるとき、これに代《かわ》るものとして歴史物語と説話文学が登場した。歴史物語の最初は『栄花物語』四十巻である。宇多天皇から堀河天皇まで十五代二百年の編年史である、仮名書の歴史書である。正史とは違った物語風の史書で藤原道長を『源氏物語』の主人公光源氏の如く書いている。史書としては不十分であるが、生活史・風俗史・思想史などを知る為には参考となる部分もある。『大鏡』は『栄花物語』より遅れて、元永・保安頃（一一一八〜二三）の成立と言われている。天子十四代、百七十五年の歴史を記している。後一条朝の万寿二年（一〇二五）すなわち、藤原道長の権勢の最盛期で終っている。最初に京都雲林院の菩提講を設定して、そこに百五十歳の大宅世継と百四十歳の夏山繁樹と二十歳の若侍が会話形式で対談形式で進行する。皇威主義的と院政期的思潮が見受けられる。三巻本が原型に近いと言われている。『今鏡』は『大鏡』に次いで万寿二年以後、嘉応二年（一一七〇）までの歴史を記しているが、平板で盛上りや新味のない書である。『今昔物語集』は三十一巻であるが（現在は巻八・十八・二十一、を欠く）天竺部・震旦部・本朝部に分けられて一千有余の説話があり、七百話ばかりの仏教説話を含む。『日本霊異記』の系統を継ぐべき一大説話集である。内容は貴族・僧侶・武士・農民から遊女・盗賊等までを生き生きと描いている。その他に神楽歌・催馬楽・風俗歌・東遊歌・朗詠・雑芸などがある。そのほかに『梁塵秘抄』がある。『梁塵秘抄』は、風流人であった後白河法皇（大治二年〜建久三年／一一二七〜九二）が雑芸の歌詞を集めたものである。またその口伝書、『梁塵秘抄口伝集』も後白河法皇によって作られた。

三　日本仏教と文学（中世）

（1）中世仏教

源頼朝が建久三年（一一九二）に鎌倉に幕府を開いてから元弘三年（一三三三）幕府が滅ぶまでの約一世紀半の間の仏教を鎌倉仏教と言う。鎌倉時代に勃興した諸宗派は天台宗の本山比叡山から出たのに対して、真言宗の本山高野山からは新宗派は生まれなかった。空海の十住心体系は全仏教を含んだ綜合仏教であり、完結した仏教であった。天台宗の開祖最澄の天台教学は円密禅戒四宗を持つ開かれた体系で発展の可能性を含んでいた。平安末期に起こった末法到来の声は、この時代の人々に暗い影を落とした。現実にも時代の終りを思わせるような戦乱・天災・飢饉・疫病が相ついで起こり、源平の戦はいつ果てるともなく続いた。

末世の世に対処する為に教団仏教は二つの態度を示した。一つは仏法を正法の姿にかえす為に戒律運動を行ない、他の一つは教団から離脱して自由な隠遁或いは遊行《ゆぎょう》生活をする。この遊行の聖《ひじり》達の中から時代の民衆の要請に応える為に新宗教の実践者達が現われてきた。鎌倉仏教は自力門と他力門に分けられる。こうした範疇は本来浄土教の立場であるけれども、いずれも選び取った信仰である点が特色である。選択仏教の出現を可能にしたのは、天台・真言という綜合仏教の基盤があったからである。

鎌倉新仏教の先駆は法然の浄土教である。法然は始め叡山に学んだが、新しく専修念仏の道を開いた。親鸞は法然についてひたすら念仏儀をとなえて北陸や東国の地で庶民の信仰を集めた。日蓮は天台教学のうちの『法華経』の信仰を選び取って、その絶対性を強調した。日蓮の「法華宗」は密教や神道を取り入れたので庶民の間に広く浸透した。栄西《ようさい》もまた叡山で伝統の天台教学を学んだが、特にその中の禅を学び、入宋して修行を続け帰朝後は臨済宗を開宗した。栄西について学んだ道元も栄西と同じく入宋して禅を修め、帰朝して曹洞宗の祖となった。禅の系統は主として新時代の新興階級の武士の尊信を得て信仰された。やや時代は下るが、一遍は法然の浄土教の流れを汲んで広く民衆の中に在って布教して念仏踊《ねんぶつおどり》を民衆の間に弘めて後の時宗の祖と仰がれるに至った。鎌倉仏教を仏教の民衆化と言うが、それは信仰の階層の変遷から見た場合である。天台・真言の平安仏教も健在であり、また、華厳・法相・三論・律等の奈良仏教もそれぞれ新時代に適応するように復興が行なわれたのである。

室町仏教は足利氏が政権を取って幕府を京都の室町に置いた時代をいう。元中九年（明徳三年＝一三九二）後小松天皇が即位した時から天正元年（一五七三）足利義昭が織田信長に追放されるまでの約二世紀間を言うが、応仁の乱以後は戦国時代ともいう。鎌倉時代は古代の律令制の社会制度が廃止され、封建社会制に移行した時代である。それは一般民衆的な性格が強く現われた時代である。そして仏教各派は活発な宗教活動を行なった時期であった。すでに述べたように原因は末法到来という危機意識があったからである。室町期に各宗派も現実に民衆に接触する為には密教化の方向をたどらざるを得なかったのである。室町期の仏教界を通観すると各宗派を問わず、寺院は続々と建立されてその傾向は全国的な広がりを見せた。それを民衆化とすれば室町期は確実に前代より仏教は民衆化したと言える。

(2) 中世文学

中世文学の最初の優秀作品は『新古今和歌集』である。『千載和歌集』の成立したのは平氏が亡びて二年後の文治三年（一一八七）であった。それから十八年後の元久二年（一二〇五）に八代集の最後を飾る『新古今和歌集』

が成立した。この前後四十年は歌壇が未曽有の活況を呈した時期であった。撰集下命者の後鳥羽院（治承四年〜延応元年／一一八〇〜一二三九）は和歌所を建仁元年（一二〇一）に開き、藤原定家・同有家・同雅経・同家隆・源通具・寂蓮（翌年病歿）の六名を撰者に下命した。総歌数千九百十六首（日本古典大系本による）、巻数二十巻。仮名・真名の両序を備えている。歌風は新古今新風と言われる幽玄・有心《うしん》を中心とする。繊細巧緻な彫琢の美を本領としている。主要作家は西行・慈円・良経・俊成・式子内親王等と撰者六名と後鳥羽院である。定家と家隆の歌を挙げておく。

春の夜の夢の浮橋とだえして峯にわかるる横雲の空　定家

幾里か月の光もにほふらむ梅咲く山の嶺の春風　家隆

同時代の歌人として異彩を放つのは源実朝である。彼は若くして不遇の死を遂げたが、純粋な万葉調の歌を作った。次に実朝の歌を一首引く。

箱根路を我越えくれば伊豆の海や沖の小島に波の寄る見ゆ

『新古今集』に次いで『新勅撰和歌集』（貞永元年＝一二三二）は定家が撰び、『続後撰和歌集』（建長三年＝一二五一）はその子、為家が撰び、為家の三子は二条・京極・冷泉の三家に分かれ、二条家は和歌の家の嫡流と称して保守的であった。これに対して京極・冷泉は新傾向を持った。二条為世と京極為兼は烈しい論争をくりかえした。勅撰集の撰者に関して行なわれた「延慶両卿訴陳状」はその代表的なものであった。鎌倉時代には、為家ら五人の撰んだ『続古今和歌集』（文永二年＝一二六五）、為氏撰『続拾遺和歌集』（弘安元年＝一二七八）、為世撰『新後撰和歌集』（嘉元元年＝一三〇三）、為兼撰『玉葉和歌集』（正和元年＝一三一二）、為世撰『続千載和歌集』（元応二年＝一三二〇）、為定撰『続後拾遺和歌集』（正中二年＝一三二五）の六集が世に出たが、『玉葉集』を除けばすべて二条家の撰で、歌壇の大勢は保守的で平板な二条家の歌風に左右されては公家の勢力の失墜に伴って沈滞の一途をたどった。以上の中で『玉葉集』を撰んだ京極為兼は清新な感覚で自然を詠んだ万葉主義の先駆者である。

次に、物語について言えば、『源氏物語』を頂点として衰退の一路をたどったと言う以外に何も無い。物語評論も傾向を同じくするが、『無名草子』が物語評論に価値を認められるだけである。歴史物語では鎌倉期の始めに『水鏡』が出た。これは神武天皇から仁明天皇までの五十四代、千五百余年の編年体の歴史であるが、鏡物四鏡（大鏡・今鏡・水鏡・増鏡）の中では最も劣っていると言われている。南北朝時代に出た『増鏡』は、延元三年（一三三八）以後、天授二年（一三七六）まで書かれ、治承四年（一一八〇）後鳥羽天皇の誕生から後醍醐天皇が隠岐から還幸まで十五代百五十余年の事跡を述べたものである。種々の日記や記録を参照して優雅な文体である。四鏡中『大鏡』に次ぐ佳作と言われている。

次に歴史文学・史論として『愚管抄』と『神皇正統記』について記す。『愚管抄』は四度も天台座主の要職につき、『新古今集』に多数の入選歌を出している歌人である慈円の作である。承久二年（一二二〇）に成り、後に書き継ぎがある。神武天皇から順徳天皇までの歴史の大要を説き、歴史を説く道理を平明な言葉で説いている。『神皇正統記』は南朝の柱石、北畠親房（永仁元年〜正平九年／一二九三〜一三五四）が延元四年（一三三九）後醍醐天皇崩御の悲報に接して常陸の小田城で執筆し、皇位を継いだ後村上天皇の為に献上したものである。神代から後村上天皇に至るまでの二千余年の歴史を概観したものであるが、神道を中心にして国体の尊厳を説き南朝の正統を強調している。幼い天皇の為に政道を説くという帝王学のテキストという傾向がある。表現も謹厳荘重で愛国の至情が感じられる迫力のある文学的史論である。特に末尾の後醍醐天皇の崩御の条は白眉の名文である。

歴史物語は見るべきものが少なく中世後期に跡を絶つが、これに代るものが軍記物語である。中古期に『将門記』『陸奥話記』等の変体漢文体の戦記と和文体の民間で行なわれた物語が中世期になって実《み》を結んだものである。『保元物語』『平治物語』と『平家物語』に『承久記』とを併せて四部合戦状という。『平家物語』には諸本があるが、十二巻本が流布本である。異本に『源平盛衰記《げんぺいじょうすいき》』がある。『保元物語』『平治物語』は各三巻より成る。作者は葉室時長らとされていたが明らかでない。文体と構想はよく似ている。この両書は室町期の成立であろうと言われている。

『保元物語』は保元元年（一一五六）の乱、『平治物語』はそれより三年後の平治元年（一一五九）の乱の顚末《てんまつ》を記したものである。前者は皇位継承の争いと上級公家の野心から起こったが、実際の合戦は武士に委ねられた。この書の主人公は源為朝である。後者は、公家・武家二組の抗争が中心であるが、主人公として活躍するのは源義朝の嫡子、悪源太義平である。この二つの物語の主人公は若々しい武士であって、かつて貴族の世界を書いた文学には無い、新しい武士の登場を動的に描き、前代の貴族とは異なった階層の出現を予期させるものがある。然し、構成の緊密と規模の大きさにおいては、『保元物語』『平治物語』とは比較にならぬ程勝れているのが『平家物語』である。『平家物語』の原作者、成立年代とも不明であるが、原作は承久の乱以前に成り、現存本は承久の乱以後、鎌倉末期頃成立と思われる。長い年月を経て巻数も多くなり、内容も増補されたという見解が妥当であろう。『平家物語』は、編年体・紀伝体を巧みに配合しながら平家の興亡を述べた物語である。前半の主人公は平清盛、後半も平宗盛が主人公と言えよう。この物語の基調は仏教である。諸行無常・盛者必衰を巻頭にかかげ、巻末では六道輪廻を説き、極楽往生をもって結んでいる。雄勁・簡潔な和漢混淆の名文である。この平家興亡の一大叙事詩を思わせる文章は早くから琵琶の伴奏のもとに盲法師に語られた音楽性を持った作品である。最も中世的な国民文学であり、後代の作品にはかり知れない影響を与え続けて今日に至っている。

『太平記』四十巻は、応安四年（一三七一）頃完成したと思われる。『平家物語』に次ぐ作品である。小島法師作と言うが未詳である。五十余年の南北朝の抗争を儒教的立場で批判している。内容は華麗な和漢混淆文であるが迫力に乏しい。『太平記』以後も『明徳記』『嘉吉記』等があるが、『平家物語』や『太平記』よりは劣っている。これらの群小戦記よりも中世の武士には『義経記』や『曽我物語』などの判官《ほうがん》びいきや苦辛の結果、父の敵を討つというタイプは逆境期に同情する武士達に好まれた。これらは準軍記物語とも呼ばれるが英雄物語の新しい分野を開いたものと言えよう。

説話文学としては、『宇治拾遺物語』『古今著聞集』『古事談』『宝物集』『十訓抄《じっきんしょう》』等がある。『宇治拾遺物語』（建保元年〜承久三年頃／一二一三〜二一）は十五巻・百九十六話を収めているが、このうち『今昔物語集』と同材の説話八十余話、その他『古事談』『古本説話集』などから採ったものも相当数に上る。その他先行文献からかなり取材している。然しまた、「鬼にこぶとらるる事」や「雀恩に報ゆる事」「博打聟入の事」などのように当時の民間伝承も取り入れている。『今昔物語集』の伝統を受けていることがわかる。一定の組織を持たず、興味本位である。

これに反して一定の組織を持つ説話集は『古今著聞集』（建長六年＝一二五四）二十巻である。作者橘成季は末流貴族であった。神祇・釈教・政道忠臣・公事・文学……草木・魚虫等三十編に分けて説話を排列している。故人の公事・芸能等が中心である。このように分類したものに源顕兼の『古事談』（永暦元年〜建保三年／一一六〇〜一二一五）、作者未詳の『続古事談』（建暦二年〜建保三年／一二一二〜一五）がある。

ある目的をもってそれにふさわしい説話を集めたものに『宝物集』がある。治承二年（一一七八）平康頼入道の作と言われている。現存諸本の成立時は明瞭ではない。仏法が至宝である所以を豊富な例話を引いて説いている。『十訓抄』（建長四年＝一二五二）は六波羅二﨟左衛門入道という六波羅に仕えた武士の作である。善を勧め悪を戒しめる処世上の教訓を例話をもって十綱目を立てている。第一の綱目「可レ定二心操振舞一事」以下第十綱目まで先人の逸話を多く集めている。仏教説話集はそのほかに西行の作と伝えられる『撰集抄《せんじゅうしょう》』がある。現存本は承久元年（一二一九）以後の成立である。さらに鴨長明の『発心集《ほっしんしゅう》』（建保元年〜同三年頃／一二一三〜一五）、住信の『私聚百因縁集《ししゅうひゃくいんねんしゅう》』（正嘉元年＝一二五七）などが出たが、説話文学として注目すべきものは無住（嘉禄二年〜正和元年／一二二六〜一三一二）の『沙石集《しゃせきしゅう》』（弘安六年＝一二八三）十巻である。「世間浅近の賤しき事　譬として勝義（仏法）の深き理を知らしめん」として思い出すにまかせて書き集めたと記している。高僧であるが自らを飾らず、民衆の中で得たものであったから後々まで民衆にとけこんで行けたのである。無住には『雑談集《ぞうたんしゅう》』その他の著書がある。

南北朝以後になると鎌倉期程説話集は多くない。南北朝頃の『神道集』は説経師の安居院《あぐい》一派の伝承するところを集成したものである。それには神仏の縁起・由来を記した本地物説話を多く記しており、御伽草子・古浄瑠璃等の本地物へと受け継がれたものも少なくない。中世には説経者流の談義僧・物語り僧・絵解比丘尼等が諸国を遍歴して、寺社の由来、仏や神の本地を語り伝えたらしいが、そのような説話と密接な関係を持つものとして『神道集』は示唆するところが多い。

室町時代に入ると玄棟の『三国伝記』（応永十四年頃＝一四〇七）があり、一条兼良の『東斎随筆』等がある。『吉野拾遺』は室町中期の作と思われるが、南朝の君臣の言行を述べた特異の書である。また、天文年間（一五三二〜五四）中村某の著書と言われる『奇異雑談集《きいぞうたんしゅう》』は近世に入ると流行した怪異小説の元祖と思われるが、中国怪異小説『剪灯新話』の和訳三編を収めていることは注目に値するものである。然しこの書は近世の著書であるという説も出てきた。中世には社寺の霊験記が多かったが、これらは神仏・社寺の由来、霊験を集成したものであって、一種の宗教的説話とも見ることが出来よう。軍記物にも説話は多く収載されており、中世は説話の流行の時代と言って良いであろう。

次に日記・紀行・随筆について述べる。まず女流日記についてみると鎌倉時代にもいくつかの女流日記が残されている。宮廷女房の日記としては、『建春門院中納言日記』と『建礼門院右京大夫集』がある。前者は藤原俊成の娘で建御前と呼ばれた女性である。作者が六十余歳の頃（建保四年～七年／一二一六～一九）に宮廷生活を回想して綴ったものである。後者は「集」という名の示す如く家集であるが、歌そのものよりもその歌を作った時の回想の文章が主となっている。作者は世尊寺伊行の娘で日記は承安四年（一一七四）作者が建礼門院に仕えて右京大夫と称した頃から書き始めている。その頃は平氏の全盛時代であった。建礼門院に奉仕する平家の公達との交渉などが多く、のどかな明るい気分に溢れていた。特に重盛の子資盛との恋愛は本書の中心をなす部分である。乙女らしい気分や歌が見られるが、その楽しい時期は永くは続かなかった。やがて平家は都落ちし寿永二年（一一八三）、資盛も作者と悲痛な別れを告げて都を落ち、文治元年（一一八五）壇の浦で亡くなった。作者は資盛を偲び建礼門院を大原におとずれるなど悲しい思い出が歌日記の後半を覆っている。この歌日記の中心は追想の記であり、しかも悲哀感と恋人への思慕の情が綿々として語られている。源平の争乱は幾多の悲劇を生んだ。この作品は源平の戦いによって恋人を亡くし、心に大きな衝撃を受けた哀れな女性の心情を吐露した歌日記である。

その他の女房日記には『弁内侍日記』『中務内侍日記』『とはずがたり』『竹むきが記』等がある。これらの中で『竹むきが記』は作者は日野資名《すけな》の娘で北朝光厳院の乳母で中納言典侍といった女性である。西園寺公宗と結婚し、実俊を生んだが、夫が建武中興後謀叛を計画した罪で斬られた後は実俊の養育に心を尽くした。本書は

（元徳元年～貞和五年／一三二九～四九）までの日記である。南北朝期の動乱の中に生きた女性の唯一の日記として貴重である。この後、宮廷の女流文学としての日記は永久に跡を絶つのである。

中世の男性の仮名日記は数編であるが現われるようになった。源家長の『家長日記』、飛鳥井雅有（仁治二年～正安三年／一二四一～一三〇一）の『嵯峨のかよひ』（文永六年＝一二六九）・『春の深山路』（弘安三年＝一二八〇）などがある。このような公卿の日記以外に注目すべきものは室町期の連歌師、宗長の『宗長手記』『宗長日記』である。戦乱の世において連歌師は比較的自由に全国各地を歩いたので、戦乱の世相や当時の現実を活写し、連歌師の生活も記している。中世においても公卿の日記はおおむね漢文であるが新古今時代の歌人、藤原定家の『明月記』などは彼の生涯にわたって歌壇史の変遷を知る材料となるものである。

次に、紀行文について述べる。鎌倉に幕府が開かれると政治の中心が京都と鎌倉の二箇所となり、京・鎌倉を往復する者が多くなり、東海道の紀行文学が作られるようになった。『海道記』（貞応二年＝一二二三）と『東関紀行』（仁治三年＝一二四二）があるが、作者は未詳である。前者は漢文色の濃厚なものであり、後者は和漢混淆文である。『十六夜日記』は阿仏尼が関東下向と鎌倉滞在を記したものであり、流麗な行文のうちに女性らしい心理が現われて、紀行文学の秀作とされている。南北朝期以後は、戦乱の為にかえって交通が発達して、諸国の大名の間を往復する公家や連歌師、寺社参詣の人々が増加した。その旅人によって作られた紀行文学作品も多く現われた。坂十仏の『太神宮参詣記』（康永元年＝一三四二）、宗久の『都のつと』（観応の頃＝一三五〇～五二）、二条良基の『小島の口ずさみ』（文和二年＝一三五三）、正徹の『なぐさめ草』（応永二十五年＝一四一八）、道興准后の『廻国雑記』（文明一八年＝一四八六）等がある。この時代は連歌師の紀行が特に多い。その中でも宗祇の『筑紫道の記』（文明十二年＝一四八〇）は近世の俳聖、芭蕉の俳文にも影響を与えたのではないかと言われている。日記・紀行の類は数多く書かれたが、秀作は少なく、自照文学と言われる中世初期の随筆『方丈記』と中期の随筆『徒然草』とが勝れた作品である。この二編の解説を次に記す。

『方丈記』の著者、鴨長明（久寿二年〜建保四年／一一五四〜一二一六）は下鴨神社の氏人で禰宜の家に生まれた。琵琶を好み、和歌をたしなみ、『千載和歌集』に一首入集し生涯の面目と喜んだ。後鳥羽院に認められ、和歌所寄人《よりゅうど》となり下鴨神社の摂社河合社の禰宜を望んだが鴨社の正禰宜鴨祐兼に拒否され、後鳥羽院の慰留もふり切って出家してしまった。最初は大原に隠居し、後に日野外山に移り方丈の庵に住んだ。彼の出家は五十歳を過ぎて後であった。蓮胤と称した。仏門に入ったのはすでに老境であった。『方丈記』の巻頭には、「行く川の流れは絶えずしてしかももとの水にあらず。よどみに浮ぶうたかたはかつ消えかつ結びて久しくとどまりたるためしなし」と世の無常を歎き、大火・大風・飢饉・大地震等を年代順に挙げているが、これは『平家物語』に記されている事項と一致する。そして「すべて世の中のありにくくわが身とすみかとのはかなくあだなるさま又かくの如し」と慨歎している。本書を貫くものは、わが身の不運、人生の無常である。彼の人生は不運の連続のように思えるが、論理的には文章の構造は正確であり、風格のある流麗な文章である。そこに中世人は共感したのであろう。

『徒然草』の著者兼好法師は俗名を卜部《うらべ》兼好《かねよし》と言い京都の吉田に住んでいたから吉田氏とも称した。三十歳頃出家し、観応元年（一三五〇）六十八歳で死んだ。卜部氏は社家で公家の末流であったから若年の頃、後二条天皇に仕えていた。公家文化にも通じ頓阿等と共に和歌四天王と言われ有職故実にも通じ、儒教や老荘の学にも通じていたらしい。社家の出身という点では長明と同じだが、長明の単純さに比較すれば幅の広い知識人であった。そのような多面的な知識人兼好が元弘元年（一三三一）頃書いたのが『徒然草』である。時勢は南北朝争乱の始まる天下騒然とした時であるが『徒然草』二百四十三段にはそのような険悪な描写は見られない。その説く所は多種多様である。古典趣味や王朝憧憬があれば有職故実を説き、俗世から隠遁をすすめたり、例話を使って生活上の注意を与えるという現実重視の面もあり、前後矛盾を感じる点もあるが、現実に対処する的確な判断を下しているのであり、健全な常識家の立場を示しているのである。文章は平明達意であり、おのずから俳諧的構成をとっており随筆文学の妙味が感じられる。古来、『枕草子』と並んで随筆文学の双璧と言われた所以である。

この他『ささめごと』『ひとりごと』があるが、文学論の項で述べることにするからここでは省略する。

次に法語と五山文学について述べる。中世は仏教が庶民に浸透した時代であるから、それが文学に与えた影響は甚大であった。仏教文学としてまず挙げられるのは法語であろう。法語は高僧が仏法を説いた著述である。前述の如く、中世の随筆も仏門に入った隠遁者の随想録であるが、法語は専門の宗教家が布教の目的をもって叙述したものである。中世に入ると、各派の高僧達は教義を説いた著述を残している。法然の『撰択本願念仏集』や親鸞の『教行信証』、日蓮の『立正安国論』等は著名である。これらは多く漢文で書かれたものであるが、そのほかに和文の法語が書かれていたことは注目すべきことである。高僧達は各自の提唱する宗旨を多くの人々に知らせようとして口頭の説教を用いたことは勿論であるが、ほかに文章による場合には大衆を納得させる為に解り易い和漢混淆文を用いた。それらの文章は説得力を持ち、表現の中に烈々たる宗教的情熱を秘めていたから人々の心を感動させた。勿論そのような著述は教義の宣布と啓蒙にあったが、一方では思想を述べた文学的著述と認められた。法然の『黒谷上人語録』（和語灯録）、親鸞の『末灯鈔』『一遍上人語録』『歎異抄《たんにしょう》』等がそれである。禅宗では道元の『正法眼蔵』が深遠な思索と論理の精緻で知られている。室町時代の蓮如も名文家として知られている。その文を集めた『御文章』は、説法の席で読み聞かせた消息体の文章であるが、朗読するにふさわしい調子を備えており、長く人々の愛誦するところとなったのである。

次に五山文学について述べる。平安朝期末以降、漢文学は衰退して見るべきものも無かったが、鎌倉時代に禅宗が伝来し宋・元の文学が移入されると、漢文学は活気を帯びてわが国の漢文学史上に隆盛期を迎えるに至った。五山（京都―南禅寺〔五山之上〕・天竜寺・相国寺・建仁寺・東福寺・万寿寺、鎌倉―建長寺・円覚寺・寿福寺・浄智寺・浄妙寺）の禅林を中心として禅僧の間に行なわれた漢文学を五山文学と言う。その元祖は元から渡来した一山一寧（宝治元年～文保元年／一二四七～一三一七）と言われているが、彼に師事した者の中から勝れた文学者が出た。その第一は虎関師錬（弘安元年～貞和二年／一二七八～一三四六）である。彼は文章家であり、文学評論家である。彼の詩文集、『済北集』は卓越した詩論である。彼にはまた、『元亨釈書』三十巻の僧伝の著書がある。詩作において勝れていたのは雪村友梅（正応三年～貞和二年／一二九〇～一三四六）である。彼も一山一寧に学び、元に留学すること二十三年に及んだ。元に滞留中の詩集『岷峨集《みんがしゅう》』には秀作が多い。次に出た中巌円月（正安二年～永和元年／一三〇〇～七五）は学問・文学を兼備した天才であった。元から帰朝後『中正子』という哲学的著述を著し、詩文集『東海一漚集《いちおう》』を著した。

南北朝末期になると義堂周信・絶海中津が出て五山文学の最盛期を形成する。義堂周信（正中二年～嘉慶二年／一三二五～八八）は夢窓疎石の弟子で中巌円月等に学んだ。詩文共に勝れ、当時の禅林文壇の中心であり、京・鎌倉の公武の貴顕との交遊も広く将軍の文化的・精神的指導者であった。詩文集『空華集』二十巻がある。その日記、『空華日用工夫略集』は彼の日常の生活・文藻を見ることが出来る。絶海中津（建武三年～応永十二年／一三三六～一四〇五）も詩文集『蕉堅稿』で有名である。

このように鎌倉末期に興り、南北朝期から室町初期にかけて最盛期を現出した五山文学は、その後も勝れた禅僧が輩出したがその中でも希世霊彦《きせいれいげん》（応永十一年～長享二年／一四〇四～八八）、彦竜周興《げんりゅうしゅうこう》（応永十五年～延徳三年／一四〇八～九一）、横川景三《おうせんけいさん》（永享元年～明応二年／一四二九～九三）等幾多の文学僧が出た。然し五山の禅林が室町幕府の庇護を受け、権力への追従を事とするに至って沈滞堕落して行った。

　こうして室町末期には見るべき文学作品も殆んど無くなるが、南北朝を中心にした禅文化と禅林文学が広く一般に浸透したことは見逃せない事実である。然し、和歌はこの時代には幾度も編集が行なわれたが衰退して行き、連歌が隆盛になって行った。南北朝期にも勅撰集の編集は幾度も行なわれた。光厳上皇親撰の『風雅和歌集』（貞和五年＝一三四九）、二条為定撰『新千載和歌集』（延文四年＝一三五九）、二条為明・頓阿撰『新拾遺和歌集』（貞治三年＝一三六四）、二条為重撰『新後拾遺和歌集』（至徳元年＝一三八四）が刊行されたが、『風雅集』だけが革新派の玉葉歌風を受けているだけで他はすべて二条派の歌人によって撰ばれている。最後に『新続古今和歌集』が飛鳥井雅世（明徳元年～享徳元年／一三九〇～一四五二）によって永享十一年（一四三九）に撰ばれたが、それ以降勅撰和歌集は永久に絶えてしまった。これ以外には吉野朝方の人々の詠草を宗良親王が撰んだ『新葉和歌集』（弘和元年＝一三八一）があり、勅撰集に准ぜられた。

　南北朝時代には頓阿（正応二年～応安五年／一二八九～一三七二）、兼好（弘安五年～観応元年／一二八二～一三五〇）、浄弁（延文元年＝一三五六、歿八十余歳）、慶運（貞治五年頃＝一三六六、歿七十余歳）が勝れており、和歌四天王と言われたがその随一と認められたのは頓阿である。彼は二条為世に学んで二条派では重んぜられた。家集に『草庵和歌集』がある。平明な作家で二条歌風を代表している。室町時代の歌人として挙げるとすれば、今川了俊（正中二年～応永二十七年／一三二五～一四二〇）、正徹（弘和元年～長禄三年／一三八一～一四五九）、東常縁（応永八年～明応三年／一四〇一～九四）、心敬（応永十三年～文明七年／一四〇六～七五）等がいる。これらの中で正徹は冷泉派の為尹や今川了俊に学んだが藤原定家を尊崇して幽艶典雅な浪漫的な歌風を開いた。勝れた歌人である。これらの歌人はすべて武家か僧侶である。公家も歌を作っていたが月並でこれらの歌人に及ぶ者はいない。勅撰集の絶えた時、公家の和歌も停滞したのである。その後、『古今集』を崇拝する因習に沈んだ結果、「古今伝受」が権威を持つようになった。『古今集』中の難解歌、或いは語彙に関する秘伝の伝受で、これが権威付けられたのは東常縁の頃からで、宗祇に伝わり公家と連歌師に持ち伝えられて歌学の主導権は堂上から地下《じげ》に移った。

連歌は和歌の沈滞にかわって流行した。連歌は一首の短歌を上句と下句に分けて二人で唱和することから起った。日本武尊が甲斐の酒折宮で「新治筑波を過ぎて幾夜か寝つる」と尋ねたのに対して、御火焼の翁が「かがなべて夜には九夜日には十日を」と答えたのが始まりで連歌道を「筑波の道」と言い、和歌を「敷島の道」と言うというが前者は片歌問答で、一首の短歌を二人で唱和する始めは、『万葉集』巻八で、尼が「さほ川の水をせき入れて植えし田を」と言ったのに、大伴家持が「かるわさいひはひとりなるべし」と答えたのを短連歌の始めとするのが正しい。王朝期の『後撰集』『金葉集』には短連歌が見られるが、鎌倉期に入ると長連歌が行なわれるようになり、和歌の余興としての遊びであった連歌が和歌を圧倒するような文学になった。長連歌（普通これを連歌という）は、五七五に七七をつけ、五十句・百句と続けるのを五十韻・百韻の連歌と言う。五十韻・百韻の連歌でも隣接の二句の意味・気分が通じれば良いので、全体を貫く意味は無くてよい。連鎖的な機知の文学で共同制作の文学である。

この連歌の発展に貢献したのは二条良基（元応二年～嘉慶二年／一三二〇～八八）である。彼は北朝に仕えた最高の廷臣であり、有職故実に通じ古典に造詣が深く頓阿に師事して歌道の復興をはかった。特に連歌には熱心で救《きゅう》済《せい》（弘安四年頃～永和元年頃／一二八一～一三七五）を始め連歌の名人を集めて連歌を興行して、最初の連歌撰集『菟玖波集』二十巻を編纂した。また救済と計って連歌の規則書『応安新式』を制定し、連歌論書『筑波問答』を著した。救済は善阿《ぜんな》の弟子で南北朝期を代表する地下の連歌師である。このような隠遁者と提携して連歌を一流の文芸に育て上げた良基の功績は大である。

その後、室町初期には梵灯庵主、朝山師綱（貞和三年〜応永三十四年頃／一三四九〜一四二七）などが出たが一時衰えた。然し、連歌を再興させ発展させたのは七賢と言われた心敬（応永十三年〜文明七年／一四〇六〜七五）、高山宗砌《そうぜい》（?〜享徳四年／?〜一四五五）、智蘊《ちうん》（?〜文安五年／?〜一四四八）等の七人の連歌師であった。この時期に指導的立場にあったのは宗砌であった。彼は一条兼良（応永九年〜文明十三年／一四〇二〜八一）の『新式今案』の制定にも参画した。心敬は十住心院の住職であり権大僧都である。応仁の大乱で寺を焼かれ、郷里紀州に帰り寛正四年（一四六三）に対言形式で和歌・連歌・仏道に通じる論書『ささめごと』を書いた。それは和歌・連歌・仏道に通じる三者一如の哲学的文学論である。彼は関東に遊び『ひとりごと』を書き、更に東北に旅した。その時会津の豪族、猪苗代家の一族の兼載が心敬に入門した。彼は心敬を敬公と尊び、一生心敬に師事した。

七賢の後を受けて活躍したのは宗祇（応永二十八年〜文亀二年／一四二一〜一五〇二）である。彼の出自はよく解らない。心敬・宗砌に学び、東常縁から「古今伝受」を受けた。心敬以下七人の作品を撰んで『竹林抄』（文明八年＝一四七六）を編集して序文を一条兼良に求めた。兼良亡き後は、公家文壇の中心人物三条西実隆（康生元年〜天文六年／一四五五〜一五三七）らと交わり、一方では連歌師として諸国を廻り、大名達からも援助を受けた。彼は心敬の弟子、兼載（?〜永正七年／?〜一五一〇）の協力を得て明応四年（一四九五）に『新撰菟玖波集』二十巻を完成して勅撰に準ぜられた。これは永享以降の約六十年間の連歌の集積である。彼は長享二年（一四八八）に肖柏（嘉吉三年〜大永七年／一四四三〜一五二七）、宗長（文安五年〜享禄五年／一四四八〜一五三二）と共に『水無瀬三吟百韻』を詠んだ。これは連歌の最高の作品と言われている。彼はまた、歌僧西行のように諸国を旅した。乱世であったが各地の大名は彼を招いて連歌を張行した。彼は連歌のほかに『源氏物語』や『古今集』の講義も行なっている。文芸文化の普及をはかった功も大である。

宗長は柴屋軒《さいおくけん》と号した。連歌を学ぶと共に一休に私淑し軽妙洒脱な人柄であった。彼の晩年の『宗長手記』や『宗長日記』は洒脱な彼の性格を伝えると共に、当時の世相や連歌師の生活を知る貴重な資料である。宗長は連歌の傍ら俳諧や狂歌に興じていた。江戸時代に流行した俳諧や狂歌はすでに宗祇や宗長の頃からしばしば作られていたのである。連歌は最初は和歌の余技として滑稽を主とする座興の文学であったが、第一級の本格的な文学となり、用語制約、式目の厳正化が行なわれ、自由な気分が失なわれてきた。人々は厳粛な緊張をほぐすものとして俳諧（滑稽）の連歌を好むようになった。俳諧の連歌の祖として荒木田守武（文明五年～天文十八年／一四七三～一五四九）と山崎宗鑑（生歿年不詳）が有名である。守武は伊勢神宮の神官で『俳諧之連歌独吟千句』（天文九年＝一五四〇）を詠んだ。別名『飛梅千句』とも言う。宗鑑の『新撰犬筑波集』（大永三年～天文八年頃／一五二三～三九）は俳諧撰集の始めである。その滑稽・幾知には度をすぎる面もあるが、自由な発想と庶民精神の横溢を見ることができる。近世俳諧の先駆として注目すべきものがある。

能楽は中古から中世前期にかけて延年舞・田楽・猿楽の能などが南北朝の末、室町期に大成した。寺社の法会や祭礼に奉仕していた大和猿楽の四座、近江猿楽の三座が勢力を持っていたが、大和四座の結崎座に観阿弥・世阿弥が現われて田楽を圧倒し、先行諸芸能を吸収して猿楽の能を大成した。観阿弥・世阿弥父子は勝れた能力を持っていたが、能楽を愛護した足利将軍義満の保護支援があったから能楽は盛大に地位を確立できたのである。

観阿弥（元弘三年～至徳元年／一三三三～八四）は演技に勝れ、物真似（写実）に長じ、作曲・劇作にも長じていたが壮年で世を去った。世阿弥（貞治二年〜嘉吉三年／一三六三〜一四四三）は父の跡を継いで能楽を完成した。俳優としても天才的であったが、偉大な演出家・劇作家であった。生涯に百数十番の作曲をなし、能の演劇論、演出法に関する著書も『花伝書』『花鏡』『至花道』『申楽談儀』等二十数部の秘伝書を書き残している。秘伝の中心は花と幽玄である。世阿弥の歿後、観世座では音阿弥《おんなみ》（応永五年〜応仁元年／一三九八〜一四六七）が足利将軍から愛され活躍したが、注目すべき業績を残したのは世阿弥の女婿の金春禅竹《こんぱるぜんちく》（応永十二年〜文明初年頃／一四〇五〜？）である。応仁以後では観世小次郎信光（永享七年〜永正十三年／一四三五〜一五一六）である。禅竹の能楽論は禅学と歌学の影響を受けた特異な芸術論である。これらの人々に演ぜられた能楽は武家貴族の愛顧を受けると共に、公家・僧侶や地方武士、一般民衆にも愛されるようになったのである。こうして能楽は戦国の世にも絶えることなく、近世へと持ち伝えられたのである。

猿楽の能と極めて密接な関係にあるのは狂言（能狂言とも言う）である。狂言は観阿弥・世阿弥の時代から存在していた。能と能の間に演ぜられて、これを間《あい》の狂言と言う。初期の台本は現在は残っていない。成立当時には一通りの筋はあってもその場に合せて演技などは変え得るものではなかったかと想像される。詞章が固定して来たのは室町末期の頃ではなかろうかと言われている。能楽に五流（観世・宝生・金剛・金春・喜多）があるように狂言にも大蔵・和泉・鷺の三流が近世に生じたが、最も古いのは大蔵流で、金春禅竹の子四郎次郎を元祖としている。狂言は主として対話と所作によって演ぜられる口語劇であり歌舞を中心とする能楽より演劇の要素が強い。能楽が象徴的なのに対して狂言は庶民性が強く「おかしみ」を主とするものということができる。

中世には能楽とほぼ同じ頃に成立した芸能に幸若舞がある。南北朝時代に武将の子の幸若丸、桃井直詮（明徳四年〜文明二年／一三九三〜一四七〇）が叡山に上り、草紙に節をつけて語ったのが始めと言われている。その詞章は現在も五十番程残っているが、単純素朴で単調であったから近世にはまったく見捨られてしまった。

歌謡について一言すれば、鎌倉時代には前代に続いて今様が歌われていたが、中心は宴曲と和讃である。宴曲は早歌《そうか》とも言われ、『宴曲集』十八帖に百七十三曲が収められている。前代の雑芸《ぞうげい》の系統を引き、鎌倉時代の寺院と密接な関係があったようである。和讃は前代から続いているが浄土系の新興宗団は平易な言葉で哀音をこめて七五調の流麗なリズムで唱えたので、聴衆に深い感動を与えたと想像される。これらの歌謡は中世を通じて行なわれたが、室町期になり新しく盛んになったのは小歌である。『閑吟集』（永正十五年＝一五一八）には三百十余首の小歌が集められている。当時歌われた小歌を題材別に分類している。恋の歌が大部分であるが、哀愁をたたえた愛誦すべき歌も少なく無い。この時代には狂言小歌があるが、近世の『隆達小歌』と共通するものがある。これは中世から近世への過渡期の姿を示しているものであろう。

次に御伽草子《おとぎぞうし》について述べる。平安時代の物語文学の流れは鎌倉時代に受け継がれて多くの擬古物語を生んだ。南北朝時代にもその傾向は受け継がれたかと思われたが、もはやその流行は跡を絶った。室町時代にはそれに代って数多くの短篇の読み物が作られたが、これらを一般に御伽草子と呼ぶ。その数も数百編に達すると考えられるから、主要のものを重点的に取り上げることとする。

公家物には、『桜の中将』『扇流し』『若草物語』等がある。主人公は公家である。前代のような『源氏物語』の亜流の長篇ではない。筋中心の一巻乃至は二・三巻の短篇である。民間説話から題材を取った『鉢かづき』『花世の姫』などは時代の変化を思わせるものがある。

僧侶物には仏教関係の僧侶と児《ちご》の愛欲を描いた『秋の夜の長物語』『あしびき』『幻夢物語』等があり、『三人法師』『高野物語』のように、偶数の僧侶が集まって懺悔物語をするという形式である。

本地物は説教僧達が唱道した。本地物は、神仏の前生談や人間時代の事を説いた物語である。『阿弥陀の本地』『熊野の本地』等がある。『神道集』の関係で説教者が伝えたものであろう。数十編ある。絵解《えとき》が伝えたのであろう。

武人伝説は軍記物語から派生し、源頼光・源義経などの英雄憧憬から発生したのであろう。然し注目すべきは公家でもなく、僧侶でもなく武士でもない庶民階層から生まれた小説に『文正草子』『物くさ太郎』『一寸法師』『福家草紙』『猿源平草紙』その他がある点である。これらは民間説話から出たものであり、庶民性豊かなものである。滑稽や風刺を含むところは狂言や俳諧の連歌と同様である。地方の無名の庶民が都へ上って一躍高い官職を授けられ、長寿を保つという筋である。そこに庶民の願いがこめられていたのである。それゆえ、これらは近世に入っても何回も出版され、子女の愛好する読み物になったのである。特に『文正草子』はめでたい草子なので、正月に草子の読み初めに用いられた。なお、人間以外の動植物を擬人化した作品も多く書かれたことは注目に値する。絵巻が作られ、語り物が流行したのは、御伽草子が新しい文学として広汎な大衆に好まれ、親しまれたから、近世の仮名草子へと展開して行ったのであろう。

おわりに

以上で古代から中世までの仏教と文学の概説の要点を終る。紙幅の都合で意を尽さぬ点もあるが、他日を期する事とする。

注

（1）参考文献は以下の通り。家永三郎ほか『日本仏教史Ⅰ～Ⅲ』（法蔵館、一九六七年）。歴史学研究会編『新版日本史年表』（岩波書店、一九八四年）。守随憲治『国文学概説』（東京大学出版会、一九八四年）。麻生磯次ほか『日本文学概論』（秀英出版、一九六八年初版）。市古貞次『日本文学史概説』（秀英出版、一九五九年初版）。阿部秋生『国文学概説』（東京大学出版会、一九五九年）。

（2）宮坂宥勝『日本仏教のあゆみ』（大法輪閣、一九七九年）。

（3）笠原一男ほか『仏教史年表』（法蔵館、一九七九年）。

「草の庵を誰かたづねむ」小考

若生　哲

はじめに

『枕草子』「頭の中将の、すずろなるそら言をききて」の章段に引かれたこの歌句は、清少納言の才と機知を知らしめ賞賛を得る内容とともにつとに有名である。小稿ではこの章段に記された逸話の解釈についても検討しつつ、この話を巡る清少納言の言に注目し、歌句「草の庵を誰かたづねむ」に迫ろうとするものである。『和漢朗詠集』に摘句された佳句をふまえつつ、公任短連歌の受容や背景に目を向けたいと思う。

一　頭中将斉信と「蘭省花時錦帳下」

岸上慎二氏が三巻本勘物を採り比定された史実年時を、[1]さらに萩谷朴氏[2]が考証を加え、この章段を「長徳元年二月二十六日の夜及びその翌朝にかけて」と推定されており、清少納言の執筆はそれを上限とする考えに倣う。ただし、日記的章段が常に事実をそのまま活写しているのかどうか、史実年時と筆録時の隔たりばかりでなく、引用佳句から連想されることが筆録に際して、文字面に浮かぶこともあろうし、また誰かに読ませることを念頭にした場合には言葉の取捨を経ているると見ることに障りはないであろう。また、後に掲げる公任集歌との先後関係についても、田中重太郎氏の考え(3)を補強支持された萩谷氏に従う。

まず「頭の中将の、すずろなるそら言をききて」の章段(4)を順に掲げる。

頭の中将の、すずろなるそら言をききて、いみじういひおとし、

「なにしに、人と思ひ、褒めけむ」など、殿上にて、いみじうなむのたまふ」

と、きくにも恥づかしけれど、

「まことならばこそあらめ。おのづからききな隠したまひてむ」

と、笑ひてあるに、黒戸の前などわたるにも、声などするをりは、袖をふたぎて、つゆ見おこせず、いみじう憎みたまへば、ともかうもいはず、見も入れですぐすに、二月晦がた、いみじう雨降りて、つれづれなるに、御物忌にこもりて、

「「さすがに寂々しくこそあれ。ものやいひやらまし」となむ、のたまふ」

と、人々語れど、

「世にあらじ」

など、いらへてあるに、日一日、下に居暮らして、まゐりたれば、夜の御殿に入らせたまひにけり。長押の下に、灯ちかく取りよせて、扁をぞ継ぐ。

「あなうれし。疾くおはせよ」

など、見つけていへど、すさまじき心ちして、「何しにのぼりつらむ」とおぼゆ。

炭櫃のもとに居たれば、そこにまた、あまた居て、ものなどいふに、

「なにがしさぶらふ」

と、いと花やかにいふ。

「あやし、いつの間に、何ごとのあるぞ」

と、問はすれば、主殿寮なりけり。

「ただ、ここもとに、人づてならで申すべきことなむ」

といへば、さし出でて、いふ事、

「これ。頭の殿のたてまつらせたまふ。御返りごと疾く」

といふ。「いみじく憎みたまふに、いかなる文ならむ」と思へど、ただ今、急ぎ見るべきにもあらねば、

「いね。いまきこえむ」

とて、ふところにひき入れて、なほなほ人のものいふきさなどするすなはち、かへり来て、

「さらば、そのありつる御文を、たまはりて来」となむ、仰せらるる。疾く疾く」

といふ。

「かいをの物語なりや」

とて、見れば、青き薄様に、いときよげに書きたまへり。心ときめきしつるさまにもあらざりけり。

「蘭省花時錦帳下」

と書きて、

「末は、いかにいかに」

とあるを、いかにかはすべからむ。「御前おはしまさば、御覧ぜさすべきを、これが末を、知り顔に、たどたどしき真字書きたらむも、いとみぐるし」と、思ひまはすほどもなく、責めまどはせば、ただ、その奥に、炭櫃に消え炭のあるして、

「草の庵を誰かたづねむ」

と書きつけて、とらせつれど、また、返りごともいはず。（傍線は稿者による、以下同）

『和漢朗詠集』山家の佳句[5]「蘭省花時錦帳下　廬山雨夜草庵中」は、『白氏文集』巻十七「廬山草堂夜雨独宿、寄牛二李七庾三十二員外[6]」からの摘句。この佳句の「頭の中将の、すずろなるそら言をききて」の章段による摂取をみていく。

「青き薄様に」書かれた「蘭省花時錦帳下」は、佳句そのものであるが、他の本文にも、佳句と照応するところがある。佳句の順にみると、「花時」は「二月晦がた」、「錦帳」は宮中に宿直のための錦の帳であり、宿直を想起させる。右の本文では「御物忌にこもりて」と照応することとなるが、続く『枕草子』本文では「夜べありしやう」「頭中将の宿直所に」と、より直截的な言辞が見える。

白居易詩の「蘭省花時錦帳下」は、尚書にある友について述べ、それに対し「廬山雨夜草庵中」は自らの不遇をもって対としている。僧孺（字は思黯）・李七（字は宗閔）・敬休（字は順之）の旧友と白居易の関係を、この章段は「頭中将」と少納言自身になぞらえている。右では「下に居暮らして」と「下」という語を使い、都の尚書省と廬山草堂ほどの隔たりはないものの、頭中将の「そら言」にけなげに振る舞いつつも、感傷と隔たりを表現するものと理解して良いだろう。長安においても、本邦平安京においても、身分・階級を軸とした社会構造をもつがために、少納言が意識せずとも身分上下が本文に示されるのは仕方がないことである。ここでは、「下」と

記され、対立する「上」を直ちに連想させることに意味があり、念が入ったことに、このあと「「あな、うれし。下とありけるよ。上にてたづねむとしつるを」」と露わに「上下」を読み手の意識に刻みつけている。

佳句の対照とは異なり、「雨夜」は「いみじう雨降りて」「夜の御殿に入らせたまひにけり」と結びついている。『枕草子』では、頭中将斉信と少納言がその時空を共有する点で、『白氏文集』の詩句構成とは異なるが、「頭の中将の、すずろなるそら言」に始まる対立が、宿直の一夜に凝縮されている点で長安と廬山との隔絶をなぞらえきれなかったものと捉えておく。

「蘭省花時錦帳下」を示し「末は」と返事をせかす点について、上坂信男氏(7)は、

単に続く一句を解答として求めるだけなら、単純な設問である。「末」には「後の方」「先端」の意もたしかにありはするけれど、「うれしきもの」の段にも用いられているように和歌の下句を意味することの方が多い。とすると、斉信の課題も七七に翻案しての解答を求めるという、二重の設問だったかとも思われる。が、このことは、真字をたどたどしく書き記すことにプライドの許さなかった清少納言にすれば、「下の句で答えよ」とのヒントになったのではないか

と新見を示されている。薄様の手紙が主殿寮によって手渡される点で、主殿寮への斉信の指示が清少納言に発する言にまで及んでいたかどうかは判断しがたいように思う。主殿寮は性急に返事を迫ったものの、追い返されており、「末は」と発するのは主殿寮が再び訪れて佳句を目にしてからのことではなかったろうか。性急に物言う「末は」が上坂氏の仰るように「斉信の課題も七七に翻案しての解答を求める」ことを含意しているならば、「これが末を、知り顔に、たどたどしき真字書きたらむも、いとみぐるし」の言辞は、わざわざ自らのプライドと女房らしさを誇示したことを書き記し、同時に「末は」にこめられたヒントを読み手に隠そうとするものなのであ

ろうか。

上の句「本」に対して下の句「末」を問うことについて、「清涼殿の丑寅の角の、北のへだてなる御障子は」の章段にも古今集歌をどれだけ諳んじているかを尋ね合うことが見えているが、「本」と「末」で一首の和歌を完成させることは、換言すれば欠落を補うことであり、この章段の「扁つぎ」に照応している。清少納言にとって難解なものではなく楽しめるというものでもなかったため、少納言は「すさまじき心ちして、「何しにのぼりつらむ」とおぼゆ」と興ざめた心情を吐露している。才知に長けた中宮が不在であることに加え、中宮がもしこの場にいらっしゃったならば「扁つぎ」に興じられるのだろうかという意にもなろう。「扁つぎ」でなく佳句の続きを求められるのであれば、少しは中宮様も楽しまれたであろうにと「御前おはしまさば、御覧ぜさすべき」と記している。

二　短連歌と佳句と

さて、「末は」との問いに「草の庵を誰かたづねむ」とこたえたのは、佳句の後半を満たして佳句を完成させよとの意を汲んだ上でのさらにもう一段の飛躍であり、佳句はもちろんのこと、それに基づく短連歌も承知であるとの返事となっている。『公任集』(8)に見える短連歌を掲げる。

いかなるをりにか

401草のいほりをたれかたづねむ

とのたまひければ、いる人、たかただ

ここのへの花の宮こをおきながら

『公任集全釈』[9]で、

『枕草子』（八六段）長徳元年（九九五）二月の条に白詩にまつわる秀句をとりあげているが、まさしく公任が出題した「草の庵を誰かたづねむ」の句をそのまま借用して、斉信の「蘭省花時錦帳下」の句に答える形をとったのであろう。「たかただ」の「九重の花の都をあとにして」は斉信の出題した句と同じ内容を含み、いずれも転倒したおもしろさを狙った趣きになっている。おそらく作者が公任の句を借用したのであろう。

と「ここのへの花の宮こをおきながら」は「蘭省花時錦帳下」の翻案であると説かれ、「転倒したおもしろさ」と、佳句後部「廬山雨夜草庵中」を前句に、佳句前部「蘭省花時錦帳下」を付句にしていることについての評を示された。これに愚見を加えると、白居易の詩句が都の友人に手紙をしたためた内容である一方、『公任集』短連歌は詩句内容を踏まえ、都の友人から白楽天へ「どうして廬山の君の邸まで行けるというのだ。天子様のいらっしゃる都をあとにして訪れることなどできようはずもない」という意の返答の和歌となっている。和歌の下の句が前句として掲出されるのは、その趣向と詩句の均衡を読み取らせることを念頭においている。下の句が前句であったとしても、順を入れ替えて筆録されることもあるが[10]、この短連歌の機転と作品構造の冴えの手柄が付句作者の藤原挙直にあると示しているとも言えよう。

白居易は、都にいる友と自らとが固く結ばれた友情で繫がっていることを詩に織り込んだが、それを清少納言は「すずろなるそら言をききて、いみじういひおとし」などする頭中将斉信と自らの諍いに置き換えたのではあるまいか。さらになぞらえきれなかった長安と廬山との隔絶を、宿直する斉信らと伺候する自らとの極めて近い距離、「黒戸の前などわたるにも、声などするをりは、袖をふたぎて、つゆ見おこせず、いみじう憎みたまへば、ともかうもいはず、見も入れですぐす」とややもする触発水雷の危うさに「転倒」させているのである。この章段の起筆にもすでに白詩が影を落としているのであり、同時に清少納言は、短連歌の付句の冴えに魅入られていると言えよう。

ところで、「頭の中将の、すずろなるそら言をききて」の章段は構成を三つに分かつことができる。あとの文に「はじめありける事ども、中将の語りたまひつる、同じことをいひて」と記しているように、それぞれ頭中将斉信・源中将宣方・修理亮橘則光が語りの軸となっている。もちろんこれは、白詩「廬山草堂夜雨独宿、寄牛二李七庾三十二員外」と題されたように、僧孺・李七・敬休の旧友三名に重ねている。前掲に続く源中将宣方・修理亮橘則光が展開する残りの章段部分を次に掲げる。

みな寝て、つとめて、いと疾く局に下りたれば、源中将の声にて、

「ここに、『草の庵』やある」

と、おどろおどろしくいへば、

「あやし、などてか、人気なきものはあらむ、「玉の台」ともとめたまはましかば、いらへてまし」

といふ。

「あな、うれし、下とありけるよ、上にてたづねむとしつるを」

とて、

「夜べありしやう、頭中将の宿直所に、すこし人々しきかぎり、六位まであつまりて、万づの人のうへ、昔・今と語り出でて、いひしついでに、「なほ、この者、無下に絶え果てのちこそ、さすがに得あらね。もし、いひ出づることもやと待てど、いささか、何とも思ひたらず、つれなきも、いとねたきを。今夜、悪しとも善しとも、定めきりてやみなむかし」とて、みないひ合はせたりし言を、「ただ今は見るまじとて、

入りぬ」と、主殿寮がいひしかば、また逐ひかへして、「ただ、手を捕らへて、東西せさせず、請ひ取りて持て来ずば、文を返し取れ」と、いましめて、さばかり降る雨のさかりにやりたるに、いと疾く還り来、「これ」とて、差し出でたるが、ありつる文なれば、「返してけるか」とて、うち見たるに合はせて、をめけば、「あやし」「いかなることぞ」と、みな寄りて見るに、「いみじき盗人を。なほ、得こそ思ひ捨つまじけれ」とて、見さわぎて、「これが本、付けてやらむ」「源中将付けよ」など、夜更くるまで付けわづらひて、やみにしことは。「行く先も、語り伝ふべきことなり」などなむ、みな定めし」

など、いみじうかたはらいたきまで、いひきかせて、

「今は、御名をば「草の庵」となむ、つけたる」

とて、急ぎ起ちたまひぬれば、

「いとわろき名の、末の世まであらむこそ、口惜しかなれ」

といふほどに、修理亮則光、

「いみじき慶び申しになむ、「上にや」とて、まゐりたりつる」

といへば、

「なんぞ。官召などもきこえぬを。何になりたまへるぞ」

と問へば、

「いな。まことにいみじう嬉しきことの、夜べはべりしを、心もとなく思ひ明かしてなむ。かばかり面目あることなかりき」

とて、はじめありける事ども、中将の語りたまひつる、同じことをいひて、

「「ただ、この返り言にしたがひて、籠懸け、押し文し、すべて、さる者ありきとだに思はじ」と、頭中将のたまへば、あるかぎり響応して、やりたまひしに、ただに来たりしは、なかなかよかりき。持て来たりしたびは、「いかならむ」と、胸つぶれて、「まことにわるからむは、兄のためにもわるかるべし」と思ひしに、なのめにだにあらず、そこらの人の褒め感じて、「兄、こち来。これきけ」とのたまひしかば、下心ちはいと嬉しけれど、「さやうのかたに、さらに得さぶらふまじき身になむ」と申ししかば、「言加へよ、きき知れとにはあらず。ただ、人に語れとてきかするぞ」とのたまひしになむ、すこし口惜しき兄おぼえにはべりしかども、本付けこころみるに、「いふべきやうなし」「殊にまた、これが返しをやすべき」など、いひ合はせ、「わるしといはれては、なかなかねたかるべし」とて、夜半までおはせし。これは、身のため、人のためにも、いみじき慶びにはべらずや。官召に、少々の官得てはべらむは、何ともおぼゆまじくなむ」といへば、「げに、あまたして、さることあらむとも知らで、ねたうもあるべかりけるかな」と、これらなむ、胸つぶれておぼえし。

この、「妹」「兄」といふことは、主上までみな知ろしめし、殿上にも、官の名をばいはで、「兄」とぞ、つけられたる。

物語りなどして居たるほどに、

「まづ」

と、召したれば、まゐりたるに、「このこと仰せられむ」となりけり。

「主上笑はせたまひて、語りきこえさせたまひて、男どもみな、扇に書きつけてなむ、持たる」

など、仰せらるるにこそ、「あさましう。何のいはせけるにか」とおぼえしか。

さて後ぞ、袖の几帳なども取り捨てて、思ひなほりたまふめりし。

「はじめありける事ども」「中将の語りたまひつる」「同じことをいひて」と、まさに前段・中段・後段というように清少納言がまとめたことで小稿の読みも三段構成が可能になると見通し、まず斉信が発した手紙と返答を改めて佳句の摂取として解釈をすすめた。続く宣方を軸とする挿話についても、返答をめぐって当惑した少納言の側と当惑させるはずが当惑させられてしまった斉信と表層部を理解しつつも、前段に引き続き表層部とは異なる別の視座で解釈できるのではないかと思う。

前の段と同様の構造を持つ点に目を向けると、少納言への訪れとそれに対する感情の発露が近似しているように見える。

訪れ

・「なにがしさぶらふ」と、いと花やかにいふ。（斉信に手紙を託された主殿寮）

・「ここに、「草の庵」やある」と、おどろおどろしくいへば、（宣方）

清少納言の反応

・「あやし。いつの間に。何ごとのあるぞ」と、問はすれば、主殿寮なりけり。

・「あやし。などてか、人気なきものはあらむ。「玉の台」ともとめたまはましかば、いらへてまし」といふ。

訪れた時の声の調子は異なる人物であるためと解しても良さそうだが、その反応の第一声に「あやし」と受けることまで同じであること、また、日記的章段であるからと言っても逸話紹介の際に、二度同じような言辞を書き連ねることに意味があるのではないかと思うが、この点については後に述べることにする。

三 「草の庵」と「玉の台」と

源中将宣方の「ここに、「草の庵」やある」に対して「「玉の台」ともとめたまはましかば」と応じ、「草の庵」と「玉の台」が対をなしている。これは『拾遺集』巻第二夏に「菖蒲草」の詠まれた連続する四首の三首目に配された、

題しらず　　　　　　　　　　　　　　　　　よみ人しらず

110けふ見れば玉のうてなもなかりけりあやめの草のいほりのみして(11)

に、同じくその関係を含み持つと指摘される中、萩谷氏(12)はこの歌の「「今日」は、明らかに五月五日端午の節句を指すものであるから、この二月に、五月の歌句を踏まえているような季節外れの引用を、清少納言がしたとも考えられない」と時季の相違に引用を否定されている。

萩谷氏に異を唱えるわけではないが、「故殿の御服の頃、六月の晦の日」の章段には、七月八日に頭中将斉信が以前の話（同年四月一日に『和漢朗詠集』七夕にも摘句された菅家の七律を即興で斉信・宣方が一緒に朗詠したのを、少納言が時季が異なるのを指摘して口止めされるということがあった）をふまえながら、「今度は四月のものでも詠じましょうか」と戯れた逸話がある。少納言はこの戯れを「いみじうをかしきこそ」と評価しており、場合により柔軟に受け取る姿勢を見せることもある。この章段の場合は、四月のエピソードを秘匿した斉信・宣方と少納言だけが共有できるおもしろさであり、他に伺候する女房や外の殿上人には解せないでいること、また話題の核が佳句にあることもあり才媛の気分の高揚を読み取ることができる。なお、この「故殿の御服の頃、六月の晦の日」の章段についても、登場人物、『和漢朗詠集』に摘句された佳句の引用などとこの章段との相似性あるいは共通

性を認めることができ、内容の検討を要するが紙幅の関係で今は措くことにする。

ただ稿者がつかみきれないのは、萩谷氏が「この歌とは無関係に、草庵に対する反対語として玉台という語を何気なしに用いたものと思われる」と右歌以外に典拠のある可能性を示唆されているともとれる記述がなされている点である。「何気なしに用いた」とされる点を、「蘭省花時錦帳下」を「玉の台」としたものであると解釈すれば、「草の庵」との関係を説明せずとも両語の対立を認めることができ、さらに拾遺集歌「けふみれば」の典拠の一つとして佳句を認めることにもなろうが、これで断じてよいものかどうか。

歌句「玉の台」を含む歌は、『古今和歌六帖』第六の「むぐら」に、

3874 なにせんにたまのうてなも八重むぐらいづらんなかにふたりこそねめ[13]

を認めることができる。「八重むぐらいづらんなか」を屋内とすれば「草の庵」を想起して良いと思う。というのは六帖題「むぐら」は「草」の項の一つに配されてもいるからである。「むぐら」との関連で詠まれたものは、『竹取物語』に、

13むぐらはふ下にも年はへぬる身の何かは玉のうてなをもみむ

と見え、『伊勢物語』第三段「思あらば」歌に見える身分低い者の住まい「むぐらの宿[14]」を連想させよう。清少納言が「いとわろき名の、末の世まであらむこそ、口惜しかなれ」というのももっともなことで、綽名「草の庵」を嫌悪するのもよくわかる。「玉の台」は重陽の菊を寿ぐ歌として、『夫木和歌抄』に、

四季歌に、九月　大弐高遠卿

5905 きくの花色のこがねにみゆればや草のやどりにつゆもおくらん

堀川中宮女房より送りける菊歌の返し　同

5906しろかねとこがねの色にさきまがふたまのうてなの花にぞ有りける

と、見える。ここでは菊に置く「露」が読み込まれているが、同じ高遠の歌でも『大弐高遠集』に詞書「西宮南門多秋草」として、

284九重のたまのうてなもあれにけりこころとしける草の上の露

と「玉」に対する「草」に「露」が置くことが詠まれている。白詩では「雨夜草庵」と降りかかる雨を詠んでおり、しとどに濡れる草という点で雨露を防ぐこともできないあばら屋を「草の庵」にイメージできよう。清少納言が「草の庵」と呼ばれ、「玉の台」を引き合いに出すことは、萩谷氏が「何気なしに」と表現されたように両語の対立の概念がすでに醸成された上でのものとしているからだと認めるべきだと思われる。それどころか両語の対立関係は拾遺集歌ばかりでなく多くの和歌に詠み込まれていると見ておきたい。

四　本文と『遊仙窟』

さて、頭中将斉信に手紙を託された主殿寮と源中将宣方とが、それぞれに清少納言を訪れるくだりを繰り返し筆録することの意味はただちに解しがたい。男性の訪れと綽名に着目された萩谷氏は、(15)

さしずめ清少納言改め草庵少納言というところであろうが、彼女自身が「いとわろき名」といっただけあって、当時も一向通用せず、後世にも流布しなかった。これに対して、藤原為時の娘藤式部は、晴れがましい敦成親王御五十日の祝宴に、当の公任が、式部自作の「紫の物語」の主人公光源氏を気取り、式部を女主人公と目して、「我が紫やさぶらふ」と探し求めてきたが、自分は全然問題にせず、「この席には、源氏の君に似たような殿方もいらっしゃらないのに、まして紫の上がいるわけがないじゃないの」とばかり、相手にも

しなかった。そして、以後「紫式部」という上品な呼び名が自分には定着したのだとばかり、『枕草子』に見る清少納言の「草庵説話」に優越する藤式部の「紫説話」というものを顧示するかのように、『紫式部日記』に誇らしく書き残している。

と『紫式部日記』との比較をしておられる。この敦成親王御五十日の祝宴に、公任が紫式部に言いかけた言葉については、新間一美先生が『遊仙窟』の語を翻訳したものと指摘(16)されている。無刊記本によって示すと、

見一女子向水側浣衣。余乃問曰、承聞、此処有神仙之窟宅。故来伺候。

一りの女子《ヲンナコ》水の側《ホトリ》に向て衣を浣《アラ》へるを見る。余《ヤツカリ》乃ち問ひて曰く、承聞《ウケタマハ》る、此の処《ワタリ》に神仙の窟宅《イハヤ》有りと。故《コトサラ》に来て《マウテキ》伺候《サブラフ》と。　（3ウ）

の部分で「此の処《ワタリ》」の訓が公任によって紫式部に使われたという。「『遊仙窟』を使ってうまく書いていますね、という意味を込めた発言なのである」と説明されているのは、公任・紫式部二人だけにわかる意であるのか、あたりに触れまわるような声を発して「わかりましたよ」との意をこめつつ藤式部を「わかむらさき」と戯れているという意なのだろうか。『紫式部日記(17)』の、

左衛門の督、「あなかしこ。このわたりに、わかむらさきやさぶらふ」とうかがひたまふ。

とある「うかがふ」は、『遊仙窟』では、文成を誘惑するために五嫂がなよなよと妖艶にしかも見事に舞う場面に、

婀娜徐行。蟲蛆面子。妬殺陽成。蠶賊容儀。迷傷下蔡。挙手頓足。雅合宮商。顧後窺先。深知曲節。

婀娜となまめいて徐に行く。蟲蛆とさはやかなる面子のかほばせ、陽成を妬殺す。蠶賊のひとそこなひの容儀のふるまひは、下蔡を迷《マド》はし傷ましむ。手を挙げ足を頓《アサ》ふる。雅に宮商に合《カナ》へり。後《シリ》へを顧み先を窺《ウカガ》

ふ。深く曲節を知れり。（40ウ）

とあるので、その動作は舞と同様にふらついているようにも見え、やや酩酊した様子で探っていると述べたものと解しておきたい。もちろん女性の側がそのような言に直ちに靡かず、紫式部が拒むことも文脈上理解できるところなのである。酒の入った公任が朗らかにまた少し露わに述べているものと解することもできよう。呼びかける側、呼びかけられる側の双方において、男女の間においてそのような呼びかけの型が確立していてはじめて呼びかけの意が相手に理解されるものであろうが、紫式部ばかりでなく多く知っていたものと理解しておきたいのである。『遊仙窟』の受容は始まってすでに長く、『遊仙窟』の呼びかけのスタイル自体が、すでに一部の佳人の間で流行醸成していたものと理解できないだろうか。

『紫式部日記』のような露わな訓が用いられた様子は『枕草子』には認められないが、「なにがしさぶらふ」や「ここに、『草の庵』やある」の陳述部分にわずかに表出していると考えると、清少納言が繰り返し同じような到来の言葉を書き連ねた意味が理解しやすくなるのである。少納言が挙直の付句に魅了されていたとの考えを述べておいたが、『枕草子』執筆の折に、その付句についての情感を回想していたことも否定できない。それがために付句「花の宮こをおきながら」からの連想で主殿寮の声が「花やかに」聞こえたというのは言い過ぎだろうが、少納言にとってはその一連の言葉が、『遊仙窟』の男女の出会いの端緒の言をふまえてのものだとわかるだけに、来訪の声はたしかに調子よく「花やかに」言っていたようにも聞こえたと解しておく。

一方、清少納言と斉信との間には「そら言」の一件があるだけに、なお一層少納言の苛立ちは顕著であったとも言えよう。「あやし。いつの間に。何ごとのあるぞ」という言葉や「いね。いまきこえむ」と主殿寮を追い返すほどの激昂ぶりは、いくら才知優れた清少納言でさえ抑えられなかったことを示すのであろう。

『遊仙窟』との関連はこれだけであれば、かなり希薄だと思われるが、『遊仙窟』を引いてよく知られた『万葉集』の「松浦河に遊ぶ序」に「草庵」が見える。日本古典文学全集により本文を掲げ、その頭注に基づき『遊仙窟』など漢籍の影響とされる部分に、傍線を施す。

遊於松浦河序

余以暫往松浦之県逍遥、聊臨玉嶋之潭遊覧、忽値釣魚女子等也。花容無双、光儀無匹。開柳葉於眉中、発桃花於頬上。意気凌雲、風流絶世。僕問曰、誰郷誰家児等、若疑神仙者乎。娘等皆咲答曰、児等者漁夫之舎児、草菴之微者。無郷無家、何足称云。唯性便水、復心楽山。或臨洛浦而徒羨玉魚、乍臥巫峡以空望烟霞。今以邂逅相遇貴客。不勝感応、輙陳欸曲。而今而後、豈可非偕老哉。下官対曰、唯々、敬奉芳命。于時、日落山西、驪馬将去。遂申懐抱、因贈詠歌曰

『遊仙窟』等の引用が多く、『文選』や『論語』も指摘されている。神功皇后が鮎を釣ったと伝えられ、五月一日に女子が鮎を釣れば釣れるとの伝説を契機として、『遊仙窟』を模倣して作った虚構だという。傍線部のほかに先ほど掲げた河に洗濯する女子に遇う『遊仙窟』本文が「浣」を「釣魚」に置換して作られていることが判り、「けだし神仙ならんや」は、この「松浦河に遊ぶ序」ばかりでなく、『遊仙窟』を包み込む評語と捉えることができる。そもそも廬山は、仙郷であると解してよいと思われ、新間先生の詳細な考証によれば『源氏物語』若紫巻の北山が廬山に重ねられているという。(18)『藝文類聚』に、

神仙傳曰、董奉還豫章、廬山下居、在山間、了不佃作、為人治病、亦不取銭物、使病愈者、種杏五株、

と見え、医術に秀でた仙人董奉を紹介する。これを北山の聖のモデルと新間先生は紹介しておられるが、白居易が仏道に帰依していたことはよく知られたところであり、当該の白詩の仏教語(19)に傍線を施すと、

丹霄攜手三君子
白髪垂頭一病翁
蘭省花時錦帳下
廬山雨夜草庵中
終身膠漆心應在
半路雲泥迹不同
唯有無生三昧觀
榮枯一照兩成空

となる。仏教語が尾聯に集中するが、友との隔たりは言うに及ばずその格差にどのように思いをいたすかを仏法に求めているようである。自分は生をほしいままにして悟りの境地には達しきれずにいるが、教えによればいずれもが仮の姿で、実体がなく、真理はべつにあるらしい、というところか。「草庵」の語も、『法華経』「信解品」にみえる仏教語といえよう。『発心和歌集』に、

信解品

示其金銀、真珠頗梨、諸物出入、皆使令知、猶処門外、止宿草菴

28 草の庵にとしへし程の心には露かからんとおもひかけきや

と引かれている偈文は、心より求めもしないのに教えの悟りを得てしまった者の苦しみを説明する偈文の一部である。

偈文は、仏の教えの真理を財産に譬え、師弟を親子に喩える。貧しい男をやがて息子と認めやがて財を与える

に足る人物であることを知るくだりで、貧しい男は、財を示されてもなお財は自分の財ではないと考え、親の邸宅を離れ全く宝のないような「草庵」に宿り続けるだろうという。この偈文のあと、求めもせずとも手に入れた財であったとしても、仏は臨機応変に種々の行いを示し宿世の因縁を知った上で真理を説くという。白詩を信解品(20)に照らせば、白詩は未だ悟りを得ぬ「貧しい男」の心境であり、やがて真理に到達するであろう希望を湛えているとみてはどうだろうか。

おわりに

前句「草の庵を誰かたづねむ」は、付句作者「たかただ」によって白詩の世界にまとめ上げられた。前句付句を併せて一首の和歌「ここのへの花の宮こをおきながら草のいほりをたれかたづねむ」と示されれば、『和漢朗詠集』山家に摘句された「蘭省花時錦帳下　廬山雨夜草庵中」をおいて他に出典はない。しかし、前句だけをもって、白詩を出典としなければならないだろうか。『枕草子』には、「「これが本、付けてやらむ」「源中将付けよ」など、夜更くるまで付けわづらひて」とあるので、白詩以外の付句の考案を試みたということだろう。「草の庵」が『万葉集』にあり、神仙譚に浮遊するような一面をも持ち合わせており、また一方で仏典の中の偈文に見出すことができるならば、「付けわづらひて」と困惑することも首肯できるのである。「誰かたづねむ」を挙直はまず距離の隔絶と捉えるところから付句をなしえたが、誰も到達できない神仙郷や悟りの世界を想起すれば、挙直ほどの秀句が生まれたかどうかは別としても、違った付句が発現できたのではなかろうか。

蛇足になるが、伺候する者のつとめとしてその地位を全うする資質は常に要求され続けたことであろう。先の拙稿(21)では問わぬことの優しさと安心感について触れたが、ここでは反対に尋ねること、答えることの切迫と緊張を看取できた。「「ただ、この返り言にしたがひて、籠懸け、押し文し、すべて、さる者ありきとだに思はじ」」の言には、現代人には想像のつかない厳しさがある。応えられなかった時のきびしい仕置きが日々の宮仕えの緊張感と才知を生むとは言えようが、危うい宮仕えであることは否めない。そのような緊張感によって、『枕草子』の日記的章段が支えられているということを考え合わせたとき、明朗・快活さで満たされたような章段にこそ、むしろ露わにすることをできる限り避ける筆運びが潜んでいると思うのである。

注

（1）岸上慎二氏『清少納言伝記攷』（畝傍書房、一九四三年）三一三頁。
（2）萩谷朴氏校注『枕草子(上)』（新潮日本古典集成、一九九二年）一五九頁頭注。以下『集成』と略記。
萩谷朴氏『枕草子解環(二)』（同朋舎出版、一九八二年）二〇八頁。以下『解環』と略記。
（3）田中重太郎氏『枕冊子全注釈(二)』（角川書店、一九七五年）一一一～一一三頁。以下『全注釈』と略記。「山脇氏のように清少納言が公任の句を流用したと考えるべきか、池田氏のように清少納言が公任の句を流用したとみるか、なかなかむずかしいが、私は後者を採りたいと思う」と控えめであったが、萩谷朴氏は前掲『解環』（一九二頁）で「たかたゞ」に六位蔵人藤原挙直を比定する考証を掲げ「清少納言が公任の旧作を借用したものであって、その逆の場合は全く考えられないことが確定する」とされた。
（4）以下、『枕草子』本文の引用は、前掲注（2）『集成』による。
（5）菅野禮行氏校注『和漢朗詠集』（新編日本古典文学全集、小学館、一九九九年）、以下本文の引用はこれによる。
（6）岡村繁氏『白氏文集(四)』（新釈漢文大系、明治書院、一九九〇年）八一頁による。
（7）上坂信男氏ほか校注『枕草子(上)』（講談社学術文庫、一九九九年）余説、三三四頁。
（8）以下和歌の引用は、『新編国歌大観』による。
（9）伊井春樹氏ほか校注『公任集全釈』（私家集全釈叢書、風間書房、一九八九年）。

（10）橋本不美男氏校注『俊頼髄脳』（『歌論集』（新編日本古典文学全集、小学館、二〇〇二年）による）に、

忠峯

なはしのたえぬところにかつらはし

敏行の少将

つがひのをさに壬生のただみね

これは、忠峯が、左近のつがひの長にてありける時、敏行の少将の「陣には誰かさぶらふぞ」と尋ねければ、「番長壬生忠峯」と名のりけるを聞きて、連歌に聞きなして、詠じて過ぎけるを聞きて、付けたりけるとぞ伝へたる。

と見える。

（11）『賀茂保憲女集』に、

49けふみればたまのうてなもなかりけりあやめのくさのいほりのみして

と見えることが、田中氏『全注釈』、萩谷氏『解環』に指摘されているものの、『拾遺抄』には見えない。

（12）前掲注（2）『解環』二〇五頁。

（13）玉上琢彌氏編、山本利達氏ほか校訂『紫明抄・河海抄』（角川書店、一九六八年）二三七頁によると、『河海抄』第二夕顔「たまのうてなも」にこの和歌を引いている。

（14）片桐洋一氏『伊勢物語全読解』（和泉書院、二〇一三年）二八頁に、

「むぐらの宿」は、その葎が生い茂った住まい。身分の低い人の住まい、というイメージを持っている。『萬葉集』の例をあげると、

葎はふ賤しきやども大君のまさむとしらば玉敷かましを（巻十九・四二七〇）

いかならむ時にか妹を葎生の汚きやどに入れいませてむ（巻四・七五九）

思ふ人来むと知りせば八重葎覆へる庭に玉敷かましを（巻十一・二八二四）

玉敷ける家も何せむ八重葎覆へる小屋も妹と居りては（巻十一・二八二五）

のごとくである。

と注されており、掲げられたうちの三首に「玉」が見え、家屋における貴賤の意識を明示された。

(15) 前掲注(2)『集成』一六四頁頭注。

(16) 新間一美先生『源氏物語の構想と漢詩文』「序論」(和泉書院、二〇〇九年)。また、同じく新間先生「源氏物語と唐代伝奇――基層としての遊仙窟――」(『和漢比較文学』第四四号、二〇一〇年)。

(17) 山本利達氏校注『紫式部日記　紫式部集』(新潮日本古典集成　一九八〇年)による。

(18) 新間一美先生「源氏物語と廬山――若紫巻北山の段出典考――」(『甲南大学紀要』文学編五二、一九八四年)。のち『源氏物語と白居易の文学』(和泉書院、二〇〇三年)に収載。

(19) 前掲注(6)『白氏文集』語釈による。

(20) 『法華経』(坂本幸男氏ほか校注『法華経』(岩波文庫、一九六二年)二二二頁による)「信解品第四」に、

世尊往昔。説法既久。我時在座。身體疲懈。但念空。無相無作。於菩薩法。遊戯神通。浄佛國土。成就衆生。心不喜楽。所以者何。世尊令我等。出於三界。得涅槃證。又今我等。年已朽邁。於佛教化菩薩。阿耨多羅三藐三菩提。不生一念。好樂之心。我等今於佛前。聞授聲聞。阿耨多羅三藐三菩提記。心甚觀喜。得未曾有。

(傍線稿者)

と見え、白詩「翁」「半路雲泥」「空」と照応するところを見いだせる。

(21) 拙稿「藤村琢堂画『清少納言之図』小見」(『相愛大学研究論集』第二九巻、二〇一三年)。

『源氏物語』玉鬘十帖における紫の上の位置づけ
——錯綜するまなざしに着目して——

櫛井亜依

はじめに

『源氏物語』少女巻において、新たに造営された六条院では、紫の上・花散里・秋好中宮・明石の君がそれぞれ女主人となり、四季の趣向を凝らした町に据えられる。高橋和夫が指摘したように、それは四季と人間関係を重ね合わせ、新たな物語の展開を予想させるものであった。

元来は二条東院を構想していた作者が六条院の構想にまで新たに発展されたのは、こゝに創作意図の変化があつたからに相違ない。では二条院から六条院へと、邸宅を兼行してまで衝動に駆られて実行したものは何であつたろうか。一言にして言えば、四季の構図による自然と人事の配合という、季節の理念化であつた。(1)

高橋が指摘したように、六条院が造営されて後、春秋優劣論や季節の折々に催される宴など、巡る四季に応じて物語は語られていくことになる。女君を四季になぞらえ性格づけていく趣向は、玉鬘巻の衣配りをはじめ、少女巻以降、物語の随所に確認されるところである。また、ここに至るまで各所にいた女君を集めることは物語の人物関係にも変化を与えることになる。

四季の町によって構成される六条院の経営は、王朝の美意識・文化感覚を一空間に統合する営為であるといえよう。源氏はそうした六条院の宰主として、四人の女君を、それぞれ重要な役割を担わせながら、四季の町々に配する。人間関係を、季節の推移によって円滑に管理しようとするこの経営体制は、源氏のこれまでの女性交渉の一つの帰着であるとともに、さらに紫の上と秋好中宮との和歌との応酬に象徴されるような、六条院内の新たな人間関係をも生み出そうとしている。(2)

新編日本古典文学全集(以下、新編全集)頭注で指摘されているように、ただ統合するだけでなく、新たな人間関係が生まれることが物語にとって重要といえるだろう。新たな人間関係は、登場人物の新たな側面を浮かび上がらせることになる。しかし、六条院造営後の、六条院を舞台とする物語が本格化する玉鬘十帖において物語の話題の中心になるのは、四季を担う女主人だけではない。たとえば新たな登場人物として玉鬘が挙げられる。玉鬘については、先行研究においてこれまで様々な側面から論じられてきた。その側面の多様さからも、玉鬘がいかに多面的で様々な役割を物語において担っているかがうかがえる。一方、具体的な場面は後述するが、玉鬘をめぐる文脈でしばしば話題にのぼるのが、紫の上である。(3) 紫の上は春の町、玉鬘は夏の町に住み、妻と娘という扱いの違いがあるにもかかわらず、二人はしばしば同じ文脈で名前が挙がったり、比較されたりする。したがって本論では、玉鬘と紫の上とが同じ文脈で語られることの意義を考察したい。

結論から言えば、玉鬘はそれまで「紫のゆかり」として光源氏からの絶対評価によってその優位を保ち続けていた紫の上という存在を相対化する方法であると考える。紫の上の位置づけについては、すでに永井和子の論考がある。

紫上は第一部では妻と娘としての二重の存在であったし、ここにすべてを容れる母の面を付け加えることさえできよう。第二部で別の妻の出現によってその意味が問いなおされ、解体し、改めて「妻」として再生した。かくして主人公から出発した物語は、女主人公の死に至って主題を捉えなおす道筋のうちに、改めて「女性」の生の重さを担って第三部の大君・中の君・浮舟の物語へと引き継がれてゆくのである。(4)

永井が指摘するように、第一部の紫の上の存在は、物語の要請に伴い妻・娘・母という役割を与えられ、若菜巻以降、それが問い直されることになる。この第一部の紫の上の存在の複雑さを指摘したことは重要である。しかし、その複雑な存在に対しての問い直しは、すでに六条院造営後に始まる玉鬘十帖において、行われているのではないか。玉鬘の登場によって光源氏以外の複数のまなざしが錯綜する六条院の中で、紫の上は相対化されることになる。妻や母などの役割の変化だけでなく、光源氏以外の人物から他の女性と比べられ評価される対象となるという変化がここに生じているのではないか。

以下、紫の上と玉鬘が取り上げられる場面を中心に検討し、そこからどのような女君の像が物語に提示されているのかを捉えたい。

一　右近のまなざし

次の本文①は、玉鬘巻冒頭である。右近は、この時点では紫の上付きの女房だが、亡くなった夕顔に心情は寄り添っていることがうかがえる。

①年月隔たりぬれど、飽かざりし夕顔をつゆ忘れたまはず、心々なる人のありさまどもを見たまひ重ぬるにつけても、あらかしかばとあはれに口惜しくのみ思し出づ。右近は、何の人数ならねど、なほその形見と見た

まひて、らうたきものに思したれば、古人の数に仕うまつり馴れたり。須磨の御移ろひのほどに、対の上の御方に、みな人々聞こえわたしたまひしほどよりそなたにさぶらふ。心よくかいひそめたるものに女君も思したれど、心の中には、故君ものしたまはしかば、明石の御方ばかりのおぼえには劣りたまはざらまし、さしも深き御心ざしなかりけるをだに、落としあぶさず取りしたためたまふ御心長さなりければ、まいて、やむごとなき列にこそあらざらめ、この御殿移りの数の中にはまじらひたまひなまし、と思ふに、飽かず悲しくなむ思ひける。（三、玉鬘、八七頁）(5)

右近が光源氏流離の際、紫の上付きの女房となっていたことがここで初めて語られる。次いで現在の主人である紫の上の右近に対する評価が続く。そして「心の中には」以降、今なお亡き夕顔に寄り添い現状を見つめる右近の心の内が明かされる。ここでは、今夕顔が生きていたらと想像し、明石の御方に劣らないくらいの寵愛があり、六条院にも入っていただろうという右近の思いが語られている（傍線部）。この明石の君の待遇については、複数の登場人物によって、その評価の違いを確認することができる。この点を確認するために、次の本文②と③を見ていきたい。上京した玉鬘と右近はついに再会し、光源氏に相談してのち、玉鬘は六条院に引き取られることになる。玉鬘引き取りについて、光源氏から紫の上に話したときのやりとりが次の②の場面である。ここで再び明石の君の待遇が話題にのぼる。

②「人の上にてもあまた見しに、いと思はぬ仲も、女といふものの心深きをあまた見聞きしかば、さらにすきずきしき心はつかはじとなむ思ひしを、おのづからさるまじきをもあまた見し中に、あはれとひたぶるにらうたき方は、またたぐひなくなむ思ひ出でらるる。世にあらましかば、北の町にものする人の列にはなどか見ざらまし。（後略）」（三、玉鬘、一二六頁）

この光源氏の発言に対し、紫の上は、③のように答える。

③「さりとも明石の列には、立ち並べたまはざらまし」とのたまふ。なほ北の殿をば、めざましと心おきたまへり。姫君の、いとうつくしげにて何心もなく聞きたまふがらうたければ、また、ことわりぞかしと思し返さる。

（三、玉鬘、一二六頁）

②傍線部のように、夕顔が生きていたら、六条院の中で最も低い扱いの明石の君以上の待遇はしていただろうという光源氏の発言に対し、③傍線部で紫の上は、そうはいっても明石の君ほどの特別扱いはしないだろう、と反論する。これは光源氏が、本文④の傍線部のような特別扱いをしていることが原因だと思われる。

④御しつらひ、事のありさま劣らずして、渡したてまつりたまふ。姫君の御ためを思せば、おほかたの作法も、けぢめこよなからず、いとものものしくもてなさせたまへり。

（三、少女、八三頁）

③の紫の上の発言は、明石の君について、その待遇は他の女君と大きく差別しておらず、つまり明石の君の身分に対して重々しい、特別待遇していることを指摘するものであった。紫の上は口にはしていないが、その理由は明石の姫君であることも理解している。これは光源氏が明石の君を大切にしていることを知っている紫の上だからこそ感じ取れる明石への評価として捉えることができる。

以上のように①～④では、右近・光源氏・紫の上という三人の人物が、夕顔が六条院に迎えられたならばという仮定の話を契機として明石の君の待遇について異なる見解を述べていた。本文①の右近の心情「明石の御方ばかりのおぼえには劣りたまはざらまし」については、一般に次のように解釈されている。

源氏の言葉に、「(夕顔が）世にあらましかば、北の町にものする人の列にはなどか見ざらまし」とある。右近はこの源氏の気持を知っていたか。夕顔の父は三位中将で、明石の君より家柄はよい。(6)

明石の君の住む町は四町の中で唯一寝殿造りの基本的な形式を有しておらず、「北面築きわけて、御倉町」(7)であるから敷地も狭くなっている。明石の君は、紫の上・花散里・秋好中宮とは異なる、四人の女君の中で最も低い待遇の女君であるため、夕顔の位置づけを想定するにあたって、基準として明石の名前を挙げているのだろう。したがって、前掲の新編全集頭注のように、「光源氏の気持ちを知っていた」と解釈するよりも、六条院に据えられた四人の女君の中で最低限以上の待遇は期待できたと右近は考えていた、と解するほうがよいと思われる。これは明石の君の身分を知れば当然の見解であるといえるだろう。しかし、光源氏は宿曜占いに基づき、明石の姫君がいずれ中宮になることを前提としてその母である明石の君を扱っており、それを知らない右近の見解は、そのことを加味したものではない。そのように解釈すると、光源氏の思惑を知る者と知らない者との間の、人物に対する評価の差異が浮かび上がってくる。右近は光源氏の思惑は知らないため、当時の常識に照らし合わせて家柄から待遇を仮定している。一方、紫の上は明石の姫君ゆえにその母である明石の君も重々しく扱われていることを理解しているが、宿曜占いの予言までは知らない。光源氏の思惑の核心に対する理解度から、それぞれの距離感がうかがえる。

ここからは、右近という人物の位置づけを捉えることができるだろう。紫の上を主人として六条院の中心ともいえる場所で行動する一方、明石の君の扱いが特別だと気付かない。そのまなざしは光源氏や紫の上に寄り添ったものではないのである。以下、この右近のまなざしに着目したい。次の⑥は、右近が玉鬘の乳母と、玉鬘の将来を相談している場面である。傍線部のように、玉鬘の美しさを他の女君と比較し、賛美している。

⑥「おぼえぬ高きまじらひをして、多くの人をなむ見あつむれど、殿の上の御容貌に似る人おはせじとなむ年ごろ見たてまつるを、また生ひ出でたまふ姫君の御さま、いとことわりにめでたくおはします。かしづきた

てまつりたまふさまも、並びなかめるに、かやうやつれたまへるさまの、劣りたまふまじく見えたまふは、ありがたうなむ。大臣の君、父帝の御時より、そこらの女御、后、それより下は残るなく見たてまつりあつめたまへる御目にも、当代の御母后と聞こえしと、この姫君の御容貌とをなむ、「よき人とはこれをいふにやあらむとおぼゆる」と聞こえたまふ。見たてまつり並ぶるに、かの后の宮をば知りきこえず、姫君はきよらにおはしませど、まだ片なりにて、生ひ先ぞ推しはかられたまふ。上の御容貌は、なほ誰か並びたまはむとなむ見えたまふ。殿もすぐれたりと思したためるを、言に出でては、何かは数への中には聞こえたまはむ。「我に並びたまへるこそ、君はおほけなけれ」となむ戯れきこえたまふ。見たてまつるに命延ぶる御ありさまどもを、またさるたぐひおはしましなむや、となむ思ひはべるに、いづくか劣りたまはむ。ものは限りあるものなれば、すぐれたまへりとて、頂を放れたる光やはおはする。ただこれを、すぐれたりと聞こゆべきなめりかし」と、うち笑みて見たてまつれば、老人もうれしと思ふ。（三、玉鬘、一一三頁）

ここでは、明石の姫君と紫の上を主な比較対象として玉鬘を称賛している。明石の姫君と藤壺はこれ以上の器量の人はないと光源氏の発言を踏まえながらも、自分は藤壺は実際に見たことがなく、明石の姫君はまだ幼くて今後が期待される段階であるし、やはり紫の上が女君としては格別であると右近は光源氏の周囲の女君を評価する。ここで着目したいのは「ものは限りあるものなれば、すぐれたまへりとて、頂を放れたる光やはおはする」という表現である。いくら優れているといっても、仏のように頂から光を放っているわけではないのだから、紫の上に並び玉鬘も優れているといえる、と右近は結論付ける。これは、仏様のような別次元の存在ではなく、優れているにしても限りがある同じ人間なのだから、という比喩である。一方、同じ玉鬘十帖で仏という超越的存在を比喩に用いて語られるのが、次に挙げる⑦の紫の上の春の町である。

⑦春の殿の御前、とりわきて、梅の香も御簾の内の匂ひに吹き紛ひて、生ける仏の御国とおぼゆ。

（三、初音、一四三頁）

⑦傍線部の「生ける仏の御国」もまた比喩であるが、こちらは別次元のようだと表現されている。⑥と⑦は「仏」という同じ言葉を用いながら、紫の上を表現するにあたって相対する評価を与えているといえる。どちらも賛美しているのに違いはないが、⑦が絶対的な存在としての賛美なのに対し、⑥の右近の評は、紫の上の評価を相対化しているのである。

女君同士が比較されるということにおいては、次に挙げた朝顔巻の例があった。これは雪の夜、それまでに関係を持った女君の評を光源氏が紫の上に述べるという場面である。

⑧「（前略）世にまたさばかりのたぐひありなむや。やはらかにおびれたるものから、深うよしづきたるところの並びなくものしたまひしを、君こそは、さいへど紫のゆゑこよなからずものしたまふめれど、すこしわづらはしき気添ひて、かどかどしさのすすみたまへるや苦しからむ。前斎院の御心ばへは、またさまことにぞみゆる。さうざうしきに、何とはなくとも聞こえあはせ、我も心づかひせらるべきあたり、ただこの一ところや、世に残りたまへらむ」とのたまふ。（中略）「さかし。なまめかしう容貌よき女の例には、なほひき出でつべき人ぞかし。さも思ふに、いとほしく悔しきこと多かるかな。まいて、うちあだけすきたる人の年積もりゆくままに、いかに悔しきこと多からむ。人よりはこよなき静けさと思ひしだに」などのたまひ出でて、尚侍の君の御事にも涙すこしは落としたまひつ。「この数にもあらずおとしめたまふ山里の人こそは、身のほどにはややうち過ぎものの心など得つべけれど、人よりことなるべきものなれば、思ひあがれるさまをも見消ちてはべるかな。いふかひなき際の人はまだ見ず。人は、すぐれたるは難き世なりや。東の院にな

がむる人の心ばへこそ、古りがたくらうたけれ。（後略）」

（二、朝顔、四九二頁）

この朝顔巻巻末において、藤壺・朝顔・朧月夜・明石の君・花散里という複数の人物の評が光源氏と紫の上との間で交わされる。光源氏と関係をもった女君を、光源氏自身が比べ評するというものである。このように、玉鬘十帖に至るまでの紫の上は、光源氏のまなざしによってのみ評価されてきた人物であった。言い換えれば、右近の評に至るまで、紫の上は光源氏以外の人物から比較され、評されることはなかった。紫の上は、若紫巻で「紫のゆかり」の女君としてひそかに二条院に据えられることになった。そして玉鬘巻に至り、夕顔と玉鬘という母子の存在が語られることで、紫の上は、物語において初めて光源氏以外の第三者のまなざしによって存在を相対化され、「紫のゆかり」というフィルターがない状態で評価されることになるのである。

二　夕霧のまなざし

本節では、夕霧のまなざしを通し、紫の上・玉鬘・明石の姫君が語られる野分の場面を確認していきたい。次に挙げた本文⑨～⑪は、野分巻で夕顔が垣間見したことによって女君の評が述べられている場面である。⑨は紫の上、⑩は玉鬘、⑪は明石の姫君についての評である。

⑨御屏風も、風のいたく吹きければ、押したたみ寄せたるに、見通しあらはなる廂の御座にゐたまへる人、ものに紛るべくもあらず、気高くきよらに、さとにほふ心地して、春の曙の霞の間より、おもしろき樺桜の咲き乱れたるを見る心地す。あぢきなく、見たてまつるわが顔にも移り来るやうに、愛敬はにほひ散りて、またなくめづらしき人の御さまなり。

（三、野分、二六四頁）

⑩昨日見し御けはひには、け劣りたれど、見るに笑まるるさまは、立ちも並びぬべく見ゆる。八重山吹の咲き

乱れたる盛りに露かかれる夕映えぞ、ふと思ひ出でらるる。をりにあはぬよそへどもなれど、なほうちおぼゆるやうよ。花は限りこそあれ、そそけたる蘂などもまじるかし、人の御容貌のよきは、たとへむ方なきものなりけり。（三、野分、二八〇頁）

明石の姫君に関しては、⑪傍線部のように、先に垣間見た紫の上・玉鬘と比較すべく、明らかに意図的に垣間見をする。

⑪見つる花の顔ども、思ひくらべまほしくて、例はものゆかしからぬ心地に、あながちに、妻戸の御簾をひき着て、几帳の綻びより見れば、物のそばより、ただ這ひわたりまたふほどぞ、ふとうち見えたる。（中略）かの見つるさきざきの、桜、山吹といはば、これは藤の花とやいふべからむ、木高き木より咲きかかりて、風になびきたるにほひは、かくぞあるかし、と思ひよそへらる。（同右、二八四頁）

ここで着目したいのは、本文⑩にあるように、玉鬘が咲き乱れる山吹にたとえられるということである。この玉鬘と山吹の組み合わせは、玉鬘巻の衣配りの場面においても共通するものであった。それが⑫傍線部の「山吹の花の細長」という表現である。

⑫浅縹の海賦の織物、織りざまなまめきまれどにほひやかならぬに、いと濃き掻練具して夏の御方に、曇りなく赤きに、山吹の花の細長は、かの西の対に奉れたまふを、上は見ぬようにて思しあはす。内大臣のはなやかにあなきよげとは見えながら、なまめかしう見えたる方のまじらぬに似たるなめりと、げに推しはかるるを、色には出だしたまはねど、殿見やりたまへるに、ただならず。（三、玉鬘、一三五頁）

⑫の衣配りは、光源氏の判断によるものであるため、必ずしも同じ意味を山吹に込めているかどうかは不明である。複数のまなざしに評されることと山吹の関係については、玉上琢彌の言及がある。

とにかく、同じところを見ていても夕霧と紫の上ではその感じ方が違ったように、玉鬘に山吹の花の細長を選んだ源氏にしてもその気持は、また少し違ったものであったかもしれない。そして玉鬘を山吹と見るその他の人も、その人なりに感じることがあるであろう。そっくりでないとは思うが、同じ山吹を、そのように作中の人々が玉鬘に対して感ずるとすると、読者は、玉鬘は山吹にあてるのがよい、と思いこんでしまう。これが作者のねらいである。今は八月。山吹の花は春のものである。「折にあはぬよそへ」とことわってまで山吹を持ちだすのだから、いよいよ強い。玉鬘に山吹のたとえは離れないものになってしまう。(8)

植物と装束とでは意味が異なるが、玉上評釈では、「山吹」が読者に玉鬘を連想させる一つの記号となっていると指摘されている。この玉上評釈の指摘に加えて、夏の町に据えられている玉鬘が、春の植物にたとえられることに着目したい。⑨〜⑪では夕霧が三人の女君を桜・山吹・藤という植物にたとえたが、これらはすべて春の植物である。夕霧のまなざしの中で、春という同じ季節の中で並べ比較されているということになる。

では、山吹は六条院において、どのように位置付けられているのだろうか。まずは『源氏物語』における「山吹」の用例から確認していきたい。『源氏物語』において、「山吹」の用例は全部で二五例確認できる。『源氏物語』における「山吹」の初出は、若紫巻であった。

⑬中に、十ばかりやあらむと見えて、白き衣、山吹などの萎えたる着て走り来たる女子、あまた見えつる子どもに似るべうもあらず、いみじく生ひ先見えてうつくしげなる容貌なり。（一、若紫、二〇六頁）

これは紫の上が物語に初めて登場する場面である。その紫の上の装束が「山吹」であった。この用例を含め、最初の四例はすべて装束に関するものであった。そして、植物の「山吹」が初めて確認できるのが、⑭である。

⑭八月にぞ、六条院造りはてて渡りたまふ。（中略）南の東は山高く、春の花の木、数を尽くして植ゑ、池の

さまおもしろくすぐれて、御前近き前栽、五葉、紅梅、桜、藤、山吹、岩躑躅などやうの春のもてあそびをわざとは植ゑで、秋の前栽をばむらむらほのかにまぜたり。（三、少女、七八頁）

「山吹」は完成した六条院春の町の庭に植えられていると述べられている。『源氏物語』において、「山吹」の用例全二五例のうち、一五例が六条院造営後の少女巻から真木柱巻に集中している。その中でも、装束ではなく、植物の山吹について物語で描かれるのは、六条院造営以降であることには着目される。これは、山吹という植物が六条院造営以降、とくに玉鬘十帖において特定の役割を担っているからではないだろうか。よく知られるように、玉鬘巻の衣配りで玉鬘に山吹の細長が与えられて以降、山吹は玉鬘を象徴する植物の一つとなる。次の⑮傍線部は玉鬘の容貌を山吹に重ねた表現で、先ほど挙げた⑫の衣配りの表現と対応している。

⑮正身も、あなをかしげとふと見えて、山吹にもてはやしたまへる御容貌など、いとはなやかに、ここぞ曇ると見ゆるところなく、隈にほひきらきらしく、見まほしきさまぞしたまへる。（三、初音、一四八頁）

ここからは、衣配りを経て、いよいよ玉鬘と山吹が強く結び付き認識されていることがうかがえる。⑨～⑪のように、女君が植物にたとえられることと六条院の絢爛たる様子が植物によって表現されることとは無関係ではないだろう。これは六条院の繁栄と女君が関係していることを象徴的に表しているといえるのではないか。

三　胡蝶巻における「山吹」

本節では、六条院の繁栄と植物との関わりについて論じるにあたり、胡蝶巻の「山吹」七例について着目したい。以下に挙げる⑯～㉒は胡蝶巻における「山吹」の全用例となる。

⑯他所には盛り過ぎたる桜も、今盛りにほほ笑み、廊を繞れる藤の色もこまやかにひらけゆきにけり。まして

池の水に影をうつしたる山吹、岸よりこぼれていみじき盛りなり。（三、胡蝶、一六七頁）

⑰水鳥どもの、つがひを離れず遊びつつ、細き枝どもをくひて飛びちがふ、鴛鴦の波の綾に文をまじへたるなど、物の絵様にも描き取らまほしきに、まことに斧の柄も朽いつべう思ひつつ日を暮らす。

風吹けば波の花さへいろ見えてこや名にたてる山ぶきの崎（同右、一六七頁）

⑱　春の池や井手のかはせにかよふらん岸の山吹そこもにほへり

（中略）

などやうのはかなごとどもを、心々に言ひかはしつつ、行く方も、帰らむ里も忘れぬべう、若き人々の心をうつすに、ことわりなる水の面になむ。（同右、一六七頁）

⑲春の上の御心ざしに、仏に花奉らせたまふ。鳥、蝶にさうぞき分けたる童べ八人、容貌などことにととのへさせたまひて、鳥には、銀の花瓶に桜をさし、蝶は、黄金の瓶に山吹を、同じき花の房いかめしう、世になきにほひを尽くさせたまへり。（同右、一七一頁）

⑳鶯のうららかなる音に、鳥の楽はなやかに聞きわたされて、池の水鳥もそこはかとなく囀りわたるに、急になりはつるほど、飽かずおもしろし。蝶はまして、はかなきさまに飛びたちて、山吹の籬のもとに、咲きこぼれたる花の蔭に舞ひいる。（同右、一七二頁）

㉑宮の亮をはじめて、さるべき上人ども、禄をとりつづきて、童べに賜ぶ。鳥には桜の細長、蝶には山吹襲賜る。（同右、一七三頁）

㉒御返り、「昨日は音に泣きぬべくこそは。こてふにもさそはれなまし心ありて八重山吹をへだてざりせば」とぞありける。（同右、一七三頁）

まずは⑯における桜・藤・山吹についての叙述に着目したい。この三種の植物は、前掲の夕霧による女君の比喩で取り上げられたものと同じである。藤は咲き始めたところであるが、他所では盛りを過ぎた桜も六条院では今が盛りであり、まして山吹が盛りであると語られる。晩春に桜が盛りであることは六条院の比類なきところといえるが、その珍しさにもかかわらず、船楽と季の御読経で人々の注目を集め、それ以降人々の関心を引き話題の中心となるのは、⑰〜㉒を見て確認できるように、桜ではなく山吹なのである。⑰⑱㉒など、和歌で取り上げられるのは山吹ばかりであることからも、山吹のこの場面における注目度の高さがうかがえる。そして結果として、㉒では、紫の上は秋好中宮との春秋優劣論に勝利するが、それは桜ではなく山吹が要因であった。

⑯〜⑱の船楽、⑲〜㉒の季の御読経が描かれる場面自体には玉鬘は登場しない。しかし、この二つの場面の間に、㉓のような場面がある。ここでは、船楽が行われたあとの夜明け、春をうらやむ中宮のことが語られた直後に、玉鬘が六条院に与えた影響について地の文で語られる。

㉓夜も明けぬ。朝ぼらけの鳥の囀りを、中宮は、物隔ててねたう聞こしめしけり。いつも春の光を籠めたる大殿なれど、心をつくるよすがのまたなきを飽かぬことに思す人々もありけるに、西の対の姫君、事もなき御ありさま、大臣の君も、わざと思しあがめきこえたまふ御気色など、みな世に聞こえ出でて、思ししもしるく、心なびかしたまふ人多かるべし。　　　　（三、胡蝶、一六九頁）

このように、玉鬘自身は登場しないが、船楽と季の御読経との二つの場面の間に玉鬘の存在が語られる。㉓では、春の町自体の素晴らしさはゆるがないが、人がそこに集うのは、「西の対の姫君」である玉鬘がいるからであるという。船楽と季の御読経の場面で描かれる春の六条院の盛り上がりが、山吹を話題の中心としていることは、㉓の状況を象徴的に表しているといえる。もちろん、六条院の栄華に対して女君の役割はそれぞれ異なる。

玉鬘がたとえられる山吹は桜などと異なり、低木で手に取りやすい植物である。そういう意味では、あくまで手に取りやすい山吹にたとえられる玉鬘は、紫の上と並び立つ存在とはなりえない。

六条院の繁栄を象徴する一つとして、胡蝶巻では山吹と玉鬘の存在が描かれている。そして山吹と玉鬘は、物語の中で強く結び付けられ、読者に提示されている。胡蝶巻で六条院の盛り上がりを担った、植物としての山吹の役割は、すなわち比喩的に玉鬘の役割を象徴しているといえるのではないか。つまり、山吹も玉鬘も、六条院春の町を盛り上げている存在として、胡蝶巻においては描かれているのである。

四　紫の上の位置づけ

ここでは、これまでの考察を踏まえ、玉鬘十帖における紫の上の位置づけについて検討していきたい。

まずは、六条院造営に至る過程を確認したい。花散里・秋好中宮・明石の君の三人の女君と紫の上との関係は、澪標巻以降、少女巻の六条院造営に至る間で新たに設定しなおされていたことは以前拙論にて述べた(9)。花散里の追従する態度によって紫の上との関係が序列化され、秋好中宮とは春秋優劣論において張り合える関係となった。明石の君とは、明石の姫君を介して、実母と養母という関係となった。この人間関係の整理、据え直しによって、六条院の女主人たちの関係性は構築されることになる。この人間関係は紫の上を基軸としており、四人をつなぎとめるのが紫の上であった。

そして、六条院造営後、新たに玉鬘が六条院に迎えられる。ここでもやはり、紫の上を中心として女君の人間関係は構築されることになる。次の㉔は男踏歌を見に、六条院の女君や女房が春の町に集まる場面である。

㉔西の対の姫君は、寝殿の南の御方に渡りたまひて、こなたの姫君、御対面ありけり。上も一所におはしませ

ば、御几帳ばかり隔てて聞こえたまふ。

（三、初音、一五八頁）

普段は夏の町に据えられている玉鬘だが、㉔によると男踏歌の折には春の町寝殿に移動していることがうかがえる。寝殿で男踏歌を見る紫の上・玉鬘・明石の姫君は、六条院の女君の中でも、重きを置かれている人物であると言えるだろう。ここではこの三人が一所にいることに留意したい。

また㉕では、今話題になっている六条院の玉鬘について、内大臣が次のように発言している。

㉕「いで、それは、かの大臣の御むすめと思ふばかりのおぼえいといみじきぞ。人の心みなさこそある世なれ。必ずさしもすぐれじ。人々しきほどならば、年ごろ聞こえなまし。あたら、大臣の、塵もつかずこの世には過ぎたまへる御身のおぼえありさまに、面だたしき腹に、むすめかしづきて、げに瑕なからむと、思ひめでたきがものしたまはぬは。おほかた、子の少なくて、心もとなきなめりかし。劣り腹なれど、明石のおもとの産み出でたるはしも、さる世になき宿世にて、あるやうあらむとおぼゆかし。」（三、常夏、二三七頁）

玉鬘はその人自身が優れているからではなく、光源氏の娘だからこそもてはやされているのだという。そして傍線部のように、れっきとした正妻に子がいないことに話は派生していく。ここでは紫の上は「面だたしき腹」として語られる。つまり、正妻に子どもがいないというのは、紫の上に子がいないということを言っているのである。また、真木柱巻において、㉖㉗のような鬚黒夫妻のやりとりがある。

㉖大殿の北の方と聞こゆるも、他人にやはものしたまふ。かれは、知らぬさまにて生ひ出でたまへる人の、末の世にかく人の親だちもてないたまふつらさをなん、思ほしのたまふなれど、ここにはともかくも思はずや。

（三、真木柱、三六二頁）

㉗大殿の北の方の知りたまふことにもはべらず、いつきむすめのやうにてものしたまへば、かく思ひおとされ

たる人の上までは知りたまひなんや。人の御親げなくこそものしたまふべかめれ。（三、真木柱、三六二頁）

ここに至るまで、紫の上に「北の方」という呼称が用いられたことはなかった（傍線部）。この髭黒の北の方と髭黒のやりとりの中で、紫の上が親のように振る舞うことについては意見が食い違っているが、紫の上が「大殿の北の方」であることについては双方異論はない。実際、親がわりとして玉鬘を預かっているのは夏の町の女主人花散里である。しかし、四町を別個のものとしてではなく、六条院という一つの単位で見たとき、統べるべきは紫の上であり、紫の上のもとでの問題として語られる。つまり、養母でなくても、六条院の正妻格の立場の女君として、紫の上は話題にのぼることになるのである。ゆえに内大臣や鬚黒の北の方の発言からうかがえるように、非難めいた内容もここにきて初めて語られることになる。

また、実際に養母となった明石の姫君の入内に際しては、輦車をゆるされたことについては、すでに多くの考察がなされている。

㉘出でたまふ儀式のいとことによそほしく、御輦車などゆるされたまひて、女御の御ありさまに異ならぬを、思ひくらぶるに、さすがなる身のほどなり。（三、藤裏葉、四五一頁）

紫の上が明石の姫君の養母として社会的な位置づけを得ていることは、すでに多くの論考で言及されているとおりである。同様に、玉鬘をめぐる文脈においても、紫の上は正妻格として第三者から言及されることになる。六条院の女君の中でそれを統べるべき位置づけの女君として、人々の話題にのぼり、社会において存在が認知されているということである。さらに付け加えるならば、入内が確定している明石の姫君とは異なり、多くの男君の注目の的となる玉鬘という存在が登場したからこそ、紫の上も世間でより話題になる機会が増え、正妻格であることが物語で繰り返し確認されることになる。こうして、光源氏の評価の中だけで寵愛を受け、絶対的な立場を保障されてきた紫の上は、初めて世間において評価され、立場が相対化さることになったといえるのではないか。

おわりに

六条院造営に際し、紫の上は六条院の春の町の女主人として台頭することになった。六条院の女君との人間関係の基軸であった紫の上は、他の女主人との関係によって、つまり六条院内部の人間関係においては優位を誇っていたといえる。しかしこれはあくまで六条院の内部の人間関係においてであり、これを相対化するまなざしは少女巻までそこになかった。

しかし、玉鬘の登場によって、光源氏や光源氏の妻妾以外の、複数のまなざしが六条院の中を錯綜することになる。本論ではとくに、右近と夕霧のまなざしに着目した。この二人は、複数の女君と紫の上とを比較することで紫の上の美質を「紫のゆかり」を介さない観点から評価した。この二人のまなざしは、それまで光源氏による絶対評価のみで語られてきた紫の上を、美質という点において初めて相対評価したといえる。

一方、六条院春の町で行われた船楽や季の御読経の場面では、山吹の花が際立って描かれていた。また、玉鬘巻以降、山吹は玉鬘を象徴する花の一つであった。胡蝶巻の山吹の様子は、「心をつくるよすが」がなかった六条院においてそれをもたらした玉鬘の存在に重ねられるだろう。そしてその盛り上がりは春の町の栄華として描かれるのである。この巻で春秋優劣論に決着がつき、春に軍配が上がることからは、玉鬘の存在も紫の上の栄華に内包されていることを象徴的に表しているといえる。

そして新たな像が紫の上に与えられることになるのである。玉鬘をめぐる文脈の中で、六条院は四つの別個の町の集まりとしてではなく、六条院という一つの単位として世間で語られていく。そのとき、世間における紫の上の立場の理解は、四町の中の一つを取り仕切る女主人ではなく、六条院の正妻格であった。ゆえに玉鬘を話題にするとき、紫の上も人々の話題にのぼるようになるのである。ここにきて初めて紫の上は、物語の中で世間的な立場を得たといえるだろう。

この紫の上の位置づけを物語で描き出すための方法が、玉鬘なのである。前述のとおり、玉鬘は多面的な役割を物語で担っている。「山吹」以外にも多くの植物にたとえられる人物であることからも、本論で述べたことはあくまで一側面にすぎないだろう。しかし、玉鬘十帖で築き上げられた紫の上の位置づけは、女三宮降嫁が描かれる若菜巻を射程としていると考えられる。このように築き上げられた紫の上の位置づけをどのように物語が揺るがしていくのか、それは別稿に譲りたい。

注

（1） 高橋和夫「二条院と六条院――源氏物語に於ける構想展開の過程について――」（『国語と国文学』一九五一年九月号）。
（2） 阿部秋生ほか校注『源氏物語(三)』（新編日本古典文学全集、小学館、一九九六年）八三頁。
（3） 玉鬘と紫の上との関わりについては、両者が「ゆかり」の人物であることに着目され論じられた論考がある。吉海直人「玉鬘物語論――夕顔のゆかりの物語――」（『國學院大學大學院紀要――文学研究科――』第一一輯、一九七九年）、藤本勝義「〝ゆかり〟超越の女君――玉鬘――」（室伏信助監修、上原作和編『人物で読む『源氏物語』――玉鬘』第一三巻、勉誠出版、二〇〇六年）、三谷邦明「玉鬘十帖の方法――玉鬘の流離あるいは叙述と人物造型の構造――」（『物語文学の方法Ⅱ』有精堂出版、一九八九年）。
（4） 永井和子「紫上――「女主人公」としての定位試論――」（森一郎編『源氏物語作中人物論集』、勉誠社、一九九三年、一七二頁)。

(5) 以下、『源氏物語』本文の引用は、新編日本古典文学全集(小学館)による(数字は巻数を示す)。

(6) 前掲注(2)『源氏物語(三)』、八七頁。

(7) 同右書、七九頁。

(8) 玉上琢彌『源氏物語評釈』第五巻(角川書店、一九六五年)四八〇頁。

(9) 櫛井亜依「『源氏物語』二条東院から六条院の階梯――邸第と人物の据え直し――」(『文化学年報』第五九号、二〇一〇年)。

『俊頼髄脳』の異名

鈴木徳男

一

『俊頼髄脳』(以下本書)は、統一的な構成をもった歌学書とは言い難い中で、前半は、序文以下比較的整理された叙述内容がみえる。(1)その前半の最後に当たると思われる箇所に「よろづの物の名に、みな異名あり」ではじまる部分がある。定家本(冷泉家時雨亭文庫蔵本、以下冷本と略称、便宜に「定家本」という場合、本文は冷本を指す)・顕昭本(久邇宮家旧蔵本、静嘉堂文庫本、京都大学図書館蔵久世家旧蔵本、それぞれ久邇本・静本・久世本と略称し、以下「顕昭本」という場合、原則として久邇本を指す)(2)によれば、物の名を百十六項目にわたってあげ、それぞれの異名を記す。

まず冷本によって示すと以下の通り。冷泉家時雨亭叢書第七九巻(朝日新聞社、二〇〇八年)による。七三ウ(七三丁ウラの意)六行目から七七オ二行目までを翻刻し引用するが、以下便宜に該当丁数を〈 〉で示した(改行は改めている)。

よろつの物ゝ名にみない名ありこれらをおほえてよまれさらむおりはつゝきよきさまにつゝくへき也

天　なかとみといふ　　地　しまのねといふ

日　あかねさすといふ　　月　ひさかたといふ

〈七四オ〉

しほ海　をしてるといふ　　水海　にほてるやといふ

島　まつねひこといふ　　磯　ちりなみといふ

浪　ちるそらといふ　　海の底　わたつみといふ

河　はやたつといふ　　山　あしひきのといふ

野　いもきのやといふ　　巌　よそねしまといふ

高峰　あまそきといふ　　峰　さはつのといふ

谷　いはたなといふ　　たき　しらいとゝいふ

神　ちはやふるといふ　　湖　ころしまのといふ

大和　しきしまのといふ　　平城京　あをによしといふ

〈七四ウ〉

臣　かけや《な》ひくといふ　　民　いちゝゆきといふ

人　ものゝふといふ　　父　たらちをといふ

母　たらちぬ《め》といふ　　夫　たまくらといふ

婦　わかくさといふ　　夫婦親族　かひのゆのといふ

男　いはなひくといふ　　女　はしけやしといふ

海人　なみしなふといふ　　顔　ますみいろのといふ

髪 むはたまのといふ
念 わくなみのといふ
枕 しきたへのといふ
月 しまほしのといふ
時 つかのまといふ
春 かすみしくといふ
秋 くちきのといふ
朝 たまひまのといふ
夜 ぬはたまのといふ
暁 たまくしけといふ
田舎 いなこしきのといふ
橋 つくしねのといふ
旅 草まくらといふ
実物 あやひこねといふ
草 さいたつまといふ
花 しめしいろのといふ
菓 しまひこのといふ
風 しまなひくといふ

心 かくのあはといふ
衣 しろたへのといふ
年 あらたまのといふ
日 いろかけにといふ
旬 ころほひのといふ
夏 かけろふといふ
冬 こる露のといふ
夕 すみそめといふ
夢 ぬるたまのといふ
京 たましきのといふ
道 たまほこのといふ
別 むらとりのといふ
常 ときとなしといふ
木 やまちきのといふ
竹 からはしくといふ
浮物 うつたへにといふ
雲 たにたつといふ
霧 ほのゆけるといふ

〈七五オ〉
〈七五ウ〉

霞 しらたまひねといふ　しまひねともいふ　露 しけたまといふ
雨 しつくしくといふ　霜 さはひこすといふ
雪 いろきらすといふ　浅 いさゝなみといふ
不忘物 うたかたのといふ　古 かりほしといふ
新 いれしなひといふ　煙 ほのゆけるといふ　〈七六オ〉
天 あまのはらといふ　地 あらかねのといふ
月 ますかゝみといふ　内裏 もゝしきのといふ　又こゝのへといふ
東宮 はるのみやといふ　中宮 あきのみやといふ
皇帝 すへらきといふ　男 せなといふ
女 わきもこといふ　我せこといふ　朝庭 わかくさのといふ
簾 たまたれといふ　夏 かけそひくといふ
暁 たまたれといふ　風 しのゝをふゝきといふ
君 さ卄《ま》たけのといふ　下人 山かつといふ
海 わたつみといふ　海底 わたのはらといふ　〈七六ウ〉
山河 たまみつといふ　庭水 にはたつみといふ
船 うたかたといふ　賤男 しつのをたまきといふ
鶴 あしたつのといふ　書 たまつさのといふ
女神 ちはやふるといふ　筆 みつくきのといふ

空　ひさかたのといふ　　兵衛　かしはきといふ
近衛　みかさの山といふ　　壁生草　いつまてといふ
郭公　してのたをさといふ　　鶯　もゝちとりといふ
鹿　すかるといふ　　猿　ましことといふ
鬼　こゝめといふ　　蛙　かはつといふ　　〈七七オ〉

これらかくかきあつめたれとよみにくきはよますさもありぬへきはみなよめり

引用部分の前には、歌枕（所の名）についての記述、後には雨の名と例歌（時雨・ひぢかさ雨・こし雨）をあげ、さらに風の名を列挙している。[3] 風の名は「こち」から「こがらし」まで九種の名をあげ、はじめに異名一覧を受けて「おほかたの名は、しめにある物、い名にしるせり」とある。この一覧と関連がうかがえるが、冷本が前後を改行して書写しているように、まとまった箇所であり、本論は当該異名一覧について考察の対象とする。[4]

右の引用において、日本歌学大系や日本古典文学全集の底本になっている国会図書館蔵本（以下国会本）と配列上の違いが三箇所ほどある。ひとつは、「日あかねさすといふ　月ひさかたといふ」が国会本では壁生草と郭公の間にみえる。誤脱を補うように丁末部分に書かれている（俊頼髄脳研究会編『国会図書館本俊頼髄脳』（和泉書院、一九九九年）参照）。また「古かりほしといふ」が蛙の項の後（すなわち末尾）にみえ、「朝廷わかくさのといふ」が東宮と中宮の間にみえる。いずれも国会本の誤りと判断される。国会本は、一行に三項目ずつ記し項目ごとに振り仮名を付しているなど一見して体裁が異なるが、冷本を祖本とするものであり、本論では国会本との細かい異同は省略する。

前記顕昭本諸本と比較して定家本の項目配列の異同が二箇所ある。[5] 次の①七五オ末二行と②七五ウの三〜七行目である。

①橋　つくしねのといふ　　別　むらとりのといふ

旅　草まくらといふ　　常　ときとなしといふ

②花　しめしいろのといふ　　浮物　うつたへにといふ

菓　しまひこのといふ　　雲　たにたつといふ

風　しまなひくといふ　　霧　ほのゆけるといふ

霞　しらたまひねといふ　しまひねともいふ　　露　しけたまといふ

雨　しつくしくといふ　　霜　さはひこすといふ

顕昭本では、①は橋・旅・別・常の順に並んでおり（別と旅が逆）、②は花・菓・浮物・風・雲・霧・霞・雨・露・霜の順になっている（菓と浮物、風と雲、雨と露がそれぞれ入れ替わっているので、前後する箇所は①とあわせて四箇所と数えられる）。異同の原因も不明で、どちらが本来の形か判断がつきにくいが、本論第二節に後述するように『喜撰式』と比べると、顕昭本の順番に一致している。霞の項は久邇本には「しこたまひねのと云　しまひねとも云」とあるが、静本・久世本によると定家本に一致しており久邇本の誤りと判断される。

冷本の〈七六オ〉の冒頭「天　あまのはらといふ」の前に顕昭本は「他書云」とあり、一覧を二分する区分が明確に示されている。久邇本は「新」「煙」の後に二行分空白にし丁を替えて記す。つまり当該一覧は、「他書云」の前後でⒶ群八十項目とⒷ群三十六項目の二つに分けられる。Ⓐ群には、日・月の項が重複するが、後出（七五オ一行目）は歳月の月と日々の日のことで異義項目である。なお、これを唯独自見抄[6]（以下唯本）は初出の一項にそれぞれ移し、日の項に「アカネサス　イロカケ」、月の項に「ヒサカタ　シマホシ」とまとめ、直前の

「年アラタマ」も移動させて、日・月・年の順に並べているが、明らかに後人の作為であろう。A群とB群の間では、天・地・月・男・女・風・夏・暁・海底の各項が重なっている。[7] この重複現象は一覧の出典に関連すると考えられるが、次節で出典について検討したい。

二

さて、本書の異名一覧「天なかとみといふ」から「蛙かはつといふ」までにおいて、先に区分したA群の出典は『喜撰式』（神世異名）である。現行『喜撰式』（倭歌作式）は識語に「凡詠レ物神世異名在レ此、和歌之人何不レ知レ此。如レ先可レ云也。……合八十八物。上東二種々物一也。異名随掇得分事如レ件但残余可レ尋頃従二武州一得二一書一其名謂二神世古語一。見二此式一間事考粗相似。……以上二十六種」とあり、前半の「神世異名」八十八項目と校合追補された後半の「神世古語」二十六項目からなる。

「神世異名」は九種を欠く七十九項目のものが流布本であるが、その内容に本書A群の七十九項目がぴったり一致する（80項目の「煙 ほのゆけるといふ」は「神世異名」にはなく「神世古語」中にみえるが、本書諸本は所謂A群に含める。詳細は後述）。この事実は、俊頼が拠った『喜撰式』がどのような体裁であったかをめぐり、樋口芳麻呂「神世古語とその考察」（『平安文学研究』第四九輯、一九七二年）の注4が提起する「重大な疑問に逢着する」。要するに項目数をめぐって現行『喜撰式』の本文と識語との関係に一定の決着をつけることが難しい現在、『喜撰式』の原形は八十八項を有する本と理解される状況にあるが、本書の伝本に定家本のような古写本が出現し七十九項目の本に近似するとなれば、まさに重大な疑問が生じる。さらには、語句項目の配列順は、定家本ではなく顕昭本と同じであり、顕昭本の原態的性格に関わる問題でもある。

またB群は『喜撰式』に校合追記された「神世古語」によっているとひとまず考えられる。しかし、B群は「神世古語」によりながら、そこにみえない項目を適宜に増補していると思われるので、A群のように単純な整理はできない。

本書諸本間において異名の語形についていくらかの相違が存し、他の歌学書を参照しても諸説があり、決定しかねるケースが残るが、後述のようにできるだけ本文を校定し通し番号を付し改めて次のように一覧する。A群について、中段に『喜撰式』（「神世古語」部分をもたない彰考館文庫本和歌作式を用い、『喜撰式』内の異同は略す。また本書との異同もとくに述べない）と対照した。B群については同じく「神世古語」にみえる項目を注記した。表中に明記していないが、1~79の間で「神世古語」と重複しないのは13・30・52・53・74項目のみで他は「神世古語」にもみえる。(8) 本論第一節に前述した①②の箇所を便宜上顕昭本の掲載順に直し、静本と久世本の末尾にあるイ本の二項目を参考に補っている。八十八項を有する本（日本歌学大系を使用）の場合、＊の部分に「若詠人形時はらへくさと云」「若詠下人時やまかつと云」の二項目、＊＊の部分に「若詠鶯時もゝちとり」「若詠蛙時かはつと云」「若詠蛬時させち云」「若詠鹿時すかると云」「若詠蜘蛛時さゝかにと云」「若詠猿時ましらと云」の六項目、＊＊＊の部分に「若和琴詠時あつまと云」が挿入されている。（ ）内の注記は八十八項を有する本により、「欠歟」の部分のほか必要箇所を補った。下段には、構成の参考のため『八雲御抄』の所収部を記した。空欄は『御抄』が採っていない語。『八雲御抄』巻第三「枝葉部」は片桐洋一編『八雲御抄の研究——枝葉部・言語部——』（和泉書院、一九九二年）参照。

『俊頼髄脳』の異名

『俊頼髄脳』	『喜撰式』（彰考館文庫本和歌作式）	『八雲御抄』
1天　なかとみといふ	1若詠天時　なかとみと云	天象
2地　しまのねといふ	2若詠地時　しまのねと云	地儀
3日　あかねさすといふ	3若詠日時　あかねさすと云	天象
4月　ひさかたといふ	4若詠月時　ひさかたと云	天象
5塩海　をしてるやといふ	5若詠海時　をしてると云	地儀
6水海　にほてるやといふ	6若詠湖時　にほてると云	地儀
7島　まつねひことといふ	7若詠島時　まつねひと云	地儀
8磯　ちりなみといふ	8若詠磯時　ちりなみのと云	地儀
9浪　ちるそらといふ	9若詠浪時　ちるくらしと云	
10海底　わたつみといふ	10若詠海底時　わたつうみと云	地儀
11河　はやたつといふ	11若詠河時　はやたつと云	地儀
12山　あしひきのといふ	12若詠山時　あしひきと云	地儀
13野　いもきのやといふ	13若詠野時　いもきのやと云	地儀
14巌　よそねしまといふ	14若詠巌時　よそ《ニイ》ねしまと云	地儀
15高峰　あまそきといふ	15若詠高岸　あまそきのと	地儀
16峰　さはつのといふ	16若詠峰時　さちつねのと云	地儀
17谷　いはたなといふ	17若詠谷　いはたなしと云	地儀
18滝　しらいと丶いふ	18若詠滝時　しらとゆきと云	地儀
19神　ちはやふるといふ	19若詠神時　ちはやふると云	神
20湖〔潮イ〕　ころしまのといふ	20若詠潮時　ころしまと	地儀
21大和　しきしまのといふ	21若詠大和時　しきしまと	国名

22平城京　あをによしといふ
23臣　かけなひくといふ
24民　いち丶ゆきといふ
25人　もの丶ふといふ
26父　たらちをといふ
27母　たらちめといふ
28夫　たまくらといふ
29婦　わかくさといふ
30夫婦親族　かひのゆのといふ
31男　いはなひくといふ
32女　はしけやしといふ
33海人　なみしなふといふ
34顔　ますみいろのといふ
35髪　むはたまのといふ
36心　かくのあはといふ
37念　わくなみのといふ
38衣　しろたへのといふ
39枕　しきたへのといふ
40年　あらたまのといふ
41月　しまほしのといふ
42日　いろかけにといふ

22若詠平城京時　あをによしと
23若詠臣時　かけなひく
24若詠民　いち丶ゆきと
25若詠人時　もの丶ふと
26若詠父時　たらちねと
27若詠母時　たらちめと
28若詠夫時　たまくらと
29若詠婦時　わかくさのと云
30若詠夫婦時　たひのねと
31若詠男時　いはなひくと
32若詠女時　はしけやと
33若詠海人時　なみしなふと
34若詠顔時　ますみいろのと
35若詠髪時　むは玉と
36若詠心時　欠歟
（て丶のなかにと云又からあかにと云）
37若詠念時　わくなみのと
38若詠衣時　しろたへのと
39若詠枕時　しきたへのと
40若詠年時　あら玉のと
41若詠月時　しまほしのと
42若詠日時　あかねさすと
（いろかけと云）

＊

22	居所
23	異名
24	異名
25	人倫
26	人倫
27	人倫
28	人倫
29	人倫
30	
31	人倫
32	
33	人倫
34	人事
35	人事
36	人事
37	人事
38	衣食
39	雑物
40	時節
41	時節
42	

43時　つかのまといふ	43若詠時時　つかのまと	時節
44旬　ころほひのといふ	44若詠旬時　ころほしのと	時節
45春　かすみしくといふ	45若詠春時　かすみしく	時節
46夏　かけろふといふ	46若詠夏時　かけろひのと	時節
47秋　くちきのといふ	47若詠秋時　さはきりのと	時節
48冬　こるつゆのといふ	48若詠冬時　こるつゆのと	時節
49朝　たまひまのといふ	49若詠朝時　たまひまのと	時節
50夕　すみそめといふ	50若詠夕時　すみそめのと	時節
51夜　ぬはたまのといふ	51若詠夜時　ぬは玉のと	時節
52夢　ぬるたまのといふ	52若詠夢時　ぬるたまのと	人事
53暁　たまくしけといふ	53若詠暁時　玉くしけと	時節
54京　たましきのといふ	54若詠京時　玉しきと	居所
55田舎　いなこしきのといふ	55若詠田舎時　いなしきのと	地儀
56道　たまほこのといふ	56若詠道時　玉ほこのと	人事・雑物
57橋　つくしねのといふ	57若詠橋時　つくしねのと	鳥
58旅　くさまくらといふ	58若詠旅時　草まくらと	
59別　むらとりのといふ	59若詠別時　むらとりのと	
60常　ときとなしといふ	60若詠常物時　ときとなしと	
61実物　あやひこねといふ	61若詠実時　あちひこねと	
62木　やまちきのといふ	62若詠木時　やまちかきと	
63草　さいたつまといふ	63若詠草時　さいたつまと	草
64竹　からはしくといふ	64若詠竹時　かちはしくと　＊＊	草
65花　しめしいろのといふ	65若詠花時　しめしいろのと	

66菓　しまひこのといふ	66若詠菓時　しまひこのと	木
67浮物　うつたへにといふ	67若詠浮物時　うつたへのと	衣食
68風　しまなひくといふ	68若詠風時　しまなひくと	
69雲　たにたつのといふ	69若詠雲時　たにたつと	天象
70霧　ほのゆけるといふ	70若詠霧時　ほのゆけると	天象
71霞　しらたまひねといふ しまひねともいふ	71若詠霞時　しらたまひねと	天象
72雨　しつくしくといふ	72若詠雨時　しつくしくと	天象
73露　しけたまのといふ	73若詠露時　けしたまのと	天象
74霜　さはひこすといふ	74若詠霜時　さちひこすと	天象
75雪　いろきらすといふ	75若詠雪時　いろきらすと	天象
76浅　いさゝなみといふ	76若詠浅時　いさきなみと	天象
77不忘物　うたかたのといふ	77若詠不忘物時　うたかたのと	地儀
78古　かりほしといふ	78若詠古時　欠歟	人事
	（かりほしと云）	人事
79新　いれしなひといふ	79若詠新時　欠歟　＊＊＊	
	（われしなぬと云）	人事
〔他書云〕	〔神世古語〕	
80煙　ほのゆけるといふ	煙　ほのゆけりといふ	天象
81天　あまのはらといふ	天　あまのはら。またなかとみといふ	天象
82地　あらかねのといふ	地　しまのねといふ。またあらかねといふ	地儀

83月　ますかゝみといふ		天象
84内裏　もゝしきのといふ	内裏　もゝしきのといふ	異名
又こゝのへといふ		
85東宮　はるのみやといふ	東宮　はるのみやといふ	異名
86中宮　あきのみやといふ	中宮　あきのみやといふ	異名
87皇帝　すへらきといふ	皇帝　すへらきといふ	異名
88男　せなといふ	男　せな。またいはなひくといふ	人倫
89女　わきもこといふ	女　わきもこ。またはしけやしといふ	人倫
わかせこといふ		
90朝庭　わかくさのといふ	朝庭　わかくさのといふ	異名
91簾　たまたれといふ	簾　たまたれといふ	雑物
92夏　かけそひくといふ		時節
93暁　しのゝめといふ		時節
94風　しのゝをふゝきといふ		天象
95君　さきたけのといふ	君　さきたけ	
96下人　やまかつといふ	賤人　やまかつと云	人倫・異名
	（若詠下人時　やまかつと云）	
97海　わたつみといふ		地儀
98海底　わたのはらといふ		地儀
99山河　たまみつといふ	山河　たまみつといふ	地儀
100庭水　にはたつみといふ	庭水　にはたつみといふ	地儀
101船　うたかたといふ	船　うたかたのといふ。	雑物
	またあまのもかたといふ	

102	賤男　しつのをたまきといふ		人倫
103	鶴　あしたつのといふ	鶴　たつ	鳥
104	書　たまつさのといふ	書　たまつさ	雑物
105	女神　ちはやふるといふ		
106	筆　みつくきのといふ	筆　みつくきといふ	雑物
107	空　ひさかたのといふ		天象
108	兵衛　かしはきといふ		異名
109	近衛　みかさのやまといふ		異名
110	壁生草　いつまてくさといふ		草
111	郭公　してのたをさといふ		鳥
112	鶯　もゝちとりといふ	(若詠鶯時　もゝちとりと云)	鳥
113	鹿　すかるといふ	(若詠鹿時　すかると云)	獣
114	猿　ましこといふ	(若詠猿時　ましらと云)	獣
115	鬼　こゝめといふ		
116	蛙　かはつといふ	(若詠蛙時　かはつと云)	虫
117	イ蘭　ふちはかまと云		草
118	イ雉　きゝすと云	雉　きゝすといふ	

4の異名は顕昭本では「ひさかたの」とある。以下8・21・26・29・46・87・97・101・104・108に同様「の」の有無の違いがあるが省略。5の「塩海」を定家本は「しほ海」とする。定家本は異名「をしてる」で「や」がない。6の異名は顕昭本「にをてるや」とあり仮名遣いに相違がみえる。同様の例は44。定家本は10の「海底」を「海の底」、18の「滝」を「たき」と表記。20に静本・久世本により「潮イ」を便宜に補記（久邇本は定家本と同じ。

注(2)前掲日比野著は「七行前に「水海」とあり不審。静「潮イ」と傍書」と注している。ちなみに池田亀鑑『古典の批判的処置に関する研究』第二部（四四八頁、岩波書店、一九四一年）に混同例のひとつとして「潮」と「湖」をあげている）。48の異名は定家本「こる露の」と漢字表記がみえるが便宜に統一。同様の例は58「草まくら」、89「我せこ」、109「みかさ山」。既述したように80項の次に顕昭本にみえる（他書云）を補記、また117・118の二項は定家本・久邇本にはない。

93暁の「しの丶めといふ」は、定家本には「たまたれといふ」とあるが、右隣の「簾」項の目移りによる誤写であろう。他本により改める。95君の「さきたけのといふ」は定家本「さまたけの」とあるが（冷本の「ま」は「き」とも読める、国会本は「ま」）、誤写とみて顕昭本で訂正（唯本「サキタケ」、略本「さきたけ」。略本について注(5)参照）。110壁生草の「いつまてくさといふ」は定家本「いつまてといふ」、顕昭本で「くさ」を補う。

以下の各項の異名の語形について簡単に校注を示す。

16峰の異名「さはつの」は顕昭本では「さはつねの」とある。唯本は「サハツネ」、略本は「さはつね」とある。和歌の実作例は確認できない。

23臣の異名「かけなひく」は久邇本「かけかなひく」（二字めの「か」は衍字か。静本・久世本はイ本傍記で「イかけなひく」）、唯本「カケナヒク」、略本「かけなひく」とあるのを参照して定家本の傍書「な」（薄墨で書かれる）を採る。『能因歌枕』(9)に「大臣《シン》をは　かきなひく　かくなひくといふ　きたむき　かけなひくとも」とある。また実作例として後代の作に「かげなびくみかさの山の藤の花あさひさしいづる雲かとぞ思ふ」（家隆）、「かげなびくみかさの山にゐる雲ののどけくもあるか風たたぬ代は」（有家）、「代をてらせかげなびくほしのくらゐ山なほさかゆかむするゑもはるかに」（有季）があり、いずれも建保三年内大臣家百首「祝」の詠（『夫木抄』「大臣」16510・16511・16512による）。

30夫婦親族の「かひのゆの」は、顕昭本「かひのすき」、唯本「カヒノユキ」、略本「かひのすき」。他に歌学書の記載、実作例などがない。

36心の「かくのあは」は定家本・顕昭本ともに同文。唯本「カリノアハ」、略本「かくのあは」。ただし『能因歌枕』②には「心をは　かくなは　かくはなはといふ　なくらはといふ」とあり、「かくなは」という形は『八雲御抄』にも「心　かくなはと云　俊頼抄」と引く。また『奥義抄』は『古今集』巻第十九1001雑体短歌・題しらずよみ人しらず（「あふことのまれなるいろにおもひそめ……かくなわにおもひみだれて」）を引いて「かくなは、くだ物の中に、とかくちがへたる物のつくりたる也。みだれたることにいへり……」などと説いている。

47秋について、定家本は「くちきの」と読めるが、顕昭本は「さちきの」とある。静本は「さちきの《りイ》」とイ本による傍記がみえるが、略本に「さちきり」とある。唯本「サチキリ」。『八雲御抄』「秋　さけきの　俊頼抄」。「さちきり」と訂正したいところであるが、他に根拠がみえない。

55田舎「いなこしきの」は顕昭本に「いなこきの」とある。唯本「ヰナコキ」、略本「いなこき」。『能因歌枕』①に「ゐ中をは　いなしき　いましきの　あきしいといふ　もゝしきとは　ゐ中をいふ　田舎をは　いましきのきしきのをいふ」とある。また、たとえば『奥義抄』は「（「いなむしろ」の注）田舎などにやどれるものはいねなど、りおきたるをひきしきなどしてぬる心也。ゐなかをいなしきといふもその心也」と語義を明らかにしようとしている。『八雲御抄』は「鄙　ひなゐ中也　いなしき　同……いなこき　俊抄」とあり、『堀河百首』に次のような詠歌例も拾える。「いなしきの床ぞとはげにいひながらかやり火たてぬ賤のやぞなき」（493隆源）、「いなしきのふせやをみれば庭もせに門田の稲をかりほしてけり」（1518肥後）。『林葉集』にも「いなしきのひなのすまひにたへじとて我をいとふかうなゐ乙女は」（893「被厭下女恋」）とみえる。「いなこき」あるいは「いなしき」に正したいところである。

61実物の「あやひこね」は顕昭本「あやひね」、唯本「アマヒコネ」、略本「あやひこね」とある。なお『能因歌枕』①の「誠《マコト》をは　あむひこねといふ」とある。

64竹の「からはしく」は顕昭本「かけはしか」（久邇本は「かけはしを云」と読めるが「を」は「かと」の誤りと推量される）。静本・久世本はそれぞれイ本傍記により「イらはしのといふ」「イからはしのといふ」とある。略本「からはしのと云」。唯本はナシ。『能因歌枕』①には「竹《たけ》をは　たけをはかけはしと云　からはしといふ」（④に「からはしくとは　たけをいふ」とも）。

67浮物の「うつたへに」は、顕昭本「うつたへこ」とあるが、「こ」は片仮名の「ニ」であろう（注(2)前掲日比野著注にも指摘がある）と考えられ、静本・久世本は「に歟」と傍記する。『能因歌枕』①に「うかへる物をは　うたかたの　うつたへのと云」とある。

75雪の「いろきらす」は、久邇本「いろきた《す歟》を云」とあり、静本・久世本は「いろきたと云」という本文に「きた」の傍に「イえす」と注記。唯本は「イロキラス」、略本は「いろきえす」。『能因歌枕』①は「雪《ユキ》　かたひら雪といふ　いろさらすともいふ　あまりなるともいふ　異本《イホン》　あらふるといふ」（④に「ゆきをは　いみきらすといふ　いろかきといふ　いろきらふとも」）。『八雲御抄』は「雪　いろきえす」。実作例としては「いろきえず」が後代の『秘蔵抄』に「いろきえず庭もはだれに降りにけり柴の編戸をあけてみたれば」（105、注記は「いろきえずとは雪を云ふなり、はだれとは斑なり」）とあるのみ。

101船の「うたかた」は顕昭本「うたかたのと云　又あまのは（「か」の誤り）るもと云」とある。静本・久世本は「うたかたといふ又あまの原と云」とあり、静本は「原」の傍に「もかりと云イ」と記す。唯本は「ウタカタアマノモカル」、略本「うたかたのと云あまのもかると云」。

114猿の「ましこ」は、久邇本「ましら」とある（注(2)前掲日比野著は「はじめ「ましらと云」とあり、「らと」の上から「ら」一字に直す」と注する）。静本・久世本は「まし」、唯本「マシ」、略本「まし」。『奥義抄』は「猿　ましこ」。『袖中抄』第十三「マシコ」に「マシコトハサルヲイフ　マシトモイフ」などとみえる。『和歌童蒙抄』『和歌初学抄』もとりあげる。『古今集』誹諧歌に「わびしらにましらななきそあしひきの山のかひあるけふにやはあらぬ」（1067躬恒、詞書「法皇、西河におはしましたりける日、さる山のかひにさけぶといふことを題にてよませたまうける」、『和漢朗詠集』「猿」にも）。『永久百首』に「猿」題（695〜701）があり「あさまだきならのかれ葉をそよそよと外山をいでてましら鳴くなり」（顕仲）、「おもふことおほえの山に世の中をいかにせましと二声なくなり」（兼昌）、「さらぬだにおいては物のかなしきに夕のましら声なきかせそ」（大進）などの詠がある。同百首で俊頼は「たかのみこいともあやしとみましけりさるまるをしもひきたてじとや」と詠んでいるが、『散木奇歌集』「よふけてむかひの山にさるのなきけるをききてよめる」（雑部1313、冷泉家時雨亭叢書第二四巻に所収の冷泉家本では「たなかみにはへりけるころよるむかひの山にさるのこゑのしけれは」）に「さらぬだにねざめの床のさびしきにこづたふ猿のこゑ聞ゆなり」（冷泉家本は四句「こつたふさるの」）の詠がみえ、「猿」をそのまま「さる」と詠み込む。

三

一覧末に「これらかく（「のことく」顕昭本）かきあつめたれと、よみにくきはよます、さもありぬへきはみなよめり」とあり、一覧に引き続き「風の名」を列挙する部分にも「これらかほかにかせの名おほかれと事にうたにもよまさるをはしるし申さす」とある。これらを勘案すれば、異名集成の意図があくまで実作を念頭にして、その参考を示すことにあったと思われるが、A群八十項目には、異名が詠み込まれている実作例未見の語が目立つ。前節に述べた例も含め、次の三十一例には用例がみえない[10]。

1　2　7　8　9　10　13　16　20　24　28　30　31　42　47　57　61　62　64　65　70　71　72　73
74　75　76　77　78　79　80

次の七例もほぼ例歌がないと考えてよかろう。

17谷の「いはたな」は、『秘蔵抄』「われのみぞいはだないづるうぐひすのまだ人きかぬはつねをばきく」(101人丸) とあるのみ (「いはだなとは澗の戸を云ふなり」と注する)。なお『秘蔵抄』は人丸や後述のように酒井人真・元方など著名歌人の名を付して詠歌を示すが、いずれも出典不明。

33海人の「なみしなふ」は、『千穎集』「なみしなふあまをとめごをこゆるぎのいそのたまももからむとぞ思ふ」(10)とみえるのみ。『千穎集』は金子英世『千穎集全釈』(私家集全釈叢書、風間書房、一九九七年)による。後述のように、『千穎集』に例外的に用例がみえる語は、48・49にもあり、注意される。私家集全釈叢書の解説によると「『千穎集』に用いられた異名は……『喜撰式』系の異名群と見做して差し支えなかろう」とある。

36心の「かくのあは」は、『秘蔵抄』が「かくなはとは同じ心なり、ともつとは、ともだちをいふなり、いでまほしとは世をそむかんと思ふなり」と注して「われとおなじかくなはたえんともつ人荒増かはるよをいでまほし」(35)をあげるのみ。

37念の「わくなみの」も同様「わくなみとは、こふる心なり、つかなくとは、ふかく思ふと云ふなり、よなとは女もといふなり」と注して『秘蔵抄』「しらせばやわれわく浪のつかなくにつれなきよなのきかざらめやも」(22酒井人真)、また「玉の緒とは命なり、あさはつねとは、はづかしくと云ふなり、是もわくなみとは恋をいふなり」と注して同「玉のをはたえなばたえねあさはつね我がわくなみを人にしらせじ」（23元方）とある。

41月の「しまほし」は、『秘蔵抄』「さ夜ふくる緑のそらに風ふけばいとどさえますしまぼしの影」（24朝教）、注に「しまぼしとは、つきをいふなり、さえますとは、ひかりのくまなきなり」。

48冬の「こるつゆの」には『千穎集』「こるつゆのふゆのよなよなをしぞなくはらふばかりにしもやおくらむ」（45）のほか、『散木奇歌集』の長歌「よそねしま　いはの波まを　とひまよふ　し水をみれば　あすかゐと　なにながれたる　末なれや　すめるけしきに　たえせぬは　ありすがはかと　思ひなし　まつのはひねを　をるなみも　こづたふはねと　おぼめかる　むすぶしづくは　こるつゆの　ころたがへたる　心ちして　くだるみなわは　しろたへの　雪のしづれと　あやまたれ　忘れつつゆく……」（1520「中納言国信の坊城の堂にて人人長歌よませけるに、向泉述懐といふ事をよめる」）に用例がある。

49朝の「たまひまの」（唯本「タマヒキ」）は、『千穎集』「たるひまのあさなあさなにこがらしぞみねのをちまでなべてふくらし」（39）。『秘蔵抄』「たまひまにおきつつみれば庭の面のみなしろたへに雪ふりにけり」（126「たまひまとは朝をいふなり」と注する）。

それに対して[B]群三十六項目には、90・92・95・101・105の五例に使用例が見出せない。

90朝庭の「わかくさの」には、『万葉集』「……おほみやはここときけどもおほとのはここといへども春草之しげくおひたるかすみたつはるひのきれるももしきのおほみやところみればかなしも」（巻一29、柿本人麻呂の長歌）の「春草之」を『類聚古集』などは「わかくさの」と訓じている。101船「うたかたの」は、船の意の例は未見ながら『袖中抄』第十一「ウタカタ」に「凡ウタカタヲ釈スルニサマ〳〵ナリ……或物ニ船ヲウタカタトイヘリウキタルモノヲイフ同心ニヤ」とある。

また、A群には、異名が項目の語句を導く修辞的な働きをする、「枕詞」と判断される例が多い。例えば、3の「日あかねさすといふ」の場合、『万葉集』「あかねさす日は照らせれどぬばたまの夜渡る月の隠らく惜しも」（巻二169、人麻呂）や三奏本『金葉集』「あかねさす日にむかひても思ひいでよみやこはしのぶながめすらんと」（巻六別離351皇后宮、詞書「一条院の皇后宮にはべりける人の日向国へまかりけるにつかはしける」、詞花集・巻六別178、玄々集60などにも）とあるように(11)、項目「日」はいわゆる被枕詞、異名は枕詞の関係となる。次の十四例は『万葉集』『古今集』に用例がある。

3　4　12　19　21　22　29　35　38　39　40　51　56　58

さらに27を加えることができる(12)。また、異名に枕詞的用法がみられるが用例において項目が必ずしも被枕詞にならない例として、5・6・10・11・59などがあげられる。

以上の例に、14・54を加えられるかと思われる。14「巌」の異名「よそねしま」には『散木奇歌集』中の長歌「よそねしま　いはの波まを　とひまよふ　し水をみれば　あすかゐと　なにながれたる　末なれや……」（1520「中納言国信の坊城の堂にて人人長歌よませけるに、向泉述懐といふ事をよめる」）に用例があり、『夫木抄』によれば『久安百首』の花園左大臣家小大進の詠にも「よそねじまこけむすいはを君がよにちたびぞなでんあまのはごろも」（10190「巌」、なお『久安百首』本文では慶賀1384「よそねして苔むすいはほ君が代に千たびぞなでん天の羽衣」の形）とある。また54京の「たましきの」は『相模集』「あづまぢのささのわたりはたましきのかたはしにだにあらじとぞ思ふ」（139「いみじう思ひける人をつくしにやりたるひとの、かたらはむといひければ、さりともけしきのもりには、えやあらざらむと思ふこそつつましけれ、といひやりたれば、おしけつばかりもなどやといへる人に、これより」）や『定頼集』「かよひすむ人にとはばや玉しきの宮とわらやといづれねよしと」（131「ある人に、式部卿の宮あひ給ふとききて、いひやる」）

などの用例があるが、枕詞的な用法としての古い例は未見である。時代が下るが『光経集』に「御室五十首歌に、初春　たましきのみやこにはるは立ちにけりあづまのかたやまづかすむらん」(306)がある。

これに対して[B]群において同様の性質をもつ異名は、82地の「あらかねの」を数えるだけである。『新撰万葉集』「荒金之　土之下丹手　歴芝物緒　当日之占手丹　逢女倍芝(アラカネノ　ツチノシタニテ　ヘシモノヲ　ケフノウラテニ　アフヲミナヘシ)」(530)、『長能集』「あらかねのつちのみぐさにうごきしはかかるみだ仏のかげにぞありける」(157「ある人の御れうに、法花経廿八品によせて　宝塔品」)などの例がある。

四

このように[A]群と[B]群では、異名の性格に明らかな差異が存する。[B]群には、実作的な歌語と呼ぶべきもの、とりわけ俊頼あるいはその時代に詠歌の用例が出てくる語が比較的多い。

81　83　84　85　86　87　88　89　91　94　97　98　99　100　102　103　104　106　108　109　110　111　112　113
114　115　116

このうち、たとえば、84内裏の「もゝしきの」には、『散木奇歌集』に「いにしへは人にとはれしももしきのことをも君にたづねつるかな」(1314、「殿上おりて侍りける比うちわたりになにごとかなど人に尋ねけるついでによめる」)と歌中に詠み込まれた例がみえる。なお同じく「こゝのへ」は『金葉集』賀部に「ここのへにひさしくにほへやへざくらのどけきはるのかぜとしらずや」(308実行「於禁中翫花といへることをよめる」)がある。このように、『散木奇歌集』に用例がみえ、俊頼自身が詠歌に用いている例を次に列挙する。

87皇帝「すべらぎ」

『散木奇歌集』335（堀河百首「氷室」）
氷室をよめる
すべらぎのみことの末しきえせねばけふもひむろにおものたつなり
88男「せな」
『散木奇歌集』990・1184・1189
女の旁に障あるだにねがへばまゐるなり、まして此身はあやしけれど男のまねかたなればなど
かはとおぼえて
らつめすらねがへばはすにむまるなりうべしせなにてなになげくらん(13)
追従恋
かたこひのこころを
をかみがはねじろたかがやふみしだきとるあしつきもせながためとぞ
はなばなとやさたついもはこひもせでつたなきせなぞなきもたえける
94風「しののをふぶき」
『散木奇歌集』327
春宮大夫公実ひぐちの前斎宮にて歌よまれけるに、竹風如秋といへる事をよめる
秋きぬと竹のそのふになのらせてしののをふぶき人はかるなり
103鶴「あしたづ」
『散木奇歌集』703

摂政殿下の中将と申しける時、東三条殿にて池上鶴といへる事を人にかはりてよめる
あしたづのきゐるいはねの池なればなみもやみよのかずにたつらん
106筆「みづぐき」
『散木奇歌集』1134
前左衛門佐基俊の家にて恋の心をよめる
手にとればなみだにうつる水ぐきのつかのまだらやかたみなるらん
109近衛「みかさのやま」
『散木奇歌集』1325・1326
四位して殿上おりて侍りけるころ、家道君のもとよりつれづれはいかがなど訪ひて侍りけるに、
少将などのきたる事を思ひいでてつかはしける
みかさ山たちはなれにしあしたより涙の雨にぬれぬ日ぞなき
かへし　家道朝臣
み笠山たちはなれにしそのかみのたもとはわれもさこそぬれしか
111郭公「しでのたをさ」
『散木奇歌集』230
殿下にて、郭公の歌人人よませ給ひけるに
かきねにはもずのはやにへたててけりしでのたをさに忍びかねつつ
113鹿「すがる」

『散木奇歌集』457
殿下にて原上鹿といへる事をよめる
秋くればしめぢが原にさきそむるはぎのはひえにすがるなくなり
116蛙「かはづ」
『散木奇歌集』277・278
左京大夫経忠の八条の家にて、かはづをよめる
をぐろさきぬたのねぬなはふみしだきひもゆふましにかはづ鳴くなり
中宮御堂にて人人歌よみけるに、かはづをよめる
あさりせし水のみさびにとぢられてひしのうきはにかはづ鳴くなり

次のような『堀河百首』の用例を加えれば、俊頼周辺において、いかにこれらの異名が実作に詠み入れられた歌語であったかが確認できる。

83月「ますかがみ」
『堀河百首』796永縁「秋の夜の月はくもらぬます鏡かげをうかぶる水はあらじな」
87皇帝「すべらぎ」
『堀河百首』氷室522顕仲「すべらぎのかしこき御代のしるしには氷も夏の物とこそなれ」
89女「わぎもこ」
『堀河百首』卯花345師時「わぎもこが宿ならねども卯の花のさける垣ねは過ぎうかりけり」
93暁「しのゝめ」

『堀河百首』露724師頼「しののめの朝露しげきあさぢふは玉つらぬかぬ草のはぞなき」

96下人「やまがつ」

『堀河百首』蚊遣火486顕仲「蚊やり火のけぶりのみこそ山がつのふせやたづぬるしるべなりけれ」

104書「たまづさ」

『堀河百首』帰雁194匡房「こしぢにはたがことづてしたまづさを雲ゐのかりのもてかへるらん」

110壁生草「いつまでぐさ」

『堀河百首』（賀茂別雷社蔵梨木文庫本他）山家1489公実「かべに生ふるいつまで草のいつまでかかれず問ふべきしの原の里」

ほかに『永久百首』に用例がある前述の114猿「ましこ」、『金葉集』入集歌に、81天「あまのはら」の例（異本歌175の次・経信集126）、86中宮「あきのみや」の例（542）があり、86には『江帥集』（113）にも用例があるなどが参考になろう。

さらに、89・94・100・103・108・111・112・113・114などのいくつかは本書内で再度とりあげられたり、『袖中抄』など後の歌学書類でしばしば言及される語である。115鬼「こゝめ」などは用例が少ない例であろうが、『続詞花集』戯咲（997・998）に次のようにある。

済円仲胤はかたちのにくさげなるを、かたみにおにとつけてなんいどみわらひけるに、済円公請にまゐらずとて、綱所の下部つきて房をこぼちたくなりときゝていひつかはしける　僧都仲胤

まことにや君がつかやをやぶるなるよにはまされるここめ有りけり

返し　僧都済円

やぶられてたちしのぶべきかたもなしきみをぞたのむかくれみのかせ

110壁生草「いつまでぐさ」は『枕草子』（能因本）六七段「草は」に「いつまで草は、生ふる所いとはかなくあはれなり。岸の額よりも、これはくづれやすげなり。まことの石灰などには、え生ひずやあらむと思ふぞわろき。」（三巻本六四段）と引かれ、後の『月詣集』「秋ふかきかべの中なるきりぎりすいつまで草のねをやなくらん」（773覚延法師、「暮秋聞蛬といへることをよめる」）や『久安百首』「夢ばかりおもはぬ人はかべにおふるいつまで草のいつまでかみむ」（1075）の例がある。

Ａ群八十項目とＢ群三十六項目では、その性格に差異が存することをあきらかにしてきたが、したがって記述の意図もそれぞれであることがわかる。すなわちＡ群では出典を明かさないが『喜撰式』との関係は明白であり、伝統的な「式」（本集序に「おほよそ歌のおこり、古今の序、和歌の式にみえたり」とみえる）尊重の姿勢が看取できる。Ｂ群では、選択された項目や異名をみれば、実践的注意が主要な契機であることが知られる。そもそも「異名」とは、広義にはあまり詠作には用いられない古語や枕詞も含まれるが、狭義には古歌詞（歌語）としての物の異称の意味と考えられる。とすればＢ群三十六項目が実作例からも明らかなように、「異名」を扱う用例として作歌の参考の上からいうと、より適している（『袋草紙』故人和歌難には「勘解由安次官清行和歌式云、凡和歌者先レ花後レ実不レ詠二古語幷卑陋所名奇物異名一。」とあり、『清行和歌式』のように異名の使用に慎重な見解もある）。本一覧は式をそのまま踏襲するＡ群の不足分を、実践的なＢ群で補う形になっていると考えられる。

本書には当該一覧のほかにも「異名」の語は、256歌「いまこむといひしはかりをいのちにてまつにけぬへしさくさめのとし」（返しの「かすならぬみのみ物うくおほゝえてまたるゝまてもなりにける哉」も掲出）の注に「これは後撰のうたなり。人のむこのひさしくみえさりけれは、しうとめなりける女のむこのかりやりけるうたなり。さくさめのといへる事しれるひとなし。行成大納言のかきたる後撰にはてのとしといへる文字をとしとかゝれたりけるにあはせて、まさふさの中納言の申ゝはまくさくさめとはしうとめのい名也とそ申し。されは、あのうたのはてのとしといへる事はとしにはあらて刀自にてありけるなめりとそきこゆる」とみえる。(14)

また本書353歌「こひわひてねをのみなけはしきたえのまくらのしたにあまそつりする」の注には「哥はことたかくのみよめは、これもつねになけは、なみたのおほくつもりてうみとなりてあまもつりしつへしとよめると心をえて事のほかの事たかことかなとおもへは、かみにつらぬかれたるなみたをは、あまのつりといへる事のありけれは、それをよむにてはことたか事にはあらさりけりとそ人申し。そのゝちすいなうの物の名のまきをみれは、かみにつらぬかれたるなみたをはあまのつりといへることかけり(15)」とあり、髪につらぬかれた涙を海士の釣りの異名だといっている。「そのゝちすいなうの物の名のまきをみれは」の部分は静本・久世本に「其髄脳の物の異《い》名《み本》のまきをみれは」とある。

前述のように、異名一覧の異名が本書の後段で再びとりあげられ注を施されている場合もあり(16)、さらにたとえば異名の用例ではないが、本書417歌「ほとゝきすなくやさ月のあやめ草あやめもしらぬこひもするかな」の注に「あやめもしらぬといふ事はつねに人のいひならはしたることはなり。よしあしもしらすといふ事はなれはいかにもこと事もおほえすとよめる也。しやうふをあやめといふことは、かのしやうふのなにはあらす、あやめといふはくちなはのひとつの名なり。そのくちなはににたれ、しやうふをはあやめとはまうせはたゝあやめとよみて草とつゝけすは、たゝくちなはをよめる哥にてそあるへき。なをしやうふをよむへきにてはあやめ草とそつゝくへきと申す人もありけり。あやめ水あむといへる事のあるはさもある事にや。このゝちあやめの哥をもとむることにみえす」とみえ、「あやめといふはくちなはのひとつの名なり」は、同様な言い方と思われる。

このように本書後半部において、例歌を示して歌語の注を施していく説明の中に異名に関連する記事がしばしば登場する。本書を執筆するときに、俊頼の異名に対する関心は大きな要素を有していると言えようが、そこに異名一覧掲出の意義もみえてくる。

注

（1）鈴木徳男『俊頼髄脳の研究』（思文閣出版、二〇〇六年）参照。

（2）久邇本は日比野浩信『久迩宮家旧蔵本俊頼無名抄の研究』（未刊国文資料、一九九五年）による。鈴木徳男「定家と『俊頼髄脳』」（『和歌文学研究』第一〇五号、二〇一二年）において指摘したように、顕昭本に相応しい本文をもつ伝本として久邇本を位置づけたい。本論でとりあげた部分においても、久邇本は語句のレベルなど細部には問題があるが、その評価は同様である。

（3）この後「にほとりのかつしかわせをにえすともそふかなしきをとにたてめやは」（209）、「我やとのわさたかりあけてにえすともきみかつかひをかへしはやらし」（210）の二首を掲出して（209は万葉集3386、210は古今六帖1102など所収）、「にえす」の注を記すが、以後、同様に例歌をあげて注を施す記述方法が続くのをみると、ここで一区切りが認められる。ただし、「はしめのうたのにほとりのとあ《いへ》る〈五文字はしめてと云へることはなり。あたらしと云へることをにゐと云る〉おなし事にや」（〈 〉内は顕昭本で補う。久邇本「にゐ」を「にぬ」と誤る）などとあり、異名に関わる注釈をみると截然とした区切りとはいえない。本論第四節参照。

（4）『歌論集』（日本古典文学全集、小学館、一九七五年）所収の橋本不美男校注「俊頼髄脳」のほか、福田亮雄他「『俊頼髄脳』全注釈　九」（『教育・研究』第一七号、二〇〇三年）などの注釈がある。各項目にわたる詳細な注釈は、本論で逐一言及しないが、先行研究によられたい。ちなみに本書異名一覧は、後続の歌学書に部分的に引き継がれている。『奥義抄』に「物異名　付十二月名　略抽」要」、『和歌初学抄』に「由緒詞」「秀句」「次詞　又さだまりてつゞけてよむことあり」「物名」、『和歌色葉』に「通用名言者　付所名」（「古き歌の中に物のことなる名あり。また其の志をいふいふに、別の詞づかひあり。難歌に出たるをば、会釈の次に申べし。其外の要をとるに略して十の部あり」）などとある。その所載について、本論中に注記することは省略している。

（5） 静本と久世本は、冒頭の「天」、また「高峰」「臣」「夫婦親族」の項目名はあるが異名が欠落し、それぞれイ本校合の形で補っている。同じく「不忘物うたかたのといふ」「下人山かつといふ」は、項目、異名ともにイ本で補われている。「イ不忘物うたかたのと云」「イ下人やまかつと云」と小字で当該箇所に記載。これらは定家本はじめ略本系の諸本にもみえ、また久邇本の場合は、すべて欠けることなくみえる。顕昭本内で久邇本が上位と理解する理由のひとつである。注(2)参照。なお、静本・久世本はイ本によって、蘭・雉の二項目を一覧末に追記している。これらのイ本による傍記は略本と称される諸本（俊頼髄脳研究会編『関西大学図書館蔵俊秘抄』〔和泉書院、二〇〇二年〕参照。以下、略本は原則としてこれによる）の本文によっていると思われる。

（6） 唯独自見抄は冷泉家時雨亭文庫蔵本（冷泉家時雨亭叢書第八三巻所収、本論で唯独自見抄に言及する場合これによる）とその転写本である書陵部蔵本に異名一覧が載るが、他にも掲載順の異同があり、草・竹・花・菓・浮物の項を欠く。唯独自見抄は『俊頼髄脳』の他の諸本と比べ特異な伝本であり、後代に相当に改変されたと思われ、その処置には課題が多く残る（注(1)前掲『俊頼髄脳の研究』所収「唯独自見抄の性格」、田中宗博「『今昔物語集』が受容した『俊頼髄脳』をめぐる基礎的考察――現存五種伝本との本文比較を通して――」〔『説話論集』第十二集、清文堂出版、二〇〇三年〕など参照）。一覧の前文も他本と異なり「よろつのもの、名にことさまなる名ともかきたつへし。つねにいひならはせる名のつゝきあしき時にはそれをおほえてもしのつゝきにしたかひてくさりつゝくへき也」とあり、これ以下の一覧を松平文庫蔵本・彰考館文庫蔵本は欠いている（現在知られている唯独自見抄の伝本は四本、俊頼髄脳研究会編『唯独自見抄』〔一九九七年〕参照）。本論では詳細を省く。ちなみにⒷ群との境を、唯独自見抄は「他書云」ではなく「又ふみに申たること」とある。

（7） 唯独自見抄は「日アカネサス」も重複。同抄の郭公の項「シテノタヲサ」に、他本にみえない「クキラ」の異名が追記されるのは注意される。「くきら」は『毘沙門堂本古今集注』の『古今集』141歌注に「郭公ニ十種ノ異名アリ　苦喜楽」などとある。俊頼詠に「これ聞かむこせのさ山の杉がうへに雨もしののにくきら鳴くなり」（散木奇歌集245「雨中郭公」）の用例があり、『散木集註』（西村加代子『平安後期歌学の研究』〔和泉書院、一九九七年〕所収、西村加代子・芦田耕一の校本を参照）に「顕輔卿云、くきらとは何鳥ぞと俊頼に問しかば答云、東南院已講覚樹云、天竺に五月許出レ里鳴鳥あり。其声妙也。其名号二倶喜羅一云々。若郭公歟云々。或人云、彼已講云、倶翅羅鳥又名倶喜羅云々。然者音声妙之条は勿論歟。定二郭公一事は如何。極楽の六鳥の中に舎利鳥、此云レ鶖。其は鶖と見へたる事、其証見二内典一歟」とあり、「東南院已講覚樹云、天竺に五月許出レ里鳴鳥あり。其声妙也。其名号二倶喜羅一云々。若郭公歟云々」を俊頼の発言とすると、俊頼が郭公の異名として認めていた可能性はあろう。

（8）「神世異名」と「神世古語」は、現行『喜撰式』の識語に「粗相似」とあるように、ほぼ同じ内容の書であり、『喜撰式』に追記された項目二十六種が異なるだけと思われる。「神世古語」の本文および考察は樋口芳麻呂前掲論文を参照した（本文は静嘉堂文庫本を底本に書陵部本、彰考館文庫本で校合して翻刻されている）。「神世古語」について、小川豊生「『俊頼髄脳』の歌語と説話――〈異名〉からの接近――」（『日本文学』第三五号、一九八六年）はその注7に万寿二年（一〇二五）東宮学士義忠朝臣歌合判詞に「神代の古言」とみえると指摘する。それとすれば、俊頼の時代に存したことを証する。

（9）『能因歌枕』（「校本『能因歌枕』」『三田国文』第五号、一九八六年）による。冒頭部の一部（原撰）以外は後代の増補。先行する用例とは必ずしもならないが、以下、次のような番号で所載位置を示して引用する。浅田徹「『能因歌枕』原撰本と現存本」（『国文学研究』第九二集、一九八七年）参照。

①「天地　あめつちといふ」から始まる「〜は〜といふ」の簡潔な注釈や異名を示す部分

②「ある人の抄云」と題した部分

③「国々の所々名」

④「又或人の撰集に」で始まる月の異名を含んだ注釈部分

当該箇所の引用は①にあたるが、④の部分に「きみをは〈しろたといふ　かけなひくとも〉位《クラヰ》ある物をは〈かけなひくといふ〉にしをは〈かけなひくといふ〉」とみえる。

（10）以下『能因歌枕』に言及されていながら（9・30・57・76はみえない）、実例が見出せない事項がほとんどである。

日本古典文学全集の頭注に「……以下の異名を『能因歌枕』（略して能とする）と一応対照してみる」とあるなど参照。

（11）一覧の異名の語に「〜の」「〜や」などとあるのを勘案すると、単独で用いられるのではない、枕詞的な用法が包含されると思われるが、『金葉集』雑部下には連歌696に次のようにみえる。

ひのいるを見て　観暹法師
ひのいるはくれなゐにこそにたりけれ
平為成
あかねさすともおもひけるかな

この連歌は本書382にもみえ、前句中の「日」を受けて「あかねさす」を単独で利用している。ちなみに定家本は「あかねさす日《と》も」とあり、あかねさすの後に「日」と続けみせけちで「と」と訂正している。注(12)参照。

（12）27母には、『後撰集』雑三1240遍昭「たらちめはかかれとてしもむばたまのわがくろかみをなでずや有りけん」（「はじめてかしらおろし侍りける時、ものにかきつけ侍りける」）、また『金葉集』雑部下615「たらちめのなげきをつみてわれがかくおもひのしたになるぞかなしき」（「律師長済みまかりてのち、母のそのあつかひをしてありけるよ夢に見えける歌」）などとあり、異名「たらちめ」を単独で項目（被枕詞）と同じ意味の名詞として用いている。26にも、『元輔集』211「たらちをのかへるほどをもしらずしていかですててしかりのかひこぞ」（「男の人の国にまかるほどに、こをおろしてける女の」。初句「たらちねの」詞書「こをおろしける人につかはす」の本文あり）。なお『秘蔵抄』に「はかなくてたまきはりにしたらちをのゆゑにぞきたるしひしばの袖」（37園香「たまきはるとは命きはまるといふなり、たらちを、父を云ふなり、しひしばのそでとは色衣を云ふなり」）、「たらちをのきえにし日よりきつるかなこのもしからぬしひしばの袖」（38深養父）がみえる。

また58「くさまくら」は『万葉集』では旅にかかる枕詞の用例がみえるが、歌学書に『能因歌枕』①「草枕《マクラ》とは　草してゆひたるまくらを云　たひをもいふ」、『口伝和歌釈抄』「くさまくらとハ、たびねをいふなり。たびねにハくさをゆいてまくらにする也。たびのやどの心もといふ事」。なお『和歌色葉』難歌会釈にも「（万葉歌3252を引いて）草枕とはたびの異名なり。賤なんどは旅に出ては草なんどをひきむすびて枕にゆへるなるべし」とある。用例では『古今集』離別歌376寵「あさなけに見べききみとしたのまねば思ひたちぬる草枕なり」（「ひたちへまかりける時に、ふぢはらのきみとしによみてつかはしける」）、また『堀河百首』旅1459国信「出でしよりむまやの数をかぞふればけふぞはつかに草枕する」などのように、はやくから単独で用いられる詠歌がみえる。

(13) 本論の『散木奇歌集』の引用は新編国歌大観（底本は書陵部蔵〈五〇一・七二三〉本）によるが、990の初句は、底本本文「らつめすら」を「をとめすら」と校訂している。978の詞書に、「阿弥陀小呪　歌のはじめの字に阿弥陀の小呪の字をおける」とあり、990は「ら」にあたるので、罹刹女の意の「らつめ」を詠みこむと考える（関根慶子・古屋孝子『散木奇歌集　集注篇』下巻（風間書房、一九九九年）参照）。

(14) 『袖中抄』第八「サクサメノトジ」が諸説をまとめているが、『口伝和歌釈抄』に「さくさめとわ、ふるき歌枕にハしうとめをいふ。四条大納言も、ゑしらでいふ人もかなどありけるとなん。或説云、さくさめとハ、ハかき女をいふとなん。をとこのたのめてこざりけれバ、女ハ、がよめるなり」、『和歌童蒙抄』第四「人倫部」姑に「さくさめのとじとはしうとのとしおいたると云也。委見二東古語一」、『綺語抄』人倫部に「さくさめのとじ　或人云……愚案、作号歳歟。酉歳名也」などとある。『口伝和歌釈抄』の「ふるき歌枕」、『和歌童蒙抄』の「東古語」が本書に先行する書であろう。
　定家本は「行成大納言のかきたる後撰にはてのとしといへる文字をとしとかゝれたりける」の部分で、「て」の上から太字で「丁」と重ね書きして訂正している。この訂正については、冷泉家時雨亭叢書第七九巻の解題（鈴木執筆）に述べたのでここでは略す。

(15) 冷本は注文中の「かみにつらぬかれたるなみた」（二箇所）を「神まつらぬかれたるなみた」と表記するが校訂した。

(16) 89「女　わきもこと云　わかせことも云」について、注文中に説明はないが「わぎもこ」「わがせこ」を詠み込む例歌をいくつか引いている（131・132・251・254・360）が、「わがせこ」は本書407 408 409において次のように再度論じられる。

中納言殿
かりきぬはいくのかたちしおほつかな
とししけ
わかせこにこそとふへかりけれ

わかせことはおとこをいふなり。おとこはいかてかしらんと人〳〵なれ《ん》し申けり。これをおもふにとかあらし。おとこは女をつまといひ、めはおとこをつまといふへきにや。

わかせこにみせんと思しむめの花それともみえすゆきのふれゝは

この哥はあか人か女によする哥也。

わかせこかころも春さめふることに野へのみとりそいろまさりける

これつらゆきか哥たてまつれとおほせあるときよめる哥なり。おとこきぬをはらむやは。これのみかはまむえう集にはかよひてよめる哥あまたみゆめり……

連歌の後の文について、久邇本は定家本と同文であるが、静本、久世本や略本は「わかせことはおとこなり。おとこはいかてかはしらむといふなむ候とかや。おとこはめをわかせことといひ、女はをとこをわかせこと申なり」とある。後略以下は「つまこそ女といふもんしをかきたれは、おとこ申すにくけれ。それもおとこをつまとよめるうたあまたあり」と続き「つま」という語を男に用いる例歌をあげているが、俊頼の見解は「つまとはめなり」で、用例から「つまさためもなしとみえたり」とも述べる。408 409は、「わかせこ」を詠み込む例歌であり、文脈としては「おとこはめをわかせことといひ、女はをとこをわかせこと申なり」とあるのがわかりやすく、定家本・久邇本の本文は不審が残る。なお顕昭『古今集注』に「ワガセコトハヲトコヲイフ。ワギモコトハヲンナヲイフトゾ、フルキモノニハシルシタレド、ヲムナヲモワガセコト、カヘシテイフベシト俊頼朝臣ハ釈シテ侍メリ」とある。

以下、ひとまず他の歌学書の説は省略して本書に再録する箇所のみ指摘する。94は一覧に続く風の名の箇所に「しのゝをふゝきといへる風あり」とある（「しのゝをふゝき」を風の名としてとりあげたのは俊頼が最初かと思われ、前述の散木奇歌集327の以後用例が多い）。108は「かしはきのはもりの神もましけるをしらてそおりしたゝりなさるな」（本書325）を引く（注文は「はもりの神とはきのはをまもる神のきにはおはする也」と葉守の神について記す）。111は「いくはくのたをつくれはかほとゝきすしてのたをさをあさな〳〵よふ」（308）を引いて「してのたをさとはほとゝきすを申なめり」と解説している。112は、「もゝちとりさへつるはるはものことにあらたまれともわれそふりゆく」（312）、「わかゝとのえのみもりはむもゝちとりちとりはくれときみはきまさす」（313）を引き、「はしめのうたにさへつるはるとよめるはうくひす也つきのうたのえのみもりはむといへるはもろ〳〵のとりといへるなり。すいなうにうくいすをも、ちとりとかけるにつけてこれをもうくひすとこゝろえはあしかりなん」と記す。113は「すかるなく秋のはきはらあさたちてたひゆく人をいつとかまたむ」(309)を引き、「すかるとはしかを申なめり」と記す(なお、309歌は古今集離別歌366よみ人しらず「題しらず」で、歌学書において「すがる」は、鹿の異称、じが蜂の異称の両説が併存するが、本書は前者にたつ)。

『嘉応二年十月九日住吉社歌合』伝本と本文考

安井重雄

はじめに

『嘉応二年十月九日住吉社歌合』（以下『住吉社歌合』と略）は、藤原敦頼（道因）が勧進した、歌人五十人、七十五番の歌合であり、歌題は、社頭月・旅宿時雨・述懐の三題、判者は藤原俊成である。以後の社頭歌合に重要な影響を与えた歌合であり、俊成の充実した判詞も注目されている。(1)

その伝本については『平安朝歌合大成』（増補新訂版による。以下『歌合大成』と略）が整理を試みている。それによると、成立期に近い伝寂蓮筆切があるが九葉を拾遺（旧版では四葉、管見では現在十二葉知られる）できるに過ぎない。ただし、伝寂蓮筆切を裁断前に書写した宮内庁書陵部蔵中院通村筆本が完本として伝存しており、漢字・仮名の異同や仮名の字母、一行文字数まで模している。通村筆本は『歌合大成』に翻字される他、『新編国歌大観』の底本に採用されている。

『歌合大成』は伝寂蓮筆切・通村筆本を除く諸本を十本掲出しているが（管見では現在二十三本知られる）、すべて近世の書写で本文は基本的に一系統であると考えている。そのため、伝寂蓮筆切を「根幹本文」として掲げた後、「模本」として通村筆本を翻字し、内閣文庫本を「最も安定した流布本プロパー本文に近い本文を保有している」として通村筆本の校本に選び校訂を行っている。通村筆本の校訂については第三節参照。

要するに、伝寂蓮筆切・通村筆本は成立期に近い本文を持つが、『承安二年広田社歌合』判者俊成自筆本のような絶対的本文とまではいえないということである。『歌合大成』『新編国歌大観』も本文を校訂して翻字している。本稿では改めて伝本整理を行うとともに、根幹本文である伝寂蓮筆切を集成し、通村筆本の校訂について検討し、当該歌合の利用を便ならしめたいと考える。

一　伝本

『歌合大成』が掲出する伝本は、伝寂蓮筆本・中院通村模写本・神宮文庫本・彰考館本・内閣文庫本・宮内庁書陵部蔵桂宮本・宮内庁書陵部蔵五〇一―九七本・多和文庫本・静嘉堂文庫本・北岡文庫蔵幽斎書写本・歌合部類版本・群書類従本の十二本である（伝本名は同書による）。それを、「歌合本文の前にある標出本文」（標題・歌題・読師・講師・判者標出の有無）・本文異同・勘物の三点から分類しようとするが、有効なのは本文異同であると思われるので、その見解について左記に引用する。なお傍線A～Eは諸伝本の性格を指摘した部分について私に付したものである。

そして、更に本文の異同から察すると、伝寂蓮筆本に最も近いのは勿論通村模写本であるが、神宮文庫本は伝寂蓮筆本の摩耗が更に甚だしくなって以後の忠実な末流転写本で母本の欠脱をそのままに伝え、彰考館本は、同じくその系統に立ちながら、作者標出を有する流布本系の一本から作者標出を導入し、更に、母本の誤脱を流布本本文によって補訂したものと思われる。故に、通村模写本・神宮文庫本・彰考館本の三本を除く他の八本が流布本の系統に属するが、これらはすべて伝寂蓮筆本の末流本でありながら、元本の摩耗以前に分系し、おのおの独自誤謬を生じ、恣意的改訂を加えて、漸次多数の異文を生じたもので、その中では、C多和文庫本と静嘉堂本（静嘉堂本は多和文庫本を直接転写したもの）、幽斎本と桂宮本、歌合部類本と群書類従本とが互いに親近な関係にあり、D内閣文庫本が最も安定した流布本プロパー本文に近い本文を保有していると考えられるので、この一本を以って流布本を代表せしめ、通村本と校合した。猶、E幽斎本は極めて独自異文の多い証本であるが、またそれだけに流布本プロパーの本文誤謬を訂して、祖本に近づくところの少なくない注目すべき証本である。

傍線部Aの「伝寂蓮筆本の摩耗」とは、「現存する伝寂蓮筆本の断簡Aは、手擦れ甚だしく、墨色摩滅して判読困難な箇所が多い」（『歌合大成』）とも述べる歌合冒頭の社頭月一番の断簡に生じている文字の剝落のことである。伝寂蓮筆切は金銀砂子・切箔が撒かれており、一番断簡はその上に書写した文字が剝落していって現在に至っている。伝寂蓮筆切の他の断簡にはこれほどの摩耗はみられない。この摩耗を反映した本文の空白箇所と本文異同をもとに、「通村模写本・神宮文庫本・彰考館本」三本に対して、「他の八本」を「流布本」として区別しているのである。左に、社頭月一番の、伝寂蓮筆切・通村本・神宮文庫本・彰考館本及び、「流布本」の代表という内閣文庫本を挙げて比較してみたい（伝寂蓮筆切・通村筆本は和歌も示し、その他は判詞のみ記した）。

〈伝寂蓮筆切〉

一番　社頭月

左勝　　　　正二位藤原朝臣實定
ふりにけるまつものいはゝとひてまし
むかしもかくやすみのえの月
右　　　　正三位行皇后宮大夫兼右京大夫藤原朝臣俊成
こゝろなき□□□もなをそつきはつる
月さへ□□□すみよしのはま
左哥むかしもかくやすみのえの月といへる
こゝろすかたいとをしくも侍かなかみの
くはかやうのこゝろきゝなれたるやう
なれとさしてかくいへるはおほえはへらぬ
うへにふりに□□□をきまつものいはゝ
なといへる□□□□□□□そおほえ侍
右哥はおまへのはまの月におろかなる
こゝろもつきはてみ□□□ことはもおよ
はすおほ□□るはかりにや左哥ことに
よろしかつとすへし

〈通村筆本〉

一番　社頭月

左勝　　正二位藤原朝臣實定

ふりにけるまつものいはゝとひてまし
むかしもかくやすみのえの月

右　　正三位行皇后宮大夫兼右京大夫藤原朝臣俊成

こゝろなきこゝろもなをそつきはつる
月さへすめるすみよしのはま

左哥むかしもかくやすみのえの月といへる
こゝろすかたいとをしくも侍かなかみの
くはかやうのこゝろきゝなれたるやう
なれとさしてかくいへるはおぼえはへらぬ
*うへにふりにけるとおきまつものいはゝ
なといへる□□□□□□こそおほえ侍
右哥はおまへのはまの月におろかなる
こゝろもつきはてみしかきことはもおよ
はすおほえけるはかりにや左哥ことに
よろしかつとすべ

*うへに―「ち■」（■は不明）の上に「うへに」を重書。

〈神宮文庫本〉

左哥むかしもかくや住の江の月と
いへるこゝろすかたいとおしくも侍る
かな[a]□□□かみの句はかやうのこゝろ
きゝなれなるやうなれとさしてか
くいへるはおほえ[b]□□ぬうへにをき松
ものいはゝなといへる[c]□□□□□□□
[d]□□□□□□□そおほえ侍る
右哥おまへのはまの月にをろかなる
こゝろもつきはて[e]□□□□□
[f]□□□□こと葉もをよはすおほえけ
れはかりにや左哥ことによろしかつ
とすへし

〈彰考館本〉

左哥むかしもかくや住の江の月と
いへるこゝろすかたいとおしくも侍る
かな。[a]——————。かみの句はかやうのこゝろ

きゝなれたるやうなれとさしてか
くいへるはおほえ侍らぬうへに。[b]をき《ふりにけると》松
ものいはゝなといへる心あり。[c]
。[d]かたくこそおほえ侍る《れ》
右哥。《は》おまへのはまの月にをろかなる
こゝろもつきはてゝみしかき。[e]
。[f]こと葉もをよはすおほえ《もひィ》け
れ《るィ》はかりにや左哥ことによろしかつ《勝と申侍へしィ》
とすへし

〈内閣文庫本〉

左哥むかしもかくや住の江の月と
いへるこゝろすかたいとおしくも侍る
かな[a]□□□□かみの句はかやうのこゝろ
きゝなれたるやうなれとさしてかくいへ
るはおほえ侍らぬうへにふりにける[b]
とをき松ものいはゝなといへる心あり□[c]
[d]□□□□□□□かたくとそおほえはへれ

右詞はおまへのはまの月にをろかなる
こゝろもつきはてゝみしかきe□□□□
f□□□□こと葉もをよはすおほえけ
るはかりにや左哥ことに勝と申侍へ
し

□は伝寂蓮筆切の剥落箇所と諸本の空白箇所（伝寂蓮筆切の剥落を空白で示したものとみられる）で、おおよその字数分を記した。また、論述の都合上、神宮文庫本・彰考館本・内閣文庫本にa～fの記号及び波線を記した。a～fと波線の位置はそれぞれの伝本で対応する。

まず伝寂蓮筆切と通村筆本を比較して明らかなことは、伝寂蓮筆切が通村の転写時から現在に至るまでに剥落が進んだことである。また、通村筆本には「うへに」の重書のような、伝寂蓮筆切には存しない処理がままみられるので、頗る良質の転写本ではあるが、伝寂蓮筆切と完全に一致するわけではないことも知られる。

さて、神宮文庫本以下の三本についてみてみよう。『歌合大成』は傍線部Aにおいて、神宮文庫本は、通村が書写した段階では一部に止まっていた剥落が「甚だしくなって以後の忠実な末流転写本で母本の欠脱をそのままに伝え」ると述べていた。確かにcdefの空白は伝寂蓮筆切の剥落箇所に一致し（fはeの欠脱字数を長めに空白にして生じたか）、波線「をき」の直前には、伝寂蓮筆切の剥落に起因する脱落があることが知られる。しかし、abについては、伝寂蓮筆切に剥落がないにもかかわらず、空白を設けていることが注意される。aについては、彰考館本・内閣文庫本も同じ空白がある。この不要であるはずの空白を設けた理由については、推測するしかないが、伝寂蓮筆切の冒頭の剝落が当時著名であって、祖本が証本として強い信頼性を有する伝寂蓮筆切であることを想起させるために生じた措置かと考えている。

傍線部Bの彰考館本については、acdefに神宮文庫本と同様の空白と、補入記号のような「。」、及び「。」と「。」とを結ぶ線がある。また、波線「をき」直前の「。」には「ふりにけると」が傍記されている。ただし、通村筆本と比較すればわかるが、実際はcdとefには該当する文字が埋め込まれており、文字の欠落は存しない。このあたりの事情を傍線部Bでは、彰考館本が神宮文庫本と同系統でありながら「流布本」の影響を受け、「母本の誤脱を流布本本文によって補訂した」と推測するのである。実際に諸本を校合してみると、確かに彰考館本は神宮文庫本と同系統の本文を基に、おそらく後述する三類本（あるいは二類本のうち内閣文庫本系統の伝本の可能性もある）を校合して本文を校訂したのではないかと思われる。

次に内閣文庫本をみてみたい。acdefの空白箇所とb「侍ら」を有すること、波線部「をき」直前の脱落が存しない点は彰考館本に一致し、両本が近い関係にあることが知られよう。それでも、『歌合大成』が神宮文庫本・彰考館本とは切り離し、傍線部Dのように、内閣文庫本を「他の八本」と同様に「流布本」としたのは本文系統が神宮文庫本・彰考館本とはやや異なるためであるが、しかし、伝寂蓮筆切・通村筆本との親疎について内閣文庫本の方が遠いとまではいえないと考える。稿者は、伝寂蓮筆切・通村筆本を仮に一類と名付けるとすると、内閣文庫本・神宮文庫本・彰考館本などをまとめて二類と仮称してよいと考える。

ただし、傍線部Eが指摘するように、幽斎本（熊本大学北岡文庫本）は独自の異文を持つことが多く、傍線部Cで指摘される桂宮本も同系統の本文である。よってこれらを三類として分けた方がよいと考える。

なお、傍線部Cについては、「静嘉堂本は多和文庫本を直接転写したもの」とまではいえないものの、指摘された伝本についてはその通りの「親近な関係」を持つといえると考える。

さて、現在、『住吉社歌合』の伝本は二十三本を確認したが、それらを一類・二類・三類に分けて掲げると、次の通りとなる。それぞれの伝本名及び所蔵番号とその略号、ならびに簡単な説明を施した。(2)

《一類本》『住吉社歌合』の根幹本文で、二類本・三類本も一類本から派生したと思われる。

○伝寂蓮筆切＝**寂**

『住吉社歌合』の成立期に近い平安末期書写本で、二類本・三類本も祖本はこの本であると考えられる。現在、十二葉、十四番分が確認される（第二節参照）。

○宮内庁書陵部蔵中院通村筆本（五〇三・二二五）＝**通**

寂を直接書写したと認められる現存唯一の伝本。字母、一行文字数まで**寂**に同じ。書誌については第三節参照。

《二類本》本文上は、一類本が劣化したことが明らかで、内閣文庫本・神宮文庫本・彰考館本のような、冒頭に**寂**を想起させる空白を持つ伝本もある。二類本諸本や三類本から影響を受けた伝本も多い。実見していない伝本も多いが、書写時期が江戸初期まで遡るものはないように思われる。

○宮内庁書陵部B本（五〇一・九七）＝**書B**

本文は明らかに**寂**・**通**を基にしていると認められ、二類本・三類本の中で最も欠脱が少ない良好な本文を持つ。たとえば、**通**「なに、たとへて《本》ん」は諸本「なに、たとへむ」と正しい形を取る中、**書B**は「なに、たとへてん」とする。通が伝存しなければさまざまな翻刻の底本となったと思われる。しかし、三類本の影響を受けて本文が作られている箇所も多くあり、一類本との距離が純粋に近いとはいえない。江戸中期写。

○住吉大社本（特四六）＝住

本文は寂・通を基にしていると認められるところがあるが、残念なことに劣化した本文や誤写も多い。

○内閣文庫本（二〇一・一一三）＝内

慶応義塾図書館本と同系統。神宮文庫本・彰考館本・多和文庫本などとも一致するところが多い。巻末に『無名抄』から抄出した道因説話を持つ。

○慶応義塾図書館本（一一〇X・六四〇・一）＝慶

久曽神昇旧蔵。内閣文庫本と同系統。巻末に『無名抄』から抄出した道因説話を持つ。

○神宮文庫本（3・九八八）＝神

「寛保壬戌夾鍾中旬盗写早」との書写奥書がある。巻末に『無名抄』から抄出した道因説話を持つ。

○彰考館本（巳／拾）＝彰

神宮文庫本系統の本文に、内閣文庫本系統あるいは三類本によって異同を傍記し、校訂を加えた伝本。巻末に『無名抄』から抄出した道因説話を持つ。

○三手文庫本（泉亭、歌／以）＝三

本文は住と同系統。

○多和文庫本（四・一〇）＝多

冒頭に「嘉応二年十月九日午時天晴今日於住吉／社頭有哥合是則散位従五位上藤原朝臣／敦頼（法名／道

因）興行也作者五十人分左右番之」という歌合記録がある。奥書は「此一冊者因陽好士某所持本處〻敧斜有／不審故為校合令到来也然所不求得證本／空送月数之時節走筆而倉卒書写之／猶追而可遂校合者也／寛文六年午仲秋既望日　良世（花押）／金森氏可俊《大膳》所持證本令恩借遂校合訖／寛文十歳大簇下旬（花押）」とある。

本文は、**多**「心すかたいとおかしく。《も》侍かな」、二類本諸本「心すかたいとおしくも侍かな」（社頭月一番判詞）といった数文字程度の脱落や傍記がかなり見え、また「心あり。《かたくこ》そおほえ侍。《れ》」「おほえ《もひィ》ける」「かつとすへし《勝と申侍へしィ》」（社頭月一番判詞）といった傍記（三類本を校合して傍記したもの）が全体にわたって見える。

○静嘉堂文庫蔵本（五二一―一〇）＝**静**

多と同系統で、同じ歌合記録・奥書を持つ。ただし、本文は、**多**に存する傍記を本文化している箇所が目立つ。

○大阪府立図書館本（二二四・七、一〇四）＝**大**

多や**内**と近い。表表紙見返しが剝がれた表紙裏に「おもて／延宝三乙卯年十月十四日於／浪華城下写之　生国阿州渭津／今住大阪三橋■■」とある（■■は綴じ目にかかり判読できず）。

○歌合部類刊本＝**部**

本文は、**住**・**神**・**彰**・**大**などと近く、二類本のいずれかを基に版行したものと思われる。

○群書類従本＝**群**

部を基に本文を作るが、作者表記（位署）を改めている。

○国文学研究資料館蔵久松国男氏蔵『歌合部類』＝**久**

写本五冊本の中に『住吉社歌合』を書写。本文は**部**とほぼ同。

○京都女子大学蔵谷山文庫本（090／Ta88／328）＝谷
端作や、集付・巻末作者勝負表があることなど部に一致。漢字と仮名の異同を除けば本文の異同・特徴もほぼ完全に歌合部類刊本に一致。

《三類本》二類本諸本がそれぞれに独自の異同を有し、あるいは三類本を傍記したり校合したりする本文を持つのに対し、三類本諸本は二類本で校合された形跡はほとんどなく、この類として安定した本文を持つ。親本を重んじた書写態度が窺われ、筆蹟も堂上風であり、書写時期が江戸初期に遡るものが多い。その本文は寂・通からは二類本と比較して疎遠で、早い段階で寂から分かれたものと思われる。社頭月一番に見られた文字の剝落を示す空白なども持たない。また、いくつか欠脱が認められるが、最も特徴的な箇所として、諸本共通して旅宿時雨十二番・十三番に次のようにある（聖護院本によって示す）。

十二番
左　経正
右　仲綱
時雨には庵もさゝし草枕をときくとてもぬれぬ袖かは
（五行空白）
たまもかる磯屋かしたにもる時雨旅ねの袖もしほたれよとや
十三番
左

（一行空白）

右勝

（一行空白）

左哥姿おかしくみゆたもとそさきにといへるみやこへ

かへるさのたひとみえたるよしあらはおかしかりぬへ

くそきこゆる右哥はなれゆくとをけるよりなみた

をさそふなといへる心ことはよろし右の勝とみえたり

また、三類本の独自異文について、社頭月題から、いくつか挙げておく（上が通村筆本、下が聖護院本）。

一番右歌第五句　すみよしのはま―すみよしの松

五番左歌第四句　まつのこすゑをてらす月かけ―松の梢にてらす月かけ

七番右歌初句　あきらけき―秋にけに

十番判詞　なすらふるときさえさるべしとにや―ならふる時さえまさるへしとにや

十一番右歌初句　くまもなく―雲間なく

十六番右歌第五句　かけそへてけり―かけうつしけり

十七番左歌第四句　ふりしくゆきに―ふりつむ雪に

十八番右歌第五句　おきかさぬらん―置まさるらん

二十番右歌第二句　あらしのみかく―あらしのみかは

わずかに例示したのみであるが、三類本の特殊性が理解されるであろう。

○聖護院本＝聖
慈鎮和尚自歌合を合綴。奥書なし。三類本の中では最も誤写が少ないように思われる。
○宮内庁書陵部蔵桂宮本（五一〇・五四）＝書C
慈鎮和尚自歌合を合綴。奥書なし。
○太田市立中島記念図書館本（九一一・四六）＝中
慈鎮和尚自歌合を合綴。奥書なし。
○実践女子大学図書館蔵山岸文庫本『歌合集』本＝実
石澤一志「九条家旧蔵本『歌合集』について――池田利夫氏「祖形本『浜松中納言物語』の筆者は誰」続貂――」（『国文鶴見』第三六号、二〇〇二年）参照。江戸時代初期寛永頃の書写（本文について石澤氏のご教示を得た）。
○熊本大学北岡文庫本＝熊
奥書は「慶長五四　三日（「五」は別の字を書きかけた後「五」に訂正したか）／一校早／以　勅本奉書写／校合訖／慶長五年仲夏中澣　玄旨（花押）」とある。やや書写者の誤りによるミセケチが目立つ。
○高松宮本＝高
奥書なし。

二　伝寂蓮筆切一覧

伝寂蓮筆切は現在、十二葉を確認し得た。本歌合の根幹本文となるものであり、集成を試みておく。ただし、図版を見得なかった切については『歌合大成』の伝寂蓮筆切翻字によって示し、各切に①〜⑫の通し番号を付した。番号の下の記号A〜Iは『歌合大成』の「根幹本文」に付されたものを参考までに記した。また、各切の図版の主な掲載書を示し、＊を付した箇所については、通村筆本との異同や伝寂蓮筆切の現状、諸本との重要な異同等について注記した（なお□は空白、■は判読できない字を字数分記した）。なお、歌末の（　）に新編国歌大観番号を記した。

①【A】『古典籍展観大入札目録　平成十九年十一月』（東京古典会）、『住吉《すみよっ》さん　住吉大社一八〇〇年の歴史と美術』（大阪市立美術館、二〇一〇年、以下『住吉さん』と略）、「伝寂蓮／一幅／紙本墨画／二七・二×六二・三／平安時代・嘉応二年（一一七〇）」（同書）

住吉社歌合　嘉應二年十月九日

題

社頭月　　旅宿時雨　　述懐

讀師

講師左従五位下行皇后宮権大進藤原朝臣邦輔
　　右駿河権守従五位下藤原朝臣朝宗

判者正三位行皇后宮大夫兼右京大夫藤原朝臣俊成

一番　社頭月

左勝　　　正二位藤原朝臣實定

ふりにけるまつものいはゝとひてまし
むかしもかくやすみのえの月（一）
右　　正三位行皇后宮大夫兼右京大夫藤原朝臣俊成
こゝろなき＊□□□もなをそつきはつる
月さへ＊□□□すみよしのはま（二）
左哥むかしもかくやすみのえの月といへる
こゝろすかたいとをしくも侍かなかみの
くはかやうのこゝろきゝなれたるやう
なれとさしてかくいへるはおほえはへらぬ
＊うへにふりに＊＊□□□をきまつものいはゝ
なといへる＊□□□□□□□そおほえ侍
右哥はおまへのはまの月におろかなる
こゝろもつきはてみ＊□□□ことはもおよ
はすおほ＊□□るはかりにや左哥ことに
よろしかつとすへし

＊□□□―こゝろ（通）
＊□□□―すめる（通）
＊うへに―「ち■」の上に「うへに」と重書（通）
＊＊□□□―けると（通）
＊□□□□□□□―□□□□□□こ（通）
＊□□□―しかき（通）
＊□□―えけ（通）

前述したように、これらの剝落が伝寂蓮筆切の影響を測る基準の一つとなる。

②国文学研究資料館蔵（国文研貴重書九九―一七四）、「写　四二・五cm、一幅〈形〉断簡の掛幅、本紙二七・二×二九・二cm」（同館ウェブサイト）

六番

左持　　従三位行右近衛権中将藤原朝臣實家

すみよしのまつのむらたちかせさえて
しきつのなみにやとる月かけ（一一）

右　　散位従五位上藤原朝臣敦頼

なにはえのそこ*にやとれる月をみて
またすみのほるわかこゝ*ろかな（一二）

左哥しきつのなみにやとる月かけなといへる
すかたよろしきうたとい*ひつへし
右哥そこにやとる月をみてまたすみ
のほるらんこゝろふかくおもひいれたりとは
みゆるをなにはえといふにすみよしも
こもるらめと社頭のこゝろやすこし荒涼
にきこゆらん左又うたさまは哥合のう□□*
みえなからさすかにことなるよせなきに[や]
あらんよりて持とす

*そこ—そこ《そこ》（通）。諸本中「そこ」（通・書B、三類本）、他本「そら」。
*こゝ—「し」（之）に近い字体。
*といひ—「なり」の上に重書。通はその痕跡なし。なお諸本に「うたなり」とする伝本はない。
*□□（銀雲の上に書いた字が剥落）—たと（通）

③『住吉さん』、「伝寂蓮／一幅／紙本墨画／二八・二×一四・九／平安時代・嘉応二年（一一七〇）」（同書）

十六番
左持　　　従五位下守刑部大輔平朝臣廣盛
すみよしのまつのこすゑにふるゆきの
つもりまさるとみゆる月かけ（三一）
右　　　大法師智経
すみよしのはまゝつかえをこすなみに
月のしらゆふかけそへてけり（三二）
左右ともにことなるとかなくいうにきこ
ゆ持とすべし

④【B】『古筆学大成』

五番
左勝　　　朝宗
はれくもりしくれするよはまつかね■*
まくらをえこそさためさりけれ（五九）
右　　　懐綱
かみなつきしくるゝよはのたひやかた
もるとはなしにぬるゝそてかな（六〇）

*■―の（通）

左右ともにうたさまはいうにきこゆ
たゝし右哥やかたのもらさらむことよくは
きこゆれとしくるゝぬるゝのことはさるへし
とみゆるうへに左なほまつかねのなといへる
すゑさまのもしつゝきよろしくきこゆより
て以左為勝

⑤【C】図版未見。『歌合大成』によると、旅宿時雨六番判詞。
左歌、姿・詞あしくはあらず。「洩らぬ時雨にも」とぞいはまほしき。（旅宿時雨六番判詞）

⑥【D】『古筆学大成』
九番
左勝　　大輔
うらさむくしくるゝよはのたひころも
きしのはにふにいたくにほひぬ（六七）
右　　定長
おもへたゝみやこのうちのねさめたに
しくるゝそらはあはれならすや（六八）

左哥きしのはにふにいたくにほひぬと
いへるすかたこはきこゝちすれと万葉の風
躰とみえたり
右哥こゝろはよろしきをおもへたゝと
おけるたれにいへるにかあらんかやうのこと
はゝうたのかへしこひのうた■＊とにこそ
つかふことなれ左哥つよかるへし

十番

左持　廣盛
くさまくらしくれもそてをぬらしけり
みやこをこふるなみたならねと（六九）

右　智経法師
かりいほさすならのからはのむらしくれ
あはれはまきのおとはかりかは（七〇）

左右ともにすかたことはゝいうにみゆるを
左はしくれのそてぬらすことをはしめて
しれるやうなり右はまきのおとをのみあ
はれあるものとおもひけるこゝちすよりて持

＊■―な（通）

とす

⑦【E】『古筆学大成』

十一番

左勝　　卿

かりのいほはそゝくしくれもとまらねは
つゆわけころもほしそかね*つる（七一）

右　　季廣

さらぬたに*たひのとこはつゆけきに
いかにせよとてうちしくるらん（七二）

左そゝくしくれもといひ右いかにせよとてなといへるこゝろことはいつれもよろしからさるにはあらぬを右のうたの五七五むけにつねのことゝやすらかにそきこゆる左はつゆわけころもほしわつらへるこゝろもいますこしはまさるへくや

十二番

左　　経正

*つる—ぬる（住・多、三類本）

*たひの—「たひねの」の「ね」脱。通も同。諸本「ね」あり。

しくれにはいほりもさらしくさまくら
おときくとてもぬれぬそてかは（七三）
右勝　　仲綱
＊たまもふくいそやかしたにもるしくれ
たひねのそてもしほ＊たれとや（七四）
左のくさまくらいほりもさらしとおもひ
すてゝおときくとてもぬれぬそてかはと
いへるをいとをかしくみえ侍を
右哥のたまもふくとおきたひねのそても
しほたれよとやといへるすかたもしつゝき
いとあはれにも侍かなよりて右のうたなほ
かつと申へし

＊たまもふく―たまもかる（三類本）
＊しほたれとや―しほたれ《よ歟》とや（通）。諸本「よ」あり。

⑧【F】図版未見。『歌合大成』によると、旅宿時雨廿二番判詞。
右歌は、「おほぞらも」とおけるより、「みやこのかたをしのぶらし」などいへる姿、歌合の歌といひつべし。

左歌、うけたまはりひらくべけれど、これにすぎたることなくや。おして以右為勝。（旅宿時雨廿二番判詞）

⑨【G】『古筆学大成』、センチュリー文化財団蔵、縦二七・七cm、横六七・七cm（同文化財団収蔵品データベー

ス検索）

三番

左持　　　経盛朝臣

あはれとやかみもおもはむすみのえの
ふかくたのみをかくるみなれは（一〇五）

右　　　頼輔朝臣

*たのみくるこのひとむらの人ことに
ちとせをゆつれすみよしのまつ（一〇六）

左哥ふかくたのみをなといへるわたりよろしといひつへし
右哥のこのひとむらはこのたひのうた人をいへるにや又たゝわかひとついへのやからにやいかにもともにたのむこゝろあさからすみゆれ*は又持と申へし

四番

左　　　小侍従

あくかるゝたまとみえけむなつむしの
おもひはいまそおもひしりぬる*在注（一〇七）

*たのみくる―たのみつる（通・書B、三類本以外の諸本）。『歌合大成』『新編国歌大観』翻字「つる」と誤る。

*は―「は」の上に「は」を重書（通）

*在注―通もそのまま写す。諸本のうち「在注」を持つものは通・神・彰・多・三。伝寂蓮筆切の影響を測る一つの基準となる。

右勝　　　　実守朝臣
いはすともおもひはそらにしりぬらむ
あまくたりますゝみよしのかみ（一〇八）
左哥こゝろふかゝらむとはみえたりたゝ
しこれはかの和泉式部かさはのほたるも
わかみよりといへるうたをおもひてよめる
なるへしさらはあくかるゝたまとほたる
をおもひけむなとやうにあらはこそい
つみしきふかおもひをしるにては侍らめ
これはたまとみえけむなつむしのといひ
つれはなつむしのおもひをおもひくるにて
そきこゆるさらはかのかつらのみこによみ
てたてまつりけるみよりあまれるおもひ
なりけりといへるうたのこゝろにそかなひ
ぬへきさてはまたあくかるゝたまとみえけん
といへることはゝたかふへくや
右哥はことにことはつかひなとえんにはあら
ねとおもひはそらにといひてあまくたり

ますなといへるゆへありてきこゆ右のかちと
すへくや

⑩『秋の特別展　歌合の古筆』（春日井市道風記念館、一九九七年）、「19伝寂蓮筆住吉社歌合切　個人蔵　二
八・〇×七〇・五cm」

七番

左持　清輔朝臣

わかさかりやよいつかたへゆきにけむ*
しらぬおきなにみをはゆつりて（一一三）

右　実綱卿

いかなれはわかひとつらのかゝるらん
うらやましきはあきのかりかね（一一四）

この左右又ともによみ人によるへきうた
なるへし左こゝろをかしくはみゆるを
壮年之辞身して去たれの人もおなし
うらみしたふへきことなれとさかりの
とき殊為聲華客*或帯重職顕官或
列羽林蘭省なとしてことにおもひいて

*にけむ―ぬらん（三類本）

*聲華客―『歌合大成』「清華客ノ誤カ」と注するが「聲」が正しい。

あらむ人のわかさかりやよいつかたへなといへらん
いよ〳〵をかしくきこゆへきなりされはさた
めてさやうの人の御うたなるへしいと■*
かし
右哥はわかひとつらをいかなれはとあやし
みてうらやましきはあきのかりかねと
いへりあきのかりのつらは兄弟のついてあ
やまたすとこそはみえて侍れもしそのつい
てたかへたることなとの侍にやしからは又
いとをかしこれもよみ人おほつかなきほと
暫為持
八番
左　　　　　　　俊恵法師
よのなかをうみわたりつゝとしへぬる
ことはつもりのかみやたすけむ（一一五）
右勝　　　　　実國卿
いへのかせわかみのうへにすゝしかれ
かみのしるしをあふくとならは（一一六）

*■（虫損）―さ（通・書B）。他の諸本は「お」または「を」。『歌合大成』「いとをかし　ヲトルベキカ」と注するが、「さかし」で良。

左うみわたりつゝといひてことはつもり
のかみやたすけむといへるこゝろはをかし
きをうみわたりつゝといへることはことに
庶幾せられすやきこゆらむ
右神のしるしをあふくとならはといへる
こゝろをかしくきこゆ以右為勝

⑪【H】国文学研究資料館蔵（国文研坂田一七―一〇、W）、「本紙二八・五×二二・五cm」（同館ウェブサイト）
九番
左　　　実房卿
いとふともなきものゆへによのなかの
あはれをさすかうちなけきつゝ（一一七）
右勝　　　頼政朝臣
いたつらにとしもつもりのうらにおふる
まつそわかみのたくひなりける（一一八）
左哥ひとつのすかたなりこゝろもさる
ことゝはきこゆ
右哥としもつもりのうらにおふる

といひてまつそわかみのなといへるいとよ
ろしくみゆよりて右のかちとす

⑫【Ⅰ】『つちくれ帖』（田中塊堂蒐集古筆切集）、『住吉さん――社宝と信仰――』（大阪市立博物館、一九八五年）

廿五番
左勝　　寂念
あやなしなたふさにすゝをとりなから
おもふこゝろのかつみたるらん（一四九）
右　　　佐
なにことをまつとはなしになからへて
いつすみよしとおもふへきみそ（一五〇）
左哥おもふこゝろのかつみたるらむといへる
すゑのくいとよろしくこそ侍めれたゝし
たふさにすゝをといへるこそすゝはこゑに
いふな*ゝりたゝことはにやきこゆらむ
右哥いつすみよしとなとよそへたるは
をかしきやうなれとをはりのことはいひ
すてたるやうにやあらん左むねのくそ

*なゝり―なゝり《なゝり》（通）。『歌合大成』は通「ゝ」を補入とする。

おもふへくみゆれとするのもしつゝきいと
　をかしかつとすへし
（一行空白）
そも〳〵わかのうらのみちはちひろのうみ
　ふかくしてそのそこをはかることかたく
万里のなみはるかにしてそのはてを
　しることなしいはむやすほちはるかに
おくあみのひき〳〵なる人のこゝろなれは
　あまのうけふねこゝろひとつにさたむる
ことはありかたくなんあるかのかみかせ
　いせしまにははまをきとなつくれと
なにはわたりにはあしとのみいひあつまの
　かたにはよしといふなるかことくにおな
しきうたなれとも人のこゝろより〳〵に
　なむあるうへにたまのことはにもきす
をましへいさこのなかにもこかねあること
　あるをしほのやまのをしこめて
よしのかはのよしとのみいひなかさは

このみちのおとろへゆかむことをなけ
きおもふあまりにかくれてはみやを
まもるかみにおそれあらはれては
みちをこのむともからには丶かり
なからあさきことのいつみおろかなる
こ丶ろのみつにまかせてみゆるところを
しるしあらはし侍ことをなむよる*
よるのころものかへす〳〵そてのこほり
のおもひむすほ丶れ侍ぬる

*よる—通は「よる」のミセケチをそのままに書写。

右を一覧して気づくように、伝寂蓮筆切は清書本ではあるが、②「なり」→「といひつへし」への重書による訂正、⑦「たひの」「しほたれとや」二箇所の文字の誤脱、⑫「よるよる」のミセケチ訂正があることが知られる。それに対して、通村筆本は、②では訂正後の本文のみを写し、⑦「たひの」は見逃し、「しほたれとや」は「よ歟」の傍記で対処、⑫はミセケチした本文をそのままに書写している。このように、伝寂蓮筆切の誤りに対して通村筆本は誤りをそのまま書写するのではなく、その場面ごとに何らかの対処をしようとしていることが窺える。通村筆本は完本として最も重要な伝本であるが、伝寂蓮筆切そのままではないことも理解しておく必要がある。

三　通村筆本の本文校訂について

通村筆本が伝寂蓮筆切をほぼそのままに臨書しながら、伝寂蓮筆切に既に存した疵を持ち、校訂が必要なことは先に記した。本節では、通村筆本の本文の特徴と校訂について考えたい。

通村筆本の書誌は以下の通りである。

宮内庁書陵部蔵。五〇三―二五。江戸初期写。一冊。外題は「住吉社歌合（嘉応二年／十月九日）」（白無地題簽、左上）。列帖で、四括り（第一括り八枚、一丁目は表紙見返しに使用、第二括り九枚、第三括り九枚、第四括り五枚、末尾の一丁は裏表紙見返しに使用）より成る。本文料紙は、厚手楮紙、薄手楮紙、楮混鳥子、楮混鳥子布目入りなど、数種の料紙を用いる。墨付五九丁、遊紙は後に一丁。表紙は薄藍色（薄緑）無地。一オに「宮内省図書印」の朱正方角印がある。一面十行、一首二行書。本文は一丁裏から始まる。奥書なし。

寸法、縦二四・五cm、横一七・二cm。

裏表紙見返しに次の通り極め書がある。

住吉社歌合（嘉応二年／十月九日）

筆者　中院後十輪院内大臣従一位通村公

明治十四年十一月十日

所々、通村によると思われる傍書・重書・補入・ミセケチや青貼紙がある。以下、それを記して通村筆本の状態を示す（たとえば頭の「2ウ2行」は通村筆本の二丁裏二行目であることを示す）。

2ウ2行　うへに（「ち■」の上に重書）　（社頭月一番）

2ウ3行　なといへる□□□□□□□こそおほえ侍（七字程度空白）　（社頭月一番）

2ウ8行　「左　従二位行権大納言藤原朝臣実房」を脱し、補入記号を付して書き入れる。　（社頭月二番）

3ウ　三番左歌頭に青貼紙あり。　（社頭月三番）

6オ7行　そこ《そこ》（「そら」の上に「そこ」と重書、さらに「そこ」と傍記）　（社頭月六番）

7オ　料紙の左端に文字の一部かと思われる墨筆痕あり。文字は不明。　（社頭月七番）

12オ　十四番左歌頭に青貼紙あり。　（社頭月十四番）

14オ9行　みゆる《に》。みつかき（「に」を補入）　（社頭月十七番）

19ウ10行　やこ■ひの（■は虫損）　（社頭月廿四番）

29オ2行　しほたれ《よ歟》とや（「よ歟」と傍記）　（旅宿時雨十二番）

38オ1行　しくれにのみそ《や》ゝてはぬれける（「や」傍記。「ゝ」をミセケチ）　（旅宿時雨廿三番）

42オ3行　ゆれは（「は」は重書。下の字不明）　（述懐三番）

44オ9行　こゝろ其（「あと」の上に「其」を重書）　（述懐六番）

48ウ4行　すみのえにの（「に」をミセケチ）　（述懐十一番）

50オ4行　右なにゝたとへて《本》ん（「て」に「本」と傍記）　（述懐十三番）

51オ・51ウは一面11行。51ウ1行2行目に和歌一首書くべきを脱し、51オ11行目に上句、51ウ1行目に下句を書く。　（述懐十五番）

53オ10行　な■ほ（■は墨ケチ。下の字不明）　（述懐十八番）

54ウ6行　すかたには《て》（補入のため「て」を傍記）　（述懐廿番）
56オ1行　きこゆるの《本》まつのみ（「の」に「本」と傍記）　（述懐廿二番）
58オ1行　なゝり《なゝり》（「なゝり」に傍記「なゝり」。「なよ」などに見えるためか）　（述懐廿五番）
59オ9行　なむよる（「よる」をミセケチ）　（跋文）

さて、『歌合大成』本文校異欄、『新編国歌大観』解題で取り上げている校訂に関する箇所のうち主要なものや、『歌合大成』『新編国歌大観』の翻字の誤り等について検討しておきたい。丸数字を付して通村筆本の本文を挙げ、＊以下にコメントを記す。

①こゝろすがたいとをしくも侍かな（社頭月一番判詞）

＊『歌合大成』「いとをしくも—いとをかしくもカ朴」、『新編国歌大観』「「いとをしくも」は「いとをかしくも」と考えられるがそのままとし」と述べる。「いとをしく」を「いとおかしく」とするのは三類本と**多**・**静**・**部**・**群**である。判詞において、心あるいは姿を「いとをし」と評する例は他にない。ここは一類本の誤りで、「いとおかしく」が正しいと見たい。

②などいへる□□□□□□□こそおぼえ侍（社頭月一番判詞）

＊一類本の欠落箇所である。二類本も**住**・**神**・**彰**・**三**・**大**が欠落。三類本「などいへる心ありかたくこそおほえ侍れ」、**部**・**群**「などいへる心いとよろしくそおほえ侍」とする。三類本を取るのがよいかと思われる。『歌合大成』『新編国歌大観』も流布本によって補うとして、「こゝろありがたくこそおほえ侍」と翻字する。

③ありあけの月のひかりもすみよしのしはにしりてやあまくたりけむ（社頭月廿二番左歌）

＊『歌合大成』「しはに—文意不明朴—空に内（しゝにトイウ本モアリ朴）」、『新編国歌大観』「二十二番左歌「しはに」（内「空に」）は語義不明ながら「しばに」とした」と述べる。通「しは」の字母は「志者」で、寂も同じであったであろう。諸本は、住・神・三・大「しゝ」とするが、書B・内・多・部・三類本など「空」とする。「空」が穏当と思われるが、難しい箇所である。

④花の最第（述懐二番）

＊『歌合大成』『新編国歌大観』ともに「花の最第」と翻字するが、「花の最弟」（菊の意）が正しいことは拙稿「『嘉応二年住吉社歌合』述懐二番注解——「花の最弟」・円実のことなど——」（兵庫大学短期大学部研究集録四四、二〇一〇年）で指摘した。

⑤たのみくるこのひとむらの人ことにちとせをゆつれすみよしのまつ（述懐三番右歌）

＊初句について、『歌合大成』『新編国歌大観』ともに「たのみつる」と翻字する。諸本では、寂・書B・三類本「たのみくる」。「たのみくる」が正しいであろうことは拙稿「道因勧進『住吉社歌合』『広田社歌合』の奉納と位署と俊成」（『国語国文』七八—七、二〇〇九年）で指摘した。

⑥あくかるゝたまとみえけむなつむしのおもひはいまそおもひしりぬる在注（述懐四番）

＊『歌合大成』は「一首ノ脚ニ「在注」ト註通」として翻刻から省いており、『新編国歌大観』も「述懐四番左歌の歌脚に小字で「在注」とあるが、省略した」と述べる。しかし、川平ひとし氏「「有注」私見——テキストの余白あるいは〈テキスト意識〉の歴史性について——」（『中世和歌論』、笠間書院、二〇〇三年）によって作者小侍従自身によるものであることが指摘された。同論文参照。

⑦聲華客（述懐七番判詞）

＊『歌合大成』「声華客―清華客ノ誤リカ朴（幽斎本「清華客」ト改ム）」と述べるが、「声華客」は和漢朗詠集722「昔為京洛声華客　今作江湖潦倒翁」に拠ることを、武田元治『住吉社歌合全釈』（風間書房、二〇〇六年）が指摘する。

⑧されはさためてさやうの人の御うたなるへしいとさかし（述懐七番判詞）

＊『歌合大成』「いとさかし―いとおかし内（いとをかしヲトルベキカ朴）」、『新編国歌大観』「いとさか《（ママ）》し」と翻字する。諸本は寂・通・書B「さかし」とする他は「おかし」「をかし」（ただし住・三「を（お）し」、部「おし《かしィ》」）とするが、俊成は清輔歌を批判して「さかし」と評したと考える（拙稿「嘉応二年住吉社歌合判詞考」、『中世の文学と思想』、龍谷大学仏教文化研究所、二〇〇八年）。

⑨ことのみかとおきなせかしなといへるなほむけにすてたることはなり（述懐十七番）

＊『歌合大成』「おきなかせかし―おもひなせかし内（内本ヲトルベキカ朴）」というが、『新編国歌大観』が「ことのみかとおき、なせかしなどいへる」と解するのに従うべきであろう。

⑩みのうさをわすれくさこそきしにおふれむへすみよしとあまもいひけれ（述懐廿番）

＊『歌合大成』「いひけれ―いひけり内（内本ヲトルベキカ朴）」とする。書B・内・多・神・三など「けれ」とするが、住・三・部や三類本は「けり」を採る。

⑪俊頼朝臣のわふかやまよにふるみちをふみたかへ（述懐廿番判詞）

＊『歌合大成』「わふるやま―わふかやま通（内本及ビ散木集本ニヨッテ改ム朴）」と述べ、『新編国歌大観』も「わぶるやま」と翻字するが、通「る」と読むのは苦しい。実際「わぶるやま」は全く用例を見いだせないが、「わぶかやま」は俊頼歌を含めて三例を見いだせる。また『和歌初学抄』「わふか山 紀伊 ワヒシキニ」（所名

「山」、冷泉家本）、『八雲御抄』「わ《紀》ふか」（名所部「山」）とあり、紀伊国の歌枕とされていた。『歌枕名寄』も「和夫加山」と標目を立てている。

⑫左哥ひさしくよゝにといへるこゝろはよろしくきこゆるの《本》まつのみひとりみとりなるかなといへるうた

（述懐廿二番判詞）

＊『歌合大成』「きこゆるの—のノ旁ニ「本」ト註通—きこゆるを内（内本ヲトルベキカ朴）」とし、『新編国歌大観』「内閣文庫本の「きこゆるを」を採るべきかと思われるがそのままとした」と述べる。たしかに「きこゆるを」（住・内・神・三・大・部・群など）も有力だが、書B・三類本「きこゆ、かのまつのみひとり」の本文を採るべきと考える。「か」→「る」の誤写によって通の本文が生じたと考える方が合理的と思われる。俊成判詞は、「かの伊せのみやすどころの歌は」（重家家歌合・花・二番）、「かの、ふしみのくれにといへる歌を」（同・五番）、「かのいくたびばかりねざめしてものおもふやどのひましらむらむといへるうたは」（住吉社歌合・旅宿時雨十五番）など、「かの～歌」という型で和歌を引用することが多い。

おわりに

中世の歌合は良質の伝本に恵まれないことが多いが、幸い『住吉社歌合』は伝寂蓮筆切をほぼそのままに書写した中院通村筆本が伝存しており、良好な本文を知り得る。しかし、それも若干の疵を負っており、諸伝本を校合して校訂する必要がある箇所があった。本稿は、『歌合大成』を参考に伝本整理を試み、伝本を一類・二類・三類と分類することで、諸伝本の本文の性格が理解しやすくなると考えた。問題のある箇所については、一応の検討を示したが、今後、『住吉社歌合』の本文を利用するに際しては、伝寂蓮筆切・通村筆本（一類本）を基として、二類本から書陵部B本といくつかの伝本、及び三類本（三類本はそれほど本文に差はないのでどれか一本程度参照すればよいと思う）を参照するのが適当かと考える。

注

（1）　安井重雄「道因勧進『住吉社歌合』『広田社歌合』の詠歌の性格」（『和歌文学研究』九五、二〇〇七年）、「嘉応二年住吉社歌合判詞考」（『中世の文学と思想』、龍谷大学仏教文化研究所、二〇〇八年）、「道因勧進『住吉社歌合』『広田社歌合』の奉納と位署と俊成」（『国語国文』七八―七、二〇〇九年）等を参照。

（2）　伝本二十三本のうち、実見したのは、通・書B・内・慶・大・部・群・久・谷・聖・書Cの十本と、寂のうち国文学研究資料館蔵の二幅。静は『静嘉堂文庫所蔵歌学資料集成』マイクロフィルムによる。実については石澤一志氏よりご教示を得、写真を閲覧させていただいた。その他の諸本については、国文学研究資料館蔵の紙焼写真・マイクロフィルムによって調査した。

なお、各伝本の説明において、その伝本と近い本文を持つ伝本がある場合、「〜本と同系統」のように記した。

三百六十番歌合の式子内親王歌の世界——後鳥羽院撰者説をふまえて——

小田　剛

はじめに

1　いつしかとかすめるそらものどかにてゆくすゑとほしけさのはつはる　（春、御製・院）

2　みよし野の山《は(新)》もかすみてしらゆきのふりにしさとにはるはきにけり　（春、左大臣・良経。①8新古今1）

三百六十番歌合（以下適宜、三）は、院と良経の歌で始まる。2は言うまでもなく新古今和歌集（以下適宜、新）の巻頭歌であり、歌合（720首）と新古今との共通歌は60首存在する。他にも共通歌として、良経では

11　そらはなほかすみもやらずかぜさえてゆきげにくもるはるのよの月　（春。新23）

139　よしの山花のふるさとあとたえてむなしきえだにはるかぜぞふく　（春。新147）

家隆、慈円、小侍従、俊成では

549　しがのうらやとほざかり行くなみまよりこほりていづる有あけの月　（冬。新639。家隆）

667　わがこひはまつをしぐれのそめかねてまくずがはらに風さわぐなり　（雑。新1030。慈円）

154　如何なればそのかみ山のあふひぐさとしはふれどもふたばなるらむ　（夏。新183。小侍従）

706　しきみつむ山ぢのつゆにぬれにけりあか月おきのすみぞめのそで　（雑。新1666 1664。小侍従）

626　世の中をおもひつらねてながむればむなしきそらにきゆるしらくも　（雑。新1846。釈阿・俊成）

などが、人口に膾炙している。

これらの著名な歌の収められた⑤183三百六十番歌合（正治二年・一二〇〇）の撰者については、古くは俊成、寂蓮、良経などの名が挙がっていたが、近年、楠橋開およびそれを支持した田仲洋己の覚盛法師説が有力視されてきた。[1] しかし、平成二十四年（二〇一二）一月の『明月記研究』第十三号に収載の、五味文彦「後鳥羽上皇の和歌の道――百首歌と『三百六十番歌合』――」、大野順子「『三百六十番歌合』について――撰者再考――」、両論文において後鳥羽院撰者説が示された。そこで本論においては、式子の歌合所収歌を中心として院撰者説を考えていきたい。なお式子の歌の本文は『式子内親王全歌注釈』（以下、全歌注釈）に、その他は『新編国歌大観』に従った。以下、「田仲」「五味」「大野」と触れる場合は、以上の言説を指す。さらに式子や新古今の歌の注釈は略称を用いていることも言い添えておく。

一　式子の歌

式子所収歌39首を表にすると、次頁のようになる。内訳は、正治初度・C百首20首（うち新古今9首）、他に出典のない歌16首、玄玉集325「百首歌中に、冬の心をよませ給ける」（新後拾遺）1首・364・三550「玉の井の……」（後述）、新千載1首（「題しらず」）・361・三660「君ゆへ《ママ》やはじめもはてても限なき浮世をめぐる身と《に（三）》も成なん《けん（新、三）》」（①18新千載1034、恋二）・（雑）、寂蓮法師集1首・375・三61「はるさめは……」であるが、このうち364・三550は私撰集である玄玉集（建久二、三年・一一九一、一一九二頃成立）から採ったとは思われないし、寂蓮集にある375・三61については後述している。歌合は春、夏、秋、冬、雑部、すべて七十二番で構成されており、恋や羇旅といった部がないので、雑に恋や旅の歌が入っている。では他の式子の歌合歌をみていこう。まずこの歌合のみの所収であり、他に出典がない歌から。なお377「なにとなく」は後述する。

〈1〉373・46　むめのはなかをのみおくるはるのよはこころいくへのかすみわくらむ　（春）

表１　式子所収歌一覧

	式	三	所収歌	出典
春（11）	207	4	「ながめやる」	
	206	36	「あしびきの」	
	373	46	「むめのはな」	
	374	50	「わがやどは」	
	209	60	「ながめつる」	新古、自讃
	375	61	「はるさめは」	寂蓮
	376	70	「はなゆゑに」	
	212	71	「みねのくも」	
	218（333）	123	「いまはただ」	続後
	216	132	「夢のうちも」	続古
	377	138	「なにとなく」	
夏（8）	378	182	「まちまちて」	
	226	192	「ほととぎす」	風雅
	230	202	「かへりこぬ」	新古
	229	206	「いにしへを」	
	281	230	「宮こにて」	続後拾・旅
	236	234	「秋風と」	風雅
	379	242	「せみのこゑ」	
	380	288	「御祓して」	
秋（8）	237	292	「うたたねの」	新古
	381	306	「ゆふまぐれ」	
	248	345	「ながめわびぬ」	新古、自讃
	382	352	「ながらへば」	
	383	356	「ながめても」	
	384	386	「つねよりも」	
	241	406	「わがか《(や)》どの」	玉葉
	249	424	「ふけにけり」	新古
冬（9）	255	440	「きりのはも」	新古、自讃・秋
	385	444	「うらがるる」	
	389	478	「なにはがた」	
	386	486	「ひきむすぶ」	
	387	490	「ふるさとの」	
	388	522	「とほざかる」	冬？
	364	550	「玉の井の」	新後拾、玄玉
	265	557	「むれてたつ」	風雅
	284	568	「ゆくすゑは」	新古・旅
雑（3）	285	607	「まつがねの」	新古・旅
	361	660	「きみゆゑや」	新千・恋
	271	664	「しるべせよ」	新古・恋

●はＣ百首

〈2〉374・50　わがやどはたちえのむめのさきしよりたれともなしに人ぞまたるる　（春）
〈3〉376・70　はなゆゑにけふぞふみみることしあればこころにならすみよしの山　（春）
〈4〉378・182　まちまちてきくかとすればほととぎすこゑもすがたもくもにきえぬる　（夏）
〈5〉379・242　せみのこゑまだ夏ふかきみやまべに秋をこめたる松風ぞふく　（夏）
〈6〉380・288　御祓してかはべすずしきなみのうへにやがてあきたつ心こそすれ　（夏）
〈7〉381・306　ゆふまぐれそこはかとなきそらにただあはれを秋のみせけるものを　（秋）
〈8〉382・352　ながらへばいかがはすべきあきをへてあはれをそふる月のかげかな　（秋）
〈9〉383・356　ながめてもおもへばかなしあきのつきいづれのとしのよはまでかみむ　（秋）
〈10〉384・386　つねよりもせめてこころのくだくるはわれやはかはる秋やことなる　（秋）
〈11〉385・444　うらがるるにはのあさぢにかつつもるこのはかきわけたれかとふべき　（冬）
〈12〉386・486　ひきむすぶくさのとざしのはかなきにこころしてふけこがらしのかぜ　（冬）
〈13〉387・490　ふるさとのまきのいたやにふるあられおとづるるしもさびしかりけり　（冬）
〈14〉388・522　とほざかる宮このそらをながむればたもとによその月ぞやどれる　（冬）
〈15〉389・478　なにはがたあしべをさしてこぎゆけばうらがなしかるたづのひとこゑ　（冬）

以上、ほとんどすべてが、平明単純、すなおで何らひねったところがなく、後述の私撰集のみの所収歌五首同様、千載集（文治三、四年・一一八七、一一八八）よりもっと早い初期の十〜三十代の、いわば〝(練)習作〟ではないかと思われる。

この中では、〈2〉は、本歌・①3拾遺15「わがやどの梅のたちえや見えつらん思ひの外に君がきませる」（春、平兼盛。「全歌注釈、全釈」）をふまえ、自然（咲いた梅花）によって、人を待つ心の歌。〈4〉は、同じ式子の建久五年・B百首（一一九四年）に、④1式子124「まちまちて夢かうつつか時鳥ただ一こゑの明ぼののそら」（夏）があり、〈4〉は若き日の作、④1式124は後の詠と思われる。さらに〈5〉は、『全歌注釈』に、③129長秋詠藻235「夏の日をいとひてきつるおく山にあきも過ぎたる松の風かな」（夏「……納涼」。歌合大成によれば、この歌は「三七四〈嘉応元年夏—秋〉検非違使別当頼輔歌合」・一一六九年の歌）、和漢朗詠集164「池冷《ヤカニシテ》水《ニ》無《シ》二三伏《ノ》夏一　松高《クシテ》風《ニ》有《リ》二一声《ノ》秋一」（夏「納涼」英明）、同192「嫋々《タル》兮秋《ノ》風《ニ》　山蟬鳴《イテ》兮宮樹紅《ナリ》」（夏「蟬」、白氏文集巻四、驪宮高）の指摘がある。〈6〉も同じ『全歌注釈』に、①1古今170「河風のすずしくもあるかうちよする浪とともにや秋は立つらむ」（秋上、つらゆき）、④30久安百首731「いつしかとけさは風こそ嬉《すゞ（部）》しけれ心に秋のたつとおもへば」（秋、実清。部類本430）の指摘がある。そして〈9〉は、「悲し」と歎き、下句で「いづれの歳の夜半までか見む」と不安を漏らしている。〈11〉は式子の絶唱255「桐の葉も……」（後述）に通じる詠であり、自然（描写）と人事を通して、誰も訪れはしない冬の我家の寂寥を歌っている。そのことは逆に人・他者を求めてもいるのである。〈12〉も、本歌・①4後拾遺340「山ざとのしづの松がきひまをあらみいたくなふきそこがらしのかぜ」（秋下「山家秋風と……」大宮越前。「全歌注釈」）をふまえ、両歌の末句は共に終り方の一つの型であるが、「木枯の風」に対して、上句「引き結ぶ草の戸ざしのはかなき」ゆえに「心して吹け」と呼び掛け、訴え命令したものである。最後に、〈13〉の本歌は、①7千載444「さゆる夜のまきのいたやのひとりねに心くだけと霰ふるなり」（冬「閑居聞霰と……」良経。「全歌注釈」）と思われるが、〈13〉が若き日の詠なら、本歌でない可能性が出てくる。〈13〉が、霰をごく一般的に歌っているゆえに断定しがたいものがある。

以上、本歌や古歌、古詩句の指摘が為され、さらに人を待ち（〈2〉）、歎き不安を漏らし（〈9〉）、寂寥を歌い

〈11〉)、呼び掛け訴え命令している(〈12〉)。そのことは、涙したり(〈14〉)、「かなし」(〈9〉〈15〉)、「さびし」(〈13〉)、「あはれ」(〈7〉〈8〉)、「こころ」(〈1〉〈3〉〈6〉〈10〉〈12〉)といった詞の使用にも分かるように、抒情歌人としての式子(の側面)が、若い頃より垣間見られるものといえよう。

さらにもう二首みていきたい。

〈16〉375・61　はるさめはふるともなくてあをやぎのいとにつらぬくたまぞかずそふ　(春)

〈17〉377・138　なにとなく心ぼそきはやまのはによこ雲わたる春のあけぼの　(春)

二首とも、歌合にのみある歌〈1〉〜〈15〉と同じようなことがいえるが、〈16〉は、④10寂蓮集にもある。その④10寂蓮集125、126に歌合の式子の歌2首、209(後述の〈35〉)、〈16〉と続いているのである。「左大臣殿御会、四季恋」の詞書(題詞)で、125「ながめ……」(〈35〉)、126「春雨は……」(〈16〉)の歌が並ぶ。この詞書は125(、126)にかかるのであるが、どう考えてもおかしい。合うのは「四季」(春)ぐらいか。『寂蓮法師全歌集とその研究』21頁の頭注には「16某年、左大臣良経家歌会の詠歌」とある。三百六十番歌合が院撰であり、「寂蓮は……上皇の歌に最初に大きな影響をあたえた歌人であったといえよう」(五味91頁)という指摘は、なぜ式子のこの二歌?が寂蓮集に記載されているのか、少しはヒントになるのではないか。あるいは126は寂蓮詠か。そう考える人もいる。

〈16〉は、有名な①1古今27「あさみどりいとよりかけてしらつゆをたまにもぬける春の柳か」(春上、遍昭)がもとであろうか、(類歌)(後述)が多い。さらに

③119教長79「はるさめのふりしむままにあをやぎのいとにつらぬくたまぞかずそふ」(春「同院の仰にて柳の心をよめる」)。④30久安百首209に式子歌は酷似している。いうまでもなく、④30久安百首(一一五〇年成立―式子の生年は一一四九年)所収歌であ

るから、教長歌ははるか以前の詠である。『全釈』は「春雨について式子が歌う時の神秘的な感じはこの歌にもあるように思われ、式子の歌である可能性は高いと思われる。また教長七九・久安百首二〇九（この③119教79）には……この歌のような春雨の意外性は希薄になる。この一句（式子歌の第二句「ふるともなくて」）でまったく別の歌になっている」というが、やはり「……は……ともなくて」と、初句と第二句を微妙に変えただけでは、模倣の非難は免れない。これも、前述した若き日の習作（あるいは手すさび、反故か）の1首ではないかとする所以である。さらに〈16〉に似た〔参考(歌)〕（ほぼ千載集・一一八七、一一八八年近くの一一九〇年以前の詠歌をさす）1首があり、〔類歌〕（ほぼ一一九〇年以後）も多い。以下がそれである。

〔参考歌〕②6和漢朗詠86「あをやぎのえだにかかれるはるさめは《しらつゆを（六4159）》《を（六4165）》いともてぬけるたまかとぞみる」
（春「雨」伊勢。①9新勅撰23。②4古今六帖4159（つらゆき）。②4同4165。⑤10亭子院歌合1。⑤267三十六人撰31）

〔類歌〕③131拾玉2140「青柳のいとに玉ぬく春雨の雲に成行くゆふがすみかな」（詠百首倭歌「雨」。②16夫木973）

④14金槐42「あさみどりそめてかけたる青柳のいとに玉ぬく春雨ぞふる」（春「雨中柳」）

④38文保百首609「春雨はふるともみえぬ夕ぐれに露の玉ぬく青柳のいと」（春、実泰）

④38同3005「春雨はふるともなしに故郷の軒に玉ぬくささがにのいと」（春、定為）

⑤230百首歌合（建長八年）367「あをやぎのいとにかかれる白露の玉のを山に春雨ぞふる」（左京大夫。②16夫木847）

さらに後の〈17〉に酷似しているのが、

⑦46出観集（覚性）826「何となく心ぼそきはあけぼのに横雲わたるしがの山ざと」（雑「山家暁情」。覚性　一一二九～六九）

である。第三句以下で、「山の端に（横雲渡る）春の曙」（式）、「曙に（横雲渡る）志賀の山里」（出観）と、末句の体言止を中心として若干景色が両歌で異なっているが、よく似た詠であるのはまちがいない。〈17〉も若き頃の習作（あるいは手すさび、反故か）ではないか。このことについて、『全釈』は、「類似の表現があっても、詞の続け柄によって歌の意味は異なる。類似の表現がすでに存在することがすなわち習作だということには必ずしもならない」と反論する。が、さらに、この〈17〉に似た〔類歌〕に、①9新勅撰17「月ならでながむるものは山のはによこぐもわたる春のあけぼの」（春上、八条院六条。千載初出歌人）が存在する。

ここで、後述するといった私撰集のみに出典のある式子の歌5首をみてみよう。

390　しづかなる庵にかかる藤の花まちつる雲の色かとぞ見る　（②13玄玉609、草樹歌上「題不知」前斎院）

391　たれとなく空に昔ぞ忍ばるる花立ばなに風過ぐるよは　（②13玄玉625、草樹歌上「花たちばなの心をよませ給ける」前斎院）

392　このごろをなつのひかずのなかばとはし水にうとき人やいふらん　（⑥11雲葉351、夏「百首歌たてまつりし時」）

393　うづみ火のあたりのまとゐさよふけてこまかになりぬはひのてならひ　（⑥11雲葉878、冬「百首歌の中に」）

395　ながづきのありあけのそらにながめせしものおもふことのかぎりなりけり　（②15万代1233、秋下「百首歌のなかに」）

夫木抄の394（全歌注釈）が抜けているが、これは④31正治初度百首1560・範光歌であることが判明した。390〜395、以上五首の詠をよめば、歌合のみに出典のある式子と歌境や歌の姿といった歌そのものが通い合っていることがすぐにみてとれよう。うち、390は、藤花を待望の紫雲かと心をこめて見る詠であり、392は、清水の涼（夏）を歌ったもので、清水のことを知らない他人は、きっと近頃を夏の半ばと言うだろうと現在推量している。そして

395は、恋歌仕立ての秋（四季）歌であり、「長月（秋）の有明の空」にながめする一途な〝物思ひ〟の詠である。それは式254「（浅茅原初霜結ぶ）なが月の在明の空に思ひ消つゝ」にも通っているのである。

しかし歌合所収のC百首をみると、

〈18〉216・132　夢のうちもうつろふ花に風吹て《けば（続）》しづ心なき春のうたゝね（①11続古今147、春下）・（春）

〈19〉230・202　かへりこむ《ぬ（新、三）》昔を今と思ひねの夢の枕にゝほふたち花（①8新古今240、夏）・（夏）

〈20〉237・292　うたゝねの朝けの風《袖（新、三）》にかはる也ならす扇の秋の初風（①8新古今308、秋上）・（秋）

の如き、当時の流行をうけ、技巧をこらし飾った、いかにも新古今風な当代流行の詠[2]もあり、前の〈1〉～〈15〉の詠との音調《トーン》が違いすぎることにまず驚かされる。

初めの〈18〉の本歌は、①1古今84「久方のひかりのど《さや（六4033、六4196）》けき春の日にしづ心なく花のちるらむ」（春下「桜の花のちるをよめる」きのとものり。②4古今六帖4033。②4同4196。「全歌注釈」。〔参考歌〕（明治））、①1古今117「やどりして春の山辺にねたる夜は夢の内にも花ぞちりける」（春下「山でらにまうでたりけるによめる」つらゆき。②4古今六帖1320。「全歌注釈、全釈②」）……主、である。この〈18〉は、恋歌的な春歌ともいえ、本歌と①1古今105「鶯のなくのべごとにきて見ればうつろふ花に風ぞふきける」（春下、よみ人しらず。〔本歌〕（全釈①））をもとにしているのである。他、①8新古今106「いもやすくねられざりけり春の夜は花のちるのみ夢に見えつつ」（春下、凡河内躬恒。〔参考歌〕（明治））や、有名な、西行の、〈18〉と歌境の通う③125山家139「春風のはなをちらすと見るゆめはさめてもむねのさわぐなりけり」（春「夢中落花と……」）、③132壬二1649「旅ねする夢のうちにて《も落（御）》散る花のさむる枕にあらしふくなり」（守覚法親王家五十首、春。④41御室五十首555）の詠がある。

次の〈19〉は、本歌・⑤415伊勢物語65「いにしへのしづのをだまき繰りかへし昔を今になすよしもがな」（第三十二段、（男）。「全歌注釈、明治、全釈／大系、全書、全集、完本評釈、新大系」。〔参考（歌）〕（全評釈、集成、全注釈）、①1古今139「さつきまつ花橘のかをかけば昔の人の袖のかぞする」（夏、よみ人しらず。「全歌注釈／大系」）をふまえた、定家を思わせる緊密な詞の構成による恋歌的なドラマチックな夏詠である。

末の〈20〉は、本歌・①4後拾遺237「おほかたの秋くるからに身にちかくならすあふぎのかぜぞすずしき」（秋上「あふぎのうたよみはべりけるに」為頼。「全歌注釈、明治、全釈」。〔参考（歌）〕（全評釈（契沖「書入本」で指摘し、本歌の扱いをしている。）、新大系、全注釈）、「拠る」（集成）、「下句」（ソフィア））をふまえ、これも〈18〉〈19〉同様、風巻景次郎のいう、この当時流行の詠であろう。この歌もまた恋歌的である。さらに残りのC百首の中には、

〈21〉206・36　足引の山の端かすむ曙に谷よりいづる鳥の一聲　（②16夫木323、春二）・（春）
〈22〉207・4　ながめやる霞の末の《は（三）》しら雲のたなびく山の明ぼのゝ空　（春）
〈23〉212・71　峯の雲麓の雪にうづもれていづれを花とみよしのゝさと《山（二）》　（春）
〈24〉249・424　更にけり山の端ちかく月さえてとをちの里に衣うつ聲　（①8新古485、秋下）・（秋）
〈25〉271・664　しるべせよ跡なき波にこぐ舟の行ゑもしらぬやへの塩風　（①8新古1074、恋一）・（雑）

の如く、〈18〉～〈20〉同様の、当時の流行の詠を思わせるものがある。

初めの〈21〉は、本歌・①1古今14「うぐひすの谷よりいづるこゑなくは《ば（六32）》《ハ（新）》春くること《ト》を《モ（新）》たれかしらまし《つげ（六4396、寛）》《ツゲ（新）》」（春上、大江千里。②2新撰万葉261。②4古今六帖32。②4同4396。⑤4寛平御時后宮歌合22。「全歌注釈、明治、全釈」）を取り、鳥は鶯で、客観的に主観をまじえずに歌世界を描き出している。また春の本歌でもって春の歌を歌うのは、本歌取の方法としては単純である。また〈21〉の上句は、定家の③133拾遺愚草602「足引の山のはごとにさく花の匂にかすむ春の明ぼの」（花月百首、花。⑤183三百六十番歌合88）と一致しており、意識したといえる。

二つ目の〈22〉の歌には、第二句以下のののリズムがあり、さらに「白雲のたなびく……」は表現の一つの型《パターン》である。そして⑤175六百番歌合116「かすみたつすゑのまつやまほのぼのと浪にはなるるよこ雲のそら」（春「春曙」家隆。①8新古今37。③132壬二310）は、有名な、新古今にも採られた絶唱であり、詞の重なりと歌世界の類似により、家隆歌の〈22〉への影響が考えられる。

三つ目の〈23〉は、本歌・①5金葉二669 72「白雲と峰には見えてさくら花ちればふもとの雪とこそみれ《にぞ有りける（千）》」（春「花をよみ侍りける」伊通。①7千載79。「全歌注釈」。〔参考〕（明治））をもとする。この〈23〉の「峯の雲」と「麓の雪」は対であり、下句「花」とあるように、雲も雪もつまりは花・桜の見立てなのである。つまり〈23〉はこの本歌とさらに①5金葉二29 30「よしのやまみねのさくらやさきぬらんふもとのさとににほふはるかぜ」（春「花薫風と……」摂政左大臣・忠通）によっているのである。

四つ目の〈24〉は、擣衣詠であり、「近く」と「遠」は対となっている。そして最末は「音」ではなく、「声」という表現である。それは和漢朗詠集241「……衣を擣つ砧の上には　俄に怨別の声を添ふ」（和241の第三・四句、秋「十五夜付月」、已上十五夜の賦）、同345「八月九月正に長き夜　千声万声了む時なし」（秋「擣衣」白、白氏文集巻十九）をふまえている。〈24〉はとどのつまり清澄な歌境と構成の確かな、和漢朗詠集にも似た漢詩的な詠といえよう。

末の〈25〉は、本歌・①1古今472「白浪のあとなき方に行く舟も風ぞたよりのしるべなりける」（恋一、藤原勝臣。「全歌注釈、明治、全釈／全評釈、大系、全書、全集、完本評釈、全註解、集成、新大系、ソフィア、全注釈」）をもとに、初句切（命令形）で、第二句以下の景色を通して恋情を述べる象徴詠である。

以上、本歌取りの歌も数多で、客観的詠風といい、漢詩的といい、象徴詠といい、定家を思わせる世界といえよう。残りのC百首の詠は以下である。

〈26〉218（333）・123　いまはたゞ風をもいはじ吉野河岩こす波に《花の（続）》《の（三）》しがらみもがな　（①10続後撰137 128、春下）・（春）

〈27〉226・192　時鳥横雲かすむ山のはの在明の月に猶ぞかたらふ　（①12風雅333 323、夏）・（夏）

〈28〉229・206　いにしへを花橘にまかすれば軒の忍ぶに風かよふなり　（夏）

〈29〉236・234　秋風と《を（風）》鴈にやつぐる夕暮の雲ちかきまで行蛍哉　（①17風雅401 391、夏）・（夏）

〈30〉241・406　わがやどの《か（玉、三）》稲葉の風におどろけば霧のあなたに初鴈の聲　（①14玉葉578、秋上）・（秋）

〈31〉265・557　むれてたつ空も雪げにさえ暮て氷のねや《とこ（風）》にをしぞ鳴なる　（①17風雅799 789、冬）・（冬）

〈32〉281・230　都にて雪まはつ《ほの（続）》かにもえ出し草引結ぶさや《よ（三）》の中山　（①16続後拾遺559、羇旅）・（夏）

〈33〉284・568　ゆく末は今いく夜とか岩代のをかのかや《くさ（三）》ねに枕結ばん　（①8新古今947、羇旅）・（冬）

〈34〉285・607　松がねのをじまが磯のさ夜枕いたくなぬれそあまの袖かは　（①8新古今948、羇旅）・（雑）

初めの〈26〉の本歌は、③118重家99「よしのがはしがらみかけよはなざかりみねのさくらに風わたるなり」（内裏百首、花十首。「全歌注釈」）であり、初句と末の「今はただ……がな」（例、①4後拾遺750）、「（吉野）河岩こす波（に）」は一つの表現型《パターン》といえる。すなわち〈26〉は桜の散り果ててしまった歌であり、もう風のことは言うまい、花の柵《しがらみ》があって花びらをとどめてくれたらなあと願望する、つまり第二句以下の具体的な叙景・川の花びらの流れを堰き止めたい思いをすなおに歌っている。

このように、それぞれの本歌は、三つ目の〈28〉は有名な①1古今139「さつきまつ花橘のかをかけば昔の人の袖のかぞする」（夏、よみ人しらず。⑤415伊勢物語109・第六十段。「全歌注釈」）、四つ目〈29〉は、⑤415伊勢物語84「ゆく蛍雲のうへまでいぬべくは秋風ふくと雁につげこせ」（第四十五段、男。①2後撰252。②4古今六帖4011。③6業平10。「全歌注釈、明治、全釈／風雅和歌集全注釈上巻402」。〔参考〕（三弥井・風雅391））、五つ目〈30〉は、①5金葉二171 181「いな葉ふく風のおとせぬやどならばなににつけてか秋をしらまし」（秋「田家早秋と……」伊通。「全歌注釈」）、七つ目〈32〉は、①1古今478「かすがののゆきまをわけておひいでくる草のはつかに見えしきみはも」（恋一、ただみね。「全歌注釈、明治、全釈」。〔参考〕（明治・続後拾遺559））、八つ目〈33〉は、②4古今六帖2580「君がよもわがよもしらず《るや（万）》いはしろのをかのかや《くさ（万）》《たか（六1041）》ねをいざむすびて《な（万）》ん」（「はじめてあへる」。万葉10。②4古今六帖1041。「全歌注釈、明治、全釈／全評釈、大系、全書、全集、完本評釈、集成、新大系、ソフィア、全注釈」）、末の〈34〉は、①4後拾遺827 828「まつしまやをじ《のいし（重）》まのいそにあさりせしあまのそでこそかくはぬれしか」（恋四、源重之。③35重之305。「全歌注釈、明治、全釈／全評釈、大系、全書、全集、完本評釈、全註解、集成、新大系、ソフィア、全注釈」）であり、さらに〈34〉は本歌の恋の涙を、旅のつらさあはれさの涙とし、旅の歌に必要な「松がね」「さ夜枕」などの材料を揃えている。そうして海士の袖ではないのだから、（枕、）袖よ旅のわびしさ、憂さで涙によってぬれるなと訴えかけ、（枕、）袖に向かって呼び掛けた歌としているのである。

以上、C百首の〈21〉～〈34〉をみてきた。本歌取り歌は多数であったが、定家的な非実情歌が多く、どちらかといえば抒情を廃し、知的構成の明確具体歌、克明印象絵画的な叙景歌もあり、〈26〉〈34〉ぐらいで、抒情歌の側面をもつ歌は少なかったようである。C百首がA、B百首に比べて本歌取りの数が多いのは、正治二年（一二〇〇）以降、本歌取り歌が急増している定家の歩調と合っているといえ、その中でも古今集、さらに後拾遺以降の「近き世」の歌、万葉集を重視するように、古来風体抄の主張にそっていくといえよう。また反対に漢詩文を直接には本説としていないのである。[3]

最後にC百首の残り3首をみていきたい。

〈35〉209・60　ながめつるけふはむかしに成ぬとも軒ばの梅は我を忘るな

（①8新古今52、春上。④10寂蓮125）・（春）

〈36〉248・345　ながめ侘ぬ秋より外の宿もがな野にも山にも月やすむらん　（①8新古今380、秋上）・（秋）

〈37〉255・440　桐の葉もふみ分がたく成にけりかならず人をまつとなけれど　（①8新古今534、秋下）・（冬）

これら〈35〉～〈37〉は、すべて新古今所収の、式子の代表歌と目されるような、詞の平明な中にも深い味わい趣をたたえ、技巧をさして用いず、歌いぶりはすなおであり、その実、内にやはらかくやさしい抒情、しみじみとした情調をたたえている歌群である。〈1〉～〈15〉の、この歌合のみ存在する、若き日と思われる詠の延長線上にこれらの歌が位置しているといえよう。

初めの〈35〉は、有名な①3拾遺1006「こちふかばにほひおこせよ梅の花あるじなしとて春をわするな」（雑春「ながされ侍りける時、家のむめの花を見侍りて」贈太政大臣（菅原道真）。⑤355大鏡13。⑤301古来風体抄379。「全歌注釈、全釈①／完本評釈、集成」。〔参考（歌）〕（明治。全評釈、大系、全集、全注釈）。「念頭に置くか」（ソフィア））を本歌とし、本歌同様、梅によびかけ、すなおに心情を吐露した詠であり、作者道真に同化し、道真になり代って、彼の立場で、軒端の梅に、今日は昔となってしまっても、私を忘れてくれるなと訴えている。さらに参考として、⑤421源氏物語412「今はとて宿離れぬとも馴れきつる真木の柱はわれを忘るな」（「真木柱」、姫君（真木柱）。〔本歌〕（全釈②）。〔参考（歌）〕（明治。全評釈、大系、全集、全注釈）。美濃、完本評釈、全註解はこの歌について触れている）がある。

二つ目の〈36〉は、①1古今947「いづこにか世をばいとはむ心こそのにも山にもまどふべらなれ」（雑下、そせい。「全歌注釈、明治、全釈／美濃、全評釈、大系、集成、新大系、ソフィア、全注釈」。全註解はこの歌をひく）を本歌とするが、抒情（「侘ぬ」）と叙景の融合した歌であり、現実の自分の思い侘びる心と願望、さらに推量を通しての諦念などの入り混じった、一見単純で一途な詠のようであるが、そうではない。初句切、三句切によって屈折をみせ、下句・だが野にも山にもきっと月は澄（住）んでいよう、だから……と余情をもたせてもいる。

末の〈37〉は、㊟①1古今770「わがやどは道もなきまであれにけりつれなき人をまつとせしまに」（恋五、僧正へんぜう。和漢朗詠623。「全歌注釈、全釈／美濃、大系、全書、全集、完本評釈、全註解、新大系、ソフィア、全注釈」。〔参考（歌）〕（明治。全評釈、集成））、①1古今287「あきはきぬ紅葉はやどにふりしきぬ道ふみわけてとふ人はなし」（秋下、よみ人しらず。「全歌注釈」）を本歌とし、和漢朗詠309「（秋の庭は掃はず藤杖に携はりて）閑かに梧桐の黄葉を踏んで行《あり》く」（秋「落葉」白）をふまえている。この〈37〉は三句切であり、下句に分かるように恋歌的でもある。本歌の（恋の女の）立場で、桐の葉も踏み分け難くなった、必ずしもあの人を待っているのではないが……とつぶやく。末句「（必ず人を）待つとなければど」に、実は待っているのだが……というたゆたいの思いがあり、「必ず人を待つとなければど」と言いさした所に、限りない余韻余情が漂い、詞の奥にほのかな抒情がにじむのである。

これらは式子を代表する歌群であり、式子の至りついた歌境を示しているといえよう。そして院の選定かはともかく、⑤278自讃歌10首・式子（すべて新古今）をみると、C百首は半分の5首であり、そのうちの3首が、この〈35〉〜〈37〉（⑤278自12〜14）なのである。他は11「山ふかみ」（新古3）、16「夢にても」（同1124）である。あとはD歌群4首とA百首となっている。このことは、最も式子らしい歌、代表的な歌を見分ける、式子の本質をつかみとる目・炯眼を撰者がもっていたことを意味する。院撰なら、早くからこうした（式子の抒情に対する）眼をもっていたのである。

歌合中のC百首20首のうち、新古今所収歌は約半分の9首（式子全体で49首）、C百首全体では25首所収であるので、三分の一強が歌合歌と重なることになる。各部ごとにみると、最初の表1で分かるように、春6首（新古今1）、夏5首（同1）、秋4首（同3）、冬3首（同2）、雑2首（同2）である。歌合にとられなかったC百首の新古今歌のうち、自讃歌2首（203、273）については前述したが、他では、風巻の言う「女性らしく素直な抒情に充ちている。……ものしずかな詠嘆である」[4]（187頁）の例歌として挙げられた210「いまさくら……」、219「花は散り……」――A百首の新古今所収歌12「はかなくて……」もそうであろう――の歌がある。他、採られなかったものは、225「声はして」、240「跡もなき」、245「花すゝき」、253「秋の色は」、259「みるまゝに」、264「さむしろの」、268「日数ふる」、274「わが恋は」、279「あふ事を」、287「今は我」、291「暁の」、297「あまのした」である。

以上、歌合中の式子歌をみてきたが、若き日の詠と思われるものから、最高の達成をみせた詠まで、撰にばらつきがあるのは、「上皇が和歌を詠み始めたことがはっきりわかるのは正治元年（一一九九）、」（五味89頁）からという「歌歴の浅さ」（大野107頁）のせいであろうか。また正治二年（一二〇〇）初度百首（④31）の信広は雅縁ではなく、院のことであり（五味93頁）、御製の他に初学の歌を信広の名で入れたという。「歌歴の浅さ」なら、手馴れていないということで、あまりにも違いすぎる（式子をはじめとする）歌の撰も納得されるところがある。さらにいえば、〈14〉388・522を「冬」の歌に、〈32〉281・230は、C百首、①16続後拾遺559とも「（羈）旅」であるのに、雑ではなく、「夏」に、〈33〉284・568も同様に、C百首、①8新古今947とも「（羈）旅」であるのに「冬」に、末の〈37〉255・440も、C百首、①8新古今534とも「秋（下）」であるのに、「冬」の部に入れているのも、〝初学〟で、また撰に熟達していない院なら、完璧でなく、ミスもあろうかとうべなわれるのである。

そうして364・三550「玉の井の氷の上に見ぬ人や月をば秋の物といひけん」（①20新後拾遺792、雑秋。②13玄玉325、天地歌下）・（冬）の、冬月の新しい美、情趣の発見は、源氏物語などの先例があるとはいえ、院の名歌・①8新古今36「見わたせば山もとかすむ水無瀬河夕は秋となに思ひけむ」（春上、太上天皇。元久二年（一二〇五）六月、元久詩歌合）の歌境に通じていよう。そうして式子のC百首以外のA、B百首から歌合に一首も採用されていない。

A、B百首の制作成立は、千載（一一八七、八八年）以降、建久五年（一一九四）五月二日までの建久期（一一九〇～）とされている。歌をはじめたばかりの院なら、どこかにあったそれらの歌稿の存在を知らず、配慮が行き届かなかったのかもしれない。

二　定家などの歌

次に定家の歌合所収歌35首を、式子同様表にすると、次のようになる。

表2　定家の歌合所収歌一覧

上・百首	定	三	所収歌	出典
初学(1)	21	149	「を《お》しむにも」	月詣、閑月
二見浦(3)	135	305	「見わたせば」	新古
	144	372	「大かたの」	
	146	423	「山がつの」	百番
閑居(2)	307	134	「ちぎりをば」	新千載
	328	217	「山ざとの」	玄玉、百番
早率(6)	429	201	「ふるさとの」	
	430	236	「打なびく」	
	439	374	「をみなへし」	
	463	540	「とけぬうへに」	
	486	283	「まだしらぬ」	
	493	593	「かへるさを」	
重早率(1)	507	54	「春の夜は」	玄玉、百番
花月(3)	601	89	「さくらばな」	続後撰 玄玉、百番
	602	88	「あしひきの」	
	678	368	「あけばまた」	新勅撰、百番
十題(3)	701	7	「久方の」	
	730	611	「いでてこし」	百番
	742	584	「いその神」	
六百番(4)	834	420	「から衣」	
	836	449	「蘆の屋の」	
	855	636	「おもかげは」	新後撰、百番
	875	595	「ふるさとを」	新後撰
中				
韻歌(1)	1543	320	「昔だに」	続後撰、百番
仁和寺(5)	1631	35	「うぐひすは」	御室撰
	1633	64	「道のべに」	
	1642	189	「たがための」	新千載、百番
	1646	263	「うちなびく」	続古、百番
	1651	375	「さとはあれて」	玉葉、御室撰
院五十(1)	1712	493	「外山より」	
女御入内(2)	1779	580	「霞しく」	玄玉
	1792	162	「あやめ草」	新続古
員外の外(3)	3987	85	「さくらばな」	3862・②13玄玉64 初句「梅の花」
	3988	152	「夏木立」	
	3989	155	「日影さす」	

拾遺愚草上では、大輔、正治初度百首からは1首も採られてはおらず、良経、経家も正治初度百首に関しては同様である。39首中20首の式子と好対照をなす。拾遺愚草中においては、院句題五十首（建仁元年（一二〇一）十一月）がないが、これは、建仁元年三月二十九日の新宮撰歌合の作が採られた「建仁元年の半ばぐらいまで成立が下る可能性も存在する。」（田仲285頁）ということであるから、なくて当然である。定家の採歌をみると、ほぼ満遍なくといえようが、「後鳥羽仙洞歌壇における詠歌からの選出は極く少数に留まっている。……公的な性格をあまり有しない比較的身内の圏内で詠まれていたと考えられる定数歌群から歌が採られていることが注目される。」（田仲299頁）の言もある。この定家二十五首時のうち、新古今所収歌はわずかに一首であり、それは有名な

135・三305　見わたせば花も紅葉もなかりけり浦のとま屋の秋の夕暮　（秋）

である。この詠は文治二年（一一八六）西行勧進の二見浦百首の、作者二十五歳時の若き日の傑作である。上句は本説・源氏物語「はる〴〵と物のとゞこほりなき海づらなるに、中く春秋の花紅葉の盛りなるよりは、たゞそこはかとなう茂れる陰どもなまめかしきに」（「明石」、新大系二―65頁）をもとに、「すべてのはなやかな色彩を欠いた、蕭条たる秋の夕暮の海岸風景を、一切の主観的表現を用いずに描」（新古今・古典集成）いている。が、隠岐本新古今集では除棄され、⑤278自讃歌にもこの詠はない。また定家は自らの百番歌合にも選んではいない。

表2に挙がっている定家の定数歌集の中で、自讃歌は、御室・仁和寺（宮）五十首の自91「春のよの……」（新古38）、六百番・歌合百首、93「年もへぬ……」（同1142）、閑居百首、95「かへるさの……」（同1206）、二見浦百首、96「あぢきなく……」（同1196）であり、すべて新古今所収歌で、この歌合には収載されていない。歌合に5首採られている、定家の最高峰といわれ、至りついた境地が示されると語られる仁和寺宮五十首にも、新古今所収歌は、1632「おほぞらは」、1634「しもまよふ」、1638「春の夜の」（自讃歌）、1644「ゆふぐれは」、1672「わくらばに」、1675

「こと、へよ」と6首の名歌があるが、いうまでもなくこの歌合にはどれも採られてはおらず、これも式子と好対照を為す。仁和寺宮五十首は、定家の最高の達成をみせた五十首であり、他の百首（早率百首が6首と最も多い）と比べても、収載率は抜群なのであるが、新古今を彩る名歌が、この五十首から一首も採択になっていないことは、定家晩年の撰である⑤216定家卿百番自歌合（200首）と三百六十番歌合の歌が多く重なることと合わせて考えさせられるものをもっている。

定家の父俊成は39首中12首、式子も39首中9首が新古今と重複するが、良経、慈円、家隆らの重なりは3、4首（「はじめに」参照）にとどまっており、この頃、即ち若き日よりの、院の（西行）、俊成（釈阿）、式子重視が始まっていたのであろうか。以上の、前代の千載的抒情歌人を院はよく理解していたのであろうか。新古今の実質的撰者たる院の心境の変化、若さゆえであろうか、謎は多い。

定家の新古今所収歌は一首のみといったが、実は、146・三423「山がつの身のためにうつ衣ゆゑ秋の哀をてにまかすらん」・二見浦（秋）は、百番所収歌であり、自筆本を初めとして、「新古今」の集付を有しているが、新古今にはない。「あるいは同集の切継過程において除かれた歌か」（全歌集）とされる。同様に855・三636「おもかげはをしへしやどにさきだちてこたへぬ風の松にふくこゑ」・六百番歌合（雑）も、新後撰、百番所収歌であるが、自筆本の集付は「新古今」とあり、これも146・三423同様「『新古今』切継ぎ段階ではこの歌が入っていたことを意味するか」（全歌集）と言及される。他、定家の詠としては、601・三89「桜花さきにし日より吉野山空もひとつにかをる白雲」・花月（春）、1742・三189「たがためのなくやさ月の夕とて山郭公猶またるらん」・仁和寺（夏）等がある。そして仁和寺宮五十首の③1731（1631）（定家全歌集）・三35「鶯のなけどもいまだふる里の雪の下草春をやはしる」・仁和寺（春）は、院の新古今所収歌、新古今18「鶯のなけどもいまだふる雪に杉の葉しろき逢坂の山」（春上。一二〇二年。隠岐本除棄歌）に、上句の調子がほぼ同一である。いうまでもなく院の詠歌のほうが後である。
その院の歌合にある、新古今所収歌は、

新古今683　このごろは花も紅葉も枝になししばしなきえそ松のしら雪
（冬「雪」。正治二年（一二〇〇）、④32正治後度百首）

の一首のみであり、これも隠岐本除棄歌である。前述の定家の135・三305「見わたせば花も紅葉もなかりけり浦のとま屋の秋の夕暮」（秋）を想起させる。

おわりに

歌合（720首）と新古今の共通歌が60首（俊成と式子でほぼ三分の一）にも及んでいることは、歌合は新古今の「撰集への予備作業的意味合いがあったことが指摘できよう」（五味100頁）という。ちなみに新古今入集歌数を撰集資料別に見ると、千五百番歌合（3001首・⑤197千五百・歌集による）から採られた作が91首で最も多く、正治初度百首（2301首・④31正治・歌集による）の79首がこれに次いでいる。そして大野は、「撰歌資料の多様さや、新風寄りの撰歌をしつつも旧風を必ずしも排除しない撰歌傾向は、新旧の歌風に拘泥する必要のない貴顕の歌人が撰者であることを推測させる。これらに加えて、本歌合入撰歌の表現が後鳥羽院の好尚に重なるものであることや、本歌合本文に見られる旺盛な改編の態度が、和歌の改作や勅撰集の切り継ぎに対する後鳥羽院の姿勢に通じるものであること等は、本歌合撰者を推定する上で重要な要素となろう。そこで本稿では、『三百六十番歌合』の撰者として後鳥羽院を提示しておきたい」（144頁）とまとめ結論付けられている。

最後に院撰の可能性の高まることを幾つか述べておきたい。

一つ目は、院の歌39首はすべて私家集――正治初度百首⑮首、正治後度百首⑤、老若五十首歌合⑯、新宮撰歌合③（以上、田仲294頁）――にあり、これは院のみである。他の歌人、たとえば良経は一首未詳というように、院の場合不明ということがなく、間近である撰歌源がはっきりしているのである。

二つ目、「春・夏・秋・冬・雑の構成で恋の歌がないのは、「正治二度百首」や「老若五十首歌合」と同じであって、このような編集姿勢からうかがえるのは、後鳥羽上皇の関わりであろう」（五味99頁）という指摘。

三つ目は、「正治二年八月二十六日の日付は歌会の始まりを意味するものであり、……定家が和歌によって昇殿を認められていることと関係があろう」（五味99、100頁）との言説。つまり定家が院に内昇殿を聴された日なのである。

四つ目、歌合所収歌数は、最多が院、良経、慈円、俊成、式子の五人で各39首、続いて寂蓮の36、さらに定家と家隆の35……と、一見して分かるように、力量に応じて歌数が配分されている。これは新古今の西行94首、慈円92、良経79、俊成72、式子49、定家46、家隆43、寂蓮35、院33、貫之32、……と西行（、院）を除いてほぼすべてが一致しており、新古今の実質的な撰者たる院の意向が、早くもこの時点で反映したものだといえよう。が、歌合に採られた歌は、新古今所収歌の傾向と、歌人によっては一致しないことは前述した。院はこの正治二年（一二〇〇）、二十一歳（一一八〇年生、一二三九年没）、ちなみにこの年、俊成八十七歳（一一一四年生）、顕昭七十一？歳（一一三〇？年生）、寂蓮六十二？歳（一一三九？年生）、式子五十二歳（一一四九年生、死の前年）、慈円四十六歳（一一五五年生）、家隆四十三歳（一一五八年生）、定家三十九歳（一一六二年生）、良経三十二歳（一一六九年生）である。上記で分かるように、歌作を始めてまだそんなに年月のたっていない、歌歴の浅い、前述の如く、正治元年（一一九九）からという若き院の所業、行為と思えば納得されることも多く出てくるのである。たとえば式子歌でいえば、歌のある部が相応しくないことや、式子の歌39首の歌風や音調《トーン》があまりにも違いすぎることなどである。

今回は式子の歌を主として、三百六十番歌合を、院撰という視点も入れながらみてきた。定家をはじめとしてさらに他の歌人たちの歌の考察も必要であるが、それは今後の課題としたい。まだまだ謎の多い三百六十番歌合、たとえば大野の指摘するように、『明月記』など、何らかの資料で「院が本歌合に関わったことを示す資料が、今のところ見いだされない」（114頁）などであるが、一つ一つ地道に解明していきたい。(5)

注

（1）詳しくは後述の大野論文（その中の注（四））参照。田仲論文「『三百六十番歌合』について」（『中世前期の歌書と歌人』和泉書院、二〇〇八年、もとは二〇〇五年）。

（2）〈18〉〈19〉については、風巻景次郎が、「新古今時代の文学と生活」（全集7『中世和歌の世界』桜楓社、一九七一年）において、「当時の流行を逆にうけられたらしく」（一九〇頁）と述べる。

（3）このことについては、小田剛「式子内親王の三つの百首について」（『古典文藝論叢』第二号、二〇一〇年）四七、四八頁参照。

（4）前掲注（2）「新古今時代の文学と生活」。

（5）なお、平成二十五年度和歌文学会第五十九回大会（十月十三日）において、田仲は、「『三百六十番歌合』再考」として、後鳥羽院撰者説では無理があり、九条家からの撰歌資料の提供という形で、覚盛撰者説を再び述べた。

藤原良経「吉野山花のふる里」考

小山順子

はじめに

残春のこゝろを　摂政太政大臣

よしの山はなのふるさとあとたえてむなしきえだに春風ぞふく

（『新古今集』春下147）

新古今時代前期、良経家歌壇の最大の催しである『六百番歌合』で詠まれたこの歌は、作者の藤原良経が自歌合『後京極殿御自歌合』『三十六番相撲立詩歌合』に自撰する自讃歌であった。そして良経個人のみならず、『新古今和歌集』の代表歌としても名高い一首である。「散る花を惜しむ心に、古京の荒廃を嘆く心がからみ合っている」（久松潜一ほか校注『新古今和歌集』古典文学大系、昭和三三年、岩波書店）、「吉野山を一面に美しく咲きおおった桜の花が散り果て、すべてむなしくなった古京の寂しさに、花を吹き誘った春風ばかりが訪れている恨みがましい気分を添えて、絶妙・無限の余韻を生んでいる」（峯村文人校注『新古今和歌集』新編日本古典文学全集、平成七年、小学館）などの評が端的に示すように、花の散った後の枝に吹きすぎてゆく春風という、寂しさを感じさせる情景の中に、ありし日の面影を偲ぶ内容に注目されてきた。新古今的な否定の美を評価する視点である。

一方、詞の面から一首の表現を見るならば、『六百番歌合』（春下・三十番）で判者・俊成が「「むなしき枝に春風ぞ吹」と侍こそ、よし野山などはふりにけること、覚え侍物を、いづれの峰のおくにかやうの詞の花のこり侍けんと、猶このみちはつきすまじき事にこそ侍けれと、こけの袖もいとゞしほれまさりておぼえ侍に」と激賞した下句、中でも第四句「空しき枝に」に注目されてきた。後に藤原為家『詠歌一体』で「主ある詞」に指定されたこの句の表現について、漢詩からの影響があることは、早く久保田淳氏(1)が典拠として「落花不レ語空辞レ樹」（『和漢朗詠集』春・落花126白居易）を指摘し、その後、佐藤恒雄氏(2)が漢語「空枝」を訓読し和語化したものであることを論じている。確かに、第四句が一首の要となっていること、そして詞としての斬新さが一首の成功の要因であることに異論は無い。

しかし、いま一度、振り返って一首を見るならば、良経はなぜこの歌の舞台を吉野山としたのであろうか。『六百番歌合』の残春題で、十二名の歌人のうち、固有の歌枕を詠み込んだのは良経ただ一人であったことを顧みると、この歌に吉野山が用いられている意味を問うことは、一首の構想を考える上でも重要であろう。「（略）「吉野山」という初句も拾遺以来の伝統的歌枕となった。その桜を詠んだ歌も、陳腐なまでに多い。そうした古歌類型の残滓《ざんし》の中で、この歌が独自の歌境を拓《ひら》き得た秘密は、どこにあるのだろうか」（上條彰次ほか『新古今和歌集入門』昭和五三年、有斐閣）という問いに立ち戻って、良経の発想の源を探り、一首がどのように生成されているかを、一首の中で吉野山が果たす役割を中心として考察することが小論の目的である。

一

良経の残春詠の、初句「吉野山」から第二句「花のふる里」への詞の連なりについて多くの注釈書(3)は、花が「降る」里と「古」里の掛詞となっており、吉野とはかつて離宮が置かれた地であったことを表していると解している。離宮が置かれ、天武・持統朝には行幸が行われた地であったという歴史、しかし、現在では寂しくうち捨てられているという、往事の華やかさと現在の寂寥を二重写しにする句であると理解するのである。旧都を舞台とする桜の景は、和歌ではしばしば詠まれている。次の一首は、その代表である。

奈良のみかどのおほんうた

ふるさとゝなりにしならの宮こにもいろはかはらず花はさきけり　（『古今集』春下90）

平安京へと遷都された後に、廃された平城京で、桜花を眺めている。この歌の作者と伝えられる平城天皇とは、平安京遷都後の大同四年（八〇九）、すでに譲位した身でありながら旧都平城京に宮殿を新造し、政務を執ろうとして弟の嵯峨天皇と対立した天皇である。詞書にも見えるように「奈良の帝」と呼ばれ、旧都・奈良と分かちがたく記憶された帝であった。この歌は旧都・奈良を「ふるさと」と詠み、変わらぬ美しさで咲き誇る桜と組み合わせた歌である。

平城天皇歌と同様の旧都と桜の組み合わせは、他にも著名な名歌を生み出した。『新古今集』（春上88）にも入集する「いそのかみふるきみやこをきてみればむかしかざししはなさきにけり」（『和漢朗詠集』雑・禁中529読人不知）は、安康天皇の石上穴穂宮《いそのかみあなほのみや》と仁賢天皇の石上広高宮が置かれたという石上を詠む。平忠度の作で、『平家物語』「忠度都落」によって有名な「さざ浪やしがのみやこはあれにしをむかしながらの山ざくらかな」（『千載集』

春上66読人不知「故郷花といへる心をよみ侍りける」）は、結題「故郷花」の早い例である。(4) 志賀は、天智六年（六六七）に天智天皇が飛鳥から遷都、しかし壬申の乱の後に天武天皇が再び都を飛鳥へ戻したために、旧都となった地であった。いずれの歌も桜を、「昔」を偲ぶものとして詠む。桜花とは、華やかさ・美しさの象徴である。しかし桜花の美は、春の限られた一時期のものであり、かつ風雨に耐えられず儚く散る、きわめて脆いものでもある。短い期間の華やかな美しさと儚さは、人間の栄華の移ろいやすさと重なる。その一方で、人間世界が年月の経過にしたがい変化してゆくのと違い、桜は年が廻れば同じように花を咲かせる。「年年歳歳花相似、歳歳年年人不ㇾ同」（『和漢朗詠集』雑・無常791）と詠まれるごとくである。自然の営みは、人間とは異なり繰り返しを続ける。自然の営みの不変性と、人間世界の移ろいやすさ。この点では、桜は人間とは対照的なものである。共通性と対照性、その両方を持つために、桜は人間と比べられ、並べられ、和歌にともに詠み込まれてきたのである。

旧都と桜の系譜に連なり、さらには「雪降る里」と「古里」を掛詞にし、落花を詠んだ次の一首は、良経の先行作として注目される。

あれにけるくにのみやこは花ちりてゆきふるさととみえもするかな　（『重家集』336「故郷落花」）

恭仁京とは、聖武天皇により、天平十二年（七四〇）に奈良から遷都されたにもかかわらず、未完成のまま四年後に難波宮に遷都された旧都である。その恭仁京の荒廃を、重家は落花とともに詠んだ。(5) 花を通じて、旧都の荒廃と自然の盛時を対照させる発想は従来からあったが、重家の歌は、そこからさらに進んで、荒廃した旧都に落花の寂しさを合わせ、強調しているのである。旧都、落花、「降る・古」を掛けた「ふる里」、いずれも良経歌とよく似ている。この歌が良経に影響を与え、「吉野山花のふる里」の発想源となったという可能性もあるかもしれない。

このような先行作が、かつて離宮が置かれた吉野への連想を導いたとしても不思議ではない。吉野は斉明天皇の時代に離宮が造営され、持統朝には三十回を超える行幸が行われた。行幸があるたびに廷臣たちも随行し、そこで詠まれた詩歌が『懐風藻』『万葉集』に収められている。これらの詩歌は、吉野を仙境とする前提に立ち、離宮を取り巻く自然を美しく詠むことで、その地に離宮を置いた天皇を讃美するものである。(6) いわゆる吉野讃歌と称される歌のうち、『万葉集』巻一（36・37）の柿本人麿作の長歌および反歌は「よしの丶宮にたてまつるうた」の詞書で『拾遺和歌集』（雑下569・570）にも収められている。勅撰集に吉野讃歌が収められていることは、吉野離宮が勅撰和歌集にもその存在を留めているという意味で重要である。しかし、良経の残春詠以前、明らかに吉野離宮を詠む歌は数が少ない。はっきりと吉野離宮を示す「吉野の宮」を詠んだ例(7)として最初期のものは『為忠家後度百首』の765（為経）・766（頼政）であるが、この二首は「五節」題で詠まれており、五節の舞姫の起源が天武天皇にあることを詠んでいる。良経歌との関連で注目されるのは、西行の「たきおつるよしの丶おくの宮川の昔をみけん跡したはゞや」（『山家集』下1545「雑十首」）である。後述するように良経は西行から強く影響を受けているので、西行にも吉野離宮を詠んだ和歌があることは重要であると思われる。また、吉野の落花を詠んだ歌には、次の一首がある。

三吉野丶みかきの原はあれぬとも花や昔の色もちるらん　（『林葉集』164「故郷花」）

俊恵は「故郷花」題で、「み吉野の御垣の原」の花を詠んでいる。御垣原はもともと宮中外郭の垣がある辺りの原をいう普通名詞であるが、吉野離宮を指すことが多い詞である。下句の「花や昔の色も散るらん」は、離宮が置かれ天皇の行幸を重ねた吉野を舞台とし、そこに落花の景を重ね合わせた表現である。但し、俊恵歌の舞台は、吉野の中でも御垣原、つまり宮滝辺りの平地であって、山中でないことには注意される。はっきりと吉野山を舞台として吉野行幸の歴史を桜花と組み合わせて詠んだ例は、「いにしへのよよの御幸も跡ふりて花のな高きみよしのの山」（『民部卿家歌合　建久六年』32山花・十六番・右勝・資実）や「花ぞ見るみちのしばくさふみわけてよしの丶宮の春のあけぼの」（『新古今集』春上97季能「千五百番哥合に」）があるが、これらの歌は『六百番歌合』よりも後の詠作で、良経歌の影響を受けたものと考えられる。良経歌の後、新古今時代に「ふるさと」吉野の桜を詠む例が散見するのは[8]、良経歌が、吉野を舞台として旧都を表現する流行の先鞭を付けたのだという見方ができるのである。

このように旧都の桜、そして吉野行幸の記憶を詠んだ歌を通覧してゆくと、良経の歌が二つの趣向の連結点となっていることが判明する。往事の華やかな過去と忘れ去られた現在の対比を、華やかさの中に寂しさを感じさせる落花の景と結び付ける第二句「花のふる里」は、落花と旧都の組み合わせを詠む上で要となる表現である。そしてまた、その舞台を吉野に設定したことを、良経歌の着想の新しさとみることが、ひとまず可能である。

しかし、良経歌の新しさとは、その点だけにあるのだろうか。和歌における吉野山の表現史を辿りながら、次節でさらに検討したい。

二

吉野山は、現在でも全国有数の桜の名所である。しかし和歌の表現史において、吉野山が桜の名所としての本意を確立したのは、平安時代末期のことである。この点については、先行研究[9]で重ねて指摘されているが、まずは新古今時代に至るまでの吉野山の表現史を辿ってゆこう。

三代集時代の吉野は、主に雪が詠まれ、冬の景が表現される歌枕であった。

ふるさとはよしの丶やましちかければひとひもみゆきふらぬ日はなし　（『古今集』冬321読人不知「だいしらず」）

神無月しぐる丶時ぞ三よしの丶山のみゆきもふり始ける　（『後撰集』冬465読人不知「題しらず」）

このような歌から、吉野とは、他よりも早く雪が降り、また雪が深く積もる場所であると意識されていたことが分かる。吉野が雪深い地であるということは、春の到来が遅いという認識にも結び付く。「はるがすみたて《た》るやいづこみよし野丶よしの丶やまにゆきはふりつ丶」（『古今集』春上3読人不知「だいしらず」）は、立春が来たはずなのに、春霞は一体どこなのかといぶかる。「はるたつといふ許にや三吉野丶山もかすみてけさは見ゆらん」（『拾遺集』春1壬生忠岑「平さだふんが家哥合によみ侍ける」）は、たとえ春の到来が遅い吉野山であっても、立春を迎えたと意識するために、霞んでいるかのように見えるのだろうか、と自問自答する。吉野とは冬の気配がなかなか去らない地であった。

吉野山の桜を詠む和歌も、三代集時代から無いわけではないが、それらは見立ての技法を伴っている。

寛平の御時きさいの宮の哥合哥

みよしの丶やま辺にさけるさくらばなゆきかとのみぞあやまたれける　（『古今集』春上60紀友則）

法師にならむの心ありける人、やまとにまかりてほどひさしく侍てのち、あひしりて侍ける人のもとより、「月ごろはいかにぞ花はさきにたりや」といひて侍ければ

三吉野のよしの丶山の桜花白雲とのみ見えまがひつ丶　（『後撰集』春下117読人不知）

吉野山たえず霞のたなびくは人にしられぬ花やさくらん　（『拾遺集』春37中務「題しらず」）

逆に、雪を桜に見立てた歌も「しらゆきのふりしく時はみよしの丶やました風にはなぞちりける」（『古今集』賀363「ないしのかみの右大将藤原朝臣の四十賀しける時に、四季のゐかけるうしろの屏風にかきたりける／冬」、『拾遺集』冬

253紀貫之）のようなものがある。三代集時代の和歌に見る吉野山の桜は、雪・霞・雲と相互に見立てる形をとって、和歌に詠まれるものであった。それは、三代集時代には、吉野山の景物としては雪・霞・雲の方がなじみが深かったためだと考えられる。つまり、三代集時代の歌人たちにとって、吉野山とはまず、雪深い地であり、春がなかなか来ず霞の立つのが待たれる地であり、神仙世界であることを示す雲が立つ地であった。(10) また、「こえぬまはよしの丶やまのさくらばな人づてにのみき丶わたるかな」（『古今集』恋二588紀貫之「山とに侍りける人につかはしける」）は、人づてにしか評判を聞かない女性を、吉野山の桜に譬喩している。ここに表れているように、吉野山の桜とは、遠く、なかなか目にできない存在であったのである。また、ここに挙げた歌のいずれもが、吉野山を遠景で捉えているという点が特徴である。

吉野山が遠景で捉えられるのは、吉野山と歌人たちとの間に距離が生まれたことが最大の原因として挙げられる。吉野行幸が行われなくなり、また平安京への遷都の後、吉野は宮廷歌人の生活圏から外れた。地理的な距離は、心理的な距離を生む。またそれだけではなく、吉野山が隠棲の地としての性格を持つようになり、俗界から隔絶した場所であるという意識が生じたことも背景にあろう。吉野が俗界とは異なる仙境であるという認識は、上代からすでにあった。不老不死の仙薬と考えられていた丹が吉野で産出されたこと、豊かな吉野川の水が聖水信仰と結び付いたことなどで、神仙境としての性格を持ったのである。(11) さらに平安時代に入ってから、吉野山は修験道の本拠地となり、宗教的裏付けを持つ地となった。そして神秘的な神仙境というよりも、「みよしの丶やまのあなたにやどもがなよのうきときのかくれがにせむ」（『古今集』雑下950読人不知「だいしらず」）のように、厭世の隠者が俗世を離れ、隠れ住む地として意識されるのである。地理的・心理的な距離の遠さは、「唐土《もろこし》の吉野の山」（『古今集』雑体・誹諧1049）という措辞をも生み出す。都と離れており、都人の生活圏外にある地であること、さらには峻険で人が容易に立ち入れない地であるからこそ、吉野山は隠棲地としての性格を持つ。万葉時代、吉野詠の中心が清冽な川・滝の景であったのは、行幸の際に目にした、離宮を取り巻く自然を和歌に詠み込んだからであった。三代集時代にも、川や滝を詠む歌はあるが、山が徐々に数で圧倒してゆく。吉野が遠くから望む地となり、吉野と歌人との距離の開きが大きくなってゆくのと、吉野の地が山を中心に遠景として表現されるようになるのは、相関関係にあると考えられる。

さて、吉野山の桜が見立てを伴わずにその美しさを詠まれるようになるのは、『金葉和歌集』に至ってからである。

花薫風といへることをよめる
よしのやまみねのさくらやさきぬらんふもとのさとににほふはるかぜ
（『金葉集』春29藤原忠通）

『金葉集』およびそれ以後の勅撰集にも、吉野山の桜と雪・雲・霞の見立ては、伝統的表現として生き続ける。しかしその一方で、掲出の一首のように吉野山の桜の美しさを正面から取り上げて詠む歌が現れるのである。このように吉野の桜が詠まれるようになった背景として指摘されているのが、[12]十一世紀から御岳詣が盛行したことである。修験道の本拠地として開山された後、寛弘四年（一〇〇七）の藤原道長による金峰山参詣など、いわゆる御岳詣が急増する。静かで人の訪れの滅多に無い遁世の地であった吉野山は、俗界の人々が訪れる地ともなった。

また、勅撰集入集歌ではないが、『金葉集』時代の歌として、「はなとみてたづねきつれば吉野山人ばかりなるみねの白雲」（『永久百首』77大進・未発花）がある。一首の歌意は〝花が咲いていると見て尋ね来てみると、吉野山は人ばかりが多く、（花であると見えたのは）峰の白雲であった〟という。題の「未発花」を、〝花かと思えば、峰の白雲であった〃という花と雲の見立てを用いて表現するのは、三代集以来の発想であるとはいえ、吉野山の花を見ようと「尋ね来つれば」と詠む点に注目される。吉野と桜の結び付きが『金葉集』時代に強まったことを顧みると、この一首もその時代性の中に置いて考えることがひとまずできるが、遠景としての〃吉野山の桜〃を捉える歌の中で異質ではある。また「人ばかりなる」という詞からは、人々が大挙して吉野の桜を求めて入山したことが窺われる。

これらの歌は、摂関期以降の御岳詣の流行を背景として、実際に吉野山を花見に訪れる人々が院政期に存在したことを示している。しかし、このように吉野山に分け入り、桜を賞翫することを詠むのは、和歌の表現としては馴染まず定着しなかったらしく、数は少ない。三代集以来詠み継がれた〃遠景の吉野山の桜〃の伝統は根強かった。

三

そうした吉野山の桜の表現が変わる転換点となったのが、歌僧・西行であった。
まずは、『新古今集』から西行歌三首を挙げて、それまでの「吉野山の桜」の表現との違いを見てみよう。

よしの山さくらがえだにゆきちりて花をそ《（お）》げなるとしにもあるかな　（春上79「題しらず」）

よしの山こぞのしほ《（を）》りのみちかへてまだ見ぬかたの花をたづねん　（春上86「花哥とてよみ侍ける」）

よしの山やがていでじとおもふ身を花ちりなばと人やまつらん　（雑中1619「だいしらず」）

79番歌では、桜の枝を間近に見つつ、例年より遅れている桜の開花を待つ。86番歌は、去年に目印として枝折りを付けた道とは別の道を行き、まだ見たことのない桜の花を求めて歩む。1619番歌では、吉野山に隠棲する我が身を、人々は、花が散れば山を出てくると思っているのだろうと推量する。これらの西行歌を、『新古今集』より前の勅撰七集に入集する、吉野の桜花を詠んだ歌と比較すると、明確な違いがある。平安時代の吉野の桜は、あくまでも遠景で眺めるものであった。雲とまがう桜、高嶺の桜、いずれも遠くから見る白さを表現していた。しかし西行の和歌では、吉野山の桜とは、分け入って求め、桜の樹のもとで、その樹に触れんばかりの近さで愛翫する対象である。

西行が吉野山に住んだのがいつのことだったのか具体的には判明していない。しかし「忍西入道、「よしの山のふもとにすみける、あきの花いかにを《お》もしろかるらんとゆかしう」と申つかはしたりける返事に、（下略）」（『山家集』雑1159詞書）、「吉野にて」（『西行法師家集』727・728詞書）などの詞書の記述から、吉野山に住まいを設けていたことは確かである。さらに、「花をみしむかしの心あらためてよしの、里にすまんとぞ思ふ」（『山家集』下・雑1070「くにぐ〵めぐりまはりて、春かへりて、よしの、かたへまい《ゐ》らんとしけるに、（下略）」）と「よしの山ほきぢづたひにたづね入て花見しはるはひとむかしかも」（『山家集』上96「山寺の花さかりなりけるに、昔を思ひ出て」）の二首から、西行が吉野に住んだのが一度でなかったことが知られる。特に後者からは、若い頃にも、またある程度年老いてからも、住んだことがわかる。若い頃、吉野山の峻険な山路を崖づたいに行き、桜花を見た経験。そこには花に対する西行の執心の強さが表れている。それまで遠い存在として捉えられてきた吉野の桜を、西行は、吉野山に住んだという実体験を背景に、身近に愛翫する対象として詠んだのである。なお、題詠にも西行は吉野山の桜を繰り返し詠んでいる。題詠とはいえ、西行の実体験が色濃く反映されていることは言うまでもない。

西行にとって吉野の桜が持つ意味については、すでに滝澤貞夫氏・大平由美子氏・阿部泰郎氏・山本啓介氏の各論[13]に詳しい。吉野山の桜とは、単に、出家の身には本来は禁忌である執心の対象であるだけではない。吉野山の桜を求め、山中を行く行為は、西行にとっては修行と分かちがたく結び付いたものでもあった。西行が詠む吉野山の桜は、都の桜とは違い俗化したものではない。神聖で特別なものである。俗世を捨てて山に分け入り隠棲する西行だからこそ、吉野の桜を求めて歩み寄ることもできるのである。前節に述べたように、十一世紀になると御岳詣の盛行にしたがって吉野山を訪れる人々は増加しており、それを詠んだ和歌も院政期から現れていた。西行の「人はみなよしの、山へ入ぬめり都の花にわれはとまらん」（『山家集』雑1455「花十首」）や「山ざくらよしのまうでの花しねをたづねむ人のかてにつ、まむ」（『聞書集』179「花の哥どもよみけるに」）からも、都から多くの俗人が、花見のため、または御岳詣のついでに、桜を求め吉野山に分け入ったという事情が窺われる。しかし、人々（俗人）が大挙して花見に訪れる吉野山を詠む例は、その後も多くない。そのような吉野山の姿は、隠棲地として和歌に詠まれ続けてきた吉野山の本意とは食い違う、という理由が最大であると考えられる。また西行個人に帰するならば、吉野山の桜は孤独の中で愛するものであり、俗人が賞翫する吉野の桜は、自身の欲するところではなかったのであろう。

しかし、西行が拓いた、隠棲地・吉野山に分け入って桜を賞美するという、隠者であることと桜を愛する風雅を両立する和歌は、その後、急激に増えてゆく。西行の「吉野山の桜」は、西行を敬慕した新古今の歌人たちに影響を与えずにはおかなかった(14)。ただし吉野山の桜についての西行からの影響は、新古今歌人よりも早く、すでに西行の生前から、同時代の歌人たちの詠作にも表れている。西行が出家の身でありながら花への執着を歌にし、特に吉野山の桜を愛したことは「よしの山やがていでじとおもふ身をはなちりなばと人やまつらん」（『山家集』中・雑1036「題しらず」、『西行法師家集』54「花」、『御裳濯河歌合』19十番・左・勝）に表れているように、生前から周知のことであった。またそこで生み出された歌が優れたものであることは、同時代の歌人たちにも広く認められていたと考えられる。(15) 隠棲の地、人の安易な到来を拒む峻険な聖なる地へと、桜を求め訪れる。俗世を離れ隠れ住もうとする心と、それでも断ち切りがたい花への執心。こうした相反するベクトルを一首の中に詠む西行的姿勢が、同時代人に強烈なインパクトを与え、また和歌にも趣向として取り入れられたのであった。黒田彰子氏は、歌合では永暦元年（一一六〇）『太皇太后宮大進清輔朝臣家歌合』から花の吉野山を詠む例が増加することを指摘する。その中でも、特に西行的姿勢、すなわち吉野山の桜によって隠棲と花への執心を詠む歌は、治承頃、すなわち西行が出家した保延六年（一一四〇）より約四十年ほど後から急激に増加している。おしなべて西行を敬慕した新古今歌人たちに先だって、西行の生前から、同年代の歌人たちも、やはり大きな影響を受けたのである。

このように吉野山の桜の平安時代の詠歌史を見てゆくと、良経が新古今歌を生み出す以前、すでに西行的な吉野山の桜――隠棲地の吉野山に分け入り桜を賞翫するという趣向が、定着し、広がりを見せていたことがわかる。こうした趣向は、西行の影響を受け流行していた一方で、西行という存在から離れ、流行表現として終わる可能性もあっただろう。(16) しかし、西行の入寂の後、西行の花月への執心が伝説化する中で、吉野山の桜は、西行という故人への敬慕という心情と分かちがたく結び付き、新古今歌人たちに摂取されることとなったのである。(17)『新古今集』から三首を挙げる。

花ぞ見るみちのしばくさふみわけてよしのゝ宮の春のあけぼの　（春上97季能「千五百番哥合に」）

世をのがれてのち、百首哥よみ侍けるに、花哥とて

いまはわれよしのゝ山の花をこそやどの物とも見るべかりけれ　（雑上1466俊成）

花ならでたゞしばのとをさして思こゝろのおくもみよしのゝ山　（雑中1618慈円「五十首哥たてまつりし時」）

季能の97番歌は「道の芝草踏み分けて」吉野の花を見ると詠み、俊成の1466番歌は、吉野山の花を「宿の物」と

見ることができると詠む。このように、間近で見て愛玩する吉野山の桜に、西行の影響を認められる。また慈円の1618番歌は、花のためではなく、「柴の戸を挿して」吉野山を思う、と詠む。花のために吉野山を思うという心情を前提としつつ、「そうではないのだ」と詠むものである。これは、次に配列される「よしの山やがていでじとおもふ身を花ちりなばと人やまつらん」（雑中1619、既出）と、西行が、吉野山に入るのは、決して花のみが理由ではないと詠んでいることを背景としているだろう。

新古今歌人たちは西行を敬慕し、表現摂取にも熱心であった。しかも、西行が生前に「ねがはくは花のしたにて春しなんその二月のもち月の比」（『山家集』77「花の歌あまたよみけるに」、『西行法師家集』52「花」、『御裳濯河歌合』13七番・左・持）と詠んだとおり、建久元年（一一九〇）二月十六日に入寂したことは、人々に大きな衝撃と感動を与え、西行と桜の結び付きは伝説化した。吉野山の桜を詠む上で、それを愛し、歌に詠み続けた西行の存在が強く意識されたのである。

四

さて、良経の残春詠について論を戻そう。先述したように「空しき枝に」は、従来、漢詩文からの影響が指摘され、詞の形成過程に注意が払われてきた。そして、『後京極殿御自歌合』十六番の俊成判詞「左の残春「むなしき枝に春風」、こゝろぼそくも侍るを」に見えるように、詞に籠められた虚無的な寂しさ、描出された情景が評価されてきた。しかし一首における役割を考えるならば、単に花が散った様を描写するだけではない。吉野山の桜を見る視点を、山全体ではなく、すぐ目の前で、近景で捉える視点をも設定している点に注目されるのである。第三句「跡絶えて」は良経歌においては花びらに覆われた地面を意味するとはいえ、そもそも雪が足跡を覆う様を詠むことが多い句である。(18)「花のふる（里）」から「跡絶えて」へのつながりから、読み手の意識は伝統的な吉野山の桜の表現方法であった花と雪の見立てへと向かう。しかし第四句「空しき枝に」によって、吉野山に分け入り、一本の桜樹の下で散った桜を惜しむという視点と心情が明らかに示されるのである。

良経は、吉野山の桜を詠む上で、「空しき枝」をすぐ目の前で捉える視点を据えた。伝統的に吉野山を舞台に詠まれてきた、遠景として捉える桜の花は、いわば桜花を総体として見るものであった。一方、花が散った桜の枝を見つめる視点の設定は、いわばクローズアップの手法である。このような、吉野山中の桜を間近で見る趣向は、西行の拓いたものであり、その影響を抜きにしては考えられない。これまでにも、西行的趣向の影響作として良経の残春詠を指摘する先行研究もある。(19)吉野山に分け入って桜を愛するという点だけでも、西行の影響は認められるのであるが、「空しき枝」の「枝」に注目するならば、吉野山の桜の枝を詠んだのが、西行を嚆矢とすることも指摘しうる。

吉野山桜がえだに雪ちりて花を《（お）》そげなる年にも有哉　（『西行法師家集』38「花」、既出『新古今集』春上79）

吉野山こぞのしほ《（を）》りの道かへてまだみぬかたの花を尋ねん　（同41「花」、『聞書集』240「花の歌どもよみけるに」、『御裳濯河歌合』17九番・左・持、既出『新古今集』春上86）

一首の舞台が吉野山であり、桜の落花を詠むこと、さらには「空しき枝に」によって提示される、桜の木の下で枝を見る視点が西行的振る舞いを彷彿とさせることを考えるならば、この残春詠には西行の影響が濃厚に認められる。むしろ、単なる影響というよりも、吉野山という隠棲地に分け入り、桜のすぐ側で愛惜する西行的執心や西行の視線をなぞり、追体験しようとする姿勢を看取することも可能である。それゆえ、一首の構想そのものが西行の存在を背景に置いたものである、と解することもできるのではないか。第二句「花のふる里」の古里とは、従来解されているように、かつて吉野離宮が置かれた古京である、というだけではなく、すでに故人となった西行の「古里」でもあった可能性が考えられるのである。かつて吉野山中に住まいを構え桜を愛した西行が没して約三年、西行的趣向による桜への愛惜を、吉野山を「古里」と詠んで彼の不在を暗示しているという解を提示しておきたい。

それを考えるために、良経の吉野山の用例を検討する。詠歌年次の判明する、『六百番歌合』に先行する良経の吉野の用例は十四例ある。良経の初学期にあたる文治年間（一一八五〜九〇）にも「よしのがはたきのみなかみこほるらむけさかへりゆくゆふなみのこゑ」（『秋篠月清集』冬部1313「山水始氷」、以下歌番号のみは『秋篠月清集』所収歌）と「を《お》しなべてくもにきはなき花ざかりいづくもおなじみよしのゝやま」（祝部1346文治女御入内屏風和歌「第三帖／山野幷に人家に桜花盛に又さきたる所、霞もあり」）と詠んでいるが、吉野川の川音、雲と渾然一体となった吉野山の桜、いずれも三代集時代の吉野山の表現の系譜である。

良経の吉野山の表現の転換点となったのは、建久元年（一一九〇）九月の「花月百首」である。

昔誰かゝるさくらの花をうへ《ゑ》てよしのをはるの山となしけむ　（1花月百首・花）

しほ《を》りせでよしのゝ花やたづねましやがてとおもふこゝろありせば　（30同・同）

花ざかりよしのゝみねやゆきのやまのりもとめしにみちはかはれど　（31同・同）

わしのやまみのりのにはにちる花をよしのゝみねのあらしにぞ見る　（32同・同）

いづこにもさこそは花をゝしめどもおもひいれたるみよしのゝやま　（33同・同）

ふくかぜやそらにしらするよしの山くもにあまぎる花のしらゆき　（38同・同）

くもと見しみやまのはなはちりにけりよしのゝたきのすゑのしらなみ　（41同・同）

こよひたれすゞのしのやにゆめさめてよしの、月にそでぬらすらむ　（71同・月）

「花月百首」に特に吉野の例が多いのは、「花月百首」が七ヶ月前に入寂した西行を追慕する企画であり、良経も西行の表現を積極的に取り入れているからである。[20] 特に君嶋亜紀氏[21]は、西行摂取が単なる趣向ではなく、〈西行ぶり〉すなわち「故意にのその振舞をなぞるような詠歌態度の所産」であったと指摘している。ここで詠まれる吉野山は、西行が分け入り、花を愛した地である。中でも注目したいのは1番歌である。直接的には西行の「いは戸あけしあまつみことのそのかみにさくらをたれかうへ（ゑ）はじめけん」（『御裳濯河歌合』1一番・左・持、『西行法師家集』605「みもすそ川のほとりにて」）を踏まえることは明らかであるが、西行歌の下句を踏襲しながら、良経は吉野山の桜の起源を問うている。吉野山では平安時代に吉野修験道が隆盛を迎え、修験者たちは吉野山の原始林を切り払って桜樹だけを残し、桜を植え足して育成した。吉野修験道の神木である桜を植林したことで、蔵王堂を中心とする吉野山は桜の美林となったのである。[22] 良経の古代に対する関心の高さについては、つとに指摘されており、[23] 筆者もそれについて考えを述べたことがあるが、[24]「花月百首」で詠まれる吉野山の「昔」が、吉野離宮へと繋がるものではなく、吉野修験道もしくは植林の歴史に関するものであった点には注意しておきたい。また30〜33の連続する吉野山詠は、西行の「よしの山こぞのしほ（を）りのみちかへてまだ見ぬかたの花をたづねん」（既出『新古今集』春上86）と「よしの山やがていでじとおもふ身を花ちりなばと人やまつらん」（既出、同・雑中1619）を合わせた「枝折せで」（30）の歌から始まり、さらに「法求めしに」（31）「鷲の山の御法の庭」（32）と、仏教的観点から吉野山の桜を詠出する。月歌である77番歌も、すず竹や篠竹で葺いた隠者の住居「すずの篠屋」を詠んでいる。すなわち、「花月百首」において良経が詠んだ吉野山は、西行の存在を彷彿とさせる、宗教的背景を持つ隠棲地であった。

「花月百首」に続き、同年十二月の「二夜百首」、翌建久二年（一一九一）の「十題百首」にも、吉野山は二首ずつ詠まれている。「みよしの、おくにすむなるやま人のはるのころもはかすみなりけり」（104二夜百首・霞）、「みよしの、やまよりふかきものやあると心にとへばこゝろなりけり」（156二夜百首・寄山恋）、「よしのやまくもしくにはにあと、ぢてうきよをきかぬかぜのを《お》とかな」（211十題百首・地儀）、「はるはみなおなじさくらとなりはてゝくもこそなけれみよしの、やま」（241十題百首・木部）と、いずれも俗世から隔絶した吉野山を詠んでいる。つまり、『六百番歌合』以前に、良経が古京としての吉野に関心を寄せた形跡は見いだせないのである。

さらに、吉野を古京として表現する要となる表現、「花のふる里」について述べると、田中裕・赤瀬信吾校注『新古今和歌集』（新日本古典文学大系、平成四年、岩波書店）・久保田淳『新古今和歌集』（角川ソフィア文庫、平成一九年、角川学芸出版）・久保田淳『新古今和歌集全注釈』（平成二三年、角川学芸出版）が参考歌として指摘するのが、次の慈円詠である。

ちる花の故郷とこそ成にけれわがすむやどの春の暮がた　（『拾玉集』1353花月百首・花）

「花のふる里」の先行例は、他にも「わがかたにみなはる風のふきこしてよそのこずゑやはなのふるさと」（『為忠家後度百首』151為経・隣家桜）を指摘しうるし、また第一節にも挙げた「あれにけるくにのみやこは花ちりてゆきふるさととみえもするかな」（『重家集』336「故郷落花」）が旧都と落花の組み合わせとして注目される。しかし良経と叔父・慈円の結び付きと影響力の強さ、さらには慈円詠が「花月百首」花五十首の末尾に暮春の詠として置かれていることを顧みると、慈円の詠から影響を最も重視すべきと考えられる。慈円詠も「花月百首」という西行敬慕という土壌から生まれた詠であることを考えると、良経が残春題を詠む上で、吉野山と「花のふる里」を西行への連想から組み合わせた可能性は高い。

次に、「ふるさと」についても良経の先行例を見てみよう。

ふるさとのいた井のしみづとしをへてなつのみひとのすみかなるかな（124二夜百首・納涼）
ふるさとはあさぢがすゑになりはてゝ月にのこれる人のおもかげ（225十題百首・居処）
ふるさとはかぜのすみかとなりにけり人やはゝらふにはのおぎはら《(を)》（237同・草部）
ふるさとのゝきのひはだにくさあれてあはれきつねのふしどころかな（265同・獣部）
ふるさとのいたまにかゝるみのむしのもりけるあめをしらせがほなる（280同・虫部）

この五首は、いずれも個人的な邸宅の荒廃を詠むもので、夏以外は無人の邸宅である様子（124）、「浅茅が末」（225）や「庭の荻原」を払う者がいない様子（237）、軒に草が這い狐の寝床となる茅屋（265）、板間の蓑虫と雨漏り（280）が詠まれている。どれにも古京と結び付く固有名詞や要素は見られない。

このような良経の先行作から考えると、吉野山とは西行敬慕、または吉野修験道と結び付いた宗教的・隠逸的空間と意識されていたと考えられるのである。また、「ふるさと」の詞も、住人の不在による荒廃を表現する詞として用いられており、かつて吉野山に住んだ西行の不在を強く意識したものであったと解せるのである。

吉野山を残春題の舞台として選んだ時、良経がまず思い描いていたのは、西行の愛した地であるということであったと考えられる。二年前に「花月百首」で西行的詠歌態度をもって吉野山の桜を詠出した良経は、「残春」の題で、桜樹の下にたたずみ、吉野山で散った桜を愛惜するという、西行的振る舞い、視線を持つ一首を詠んだ。また、吉野山を「ふるさと」として表現する、それは西行の不在を意識したものであり、無人・荒廃の景を詠出することを好む良経の嗜好にも合致していた。そこに「花の」を上接して掛詞を形成した「花のふる里」は、散る花という美しい景の中に、人の絶えた寂しさを包含する、優れた表現になったという表現の形成過程が浮かび上がる。

しかし吉野を「花のふる里」と表現することは、単に西行という個人に連なる記憶だけではなく、歴史的な吉野の局面へと目を向けることになった。旧都と桜の結び付き。荒廃を強調する落花。詞と詞が組み合わされ、絡み合う過程の中で、良経の意識は古京としての吉野へと導かれた可能性が高いと考えられる。

また、『六百番歌合』には次の一首も見えることに注目される。

かぜさむみけふもみぞれのふるさとはよしのゝやまのゆきげなりけり

（343歌合百首・冬・霙、『六百番歌合』冬上517十九番・霙・左・勝）

ここでは「霙のふる里」と「吉野山」を詠む。こちらの歌に付けられた俊成の判詞は「判云、左ノ歌、「けふもみぞれのふるさとは」とをきて、「よしのゝ山の雪げなりけり」といへる、かの「ふるさとは吉野の山のちかければ」と云歌の心にかなひて、いと宜こそ見え侍れ」である。『後京極殿御自歌合』（98四十九番・右）に自撰しているので、この歌も良経の自信作であった。『後京極殿御自歌合』判詞でも俊成は「「けふもみぞれのふる郷は」といへる、古今の哥おぼえていみじくをかしくは侍を」と、『六百番歌合』判詞と同様に「ふるさとはよしのゝやましちかければひとひもみゆきふらぬ日はなし」（『古今集』冬321読人不知「だいしらず」）を本歌として指摘する。つまり俊成は、残春詠についての判詞では第四句「空しき枝に」にのみ焦点を当てていたが、霙詠では本歌を指摘し、本歌によくかなった和歌の内容を評価している。

なお、霙詠の「ふるさと」は「吉野山」とは異なる場所である。「ふるさと」では霙が降っており、吉野山では雪気である、という構図は「ふるさとは吉野の山し近ければ」という本歌で詠まれた地理感覚にそったものであり、「吉野山」すなわち「ふるさと」である残春詠とは異なる。しかしそれを考えに入れても、良経が、隠棲地という以外の吉野山の性格を『六百番歌合』で詠んでいることには注目されるのである。同じ『六百番歌合』における詠であるので、残春詠との前後関係はわからない。[25]また、先述のように、重家に旧都と落花の組み合わせを「ふる里」の掛詞を用いて詠んだ先行例があることから、良経が吉野山を「ふる里」と詠んだ時、古京としての性格は念頭に置いていなかった、とは言い切れない。

それゆえ、良経の残春詠は、次のように位置づけるのが最も適切ではないか。西行的振る舞いを摂取することで吉野山の桜を詠んできた良経にとって、吉野が「ふる里」という詞で表現される歴史的側面を持つことに気づいた時、良経の和歌表現は、単なる西行摂取の域から大きく飛躍し、歴史的復古性をも手に入れたのである、と。

五

『六百番歌合』以降、良経には残春詠のバリエーションともいえる詠作が散見する。良経は、自身の表現で気に入ったものをたびたび繰り返し用いる。[26]俊成から激賞された第四句「空しき枝に」は無論のこと、「〜のふる里」も、その後に繰り返し用いており、会心の出来であったことが窺われる。『六百番歌合』霙詠では「霙のふる里」が雪の吉野と対置されていたが、以後の詠では、吉野山そのものが「雪のふる里」として詠まれている。

よしのやまことしもゆきのふるさとにまつのはしろきはるのあけぼの　（701院初度百首・春）

よしのやまなほしらゆきのふるさとはこぞとやいはむはるのあけぼの
　はるたつ日ゆきのふりければ　（春部1000）

また「〜のふるさと」ではないが、類似の例として、『新古今集』巻頭を飾った次の一首も想起される。

みよしのはやまもかすみてしらゆきのふりにしさとにはるはきにけり　（402治承題百首・立春）

このように、良経は吉野山を「～のふる里」と詠んで古代性を漂わせる場合、雪と組み合わせて詠むことを繰り返している。いずれも立春詠で、三代集時代の伝統的な吉野山の表現の枠内にある。雪が深く降り積もる、美しくも厳しい吉野に春の気配が微かに漂う玄妙な景として表現しているのである。

一方、花と古京の組み合わせも繰り返し詠んでいる。その際に舞台となったのは、大津京が置かれた志賀であった。

のこりけるしがのみやこのひかりかなむかしかたりしはるのはなぞの　（412治承題百首・花）

あすよりはしがのはなぞのまれにだにたれかはとはむはるのふるさと　（719院初度百首・春）

かはらずなしがのみやこのしかすがにいまもむかしのはるのはなぞの　（955院句題五十首・故郷花）

412番歌と955番歌とには「昔」の詞が用いられ、歴史的局面へとはっきりと目を向けさせる。しかし、吉野山の花を吉野離宮を偲ぶものとして詠んだものは見いだせない。つまり、「吉野山花のふる里」を起点として、吉野山は「雪のふる里」「白雪のふりにし里」へ、「花」の「ふる里」は志賀へと、別の要素と組み合わされて分かれてゆくのである。吉野が「古里＝降る里」として詠まれる際は中心の題材を雪が担い、桜と旧都の組み合わせは、志賀がその舞台を担うことになる。特に955番歌は建仁元年（一二〇一）の『仙洞句題五十首』において「故郷花」題で詠んだ歌である。ちなみにこの時、同題で旧都の桜を詠むにあたって、後鳥羽院は舞台を吉野山に設定しており、良経からの影響が看取される。(27) しかし良経は、「治承題百首」『正治初度百首』に引き続き、志賀を詠んだのである。

このように見てゆくと、吉野山の桜を旧都の桜として詠んでいる残春詠が、良経の詠作において例外的なものであることがわかる。荒廃した旧都としての吉野山の桜は、西行的詠歌態度から大きく一歩を進めたものであり、良経にとっても自負するものとなった。しかし、その趣向は、志賀を舞台とすることでこそ良経に定着したのだった。荒廃した旧都という観点から見ると、離宮が置かれたにすぎない吉野より、天智天皇によって都が築かれながらも、およそ五年で廃された大津京の方が歴史のはかなさを感じさせる。すでに『万葉集』にも「過二近江荒都一時柿本朝臣人麿作歌」（巻一29）が収められており、旧都・荒都のイメージを強く有するのは志賀であった。一方良経は、〝降る里―古里〟以外の吉野山を、西行を代表とする隠棲の地として、そしてその地の桜花は西行的振る舞いをもって樹下に遊ぶもの、または三代集のように遠景で捉えるもの、華やかな美の象徴として詠み続けている。(28)旧都・荒都としての吉野の桜は、良経にとって必ずしも庶幾するものではなかったことが窺われるのである。

結びに

良経の残春詠の新しさは、西行の築いた「踏み分けて見る隠棲の地・吉野」と、歴史的な「古京・吉野」という二つの吉野を、桜を軸として一首の中に両立したものであった。これは、西行以来の近代的吉野と、古代性を揺曳する吉野の両立、という言い方もできよう。他の歌人たちの後続作は、この二つの両立を倣っている。良経詠から影響を受けたと思しい「花ぞ見るみちのしばくさふみわけてよしのゝ宮の春のあけぼの」（『新古今集』春上97季能「千五百番哥合に」）は、良経の歌が内在するものを「踏み分けて」「吉野の宮」というわかりやすい詞によって顕示したものと位置づけられる。良経自身にとっては、詞の絡み合いから導かれた結果に生まれた趣向であり、最初から意図したものではなかったと思われるが、周辺歌人・後代の評価は高かった。

良経家歌壇の本格的な始発は「花月百首」である。いわば、西行敬慕という新風歌人に共通する心情を基盤とする催しによって、良経は歌人として本格的に踏み出した。西行的趣向や詠歌態度を取り入れつつ、新たな表現を生み出してゆくことが、新風歌人としてのスタートであり、課題でもあった。残春詠で、西行的視点にとどまらず、古代にまで遡る表現の広がりを手に入れた時、良経は歌人として大きな飛躍を遂げたのである。

残春詠だけではなく、良経の一連の旧都「吉野」または旧都と桜を詠んだ歌の中には、『新古今集』に入集し、良経の代表歌として名高いものが多く含まれている。これらの歌は良経の達成として位置づけられるが、それだけにとどまらない。「みよしのはやまもかすみてしらゆきのふりにしさとにはるはきにけり」（402治承題百首・立春）は『新古今集』の集全体および春上巻頭を飾り、「あすよりはしがのはなぞのまれにだにたれかはとはむはるのふるさとと」（719院初度百首・春）は同集春下の巻軸に置かれた。『新古今集』春歌は、良経が詠んだ、古京を舞台とする立春詠と暮春詠が首尾を飾る。この二首の対応は、『新古今集』の「復古性豊かな対比(29)」を作りだし、『新古今集』の基調を形成する上で大きな役割を果たしている。この二首は、残春詠が無ければ生まれなかった歌である。残春詠とは以降の良経にとって、そして新古今的基盤の形成に、重要な意義を果たした一首だったのである。

注

（1）久保田淳『新古今歌人の研究』（昭和四八年、東京大学出版会）第三編第二章第三節五「六百番歌合」。

（2）佐藤恒雄『藤原定家研究』（平成一三年、風間書房）第四章第一節「空しき枝に・露もまだひぬ」。

（3）田中裕・赤瀬信吾校注『新古今和歌集』（新日本古典文学大系、平成四年、岩波書店）のみ、「花の散ったあとの寂れた里の意を吉野の古里に掛ける」と注しており、吉野に昔離宮があったためであるという旨の記述が見られない。戦後の注釈書で吉野離宮に触れないものは、管見では、新日本古典文学大系のみである。

（4）『忠度集』15詞書には「為業歌合に、故郷花を」とある。承安・安元頃（一一七一〜七八）に催された「為業入道歌合」での作と推定されている。森本元子『私家集の研究』（昭和四一年、明治書院）第五章Ⅰ「「忠度集」に関する覚書」参照。

（5）『万葉集』巻六・雑歌の「春日悲㆓傷三香原荒墟㆒作歌一首幷短哥」の三首を念頭に置いていると考えられる。ここで恭仁京はすでに荒れた廃墟として、そして桜花とともに詠まれている。

三香原《ミカノハラ》　久迩乃京師者《クニノミヤコハ》　山高《ヤマタカミ》　河之瀬清《カハノセキヨシ》　在吉迹《アリヨシト》　人者雖云《ヒトハイヘドモ》　在吉跡《アリヨシト》　吾者雖念《ワレハオモヘド》　故去之《フルサレシ》　里尓四有者《サトニシアレバ》　国見跡《クニミルト》
人毛不通《ヒトモカヨハズ》　里見者《サトミレバ》　家裳荒有《イヘモアレタリ》　波之異耶《ハシケヤシ》　如此在家留可《カクアリケルカ》　三諸著《ミモロヅキ》　鹿脊山際尓《カセヤマノキハマニ》　開花之《サクハナノ》　色目列敷《イロメヅナミシキ》　百鳥之《モヽドリノ》
音名束敷《コヱナトカシク》　在杲石《アルコトイシノ》　住吉里乃《スミヨキサトノ》　荒楽苦惜哭《アレラクヲシナ》（1059）

　反歌二首

三香原《ミカノハラ》　久迩乃京者《クニノミヤコハ》　荒去家里《アレニケリ》　大宮人乃《オオミヤビトノ》　遷去礼者《ウツリイヌレバ》（1060）
咲花乃《サクハナノ》　色者不易《イロハカハラズ》　百石城乃《モヽシキノ》　大宮人叙《オホミヤヒトゾ》　立易去流《タチカハリケル》（1061）

1060番歌は、『五代集歌枕』上（785「十一原、みかのはら同（山城）」）に証歌として挙げられている。

（6）『中西進万葉論集　第二巻　万葉集の比較文学的研究　下』（平成七年、講談社）四・第一章「「清き河内」——吉野歌の問題」。

（7）黒田彰子『俊成論のために』（平成一五年、和泉書院）第一章5「花の吉野——平安末期成立の本意をめぐって——」に指摘がある。本論で引く黒田氏の論は、以下これによる。

（8）「三よしのは花にうつろふ山なればはるさへみゆきふるさとのそら」（『拾遺愚草』1919最勝四天王院障子和歌・吉野山）、「霞みたちこのめはる雨ふるさとの吉野の花もいまやさくらむ」（『後鳥羽院御集』314外宮御百首・春）、「さきのこるよしのの宮の花をみて春やむかしとたれうらむらん」（『後鳥羽院御集』1154仙洞句題五十首・故郷花）、「みよし野や花はかはらず雪とのみふるさとにほふ明ぼのの空」（『後鳥羽院御集』1642「同月日（建仁三年十一月釈阿九十賀）六首、和歌所、故郷春曙」）など。

（9）山口美乃「ある歌枕の変遷——万葉から新古今までの吉野の歌——」（『湘南文学』第一七号、昭和五八年）、片桐洋一

「歌枕・吉野」（桜トラスト運動記念講演録『古典文学に見る吉野』平成八年、和泉書院）、脇谷秀勝「吉野・龍門のうた――古今和歌集・伊勢の歌を中心に――」（『帝塚山大学人文科学部紀要』第一四号、平成一六年）、同「吉野・龍門のうた（二）――後撰・後拾遺・千載集及び西行・定家を中心に――」（『帝塚山大学人文科学部紀要』第一九号、平成一八年）。

（10）吉野山の雲に神仙世界を見る発想は、『万葉集』『懐風藻』から見いだせる。田中淳一「吉野の白雲」（『懐風藻研究』第五号、平成一一年）参照。

（11）五来重編『吉野・熊野信仰の研究』（山岳宗教史研究叢書、昭和五〇年、名著出版）、辰巳正明「吉野――『万葉集』の異空間」（『解釈と鑑賞』第七一巻五号、平成一八年）、同「『懐風藻』吉野詩の一面――漢詩文と和歌――」（『上代語と表記』平成一二年、おうふう）。

（12）前掲注(9)山口論文。

（13）滝澤貞夫「西行の歌枕」（和歌文学会編『和歌文学の世界14　論集　西行』平成二年、笠間書院）、大平由美子「西行研究――西行における吉野山の桜――」（『東洋大学短期大学論集　日本文学篇』第八号、昭和四六年）、阿部泰郎「観念と斗擻――吉野山の花をめぐりて――」（『国文學』第三九巻八号、平成六年）、山本啓介「西行と吉野山」（『解釈と鑑賞』第七六巻三号、平成二三年）。

（14）前掲注(9)片桐論文、注(7)黒田著書、注(13)山本論文。

（15）治承三年（一一七九、西行六十二歳時）頃に成立したと推定される『治承三十六人歌合』には、西行の代表歌として次のような歌が取られている。

　　花の歌あまたよみける中に

おしなべて花の盛に成りにけり山のはごとにかかるしら雲　（169）

吉野山やがて出でじと思ふ身を花散りなばと人や待つらん　（170）

　　出家の後、花見ありきてよみける

花にそむ心のいかで残りけん捨てはててきと思ふ我が身に　（171）

落花

浮世にはとどめおかじと春風のちらすは花を惜むなりけり　(172)

(173・174略)

雪

吉野山麓にふらぬ雪ならば花かと見てや尋ねいらまし　(175)

選ばれた七首のうち、169～172番歌の四首が桜を詠んだ歌で、特に170番歌（『山家集』中1036「題しらず」、既出『新古今集』雑中1619）は、吉野山の桜を詠んでいる。175番歌も雪題とはいえ「花かと見てや尋ね入らまし」と花への執心を歌う。撰者は不明であるが、こうした歌を西行の代表歌として採ることから、桜、特に吉野の桜への執心が西行の特徴であると認識されていたことを窺わせる。

(16) 吉野山の桜を、西行的趣向にとどまらない、普遍的な本意へと定着させようとしたのが俊成であったことを、黒田彰子氏が指摘する。俊成は「花の吉野山」に、早くから自覚的であった。黒田氏も指摘するように、俊成には、青年期の「いはゞしをわたしはてよなかづらきやよしの、かひのはなもお《を》るべく」（『為忠家後度百首』131橋下桜）や、「雪ふれば道たえにけりよしの山花をば人のたづねし物を」（『長秋詠草』57久安百首・冬）の作がある。『為忠家後度百首』は保延二年（一一三六）頃成立で、西行出家に先立っており、『久安百首』は久安六年（一一五〇）詠進で西行出家の十年後である。他の歌人たちが西行の影響を受ける以前から、俊成が吉野山の桜を素材として詠んでいたことには注目される。

なお、『千載集』には、吉野山の桜を詠んだ歌が五首入っている。宇佐美眞「『千載和歌集』春部桜歌に見る政教性――吉野歌・志賀歌を中心として――」（『文芸研究』第一四六号、平成十年）では、吉野山の桜詠に、白河院・後白河院の権威や威徳を賛頌する意図があると論じている。これらの歌は、西行的視点から吉野山の桜を詠じたものではない。

(17) こうした傾向は、西行没後間もなくに編纂された『玄玉集』に著しく表れている。『玄玉集』572～575には、桜を詠んだ西行歌が並び、また他の歌人たちの「吉野山の桜」を詠んだ歌も数多く採られている。

(18) 以下のような用例がある。なお、『後撰集』の例が勅撰集初出である。

式部卿あつみのみこ、しのびてかよふ所侍けるを、のち〳〵たえ〴〵になり侍ければ、いもうとの前斎宮のみこのもとより「このごろはいかにぞ」とありければ、その返事に、をんな

しら山に雪ふりぬればあとたえて今はこし地に人もかよはず　（『後撰集』冬470読人不知）

百首歌中に雪をよめる

みちもなくつもれる雪にあとたえてふるさといかにさびしかるらん　（『金葉集』冬292皇后宮肥後）

なお、良経歌の「跡絶えて」について、大谷雅夫氏が、「人の訪れが絶えて」という漠然とした意味ではなく、「人の足跡が（花びらで覆われ）無くなって」の意であることを論じている（『歌と詩のあいだ　和漢比較文学論攷』（平成二〇年、岩波書店）Ⅰ部六「道をうづむ花」）。この意は、第四句があることで初めてはっきりと立ち現れるものだと考えられる。

(19) 前掲注(9)片桐論文、注(7)黒田著書。

(20) 前掲注(1)久保田著書第三篇第二章第三節三「花月百首」、稲田利徳『西行の和歌の世界』（平成一六年、笠間書院）第四章第二節「西行と良経」、大野順子「藤原良経『花月百首』について――初学期における本歌取りの状況を中心として――」（『古代文化』第五七巻二号、平成一七年）。

(21) 君嶋亜紀「藤原良経『花月百首』考――西行摂取をめぐって――」（『風土と文化』第四号、平成一五年）。

(22) 奥村恒哉「歌枕序説　起源と前史」（『歌枕考』（平成七年、筑摩書房））。

(23) 大岡賢典「定家と良経――新古今の前衛と後衛――」（和歌文学会編『和歌文学の世界13　論集　藤原定家』昭和六三年、笠間書院）、海老原昌宏「良経と時間」（『日本文学論究』第五八号、平成一一年）、加藤睦「藤原良経「六百番歌合」覚書」（『立教大学日本文学』第八三号、平成一一年）。

(24) 小山順子「藤原良経の本歌取りと時間――建久期の詠作から――」（『和漢語文研究』第七号、平成二一年）。

(25) ただし、この歌には『六百番歌合』の余寒詠「そらはなを《ほ》かすみもやらず風さえてゆきげにくもる春のよの月」（『秋篠月清集』302）とも共通する要素「風冴えて」「雪気」が見いだせる。ちなみに「風」と「雪気」をともに詠む先行例はほとんど無い。余寒詠もやはり後に『後京極殿御自歌合』に自撰し、『新古今集』春上23に入集していることから、

良経の自信作であったことは確かである。そのように考えると霙詠は、余寒詠と残春詠の自信作二首から会心の表現を抜き出し、霙詠として再構成した可能性が高いと考えられる。

(26) 良経の以降の作に見る「～のふる里」「～のふりにし里」と「空しき枝」の例を挙げておく。

わすられてわが身しぐれのふるさとにいはゞやものをのきのたまみづ (992院句題五十首・寄雨恋)
きのふけふのにもやまにもむすびを《お》くさのまくらやつゆのふるさと (旅部1472「旅歌よみける中に」)
こゝにまたひかりをわけてやどすかなこしのしらねやゆきのふるさと (神祇部1588日吉七社・客人)
さみだれのふりにしさとはみちたえてにはのさゆりもなみのしたくさ (421治承題百首・五月雨)
秋かぜにあへずちりにしならしばのむなしきえだにしぐれすぐなり (930院無題五十首・冬)
ひとゝせをながめはてつるよしのやまむなしきえだに月ぞのこれる (冬部1295「吉野山寒月」)

(27) 注(8)既出の『後鳥羽院御集』1154番歌。

(28) 詠歌年次が判明しているもののみ掲出するが、詠歌年次未詳の歌(1021・1212・1335・1346・1511・1526)についても同様である。

[隠棲の地]

みよしのは花のほかさへはなれやまきたつやまのみねのしらくも (411治承題百首・花)
みよしのゝまきたつやまにやどはあれどはなみがてらにを《お》とづれもなし (575南海漁父百首・山家)
花にゝぬ身のうきくものいかなれやはるをばよそにみよしのゝやま (609西洞隠士百首・春)

[西行的趣向]

みよしのゝはなのかげにてくれはてゝおぼろ月よのみちやまどはむ (612西洞隠士百首・春)
はなを見しこぞのしほ《を》りはあともなしゆきにぞまどふみよしのゝやま (951院句題五十首・山路尋花)
よしのやまこのめもはるのゆきゝえてまたふるたびはさくらなりけり (958院句題五十首・花似雪)

[遠景]

みよしのゝ花はくもにもまがひしをひとりいろづくみねのもみぢば (537南海漁父百首・秋)
はなのこるころにやわかむしらゆきのふりまがへたるみよしのゝやま (767院初度百首・冬)

いつまでかくもをくもともながめけむさくらたなびくみよしの、やま　（907院無題五十首・春）
よしのやまはなよりゆきにながめきてゆきよりはなもちかづきにけり　（939院無題五十首・冬）

［華やかな美の象徴］

ひと時のいろはみどりになを《（ほ）》しかじたつたのもみぢみよしの、はな　（雑部1556「院にて当座御会に松を」）

（29）　川村晃生『摂関期和歌史の研究』（平成三年、三弥井書店）第二章第二節三「季節と歌枕」。

〈付記〉和歌本文の引用と『万葉集』（旧国歌大観番号）以外の歌番号は、特に記さない限り『新編国歌大観』（角川書店）に依る。次の歌集は、以下の本文に依って引用した。『古今和歌集』『新古今和歌集』…国立歴史民俗博物館蔵貴重典籍叢書（臨川書店）、『拾遺和歌集』…久曾神昇『藤原定家筆　拾遺和歌集』（平成二年、汲古書院）、『後撰和歌集』『拾遺愚草』…冷泉家時雨亭叢書（朝日新聞社）、『万葉集』…『校本萬葉集　別冊一～三』（平成六年、岩波書店）、『秋篠月清集』…『秋篠月清集』（天理図書館善本叢書、昭和五二年、八木書店）、『六百番歌合』…新日本古典文学大系（岩波書店）、『後京極殿御自歌合』…細川家永青文庫叢刊8『歌合集』（昭和五九年、汲古書院）、『長秋詠草』…筑波大学附属図書館蔵本（ル216―166）、『山家集』『西行法師家集』『聞書集』『御裳濯河歌合』…久保田淳編『西行全集』（昭和五七年、貴重本刊行会）、『拾玉集』…多賀宗隼編『校本拾玉集』（昭和四六年、吉川弘文館）、『林葉和歌集』…久保木秀夫『林葉和歌集研究と校本』（平成一九年、笠間書院）、『為忠家後度百首』…『為忠家両度百首　校本と研究』（平成一一年、笠間書院）

源氏物語『奥入』における定家の「引歌」意識について

大取一馬

はじめに

藤原定家の著した源氏物語『奥入』（以下『奥入』と呼ぶ）は、その自筆本の奥書に「非人桑門明静」と署名しているように、その成立ははっきりとはわからないものの、定家の出家後の仕事である。定家は天福元年（一二三三）十月十一日に出家し、それ以降の大きな仕事としては出家した二年後の文暦二年（一二三五）三月に新勅撰和歌集の撰集を終えている。この『奥入』は源氏物語の注釈書としては、世尊寺伊行の『源氏釈』に次ぐ二番目のものである。『奥入』では『源氏釈』の注を踏襲しながら、それに定家なりの批評を加えたり、別の出典を提示したり、新たに加注したりしているが、その注の内容は引歌・引詩・出典をはじめ巻名や時間軸のこと等々多岐にわたっている。当『奥入』には二系統の伝本があり、『源氏物語大成』では大島本を第一次本とし、定家自筆本である大橋本を二次本としている。この一次本と二次本の先後関係については、岩坪健氏の『源氏物語古注釈の研究』(1)の中で自筆本（大橋本）の方が大島本より先に成立した点について実証されている。本論では二系統の先後関係はひとまず置いておき、注の数の多い二次本（自筆本）を中心に定家の「引歌」観を見ていくことにする。

一　引歌について

引歌について玉上琢也氏は、その言葉が『細流抄』から見えはじめるとし、引歌を定義した書は本居宣長の『玉の小櫛』にはじまると述べている。引歌の定義については『日本国語大辞典』（小学館）では次のように説明している。

古歌の一部、または一首全体を後人が自分の和歌・文章などに取り入れたり引用したりすること。またその古歌。

また、『日本古典文学大辞典』（岩波書店）では次のように説明されている。

散文における表現技法の一。散文中に古歌や同時代人の歌など既成既知の歌をふまえることによって表現を重層的・効果的にする手法、またその時ふまえられる歌そのものをいう。本歌取における本歌と類似するといえる。

また、鈴木日出男氏は『源氏物語引歌綜覧』(2)所引の「源氏物語の引歌について」の論文の中では、引歌を次のように定義している。

引歌とは物語や日記文学など仮名散文の中に、既成の和歌を、その一句ぐらいを提示して引用する表現技法のことである。

引歌に関する現段階での定義は右の鈴木論文の説明に集約されていると思われるが、要するに引歌は、既成の和歌の一部を文章の中に組み込むという表現のあり方であり、組み込まれた古歌そのものをも引歌という、そのように理解してよかろう。引歌に類するものとして証歌がある。証歌とは『日本国語大辞典』によると「証拠となる歌。根拠として引用する歌」と説明されているが、古歌の一部を文章の表現に組み込むか否かといった点においては証歌とは区別できるのである。

『奥入』において、定家は果たしていかなる「引歌」観を持っていたのであろうか。この『奥入』の引歌に関する先行研究では、定家の「引歌」観として直接は言及されていないものの、引歌の働き等については物語研究の方からこれまで多くの研究があり[3]、一方で和歌文学の方面からも伊東祐子氏が[4]、『奥入』掲載歌からの『新勅撰集』への入集が多いことから、『奥入』が『新勅撰集』撰集の一資料にしたであろうと推定している。また、上野順子氏は[5]『奥入』で指摘されている引歌の本歌となった歌を、定家も多く用いて本歌取の歌を詠んでいる点について指摘している。

二　自筆本における夕霧巻の注

本論では『奥入』にあげた注の中、主に夕霧の巻の注を例にして定家の「引歌」観を考えてみることにしたい。夕霧の巻に見られる『奥入』の注[6]は、二次本の七九丁ウラから八三丁オモテにかけて記されており、最初に『源氏釈』を踏まえたことを示す「伊行」と記した後、十六項目にわたって次のように加注している（①～⑯の番号およびA～Eの記号は、以下の論述上私に付したものである。また、①～⑬とA～Eの歌は複製本では一首二行書であるが、一行書に改めた）。

〈七九ウ〉

伊行

①かへるさの道やはかはるかはらねととくるにまとふけさのあはゆき　此哥同時人也。不可為源氏証哥

②夕霧に衣はぬれてくさ枕たひねするかもあはぬきみゆへ

③なき名そと人にはいひてありぬへし心のとはゝいかゝこたへむ

④身をすてゝいにやしにけむ思ふよりほかなる物はなみたなりけり

〈八〇オ〉

⑤心にはちへに思へと人にはいはぬわかこひつまを見るよしも哉

⑥かねてよりつらさを我にならはさてにはかにものをおもはする哉

⑦あまのかるもにすむゝしのわれからと

⑧秋なれは山とよむまてなくしかに我おとらめやひとりぬるよは

〈八〇ウ〉

⑨秋の夜の月のひかりのきよけれはをくらの山もこえぬへらなり

⑩いかにしていかによからむをの山のうへよりおつるをとなしのたき

⑪かひすらもいもせはなへてある物をうつし人にてわかひとりぬる

⑫夏の夜はうらしまのこかはこなれやはかなくあけてくやしかるらむ

⑬いひたてはたかなかおしきしなのなるきそちのはしのふみしたえなは

〈八一オ〉

A月やあらぬ春やむかしの春ならぬわか身ひとつはもとの身にして

Bにくさのみますたの池のねぬなはの
Cおほかたのわか身ひとつのうきからになへてのよをもうらみつる哉
Dとりかへすものにもかなや世中を
Eうへて見しぬしなきやとのさくら花いろはかりこそむかしなりけれ

〈八一ウ〉

（一頁空白）

〈八二オ〉

⑭無言大子とか

⑮今案此巻猶横笛鈴虫之
　同秋事歟

〈八二ウ〉

⑯波羅奈王之太子其名休魄容《キウハクカタチ》　端正也
生而《テ》十三年不《ス》言《物イハ》　人不《ス》聞《カ》聲《ヲ》
諸臣婆羅門道士等誹謗《ソシリソシル》　地《ノ》下《ニ》
作《テ》城《ヲ》欲《スル》二埋《ウツメント》一　之時大臣伏《フシテ》二其《ノ》車《ノ》前《ニ》一
重《カサネテ》　悲《ナシフ》二此事《ヲ》一太子云《ノイハク》　我将不《ス》言《イハ》生《イキテ》〻
而欲《ス》レ埋《ウツメント》　将《ニ》言《ハムトスレハ》　怖《ヲソル》三入《イラン事ヲ》二　地獄《ニ》一自全《ラマタウシテ》レ　身《ヲ》
不《ス》言《物イハ》　欲救《スクウテ》　魂《タマシヒヲ》　脱《マヌカレントス》レ苦《ニ》　謗我《ソシラム物ハ》　不言者《物イハサラムヲ》

皆《ナ》欲生《ムマシムト》二聾《リヨウ》一盲《マウニ》于時國王夫人

〈八三オ〉

行迎《テムカフ》二太子《ヲ》一〻〻《ノ》曰《ク》我昔先《サキノ》身《ニ》為《ナテ》二國二

王一以《ト》二正道《ヲ》一雖《トモ》三治《ヲサムト》二國《ヲ》一有《テ》二所一過《アヤマツテ》堕地獄《ニ》

六万余歳苦難《カタシ》忍《シノヒ》我怖《ヲソル、》地獄《ヲ》故《ニ》

巻舌《マイテシタヲ》不言《スノヲイハ》遂《ツイニ》請《コウ》二出家《ヲ》一父母聞《キ、テ》之許《ヲユルス》之

入《イテ》深《キ》山《ニ》求《トム》二道《ヲ》一命《イノチヲ》終《ハテル》生二兜率天《ニ》一

太子者釈迦如来也

右の注で八一丁オモテのA～Eの歌は、次の早蕨巻の注が紛れ込んだものである。また、八二丁ウラの「波羅奈王」以下の注⑯は、注⑭「無言大子とか」の直後に入るべき注であるので、当巻での注は十五項目にわたって施されていることになる。

三　検証その㈠

夕霧巻は柏木が死去した翌年の秋から冬にかけてのことで、夕霧が柏木の妻であった落葉宮に求愛し、ついに結婚するに至る巻である。最初の注①であげている「かへるさの道やはかかはるかはらねととくるにまとふけさのあはゆき」の歌は、『後拾遺和歌集』[7]巻第十二・恋二の藤原道信の後朝の心を詠んだもので、歌意は「帰り道はいつもと変わっているのでしょうか。変わりはしないけれども今朝降る淡雪のように、あなたが打ち解けてくれたので、かえって惑うのです」である。該当する源氏物語本文は次の箇所である。[8]

山里のあはれをそふる夕霧に立ち出でん空もなき心ちして

と聞こえ給へば

山がつのまがきをこめて立つ霧も心そらなる人はとゞめず

ほのかに聞こゆる御けはひに慰めつゝ、まことに帰るさ忘れはてぬ。

（傍線筆者。以下同）

右の場面は、夕霧が病に伏している御息所（落葉宮の母）への見舞いを口実にして、落葉宮のもとを訪れ、彼女に対して自分の恋心を切々と訴えている場面である。夕霧は「山里の」の歌で、「山里の寂しい思いを募らせる夕霧が立ち込めて、どちらの空に向かって立ち出でてよいものか、おそばを去ることもならぬ心地でございます」と落葉宮に恋心を伝えたことに対して、宮は「山がつの」の歌で、「あなたに実意があるなら引き止めましょう」と返歌をする。それを受けて夕霧が「まことに帰るさ忘れはてぬ」（本当にあなたがうち解けて下さったので、立ち去る気持ちもすっかり失せてしまいました）と、そのような気持ちになったというのである。「帰るさ忘れはてぬ」の箇所の引歌として『源氏釈』でもあげた道信歌に対して、定家は一応「伊行」の説をそのまま『奥入』であげるものの、「此哥同時人也。不可為源氏証哥」と書き添えて批判しているのである。

引歌の作者藤原道信は、天禄三年（九七二）に藤原為光の三男として生まれ、寛和二年（九八六）に元服し、兼家の養子になり、正暦五年（九九四）に二十三歳で亡くなっている。したがって、源氏物語成立と同時代の人といえよう。それゆえ定家は源氏物語の証歌としてあげることは適当でないとしているのである。道信の歌が引歌であれば、和歌の一部を地の文に組み込んだ形になっており引歌表現と認められるが、同時代の人であるからこの歌を踏まえて源氏物語の文章ができたと考えるのは適当でないというのである。

ここで注目したいのは、定家が引歌を「証歌」と言っている点である。先にも説明したように証歌は「証拠となる歌。根拠として引用する歌」(『日本国語大辞典』)である。その意味からすると証歌は引歌と重なる部分を持ってはいるが、引歌は文章表現上の一方法であって証歌とは異なるものである。『奥入』の中では他に、桐壺巻の注として和歌をあげ、これと同じような定家の注記が付されている。桐壺巻における『奥入』の注は、最初に巻の別名についての言説があり、次に「伊行朝臣勘」として歌や出典をあげているが、その三つ目に次の和歌と注記とをあげている。

やへむくらしけれるやとのさひしきに
人こそ見えね秋はきにけり 此哥非其時古哥 不可為証哥
問人もなきやとなれとくるはるは 貫之歌
やへむくらにもさはらさりけり

右の「やへむくら」の和歌に該当する源氏物語本文は次の箇所である。

命婦かしこにまで着きて、門引き入るるより、けはひあはれなり。やもめ住みなれど、人ひとりの御かしづきに、とかくつくろひ立てて、めやすきほどにて過ぐしたまへる、闇にくれて臥ししづみたまへるほどに、草も高くなり、野分にいとど荒れたる心地して、月影ばかりぞ、八重葎にもさはらずさし入りたる。

右の場面は、桐壺更衣が亡くなった後、帝は更衣の母を慰めるために靫負命婦を勅使として遣した時の更衣の里の屋敷の様子を描写した場面である。大事に育ててきた娘の更衣に先立たれた母が、悲しみにくれて泣き臥してばかりいるので、その屋敷は荒れ果てているが、月光だけはその生い茂った雑草にもさえぎられずにさし込んでいるという母の屋敷の様子を描いた箇所である。傍線部の引歌として、『源氏釈』では「やへむぐらしげれるやどのさびしきに人こそ見えね秋はきにけり」の歌をあげるが、定家は『奥入』の中で「此哥非其時古哥、不可為証哥」と批判して、かわりに紀貫之の「問人も……」の歌をあげている。『源氏釈』であげた「やへむぐらしげれるやどの……」の歌は、恵慶法師の作で、『恵慶法師集』（一〇九番歌）や『拾遺抄』（巻第三、八九番歌）、『拾遺和歌集』（巻三、一四〇番歌）に載っている。『拾遺和歌集』では次のようになっている。

　　河原院にて、あれたるやどに秋来といふ心を人人よみ侍りけるに

　　　　　　　　　　　　　　　　恵慶法師

やえむぐらしげれるやどのさびしきに人こそ見えね秋はきにけり

右の歌は「幾重にも雑草の生い茂った、この淋しい宿には、訪れる人とてもないが、昔を忘れぬ「秋」だけはやって来たことだ」の意である。「やへむぐら」の語を詠み込み、今は荒廃した源融の邸宅を詠んでいて、その点では源氏物語の場面に相応しいように思われるが、定家はこの歌が源氏物語執筆時点で「古歌」でないことを理由に証歌としては適していないと指摘しているのである。この歌は『小倉百人一首』にも選ばれているものである。作者恵慶は生没年未詳であるが、天徳（九五七～九六一）から寛和（九八五～九八七）年間に活躍した歌人である。したがって、源氏物語執筆時とは近く、定家は古歌とは言い難いと判断している。定家は『詠歌大概』の中で古典的歌境の体得法として次のように述べている(9)。

常観二念古歌之景気一可レ染レ心。殊可二見習一者、古今・伊勢物語・後撰・拾遺・三十六人集之中殊上手歌、可レ懸レ心（人麿・貫之・忠岑・伊勢・小町等之類）

右『詠歌大概』の成立は承久三年（一二二一）以後あまり下らない頃の成立と考えられているが、定家は二百年以前に成立した『拾遺和歌集』より前の歌を古歌と考えていたようである。源氏物語の場合とは同列には扱えないが、定家は恵慶法師の歌を源氏物語執筆の時点で古歌と認めることはできなかったようである。そこで定家が新たに提示した貫之の「問ふ人も……」の歌は、『貫之集』（二〇七番歌）、『古今和歌六帖』（一三〇六番歌）にも

載っており、源氏物語とは季節は異なるが下句の「やへむぐらにもさはらざりけり」は、源氏物語の本文とも合致しており、古歌と認めてもよく、引歌として適しているといえよう。

定家はこのように源氏物語が踏まえていると思われる歌について、それが古歌であるか否かを問題にしているが、ここでも定家は和歌の一部を地の文に組み込む表現の、いわゆる「引歌」を、「証歌」と称しているのである。

四　検証その㈡

②番目の注としてあげた歌「夕霧に衣はぬれてくさ枕たひねするかもあはぬきみゆへ」は、『古今和歌六帖』（第一、霧）の六三三番歌である。また『万葉集』巻第二の挽歌に収載されている柿本人麿の長歌の結句に当たるもので、「夕霧に衣はしっとり濡れてわびしい旅寝をなさるのか、会えない君ゆえに」の意である。この注に相当する源氏物語本文は次の箇所である。

たが御ためにもあらはなるまじき程の霧に立ち隠れて、出で給心ちそらなり。

「おきはらや軒端の露にそぼちつゝ八重立つ霧を分けぞゆくべき

濡れ衣はなをえ乾させ給はじ。かうわりなふやらはせ給御心づからこそは」と聞こえ給。

右の文は、夕霧が落葉宮と対面し、切々と自分の恋情を訴えるが、落葉宮は夕霧と自分が結ばれたことを世間の人が聞いたらどう思うかを考え、夕霧の求愛をかたくなに拒み、せめて夜が明けないうちに帰ってほしいと訴える。その落葉宮の言葉に夕霧は、立ち去り難い気持ちを渋々押さえて自邸への帰途につく、という場面である。引歌が指摘されている傍線箇所「濡れ衣はなをえ乾させ給はじ」は、直前の「おきはらや」の歌の露と霧に響き合っている。引歌としてあげた「夕霧に」の歌の語句に直接対応する語句は、源氏物語の本文にはないが、「衣濡れて」と「濡れ衣」とが対応している。「夕霧に」の歌は、愛しい人に会えないがゆえに、夕霧に衣が濡れるようなわびしい旅寝をするのだろうかと詠んでおり、この歌意が落葉宮のもとからむなしく自邸に帰る夕霧の心情と重なっており、定家も源氏物語のこの箇所の背景に「夕霧に」の歌があることを認めている。引歌の定義からすれば、引歌の語句の一部と源氏物語本文との両者に同じ語句があることが必要である。ここでは注②であげた「夕霧に」の歌は該当する源氏物語本文と内容的に重なるものであって、実際には証歌と言うべきであろう。

*

次の③番目の注「なき名そと人にはいひてありぬへし心のとはゝいかゝこたへむ」の歌は、『後撰集』巻第十一・恋歌三（七二六番歌）のよみ人しらずの作である。これに該当する源氏物語本文は、注②であげた場面の直後の、夕霧の歌とそれに続く言葉を聞いた落葉宮の心中を描いている次の箇所である。

　げに御名のたけからず漏りぬべきを、心の問はむにだに口きよふ答へんとおぼせば、いみじうもてはなれ給。

右の場面は、どんなに隠そうとしても夕霧が自分に懸想しているということが世間に漏れ出てしまうだろうと落葉宮は考えており、もし自分の心に問いただされることがあれば、きちんと答えることができるようにしようと、落葉宮が心に決める場面である。注③であげた「なき名そと」の歌は、「誰かに自分たちの関係を問われたとしたら根も葉もないうわさであると否定することはできるが、自分の心はだますことができない」の意である。下句の「心のとはゝいかゝこたへむ」の箇所が源氏物語本文の傍線部分と対応していて、引歌と考えてよかろう。

*

④番目の注「身をすてゝいにやしにけむ思ふよりほかなる物はなみたなりけり」の歌は、現存の『源氏釈』の

諸本には見えないものである。あるいは定家が独自に加注したものとも考えられるが、定家は現存しない別の『源氏釈』を見ているという先行研究(10)もあるので、ここでは『源氏釈』にあったものを踏襲したものと考えて論をすすめることにする。

注④「身をすて〻」の歌は、『古今集』巻第十八・雑歌下（九七七番歌）の躬恒の作で、「私の心が身を捨ててどこかへ行ってしまったのでしょうか。心というものは自分でも思いもかけない所へ行ってしまうもので、私にだってどうにもならなかったのです」の意。これに該当する源氏物語本文は次の箇所である。

さるは、にくげもなく、いと心ふかふ書いたまふて、

たましいをつれなき袖にとゞめをきてわが心からまとはる〻かな

ほかなるものは、とか、むかしもたぐひ有けりとをもたまへなすにも、さらに行く方知らずのみなむ。

などいと多かめれど、人はえまほにも見ず

源氏物語では夕霧が三条邸に帰ったあと、落葉宮に対して積極的に文を贈り求愛する場面である。「たましいを」の歌で夕霧は「身を捨て〻心があの人のもとへ行ってしまったのか、思うとおりにいかないのは身だとばかり思っていたが心であったのだ」と、思いがけず相手のもとに自分の心を置いてきてしまったことを詠み、続く言葉で心というものは自分ではどうしようもないものであると、躬恒の歌の三句目を引用して落葉宮に対して自分の恋心を訴えかけている文となっている。躬恒歌の第三句を地の文に組み込み、その意味を夕霧の文の言葉に生かしている点で、注④は明らかに引歌の指摘であろう。

＊

次の⑤の注「心にはちへに思へと人にいはぬわかこひつまを見るよしも哉」の歌は、『万葉集』巻第十一（二

三七一番歌）の笠郎女の作で、『古今和歌六帖』（一九九〇番歌）、『玉葉和歌集』（一二六六番歌）にも採られているもので、「心では何度も思い浮かべながらも人には言わない私の妻に、会う手立てがあればなあ」の意。該当する源氏物語本文は次の箇所である。

大将殿は、この昼つ方、三条殿におはしにける。こよひ立ち返りまで給はむに、ことしもあり顔に、まだきに聞きぐるしかるべしなど念じ給て、いと中〳〵年ごろの心もとなさよりも千重にもの思ひ重ねて嘆き給。

落葉宮の母である一条御息所は、落葉宮のもとへ夕霧が通っていると聞き、夕霧から再度来た消息に返事をするが、その文を夕霧が読んでいる途中で夕霧の妻の雲居雁に奪われることになる。右の箇所はその直前の、夕霧が今夜も落葉宮のところに通いたいと思いながらも自制している場面である。注⑤の「心には」の歌は、「世間には表沙汰にしていない愛しい恋人に会う手立てはないものか」と詠んでおり、右の箇所の夕霧の心情と重なるものである。「心には」の歌の二句目を源氏物語の地の文に組み込んで夕霧の思いを表したものであり、引歌と考えられる。

＊

注⑥の「かねてよりつらさを我にならはさてにはかにものをおもはする哉」の歌は、『源氏釈』にも見られ、以来、引歌の典拠としてあげられてはいるが、その出典は未詳である。該当する源氏物語本文は次の箇所である。

「もののはえ〴〵しさつくり出で給ふほど、古りぬる人苦しや。いといまめかしさも見ならはずなりにける事なれば、いとなむ苦しき。かねてよりならはし給はで」とかこち給も、にくゝもあらず。

「にはかにと思すばかりには何ごとか見ゆらむ。いとうたてある御心の隈かな。よからずもの聞こえ知らする人ぞあるべき。……」

右は奪われた消息を取り返すために、雲居雁の機嫌を取った夕霧の言葉に答えたもので、該当個所は雲居雁の台詞である。今まで他に女をつくるそぶりも見せないでいた夕霧が、突然女のもとに通うそぶりを見せたので、それが自分には辛くてたまらないと夕霧に恨み言をいう箇所である。それまで何のそぶりもなく突然に落葉宮のもとに通う様子を見せた夕霧に対して、雲居雁が不平を述べている箇所である。それを受けた夕霧の台詞が「にはかにと思すばかりには……」と続くことから、注⑥の「かねてより」の歌が二人の応酬の根底にあることが窺える。ともあれ「かねてより」の歌は、雲居雁と夕霧の会話の両者のことばの中に各二句にわたって組み込まれている点で両方の引歌としてその役割を持つものといえよう。

*

注⑦の「あまのかるもにすむゝしのわれからと」の歌は、注⑦では上句しかあげてないが、下句は「音をこそ泣かめ世をば恨みじ」である。言うまでもなくこれは、『古今和歌集』や『伊勢物語』の他にも『新撰和歌』（三五一番歌）や、『古今和歌六帖』（一八七五番歌）に採られており、古くからよく知られた歌で、源氏物語以後も『俊頼髄脳』『和歌色葉』などに採りあげられ、定家も『定家八代抄』の中に採っている。ある事態に落ち入った時、自分のせいでそのようになったと引き受ける場合などにはこの歌が想起される程、有名な歌である。

注⑦の歌に該当する源氏物語本文は次の箇所である。

　いと苦しげに言ふかひなく書き紛らはしたまへるさまにて、おぼろげに思ひあまりてやは、かく書きたまうつらむ、つれなくて今宵の明けつらむ、と言ふべき方のなければ、女君ぞいとつらう心憂き。すずろにかくあだへ隠して、いでや、わがならはしぞや、とさまざまに身もつらくて、すべて泣きぬべき心地したまふ。

夕霧は雲居雁が隠した消息を探すが一向に見つからず、終日探し続け、夕方になってやっと消息を見つけるのである。その消息の内容に対してすぐに返事のできなかったことを悔やみ、また、雲居雁が消息を隠すという行為や、それを止められなかった自分に対して夕霧は恨めしさを募らせている場面である。この本文に対して注⑦の「あまのかる」の歌が注記されているのであるが、注⑦の歌と源氏物語本文との直接の語句の重なりは見られない。この場合は傍線を引いた源氏物語本文の「いでや、わがならはしぞや」の箇所で、雲居雁が消息を奪って隠すといった行為に対して、自分がしっかりしつけをしなかったせいだと思っているところや、自分のことを反省して泣きたく思っているところが、注⑦の「あまのかる」の歌と意味の上で重なっている。したがって、この場合は注⑦の歌は引歌というよりも、源氏物語本文に対して同じような意味合いを持ち、『宝物集』で言うような証歌としての歌である。

＊

注⑧の「秋なれは山とよむまてなくしかに我おとらめやひとりぬるよは」の歌は、『古今集』巻第十二・恋歌二（五八二番歌）のよみ人しらずの作で、『古今和歌六帖』（二七〇四番歌）にも載っているもので、「秋である今、山がとどろくまで恋いて鳴く鹿に、彼女に逢えずに泣く私の声が劣るであろうか。一人寝の夜は殊更に」の意。この歌に該当する源氏物語本文は次の箇所である。

「そよや。そもあまりにおぼめかしう、言うかひなき御心なり。今は、かたじけなくとも、誰をかは寄るべに思ひきこえたまはん、御山住みも、いと深き峰に世の中を思し絶えたる雲の中なめれば、聞こえ通ひたまはむこと難し。いとかく心憂き御気色聞こえ知らせたまへ。よろづのことさるべきにこそ。世にあり経じと思すとも、従はぬ世なり。まづはかかる御別れの御心にかなはば、あるべきことかは」など、よろづに多くのたまへど、聞こゆべきこともなくて、うち嘆きつつゐたり。鹿のいといたくなくを、「我おとらめや」とて

里遠み小野の篠原わけて来てわれもしかこそ声も惜しまね

とのたまへば、

落葉宮の母御息所が心労で亡くなったため、夕霧はその忌籠りが明けるまでは訪問を控えようと思うが、やはり恋心を抑えきれず、落葉宮のいる小野を訪れる。懇意の女房である少将の君を呼び、いくつか会話を交した後、落葉宮への挨拶を願う夕霧であったが、宮は母を失った悲しみで呆然としており、会うことが叶わない。注⑧の歌の指摘は、少将の君との贈答の直前に、鹿が妻恋いにひどく鳴く声を聴いた夕霧が、「我おとらめや」と古歌である「秋なれば」の歌を引き合いに出しながら自分の落葉宮を思う気持ちもそれに劣ることはないと、「里遠み」の歌を詠む箇所である。夕霧の詠んだ「里遠み」の歌の下句「われもしかこそ声もおしまね」が、「我おとらめや」の古歌とも対応し、夕霧の募る恋心を表している。ともあれ注⑧で指摘した歌は明らかに出典を示したものである。

＊

次の注⑨に引かれた「秋の夜の月のひかりのきよけれはをくらの山もこえぬへらなり」の歌は、『源氏釈』にも引かれており、『古今集』巻第四・秋歌上（一九五番歌）の在原元方の作である（ただし、三句目・四句目が「あかければくらぶの山も」となっている）。『古今和歌六帖』（三〇八・九一八番歌）にも字句の異同はあるものの採られている。歌意は「秋の夜の月の光が明るいので、「暗い」と名のある「をぐらの山」もきっと越えられるであろう」の意。この注⑨の歌に該当する源氏物語本文は次の箇所である。

道すがらも、あはれなる空をながめて、十三日の月のいとはなやかにさし出でぬれば、小倉の山もたどるまじうおはするに、一条の宮は道なりけり。

右の文は、注⑧に該当する源氏物語本文の直後の話で、夕霧が落葉宮に会えず、むなしく三条邸に帰るまでの様子を描写している箇所である。注⑨の「秋の夜の」の歌は、『古今集』では第三・四句が「きよければくらぶの山も」となっていて、『古今集』諸本間の異同は見られない。また、『源氏釈』の冷泉家本では「秋のよの月のひかりしきよけれはおくらの山もみえぬへらなり」となっており、前田家本では「あきのよの月のひかりしあかければおくらの山もこえぬへらなり」とあって、定家が『奥入』にあげた歌とはどちらも字句が異なっている。定家は現存する『源氏釈』の伝本以外の本文を見たかとも思われるが、この第三・四句が『古今集』の本文と異なっていても意味の上では大きな違いはなかろう。源氏物語本文に「小倉の山」と見られるので、引歌としては注⑨であげた歌の方が合っているといえよう。九月十三夜の月の光の明るさで小倉の山でさえも難なく越えることができるという。源氏物語の本文の描写は、注⑨であげている「秋の夜の」の歌意とよく重なっており、「秋の夜の」の歌に気づかなくても解釈が可能な場合である。ともあれ「秋の夜の」の歌の第四句「をくらの山も」を源氏物語の地の文に組み込んでいる点で、注⑨は引歌の指摘と考えられよう。

＊

注⑩の「いかにしていかによからむをの山のうへよりおつるをとなしのたき」の歌は、『源氏釈』でも指摘されているが、源氏物語以前の歌集等には見られないものである。後の作品で『歌枕名寄』巻第三十三の「雄山」（八四三八番歌）や『夫木和歌抄』（一二三五番歌）には採られている。『歌枕名寄』では次のように載っている。

雄山　　　　元輔

いかにしていかによはら《(ママ)》んをの山のうへよりおつるおとなしの滝

右の『歌枕名寄』では清原元輔が作者となっているが、歌仙歌集本の『元輔集』にはこの歌は見えない。この注⑩の歌に該当する源氏物語本文は次の箇所である。

夜明け方近く、かたみにうち出て給ふことなくて、背き〳〵に嘆き明かして、朝霧の晴れ間も待たず、例の文をぞ急ぎ書きたまふ。いと心づきなしとおぼせど、ありしやうにも奪ひ給はず。いとこまやかに書きて、うちをきてうそぶき給ふ。忍びたまへど、漏りて聞きつけらる。

いつとかはおどろかすべき明けぬ夜の夢さめてとか言ひしひとこと

上より落つる。

とや書い給つらむ、おし包みて、なごりも「いかでよからむ」など口ずさび給へり。

右の「いつとかは」の歌は、夕霧が落葉宮に贈った消息である。その歌に続く文に注⑩の「いかにして」の歌の第四句を組み込んだものとなっている。この「上より落つる」の箇所に対して、『新編日本古典文学全集』の頭注では次のように注記している。

古注は「いかにしていかによからむ小野山の上より落つる音なしの滝」（出典不明）を引く。この歌によれば、満足に返事がないので、どうしたらよいのか分からないの意。（四五四頁）

注⑩「いかにして」の歌は「小野山の上から落ちている音なしの滝は、その名の通り音がしないので、何がどのように良いのかわからない」といった意味であろう。直前の夕霧の詠んだ「いつとかは」の歌は、落葉宮が「今はかくあさましき夢の世を、すこしも思ひさますをりあらばなん、絶えぬ御とぶらひも、聞こえやるべき」（今はこうして思いもよらぬ悲しい夢を見ておりますような有様ですので、多少ともその夢のさめる折がありましたら、こうして絶えずお見舞いいただきますお礼も申し上げることにいたしましょう）と夕霧に答えたことを踏まえて、「それはいつのことになるのでしょうか」と訴えかける意となっているので、「上より落つる」の句を添えることで『新編日本古典文学全集』が注釈するように、落葉宮からしっかりとした返答がないために、「いつになったら会ってもらえるのかわからない」という夕霧の気持ちを重ねて訴えかけることになっている。また、その消息を包み紙にくるんだ後にも「いかでよからむ」（どのようにしたらよいのであろうか）と、注⑩にあげた歌の一句を引いて自身（夕霧）の心境を表している。

この場合は注⑩の「いかにして」の歌の一句を源氏物語の文章に組み込んで、しかもその歌によらなければ文意を理解することが難しい場合であって、典型的な引歌の用例であろう。

＊

次の注⑪にあげた「かひすらもいもせはなへてある物をうつし人にてわかひとりぬる」の歌は、字句の異同はあるが『源氏釈』にも指摘されている歌である。出典は未詳で、後の『俊頼髄脳』や『奥儀抄』『和歌童蒙抄』等の歌学書類には載っている古歌である。「貝ですら妹背（という種の貝）があるように、すべてのものに妹背（愛しい人）はあるというのに、この世にいる私は一人で寝ることだ」の意で、恋人のいない独り寝の寂しさを詠んだ歌である。この歌に該当する源氏物語本文は次の箇所である。

なよびたる御衣ども脱い給うて、心ことなるをとり重ねてたきしめ給ひ、めでたうつくろひけさうじて出で給ふを、火影に見出だして、しのびがたく涙の出で来れば、脱ぎとめ給へる単衣の袖を引き寄せ給て、

「なるゝ身をうらむるよりは松島のあまの衣にたちやかへまし

なをうつし人にてはえ過ぐすまじかりけり」とひとり言にの給を、立ちとまりて、

右の文は、夕霧がきれいに身づくろいをし、美しくお化粧して落葉宮のもとへ向かう様子を見て、妻である雲居雁は嫉妬心をこらえきれず、「なるゝ身を」の歌を詠む場面である。雲居雁の詠んだ歌は、「長年連れ添ってき

た夫の夕霧に飽きられてしまった自分の不幸を恨むより、いっそのこと出家でもしてしまおうか」と詠んでいる。注⑪の「かひすらも」の歌は、これに続く傍線箇所で、「やはり在俗の身では到底生きていくことができない」と、直前の歌意を補強する形となっている。注⑪の第四句「うつし人にて」を雲居雁の言葉に組み込んでいる点で引歌表現となっている。注⑪の歌の意とよく響き合っていて引歌の役割を荷負っている。

＊

次の注⑫「夏の夜はうらしまのこかはこなれやはかなくあけてくやしかるらむ」の歌は、『拾遺抄』巻第二・夏（八一番歌）、および『拾遺和歌集』巻第二・夏（一二二番歌）に載る中務の作である。源氏物語以後にも『俊頼髄脳』（初句、「みづの江の」）や『綺語抄』『新撰朗詠集』『和歌童蒙抄』等に採られている著名な歌である。夏の夜は早く明けるの意と、玉手箱を開けるの意とを掛けた歌で、「夏の夜は、あの浦島の子の玉手箱のようなものだろうか、あっけなく明けて残念に思うことであろう」の意。これに該当する源氏物語本文は次の箇所である。

人々はみないそぎ立ちて、をの〳〵櫛、手箱、唐櫃、よろづの物を、はか〴〵しからぬ袋やうの物なれど、みな先立てて運びたれば、ひとりとまり給べうもあらで、泣く〳〵御車に乗り給も、かたはらのみまもられたまて、こち渡りたまうし時、御心地の苦しきにも御髪かき撫でつくろひ、おろしたてまつり給しをおぼし出づるに、目も霧りていみじ。御佩刀に添へて経箱を添へたるが、御かたはらも離れねば、

恋しさのなぐさめがたきかたみにて涙にくもる玉の箱かな

黒きもまだしあへさせ給はず、かの手馴らし給へりし螺鈿の箱なりけり。誦経にせさせ給しを、形見にとゞめたまへるなりけり。浦島の子が心ちなん。

おはしまし着きたれば、殿のうちかなしげもなく、人げ多くてあらぬさまなり。御車寄せて下り給ふを、

さらに古里とおぼえず、うとましううたておぼさるれば、とみにも下り給はず。

出家を願う落葉宮は、その望みを父朱雀院に諫められ、小野で一生を過ごそうと思うにも、周りからの説得もあり、一条宮に戻らざるを得なくなる。注⑫の歌が指摘されている場面は、周囲の人々が自分の意に反して小野から一条宮への引越しの支度を着々としていく様子を見て、一人では小野に残ることもできず、泣く泣く乗った車の中で、御息所の形見となった経箱を見ながら、「恋しさのなぐさめがたきかたみにて涙にくもる玉の箱かな」と詠んだ歌に続く落葉宮の心境を描いた箇所である。よるべのない故郷に帰った浦島の子が、玉手箱を見ながら、その箱をくれた「亀比売」のことを恋しく思う気持ちを、螺鈿の箱の持ち主である御息所のことを偲ぶ落葉宮の心になぞらえているのである。また浦島伝説の話は、その引用の直後の文章にも下敷として用いられている。玉手箱を持って見知らぬ故郷に帰った浦島子が寂しさを募らせたことを、住み慣れた一条邸に着いた落葉宮が、邸の様子が昔とあまりにも変わっていることに情けない気持ちを抱いている、その宮の心に響かせているのである。ともあれ、注⑫の「夏の夜は」の歌は、ここでは歌が直接指摘箇所の引歌になっているというよりも、この歌の典拠となった浦島伝説そのものを源氏物語が典拠にしていると考えた方がよいようである。

ここで、注⑫の歌の源氏物語本文中での位置についてであるが、これは先の注⑪よりも前の箇所についての注である。また先行の『源氏釈』の現存本には都立大本にのみあって、他の現存諸本には見られない注である。定家は現存本以外の『源氏釈』によったと考えられているので、定家が見た『源氏釈』にはあげられていたのかも知れないが、そうであれば、注⑫に該当する源氏物語本文が注⑪の該当本文より前の部分に当たっているので、定家が注⑫を見落として先に注⑪を書き、後で見落としたことに気づいて注⑫として書き加えたとも考えられる。

＊

注⑬「いひたてはたかなかおしきしなのなるきそちのはしのふみしたえなは」の歌はすでに『源氏釈』にあげられている歌であるが、出典は未詳である。「評判が立ったら、誰の名が惜しまれることになるのだろうか、信濃にある木曽路の橋が踏んで絶えることがないのならば」の意で、注⑬の歌に該当する源氏物語本文は次の箇所である。

「何ごとも、いまはと見飽きたまひにける身なれば、いまはた直るべきにもあらぬを、何かはとて。あやしき人ゝは、おぼし捨てずはうれしうこそはあらめ」と聞こえたまへり。「なだらかの御いらへや。言ひもていけば、たが名かおしき」とて、しゐて渡り給へともなくて、その夜はひとり臥し給へり。

右、源氏物語では、一条宮から戻って来ない夕霧に対して、怒った雲居雁が子供を連れて父の邸へと帰り、それを聞いた夕霧が急いで雲居雁と子供たちを迎えに行った場面である。迎えに来た夕霧に対して、雲居雁は、夕霧に飽きられてしまった自分は仕方がないが、子供たちのことは見捨てないでほしいと言う。それに対して夕霧が返答する「言ひもていけば、たが名かおしき」という箇所に注⑬の歌の指摘がなされている。夕霧の返答は、実家に子供を連れて帰ったということが世間で評判になれば、自分ではなくあなたの名折れになるだけだという意味で、この部分と注⑬であげた歌とは重なり合っている。源氏物語本文には注⑬の歌をほぼ二句にわたって組み込んでおり、その点で注⑬は引歌の指摘である。ただこの場合は注⑬の歌がなくても理解可能な場合であって、引歌によって別の意味が加わるわけではないが、表現の問題としては会話文の中に歌の一部を組み込んだ引歌表現である。

＊

次の注⑭の「無言大子とか」と、注⑯の「波羅奈王之太子」以下の文は、『源氏釈』にも見られる指摘で、該当する源氏物語本文の典拠の指摘である。また、注⑮の「今案此巻猶横笛鈴虫之同秋事歟」は、時系列に関する言及である。横笛巻と鈴虫巻とは共に柏木の死後の話で、光源氏の四十九歳から五十歳の秋までの出来事が描かれている巻であり、この夕霧巻も同年の秋から冬にかけての記事であって、この三つの巻が同じ年の秋の事をそれぞれ描く並びの巻となっている。注⑮の「同秋事歟」はその指摘である。

おわりに

以上、夕霧巻に関する定家の『奥入』の注①から⑯までの指摘の中、特にあげられた歌に関して検討を加えてきた。ここで定家が『奥入』の中で採りあげた歌は、ほとんどは先行の『源氏釈』で指摘されているものであったが、その多くは今でいう引歌であり、その他に、注②や注⑦で採りあげたのは、該当する文章の根拠となった歌、つまり証歌としてのものであり、注⑧などは出典としてのものであった。定家は、『奥入』の中で採りあげている歌が今でいう引歌に相当したものであっても、「引歌」という言葉は一度も使っていない。しかし注①の歌のように、明らかに引歌の指摘でありながら、その歌に「此哥同時人也。不可為源氏証哥」の注記を付している。

このことから考えると、定家が『奥入』であげた歌や漢詩・漢文は、該当する源氏物語本文の背景となったものを指摘したのではなかったろうか。それが今でいう引歌であれ、証歌や出典であっても、源氏物語本文のその箇所の背景となったものという意味で考えていたのではないだろうか。注⑮の並びの巻の指摘などは例外であるが、引歌や出典・典拠の指摘を含めて、該当する源氏物語本文の背景となったものを示した注であったと考えられるのである。中でも定家が『奥入』であげた和歌については、それが出典であれ引歌であれそういった意識を持っていたのではあるまいか。そしてそのことを、定家は注①の歌の注記の中で言っているように、証歌と考えていたように思われるのである。したがって、定家の「引歌」意識とは、その文章表現の根拠になった証歌としての意識であったと考えられるのである。

注

(1) 岩坪健『源氏物語古注釈の研究』(和泉書院、一九九九年)第二篇第一章「藤原定家の源氏学——『奥入』成立の諸問題——」参照。
(2) 鈴木日出男『源氏物語引歌綜覧』(風間書房、二〇一三年)五九一頁「源氏物語の引歌について」参照。
(3) 玉上琢弥『源氏物語の引き歌』(中央公論社、一九五五年所収)をはじめ、多くの研究がある。
(4) 伊東祐子「『奥入』掲載歌と『新勅撰集』について」(『国語と国文学』第六二巻四号、一九八五年)参照。
(5) 上野順子「『奥入』攷——「引歌」から「本歌取」へ」(『和歌文学研究』第八四号、二〇〇二年)参照。
(6) 本論で検討する『奥入』の自筆本については、日本古典文学会の複製本によったが、池田亀鑑編『源氏物語大成』第十三巻(中央公論社、一九八五年)に翻刻された本文を参照した。
(7) 以下、勅撰集・私家集・私撰集・歌学書等、和歌に関する引用等については、特にことわらない限り、『新編国歌大観』(角川書店)を参照した。
(8) 本論で引用する源氏物語の本文は、『新日本古典文学大系』(岩波書店)所収の本文によった。また、その解釈については『新編日本古典文学全集』(小学館)をも参照した。
(9) 『詠歌大概』については、『日本古典文学大系』(岩波書店)所収の本文を使用した。
(10) 注(1)に同じ。同書第二篇第一章の「一　定家の用いた『源氏釈』について」の項を参照。

土御門院の句題和歌――『文集百首』を通して――

岩井宏子

はじめに

『土御門院御集』には「詠五十首和歌」と称する二組の句題和歌がある。五十首ずつ合わせて計百首の句題和歌は一つの統合された世界を形成している。[1] 一組には「貞応二年二月十日」の年記が見えるが、他の一組には見えないものの、共に土佐での作である。[2] この二組に対し、拙稿では、これまで、便宜上、「詠五十首和歌」IとIIと仮称して論じてきた。本論でも同様の呼称の下に論を進めていくことを断っておく。

「詠五十首和歌」Iは『千載佳句』の句を句題としており、原詩の作者は異邦人である。「詠五十首和歌」II（年記がある）は『和漢朗詠集』の句を句題としており、原詩の作者は邦人である。[3]「詠五十首和歌」Iで採用されている句題は、十句題が『文集百首』と重なる。『文集百首』は慈円が『白氏文集』から題を撰び、[4] その題に従って慈円、定家、寂身（一部）が和歌を詠んだ句題和歌である。建保六年（一二一八）の成立であることから、[5]「詠五十首和歌」に先行すること四年程となろうか。本論では、「詠五十首和歌」と『文集百首』に共通する句題とその和歌を比較・検討し、土御門院の句題受容の有り様を考察するものである。

「詠五十首和歌」は、すべて七言句一句を題に和歌が詠まれているのに対し、『文集百首』では、必ずしも七言句のみを題にするとは限っていない。七言句が多いが五言句もあり、句数も二句題が多数を占めるものの(6)、一句題もあれば、四句題もあり、慈円と定家の句題数が異なるなど、句題の形式において、統一が見られない。本論では、先ず「詠五十首和歌」I、『文集百首』共に春部の巻頭句題として採用している「春風春水一時来」(『文集百首』は「今日不知誰計会」句も採る)句と和歌を検討、次に『文集百首』の七言句題の内、一句題のものを適宜選択して、「詠五十首和歌」Iの同句題と対比させ、考察を進める方法をとる。『文集百首』の和歌解釈については、文集百首研究会編『文集百首全釈』(風間書房、二〇〇七年)が詳説するところであり、出来る限り、当『全釈』に譲ることとしたが、掘り下げて考察すべき余地もあり、新たに卑見を加え、考察を深めた。「詠五十首和歌」に関しても拙著『土御門院句題和歌全釈』(風間書房、二〇一二年。以下、拙著『全釈』と略称する)との重複を極力回避し、論の説明の都合上、必要最小限に留めるようにした。ただし、拙著の不十分であった点は、この機会に補足することに努めた。

考察にあたり、『土御門院御集』は書陵部本(桂宮本・宮内庁書陵部蔵函番号五一一—九)を底本とし、同本を底本とする『新編国歌大観』第七巻・私家集編を参考にした。土御門院詠に付した歌番号は、当私家集編『土御門院御集』による。慈円詠に付したものは、『新編国歌大観』第三巻・私家集編『拾玉集』に、定家詠は同私家集編『拾遺愚草員外』に、寂身詠は『新編国歌大観』第七巻・私家集編『寂身法師集』による。資料検索にあたっては『新編国歌大観』CD-ROMを使用した。『文集百首』所収歌の校異に関しては、『文集百首全釈』を参照し、石川一・山本一著 和歌文学大系『拾玉集 上・下』(明治書院、二〇〇八・二〇一一年)、久保田淳著『藤原定

家全歌集 下』（河出書房新社、一九八六年）も参照した。『万葉集』は、小島憲之・木下正俊・東野治之校注・訳新編日本古典文学全集『万葉集1～4』（小学館、一九九四～一九九六年）を使用した。『白氏文集』の本文ならびに語彙検索などは、平岡武夫・今井清編『白氏文集歌詩索引』（全三冊、同朋舎出版、一九八九年）を使用した。『千載佳句』は、松平文庫『千載佳句』（松平黎明会編『漢詩文集編』松平文庫影印叢書第一八巻、新典社、一九九七年）を基にし、金子彦二郎著『増補 平安時代文学と白氏文集——句題和歌・千載佳句研究篇——』（復刻版、藝林舎、一九七七年）を参照、その番号を使用した。『和漢朗詠集』は、菅野禮行校注 新編日本古典文学全集『和漢朗詠集』（小学館、一九九九年）を参照、その番号を使用した。

一 「春風春水一時来」句と和歌

「詠五十首和歌」Iと『文集百首』春部の巻頭句題「春風春水一時来」（『文集百首』は転句も採る）は『白氏文集』所収の「府西池」詩（巻五八・二八七四）と題する七言絶句、

柳無気力条先動　柳《やなぎ》気力《きりよく》無《な》くして条《えだ》先《ま》づ動く
池有波文氷尽開　池《いけ》に波《なみ》の文《もん》有《あり》て氷《こほり》尽《ことごと》く開く
今日不知誰計会　今日《こんにち》知《し》らず誰《たれ》か計会《けいかい》せし
春風春水一時来　春風《しゅんぷう》春水《しゅんすい》一時《いちじ》に来たる

を原詩とする。転句と結句は『千載佳句』（巻上・四時部・立春・二）および『和漢朗詠集』（巻上・春・立春・五）に採録されている。転句は、今日の立春にあたり誰が一体上手く計算したのだろうと詠み、結句で「春風」と「春水」が同時にやってくるなんて、と春到来の感激を詠む。「計会」は、段取りよくことを取り計らう意。「春風」は太宗皇帝（五九八～六四九）の詩に「寒辞去多雪　暖帯入春風／寒辞して多雪去り　暖帯びて春風入る」（全唐詩・巻一・守歳詩）と詠まれ、雪解け水を言う詩語「春水」と共に唐代を通して受容された詩語である。ただし、「春風春水」の成語は、白居易以前には見られず、白居易においても当「府西池」詩のみに見え、極めて斬新な表現である。当詩は「府西池」と題する如く、当時作者が勤めていた役所の西の池の春の風情を感慨をもって詠じたもので、転句で詠む「今日」は、ここでは立春を意味している。長谷完治氏は「本百首1で慈円・定家は句題になく原拠詩句と和漢朗詠集第四番目に出所の「氷」を詠み込んで立春の本意を表出しているが、原詩での「今日」は春の一日を指し必ずしも立春を意味していない」（「和漢朗詠集第四番目」とは「府西池」詩前半の句を指す）とし、『和漢朗詠集』の「立春」の項目に摘出された結果によるとする。(7)『文集百首全釈』もこの立場に立っているが、そうとは断じ難い。

『白氏文集』における「立春」の用例は一〇七を数え、それらは極めて心に深く刻まれた日や「今日重陽節」（九日登二西原一宴望（同二諸兄弟一作）詩・巻六・二四八）、「今日送春心」（送春詩・巻一〇・四八七）など、特定の日を詠む場合に用いられている（送春詩の「今日」は三月三十日を言う）。(8)「府西池」詩でも「孟春之月……東風解凍」を喚起する「氷尽開」の表現が承句に見え、結句の春風と春水が一時に来たと詠む内容などから推して、白居易は、「今日」を「立春」の意で用いたものと思う。『和漢朗詠集』の編者・藤原公任（九六六～一〇四一）もこの点を留意して立春部に採録したと見られる。

『古今和歌集』の、

はるたちける日よめる

袖ひちてむすびし水のこほれるを春立つけふの風やとくらむ　（春上・二・紀貫之）

は、まさに「春風春水」の世界を詠んでいる。当歌に対して、多くの注釈書が『礼記』（月令）の「孟春之月……東風解凍」を挙げており、そうした観念の下に詠作されたのであろうことは肯けるが、「春立つけふの風」で「春風」を、「袖ひちてむすびし水のこほれるを」を春風が解かした結果「春水」になったと「春水」を詠んでおり、「府西池」詩と重なる。公任は、「立春」部の構成にあたり、漢詩に続く和歌の最初に「袖ひちて」歌を置き、続いて『拾遺和歌集』の巻頭歌、

春立つといふばかりにやみ吉野の山もかすみてけふはみゆらん　（春上・一・壬生忠岑）

を置いている。これら二首は立春を指す「今日（けふ）」を詠み込むもので、「府西池」詩の「今日」は、これらと響き合い、当佳句の性格づけを強くしている。『和漢朗詠集』の「立春」部に採られたことは「府西池」詩の「今日」が「立春」の意であることをより明らかにしているとも言える。

「今日不知誰計会　春風春水一時来」二句を題に、慈円、定家、寂身は、

しがのうらやとくる氷の春風に今朝をけふとはいつか告けん　（一九〇七・慈円）

氷とくもとの心やかよふらん風にまかするはるの山水　（四〇七・定家）

けふぞとは誰山風に契をきてうちいづる浪に春を知けん　（一・寂身）

と詠む。慈円詠は『詞花和歌集』の「春」の巻頭歌「氷ゐし志賀の唐崎打ちとけてさざ波よする春風ぞ吹く」（堀河百首・春・立春・二・大江匡房）からの影響もさることながら、歌の根幹に、前掲、貫之詠「袖ひちて」歌を据えていることを見逃してはならない。和歌文学大系『拾玉集』当該歌脚注は、当該慈円詠の第二・三句を注記して「「東風解凍」（礼記・月令）に拠る」とするが、題詠歌を詠むにあたっての理念（「おわりに」参照のこと）からすると貫之詠を指摘すべきではなかろうか。氷を解かすのは「春風」、解けた結果のものは「春水」であるこ

とから慈円の「とくる氷」は、「春風春水」を表現している。貫之詠の氷を解かす春風が吹き、水が温んだと詠む趣を継承するものである。当該慈円詠の第四・五句は、「今日不知誰計会」句を詠んでいる。初句の詠み出しについて、赤羽淑氏は『文集百首』の跋文に「和歌者神国之風俗也」と述べるのを踏まえ、『白氏文集』の詩句を「わが国の風土のものとして詠もうとする意識は、歌枕の頻用によってもうかがわれる。慈円は冒頭から歌枕を詠み込んでいる」との見解を示している(10)。

定家詠は氷を解かすと言う「もとの心」、そのような「風」に任せる山の雪解けの水だと詠む。ここでの「もとの心」の「もと」は、根幹の意味。「もとの心」は本となる意識、気持ちと解釈される。氷を解かす本来のものとは東風（こち）である(11)。東風こそが氷を解かす根幹である。ここで定家詠が「もとの心」を用いたのは、『古今集』の、

いにしへの野中のし水ぬるけれど本の心をしる人ぞ汲《く》む　（雑上・八八七・読人不知）

を意識してのことによろう。当古今集歌は、『和漢朗詠集』（巻下・懐旧・七四七）に採録され知れわたった歌である。当歌は、冷たく心地良いはずの野中の清水は、今では温くなってしまっている、つまり以前とは事情が変わっているが、以前のことを忘れずに、自分に親しい気持ちを寄せてくれた人の心を詠んでいる。

「古の野中の清水」の変化に事寄せた歌は『古今集』以後散見するが、当歌が『和漢朗詠集』に採録されたことが、一段の刺激となってか、平安末から流行した。その趣向のほとんどが心の状態を表現しているのであるが、定家は当該歌で「もとの心」を用いることで、「野中のし水ぬるけれど」を呼び出し、〈温む〉に「春水」をイメージさせる趣向を取っている。〈東風〉を表現する表現主体としての「もとの心」に、〈温む〉を表現する表現媒体としての役割も担わせると言う極めて高度な手法である。「もとの心」は〈温く〉変化しているのであって、

その温かい「風」、つまり東風に「山水」を任せると詠む。結局「山水」は〈温む〉こととなり、下の句は「春水」を表現することになる。「山水」は「氷だにまだ山水にむすばねどひらのたかねは行きふりにけり」（新続古今集・冬・六八九・恵慶）などと詠まれ〈氷る〉イメージを伴う歌語であるところから、東風に「山水」を任せることは「東風解凍」（礼記・月令）の趣を響かせる。「心やかよふらん」は、転句の意味を踏まえ、結果として「春風春水」の到来に対し、確かに心が通じているのだなあ、と擬人的手法を持ち込み、「や」に深い感動を込めている。ここでの間投助詞「や」の効用は大きい。

寂身詠は、今日が立春であることを誰が一体、山風に約束して、〈谷風が吹き〉氷の間からほとばしり出る浪が、春のものだなあと知って浪の花を咲かせたのだろう、と詠む。「うちいづる浪」は、

　谷風にとくる氷のひまごとに打ち出づる波や春の初花　（古今集・春上・一二・源当純）

による。[12]「谷風」は東風・春風である。寂身は「うちいづる浪」と詠むことで、当古今集歌の「谷風」を想起させつつ「春水」を詠むと言う方法を取っている。三者共、古今集の歌を核に据えての詠出である。「今日不知誰計会」の「計会」は、唐詩を通覧すると詩題に一例、詩句では、「府西池」詩の例以外、劉禹錫に一例見える程度で、用例は極めて少ない。暖かい風、水の温み、それらの訪れを誰かが「計会した」と詠む手法は、季節の到来に人為的な目線を折り込むことである。それは、従来の伝統和歌には見られない手法である。

こうした先行詠に対して、土御門院（以下、適宜「院」と略称する）は、「春風春水一時来」題で次のように詠む。

　時わかぬあらしも浪もいかなればけふあらたまの春をしるらん　（一三二）

歌意は時節を判別するはずもない嵐や浪が、どうして今日が立春であることを知ったのだろうとなろう。「あらし（嵐）」と詠んでいるのは、「春風」を春に先駆けて南より吹く強い風ととりなしたことによる。「嵐」を用

いることで「時わかぬ」と詠み出し、時節に限定されない気象表現の言葉から〈どうして春を知ったのか〉の訝りの感情を引き出している。この点巧みであるが、定家詠「時わかぬ浪さへいろにいづみ河ははそのもりに嵐ふくらし」（新古今集・秋下・五三二／六百番歌合・四四三／拾遺愚草・八三七）に「時わかぬ」「嵐」の取り合わせが見られ、その影響の程がうかがわれる。「浪」を用いたのは、定家詠に「氷りゐし水のしら浪たちかへり春風しるき池のおもかな」（六百番歌合・二七／拾遺愚草・八〇三）とある歌の影響もさることながら、

白妙の浪路わけてや春はくる風吹くからにはなも咲きけり

（寛平御時后宮歌合・二七・読人不知／新勅撰和歌集・春上・五一）

を踏まえてのことと見られる。立春詠としての句題理解は、当代流行の「あらたまの春」で表現している。「あらたまの春」は、立春を意味する歌語として平安末あたりから用いられ始め、特に、家隆や定家に好まれた(13)。院の歌も和歌の伝統の中に句題を吸収、和歌の世界観の中で句題を詠みこなそうとしている。この点、前記、三者とまったく同じ傾向にある。

院が「春をしるらん」と詠んでいるのは、句題の前句「今日不知誰計会」を踏まえない限り生まれてこない表現である。「春風春水一時来」句の内容を詠むだけでは、行き詰まりが見られ、面白味がないところから前句の趣も取り込んだのであろう。『文集百首』の方は、一句題の場合もある中で、二句題を選択しているのは、ここで一句題にとどめることは、新鮮な世界を表現するには内容不足と判断したからであろう。「春風春水一時来」句だけでは、前掲貫之詠の世界にとどまってしまい、〈従来の歌人〉の領域から離脱できないことになってしまう。句題和歌を試みた意味がなくなってしまうのである。句題和歌とは、和歌における新しい表現世界の追求の一方法である。そうしたことを考えると転句と結句の二句題選択となり、院の場合も句題前句にまで及ぶ結果に

なったものと推察する。転句を組み込むことは、擬人的手法を持ち込むことであり、立春詠の新側面を詠出することとなる。

詠作にあたっては、慈円、定家、寂身の三者は勿論のこと、院も古歌を的確に見据えることを怠ってはいない。伝統の上に新たな世界を構築しようとする姿勢が見える。

二　「白片落梅浮澗水」句と和歌

「白片落梅浮澗水」は『白氏文集』所収の「春至」詩（巻一八・一一五七）、

若為南国春還至　　若為《いかん》せん南国《なんごく》春《はる》還《ま》た至《いた》るを
争向東楼日又長　　争向《いかん》せん東楼《とうろう》日《ひ》又《ま》た長《なが》きを
白片落梅浮澗水　　白片《はくへん》の落梅《らくばい》は澗《かん》水に浮《う》かび
黄梢新柳出城牆　　黄梢《くわうせう》の新柳《しんりう》城牆《じやうしやう》を出《い》づ
閑拈蕉葉題詩詠　　閑《かん》に蕉葉《せうえふ》を拈《と》りて詩《し》を題《だい》して詠《ゑい》じ
悶取藤枝引酒嘗　　悶《もん》じて藤枝《とうし》を取《と》りて酒《さけ》を引《ひ》きて嘗《な》む
楽事漸無身漸老　　楽事《らくじ》漸《やうや》く無《な》くして身《み》漸《やうや》く老《お》ゆ
従今始擬負風光　　今《いま》より始《はじ》めて風光《ふうくわう》に負《そむ》かんと擬《ぎ》す

を原詩とし、頷聯前句（第三句）にあたる。「詠五十首和歌」Ⅰでは、春部の四番目に、『文集百首』では春部の三番目に見える句題である。詩語「白片」は白居易までに例はなく、白居易には「春至」詩以外に「府西池北新葺二水斎一即レ事招レ賓偶題二十六韻一」詩（巻五八・二八七九）に「波翻二白片鷗一」とあるのみで、これもまた、斬新な詩語である。「落梅」は、早く梁の簡文帝の詩に確認されるものの、唐詩では、白居易の二例[14]以外に李賀、元稹に各一例見える程度で用例は少ない。梅が水に浮かぶ風情を詠むものは白居易以前には見られず「白片落梅浮澗水」句の趣自体、それまでの唐詩には見られなかった世界である。「澗水」は谷川の水。当句を題に慈円、定家、寂身は、

雪をくゞる谷のをを川は春ぞかしかきねの梅のちりける物を　（一九〇九・慈円）

白妙の梅さく山の谷風や雪げにきえせぬせゞのしがらみ　（四〇九・定家）

芦引きの山ぢの梅やちりぬらん色こそにほへ水のしら浪　（三・寂身）

と詠んでいる。慈円は、雪間を流れる谷川の水が白い風情を呈しているのは、雪ではなく垣根の梅が散りかかったものだと春の到来を表現する。梅の花弁の白さと雪の白さを同一視する歌は『万葉集』以来見られ、更に、「わがをかにさかりに咲ける［梅花《うめのはな》］のこれる雪をまかへつるかも」（巻八・一六四〇・大伴家持・［ ］の箇所は、原文の表記を残したもの。以下同）など、梅の花は雪に見立てられている。時代が下り、大江匡房（一〇四一～一一一一）詠に「まさなかの朝臣八条にてかきねの梅」と詞書して「降る雪のここちこそすれ梅の花かきねは霜にきえぬなりけり」（江帥集・一四）とあり、当該慈円詠における梅と雪の見立ては伝統の踏襲であるが、「雪をくゞる」の表現は慈円以外に確認できず、独自表現と見られる。

「垣根」と「梅」の結びつきは『後拾遺和歌集』あたりから見え始め、歌語「かきねの梅」の勅撰集初出は『後拾遺集』である。[15] 垣根の梅を詠んだ早い例に、源道済（生年未詳～一〇一九）詠（道済集・一三九）があるが、[16]『堀河百首』に「かきねの梅」が詠まれた（春・梅花・九九・源国信）ことも影響してか、平安末から鎌倉期にかけて西行はじめ新古今歌人に作例を数える。『古今集』以後の一般的な「梅」の詠み方の主眼は、香を讃えるこ

とにある。[17]歌語「垣根の梅」の場合、勅撰集全体で九首しか見えず、用例数はわずかであるが、ほとんどが梅香と関連させて詠み、一首が鶯との取り合わせである。新古今時代までの私家集を見ても香を詠むものがほとんどで、家隆や定家、式子内親王などすべて香を詠んでいる。[18]「かきねの梅」は新鮮な歌語ではあるが、「梅」である限り従来通り梅の香りを讃美する方向から外れるものではない。こうした「垣根の梅」の詠まれ方にあって、慈円は時代の好尚を反映して「かきねの梅」を用いつつも、香とは結びつかない「梅」の世界を詠出している。慈円が「かきねの梅」を用いたのは、時流に乗ったと見られる一方、当句に続く句「黄梢新柳出城牆」の「牆」とも無縁ではない。[19]「城牆」は城壁などと同意の言葉であるが、「牆」（音は「ショウ」、訓は「かき」）は垣根の意である。「白片落梅浮澗水」句に続く「黄梢新柳出城牆」句は『文集百首』の春部の四番目に一句題で採用されており、慈円、定家、寂身が詠む和歌では、漢語「城牆」は「かきね」として表現されている。「黄梢新柳出城牆」句は「城牆」から柳が出ている風情を詠む。柳は囲われた空間にある。それを念頭に慈円ら三者とも柳を民家の垣根の風情として詠んでいる。漢詩において「梅」と「柳」は対で扱われることが多い。[20]当原詩でも頷聯前句で「梅」を、頷聯後句で「柳」が詠まれており、「梅」と「柳」は一対のものとして扱われている。慈円は、「白片落梅浮澗水」句の「梅」も当然「城牆」の中のものと解し、「かきねの梅」と詠んだのであろう。時代の好尚と原詩の内容を上手く使いこなしている。

定家詠は、句題の「白片落梅」を受けて「白妙の梅」と詠み出し、「雪げ」で再び「白」を詠み、句題の最初の文字「白」に対応させ、白を強調する。[21]句題中の「浮澗水」、落梅が水に漂う風情を「せゞのしがらみ」で表現している。定家詠は、

山河に風のかけたるしがらみは流れもあへぬ紅葉なりけり　（古今集・秋下・三〇三・春道つらき）

の「風のかけたるしがらみ」の趣を基底に置き、「谷風」、東風によって梅花による「しがらみ」ができると詠む。「しがらみ（柵）」は河の流れをせき止めるもので、次に挙げた「延喜七年大井河に行幸時」の詞書を持つ坂上是則詠が、

もみぢ葉のおちて流るる大井河せぜのしがらみかけもとめなん　（続後撰集・冬・四七二）

と詠むように、多く、紅葉ばが柵として見立てられる。流れに浮かぶ梅を柵と結びつける表現は、極めて斬新である。句題より導き出された新鮮な詠出である。(22)

寂身詠は、一節で挙げた、「白妙の浪路わけてや春はくる風吹くからにはなも咲きけり」の詩情を踏まえての作である。寂身詠の「色こそにほへ水のしら浪」は、当歌の結句に詠まれている「花」である。「花」は浪の花であって白いことから、句題中の「白片落梅」と重ね合わせることができる。梅の花弁が「水のしら浪」に見立てられているところは、流れに揺れ動く花の風情を誘発する。「色こそにほへ」と詠む言い回しは、

折りつれば袖こそにほへ梅の花ありとやここに鶯の鳴く　（古今集・春上・三二・読人不知）

の傍点部を下敷きにしたものであろう。古今集歌は袖に梅の香りが染みている状態を詠んでいるが、寂身は「折りつれば」歌の「にほひ」を敢えて、梅の美を表現するもの、心底から滲み出る美しさとしてとりなし(23)「色こそにほへ」と表現、「色」に梅の花弁の白色の美を込め、「白片」の趣を見事に映像化している。「色こそにほへ」は、寂身独自の表現。「折りつれば」歌から想起された当成句は、自ずと「梅の花ありとや」を呼び覚ますこととなり、寂身詠の「梅」の存在を際立たせ、「袖こそにほへ」へと回遊し、「梅」の属性である香りまでもほのかに感じさせると言う効果も期待させなくはない。

三首とも谷川の流れ・「澗水」を踏まえて、山の趣のもとに詠んでいる。それぞれ詩語を丁寧に詠み込みつつ、

それらを表現するにあたり、古歌を踏まえることを忘れてはいない。『文集百首全釈』当句題の評は「梅といえば、香を詠む場合が多いが、三者とも句題により与えられた白色に拘り、修辞技巧の中にも香を連想させるものはない」と指摘する。慈円と定家の当該詠については言えることであるが、「色こそにほへ」を用いた寂身詠はとなると、「香を連想させるものはない」と言い切れるかどうかやや疑問が残る。しかし、いずれの歌も、視覚に訴える白梅の新しい世界がみごとに映像化されている。

土御門院は、「白片落梅浮澗水」句を題として、

ながれくむ袖さへ花に成りにけり梅ちるやまのたに川の水　（一二四）

と詠む。流れの水をすくおうとしたら川面を覆っている梅の花びらが袖に付着した、袖が花になったと雅に詠いあげている。川面を覆っている梅の花びらが袖に移行するところは、前掲慈円詠の「垣根」から人の存在を感じさせる以上に、人の存在を感じさせる。「梅」らしさは、桜に比して人との接点が多いことにあり、[24] 多田一臣氏は「その香りは衣に薫きしめられた薫物を連想させる性格を揺曳している」と考察している。[25]「梅」を詠むにあたり「袖」を持ち出しているところは、伝統的な「梅」と「袖」の世界を覗かせるものである。「袖さへ花に成りにけり」の趣は、前掲「折りつれば袖こそにほへ梅の花ありとやここに鶯の鳴く」の歌の「にほへ」を寂身が美的表現へと取りなして用いたのと同様の趣が感じられる。「折りつれば」歌の〈匂ふ〉を変奏させ、「梅」故に〈袖が美しいものになった〉と「袖さへ花に成りにけり」の成句を生み出したところは、独創的であるが、「ながれくむ」所作は、一節で挙げた貫之詠の「袖ひちてむすびし水」と同じであり、貫之詠を連想させる。貫之詠の「むすびし水」は〈山の清水〉である。院が、結句「たに川の水」で「澗水」を表現したことは、貫之詠の〈山の清水〉を意識してのことであろう。貫之詠を垣間見させることは、清流に浮かぶ白梅の抒情を自ずと高めるも

のでもある。院の当該歌にもまた、古今集歌が深く根を下ろしている。

拙著『全釈』でも触れたが、「袖さへ＋名詞＋に」の形は、式子内親王詠に「とけてねぬ袖さへ色にいでねとや露ふきむすぶ峰のこがらし」（正治初度百首・二五三）とあり、式子内親王詠の影響の程も無視できない。更に、花弁が物に付着すると言う趣は定家の「しがらみ」の趣に類似する。また、拙著『全釈』の評で指摘したように、「梅ちる山」は、定家詠「雲路ゆく雁《かり》のは風も匂ふらん梅さく山の在明の空」（拾遺愚草・一九六七／風雅和歌集・春上・八三）などに見える「梅さく山」に影響されたものであろう。『拾遺愚草』によると当歌には「建暦二年十二月院よりめされし廿首冬日同詠廿首応製和歌」の詞書があり、それによると、建暦二年（一二一二）の作と知れる。家隆にも「いくさとか月のひかりも匂ふらん梅さく山のみねのはる風」（新勅撰集・春上・四〇／壬二集・二〇五三）がある。慈円に「ねやもよしいとはじ今は朝ぼらけ梅さくさとの春の山風」（拾玉集・四九一八）などもあり、[26]「梅さく＋名詞」のフレーズは当時、定家周辺で好まれた表現であった。院は、慈円や定家達のように古今集歌を根底に新しい世界を展開させようとしているが、表現において、定家を中心に当代歌人の影響を強く受け、そこから抜け出せてはいない。

三　「盧橘子低山雨重」句と和歌

「盧橘子低山雨重」は『白氏文集』所収の「西湖晩帰、廻㆓望孤山寺㆒、贈㆓諸客㆒」詩（巻二〇・一三六一）、

柳湖松島蓮花寺　　柳湖《りうこ》松島《しようたう》の蓮花寺《れんげじ》
晩動帰橈出道場　　晩《ばん》に帰橈《きだう》を動《うご》かして道場《だうぢやう》を出《い》づ
盧橘子低山雨重　　盧橘子《ろきつみ》低《みた》れて山雨《さんう》重《おも》く

栟櫚葉戦水風涼
煙波澹蕩揺空碧
楼殿参差倚夕陽
到岸請君廻首望
蓬莱宮在海中央

栟櫚《へいりよ》葉《は》戦《そよ》ぎて水風《すゐふう》涼《すず》し
煙波《えんぱ》澹蕩《たんたう》空碧《くうへき》を揺《うご》かし
楼殿《ろうでん》参差《しんさ》夕陽《せきよう》に倚《よ》る
岸《きし》に到《いた》りて請《こ》ふ君《きみ》首《かうべ》を廻《めぐ》らして望《のぞ》まん
蓬莱宮《ほうらいきゆう》は海《うみ》の中央《ちゆうおう》に在《あ》り

を原詩とする。頷聯は『千載佳句』（巻上・四時・秋興・一七九）および『和漢朗詠集』（巻上・夏・橘花・一七一）に採録されて有名である。頷聯前句は、「詠五十首和歌」Ⅰでは夏部の三番目に、『文集百首』でも夏部の三番目に採られている。句題のテーマとするところは、山での降りしきった雨を帯びて実を重そうに垂らしている「盧橘」の詩情である。雨水を孕む「盧橘」に対し頷聯後句では、風によって雨水が吹き飛ばされ、涼しげに動く棕櫚の風情が詠まれており、原詩は雨が上がった直後の風趣を詠んでいる。

「盧橘子低山雨重」句を題に、慈円、定家、寂身の三人は次のように詠む。

香をとめてむかしをしのぶ袖なれや花たちばなにすがるあま水　（一九二四・慈円）

むらさめに花たちばなやおもるらんにほひぞおつる山のしづくに　（四二二四・定家・初句「むらさきは」とする伝本もある）(27)

あしびきの山のむら雨いくかへり花たちばなに露をそふらん　（八・寂身）

三者いずれも雨の中の「盧橘」の抒情を詠んでいる。「盧橘」を「花橘」とする理解については、『文集百首全釈』の当句題の語釈でも触れるところであり、拙著『全釈』の語釈でも取りあげたが、補足しながら再度記しておきたい。「盧橘」については、『和歌大辞典』（「盧橘」〈はなたちばな〉の項）が「盧橘は元来夏蜜柑の漢名で橘と混同していらい、この誤用が踏襲された」と記すが、金柑など諸説があり、定かではない。『文選』（巻八）の司馬相如の「上林賦」には「盧橘夏熟」とあり、「応劭曰伊尹書曰箕山之東青鳥之所有二盧橘一夏熟」の注記がある。(28)夏の物であることは確かであろう。

実態はさておき、公任が当佳句を夏部に採録したのは、「橘」の字に強く引かれ、我が国における橘理解に由来したことによろう。橘は、日本列島に野生している唯一のかんきつ類で日本固有種である。ミカン科の蜜柑。初夏に白い花をつけ、その芳香は古代から賞翫され、永遠に続く常緑性が尊ばれた。『万葉集』以来詠まれ、『万葉集』における橘を詠んだ例は七十余りに上る。(29)『万葉集』に、

　　ほととぎす鳴く五月にはあやめ草［花橘《はなたちばな》］を玉に貫き……　（巻三・四二三・山前王）

とあり「花橘」として賞翫された。「花橘」は、橘の雅語。『日本書紀』天智天皇十年（六七一）正月の条の「童《わざ》謡《うた》」にも、

　　［多致播那《たちばな》］は己が枝枝生《な》れれども玉《たま》に貫《ぬ》く時同じ緒に貫く　（歌謡・一二五）

とあり、(30)植物としての橘の実（直径三センチメートルほど）が丸いことから「緒に貫く」と詠まれることがしばしばである。平安朝以後は、その香しい芳香から、

　　さつきまつ花橘の香をかげば昔の人の袖のかぞする　（古今集・一三九・夏・読人不知）

とも詠まれた。また「花橘」は、ほととぎすと取り合わされることが多く、

　　けさきなきいまだ旅なる郭公花橘に宿はからなん　（古今集・一四一・夏・読人不知）

と詠まれるなど、初夏の代表的景物としてその地位を確固たるものにしている。八代集までの「花橘」の詠風は、これらを基本としている。

雨と橘の取り合わせについては、『文集百首全釈』が例歌を挙げるように『万葉集』から見られ、それほど珍しいものではない。同書は、崇徳院（一一一九〜一一六四）御製「五月雨に花橘のかおる夜は月すむ秋もさもあらばあれ」（久安百首・夏・二六／千載集・夏・一七六）を挙げ、特に当御製歌が「橘の香りが雨によって一層漂うと詠み、当該歌に一脈通じる」とするが、[31]当御製歌は雨の降っている状況を詠むものではない。当御製歌は、『古来風体抄』にも採られるなど知名度が高く、当歌の影響を受け、五月雨と橘とを取り合わせた歌は平安末から頻出するのであるが、ここで注意しなければならないのは御製歌が詠む「五月雨」の解釈である。

かつて論者は「「さみだれ」の生成と基層」と題する論[32]の中で古今集撰者時代の「さみだれ」の表現を分析、検討した。結果、「さみだれ」は雨に限定されたものではなく、雨季の時候を表現する言葉として機能している旨が判明した。しかし、時代が下るにつけ「五月雨」の漢字表記が定着すると共に、『能因歌枕』が「さみだれは五月の雨をいふなり[33]」と注記することなどもあって、雨そのものを意味する場合も出てくるようになる。西行の「橘の匂ふ梢にさみだれて山ほととぎすこゑかおるなり」（西行法師集・七五六）は、『残集』によると「雨中郭公」題での作と知れ、「さみだれて」とあるところから雨の降っている状況を詠む。『後拾遺集』入集の相模（九九四年頃〜一〇六一年以降）詠「さみだれの空なつかしくにほふかな花たち花に風や吹くらん」（夏・二一四）は、梅雨晴れの一時期を詠んでいる。[34]慈円の「橘の花のしづくに袖ぬれて雨なつかしき五月雨の空」（拾玉集・二九八四）は、相模の「さみだれの」歌の影響を受けたものである。当慈円詠は、橘に宿った雨の雫に袖が濡れることで、梅雨の雨空を恋しく思っている趣を詠む。ここでの「五月雨の空」は、梅雨時の曇天を言っている。当崇徳院詠は『古今集』の躬恒詠「月夜にはそれとも見えず梅花かをたづねてぞしるべかりける」（春上・四〇）や「春のよの梅花をよめる」と詞書した「春の夜の闇はあやなし梅花色こそみえねかやはかくるる」（同・四一）の趣を踏まえて、梅雨時期の暗い夜を秋の明るい月夜と対比して詠んだもので、雨が降っている状況を詠んだものではない。『古来風体抄』は、当崇徳院詠の「さみだれ」を注記して、「「五月雨」は月のない空」とする。(35)

『文集百首』が詠む三首は、単なる雨の風情を詠むものではない。「山雨重」を表現主体として、降りしきる雨が「廬橘」に宿る量感を詠んでいる。慈円詠は、前掲『古今集』の「さつきまつ」歌の花橘の香りは、昔の香りだと言う古歌の世界を踏まえ、橘は、恋しい人の香を忍ぶ袖なのだなあ、だから古人を恋しく思う涙が、このうに頼みとしてすがりついているのだと「さつきまつ」歌と逆状況を詠み、多くの雨水が宿っている風情を詠んでいる。歌語としての「あま水」の用例は少なく、慈円以前では、『赤染衛門集』に一例（同集・七七）、『清輔集』に一例（同集・四五）見える程度である。(36)ただし『河海抄』が引く「神さびてふるえにたまるあま水のみくさゐるまでいもをみぬかも」は、『奥義抄』（一一二四年から一一五一年の間の成立か）や顕昭の一連の注釈の集大成である『袖中抄』（一一八五年から二、三年の間か）に採られ人口に膾炙したものである。慈円は結語「あま水」に「神さびて」歌の「たまるあま水」を響かせ、「廬橘」に宿る雨水の量感を表現する意図を込めたと思われる。それと共に、雨水は、ぽたぽた垂れるイメージがあるところから「子低れて」も婉曲ながら表現している。本間洋一氏は、慈円の歌において「低」「重」の表現が欠けると言う。(37)しかし、結句に「低」「重」の表現を求めることができる。

定家詠の第三句「おもるらん」の「重る」は、俊成が「杣山の梢におもる雪をれになえぬなげきの身をくだくらん」（新古今集・雑上・一五八二／長秋詠藻・一六一）と詠んだあたりから着目された表現で、当俊成詠は、定家の「待つ人のふもとのみちはたえぬらん軒ばの杉に雪おもるなり」（新古今集・冬・六七二／拾遺愚草・二四六三）と共に「重る」を詠んだ勅撰集初出例である。定家詠に「かぜつらきもとあらのこはぎ袖にみてふけゆく夜半におもる白露」（六百番歌合・六九五）とあり、「重る」は雪や露が重くのしかかっているような状態を言う。定家が当該歌「むらさめに」で詠む「おもるらん」も量の多いことを表現している。村雨は本来晩秋から初冬にかけて急に強く降っては止み、止んでは降る雨を言うが、和歌では一時、激しく降る雨の意で、夏の景物と取り合わされることが多々ある。(38)比較的大粒の雨であるところから、「村雨」を用いることは「重るらん」に対して有効である。橘と村雨の取り合わせとしては『千載集』に「うき雲のいざよふよひの村雨におひ風しるくにほふ橘」（夏・一七三・藤原家基・勅撰集唯一例）とあり、『後鳥羽院御集』に「涙にはこれをからなんほととぎす花たちばなのむら雨の露」（一二二四・建仁元年（一二〇一）作）とある。当該定家詠は村雨の降りかかった橘から落ちる雫を「山のしづく」で表現。句題の「山雨」を詠む。結句の「山のしづくに」の背後には、万葉歌「あしひきの山のしづくに妹まつと我立ち濡れぬ山のしづくに」（巻二・一〇七・大津皇子）がある。当万葉歌は「山のしづくに」を反復することで雫の多さを表現していることから、自ずと「山のしづくに」単独でもそれとなく雨の量感イメージさせる。定家の「山のしづく」摂取は「おもるらん」と合わせ「山雨重」を表現する意図による。当該万葉歌の知名度に反比例して「山のしづくに」は、八代集では二例（拾遺集・別・三四一・読人不知／金二度本・恋下・四八一・藤原顕季）しか見えない。対し、定家には「よもすがら山のしづくに立ちぬれて花のうはぎは露もかはかず」（拾遺愚草・五四六）など当該歌以外に三例を数え、いずれも雨の多さを表現している。

当該歌は、橘から滴る「しづく」が「匂ひ」を含んでいると言うのである。久保田淳著『藤原定家全歌集下』は、ここでの「匂ひ」について芳香のみを指摘するが、(39)芳香と共に花橘の美的風情を兼ね合わせた意も含んでいよう。二節の寂身詠でも触れたが、「匂ひ」とは、そのものの内部から発散される美的な香しさの意味もある。「匂ひ」が落ちると詠んでいるところは、「匂ひ」を、そのものの内部から発散されるものとして捉えているからである。「匂ひ」が「しづく」となって落ちると詠むことは、内在しているものが形象してこぼれ落ちる、つまり、実が垂れることに繋がる。雫が丸いところから「にほひぞおつる山のしづくに」に「子低れて」の趣を包括させている。

寂身は「あしびきの山のむら雨」と詠むことで「山雨」を表現、「いくかへり花たちばなに露をそふらん」と詠むことで繰り返し降る雨を表現し、「花たちばな」に降りかかる雨の量「重」を表現している。雨の雫が落ちては再び宿り、落ちるとする反復動作からは、「子低れり」が表現されていると解釈することができる。本間氏は寂身の当歌を評して、ここでも「露を添える「盧橘」に焦点はあるものの「低」「重」といったこの句題における重要な語に目を向けていない」と言う[40]が、「低」「重」に目を向けていないとは言えない。

「盧橘子低山雨重」句を題とした土御門院の歌、

たが袖の涙とか又しのぶべき花たちばなの雨の下露　（一四三）

は、前掲『古今集』の「さつきまつ」歌を本歌とし、橘に降りかかっている雨を涙と見立てて詠んだものである。一体誰の袖の涙がこんなに降りかかっていると思って再び慕ったらいいのだろうの意。雨の量の多さは「雨の下露」で表現されている。「雨の下露」とは木の下方の「露」。雨がかかった木から雫が滴り落ちる様は下方ほど多い。『古今集』に、

みさぶらひみかさと申せ宮木のこのした露は雨にまされり　（東歌・陸奥歌・一〇九一・読人不知）

とある。結句「雨にまされり」は、降る雨にもまして垂れる量の多さを表現する。院の結句「雨の下露」は、当古今集歌の趣向を踏まえ盛んに降る雨粒を露と取り成し、「山雨重」を詠んでいる。「露」は「涙」に見立てられ、何れも丸いところから「子低れり」をも表現している。

四者とも単に、橘が雨に濡れている風情を詠んでいるのではない。原詩の風景はともあれ、句題から解釈される激しく降る雨に濡れた「盧橘」（＝「花橘」と取り成す）の抒情を詠出している。この点、従来の和歌には見られない世界である。句題として切り出された佳句は独立した芸術空間と見ることが出来る。原詩を離れた佳句による世界である。当句が一句題として採られているのは、この句のみで新鮮な和歌世界を確保し得るからである。院の詠作は、古歌を踏まえ、雅に仕立てられているが、拙著『全釈』の当句題の評でも指摘したように、慈円詠「たが袖の涙なるらんふるさとの花橘に露のこぼるる」（拾玉集・三七九二／続古今集・夏・二五一・結句「露ぞこぼるる」）の世界からそれ程抜け出るものではない。

四　「寒流帯月澄如鏡」句と和歌

句題「寒流帯月澄如鏡」は、『白氏文集』所収の「江楼宴別」詩（巻一六・九一三）から採られた句である。「詠五十首和歌」Ｉでは、冬部の三番目に、『文集百首』では冬部の二番目に採られている。原詩は、

楼中別曲催離酌　　楼中《ろうちう》の別曲《べつきよく》離酌《りしやく》を催《もよほ》し
灯下紅裙間緑袍　　灯下《とうか》の紅裙緑袍《こうくんりよくほう》に間《まじは》る
縹緲楚風羅綺薄　　縹緲《へうべう》たる楚風《そふう》羅綺《らき》薄《うす》く
錚摐越調管絃高　　錚摐《さうさう》たる越調管絃《ゑつてうかんげん》高《たか》し
寒流帯月澄如鏡　　寒流《かんりう》月《つき》を帯《お》びて澄《す》めること鏡《かがみ》の如《ごと》く
夕吹和霜利似刀　　夕吹《せきすい》霜《しも》に和《わ》して利《と》きこと刀《かたな》に似《に》たり
樽酒未空歓未尽　　樽酒《そんしゆ》未《いま》だ空《むな》しからず歓《くわん》も未《いま》だ尽《つ》きず

舞腰歌袖莫辞労　舞《ぶ》腰《えう》歌《か》袖《しう》労《らう》を辞《じ》する莫《なか》れ

と中国最長の大河・長江の畔の楼での送別の宴を詠む。室内の暖かな宴の席とは対照的に、外は寒気厳しい長江の流れが横たわる。頸聯は、その寒気身を切る流れに映る月の風情を格調高く詠いあげている。当聯は『千載佳句』（巻上・四時部・冬夜・二二四）および『和漢朗詠集』（巻上・冬・歳暮・三五九）に採録されており、これも有名句である。冬の江流は月光を帯びて白く輝き研ぎ澄ました鏡のようだと詠む頸聯前句「寒流帯月澄如鏡」は、これだけで独自の世界を形成するのに十分なものがある。詩語「寒流」は冬の川（一般に、大きいのを「河」、小さいのを「川」とする認識があるが混同もあり、「川」で統一した）、冷たい川の流れの意で、氷った川の意ではない。梁の朱超に「陰凝変㆓遠色㆒。落葉泛㆓寒流㆒」（梁詩巻二十七・別劉孝先詩）とあり、六朝詩以来の詩語である。斉の謝眺、梁の沈約、何遜の詩などにも見え[41]、唐代にわたっても見える。ただし、『白氏文集』では「江楼宴別」詩以外には見えない。当「寒流帯月澄如鏡」句のテーマは、寒気厳しい川の詩情である。

「寒流帯月澄如鏡」句を題に、慈円と定家は、次のように詠む（当句題による寂身詠は確認されない）。

月故に水はかがみと成にけり木のはがくれをはらふ浪まに
（一九四八・慈円・初句「月故そ」、第三句「なりにける」の本文もある[42]）

山水にさへゆく月のますかがみこほらずとてもながるとも見ず
（四四八・定家）

冬は空気が澄明で月は冷え冷えと澄み輝く。こうした情趣は和歌世界で「月冴ゆ」として捉えられ、その風情は「あまの原空さへさえに渡るらん氷と見ゆる冬の夜の月」（拾遺集・冬・二四二・恵慶法師）などと詠まれた。和歌世界では、『古今集』以来、月を氷に見立る傾向があり、平安末以降その傾向は、加速している[43]。

慈円詠の上の句は、『古今集』の、

大空の月の光しきよければ影みし水ぞまづこほりける　（冬・三一六・読人不知）

を踏まえて、〈大空の月光が冷え冷えと冴え氷のように冷たいので〉、そうした「月」が照らす夜は、月光の冷たさ故に「水」は氷ってしまうと詠む意を圧縮し「月故に水はかがみと成にけり」と詠んでいる。(44) つまり、「寒流帯月」で、〈氷る〉現象を呈するものだと言うことになる。慈円は、句題を大きく和歌に引きつけ、寒冷な趣を表現しようとする。第三句の「けり」は、厳しい寒気をはっきり見せつけられた強い感慨である。第四句に見える「木のはがくれ」は木の葉隠れ。「木の葉隠れ」は茂っている木の葉に隠れて見えないこと。『文集百首全釈』当該歌の語釈で、歌語「木の葉隠れ」の例歌として万葉歌、

奥山の木の葉隠れに行く水の音聞きしより常わすられず　（巻一一・二七三〇・作者未詳）

を挙げているが、当万葉歌と当該慈円詠との関連については触れていない。卑見を加えるなら、慈円は当万葉歌を念頭に「木の葉隠れ」を用いたと見られる。慈円が「木の葉隠れ」を用いているのは、「奥山の木の葉隠れに行く水」を想起させ、山の清流をイメージさせるところに狙いがある。題中の「澄」を意識して、山の澄んだ川をそれとなく暗示している。山中の川の流れは、平地よりも冷たい。山中の流れを詠み、それが氷り、鏡の作用を成すと詠むことで句題が醸す寒冷な世界をより深く表現しようとしている。当万葉歌は「木の葉隠れに行く水」が音を立てて流れている様を詠む。慈円は「木のはがくれ」の「かくれ」に、川の水面下の隠れて見えない部分を幻視、加えて「隠れに行く水の音」の「音」をもよび覚し、流れる川を詠む。氷った流れの表面とその下とを対比させて詠んだ先行例に、『古今集』の「冬河のうへはこほれる我なれやしたにながれてこひわたるらむ」（恋二・五九一・宗丘大頼）がある。

慈円は「木の葉隠れ」を用い万葉歌「奥山の」を想起し、山間部を流れる川の流れの音までをも意識、『古今

集』の「冬河のうへはこほれる」「したにながれて」と共鳴させながら、句題の冷たい冬の流れとしての「寒流」を詠むと言うきわめて高尚な手法を用いている。「木の葉隠れを払ふ」は、冬枯れのためすっかり木の葉がなくなっている状態を言い、寒気の景を深めている。「木の葉隠れをはらふ」は、当慈円詠のみに見られ、「木の葉隠れ」については、当該歌を含み慈円に三例ある旨を『文集百首全釈』は指摘している(45)。

定家も句題の「寒流」を山間の風景として表現し、寒冷な詩情へと誘っている。「山水」は、一節でも触れたが、冷ややかな抒情を伴う歌語である。『山家集』に「氷留山水」題が見え、「いはまゆく木の葉わけこし山水をつゆもらさぬは氷なりけり」(五五四)とある。定家は「寒流」に対応する歌語として「山水」を選択している。慈円のところで述べたように和歌世界の冬の月は〈氷〉と見立てられがちで、西行詠にも「月さゆるあかしのせとに風ふけばこほりのうへにたゝむ白波」(山家心中集・五六)とある。冷たい冬の月が明石海峡を照らし、風が吹くと、月の冷ややかさは増し、白波は氷のような月光の上に折り重なるかのようだと詠んでおり、月の冷感は当該定家詠の月の冷たさと同質のものであろう。当該定家詠は、「ますかがみ」の「ます」に「増す」を掛け、ますますの寒冷の深化を表現、川に映える氷のような月光ではあるが、それ故に、川が氷るわけではない、しかし、流れているようでもない、と氷る寸前の寒冷な趣を詠出。それは、詩語「寒流」の極限の世界である。「こほらずとてもながるとも」は定家独自表現。「ますかがみ」は「ますみ(真澄)の鏡」が縮まったもの。漢字で表記すると「真澄鏡」となるところから、定家は句題中の「澄」を意識して「ますかがみ」を用い、水面をきらきら輝く「鏡」として表現している。ちなみに挙げると「寒流帯月澄如鏡」句を詠む大江匡房詠は、

こほりわけ流れにすめる月かげはたまくしげなる鏡とぞみる　(江帥集・三八五)

と詠む。詞書に「さむきながれ、月をおもひて、すめること鏡のごとし」とあるように、「流れ」に月が映りき

らきらしている様子は鏡のようだと詠んでいる。

『堀河百首』冬部に「凍」題が登場するまでは、川が氷る趣にそれ程の関心が払われてはいない。同冬部に、「ほそ谷川ぞ先氷りける」（九九六・源師頼）・「氷とぢたる山川の水」（九九七・藤原顕季）・「山川は氷りにけらし」（一〇〇二・藤原顕仲）など山間部の川の流れの結氷を詠む歌が多出。しかし、川が氷ってその表面が鏡のようだと詠む趣向は、「谷川結氷といへることをよめる」として、「谷川のよどみにむすぶこほりこそ見る人もなき鏡なりけれ」（金葉集二度本・冬・二七二・源有仁）が見られる程度で少ない。久寿二年（一一五五）の『大嘗会悠紀主基和歌』に「並賀川氷結似鏡」題が見え、「浪加川　多江勢奴淵乃　氷古曽　千世乃　影見留　鏡奈利計礼」（六二二）とあるのは貴重な例である。

土御門院は「寒流帯月澄如鏡」句を次のように詠む。

いほさきのすみだかはらの川風に氷の鏡みがく月かげ　（一五八）

「いほさきのすみだかはら」は『万葉集』に見られるが、所在は、はっきりしていない。[46]『新勅撰集』に「まつち山ゆふこえゆきていほさきのすみだ河原にひとりかもねむ」（羇旅・五〇一・弁基／万葉集・巻三・二九八）とあるのが「いほさきのすみだかはら」の勅撰集初出である。「いほさきのすみだかはら」は『正治初度百首』『建保内裏名所百首』などで詠まれ、当時知られた地名であった。院が「いほさきのすみだかはら」と詠んだのは、万葉以来の地名を用い、我が国の風土の中に新しい世界を展開させようとした、つまり、一節の「春風春水一時来」句の箇所で述べた慈円の歌枕摂取と共通した意識の下になされたものと解される面もあるが、「すみだかはらの川風」の句続きを望んだことが第一の理由として挙げられよう。

「川風」は新古今歌人に好まれた歌語で、極めて冷たい感覚を呼び覚ます。定家詠に「ゆく人のおもひかねたる道のべをいたくな吹きそ冬の川かぜ」（拾遺愚草員外・五五八）とある。『和漢朗詠集』（巻上・冬部・冬夜・三五八）に採られた貫之詠、

おもひかねいもがりゆけば冬の夜の河風さむみ千鳥なくなり　（拾遺集・冬・二二四）

は、寒冷な抒情を詠った秀歌である。当歌を呪文のように唱えると暑気も吹きとぶ意の話が『無名抄』に見える。(47)当代人の冷感をかき立てる「川風」の摂取は、貫之詠を間違いなく想起させる。寒冷な情趣は視覚や聴覚に訴え難く、表現が難しい。院は貫之詠を想起させる「川風」を用い、〈冬の夜の川風〉によって川が氷った風情を詠んでいる。風が寒気を増す例は、前掲西行詠「月さゆる」歌が詠むところでもある。院が詠む「氷の鏡」は氷った川の表面。「みがく月かげ」（磨く月影）は川の氷上に月光が磨く作用をするかの如く光を投げかけている様である。月光の澄んだ輝きを表現しており、句題の「澄」を詠む。

『拾遺集』入集の藤原元輔詠、

冬の夜の池の氷のさやけきは月の光のみがくなりけり　（冬・二四〇）

は、「川」ではなく「池」を対象としているが、氷った水面に月光がきらきら輝く様を研ぎ澄まされた鏡のようだと詠んでおり、院の当該歌と趣向を同じくする。院の「氷の鏡みがく月かげ」の表現には、当元輔詠の影響がうかがえるが、院の歌は、句題のテーマとする寒冷な趣に関しては、慈円・定家以上のものがある。前述したように、和歌における「月かげ」（月光）は、氷に見立てられることが一般的な傾向であるところから、氷った川面に投げかけられる月光は、氷の抒情を深化させる。院の歌は加えて「川風」を作用させることで、冷感きわまりない小宇宙を形成している。院の歌は具体的地名を用い、定家が歌の上手として心がけるべき者として挙げている貫之（後述参照）の歌を幻視させ、句題の詩情を見事に高めた。院が「寒流」を表現するにあたり、凍結し

た「流れ」として表現したのは、前述した慈円の句題解釈と同じで、「寒流」が〈月を帯びている〉ことから、〈氷った〉と見なしてのことである。句題は完全に和歌世界に還元されている。

おわりに

以上、院の句題と『文集百首』の句題、四句題の句題和歌の比較にすぎないが、おおむねの傾向は摑めたように思う。慈円、定家、寂身の三者（時には二人）それぞれが句題を詠んだ和歌は、句題を見据え実に精巧な細工物のような出来栄えを示している。

佐佐木幸綱氏は「題詠とは何か」において、(48) 定家の『詠歌大概』の記述、「常観二念古歌之景気一可レ染レ心」の箇所を示し、「題」を得て「思ひとくべき」大切な一つはこれだと指摘する。そして「「題」の向こうに「古歌」を思い、「題」の奥底に「古歌之景気」を浮かび立たせる。「仏に向ひて賛嘆すがごと」く「題」に向かうことでそれを可能にするのである」と解説している。定家は『詠歌大概』で特に見習うべき具体例として「殊可二見習一者古今・伊勢物語・後撰・拾遺・三十六人集之殊上手歌可レ懸レ心」と述べ、人麻呂、貫之、忠岑、伊勢、小町の名を挙げている。(49) 更に『詠歌大概』は、「白氏文集第一第二帙常可二握翫一」と述べ、それは「深通二和歌之心一」としている。この下りの内容は『毎月抄』も記すところである。(50)

このように、定家が「古歌」を追い求める理由について、佐佐木氏は以下のように解説している。長文になるが、正確を期して引用する。(51)

手本としての古歌という、単純明快な理由もあった。が、それだけではない歌の根源の問題として「古歌」が意識されていたにちがいなかった。つまり、歌の根拠は「古」にあったと考えられていた。そのことと密接に関連していよう。……歌論史における中心テーマが「心・詞」の問題と「心・新」の問題であったのはなぜか。たぶん答えは明快であって、「古」に、歌を歌らしめる根拠があったと考えられていたからにちがいなかった。……歌人は「古」にひたり、「古」にそまりつつ、おのれの「新」を見付けるところに作歌の喜びを見出したのである。

「題詠」が、短歌史の全体をおおうほど重要視された第一の理由は、「題」を通して「古」にそまり、「新」を見る装置であったからなのである。

この論は絵画についても展開されており、佐佐木氏は当章段の最後を「「題詠」によって「古歌」を招き寄せ、そのことによって私性を振り払うという実際的な効用も「題詠」にはあった。踏襲とは、「私」を超克するための階梯でもあったのだ」の卓見で結んでいる。

本論で考察した一連の慈円や定家らの作歌姿勢は、正に右の佐佐木氏の論を論証するものである。句題和歌を詠むにあたり、根底に古今集歌を置き、あるいは、古今集歌の面影を漂わせ、具体的な詞表現においては、新鮮な歌語を採用、和歌の伝統から抜け出した着想の下に、全体としては最新の文学的感動を誘発している。院はこうした定家達の「題詠」の手法を極めて忠実に学ぼうと心がけている。それ故であろうか、院の句題和歌を通して見ると、題詠歌としてそれなりの評価に堪え得る出来栄えになっている。句題がもたらす詩的空間を受容するにあたり、その根幹に古歌を据え、院自身の感性が選択させる歌語は当代の好尚にかなうもであり、品格ある作品に仕立てられている。特に四節で述べた「寒流帯月澄如鏡」句に関しての詠出は、定家らの詠作を上回る感を深くするが、個々に用いている歌語や着想の趣を吟味すると、独創性に欠ける点が目に付く。全体に「新」の部分が不足している。ここで、当代一流の歌人達と比較して、院の技量の程を云々するものでは決してない。院の詠作姿勢を確認し、『文集百首』と院との関わりを見ようとするものである。

「白片落梅浮澗水」句の場合、慈円と定家は「雪」の風情を詠み込んでいるが、院は「雪」を詠んではいない。「寒流帯月澄如鏡」句の場合も、慈円と定家は場所を特定しない山間の流れを詠んでいるが、院は具体的な地名を織り込み、二人の歌には見られない体感的寒さを増す「風」を詠むなど、大幅に趣向を異にしている。このことは、院が『文集百首』を大いに意識していたことの証しになろう。院は「詠五十首和歌」Ⅰの制作にあたって、先行作品である『文集百首』をテキスト視し、学びつつ、和歌それぞれの表現素材が類似しないよう心がけたのではなかろうか。院は有形無形に『文集百首』から刺激を受け、当代歌学を学び取ろうと努め、辺境の土佐で、句題和歌制作に没頭したのである。

前述した、佐佐木氏が言う「題詠」とは、「私性を振り払うという実際的な効用」もあったとの指摘は、院においてこそ言えるのではなかろうか。佐佐木氏が述べる「私性を振り払う」とはニュアンスを異にするきらいがあるが、院においての「題詠」は、「私性を振り払う」以外のなにものでもなかった。院がもし、自己の感情のままに只作歌したら、それは、愚痴の羅列のようになってしまったであろう。「詠五十首和歌」Ⅰ・Ⅱを通しての句題選択において、自己の感傷的な感情を反映させたかのような印象を受けるものもあるが、院は「題詠」という世界に身を置くことで、自己の悲哀感を払拭し、精神的な現状離脱を図ることを可能にしている。『文集百首』は、そうした院の有り様に大きな役割を演じたのである。

注

（1）　拙著『古今的表現の成立と展開』（第三章第四節『土御門院御集』における「詠五十首和歌」）和泉書院、二〇〇八年。

拙著『土御門院句題和歌全釈』（解説）風間書房、二〇一二年。
（2）「詠五十首和歌」Ⅰの成立について、佐藤恒雄氏は「貞応元年正月二十四日以降、十二月三日以前」とする（同著『藤原定家研究』第五章第二節、風間書房、二〇〇一年、六一頁）。
（3）注（1）に同じ。
（4）長谷完治「文集百首の研究（上）」（『梅花女子大学文学部紀要』第一一号、一九七四年）。赤羽淑「定家の文集百首上」（『ノートルダム清心女子大学紀要』国語・国文学編・第一一巻第一号、一九八七年）。注（2）の佐藤著に同じ。文集百首研究会著『文集百首全釈』（解説）風間書房、二〇〇七年。
（5）注（2）佐藤著に同じ。
（6）注（4）長谷論文に同じ。
（7）長谷完治「文集百首の研究（下）」（『梅花女子大学文学部紀要』第一二号、一九七五年）。
（8）詩の第一句に「三月三十日春帰日復暮」とある。
（9）和歌文学大系『拾玉集　上』（脚注）、注（4）『文集百首全釈』【一】は、当国房詠を参考歌とする。
（10）赤羽淑「定家の文集百首　中」（『ノートルダム清心女子大学紀要』国語・国文学編・第一三巻第一号、一九八九年）。
（11）「もとの心」については注（4）『文集百首全釈』【一】が詳説している（一七～一八頁）。【語釈】（「もとの心」の項）で「いにしへの」歌を挙げるが、定家の歌との関係での考察はない。
（12）注（4）『文集百首全釈』【一】は本歌とする。
（13）拙著『土御門院句題和歌全釈』（「詠五十首和歌」Ⅰ・【一】）で詳説している。
（14）『白氏文集』には「春至」詩以外に「寺闇煙埋竹　林香雨落梅」（留題天竺霊隠両寺詩・巻五三・二三五四）とある。
（15）『後拾遺集』には「水辺梅花」の題も見られるなど、この辺りから従来匂いに終始していた「梅」の歌が詠作土壌を大幅に拡大していった。
（16）けさみれば春きにけらしわがやどのかきねの梅に鶯の鳴く（道済集・一三九）
（17）片桐洋一著『歌枕歌ことば辞典　増訂版』（「梅」の項）笠間書院、一九九九年。多田一臣「万葉集と古今集――梅と菊の歌をめぐって――」（増田繁夫ほか編『古今和歌集研究集成』第一巻、風間書房、二〇〇四年）。
(18) 山里はかきねの梅のにほひきてやがて春ある埋火の本（壬二集・四六九）。
(19) 『文集百首全釈』【語釈】は、「当該歌の「垣根の梅」という表現が、同句の「城牆」の影響を受けた表現とは考え難い」（二七頁）とする。
(20) 『和漢朗詠集』（巻上・春・梅・八八・九〇など）。
(21) 小山順子「藤原俊成「月冴ゆる」の表現と漢詩」（『国語国文』第七一巻第一二号、二〇〇二年）に、俊成の志向として「単純に白色のものを詠むのではなく、白色の題材を複数組み合わせることで、白色美を強調する方法である」と指摘する。だとすれば、当該定家詠における手法は、俊成に学んだものであろう。
(22) 梅を柵に見立てる趣向は、管見に入る限りでは、継承されていない。
(23) 『栄花物語』（巻第一八・たまのうてな）に「黄金の仏器並め据へさせ給うて、瑠璃の壺に唐撫子・桔梗などをさゝせ給うへり。匂《にほひ》いろ〳〵に見えてめでたし」（日本古典文学大系『栄花物語　下』、岩波書店、八五頁）。
(24) 渡部泰明「藤原定家の方法」（『文学』第一二巻一号、二〇一一年）。
(25) 注(17)多田論文に同じ。
(26) 青蓮院蔵本は第四句「梅さくやと」の「や」を見せ消ちで、「さ」と傍記する。
(27) 東京大学文学部国文学研究室本・宮内庁書陵部蔵本正徹奥書本など。
(28) 芸文印書館『文選』（一二九頁）。
(29) 山元有美子「万葉的橘と古今的橘」（王朝文学協会編『王朝――遠藤嘉基博士古稀記念論叢』洛文社、一九七四年）五七頁。
(30) 日本古典文学大系『日本書紀　下』（岩波書店、一九六五年）三七六頁。
(31) 注(4)『文集百首全釈』に同じ（九〇〜九一頁）。
(32) 注(1)拙著（第二章第三節）。
(33) 佐佐木信綱編『日本歌学大系』第一巻（能因歌枕・広本）風間書房、一九五八年、七九頁。

（34）日本古典文学全集『古来風体抄』（底本・宮内庁書陵部蔵本〔四〇五・一二〇〕）採録の当該相模歌の初句は「五月闇」となっている（四二三頁）。
（35）注（34）『古来風体抄』に同じ（四五八頁）。
（36）『文集百首全釈』にも指摘がある。
（37）本間洋一「句題和歌の世界」（和歌文学会編『論集〈題〉の和歌空間』笠間書院、一九九二年）。
（38）こころをぞつくしはてつるほととぎすほのめくよひの村雨の空（千載集・夏・一六七・藤原長方）
（39）久保田淳著『藤原定家全歌集　下』（河出書房新社、一九八六年）六九頁。
（40）注（37）に同じ。
（41）「邑里向踈蕉　寒流自清泚」（始出尚書省詩・謝朓）、「霜結暮草　風巻寒流」（贈沈録事江水曹二大使詩五章詩・沈約）、「疎樹翻高葉　寒流聚細文」（九日侍宴楽遊苑詩為西封侯作詩・何遜）。
（42）宮内庁書陵部蔵御所本（五〇一・五一一）、陽明文庫本など。
（43）丹羽博之「月氷攷――「影見し水ぞまづ氷りける」の展開」（藤岡忠春編『古今和歌集連環』和泉書院、一九八九年）。
（44）「大空の月の光しきよければ影みし水ぞまづこほりける」（冬・三一六・読人不知）の解釈には諸説あるが、本論では、新日本古典文学大系『古今和歌集』（小島憲之ほか校注）の解釈に従った。丹羽博之氏は、注（43）論文で、『古今集』諸注の見解を紹介。丹羽氏の意見としては、以下の見解を述べる。「そもそも、氷は水際から凍り始めるものであり、池の真ん中から凍り始めることはない。一方月影が映る水面といえば、普通は、池、川などの水面の真ん中が一般的であり、少なくとも、岸と接した水際に宿る月が宿るというのはいささか不自然であろう。そうだとすれば、「月影を宿した池の水面が先ず凍った」というのは、空想の世界、文学的虚構と考えるほうが良いのではないだろうか」と述べた後、実景ではないとする諸注の例を挙げ、「実景と見ないほうが良いように思える」と再確認している（四九～五〇頁）。
（45）『文集百首全釈』（【四二】）二〇一頁。
（46）「すみだ河原」は和歌山県橋本市隅田町を流れる紀ノ川の河原。「いほさき」については「隅田町辺りの総称か」（新編日本古典文学全集『万葉集1』地名一覧、小学館、一九九四年）。

(47)「この歌ばかり面影あるたぐひなし。「六月二六日寛算が日も、是を詠ずれば寒くなる」とぞ或人申し侍し」(日本古典文学大系『歌論集　能楽論集』無名抄〔岩波書店、一九六一年〕九〇頁)。
(48) 注(37)『論集〈題〉の和歌空間』に同じ(七頁)。
(49) 注(47)『歌論集　能楽論集』に同じ(詠歌大概、一一五頁)。
(50) 注(47)に同じ(毎月抄、一三七頁)。
(51) 注(37)『論集〈題〉の和歌空間』に同じ(七〜八頁)。

〈補足〉橘に関することは、『花みくり』(源氏物語植物保存会編、二〇一一年)に掲載されている秋田徹氏(農学博士)の「ミカンの話あれこれ」が詳細で、意を尽くしており参考にした。

後世における『沙石集』受容の在り方と意義――「思潮」としての『沙石集』――

加美甲多

はじめに

『沙石集』は多数の伝本が現存しており、現段階において『沙石集』は約二十三種類の写本、約十二種類の刊本が存在する。(1) また、『沙石集』が成立した鎌倉期以後の室町期から江戸期にかけて、『沙石集』の抜書本・改編本、さらには『沙石集』が影響を与えたと考えられる多数の後世作品が創出された。これらの『沙石集』の抜書本・改編本、関連作品の存在は『沙石集』という素材が時代を下ってからも大いに受け入れられていたことを示す一つの事例である。同時に、これは他の説話集には認められない新しい試みが『沙石集』には多く指摘できることと無関係ではない。たとえば、『沙石集』には教義や教説をわかりやすく示すために笑いの要素がちりばめられている。そういった点で他の説話集とは一線を画す作品が『沙石集』であり、後世において『沙石集』が盛んに受容されたことは無住の思想や説話の方法が鮮度を失うことなく、一種の特異な「光」を放ち続けていたことを示すものであると言える。

後世において、『沙石集』の編者である無住の著作のすべてが『沙石集』のように受容されていたわけではない。たとえば、『聖財集』は東北大学付属図書館蔵狩野文庫本・天理大学付属天理図書館蔵本・東寺観智院蔵本の三種の写本と、寛永二十年本（一六四三）、刊年不明本の二種の刊本（整版本）を数えるにとどまる。無住の最晩年の著作である『雑談集』も刊本（整版本）の寛永二十一年本（一六四四）、延宝七年本（一六七九）、刊年不明本、明治十五年本（一八八二）が残るのみである。もちろん、現在に伝わっていない伝本が存在する可能性はあるが、その可能性を含めても明らかに『沙石集』への注目度は高かったのである。それは『聖財集』や『雑談集』には後世の抜書本・改編本が現段階においてほとんど認められないことからもわかる。他の無住の著作と比して、『沙石集』には極めて多くの受容があったと考えられる。この後世における『沙石集』受容の流れの中に、『沙石集』伝本の改編作業の一端を重ね合わせることは可能であると論者は考える。特に石川武美記念図書館（旧お茶の水図書館）成簣堂文庫蔵梵舜本『沙石集』（以下、梵舜本）のような異質な本文を有する伝本の生成の場とつながりを持つ可能性は大いにある。(2)

では、なぜ『沙石集』が後世において特に受け入れられることになったのであろうか。当然ながら、その要因は一つではないであろう。様々な要因が重なることで後世における『沙石集』受容につながっていったと考えられる。本論では、その『沙石集』受容を見ていく中で、『沙石集』受容の在り方と意義について探っていきたい。この問題は『沙石集』という作品自体の特質のみならず、室町期以降の説話もしくは説話的要素が担った時代的役割を考える上で非常に重要である。

最初に、これまでの『沙石集』の研究史等を踏まえ、『沙石集』の抜書本・改編本、関連作品の範疇に入る作品を挙げる。

抜書本・改編本では神宮文庫蔵『金撰集』(以下、『金撰集』)、大谷大学図書館蔵『扶説鈔』(以下、『扶説鈔』)、神宮文庫蔵『金玉集』(以下、『金玉集』)、満性寺蔵抄本『沙石集』〈内題「見聞聚因抄第四」〉(以下、『満性寺抄本』)、国立公文書館内閣文庫蔵『金玉要集』(以下、『金玉要集』)、永青文庫蔵『砂石集抜要』(以下、『抜要』)、仙台市民図書館蔵『沙石集抜書』(以下、『仙台抜書』)等が存在する。(3)

関連作品では『沙石集』と四十条以上の類話を有する日光天海蔵『直談因縁集』(以下、『直談因縁集』)、全八十一条のうち十六条が『沙石集』巻第一および巻第五の本文を抄出、要約したと考えられる真福寺蔵『類聚既験抄〈神祇一〇〉』(以下、『既験抄』)がある。また、江戸期に目を向けても『沙石集』は盛んに受け入れられ、関連作品が目立つ。笑話集的要素を多分に有する『醒睡笑』、近世期の仏教説話集と言える『観音冥応集』等には単なる類話関係の枠を超えた『沙石集』との結びつきが認められる。その他、『沙石集』の名称を継承した『新撰沙石集』や『続沙石集』(うち『新撰沙石集』は『沙石集』の名称のみを継承)等が存在する。さらに狂言や落語といった芸能等との関係性も浅くはない。(4)

本論において、すべての『沙石集』の抜書本・改編本、関連作品の受容の在り方を見ていくことは不可能であるが、一つの可能性を含めた見通しを提示したい。すでに『沙石集』と後世作品との関連性について考察された論文は存在するが、それらを参考にしながらも『沙石集』享受史に新しい視点を見出すことが本論の目的である。具体的には、『沙石集』と後世作品との本文比較から、『沙石集』がどのように受容されていたのかについて見ていく。それにより、『沙石集』受容の在り方と意義を探る一つの手掛かりとしたい。

一 『沙石集』の抜書本・改編本の研究史

次に、これまでの『沙石集』の抜書本・改編本に対する研究史を見ていくが、第一に『沙石集』の抜書本・改編本の全体像に関しては千本英史の論文があり、奥書や識語等の基本的な事項に関しては土屋有里子の詳細な報告がある。(5)

『金撰集』は写本一本が現存している。現存本の書写年代は十六世紀後半頃とされ、九一丁、冊子本一冊。第一巻五十三種、第二巻四十三種、第四巻五十種（第三巻欠）の説話や教説が『沙石集』から採られている。美濃部重克に「禅宗的性格をもったものが多い」という指摘がある。(6)美濃部には『金撰集』と『沙石集』（貞享三年本、梵舜本、米沢本）との類似一覧表（近似度A～D）の報告や、説話末尾に「禅和子云……」等の二字下げに組んだ文が多数存在することから「臨済宗の僧によるものか」という指摘があり、原本の成立を十四世紀後半頃と推測されている。(7)また、西尾光一には「幾人かの書写者、改変者の手が加わって」いるという指摘や『金撰集』と『沙石集』巻第四ノ一の本文比較から「『沙石集』から切出された説話評論が（三五話は別として）、評論として各説話ごとに切りつめられているところに、『金撰集』編者の改編の手腕を見ねばならぬが、論理の意義の不明なものも存する」という指摘がある。(9)しかし、近年における『金撰集』の考察はほとんど認められない現状である。

『扶説鈔』は写本一本が現存している。成立は十五世紀後半頃で、九〇丁、巻第二のみ一冊が現存の零本であり、近世初期に書写された。全二十四条で、後半部分は『沙石集』巻第二から採録され、全体で十一条が『沙石集』と類似している。これも小峯和明の考察が残るのみである。(10)

『金玉集』は写本一本が現存している。現存本の書写年代は慶長七年（一六〇二）とされ、六五丁、二巻一冊（上下）。全四十八種の説話や教説が『沙石集』から採られている。流布本系統の『沙石集』本文に近いが、古本系統の『沙石集』本文も認められる。安田孝子と奥村啓子[11]、下西忠[12]の考察以後、新たな見解は提示されていない。

『満性寺抄本』は写本一本が現存している。永正四年（一五〇七）、舜禎が書写したとされる。巻第四のみ一冊五二丁が現存の零本で、三十六種の説話が残る。浄土真宗高田派の満性寺に所蔵され、『沙石集』の古本系統と流布本系統が混在する形で本文が採られている。渡邉信和の「編者舜禎のみた『沙石集』が現存諸本とは異なる本文を持っていたと思われる」という指摘や織田顕信の「室町中頃にはいくつかの抄出本が流布していた状況の一端を示す」という指摘があり[13]、室町期の『沙石集』の享受について触れられている点で興味深い。しかし、これも以後の考察は見られない。

『金玉要集』は写本一本が現存している。現存本は室町末頃の書写の可能性がある。四冊一九六丁、九十四話が存在する。『沙石集』の抜書本・改編本の中で、『金玉要集』に関する考察は近年においても盛んであると言える。たとえば、廣田哲通と近本謙介の「安居院の唱導と密接に関わる金玉句を類聚して編まれたとおぼしい」、近本謙介の「『金玉要集』の用いた『沙石集』は、梵舜本の形態に近いものであったと推測されるのである」、山崎淳の「『金玉要集』と梵舜本が近似すると認められる箇所は多く存在する」「全てが重なるわけではないので、梵舜本を直接の典拠として特定はできないものの、これらの事例は、『金玉要集』が基にした『沙石集』の本文を考える上で貴重である」という指摘がある[14]。梵舜本の本文が『金玉要集』の本文に近いという指摘は、『沙石集』諸本を考察する上で大変興味深い。

『抜要』は写本一本が現存している。文禄五年（一五九六）書写で、奥書のみ細川幽斎自筆本である。一冊、三六種の説話が残る。『沙石集』諸本の中で慶長十年古活字本『沙石集』（以下、慶長十年〔一六〇五〕本）に近い本文を持つ。徳永圭紀による考察[15]以後の新たな論は認められない。

『仙台抜書』は写本一本が現存している。享和二年（一八〇二）に円乗坊で照寛が書写したとされる。一冊六四丁、一一六種が存在する。『沙石集』諸本の中では流布本系統に近い本文を有する。これも上野陽子による考察が存在するのみである。[16]

その他、南英長能抄出本『沙石集』（写本）、広島大学中央図書館蔵『沙石集覚書』（写本）、大正大学・東洋大学各所蔵『沙石集略抄』（刊本）等に至ってはまったく考察が認められない。

関連作品では、たとえば『直談因縁集』には阿部泰郎・小林直樹・田中貴子・近本謙介・廣田哲通による翻刻、解題、索引、類話一覧表がある。[17]『既験抄』には阿部泰郎や川崎剛志による考察がある。[18]

以上のように、『金玉要集』を除けば、『沙石集』の抜書本・改編本に対する研究は必ずしも進んでいるとは言えない現状がある。特に、それぞれの本文に関する考察に至ってはほとんど研究が進んでいないと言える。しかし、『沙石集』の各伝本、さらには室町期から江戸期にかけての『沙石集』の享受について考察を加える時、この『沙石集』の抜書本・改編本の存在は大きな鍵となる。特に十五世紀後半から十七世紀頃にかけての『沙石集』受容の在り方は中世期を貫く一つの潮流を示す可能性を有している。そこで、ここから具体的な本文を挙げながら、『沙石集』と『沙石集』の抜書本・改編本との比較を行いたい。

二　『金撰集』

（1）『沙石集』巻第三ノ二との本文比較

本論においては、第一に『金撰集』について考えたい。『金撰集』は全四巻のうち、巻第三を欠本とするが、現存全三巻においても『沙石集』から一五〇種近くの説話や教説が採られ、『沙石集』に見出せない箇所は七種にとどまる。また、『金撰集』は各話の末尾の多くに和歌が認められることが特徴的な点として挙げられる。その中で、まずは『沙石集』巻第三ノ二「問注ニ我ト劣タル人事」における「人ノ婿」の説話と『金撰集』巻第二ノ六を見ていく。次に『沙石集』の本文と、『金撰集』の本文を挙げる。(19)

百喩経云、昔シヲロカナル俗アリテ、人ノ聟ニナリテ往ヌ。サマ〴〵モテナシケレドモ、ナマコザカシクヨシバミテ、イ物モクワデ、ウヘテヲボヘケルマ、ニ、妻白地ニ立出タルヒマニ、米ヲ一ホウ打クミ、クワムトスル所ニ、妻帰リタリケレバ、ハヅカシサニ面ヲウチアカメテイタリ。ホウノハレテ見ヘケレバ、「イカニ」ト問ドモ音モセズ。弥カホアカミケレバ、「ハレ物ノ大事ニテ、物モイハヌニヤ」トテ、ヲドロキテ、父母ニカクト云ヘバ、父母来テ見テ、「イカニ〳〵」ト云。弥色モ赤クナルヲ見、隣ノ物アツマリテ、「婿殿ノハレ物、大事ニヲハスナル。浅猿」トテ訪フ。サル程、医者ヲヨブベキニテ、藪クスシノ、近々ニアリケルヲ、ヨビテ見スレバ、「ユ、シキ御大事ノ物ナリ。トク〳〵療治シマイラセム」トテ、火針ヲ赤ク焼テ、頬ヲトヲシタレバ、米ノホロ〳〵トコボレテケリ。ホウハ破レ、恥ガマシカリケリ。（傍線部等筆者、以下同）

（『沙石集』巻第三ノ二）

百喩経ニ云ク、昔シ愚ナル男有。人ノ婿ニ成テ行ヌ。種々持テナセトモヨシハミテ、イト物モ不レ食。飢テ覚ヘケル程ニ、妻、或ル所ニ立出タルヒマニ、米ヲ一ホウニ打含食ハントスル所ニ、妻帰リ来ヌ。恥シケニ面テ打赤メテ居タリ。ホウノ腫レテ見ヘ給ヘハ、「何ナル事ソヤ」ト問ヘトモ更ニヲトモセス。弥面赤ケレハ、「腫物ノ大事ニテ、物モイハヌニヤ」ト思テ、父母ニ、「カク」ト云ヘハ、父母来テ「アレハ何ニ」ト問ニ、弥ヨ恥、色赤ミケリ。ハテニハ隣ノ者ノトモ集テ、「婿殿ノ大事ニヲハスル、浅猿キ事カナ」トテ訪ヒケリ。「イカ様ニモ大事ノ物ニコソ」トテ、医者ヲ呼テ見スレハ、「ユ、シキ大事ノ物也。急キ療治スヘシ」トテ、棒ノ様ニテ大ナル針ヲ以テ、ホウヲトツキ貫ヌキヌ。其ノ時、大口ヲアキツヽ、「アツ」トヲヌキテ、米ヲホロ〳〵トコホシ、恥ガマシキ事無レ限。

（『金撰集』巻第二ノ六）

巻第三ノ二の「人ノ婿」の説話は『沙石集』の伝本間において大きな異同は認められず、無住が用いた説話の一種と考えて良いと思われる。時制や敬意の有無等を除いた『沙石集』と『金撰集』の異同を点線部で示したが、『金撰集』の本文は忠実に『沙石集』の本文を踏襲していることがわかる。本話は出典の可能性を有する『百喩経』や『沙石集』と多数の類話を有する『直談因縁集』にも認められ、その点に関しては以前に考察を加えたが(20)、『百喩経』巻第四ノ七二「唵米決口喩」や『直談因縁集』巻第八ノ四五と比しても、『金撰集』の本文は『沙石集』の本文に近い。傍線部で示した通り、「婿」の人物設定や心情、状態の推移が克明に描かれている点においても両作品は共通している。賢者ぶろうとする「婿」の人物設定から、一気に愚者へと転じる『沙石集』説話の流れが『金撰集』には認められるのである。

両作品には相違も存在する。点線部で示した通り、『沙石集』では「婿」が「ナマコザカシ」く、医者を「藪クスシ」と表現することで複数の愚者の連鎖的空間を創り出しながら、最後に「婿」の頬が破れてしまう。一方で『金撰集』では『沙石集』以上に詳細な描写も存在する。『沙石集』においては賢者ぶろうとして「罪」を隠すことによって頬が破れるという「罰」が与えられ、そこには愚者たちが必ず存在するという論理が一層強調されている。『金撰集』においては『沙石集』の本文に従いながらも、細かな描写を付加することで物語としての読み易さが増している。ここに両作品の相違は見出せる。

さらに、『百喩経』や『直談因縁集』においては本話が単独で用いられているのに対し、『金撰集』は本話の直前に『大乗本生心地観経』が引かれる。

心地観経ニ云ク、「若覆レ罪ヲ者罪弥増長シ、発露懺悔スレハ罪即消滅ス」ト云ヘリ。罪ヲ隠セハ、木ノ根ニ土ヲ覆、弥木盛如シ。懺悔スレハ、根ヲ顕セハ、木枯如シト云ヘリ。然ハ罪業ノ木ヲ枯ナント思ハヽ、覆蔵土ヲ不覆シテ根ヲ露ル。発露懺悔スヘシ。（『金撰集』巻第二ノ六）

これは『沙石集』においても同じ位置に存在する引用であるが、『沙石集』では異同が見られ、諸本において大きく二種類の本文が残る。

心地観経ニ云、「若罪ヲ隠セバ罪弥増長シ、発露懺悔スレバ即消滅ス」ト云ヘリ。木ノ根ニ土ヲオホヘバ木弥サカヘ、根ヲアラハセバ木カル、ニタトフ。罪障ノ木ヲ枯サムト思ハヾ、発露懺悔シテ根ヲアラハスベシ。（梵舜本・市立米沢図書館蔵興譲館旧蔵本『沙石集』（以下、米沢本）等の古本系統『沙石集』巻第三ノ二）[21]

心地観経ニ云ク、「若覆二罪一者、罪即増長シ、発露懺悔スレハ、罪即消滅ス」ト云ヘリ。「罪ヲカクス木ノ根ニ土ヲヘ、ハ、弥〱木サカフ。懺悔スレハ根ヲアラハセハ木ノカル、カ如シ」ト云ヘリ。然ハ罪業ノ木ヲカラサント思ハヽ、覆蔵ノ土ヲオヽウヘカラス。

（国立公文書館蔵内閣文庫第一類第二類本『沙石集』（以下、内閣文庫本）等の流布本系統『沙石集』巻第三ノ二）[22]

ここでは本文としては近い関係にある梵舜本と流布本系統『沙石集』は本文を異にしている。傍線部で示した通り、『金撰集』の本文は明らかに流布本系統『沙石集』に載る本文と類似している。そして、当該部においては『金撰集』は流布本系統『沙石集』の本文を参考にしながらも、波線部で示した通り、末尾部分においては梵舜本・米沢本等の本文を選択し、改編を行っている。ここから、『金撰集』編者は複数の『沙石集』伝本から本文を選択していることがわかる。出典とされる『大乗本生心地観経』においてはこの文言が存在せず[23]、『金撰集』の本文が『沙石集』の本文を参考にして、そのまま用いた可能性が高い。『金撰集』においては、複数の『沙石集』伝本を用いながら『沙石集』の本文を忠実に受容しようとする姿勢が看取できる。同時に室町期において複数の『沙石集』伝本が流布していたことを示す一つの事例と言える。

　次に各作品における本話に続く教説部分を挙げる。

世間之人亦復如レ是。作二諸悪行一犯二於浄戒一。覆二蔵其過一不二肯発露一。堕二於地獄畜生餓鬼一。如下彼愚人以二小羞一故不二肯吐一レ米。以レ刀決レ口乃顕其過上（『百喩経』巻第四ノ七二）[24]

世間ノ人ノ、隠シテ罪ヲ作リ置ヲ、仏ニモ人ニモ発露懺悔セズシテ、炎魔王界ニシテ、冥官、冥道ノ前ニツナギツケ、引スヘラレテ、阿防羅刹ニ打ハラレテ、恥ガマシキニ逢ニ（※）タトヘリ。能々発露懺悔ノ心ヲヲコシテ、冥途ノ冥官ノ恥ヲ遁ル、斗事ヲスベキ者也。（梵舜本・米沢本等の古本系統『沙石集』巻第三ノ二、米沢本は（※）に「地獄ニ入テ苦ヲウクヘキニ」あり）

是レハ罪ヲ発露懺悔セスシテ、カクシヲキテ、炎魔ノ聴庭ニシテ、倶生神ノフタノ文、浄婆利鏡ノ影カクシナクシテ、其官ノ前ニヒキスヘラレ、阿防・羅刹ニシハラレテ、恥チカマシキノミニ非ス。地獄ニヲチテ大苦ヲ受ルニタトフ。能々因果ノ道理ヲ知テ、事理ノ懺悔ヲ行スヘシ。（内閣文庫本等の流布本系統『沙石集』巻第三ノ二）

是、罪ヲ発露懺悔セスシテ隠シ置テ、閻魔ノ庁廷、倶生神ノ符面、浄頗梨鏡影隠レナクシテ、冥官ノ前ニ引スヘラレ、阿防羅刹縛レテ、恥ガマシキノミニ非ス。又、地獄ニ落シテ、大苦ヲ受ルニ喩。能々因果ノ道理ヲ知テ、事ノ理ヲ懺悔スヘシ。

　偽リハ此世モ人ニウトマレテ死スレハ舌ヲ抜ル、ソウキ

（以下、『金撰集』独自の教説が続く）　　（『金撰集』巻第二ノ六）

是ハ、尤モ妻ナレハ不苦一故ニ、如此云ンハ、陰シテ、如此恥ヲ云云。如是一、対レ人、対僧一、向仏一、可懺悔ス一也。不レ致(カ)二懺悔ヲ一、悪趣ニ落ン事、如此ナリ云云。

（『直談因縁集』巻第八ノ四五）[25]

本話において『金撰集』は『沙石集』伝本の中で、流布本系統の『沙石集』に近いことが改めてわかる。本話に続く教説部分からは、ある一つの方向性がうかがえ、その在り方は極めて類似している。『百喩経』『沙石集』『金撰集』では「人ノ婿」の説話から、罪は必ず発露して地獄に堕ちるので隠すべきではないという理が説かれ、『直談因縁集』では仏・僧・人に対して懺悔を怠るべきではないという理が説かれる。波線部で示した通り、あくまで教説のための説話利用であることは明確である。典拠関係は明らかではないが、『百喩経』『沙石集』『金撰集』『直談因縁集』の全てが本話を笑話としてではなく、笑いの要素を含んだ譬喩説話として読み手に認識させている。仏典の『百喩経』から『沙石集』、そして『沙石集』から『金撰集』や『直談因縁集』へ本話が譬喩説話として連綿と受け継がれていく。『沙石集』における無住の手法が普遍的な在り方として室町期に受容されていくことは重要である。

一方で、『沙石集』においては他作品には存在しない独自性が認められる。次に「人ノ婿」の説話以前の本文を挙げる。

下総国御家人、領家ノ代官ト相論スル事アリテ、度々問答シケレドモ、事ユカズシテ、鎌倉ニテ対決シケリ。泰時ノ御代官ノ時ナリケルニ、地頭、領家代官重々問答シテ、領家ノ方ニ、肝心ノ道理ヲ申ノベタリケル時、地頭、手ヲハタトウチテ、泰時ノ方へ向テ「アラ負ケヤ」ト、云タリケル時、席ノ人々一同ニ、「ハ」ト、咲ヒケルヲ、泰時ハウチウナヅキテ、不レ咲シテ被レ申ケルハ、「イミジクマケ給ヒヌル物カナ。泰時御代官トシテ、年久如泰時レ此問答成敗仕ニ、「アハレマケヌル物カ」ト、聞フル時モ、叶ヌ物故ニ、一言モ陳ジ申事ニテ、ヨソヨリコソ、マケニヲトサルレ、我トマケタル人未レ承。前ノ問答ハ互ニサモト聞キ。今領家ノ御代官ノ被レ申所、肝心ト聞ルニ、陳状ナクマケ給ル事、返々イミ敷聞ヘ候。正直ノ人ニテヲハスルコソトテ、涙グミテホメラレケレバ、咲ツル人モ、ニガリテゾ見ヘケル。サテ領家、御代官ニ、「日来ハ道理ヲ聞ホドキ給ハザリケル、事サラノヒガ事ニハナカリケリ」トテ、六年ノ未進ノ物、三年ヲユルシテケル。情アリケル人ナリ。コレコソ、「マケタレバコソ、カチタレ」ノ風情ナレ。サレバ、人ハ道理ヲ知テ、正直ナルベキ物也。咎ヲ犯タル物モ道理ヲ知テ、我僻事ト思テ正直ニ咎ヲアラハシ、ヲソレツ、シメバ、其咎ユルサル、事也。咎トモ不レ思隠シ、ソラ事ヲ以テ、アヤマタヌ由ニイフハ弥咎重シ。仏法ノ中ノ懺悔モ此心也。

（『沙石集』巻第三ノ二）

この後、先に見た『大乗本生心地観経』や『百喩経』の引用へとつながるのであるが、その前に描かれるのは訴訟の最中に自ら敗北を認めた地頭の賢明な姿であり、そこから道理や正直の重要性が説かれる。ここで巻第三ノ二「問注ニ我ト劣タル人事」の構成を挙げると、①素直に負けを認めた地頭の正直さ、②正直＝物の道理という構図の確認、③仏典（『大乗本生心地観経』）の引用、④譬喩経典（『百喩経』）の引用により反正直・反道理という一つの対照的な事例の提示、⑤教説、となっている。正直＝物の道理の事例から反正直・反道理の事例への移行が行われ、改めて⑤の教説において正直、物の道理について述べられる。他作品のように、反正直の事例が一方的に示されるのでなく、正直と反正直の両方が示された上で、再び正直の道を説くのが『沙石集』である。

このように、『沙石集』においては独自の対比が行われている。道理と反道理をそれぞれ説きながら、道理を選択させる。このような手法は後世作品には受け継がれていない『沙石集』独自の手法であると規定できる。そういった意味で、本話を前の説話と併せることで隠蔽と恥と罪とが一層強調され、反正直・反道理的な方向性が賢者と対極に位置することを明確に示す事例として捉えることが可能となる。

（２）梵舜本巻第八ノ八との本文比較

『金撰集』においては梵舜本特有の説話からも説話が採られている。次に梵舜本巻第八ノ八の後半部分と『金撰集』巻第四ノ三一を挙げる。なお、本話は梵舜本特有の説話であるが、石川武美記念図書館（旧お茶の水図書館）成簣堂文庫蔵江戸初期本『沙石集』（以下、江戸初期本）にも見られる。

又或修行者ノ云ク、「法師ハ生テヨリ、物ノ命ヲ殺ヌ」ト云。難レ有宿善ノ人ニテコソト讃程ニ、蝱《（虻）》虻ノ頭ニクヒ付タルヲ、ネラヒテ打殺テ、頭ニスリヌリケレバ、「何ニ物殺サヌトノ給ニ、殺生ハシ給ゾ」ト云ハレテ、「ヤラ蜂カト思テ」トゾ云ケル。

（梵舜本巻第八ノ八）

或ル法師、「幼少ノ時ヨリ、惣シテ物ノ命殺サス。心ニモ殺スヘキトモ覚ヘス」ト云ニ、「難レ有宿善人ニコソ」ト云程ニ、虻、頭ニクヒ付タルヲ、打殺シテスリ塗ルヲ、「何ニカ物ヲ殺ヌトノ給フニ、カクハシ給フソ」ト云ヘハ、「ヤラ、蜂カト思テコソ殺シテ候ヘ」ト答ヘケリ。誠ニ嗚呼カマシク侍リ。凡夫ノ習ヒ、我カ非ヲハ覚ヘヌニコソ。

（『金撰集』巻第四ノ三一）

点線部で示したような相違は存在し、やはり『金撰集』は読み易い本文に改められてはいるが、本話も『沙石集』の本文を忠実に踏襲していることがわかる。同時に『金撰集』の編者が梵舜本特有の説話である本話を用いていることは大きな意味を持つ。このことにより『金撰集』の編者が梵舜本（もしくは江戸初期本）の本文を見ていた可能性、梵舜本と共通した本文を持つ現存しない『沙石集』伝本を見ていた可能性、『金撰集』の本文が先行して梵舜本に影響を与えた可能性等が浮かび上がる。第三に挙げた他作品から梵舜本に逆輸入された可能性について筆者は特に注目している。

さらに、傍線部で示した『金撰集』の話末評語は見逃せない。これは米沢本・北野克蔵元応三年奥書本『沙石集』（以下、元応本）・藤井隆蔵本『沙石集』（以下、藤井本）の古本系統のみに存在する別の説話における話末評語を用いたと考えられる。米沢本・元応本・藤井本巻第八ノ二の末尾部分は次のようになっている。

或遁世ノ上人ノ学生ナルカ庵室ヘ、修行者ツネニ来ル中ニ、或ル修行者ノ云ク、法師ハ生レテヨリ後チ、スヘテ腹ヲタテ候ハヌト云ヲ、上人ノ云、凡夫ハ貪嗔痴ノ三毒ヲクセリ、タトヒ浅深厚薄コソアレ、イカテカ腹立チ給サラム、縁ニアワヌ時コソタ、ネ、又タツヲオホヘ給ハヌカ、聖者ニテハシハシマサハサモアルヘシ、凡夫ナカラカクノ給、ソラコト、オホユル也ト云ヘハ、タ、ヌト云ハタ、ヌニテヲハシマセカシ、人ヲソラ事ノモノニナシ給ハイカニトテ候ソト、カヲ、アカメテ、クヒヲネチテシカリケレハ、サテハ、サコソハトテヤミケリ、ヲコカマシク侍リ、凡夫ノナラヒ我カ非ハヲホヘヌトコソ、無言ヒシリニ、タリ、

（米沢本・元応本・藤井本巻第八ノ二）

『金撰集』においては梵舜本特有の説話を用いながら、別伝本・別説話の話末評語を切り取り、つなぎ合わせるという改編の在り方が認められる。これは梵舜本特有の説話をそのまま載せれば、笑話としての側面が強すぎるために話末評語において仏教的見地に見合う評語を持ってきたのである。そういった意味で、無住が笑話をあくまで仏教的な譬喩として用いたような『沙石集』本来の意図を汲み取った改編を『金撰集』の編者は施したと言える。同時に、『金撰集』の編者は複数の『沙石集』伝本、それも古本系統の米沢本や梵舜本に代表されるような伝本、流布本系統『沙石集』の伝本といった本文の異なる複数の伝本を参照できる立場にいた可能性が高く、

それらの伝本をかなり丁寧に読み込んでいたと言える。『金撰集』の編者（正確には編者たち）には『沙石集』を忠実に受容しながらも無住の意図に近づけようとする独自の本文改編の試みが認められる。つまり、『金撰集』の本文は一見すると『沙石集』からの単なる抜書の連続のようであるが、実は『沙石集』の本文を読み込み、巧みに結合させることで改編を行っている箇所も存在するのである。

『金撰集』は文明二年（一四七〇）以降に普善寺東蔵坊の僧、宥秀によって書写されたものの転写本であり、現存本の書写年代は十六世紀後半頃とされる。そうであれば、一つの仮説として、この十六世紀後半、つまり一五五〇年から一六〇〇年頃にかけて本話が生成され、それが梵舜本や『金撰集』現存本に載ったという見方も可能である。同時に、国文学研究資料館蔵大永三年本『沙石集』（以下、大永三年本）の裏書部分と梵舜本の本文の類似から、梵舜本の成立を大永三年（一五二三）以降と見ることもできる。以上を併せると、やはり大永三年から梵舜が書写したとされる慶長二年（一五九七）の間に現存の梵舜本の本文が創出された可能性もあるのではないか。筆者は十五世紀後半から十六世紀にかけて『沙石集』の受容の大きな流れがあったと考え、そこで多くの『沙石集』の抜書本・改編本が生成されたと推定する。本論における『金撰集』もその流れの中で生まれ、そこに梵舜本のような伝本の改編作業が含まれていた可能性を大いに検討すべきである。

三　『沙石集』受容の機運とその背景

（1）「思潮」としての『沙石集』

では、『沙石集』が後世に受け入れられた要因としては、具体的にどのようなことが考えられるのだろうか。最初に述べたように、『沙石集』は同時代の他作品には見られない素材を多々有し、それらの新しい試みが後世になって、より受け入れ易くなっていったという側面が『沙石集』受容の要因として挙げられる。その他には、次のようなことが考えられる。

一つの大きな要因としては、無住が禅や真言密教を重視した臨済宗の僧でありながら、『沙石集』において八宗兼学の教えや和光同塵の思想を説いていることにある。宗派に「執着」することを戒める無住の姿勢が後世作品の様々な受容となり、多くの抜書本・改編本が生成されたと考えられる。

推定も含まれるが、宗派という立場から見れば、『金撰集』は禅宗的性格・臨済宗の僧、『扶説鈔』は浄土教の色合いが濃い浄土系の談義書、『金玉集』は天台宗系、『満性寺抄本』は浄土真宗高田派・浄土宗西山派、『金玉要集』は安居院流の唱導、『仙台抜書』は円乗坊（里修験の場）、『直談因縁集』は天台聖教典籍、『既験抄』は東大寺東南院・唱導資料・神祇観との関連がそれぞれ指摘されている。これらの多様な宗派や場において『沙石集』は受容されており、各宗派がそれぞれの教義に引き入れやすい性格を『沙石集』が持っていたと言える。

無住の著作の中で、特に『沙石集』が受容された要因としては、無住自らの叙述もその要因の一つかもしれない。たとえば、慶長十年本巻第一〇下の奥書[26]や『雑談集』巻第一〇の跋文[27]において、

于時弘安六年中秋草畢。林下貧士無住此物語書始事者弘安二年其後打置テ空経年月今年続テ草之（中略）有心人必可令加添削給耳。（慶長十年本）

先年沙石集、病中ニヲカシゲニ書散シテ、不及再治シテ、世間ニ披露、讃敗相半歟。（中略）病中ニ草之。後哲察愚意、不可棄置。助成シ添削シテ、流通世間アラバ、黄壌ノ下ニテモ一笑、遠為法友。常ニ同行化者歟。（『雑談集』）

と無住は述べている。無住自ら『沙石集』に改稿を施しながらも、さらに『沙石集』の「添削」を後人に託した

無住のこういった姿勢により、多くの『沙石集』伝本が生成される契機となった可能性は極めて高い。それは後に数多くの『沙石集』の抜書本・改編本、関連作品が産出される要因にもつながったと言える。つまり、後世における『沙石集』の抜書本・改編本の生成に対する機運の高まりは、新たな『沙石集』伝本の改編作業と無関係であるはずはないであろう。

論者は特に十五世紀後半から十六世紀にかけての『沙石集』の受容が重要であると考える。次に『沙石集』の抜書本・改編本、関連作品の中で十五世紀後半から十六世紀にかけての書写や推定を含む成立年代を挙げる。

『扶説鈔』一四五〇～一五〇〇年／『金撰集』一四七〇年以降、一五五〇～一六〇〇年／『満性寺抄本』一五〇七年／『金玉要集』一五五〇～一六〇〇年／『直談因縁集』一五八五年／『抜要』一五九六年／『金玉集』一六〇二年となる。

やはり、『沙石集』伝本の改編を考える上においても、この十五世紀後半から十六世紀は大きな意義を持つ。こういった後世における『沙石集』受容の機運の高まりの中で、梵舜本も一五二三～九七年頃に改編されたのではないか。多数の『沙石集』伝本の書写も十五世紀後半から十六世紀にかけて行われていたことと併せて考えると、これを一つの「思潮」としての『沙石集』と規定することができる。なお、十七世紀後半から十八世紀頃にも『沙石集』の抜書本・改編本、関連作品や貞享三年本『沙石集』といった刊本が多く認められることから、再びそういった「思潮」があったと言える。

（2）梵舜本説話と後世作品

最後に、梵舜本説話と後世における『沙石集』の抜書本・改編本、関連作品との関係について考えたい。『沙石集』巻第六から巻第一〇本において梵舜本を特徴づける特有の説話は次のようになる。

①巻第六ノ四　「説経師ノ布施ノ賤事」（二種の説話）
②巻第六ノ七　「講師名句事」（一種）
③巻第六ノ八　「説経師下風讃タル事」（三種）
④巻第六ノ一三「説法セズシテ布施取タル事」（四種）※米沢本・元応本では目録の題目のみが存在(28)
⑤巻第六ノ一八「袈裟徳事」（末尾部分のみ、一種）
⑥巻第八ノ七　「馬ニ乗テ心得ヌ事」（二種）
⑦巻第八ノ八　「心ト詞ノタガヒタル事」（後半の一種）
⑧巻第八ノ九　「結解タガヒタル事」（五種）
⑨巻第八ノ一〇「小法師利口事」（五種）
⑩巻第八ノ一一「児ノ飴クヒタル事」（後半の一種）
⑪巻第八ノ一二「姫君事」（一種）
⑫巻第八ノ一四「人ノ下人ノヲコガマシキ事」（一種）
⑬巻第八ノ一五「ヲコガマシキ俗事」（一種）
⑭巻第八ノ一六「魂魄ノ俗事」（一種）
⑮巻第八ノ一七「魂魄ノ振舞シタル事」（二種）
⑯巻第八ノ一八「尾籠ガマシキ童事」（一種）
⑰巻第八ノ一九「便船シタル法師事」（一種）

⑱巻第八ノ二〇「船人ノ馬ニノリタル事」（一種）

このうち、『沙石集』伝本との重なりを次に挙げる。⑥〜⑱は江戸初期本と共通、②③は大永三年本の裏書（一五二三年）部分、④は大永三年本（「裏書云」という記述あり）と共通している。『沙石集』において裏書は説話や教説の付加を意味し、裏書から後の伝本で本文化されることが多い。そうすると、大永三年本裏書から梵舜本の本文化の流れがまず想定できる。同じく④は『沙石集』の新出伝本である牧野則雄氏蔵永禄六年本『沙石集』（以後、永禄六年本）に載り、永禄六年本も十六世紀に書写されている。[29] さらに④の前半二種は『満性寺抄本』第二五「鎌倉尼公逆修事」や『直談因縁集』巻第三ノ一七、『直談因縁集』巻第三ノ三五にも見られる。つまり、『沙石集』伝本、抜書本・改編本、関連作品のすべてがつながりを見せ、直線上に並ぶのが④であり、それが室町期、もっと言えば十六世紀なのである。室町期の『沙石集』の「思潮」を探る上で④は特に重要である。

たとえば、この梵舜本巻第六ノ一三「説法セズシテ布施取タル事」（④の前半二種）の説話の生成過程として、米沢本・元応本の目録に題目のみが存在することから、④は本来の無住の構想にはあったと考えられる。それが『満性寺抄本』第二五「鎌倉尼公逆修事」の段階（一五〇七年）で説話が形成され、さらに大永三年本（一五二三）に「裏書云」として採られる。その後、永禄六年本（一五六三）や『直談因縁集』（一五八五年）巻第三ノ一七、巻第三ノ三五に受け継がれたというような流れが想定でき、この間（特に一五二三〜九七年頃）に梵舜本が成立したとする梵舜本特有の説話の生成過程も見えてくる。

その他では、⑦が本論で考察を加えた『金撰集』巻第四ノ三一、⑨が徳川美術館蔵『法師物語絵巻』（以下、『法師物語絵巻』）における数種の絵詞、⑪が『満性寺抄本』第一〇「姫御前夫ノ前ニテ物マネ事」と共通している。『法師物語絵巻』の成立は十五世紀中頃とされ、やはり十五世紀後半から十六世紀という大きな流れの中に入る。[30]

後世の芸能や昔話等との重なりを次に挙げる。⑨は「和尚と小僧」型昔話、⑫は狂言「末広がり」（買物狂言）、昔話「立市買い」、⑭は落語「てれすこ」、民話と共通している。

従来の見方としては無住自身の編纂もしくは改稿段階において梵舜本の①から⑱のすべての説話が生成され、他の後世作品に享受されたと考えられてきた。だが、少し大胆な仮説を挙げれば、まったく逆に他の後世作品によって生成された説話を梵舜本の編者が巻第六や巻第八に採録したという可能性も検討に値するのではないかと筆者は考える。もしくは現存しない『沙石集』伝本が存在して、梵舜本や後世作品に享受されたという可能性も考えられる。この点に関しては研究史において挙げた通り、渡邉信和が『満性寺抄本』について「編者舜禎のみた『沙石集』が現存諸本とは異なる本文を持っていたと思われる」と推定している。[31]

おわりに

以上、後世における『沙石集』受容について、『金撰集』の本文を中心とした抜書本・改編本、関連作品との比較や『沙石集』伝本とのつながりという視点から考察を加えてきた。『金撰集』の本文は忠実に『沙石集』の本文を踏襲しながらも、新たな付加や複数の『沙石集』伝本を参考にしていたと考えられる痕跡が認められた。そして、梵舜本特有の説話を用いながら、米沢本等の話末評語をつなぎ合わせるという改編本の性質も見出せた。

本論で取り上げた説話を含めて、『金撰集』と『沙石集』伝本の重なりの一例を示すと、『金撰集』巻第二ノ三と『沙石集』巻第三ノ一（流布本系統『沙石集』のみの本文）、『金撰集』巻第二ノ三〇と『沙石集』巻第四上ノ一（内閣文庫本・真福寺蔵大須文庫本『沙石集』・本誓寺蔵阿岸本『砂石集』のみの本文）[32]、『金撰集』第第四ノ二と『沙石集』巻第八ノ二（米沢本・元応本・藤井本のみの本文）、『金撰集』巻第四ノ一〇と『沙石集』巻第五末ノ一一（梵舜本・

江戸初期本のみの本文）がある。やはり『金撰集』は複数の編者によって複数の『沙石集』伝本が用いられたと考えられる。ここから『金撰集』編者たちが『沙石集』をかなり読み込んでいたことがわかると同時に、これは室町期における『沙石集』伝本の伝播の拡がりを示す。

また、『金撰集』における改編の在り方としては梵舜本特有の説話を用いながら、そこに米沢本特有である別説話の教説部分を結合させることで改編し、説話を仏教説話として新たに位置づけている。『沙石集』における無住の本来の説話生成の意図を受け継ぐ形で『金撰集』は構成されていると言える。

『沙石集』受容の背景には、宗派に寛容な無住の姿勢や後人に「添削」を求めた無住の叙述等が挙げられる。そして、十五世紀後半から十六世紀にかけて『沙石集』は特に受容され、『沙石集』の「思潮」というものが看取できる。その流れの中に『沙石集』伝本を置くことは可能である。むしろ、梵舜本巻第六や巻第八のような特異な本文を有する伝本については、そういった改編の場を想定することこそが有効であるのではないだろうか。梵舜本のような伝本と『沙石集』の抜書本・改編本は、互いに影響し合いながら創出された可能性が高く、従来は論じられてこなかった『沙石集』抜書本・改編本が梵舜本の本文に影響を与えたという視点が必要となってくる。

編者である無住が六十歳という齢になって満を持して、生み出された『沙石集』。これまでの仏教説話集の枠組みにとらわれずに自らの思想を表出した『沙石集』は、当時の人々に大きな影響を与えたのみならず、後世における享受という視点においても多くの意義を残した作品である。『沙石集』と後世作品の間には切り離せない結びつきが生じており、両者には明確に位置づけられていない問題点がまだまだ存在する。『沙石集』の抜書本・改編本、関連作品を中心として、『沙石集』諸本研究という視点を併せながら、今後も考察を進めて行きたい。

注

（1）本論では、たとえば真福寺蔵大須文庫本『沙石集』のように巻第四の一冊のみが現存する零本もその数に含めた。
（2）加美甲多「『沙石集』諸本異同から見た梵舜本本文の特性」（大取一馬編『典籍と史料』、龍谷大学仏教文化研究叢書、思文閣出版、二〇一一年）や、同「無住と梵舜本『沙石集』の位置」（小島孝之監修『無住　研究と資料』、あるむ、二〇一一年）等において私見を述べた。
（3）その他の『沙石集』の抜書本・改編本として、南英長能抄出本『沙石集』、広島大学中央図書館蔵『沙石集覚書』、大正大学・東洋大学各所蔵『沙石集略抄』等が挙げられる。
（4）たとえば、『沙石集』は狂言や落語と複数の話型が類似している。
（5）千本英史「説話と説話集――編纂・増補・抜書――」（本田義憲ほか編『説話の講座1　説話と何か』、勉誠社、一九九一年）、土屋有里子「無住道暁著作伝本一覧（奥書・識語集成）」（前掲注（2）『無住　研究と資料』）参照。
（6）美濃部重克「資料紹介「沙石集」の一本、「金撰集」」（『説話文学研究』六、勉誠社、一九七二年）参照。
（7）美濃部重克「金撰集解説」（西尾光一ほか編『金撰集』、古典文庫、一九七三年）参照。
（8）西尾光一「改編説話集のあり方」（前掲注（7）『金撰集』）参照。
（9）西尾光一「『金撰集』における改編の一例――『沙石集』無言上人説話からの切継ぎ――」（『上田女子短期大学紀要』九、一九八六年）参照。
（10）小峯和明「大谷図書館蔵『扶説鈔』について」（説話・伝承学会編『説話の国際比較――説話・伝承学――』、桜楓社、一九九一年）参照。
（11）安田孝子・奥村啓子「「沙石集」抜書「金玉集」解説」（『椙山女学園大学研究論集』五、一九七四年）参照。
（12）下西忠「沙石集抜書の方法――金玉集について――」（『中世文芸論稿』一、中世文芸談話会、一九七五年）参照。
（13）渡邉信和「『沙石集』の弘安六年書き継ぎの意図について」（『説話』六、説話研究会、一九七八年）、織田顕信「『沙石集』流伝余考――新出満性寺抄本をめぐって――」（『同朋仏教』一三、同朋大学仏教学会、一九七九年）参照。
（14）廣田哲通・近本謙介「金玉要集（内閣文庫蔵）解題」（伊藤正義監修『古典研究資料集　磯馴帖　村雨篇』、和泉書院、

二〇〇二年）、近本謙介「唱導の文の集成――内閣文庫蔵『金玉要集』について――」（『伝承文学研究』五三、三弥井書店、二〇〇四年）、山崎淳「蓮体所持本『沙石集』について――前稿の補足を兼ねて――」（『詞林』四三、大阪大学古代中世文学研究会、二〇〇八年）参照。

（15）徳永圭紀「『砂石集抜要』解説」（『熊本大学　国語国文学研究』三〇、一九九四年）参照。

（16）上野陽子「仙台市民図書館蔵『沙石集』抜書本について――『沙石集』諸本研究の一材料として――」（『慶應義塾大学　芸文研究』七九、二〇〇〇年）参照。

（17）阿部泰郎ほか編『日光天海蔵　直談因縁集　翻刻と索引』（和泉書院、一九九八年）参照。

（18）阿部泰郎「『類聚既験抄』解題」（国文学研究資料館編、阿部泰郎ほか責任編集『真福寺善本叢刊　中世唱導資料集』二、臨川書店、二〇〇八年）、川崎剛志「『類聚既験抄』における『沙石集』摂取についての覚書」（前掲注（2）『無住研究と資料』）参照。

（19）『沙石集』は梵舜本の本文である渡邊綱也校注『日本古典文学大系　沙石集』（岩波書店、一九六六年）を用いた。『金撰集』は前掲注（7）『金撰集』を用いた。

（20）加美甲多「梵舜本『沙石集』の本文表現と編者」（『同志社国文学』六七、二〇〇七年）や同「『沙石集』における愚者――無住の意図を探って――」（『同志社大学　文化学年報』六一、二〇一二年）において私見を述べた。

（21）米沢本は渡邊綱也校訂『校訂　廣本沙石集』（日本書房、一九四三年）を用いた。

（22）内閣文庫本は土屋有里子編『内閣文庫蔵『沙石集』翻刻と研究』（笠間書院、二〇〇三年）を用いた。

（23）管見では該当箇所を見出せなかった。小島孝之校注『新編日本古典文学全集　沙石集』（小学館、二〇〇一年）の頭注にも同様の指摘が見られる。

（24）『百喩経』は高楠順次郎編『大正新脩大蔵経』四・本縁部下（大正新脩大蔵経刊行会、一九六一年）を用いた。

（25）『直談因縁集』は前掲注（17）の本文を用いた。

（26）慶長十年本は深井一郎編『慶長十年古活字本沙石集総索引――影印篇――』（勉誠社、一九八〇年）を用いた。

（27）『雑談集』は山田昭全ほか校注『中世の文学　雑談集』（三弥井書店、一九七三年）を用いた。

（28）元応本は北野克編『元応本沙石集』（汲古書院、一九八〇年）参照。

（29）永禄六年本は土屋有里子の「新出『沙石集』永禄六年写本について」（『中世文学』五九、二〇一四年）における論文がある。

（30）『法師物語絵巻』は工藤早弓の「史上初公開　ひと口笑話「法師物語絵巻」」（『別冊太陽　日本の心』二〇一、平凡社、二〇一二年）における論文がある。

（31）前掲注（13）に同じ。

（32）真福寺蔵大須文庫本『沙石集』は安田孝『説話文学の研究　撰集抄・唐物語・沙石集』（和泉書院、一九九七年）、本誓寺蔵阿岸本『砂石集』は上野陽子「阿岸本『砂石集』翻刻　巻四・巻五」（『三田国文』三六、二〇〇二年）参照。

『源平盛衰記』と聖徳太子伝
――巻第十「守屋成二啄木鳥一事」と巻第二十一「聖徳太子椋木」を中心に――

浜畑圭吾

はじめに

聖徳太子の伝記として編まれた、いわゆる聖徳太子伝（以下、太子伝）の平家物語への影響については、すでに多くの先学が指摘している。(1) しかし、『源平盛衰記』（以下、『盛衰記』）の、太子伝と関わりがあると思われる三ヶ所の独自記事については、十分に検討がなされているとは言えない。筆者は以前、その一つである巻第三十九「同人関東下向」の「長光寺縁起」について検討した。(2) そこでは、『盛衰記』が展開する「長光寺縁起」が、本来長光寺のものではなく、法隆寺僧顕真の著した『聖徳太子伝古今目録抄』に見える、同じ近江国懐堂の縁起を改変したものであると論じた。本論で取り上げる残りの二ヶ所、巻第十「守屋成二啄木鳥一事」と巻第二十一「聖徳太子椋木」も、これまで、検討の必要性が述べられるのみであった。(3)

まず、巻第十「守屋成二啄木鳥一事」は、三井寺への戒壇設置を熱望した頼豪が、鼠となり山門に害を加えたとする話の先例として引用されている。しかし、『中世の文学　源平盛衰記』の注で、鎌倉時代、経尊の手になる辞書『名語記』に類話が指摘されるのみで、その内実に迫った先行の研究はない(4)。

また、巻第二十一「聖徳太子椋木」は、石橋合戦に敗れた源頼朝が、伏木に隠れて難を逃れた話のあとに続いており、直後の「天武天皇榎木」とあわせて、頼朝伏木物語の先例である。大庭景親の追撃を受けた際、伏木に隠れたという物語が、『盛衰記』・長門本に見えているが、太子の椋木説話と天武天皇の榎木説話を加えて、頼朝の将来の予兆とするのは『盛衰記』の独自である。椋木説話については、楊暁捷(5)が、「天意を授かった頼朝の身の奇跡に導かれて述べられたもの」とし、天武天皇榎木説話については、『日本書紀』注にある可能性を指摘しつつも、検討は加えていない。また堀誠(6)は、同説話の位置づけについては同じ見解を示しているがさらに加えて、『郡国志』や『西征記』などに見える、劉邦が項羽の追手から逃れて助かったという伝承の影響にも言及し、伏木に蜘蛛の巣が張っていたこと、また伏木から鳩が現れたことなど、両書の共通点を指摘している。一連の頼朝敗走説話群には、頼朝の将来の興隆が約束される記述が挿入されており、椋木説話と榎木説話もそうした意図の下、配されたと考えてよいであろう。しかし、同説話もまた、『上宮太子拾遺記』に近いことが指摘されているのみで、それ以上の検討はない。

ただし、椋木説話は太子伝に多く見られることから、太子伝研究や在地伝承研究の方面からの成果がいくつか見える。内田吉哉(7)や小谷利明(8)は、河内国八尾での律宗集団の活動が生成の契機となっていると指摘するが、「椋木説話」が「律院」とも記されてくる大聖勝軍寺の縁起であることを考えると、首肯すべき見解であろう。

そこで本論は、そうした太子伝研究・在地伝承研究の成果も踏まえながら、『盛衰記』のこの二章段の内実を検討する。どういった種類の太子伝が持ち込まれたのかということについて考えてみたい。

一　啄木鳥説話

（1）『盛衰記』啄木鳥説話の類話

まず巻第十「守屋成二啄木鳥一事」の、いわゆる「啄木鳥説話」について検討する。本文は以下の通りである。(9)

昔聖徳太子ノ御時、守屋ハ仏法ヲ背、太子ハ興レ之給。互ニ軍ヲ起カドモ、守屋遂被レ討ケリ。太子仏法最初ノ天王寺ヲ建立シ給タリケルニ、守屋ガ怨霊彼伽藍ヲ滅ンガ為ニ、数千万羽ノ啄木鳥《ケラツヽキ》ト成テ、堂舎ヲツヽキ亡サントシケルニ、太子ハ鷹ト変ジテカレヲ降伏シ給ケリ。サレバ今ノ世マデモ、天王寺ニハ啄木鳥ノ来ル事ナシトイヘリ。昔モ今モ怨霊ハオソロシキ事也。頼豪鼠トナラバ、猫ト成テ降伏スル人モナカリケルヤラン。神ト祝モ覚束ナシ。

これは頼豪の怨霊である鼠の害が収まったとする本文の後に続いている。「昔モ今モ怨霊ハオソロシキ事也」とあって、守屋は頼豪の先例である。しかし、啄木鳥となった守屋を、太子が鷹に変じて退治したのに対し、頼豪鼠の場合は、鷹にあたる「猫」がおらず、神と祀っても「覚束ナシ」とするのである。『盛衰記』が、頼豪説話の最後に、「鼠ノ宝倉」を造ったとしているが、これは延慶本や長門本にも見える。頼豪の怨霊は、こうした鎮めによって収まったわけだが、『盛衰記』の場合、啄木鳥説話とともに「覚束ナシ」として不安定な結末となっている。(10)

当該説話の類話については、先述したが、『中世の文学　源平盛衰記』の注で、『名語記』によく似た記述のあることが指摘されるのみである。(11)

問　鳥ノテラツヽキ如何

答　寺ツ、キ也　ユヘハ聖徳太子ノ逆臣守屋ヲ誅罰シ給テ守屋カ館ヲ没官シテ二三天王寺ヲ建立シ仏法ヲヒロメ給ヘリシヲ守屋カ亡魂ソネミテ鳥トナリテ来テカノ寺ヲタ、キ損セムトセシ時ヨリ寺ツ、キトナツケタリト申ス。　カノツ、キタルアトノキスハ今ニ厳重ニミエ侍ヘリ　シカラハソレ以前ノ名字アルヘシ　シカル間別ノ推ヲクハフルニ色ノ赤クウツクシケレハ　テリラヤ反リテ　テラトナル　タル〳〵ケミ反リテツ、キ也　又云　タエラヤテル〳〵ケミノ反モテラツ、キ也

『名語記』は問答形式でその由来を語っているが、大きく二説記している。前半は当該説話と一致するもので、守屋合戦後、四天王寺を建立したが守屋の「亡魂」が鳥となって現れ、「タ、キ損セム」としたため、「寺ツ、キ」と名付けたというものである。後半は「別ノ推」として、言語学的な語彙説明を施している。(12)『名語記』は、「テラツ、キ」の語源を問うたものであるから、当然答えはそうした叙述となっており、怨霊の恐ろしさを語る『盛衰記』とは異なる。太子が鷹と変じたことを記さないのも、そうしたことに起因するのであろう。そこで太子伝にあたってみると、より近似した類話を見出すことができる。

法隆寺僧顕真の『聖徳太子伝古今目録抄』には以下のように見える。

傳来ノ蜜語ニ曰ク
太子ノ○与《宣ハク我ト》ト守屋者ハ生々世々ノ怨敵《ヲムテキ》世々生々ノ恩者也。如三シ影ノ随二形一已過タリト五百生ヲ云々。太子ト守屋トハ共ニ大権ノ菩薩ナリ為三ニ弘《カ》二仏法ヲ一如此示現下。但シ互ヒニ誓《チカテ》云ハク守屋者成《ヤハ》　鴷《テラツ、キト》云鳥ニ云《イヒ》障二ト仏法ヲ一。太子者成《ハ》鷹《タカト》云鳥ニ　云《ノタモフ》払《ハラハル》　鴷《テラツ、キノ》　難ヲ云々。　　此ノ蜜語　実《マコト》也。
今来欲三スル有二ムト寺ニ異相一之時ハ此ノ鳥《鷹》来テ或ハ○《御》塔ノ上ヘ或ハ金　堂《或又講堂長押上夜々宿云々》ノ　上ニ　居《井ル》。此ノ旨《ム子》言語道断不可思議ノ勝事也。寺住之人非一度ニ不二度ニ悉ク見之ヲ云々。

太子と守屋とがそれぞれ鷹と「鴷」に変じたことを記しているが(13)、それは、「生々世々ノ怨敵《ヲムテキ》」であり、また「世々生々ノ恩者」でもあった。つまりは二人とも「大権ノ菩薩」であり、仏法を弘めるための方便として、それぞれの役を演じたとするのである。これは特に珍しい言説ではなく、いくつかの太子伝の中で、守屋が地蔵菩薩の化現とされていくのと同工である(14)。

そして注目すべきは、同書が冒頭に「傳来ノ蜜語ニ曰ク」とすることである。啄木鳥説話を、顕真が受け継いだ「蜜語」として載せている。鷹と鴷の争いを、真実を裏に隠して説いた言葉である「蜜語」とするのは、やはりこの啄木鳥説話を大権の菩薩の方便と解釈しているのであろう。さらに「此ノ蜜語実《マコト》也」として強調するのである。同書において他に「蜜語」とされるものはなく、この二例だけである。これは、そのまま「蜜語」として受け継がれたらしく、文安四年（一四四七）から同五年（一四四八）にかけて、法隆寺僧訓海によって記された『太子伝玉林抄』巻第十五には、『聖徳太子伝古今目録抄』とほぼ同文の啄木鳥説話が収載されているが、巻第五には次のように見えている(15)。

太子宣云我与守屋一者生々世々怨敵世々生々恩也。如影ノ随形ニ一已ニ過五百生ヲ一云々。太子救世観音守屋地蔵共大権菩薩為弘仏法ヲ一如此ニ一示示現シ下。但互誓云守屋者成鴷《テラツヽキト》云、障仏法ヲ一。太子者成鷹《タカト》云鳥一払鴷ノ難一云々。此密語実也。今来欲有寺ニ異相一之時ハ此鷹来飛テ、或ハ塔之上或金堂之上ニ居ル。此旨言語道断之玉□《奇特》不可思議之御事也。寺住之人非一度不二度一悉見之ニ一云々。

本願縁起云逆臣悪禽屢《シバ〳〵》現、揺動人心迷乱スト云々。

今此悪禽之言トハ少キ叶フト。誓願ノ処ニ見タリ。古今目録抄載云々。

太子を「救世観音」、守屋を「地蔵」と割り注を施しているが、傍線部に「此密語実也」ともあって、『聖徳太子伝古今目録抄』を参考にしたことは間違いない。「本願縁起云」「古今目録抄載云々」とあるように、『太子伝玉林抄』は先行の太子伝を集成したものであるため、いくつかの啄木鳥説話が訓海の手元にあった可能性はあるが、少なくとも顕真が「蜜語」として記す啄木鳥説話が、同じ法隆寺僧である訓海にそのまま受け継がれているということに留意しておきたい。

（2）四天王寺移転伝承における怨霊守屋の展開

守屋が怨霊となり、害を加えるという言説は、他にも見える。ただし、前節で確認した『聖徳太子伝古今目録抄』『太子伝玉林抄』とは異なり、四天王寺の移転伝承に関わって述べられている。四天王寺の創建と移転について、たとえば『四天王寺御朱印縁起』(16)は、

以丁未歳始建玉造岸上、改点此地、鎮祭青龍、癸丑歳壊移荒陵東

と記している。「丁未歳」、つまりは守屋合戦のあった五八七年に創建され、「癸丑歳」である五九三年に現在地の「荒陵東」に移転したとしているが、移転の理由は記していない。守屋の怨霊については、別の箇所に、

逆臣悪禽屢現、揺動人心迷乱、横狭《(挟)》凶情、掠取田地、滅破寺塔、是只守屋変現而已、吾与守屋如影与嚮《(響)》、寺塔滅亡、国家壊失矣

と記している。また、『上宮聖徳太子伝補闕記』(17)にも、

覆二奏於玉造之東岸上一在二東生郡一即以レ営為二四天王寺一。（中略）四天王寺後遷二荒墓村一。

とあり、「玉造」から「荒墓村」へ移転したとするのみで、理由の記載は無い。そして、『聖徳太子伝暦』(18)も同様で、

是歳。四天王寺始壊移。建二難波荒陵東下一。

とするのみである。しかし、やがてこの移転は守屋の怨霊に絡める形で展開されていくのである。

享徳三、四年（一四五四、五五）書写とされる叡山文庫本『聖徳太子伝』二十二歳条[19]には、次のようにある。

太子廿二歳ノ御歳玉造ノ岸ヨリ四天王寺ヲ難波荒陵《アラミサキ》東ノ下トニ壊チ移ナル。彼寺ハ依立願二年月ヲ経ス太子十六歳用明天皇二年丁未ノ歳玉造ノ岸ノ上ニ建立セサセ給ヘリ。其後大ナル魚数ヲ知ス集来テ高波ヲ立テ、岸ヲ崩シ破ル。又或時ハ赤斑ナル鳥群来テ仏閣ヲツヽキ破ル。是守屋カ霊也。彼群鳥ヲ伏センカ為ニ太子大鷹ト現シテ虚空ヲ翔リ給シカハ幾千万ト云数ヲ不知集シ。赤斑ナル鳥皆逃隠ル。寺ツヽキト申鳥是也。今地形ヲ見ニ尚モ魔障有テ此寺破壊スヘシ。退魔弘法ノ地、四神相応ノ処ヲ撰テ移造モ奉トテ勝地ヲ撰ヒ御覧スルニ難波ノ荒陵ハ東ノ下トニ寺院建立ノ霊地也トテ玉造ノ岸ノ上ニ立ラレタル、四天王寺ヲ推古天皇元年癸丑年太子二十二歳ト申スニ荒陵ノ東ニ壊移シ給フ四天王寺是也。

太子が十六歳で玉造に建立した四天王寺は、「大ナル魚」が起こす高波や「赤斑ナル鳥」の群れによる害のため、移転したとしている。そのうち「赤斑ナル鳥」を「寺ツヽキト申鳥是也」としている。前節の『聖徳太子伝古今目録抄』や『太子伝玉林抄』とは異なり、四天王寺の移転伝承の中に組み込まれる形で現れるのである。また、室町末期写とされる四天王寺本『聖徳太子伝』[20]にも、大魚と「赤ク斑」な「寺吻」が現れるが、その後に、

又何方ヨリ来トモ不レ見シテ大鷹飛翔《カケツ》テ寺ヲ破損スル群鳥ヲ追ヒ失ヒ降伏セリ。是又忝ク太子之神通化現之御方便也ト云々。于今至マテ四天王寺之侍者ト申ハ大鷹也ト文。

として、太子の「化現」である「大鷹」が加えられているのみならず、その「大鷹」が四天王寺の「侍者」として、「今」に至るまで伝えられているというのである。

その後守屋の怨霊が、移転の原因となったという伝承は、様々な展開を遂げていく。寛正三年（一四六二）写とされる万徳寺本『聖徳太子伝』(21)には、

然ハ太子多ノ材木ヲ取リ給イテ任二宿願一於二玉造ノ岸一二四天王寺ヲ建立シ給畢ヌ逆軍ノ亡魂鯨鯢《クチラフカ》蝮《タチハミ》蝎《ヤマカヽチ》変シテ高カ塩シヲ荒ラ波ミヲ成シテ岸ヲ崩シ寺ヲ破ケリ。時ニ百済国ノ博士学哥《カクカ》高麗ノ徳胤《イン》等奏シテ云サク、龍鬼魔縁ノ地也ト各相シ申ス故ニ太子廿二歳ノ時彼ノ寺ヲ移シテ建二立セラル荒陵ノ地一ニ。委クハ四天王寺ノ記ニ有リ過去七仏入涅槃之地ナリ。故ニ荒陵ト云也

として、啄木鳥の害はない。そして大魚については「鯨鯢《クチラフカ》蝮《タチハミ》蝎《ヤマカヽチ》」と具体的にその姿を描き、「百済国ノ博士学哥《カクカ》高麗ノ徳胤《イン》等」の奏上によって移転したとするのもまた、前掲の太子伝には見えない。このような形は明応三年（一四九四）写の鶴林寺本『太子伝』(22)にもほぼ同様に見えており、いくつかのパターンに分けることができると思われる。また、江戸初期写内閣文庫本『聖徳太子伝』(23)には、

取テ彼材木等ヲ一忽ニ命シテ二巧士等ニ一出玉造ノ岸ニ一建立スル四天王寺ヲ一。爰ニ守屋等成テ二悪霊邪神ト現二鯨鯢蝮蝎云身ト一作テ大魔鬼王々躬ト一岸ヲ崩シ寺ヲ破リ、又現テ寺檮鳥《ツヽキ》ト一穿ケ破リ仏像寺塔ヲ。又有テ二数多ノ鷹隼《タカハヤフサ》ツカミ喰ヲ一乎。依テ二如レ此之難ニ一太子生年廿二歳□□二月之比壊チ二移シ玉造寺ヲ一建立ス荒陵ノ東ノ地ニ一也。是レ今ノ四天王寺也。

とあり、大魚を具体的に記したものと啄木鳥説話とを合わせた形となっている。啄木鳥説話は、中世から近世にかけて、四天王寺移転伝承に組み込まれる形でも、様々に展開していったのである。

しかし、『盛衰記』の啄木鳥説話には、「仏法最初ノ天王寺」とあるのみで、玉造のものか荒陵のものかの区別は無い。四天王寺移転伝承の中で展開していく啄木鳥説話がある一方で、前掲の『聖徳太子伝古今目録抄』や『太子伝玉林抄』のような形でも受け継がれていっており、『盛衰記』はそうした形に近いということになる。

法隆寺僧顕真は、太子の舎人である調子丸の末裔と称し、盛んに法隆寺を押し出してくるのだが(24)、その顕真が

「蜜語」とした啄木鳥説話を訓海が受け継ぎ、さらに『盛衰記』にも同様の形で記載されている点には注目すべきである。

二　椋木説話

（1）椋木説話と大聖勝軍寺

『盛衰記』は、石橋合戦の記事に大幅な改変を施している。特に敗走中の頼朝の危難を救う記述が多く、それらは後の頼朝の興隆へと繋がるものとなっている。その中で「聖徳太子椋木」は、頼朝が伏木に隠れて、大庭景親の追撃から逃れた記事の後に引かれており、頼朝興隆の予兆という解釈は妥当であろう。(25) 以下に本文を挙げる。

昔シ聖徳太子ノ仏法ヲ興サントテ守屋ト合戦シ給シニ、逆軍ハ大勢也、太子ハ無勢也ケレバイカニモ難レシ叶。大返《カヘシ》ト云所ニテ只一人引ヘ給ケルニ、守屋ノ臣ト勝溝連《カツミゾノムラジ》ト行キ会ヒテ難レク遁レ御座ケルニ、道ニ大ナル椋木アリ。二ニワレテ太子ト馬トヲ木ノ空ニ隠シ奉リ、其木スナハチ愈ヘ合テ太子ヲ助ケ奉リ、終ニ守屋ヲ亡シテ仏法ヲ興シ給ケリ。

頼朝と太子、伏木と椋木とで対応している。そして『盛衰記』はこの後に「天武天皇榎木」として、同工の説話を加えている。

天武天皇ハ大伴ノ王子ニ被レテ襲ハテ、吉野ノ奥ヨリ山伝シテ伊賀伊勢ヲ通リ美濃ノ国ニ御座ケルニ、王子西戎ヲ引卒シテ不破ノ関マデ責メ給ケリ。天武危ク見エ給ケルニ、傍ニ大ナル榎木《エノキ》アリ。二ニワレテ天武ヲ天河ニ奉レツ隠シテ、後ニ王子ヲ亡シテ天武位ニツキ給ヘリ。

出典は不明であるが、(26) 敗走中に敵の追撃を受け、危ういところを「二ニワレ」た木によって救われるなど、その構成は酷似している。そして話末に「後ニ王子ヲ亡シテ天武位ニツキ給ヘリ」とするのは、椋木説話の「終ニ守屋ヲ亡シテ仏法ヲ興シ給ケリ」と同様である。

「はじめに」でも述べたように、『盛衰記』の椋木説話に関する先行研究は数篇であるが、椋木説話自体は多くの太子伝に見えるため、太子伝研究や在地伝承研究で取り上げられることが多い。特に、大阪府八尾市太子堂三丁目所在の大聖勝軍寺は椋木由来の寺院であるため、『大聖勝軍寺略縁起』(27)には、

太子つら〳〵思ひ給ふハ、かく仏法の興れるは偏に神妙椋樹の功勲なり、豈其徳を後世にあらハささるへけんやと、即天皇に奏聞し伽藍を造立し給ひ、椋樹山大聖勝軍寺と号し、椋樹をもてミつから十六歳の像及ひ四天王の像を模し、此道場に安置し給ふ、

となっている。これは、椋木説話が取り上げられる太子伝でもほぼ同様の内容であり、現在も寺域に「神妙椋木」として保存されている。そのため、これまではこの大聖勝軍寺を取り巻く環境が問題とされることが多かった。ただし太子伝では、この大聖勝軍寺という名については、当初よりその名ではなかったと伝えている。

昔ハ野中ナルニ依テ野中寺ト名付給フ也。又ハ此之木ニ被レ助給テ終ニ軍ニ打勝給フ故ニトテ、大将勝軍寺ト名付給フハ軍ニ勝ツ寺ト被レ仰ケル。（中略）敵ニ□□影ニ準シテ太子堂トモ申候也。（四天王寺本）

本野中也シカハ野中寺トソ云、軍ニ勝テ立タル寺ナレハトテ後ニハ寺号有テ大聖勝軍寺ト名ラル。又是寺ニハ十六歳ノ御□ヲ本尊トシテ進ケレハ太子堂トモ申也。（叡山文庫本）

河内国神妙椙木ノ太子堂ト申テ至《マテ》二末代之今一有レ之。律院也。太子末代ニテ報《シ》二彼木恩一事有二口伝一異説ニ云依二野原一曰二野中寺一又曰二大将勝軍寺一也。（醍醐寺本）

三種類の太子伝を挙げた。(28) 順不同だが、椋木説話にちなむ「野中寺」、太子との関わりからの「太子堂」の名

も挙げられている。[29] そして、醍醐寺本に傍線を付したが、同寺を「律院」とする記述も散見されることから、大聖勝軍寺は中世律僧たちの活動拠点の一つであり、椋木説話もそうした環境で成立、展開していったと考えられるのである。

（2） 椋木説話における「大返」伝承

椋木説話を、中世律僧の活動とともに考えることに異論は無いが、『盛衰記』がどのような種類の太子伝と関わりを持ったかという点については、一考の余地があるだろう。そこで本節では、『盛衰記』の表現を手がかりにして検討してみたい。

『盛衰記』の椋木説話では、守屋と勝溝連（勝海連か）の軍勢に追われた太子の様子を、

大返《カヘシ》ト云所ニテ只一人引ヘ給ケルニ、

としている。注目すべきは「大返《カヘシ》」という地名である。先行注では、『中世の文学　源平盛衰記』の頭注が「未詳」としており、また、『新定源平盛衰記』の脚注にも、

未詳。合戦に軍勢が一気に引返すを大返と称するが、それに発した虚構の地名か。

とあって、比定すべき場所はなく、架空の地名としている。[30] 確かに、八尾市周辺に該当する地名は見えない。ただし、いくつかの太子伝には、これに類する記述が見える。たとえば、橘寺僧の法空による『上宮太子拾遺記』第二[31]には、

彼阿都部ノ東ヲヲカヘリト云フ。太子彼ヨリ退返セ給ケル所ト云フ。其ノ北ノ方ニ神妙椋ノ木アリ。今ハ第三転ノ木云。威大《イカメシキ》木也。

とある。「阿都部」は現在の大阪府八尾市跡部付近であり、その東の「ヲカエリ」が「大返」であろう。太子がそこから「退返」したとあり、語源はやはり引き返すというところにあるらしい。その北に椋木があるとしている。『盛衰記』では、「大返」と椋木との距離が不明確な記述となっているが、これは先行の太子伝を略述した結果と考えられる。

「跡部」は、『和名類聚抄』によれば、渋川郡の五つの郷のうちの一つである。そしてその範囲は、近世のものであるが『河内志』[32]によれば、

跡部已廃シテ存ス二亀井村ニ一

とあり、また、

跡部神社跡部ノ邑邑ハ属ス二亀井ニ一

とあることから、現在の跡部神社のある八尾市亀井町と跡部本町の周辺と推定される。また、『日本書紀』用明天皇二年[33]（五八七）に、

阿都は大連の別業の在る所の地の名なり

とあるように、守屋の根拠地の一つであった。渋川郡より西にある志紀郡より攻めてきた太子が退却するのであれば、「大返」を東とする記述は妥当である。

そして同じ橘寺の聖云による『太鏡底容鈔』[34]は、次のように記す。

神妙椋木事太子十六歳用明二年丁未

或口伝曰法隆寺顕真得業之相伝秋七月朔日早旦初度也ニ太子幷ニ諸《カタヘノ》ノ皇子大臣已下引テ陣一向二大連カ阿都家ニ一然ルニ大連カ軍サ強盛ニシテ宮《ミヤ(カ)タノ》軍サ却帰爰太子第一度也大臣等重テ集テ二軍兵一以同キ午尅ヲ一重テ却ヘシ寄セ下ニ一日既ニ傾テ西山ニ一官軍又乱レヌ時ニ賊家

乗テ二勝ニ一出二己カ城ヲ一追太子ヲ一々々指難波一向西一而走ル川勝独リ従レ後（ママ）ニ一飛テレ矢一延シ上ル二太子ヲ一其道ニ有リ二椋樹一々々
之ノ杼《マタフタツニサケテ》二裂奉ル三蔵《カクシ》二太子ヲ一賊衆失二太子之ノ御跡一空ク却《シリソキカヘル》帰木又破裂シテ而奉ル三出二太子一々々立還テ賛シ〔玉〕フ二神
妙椋樹一ト云々彼ノ阿都部ノ東ヲヲカヘリト云フ太子彼ヨリ退キ返セ給ケル所ト云其北ノ方ニ神妙椋木アリ其所〔ヲ〕云
二渋河一ト云《コヽニ》寺アリ推古天皇御願也号二大聖勝軍寺一ト云々
　委細得テ意ヲ一可二訓釈一文段繁カ故ニ略之ヲ一

（中略）

・渋河寺推古御願在リ彼神妙椋東北ノ□七町一ニ云々
・饋《カレイ》堂在板木ノ北一ニ彼合戦ノ時進一セシ太子ノ御膳一ヲ之所也云々
・飛鳥寺推古天皇御願云々今者堂塔本尊無之一
・鳳凰寺在志那津ノ河向一ニ此ハ太子廿一才御時ニ自異国一進白雉一ヲ其雉ノ墓ニ被立一之寺也云々
　已上四ヶ寺同河州ニ有之一

まず、注目すべきは傍線部である。守屋と太子の合戦について、『日本書紀』崇峻天皇即位前紀(35)は、
倶に軍兵を率て、志紀郡より、渋河の家に到る。大連、親ら子弟と奴軍とを率て、稲城を築きて戦ふ。是に、大連、衣揩の朴の枝間に昇りて、臨み射ること雨の如し。其の軍、強く盛にして、家に塡ち野に溢れたり。皇子等の軍と群臣の衆と、怯弱くして恐怖りて、三廻却還く。
と記している。太子の軍勢は大阪府と奈良県の境、現在の大阪府柏原市の辺りを通過して北上し、渋川の守屋の本拠地を襲ったのであろう。そして太子は逃走するわけだが、その際、傍線部に見える「難波」を目指して西へ走ったというのも独自である。

次の二重傍線部は『上宮太子拾遺記』とほぼ同文である。橘寺の中で受け継がれてきた言説と考えられ、太子伝が先行の太子伝に「肉付け」する形で再編していく様子がうかがえる。そしてそこに「渋河」という、推古天皇御願の寺があったとし、それが大聖勝軍寺であるとする記述も興味深い。しかしながらやはり「阿都部（跡部）ノ東」についての詳細は不明である。

法空から聖云へ、橘寺内で伝承されていた「大返」の記述を持つ太子伝がもう一つある。前節で取り上げた法隆寺僧訓海の『太子伝玉林抄』(36)である。

一傳云　物部府都大明神□　聖云口決別ニ在之　師□口伝云守屋カ氏神也河内国太子寺神妙椋《シンメウムクヨリ》辰巳七八町也昔ノ稲村ノ城ノ跡トテ小里ノ内ニ小社今ニ在之府都明神ト云也云々

神妙椋樹之事　屋連禅所ノ樹□□助仏一事　並樹二月十五枯□□　堅固林仏□□□目□事裏書云彼ノ阿都部ノ東ヲ《ヲ》ヲカヘリト云フ太子彼ヨリ退キ返セ給ケル所云々其北方ニ神妙椋木アリ今ハ第三傳ノ木云々　ヰカメシキ大木也

私云文安二年乙丑大風之時彼ノ木吹ヲコシ□□植替也爾者今ノ樹ハ第四傳ノ木也

「河内国太子寺」に「神妙椋」があるとするが、「太子堂」と同義であろう。そして「神妙椋樹之事」として、椋木説話が簡潔に語られている。傍線を付した部分は、『上宮太子拾遺記』とほぼ同文である。後半の「今ハ第目□三傳ノ木云々　ヰカメシキ大木也(37)」は『太鏡底容鈔』にはないため、より近似していると言える。まず傍線部の冒頭「裏書云」であるが、これは『上宮太子拾遺記』にも『太鏡底容鈔』にもない。この記述については飯田瑞穂(38)が、

ところで本書の所々に「裏書云」といふ記事があり、かつて本書が、裏書きのできる形、つまり巻子本か折

本の形で傳寫された時期があつて、その際の裏書がのちに表に移されたものとする誤解を生ずる虞れもあるが、これらは法空の『聖徳太子平氏雑勘文』『上宮太子拾遺記』等の裏書きで、本書に加へられた裏書というわけではない。

と述べている。つまり、『太子伝玉林抄』のこの部分は、法空の言説の引用だったのである。『上宮太子拾遺記』の記述は、『太鏡底容鈔』だけでなく、『太子伝玉林抄』へも受け継がれていったと考えられる。

そうすると『盛衰記』に、この「大返」を記す椋木説話が流れ込んでいった過程の検討がなされねばならないだろう。その手がかりとなるのは、『太鏡底容鈔』の椋木説話である。前掲記事の冒頭部分を再掲する。

神妙椋木事（太子十六歳 用明二年丁未）
或口伝曰（法隆寺顕真得業之相伝）秋七月朔日早旦（初度也）ニ太子幷ニ諸《カタヘノ》皇子大臣已下引テ陣一向二下大連カ阿都家ニ一

『太鏡底容鈔』は椋木説話を「或口伝曰」と、冒頭で断っているが、その口伝は「法隆寺顕真得業之相伝」であるとしているのである。前節の啄木鳥説話の検討の際にも述べたが、鎌倉初期に太子の舎人調使丸の末裔と称し、太子信仰と法隆寺を押し出してきたという、あの顕真である。橘寺の聖云にとっても顕真は仰ぐべき存在であったらしく、『太鏡底容鈔』[39]の中では、

又法隆寺顕真得業者ハ正キ太子ノ舎人調子麿之末葉也彼ノ人ノ相傳之事所レ二記一録レ之

という文言も見える。顕真が著した『聖徳太子伝古今目録抄』は、嘉禎四年（一二三八）から延応・寛元年間（一二三九〜四七）にわたっての成立であり、様々な秘事口伝が記されている。そして顕真の甥である俊厳は、『聖徳太子伝古今目録抄』の抄出である『顕真得業口決抄』を編纂し、調子丸の苗裔としての顕真の血脈の相承を強く意識している。湯浅吉見[40]は、『顕真得業口決抄』について、

法隆寺や西大寺流の律僧たちの間に浸透した新しい太子伝伝受形態の起点となった書である。

としており、顕真—俊厳の間で生成された秘事口伝はその後、法隆寺系の寺院を中心に伝承、喧伝されていったに違いない。そうした中で、法隆寺の末寺とされる橘寺の法空のもとへ、椋木説話が伝わって『上宮太子伝拾遺記』(41)（正和三年＝一三一四成立）に記され、鎌倉末期から南北朝期にかけて『太鏡底容鈔』に取り込まれたと考えられる。『太鏡底容鈔』の「或口伝曰」「法隆寺顕真得業之相伝」とは、そうした経路を想定させる。そしてそれが再び「裏書」という形で、法隆寺僧訓海の『太子伝玉林抄』（室町中期成立）に現れたということになるのである。そうすると、この顕真相伝とされる椋木説話と同じ記述を持つ『盛衰記』へも、以上で述べたような法隆寺を中心とした文化圏で生成された伝承が流れ込んだと考えても、それほど突飛ではないだろう。『盛衰記』と太子伝の関わりに、顕真ゆかりの法隆寺系太子伝を想定したいのである。

（３）四天王寺の椋木説話

太子ゆかりの寺院の中でも、四天王寺と法隆寺は別格であるが、『四天王寺御手印縁起』が寛弘四年（一〇〇七）に「発見」されて以来、太子信仰の中心は四天王寺にあった。そうした状況を打開することが、法隆寺僧顕真の目的であったといわれる(42)。その四天王寺に蔵されていた四天王寺本第九(43)にも、「大返」を含む椋木説話が見えるため、検討してみよう。室町後期写とされる同書にはまず、

雖レ然ト無勢カ多勢ニ不レ叶ルハ習トテ御方之軍兵大返小返トテ三度マテ追返サレテ不レ心エ引返給フ也ト云々。

大返之橋ト名付テ今ニ河内国木ノ本ノ東ニ候也。

とある。太子の軍勢が三度退却したことは、『日本書紀』に見え、多くの太子伝も伝える所であるが、「大返小

返」という状況説明はない。その結果、「大返之橋」と呼ばれる橋が「河内国木ノ本ノ東」に残っているとするのであるが、管見の限り、「大返」を橋とする文献は他に見当たらない。その所在地である「木ノ本ノ東」であるが、これは志紀郡邑智郷の木本村であろう。[44] 現在も大聖勝軍寺の南に北木の本、南木の本、西木の本、木の本としてその名を残している。中央を平野川、南を大和川が流れており、「大返」を橋とすることに不自然さはないが、これ以上の考証は難しい。ただし、「阿都部」と同様「木ノ本」の場合でも、「大返」はやはり「東」なのである。そして椋木説話が語られた後に、

今ニ至マテ河内国渋川之郡ニ神妙椋木ト申テ居カキヲ囲テ在レ之是名木也。

として、「今」の状況を記し、「野中寺」「大将勝軍寺」「太子堂」の三種類の寺の名を紹介している点は他の太子伝と同様である。

結局、「大返」の具体的な解明には至らなかったが、これが守屋合戦にまつわる伝承である以上、実際の地理との比定よりも、大聖勝軍寺をとりまく太子伝承ととらえていた方がよいのかもしれない。あくまでも地名伝承なのである。ただし、『盛衰記』との問題ではこの点は重要である。やや略述気味の『盛衰記』の、

大返ト云所ニテ只一人引へ給ケルニ　（傍点稿者）

という記述の傍点部分「ト云所」は、すでにそうした地名が成立していたかのような書きぶりである。当然のことながら、太子が逃走中のその場所はまだ「大返」とは呼ばれてはいなかったであろうから、これは『盛衰記』編者が、先行する太子伝の「大返」伝承をよく咀嚼した結果と考えられる。『盛衰記』が何らかの椋木説話を参照したことは間違いないが、さらに言えばそれは、「大返」の地名伝承を含む法隆寺系の椋木説話であったと考えられるのである。

おわりに

弘長元年（一二六一）九月四日、後嵯峨上皇は法隆寺へ行幸した。公卿九人、殿上人十一人、その他上下北面、随身医師等を連れたものであったが、その際、中門の東間より入った上皇を案内したのは顕真であった。当時の別当は良盛であるが、顕真が「先達」を務めているのである。そして上皇は「院宣云」として、次のように述べたという。(45)

増天王寺。無左右貴覚。天王寺ニハ尼等之修念仏向西ハハメク許也。

訪れた法隆寺への配慮もあろうが、四天王寺よりも貴いとの評価を顕真はどのように聞いたであろうか。『聖徳太子伝古今目録抄』を記した嘉禎四年（一二三八）から延応・寛元年間（一二三九～四七）の直後であり、おそらく法隆寺喧伝の成果と受け取ったであろう。こうした顕真の努力が、その後甥の俊厳を経て受け継がれていったことは、本論で確認したとおりである。

『盛衰記』の、特に一字下げで記される三章段が接触した太子伝はそうしたものであったと考えられる。『聖徳太子伝古今目録抄』に見える縁起を再編集した巻第三十九の「長光寺縁起」、そして同書で「伝来ノ蜜語」とされる啄木鳥説話も、『盛衰記』と最も近似するものであった。さらに椋木説話は「法隆寺顕真得業之相伝」として受け継がれ、啄木鳥説話とともに『太子伝玉林抄』へと集約されているのである。

ただし、これを以てただちに『太子伝玉林抄』を依拠資料とするのは早計である。『盛衰記』が時を同じくしてこの三章段を引用したかどうかも明らかではない。段階的に加えられていった可能性もあるだろう。しかしこの三章段生成の場には、『太子伝玉林抄』のような法隆寺を喧伝する顕真の口伝が流れ込んでいたと指摘したいのである。

注

（1）高橋貞一に「太子傳と平家物語」（『高橋貞一國文學論集　古稀記念』、思文閣出版、昭和五七年〔初出『鷹陵』第一八号、昭和四三年〕）と題する論考があるが、これは叡山文庫本聖徳太子伝に平家物語と一致する記事の多いことを指摘するものであり、平家物語への影響を論じたものではない。黒田彰は「都遷覚書――太子伝との関連――」（『中世説話の文学史的環境　続』和泉書院、平成七年〔『国語国文』第五七巻五号、昭和六三年〕）で、平家物語のいわゆる「高野御幸」の記述が、文保本系太子伝六歳条を下敷きとしたものであるとしている。また阿部泰郎は、「中世太子伝の伎楽伝来説話――中世芸能の縁起叙述をめぐりて――」（『芸能史研究』第七八号、昭和五七年）の中で、巻第十五「万秋楽曲」と内閣文庫蔵『聖徳太子伝』太子四十一歳条との詞章・字句に共通のものがあると指摘しているが、これは牧野和夫の「中世の太子伝を通してみた一、二の問題（2）――所引朗詠注を介して、些か盛衰記に及ぶ――」（『中世の説話と学問』、和泉書院、平成三年、三三七〜三四八頁〔初出『東横国文学』第一四号、昭和五七年〕）の、巻第十三「入道信ニ同社一幷垂迹」の厳島縁起が文保本系太子伝の太子三十一歳所引「厳島縁起」からの抄出、改変によるという指摘と同様、直接太子と関わりのない部分でも太子伝が引用されていることを明らかにしたものである。『平家物語大事典』「聖徳太子伝」（大橋直義執筆項目、東京書籍、平成二二年）にも簡潔にまとめられているが、平家物語が種々の太子伝と交流のあったことは疑いない。

（2）浜畑圭吾「『源平盛衰記』「長光寺縁起」の生成」（『国語と国文学』第九〇巻四号、平成二五年）。

（3）牧野和夫前掲注（1）論文、三三九頁。黒田彰前掲注（1）論文、二七三頁、注八。

（4）『中世の文学　源平盛衰記（二）』（三弥井書店、平成五年）一二五〜一二六頁、注二〇。

（5）楊暁捷「杉山山中の物語――『源平盛衰記』における故事説話の方法――」（『国語国文』第五六巻一二号、昭和六二年）。

（6）堀誠「劉邦と頼朝――『源平盛衰記』杉山臥木救難考――」（『早稲田大学大学院教育学研究科紀要』第一二号、平成一四年）。

（7）内田吉哉「聖徳太子伝と在地伝承の相関――八尾・大聖勝軍寺の神妙椋木説話をめぐって――」（『近畿民俗』第一七五・一七六号、平成二〇年）。

（8）小谷利明「河内国渋川郡太子堂の成立と史跡の形成」（『八尾市立歴史民俗資料館研究紀要』第二〇号、平成二一年）。律宗集団の活動については、筆者も以前、前掲注（2）論文や「『源平盛衰記』「髑髏尼物語」の展開」（『軍記物語の窓』第四集、和泉書院、平成二四年）でも指摘した。

（9）『盛衰記』の本文については、渥美かをる解説『慶長古活字版　源平盛衰記（一）～（六）』（勉誠社、昭和五二～五三年）を使用、『中世の文学　源平盛衰記（一）～（六）』（三弥井書店、平成三～一三年）は適宜参照した。

（10）『盛衰記』の、一字下げで記される記事については、日比野和子「源平盛衰記に関する一考察――別記文について――」（武久堅編『日本文学研究大成　平家物語Ⅰ』、国書刊行会、平成二年〔初出『名古屋大学軍記物語研究会会報』第二号、昭和四九年〕）がある。他にも『盛衰記』は、巻第五「一行流罪」（前掲注（9）『中世の文学　源平盛衰記（一）』、三弥井書店、一六五～一六七頁）において、天台座主明雲を讒した西光について「去バ顕密兼学浄行持律ノ天台座主讒シ申ス西光モ、イカヾト覚テオボツカナシ」と、一字下げで記している。『盛衰記』の一字下げ記事には、「或説」や「異説」などとして、本筋に対して懐疑的な説を記すものがある。たとえば巻第四十「中将入道入水」では、維盛が那智の沖に身を投げたという記述の後に、「或説云」として、実は維盛は入水しておらず、関東へ下向し、飲食を断って相模国で没したという説を載せ、「禅中記ニ見エタリ」とするのである。さらに続けて「或説ニハ」として、維盛の生存説を展開し、「入海ハ偽事ト云々」と結んでいる。一字下げ記事の特徴の一つであろう。

（11）田山方南枝・北野克写『名語記』（勉誠社、昭和五八年）一三七三頁。

（12）後半の説では「テラツ、キ」を「色ノ赤クウツクシケレハ」としている。後に挙げる叡山文庫本『聖徳太子伝』第四などに「赤斑ナル鳥」とあり、「テラツ、キ」を「赤ゲラ」とする言説によるものであろう。

（13）荻野三七彦編『聖徳太子伝古今目録抄』（名著出版、昭和五五年）四八～四九頁。易林本『節用集』（中田祝夫氏『古本節用集六種研究並びに総合索引』所収、風間書房、昭和四三年、三〇五頁）には、

テラツ、キ　同
啄木鳥　鴷
タクボクテウ　レツ
とあり、「啄木鳥」と「鴷」は同じ「てらつつき」と見てよい。
(14) 松本真輔『聖徳太子伝と合戦譚』第二章「中世聖徳太子伝における物部守屋像――怨霊化する守屋・地蔵の化身としての守屋――」(勉誠出版、平成一九年〔『国語国文』第七二巻一二号、平成一五年〕)に詳しい。
(15) 『法隆寺蔵尊英本　太子伝玉林抄』上巻(吉川弘文館、昭和五三年)三八六頁〜。
(16) 『四天王寺古文書』第一巻(清文堂、平成八年)。
(17) 『大日本仏教全書一一二　聖徳太子伝叢書』(仏書刊行会、大正元年)所収。
(18) 『聖徳太子伝暦』上巻、二十二才条(前掲注(16)『大日本仏教全書一一二　聖徳太子伝叢書』所収)。
(19) 叡山文庫本『聖徳太子伝』第四「廿二歳天王寺建立事」(『斯道文庫古典叢刊之六　中世聖徳太子伝集成』第四巻山田本所収、勉誠出版、平成一七年、三七三頁)。
(20) 四天王寺本『聖徳太子伝』第十一(室町末期写、前掲注(19)『斯道文庫古典叢刊之六　中世聖徳太子伝集成』第四巻山田本所収、一四一頁)。
(21) 万徳寺本『聖徳太子伝』(一四六二年写、『斯道文庫古典叢刊之六　中世聖徳太子伝集成』第五巻所収、勉誠出版、平成一七年、二〇二頁)。
(22) 鶴林寺本『太子伝』第八(一四九四年写、伊藤正義監修『磯馴帖　村雨篇』、和泉書院、平成一四年、一八六頁)。
(23) 内閣文庫本『聖徳太子伝拾遺抄』第一冊(江戸初期写、前掲注(21)『斯道文庫古典叢刊之六　中世聖徳太子伝集成』第五巻所収、八三頁)。
(24) 榊原小葉子「古代中世の対外意識と聖徳太子信仰――法隆寺僧顕真の言説の期するもの――」(『日本歴史』第六一七号、平成一一年)は、顕真は太子を仏教伝来と結びつけるために、百済聖明王は太子の転生した姿であるという独自の説を打ち出したと述べている。そして自身を百済宰相の子調使丸の末裔とするのは、そうした太子百済転生説と繋げて顕真自身の「荘厳化」を図ったものとしている。傾聴すべきであろう。また、『聖徳太子伝古今目録抄』について、「四天王寺への対抗意識に貫かれつつ、四天王寺『古今目録抄』に対する検討と批判のうえに成り立ってできたテキスト」とする。

(25) 前掲注(5)楊暁捷論文、(6)堀誠論文。

(26) 前掲注(5)楊暁捷論文では、類話の提示はないが、「『日本書紀』の注にその可能性もある」としている。また前掲注(9)『中世の文学　源平盛衰記(四)』、八一頁頭注では、『宇治拾遺物語』巻十五ノ一(一八六話)と謡曲〈国栖〉が類話として挙げられている。『新定源平盛衰記』第三巻(水原一校注、新人物往来社、昭和六四年)八八〜八九頁の脚注も、「吉野隠棲の間に大伴の討手が大海人を襲い、大海人は国栖の里人の救いによって危難を脱したという伝説があり、本文はその異伝であろう」としており、さらに「天武帝が榎の木に救われた事は、吉野で国栖の里人により、舟の中にかくまわれた伝を誤り伝えたのであろう」ともしている。先行伝説の書き換え、もしくは誤伝と見ているわけだが、『盛衰記』では巻第十四「三井寺僉議」にもこの榎木説話が語られている。ここでは以仁王に味方した三井寺の僧慶秀が寺の由来を語るときに、壬申の乱について触れている。その中で、

　大友王子聞給テ、勢ヲ催テ美濃国へ向ケリ。何ノ所ニカ有ケン、宮ヲ奉リ二見付ケ一テ追懸タリ。危カリケル時、野中ニ大ナル榎木一本アリ。二ニ破テ中開タリ。宮其中ニ入給ヘバ、木又イヘ合ヌ。敵打廻見ケレドモ見エ給ハザリケレバ、陣ニ帰ヌ。其後榎木又破テ、中ヨリ出給ヌ。

としているのである。字句の相違はあるが、ほぼ同様であろう。ここでも天武天皇が隠れたのは「榎木」である。今後も典拠の博捜は継続しなければならないが、「天武天皇榎木」「三井寺僉議」に見える榎木説話は、「聖徳太子椋木」との構成、表現の一致などから、『盛衰記』の創作の可能性もあるだろう。『盛衰記』には天武天皇関係の独自記事が多く見られるが、頼朝を聖徳太子、天武天皇に準えていることには注意したい。今後検討が必要である。

(27) 『八尾市史　史料編』(八尾市史編纂委員会、昭和三五年)七一頁。

(28) 四天王寺本『聖徳太子伝』第九(室町末期写、前掲注(19)『斯道文庫古典叢刊之六　中世聖徳太子伝集成』第四巻山田本所収、一一四頁)、叡山文庫本『聖徳太子伝』第三「椋木号悲母木事」(享徳三〜四年〔一四五四・五五〕写、同

『斯道文庫古典叢刊之六　中世聖徳太子伝集成』第四巻山田本所収、三五三頁）、醍醐寺本『聖徳太子伝』（寛正三年〔一四六二〕写、『斯道文庫古典叢刊之六　中世聖徳太子伝集成』第二巻所収、勉誠出版、平成一七年、三七〇頁）。

(29) 神妙椋樹山大聖勝軍寺は、現在は高野山真言宗であるが、聖徳太子ゆかりの霊場として知られ、「上之太子」叡福寺（大阪府南河内郡太子町）、「中之太子」野中寺（大阪府羽曳野市）とともに「下之太子」とされ、「河内三太子」と呼ばれている。「太子堂」は現在でも地名としても残っているが、「野中寺」は中之太子とは異なる。現在の野中寺は蘇我馬子創建と伝えられ、顕真の『聖徳太子伝古今目録抄』（前掲注(13)、八五頁）の表書きにも、

野中寺〈河内国蘇我大臣造〉

とある。椋木は元々野原の中にあったので、「野中寺」と称したとしているが、前掲注(26)で挙げた『盛衰記』巻第十四「三井寺僉議」の榎木説話も「野中ニ大ナル榎木一本アリ」としている。

(30) 前掲注(9)『中世の文学　源平盛衰記(四)』、八一頁頭注四、『新定源平盛衰記』第三巻（新人物往来社、平成元年）、八八〜八九頁脚注。

(31) 前掲注(17)『大日本仏教全書一一二　聖徳太子伝叢書』、三〇八頁。『上宮太子拾遺記』については、すでに楊暁捷が前掲注(1)論文において、その内容が『盛衰記』に近接すると指摘している。

(32) 『五畿内志』「河内之十三」（『大日本地誌大系　五畿内志』所収、雄山閣、昭和四年、二二六〜二二七頁）。

(33) 『日本古典文学大系　日本書紀』下、一五八頁（坂本太郎ほか校注、岩波書店、平成一五年）。

(34) 『太鏡底容鈔』巻第三（鎌倉末期〜南北朝、牧野和夫「釋聖云撰『太鏡底容鈔』『太鏡百錬鈔』解説・翻印――その一、『太鏡底容鈔』――」『かがみ』第三一号所収、平成六年）。表記を改めた箇所がある。

(35) 前掲注(32)『日本古典文学大系　日本書紀』下、一六二頁。

(36) 前掲注(15)『法隆寺蔵尊英本　太子伝玉林抄』上巻、三七五〜三七六頁。

(37) 椋木について、『上宮太子拾遺記』は、「今ハ第三転ノ木云。威《イカメシキ》大木也」としている。この「第三転ノ木」は、『日本書紀』を始め、多くの太子伝が記す、三度の退却に因んでの名称であろう。しかしこれを『太子伝玉林抄』は、「今ハ第三傳ノ木云々　ヰカメシキ大木也」としている。「傳」ではなく「転」でなければ文意不通であるが、恐らくこれ

は「轉」からくる誤写であろう。しかしそれが、参照した先行太子伝の段階ですでに「傳」であったのか、訓海が誤ったのかは不明である。ただし訓海は、これを誤解したらしく、その後に「私云」として、

文安二年乙丑大風之時彼ノ木吹ヲコシ□□植替也爾者今ノ樹ハ第四傳ノ木也

としている。文安二年（一四四五）に大風によって椋木は倒れ、植え替えたため、今の木は「第四傳」であるとしているのである。訓海は「第三傳」を三代目と解釈したのであろう。椋木の、こうした植え替えについての情報は、他の太子伝にも見え、寛正三年（一四六二）写の万徳寺本は、「昔木倒失テ今ノ木ハ二代生替也」としている。これは明応九年（一五〇〇）写の神宮文庫本もほぼ同様で、「然彼木今不絶在也但今二代生替也」とある。寛正三年の時点で二代目ならば、文安二年に植え替えられたものがその二代目かも知れない。こうした「聖遺物」についての伝承は多かったであろう。室町末期写の四天王寺本が、

又此木ニ付テ口伝多レ之ト云々。爾者此木遥ニ生替ト云トモ本ノ木立ニ不レ替ラシテ裂目之有モ不思議之事也。

とするのはそうしたことの証左である。何度も植え替えが行われたが、今の椋木も裂けているのは「不思議」であるという指摘は当然であろう。訓海が「第三傳ノ木」について不審を抱かず、三代目と解釈してしまったのは、こうした植え替えについての言説が多く見られたからと考えられる。椋木の「第三転ノ木」という別名は、太子伝の中でも一般的ではなかったのであろう。

(38) 『法隆寺蔵尊英本　太子伝玉林抄』下巻、「解説」二九～三〇頁（吉川弘文館、昭和五三年）。本文をそのまま引用したが、表記を改めたところがある。

(39) 前掲注(34)に同じ。

(40) 『国文学　解釈と鑑賞』第五四巻一〇号（至文堂、平成元年）、一九五頁「解題」。

(41) 『顕真得業口決抄』（前掲注(16)『大日本仏教全書一一二　聖徳太子伝叢書』所収、一三一頁）には、

橘寺者。法隆寺根本之末寺也。

とある。

(42) 榊原史子『四天王寺縁起の研究　聖徳太子の縁起とその周辺』（勉誠出版、平成二四年）に詳しい。

（43）四天王寺本『聖徳太子伝』第九（室町末期写、前掲注(19)『斯道文庫古典叢刊之六　中世聖徳太子伝集成』第四巻山田本所収、一一三～一一四頁）。

（44）『五畿内志』「河内之十四」（『大日本地誌大系　五畿内志』所収、雄山閣、昭和四年、二三八頁）による。近世初期写の内閣文庫本『聖徳太子伝』には、椋木と大聖勝軍寺について、「此木于今有二リ河内国木本之城之北ニ太子堂是也」とあるが、訓海の『太子伝玉以林抄』（巻第五、前掲注(15)『法隆寺蔵尊英本　太子伝玉林抄』上巻、三四七頁）には、

文云阿都部一ト但是レ本名也阿都ハ是在河州一今ハ彼所ヲ云木ノ本一ト古木□今ニ並ニ立ツ

と見え、「阿都」を「木ノ本」とする説もあったようである。

（45）『続群書類従』第四輯下、「補任部」八一六頁。

常縁原撰『新古今集聞書』から幽斎増補本への道程

近藤美奈子

はじめに

東常縁が二〇〇首に加注した『新古今集聞書』（以下、「原撰本」と略称）は、新古今和歌集の本格的注釈書として最初のものである。しかし、昭和初期まで長らく一般には知られていなかった。それまで広く流布していたのは、この書を基に細川幽斎が増補した六一六歌注の『新古今和歌集聞書』（以下、「増補本」と略称）で、こちらは近世に数回の版行を重ね、加藤磐斎著『新古今増抄』や北村季吟著『八代集抄』など後世の注釈書にも多大な影響を与えた。(1) このように両書ともに新古今和歌集の注釈史上に大きな足跡を遺すものであるが、新資料が紹介され研究も進展したので、それを踏まえ、小稿では幽斎が「原撰本」から「増補本」を作成するまでの全体像を追ってみたい。この増補過程は、幽斎の和歌注釈の実態を示す一例である。

一

幽斎の「増補本」作成活動の道筋を辿るためには、まず「原撰本」「後抄」「増補本」という三種類の『新古今集聞書』の関係について述べておかねばならないであろう。

最初に、「増補本」の奥書について見ることとする。内閣文庫本（写本）によって掲げる。

〈奥書一〉

此抄出連〻請先達之説少〻又／加了見書置一冊也不可他見／之故筆跡無正体者也／平常縁在判

〈奥書二〉

右一冊以東野州自筆本令書／写尤可為証本者也／文明二年三月日　宗幸在判

〈奥書三〉

此集之抄出以右之奥書本書写之／尤可謂秘蔵而哥数不幾首漏脱／多之仍年来所聞置之義等今加／之於常縁抄者以朱加丸点／分而為上下雖似有其恐所記非／愚意之僻案是以恵雲院殿／近衛太閤三光院三条西前内府等之御説述／卑詞者也旁以堅禁外見深可／納函底耳／慶長第二季陽下旬／丹山隠士　玄旨

この〈奥書三〉によると、幽斎（玄旨）は〈奥書一〉〈奥書二〉を持つ「原撰本」を入手したが歌数が漏脱していたので、長年聞き置いた近衛稙家（恵雲院）や三条西実枝（三光院）の説をもとにして注釈を増補したというのである。

次に「後抄」(2)の奥書を内閣文庫本によって掲げる。

此集略抄前後二冊書写之今一冊者東野州常縁／作云〻去年写之了此帖又別抄也抑幽斎翁以彼／常縁抄漏脱之哥

引合此抄部分哥次第等任本集加用／捨被為二冊予雖有書写之志彼一冊已以所持之間／被追加之分書抜為別帖仍二冊之略抄注前後者也／若於得閑暇時者引合可為一抄耳／于時慶長第二丁酉仲冬初三日猶幽斎抄出之奥書追而可注加之／也足子素然四十二歳

これによると、也足子素然こと中院通勝は、「原撰本」に漏脱していた歌を幽斎が「此抄」に引き合わせて増補した本を写す機会に恵まれたが、前年（文禄五年）に「原撰本」を写していたので増補分のみを書き抜いて別帖とし、「原撰本」を「前抄」、増補分を「後抄」と名付けたというのである。ほぼ同内容の奥書が同日付で「原撰本」にも記されている。

従来はこの奥書に記されている如くに「増補本」から「原撰本」を除けば「後抄」が残ると考えられてきたが、実際にはそうではなかった。「原撰本」と「後抄」とを基に「増補本」を作成することはできても、逆に「増補本」から「原撰本」や「後抄」をそっくりそのままの形で抜き出すことはできないのである。したがって、奥書に記されている幽斎の増補本というのは、現行の「増補本」とは別物と考えざるを得ない。そこで、「原撰本」と「後抄」とを合わせ持った「原増補本」とでも言うべき書が「増補本」に先行して作成されていたと想定されるのである。稿者は以前、このような「増補本」成立の経緯等について述べたことがある。(3)

その後、片山享氏は「後抄」が幽斎の独自注ではなく『新古今和歌集註』(4)（以下「集註」と略称）を用捨して作られていることを明らかにされた。「後抄」四三三歌注のうち四二五歌注が奥書にいう「此抄」すなわち「集註」に拠っているというのである。「集註」側からすれば九八一歌注の四三％が「後抄」に採られていることになる。(5)「原増補本」は、幽斎が「集註」から取捨選択した注を以て「原撰本」に対して増補を行ったものだったのである。そして、この「原増補本」を整備したものが「増補本」である。

以上が、「原撰本」「後抄」「増補本」の関係のあらましである。これを踏まえて幽斎の増補活動をもう少し具体的に追ってみたい。

二

本節では「原撰本」の伝本を取り上げて、「増補本」との関係について見ていきたい。「原撰本」の伝本は奥書によって三系統に分けられるが、いずれも幽斎が深く関わっている。

三系統のうち最初に知られたのは、幽斎が養暹に遣わした本を中院通勝が転写した系統（以下、通勝本と総称）である。伝本としては細川文庫本（九州大学図書館蔵）・高松宮家本・内閣文庫本・愛知県立大学本などが知られているが、幽斎の奥書を二つ持つ細川文庫本によって奥書を掲げる。

〈奥書一〉

右注常縁作也

〈奥書二〉

右一冊東野州抄出也哥いつれもかたはし／在之以彼集作者こと葉かき已下書／加之書写後さきすつへきにあらすとて／養暹遣之相構之〻（朱）不可外見○為（朱）其染一筆／者也／玄旨判

〈奥書三〉

此注養暹〔大隅国宮内八幡宮社僧当時有鴻臚郷（ママ）興之幕下〕所持之予於城州山科郷之／普請場一覧之次写之／文禄五年六月上旬　也足子素然判

〈奥書四〉

〔異本無（別筆）〕此集之抄漏脱之哥以前抄幽斎翁彼追／加其分別ニ書抜而為一冊此抄号前彼抄号／後是予之注付処也以昨（ママ）（暇）日引

合彼是可／為一抄耳猶注後者也／慶長二年霜月三日　也足子判

〈奥書五〉（別筆）

右之抄予秘本無相違者也一覧之次奥書畢／慶長九年七月廿五日

幽斎
玄旨判

そして、〈奥書二〉には、歌、作者名、詞書などの原撰本の不備を幽斎が書き加えて書写し、養遅に遣わしたとある。〈奥書三〉には、その養遅所持本を通勝が転写した旨が記してある。〈奥書四〉は、既述のように「後抄」の奥書とほぼ同内容で同日付なので、通勝が「原増補本」から「後抄」分を書き抜いた後に「原撰本」に書き加えたものだと思われる。〈奥書五〉は別筆である。細川文庫本には朱筆で校異が書き込まれている（以下、細川文庫本校異本と略称）[6]が、〈奥書五〉はその校合本に書かれていたものであろう。幽斎から自分の秘本に相違ないとの御墨付をもらっている。また、〈奥書四〉にも別筆で「異本無」とあるので、細川文庫本校異本には〈奥書四〉が無かったものと思われる。すると、細川文庫本校異本は、通勝が文禄五年（一五九六）に養遅所持本を写してから慶長二年（一五九七）に「後抄」を書き抜くまでの一年半足らずの間に書写されたということになり、養遅所持本の俤をよく伝える伝本ではないかと推定されるが、後述する永青文庫本系統に近い本文を有している。

次に出現したのは、野口元大氏が「永青文庫蔵本「新古今略注」覚書」[7]で初めて紹介した永青文庫蔵『新古今略注』[8]（以下、永青文庫本と略称）である。左に奥書を掲げるが、養遅所持本を通勝が転写した旨の奥書がないことから通勝本の上位に位置すると考えられる伝本である。

右注常縁作也

右一冊東野州抄出也歌何れもかたはし在之以彼／集作者詞書已下書加之書写後さきすつへきニ／あらすとて
養遅に遣之相構〻〻不可有他／見為其染一筆者也　玄旨

野口氏は、永青文庫本の奥書・箱書・極札・本文の筆跡のいずれもが幽斎自筆であることを主張しているので、永青文庫本が通勝本の原型である養運所持本そのものではないかという見通しの許に、当時知られていた通勝本系統の伝本として内閣文庫本を中心に愛知県立大学本（旧称、愛知県立女子大学本）を参照し、「増補本」も視野に入れて様々な観点から精細に検討された。その結果、永青文庫本と通勝本との間に親子関係が成り立たないことが明らかになり、永青文庫本は養運所持本ではないと結論づけた。そして、永青文庫本が幽斎自筆と認められること、しかし花押が見られないこと、また「機械的な転写過程を経たもの」と推測されることなどの点から、幽斎が養運所持本の手控えとして書写したものではないかと位置づけている。

ところで、永青文庫本と同系統と考えられる伝本には、永青文庫本を転写した正勝寺本[9]、書陵部本[10]（奥書を欠く）、既述の細川文庫本校異本がある。

そして、通勝本や永青文庫本に遅れて、片山享氏[11]や荒木尚氏[12]によって紹介されたのが福岡市美術館所蔵の黒田家蔵『新古今集聞書』（以下、黒田家本と略称）である。奥書を次に掲げるが[13]、荒木氏によると花押も存在していて幽斎自筆本に間違いないということである。

〈奥書一〉

此抄出連〻請先達之説少〻／又加了見書置一冊也不可／他見之故筆跡無正体者也／平常縁在判

〈奥書二〉

右一冊以東野州自筆本／令書写尤可為証本者也／文明二年三月日　宗幸在判

〈奥書三〉

求或本逐書写校合尤可謂／秘蔵之至極者也／文禄第四暦林鐘下澣　幽斎玄旨（花押）

〈奥書四〉

此新古今聞書東野州被書置／一冊也以悪筆令書写備座右／握玩之然今如水感此道之／執心進献之畢莫免外見／耳／慶長二年仲春下澣／幽斎玄旨（花押）

奥書には、常縁と宗幸の奥書を持つ「原撰本」を幽斎が書写し秘蔵していたが、黒田如水が歌道に執心であるのに感じて、自筆の書写本を進献した旨が記されている。この奥書で注目すべきは、常縁と宗幸の奥書が「増補本」と同じものだということである。したがって、黒田家本は「増補本」作成時に直接用いられた系統の伝本と認められ、「原撰本」の中でも、幽斎の証本として最重要伝本に位置づけられている。なお、片山氏は、幽斎が「増補本」作成に用いた「原撰本」が黒田家本系統ならば、「原増補本」作成にも同書が用いられていたと推定している。[14]ところで、黒田家本には四三丁の表と裏との間に一丁分の本文脱落が見られるので、「増補本」作成に用いられた本そのものとは考えられない。これは二枚を一度にめくったために生じた本文の脱落であろう。幽斎の許には他に如水に進献した黒田家本の親本があったはずで、それによって「増補本」を作成したのであろう。

稿者は以前、独立した一冊の形ではないものの、黒田家本と同系統の伝本（以下、座右本と略称）が『和歌座右』[15]の中に認められることを指摘し、黒田家本と座右本との関係や黒田家本系統の性格などについて述べたことがある。[16]幽斎が座右の書とすべく編纂した歌学書に黒田家本系統の伝本を用いたことからも、幽斎がこの系統の伝本をいかに重視していたかが看取される。ただし、幽斎がこの系統の伝本を尊重して「増補本」作成に用いたからといって、この系統の伝本が「原撰本」の原初的な本文形態を伝えていると考えるのは誤りである。原初的な本文形態が遺っていると思われる箇所もあるが、むしろ逆に、幽斎の加筆・修訂の痕跡がこの系統に見いだされたのである。「増補本」[17]にも目を配りながら幽斎の加筆・修訂の活動を新見解を交えて振り返ってみたい。

座右本には黒田家本の本文脱落部分も存在しており、座右本と黒田家本との間には直接の親子関係は認められない。さて、座右本には黒田家本よりも古い本文形態が遺っていると考えられる箇所もあった。それは例えば、一七五七番「山里に契りし庵やあれぬらんまたれんとだに思はざりしを」の注釈部分である（以下、番号は『新編国歌大観』による）。黒田家本の注文を掲げる。

三

山里にと有て又庵と読る事は、前に人の住たりし所へ行て我もかならず来て庵をならべんといひたる心也。そのきたりて住べしと契りし時には、またれん事もあらじやがてゆかむと思ひしに、そのまゝとはで程久敷なればすまんと思ひし庵やあれぬらんと也。此庵のあれぬらんとは造て置たる庵ならず。かならずきてならべんと思ふ心の庵也。あるゝとは心のかはりぬらんといふ心也。僧霊《レイ》微《徹テツ》詩云

相-逢テ尽ク道休《イフヤメ》レ官ヲ去《サラント》林-下何ソ曾見《カツテミン》二一-人ヲ一

またれつる入相のかねの声す也。五文字入相の事ならず。命の事也。世上無常なる事は、夕をも只今をもしらぬ身なりと終日観念する所に入相の声を聞て、さてはけふをも過し侍り、あすも又命あらばけふのごとくきかむとすらんといふ心也。有心体哥也。五文字きどく也。此注奥の哥の所に有也。

けふの日も命のうちに暮にけりあすもや聞ん入相の鐘

ここには一八〇八番「またれつる入相のかねのこゑ（ママ）すなりあすもやあらばきかんとすらん」（「増補本」による）の上句とその注と思しき本文が存在しており、以前から「原撰本」諸本の問題点として野口論文でも論じられていた。ところが、黒田家本を見ると他の「原撰本」諸本とは異なっていて、黒田家本のみ、「またれつる入相のか

ねの声す也」から注文末尾までが枠で囲まれ、枠内末尾に位置する「けふの日も命のうちに暮にけりあすもや聞ん入相の鐘[18]」歌の直前に「此注奥の哥の所に有也」という注記がある。ここを座右本で見ると、「けふの日も……」歌が「またれつる……」歌注相当分の前に位置している。黒田家本の枠内で「此注奥の哥の所に有也」の注記に従って本文を移動させると座右本の本文形態になる。『和歌座右』編纂のために、座右本がその親本から歌注を書き抜かれる際に、「原撰本」自体の本文がこのように大きく移動させられるとは考えにくい。「原撰本」本文の位置はそのままに書き抜くと考えるのが自然であろう。したがって、座右本の方に「原撰本」の古い本文形態が遺っていると考えられるのである。「原撰本」諸本を見ると、「けふの日も……」歌の位置は黒田家本と同じである。幽斎所持の黒田家本と座右本とに異同があり、しかも黒田家本に幽斎自身の注記があることなどに鑑みると、幽斎は「原撰本」を養運に遣わす時にすでに本文を入れ換えていたのではなかろうか。「けふの日も……」歌が座右本の位置にあったとするならば、「けふの日も……」歌は「山里に……」歌の引歌ということになるが、用語に重なるところもなく適切な引歌とはいえないであろう。それに対して、「けふの日も……」歌と「またれつる……」歌とは用語も重なり歌意も似ていて引歌として適当だということで、より相応しい位置すなわち「またれつる……」歌の引歌の位置に移動させたのではなかろうか。そして、自身の秘蔵本にだけは枠囲みをし注記を残していたのではあるまいか。あるいは、枠囲みと注記は如水に進献する時に付けられたものであろうか。

「増補本」でここを見ると、「またれつる……」歌注は「山里に……」歌から切り離されて独立し、新古今和歌集の配列順に位置している。そして、一七五七番には左掲の如く「又説に」として別注、さらに「師説」が付け加えられている。

又説に、やまざとにすむべきといほりなどをむすびて、世のうき時はひをもうつすまじきやうに思ひしに、とかくまぎれてすぎ行ばそのいほりもいまはあれぬらんとなり。かくはおもはざりしものをといへる心也。
又山里と置て下にいほりとあり。山里といふは所の惣名、いほりはそのうちの庵なりと師説なり。

この「又説」部分は、次に掲げる兼載『新古今抜書抄』[19]（以下、「抜書抄」と略称）の注、

山里のうちに、そこ〳〵に住べき庵などやくそくして、世のうきとき日をもうつすまじきやうにおもひしに、
とかくまぎれて、はやその庵今はある、程にぞ成ぬらんと也。心をふかくつけてみるべし。

と似ているので、稿者は以前、幽斎が「増補本」作成時に直接「抜書抄」注を取り入れたのではないかと推測したことがある[20]が、後に片山氏が指摘したように[21]「集註」[22]の、

山里にすむべき庵などを結て、世のうき時日をもうつすまじきやうに思ひしに、とかくまぎれてその庵もいまはあれぬらんと也。かくはおもはざりしをといへる心也。

という注に拠ったものであると訂正したい。片山氏の指摘のように、幽斎は「原増補本」（「原撰本」と「後抄」を取り合わせたもの）作成時のみならず、「原増補本」を整備して「増補本」を作成する際にも「集註」を参看していたのである。この一七五七番注には、「原撰本」から「増補本」に到る幽斎の増補活動の一端が表れていよう。

さて、野口氏は、永青文庫本に無く通勝本にのみ見られる、「私ニ云」という私勘が記された部分や七〇八番の「又首書云」という注文、一七六四番（野口論文では一七六二番）・一八一二番の「本朱ニテ首書」として注文末尾に置かれている引歌などについては通勝の手によるものだと推論していた。私勘についてはその通りであるが、「又首書云」「本朱ニテ首書」の部分は幽斎自筆の黒田家本（座右本にも）に見られるので、通勝ではなく、幽斎の手によるものだということが判明した。通勝本では挿入箇所を誤っている「又首書云」の注文が、黒田家本系統では「又首書云」の語句を除いて然るべき場所にある。また、「本朱ニテ首書」の引歌についても、「本朱

ニテ首書」の語句を除いて、引歌は存しており、引歌の前後にこれらの歌が引かれた理由を明確にする語が補われている。ここを「増補本」で見ると、極めて小さい異同や「増補本」伝本内の小異同はあるが、黒田家本系統と同文である。

これをまとめると、幽斎が養遅に「原撰本」を遣わした時、すでにその養遅所持本には如上の「又首書云」「本朱ニテ首書」とある注文や引歌が幽斎によって首書されており、黒田家本系統の伝本は養遅所持本（通勝本の祖本）の親本（に相当する幽斎所持本）に幽斎がさらに手を加えたものだということになる。決して、黒田家本系統の伝本が「原撰本」の原初形態を伝えているとは言えないのである。

他にも同様の例がある。二九六番「水くきの岡のくず葉も色付てけさうらがなし秋の初風」の注文末尾を黒田家本で見ると「水くきの岡のやかた《あさぢ》のきり〴〵す霜のふりはやよ寒成らん　ねての朝けの霜のふりはもを取たる哥也」となっているが、傍線部は永青文庫本・通勝本には無く、黒田家本系統のみに存していて、「増補本」と同文である。なお、「増補本」の内閣文庫本には傍線部の上に上句「みづくきのおかの屋かたにいもとあれど」もあるが、陽明文庫本や版本には見られないので、上句については幽斎の手によるものではないかもしれない。

また、一二〇六番「かへるさの物とや人のながむらん待夜ながらの有明の月」の注文、

> 有明のつれなく見えし別よりといふ忠峯が哥をふかく執心せられて常に吟ぜられ侍しと也。無上の哥なるべし。あか月ばかりうき物はなしといへども、忍びてかへる人などの有明の時分おき出などしておもしろき月にをくりいでゝうちかたりなどすべし。それをさへうきものといふに、我はまつ夜むなしくて明行月なれば②切にかなしくあはれなりといふ心をこめて読り。①まつ夜ながらの有明の月すがたこと葉無比類哥成るべし。鴨長明新古今三首の名哥といひし是ひとつの哥也。

の傍線部①②は、これも永青文庫本・通勝本には無く、黒田家本系統にのみ見える本文である。②は「増補本」では内閣文庫本（陽明文庫本も）は割り注、版本は本行に書かれているという違いはあるものの、①②とも「増補本」には黒田家本系統と同様の本文がある。幽斎が養遅所持本を遣わした後に、黒田家本系統で増補したものである。①は「原撰本」の「すがたこと葉無比類哥成るべし」という批評が何に対して述べられたものであるかを明瞭にするために言葉を補ったのであろう。②については出典がわかったが、これによって興味深いことが判明した。「集註」の一二〇六番の注を見ると、次のようである。

我はひとりよひより在明の空まで待あかし侍るを、人はしらで、おもふ所より帰て此在明を詠るかとやみんと也。又人は皆衣々をしてかなしさに在明の月をながむらん、我はひとり待あかし侍ると也。鴨長明、新古今三首の名哥といひし一の哥也。

幽斎は「集註」の末尾一文を採っていたのである。一二〇六番は「後抄」にはない。「原撰本」と「集註」の注釈を比較すると、「原撰本」は忠岑歌を参考歌に挙げて歌意を鑑賞的に述べ、歌の姿や言葉にまで言及していて、「集註」よりも優れていると思われる。それで、幽斎も「後抄」に「集註」を採用するまでもないとしたのであろうが、『無名抄』を引く波線部は捨てるに惜しい注文であったのであろう。幽斎は養遅所持本の親本（に相当する幽斎所持本）の「原撰本」に「集註」の注文を加えて、黒田家本系統の本文を作成していたのである。このように、「後抄」の基になった「集註」を用いていることから、黒田家本系統の伝本は「原増補本」と同時期に作成されたものであろう。前述した一七五七番「又説」の例で片山氏が指摘されたように、幽斎は「原増補本」から「増補本」へ整備する際にも「集註」を用いていたが、これは、それよりも早い段階で幽斎が「集註」を参看して「原撰本」に手を入れていたことがわかる例である。

四

幽斎が「原増補本」（「原撰本」と「後抄」を合わせたもの）から「増補本」へと整備した経緯やその様相についてはすでに述べたことがある。[23]「原撰本」と「後抄」には重複している歌注が十八首あり、それらの中には注釈内容が重なっているものも見られることから、「原増補本」は機械的に「原撰本」と「後抄」とを合わせたものであることを指摘し、重複する十八首をはじめとする「原撰本」や「後抄」の注釈を幽斎がどのように整備して「増補本」注を作成したのかということを考察したものである。その時には触れなかったものについて、ここで改めて見ていきたい。

「原撰本」と「後抄」とに重複している十八首の番号を示すと、一・二六・二七・三六・九九・二一四・三七五・六一四・六八一・七三七・一〇三〇・一〇七八・一一五五・一二〇四・一二八五・一三二七・一四三四・一四四五番である。このうち、「増補本」で「原撰本」のみを採っているのは三六・一〇三〇番、同じく「後抄」のみを採っているのは一〇七八番である。「原撰本」と「後抄」を併記しているのは二一四・六一四・一一五五・一二八五・一四三四・一四四五番であるが、六一四・一四四五番以外は全文をそのまま採っているのではなく、少し手を加えて両注に整合性を持たせている。その他の番号の注については注文の順序が入れ換えられたり、注文が加除されたりして細かく整えられている。この十八首のうち結果的に「増補本」にほぼ全文が採られている注は、「原撰本」では一・二七・三六・二一四・六一四・六八一・一〇三〇・一一五五・一二八五・一四三四・一四四五番の十一首、「後抄」では一・九九・二一四・三七五・六一四・七三七・一〇七八・一一五五・一二〇四・一二八五・一三二七・一四三四・一四四五番の十三首で、「後抄」の方が採取率が高い。

この中で注目されるのは、両注のうち片一方の注だけが「増補本」に採られたもので、特に「原撰本」注を基盤としている「増補本」であるのに、「原撰本」部分が削除されて「後抄」注のみが採られた一〇七八番「海人のかるみるめを浪にまがへつゝなぐさのはまを尋わびぬる」（俊成）の注である。

〈原撰本〉

海松をみるめにいひなして読る也。みるめをなみにとはみるめもなきといはんため也。なぐさのはまとは名といひかけたり。我恋る名はかくさむと思へどもかくされがたくあらはれ侍る程に、かくすべきと思ひつる名はいづれの名ぞとたづねわびたるといふ哥なり。

みるめかるかたやいづくぞ棹さして我にをしへよ海人のつり舟

あまのかるもにすむ虫のわれからと音をこそなかめ世をばうらみじ

〈増補本〉

隠名恋といふ心を読ることあり。

住吉の浦によるてふ名のりそのなのらばつげよおやはしるとも

きのくにのなぐさのはまは君なれやことのいふかひ有とき丶つる

なぐさのはまをばなぐさまぬといふ心にとれり。思ふ人を色〳〵にいへどもつれなきほどにわがなをなのりかへていひよれども、それにもつれなきほどになぐさまぬといふこゝろなり。なぐさまねばたづね佗るとなり。能丶工夫して見るべき哥也。上手の沈思の哥なるべし。

「増補本」の波線部は、「後抄」では詞書「隠名恋といへる心ヲ」として抄出歌の前にあるが、原則的に詞書を付けないという「増補本」の体裁に合わせて注文に組み込んだものであろう。この他は、「後抄」は「増補本」

と同文である。

両注の傍線部が題の「隠名恋」に関する注文である。この歌は恋の相手の名が隠されていることを詠んでいるので両注ともに題の本意からは外れた解釈であるが、「原撰本」の方は難解でもある。また、「原撰本」前半の注文は妥当だと思われるが、常識的ということで採用されなかったのであろうか。引歌一首目は「増補本」には入っていないが新古今和歌集一〇八〇番歌（出典、伊勢物語）である。「みるめかるあま」は常套的表現としてこの歌以外にも詠まれているものである。引歌二首目は参考歌として挙げる必要のないものである。それに対して、「後抄」は「なぐさのはまをばなぐさまぬといふ心にとれり」という傾聴に値する解釈を述べている。また、引歌については、二首目は参考歌として妥当なものである。一首目は参考歌としては不要であるが、注文傍線部の「わがなをなのりかへて」に関わるものとして挙げてあると見ることもできる。上述の理由などを勘考して、幽斎は「原撰本」を切り捨てたのであろうか。

実はもう一首、「後抄」は全文が採られているのに、「原撰本」からは引歌しか採られていないものがある。七三七番「ぬれてほす玉ぐしの葉の露霜にあまてる光幾世成らん」（良経）である。

〈原撰本〉

玉ぐしは榊也。伊勢にかぎりて榊を玉ぐしといふ也。ぬれてほすとは露にぬれてひる間にも千とせはふべきといふ事也。

ぬれてほす山路の菊の露の間にいつか千とせを我はへにけん

此哥をとりて俊成

山人のおる袖匂ふ菊の露うちはらふにも千世はへぬべし

あまてるひかりといへるは伊勢皇太神の御事也。

〈増補本〉

ぬれてほすとは露霜といはんとての詞のおこり也。玉ぐしの葉とは榊の一名○《也》。あまてる光は大神宮の御事也。神木なれば幾年をふるらんと也。

ぬれてほす山路の菊の露の間にいつかちとせを我は経にけん

「増補本」は、傍線部が「原撰本」部分で、残りは「後抄」である。これを見ると、波線部のように両注の内容が重なっていることがわかる。「原撰本」の「伊勢にかぎりて榊を玉ぐしといふ也」という注文は、『八雲御抄』にも同様に書かれているので妥当であろう。両抄の最大の相違点は、「ぬれてほす」に関する注文である。この歌の「ぬれてほす」は「濡れては乾く、濡れては乾くを繰り返す」の意なので、「原撰本」の「露に濡れて乾く短い時間に」という解釈は誤りである。また、それに続く注文の「千とせはふべき」の語句は引歌の俊成歌第五句「千世はへぬべし」と非常に似ているので、結局「原撰本」の「露にぬれてひる間にも千とせはふべき」という注文は俊成歌に幻惑されたものであろう。なお、この俊成歌は新古今和歌集七一九番に当たり、歌注が「増補本」にある。その点も、「原撰本」が「増補本」に採用されなかった一因であろう。さて、「後抄」の「ぬれてほす」の注文は、「ぬれてほす」が「露霜」を引き出す序詞的な働きをしているとの指摘で有用なものである。また、「神木なれば幾年をふるらんと也」も賀歌であることを指摘する注文として有益だと思われる。このように見てくると、「原撰本」の注釈にはいくつか問題点があるのに対し、「後抄」のは妥当である。それで、「原撰本」からは本歌を指摘した部分のみを採って「後抄」と取り合わせたのであろう。

この二首の「増補本」注には、常縁の「原撰本」注をただ踏襲するのではなく、それをより良いものにしていこうとする幽斎の姿が表れていると言えよう。

「後抄」注を採用しなかった三六・一〇三〇番について見ると、三六番「見渡ば山本かすむ水無瀬川夕は秋となにおもひけむ」の注は「原撰本」「後抄」ともにほぼ同内容である。「原撰本」には「水無瀬は皇居」という注文や引歌「うす霧のまがきの花の朝じめり秋は夕と誰かいひ釼」（清輔）の指摘もあり、「後抄」より少し詳しく叙情的に述べているので「原撰本」の方を採り、「後抄」を切り捨てたのであろう。一〇三〇番「我恋は松を時雨のそめかねてまくずがはらに風さはぐ《ママ》也」（慈円）について見ると、「原撰本」は目配りのきいた妥当な注であるが、「後抄」は「松ハ時雨ニ負テ色ヅキ安キ葛ニさわぐやうにある我ぞとよめり」という不的確な注なので採られなかったものと思われる。ところが、この「後抄」には、「集註」には無かった「我恋ト云五文字大かたニテハ不被置やう被仰タリ」という師説[24]を幽斎が書き込んだ注文も含まれている。たとえ師説を含んだ注であっても、不適切だと判断したら切り捨てているのである。ここにも、「増補本」をより良い注釈書に作り上げようという幽斎の姿勢が窺えるのではないだろうか。

「原増補本」から「増補本」への幽斎の整備の有様を子細に見ていくと、上述の十八首のように大きなものから細かなものまで多岐にわたっている。詞書の注文への取り込み、語句の加除・変更、文や語句の入れ換え、引歌の配置換え、注文の追補、敬称や敬語の加除、助詞や助動詞の加除訂正などが見られるが、そのいずれも「増補本」の体裁を整え、注を解りやすくするという方向で行われている。その一部を見ていきたい。

「原撰本」にある注のうち、「増補本」で詞書が注文の最初に書き加えられたものには一四三七・一七二八番があるが、これも、「増補本」作成時に「集註」を参照して、注文の理解を助けるために付けられたものであろう。[25]

「原撰本」が引く漢詩句に対して「増補本」で追補している例がある。細かな整備である。二〇一番「昔おもふ草の庵のよるの雨になみだなそへそやま郭公」（俊成）の「増補本」注には「〳蘭省花時錦帳下廬《ママ》山雨夜草庵中／〳遶簷点滴如琴筑支枕幽斎聴始奇／〳憶在錦城歌吹海七年夜雨不曾知／〳半《三体詩》夜灯前十年事一時和雨到心頭／〳年老心閑無外事麻衣草座亦容身」の漢詩句が記載されているが、傍線部は「原撰本」には無い句である。これは陸游（務観）の「冬夜聴雨戯作詞」（『錦繡段』では陸務観「聴雨戯作」の二首目）の前半部で、元々「原撰本」に記載されていた詩の後半部（波線部）に合わせて「増補本」で補ったものである。この詩は、夜の静かな書斎で雨だれを琴の音のように聴く現在を詠んだ前半部と昔にぎやかに都で過ごした七年間は夜雨の興趣に気づかなかったという後半部が対比されていて、俊成歌と趣が通じている。陸游の詩句が引用されている意味を明瞭にするために、詩の前半を追補したのであろう。

「原撰本」の注文自体を大きくいじっているものは、三六三番「見わたせば花も紅葉もなかりけり浦のとまやの秋の夕暮」（定家）であるが、他にこのような例はない。

〈原撰本・黒田家本〉

ながむれば(26)花も紅葉もなかりけり浦のとまやの秋の夕暮

此哥うちきこえたるやうなれども少しわけがたき所侍るにや。一とせのうちいひつくし書つくすべきにあらず。さま〴〵に心をつくし侍る中にも、春は梅柳よりはじめて鶯をきゝ遠こちかすみわたり桜やう〳〵さきはじめて春の明ぼのたぐひなく四時にもすぐれ侍り。兼家卿哥に

思ひきや四の時には花の春春の中には明ぼのゝ空

夏冬はくるしむ方おほく秋はまた春のけしきにひきかへて荻の音も身にしみて野べの草〳〵も花さき露にやどれる月影さやかに梢のもみぢ色をそへて、あはれさの是より外にはあらじと思ひあくがれたるに、

春も昔になり秋のもみぢも散はてゝ何の名残なく成たる秋の暮方に浦のとまやを見わたせば、よる白波のいつともわかぬけしきをながめて、世中体はかくこそ侍りけれ、何事もいたづら事也、身体も世間にとゞまらぬ物なり、はてはたゞうらのとまやの秋の夕ぐれなりといひすてたる哥なり。又説花紅葉もなき体かへりて面白し。秋の夕の感を見たてゝさてもおもしろやと思ふに花紅葉もなし、物をかざりなどもせぬに真実の事はあるといふにや。こと葉をたくみにし色をよくするを聖人のいさむる道理に相叶歟。人間万事如此。涙おさへがたき哥なり。

〈増補本〉

見わたせば花も紅葉もなかりけり浦のとまやの秋の夕暮

此うたうちきこえたるやうなれどもふかきこゝろ有。一年のうち、いひつくし云(ママ)つくすべきにあらず、さま〳〵に心をつくし侍る中に、春は鶯をきゝ梅柳桜にいたるまでながめ絶ず、あけぼのゝ霞わたりたる体四時にもすぐれ侍り。兼宗卿哥に、

おもひきや四の時には花の春はるの中にはあけぼのゝ空

夏冬は炎寒に心をくるしめ、秋は又春に引かへて荻の音をはじめて草〳〵の花さき露にやどる月のかげさやかに梢の紅葉色をそへて、あはれさのこれよりまさる事はあらじとおもふに、秋の夕暮うらのとまやを見わたせばいつともわかぬ気色を感じて、世の中はかくこそ侍りけれ、何事もいたづら事也。身体も世間にとゞまらぬ物なればはては只うらのとまやの秋の夕暮なりといひすてたる哥也。又説、花紅葉もなき体かへりて面白しと秋の感を見たてゝ、さても言語道断の事かなとおもふに、花紅葉もなし、物をかざりなどもせぬに真実の事はあるといふにや。こと葉をたくみにし色をよくするを聖人のいさむる

道理に相叶歟。人間万事如此。涙おさへがたき哥也。

「増補本」で表現が変化しているところは波線、その中で同じ語句には傍線を引き、削除されたところには傍点を付したが、一見、「増補本」でかなり細かく手を加えていることがわかる。最初に「原撰本」で否定的ニュアンスで「少しわけがたき所侍るにや」とあるのを肯定的に「ふかきこゝろ有」とし、末尾の方で「原撰本」では「おもしろや」とありきたりな感動表現であるのを「言語道断の事かな」と非常に強い感動表現に言い換えており、全体的には、少し冗長な「原撰本」の表現が「増補本」では引き締まった美文になっている。このように細かく表現をいじった添削のような作業を見ると、定家歌に対する強い思い入れと同時に「原撰本」を尊重しつつより良いものにしたいという幽斎の意思が感じられよう。

以上、幽斎がどのように「原増補本」を整備して「増補本」を作成したかという点について具体的に見てきたが、整備をする幽斎の姿勢は終始同じであったと思われる。「原増補本」で重複していた十八首のうち、「原撰本」と「後抄」のどちらか一方の注だけしか採用されないものもあった。「原撰本」を基盤として増補した「増補本」なのに、結果的に「原撰本」注が切り捨てられた場合もあった。しかし、それも全体として見れば、「原撰本」を継承してさらにより良い注釈書に作り上げようという幽斎の意思の表れであったと思われる。多岐にわたる細かな整備の跡もそれを物語っていよう。

おわりに

現存の「原撰本」のいずれにも幽斎の奥書が見える。「原撰本」は幽斎によって発見されたのであった。「原撰本」から「増補本」に到る過程と幽斎の増補活動とを振り返ってまとめとしたい。

幽斎の「原撰本」増補活動は、養運所持本に始まる。永青文庫本と通勝本には幽斎が「原撰本」を養運に遣わした旨を記した奥書がある。養運所持本を祖本とする通勝本に、すでに幽斎の書き込みの痕跡（「又首書云」「本朱ニテ首書」という注記を伴う注文等）があった。それは、幽斎自筆とされる黒田家本（系統）に進化した形で存在している。幽斎が自身の書き込みにさらに手を入れていたのである。黒田家本系統には、通勝本に見えない注文が「集註」によって増補されている箇所もある。上述のように、幽斎が黒田家本系統で加筆・修訂した注文は「増補本」でも同文である。幽斎が「増補本」作成に用いた「原撰本」は、「増補本」と同じ奥書を持つ黒田家本系統であるが、幽斎は「増補本」作成を射程に入れて、黒田家本系統の「原撰本」に手を入れていたと思われる。

「後抄」は、幽斎が黒田家本系統「原撰本」を基に兼載流の色濃い「集註」を以て増補作成した「原増補本」から、その増補分だけが書き抜かれたものである。「集註」から「後抄」（「原増補本」）に採り入れられる際に、一度、幽斎によって篩《ふるい》にかけられた注である。

幽斎が手を加えた黒田家本系統「原撰本」に、同じく自身の目で取捨選択した「後抄」を合わせた「原増補本」をさらに整備して作成したものが「増補本」である。小稿ではこれまで「整備」という用語を使ってきたが、「原増補本」を「増補本」に成す作業を表す言葉としては、まさに「整備」が相応しいと思われる。「原撰本」と「後抄」とを大方そのまま受容して、その中での洗練や整合性を目指すという性質の作業である。「原撰本」を尊重し踏襲しながら、数量的にも内容的にも、注釈書としてより良いものにしようとしたのが、幽斎の「原撰本」に対する増補活動であったといえよう。

注

（1）小島吉雄「新古今和歌集注釈書の話」（『新古今和歌集の研究』、星野書店、昭和一九年。後に『増補　新古今和歌集の研究』、和泉書院、一九九三年）。

（2）①近藤美奈子「『新古今和歌集聞書（後抄）の諸本について」（『島田勇雄先生古稀記念　ことばの論文集』、明治書院、一九八一年）。②同編「新古今集聞書後抄（内閣文庫本）」（『新古今集古注集成　近世旧注編1』、笠間書院、一九九八年）。

（3）近藤美奈子「『新古今和歌集聞書』（増補本）の成立について」（『甲南国文』第二九号、一九八二年三月）。

（4）『新古今和歌集註』は、新城・牧野文庫本系統『新古今集聞書』、清原宣賢筆『新古今注』、猪苗代兼載『新古今抜書抄』、『宗長秘歌抄』等の室町期新古今和歌集注釈書を典拠とする取り合わせ注である。①片山享「『新古今和歌集註』について」（『和歌文学研究』第四八号、一九八四年三月）。②同「『新古今和歌集註』解説」（片山享・近藤美奈子『新古今集聞書　牧野文庫本』古典文庫第四八五冊、一九八七年）。③片山享・藏中さやか「解題『新古今和歌集註』」（『新古今集古注集成　中世古注編3』、笠間書院、一九九七年）。

（5）前掲注（4）①。片山享「『新古今集聞書』（後抄）考」（『甲南国文』第三二号、一九八五年三月）。

（6）近藤美奈子（旧姓・中川）「新古今和歌集聞書（前抄）について」（『和歌文学研究』第四一号、一九七九年一一月）。

（7）野口元大「永青文庫蔵本「新古今略注」覚書」（『法文論叢』第一七号、一九六四年一一月）。以下、野口氏の引用は、これに拠る。

（8）①荒木尚「永青文庫蔵「新古今略注」――私解と翻刻――」（『国語国文学研究』第五号、一九六九年一二月）。②同編『新古今略注　永青文庫蔵　幽斎筆』（笠間書院、一九七九年）は永青文庫本の影印と「解題」を収める。

（9）澤山修「正勝寺本「新古今集聞書」――永青文庫蔵本「新古今略注」との書写関係――」（『国語国文学研究』第一二号、一九七六年一二月）。

（10）近藤美奈子「書陵部蔵『新古今集聞書』（前抄）について」（『甲南女子大学大学院　論叢』第五号、一九八三年一月）。

（11）前掲注（5）片山論文、一一五頁。

(12) ①荒木尚『幽斎本　新古今集聞書――本文と校異――』(九州大学出版会、一九八六年)。②同編「(常縁原撰本)『新古今集聞書』」(『新古今集古注集成　中世古注編1』、笠間書院、一九九七年)。「原撰本」本文の引用は②に拠る。

(13) 前掲注(12)①の影印による。

(14) 前掲注(11)に同じ。

(15) 宮田正信・山本利達「「和歌座右」の実態」(『滋賀大学教育学部紀要――人文・社会・教育科学――』第二八号、一九七八年)。『和歌座右』は、幽斎が作歌等の便のためにみずからの座右の書として編集したものである。万葉集、新古今和歌集、拾遺愚草の歌を中心に、「宗長秘歌抄」「原撰本」「常縁注拾遺愚草聞書」などの注釈をその抄出歌の第一字目によって「いろは」順に分類し、それを注釈書ごとにまとめ記してある。

(16) 近藤美奈子「常縁原撰『新古今集聞書』の原形態と幽斎の関与をめぐって」(『甲南国文』第三六号、一九八九年三月)。

(17) 以下、本文の引用は、青木賢豪「増補本新古今集聞書(内閣文庫本)」(前掲注(2)②『新古今集古注集成　近世旧注編1』)に拠る。本書には陽明文庫本(写本)の校異も掲載されているので適宜参照する。

(18) 前掲注(16)の拙稿では当該歌の出典を不明としていたが、二つ見つかったので記しておきたい。①寛永十九年(一六四二)刊の『可笑記』〈巻五・十三〉に「……折ふし遠寺《ゑんじ》の晩鐘《ばんしやう》かすかすにきこえけるをきかざるの願《がん》たてたる人何となく思ひ出て　けふの日も命のうちに暮にけりあすもやきかん入あひのかね　と古き歌をうそふきける所に……」とある(田中伸・深沢秋男・小川武彦『可笑記大成――影印・校異・研究――』笠間書院、一九七四年、四九六頁)。②寛永十二年(一六三五)刊の『法華経直談鈔』〈巻第八末、法師功徳品第十九・廿一、鐘云字二様之事〉に「歌ニ云今日モ早ヤ暮ヌト計リ鐘聞テ身ノ行末ヲ知ル人ソ无キ何ツノ日何ノ時ニカ聞果テン我カ住ム山ノ入会ノ鐘今日ノ日モ命ノ内ニ暮ニケリ明日モヤ聞ン入会ノ鐘」とある(栄心著、池山一切圓解題『法華経直談鈔』全三冊、臨川書院、一九七九年、二四六頁、波線部)。①には「古き歌」とあり、②にも「歌ニ」とあるので本来の出典は①②を遡ると思われるが、当時かなり知られていた歌なのであろうか。

(19) 引用は、片山享「新古今抜書抄(松平文庫本)」(前掲注(12)②『新古今集古注集成　中世古注編1』)に拠る。

(20) 注(3)に同じ。

(21) 注(5)片山論文、一一七頁。

(22) 引用は、藏中さやか「新古今和歌集註（吉田幸一氏蔵本）」（前掲注(4)③『新古今集古注集成　中世古注編3』）に拠る。

(23) 前掲注(3)に同じ。

(24) 前掲注(5)片山論文、一一四頁。

(25) 「後抄」の詞書については、前掲注(5)片山論文、一一二頁参照。

(26) 黒田家本は「なかむれは」、座右本は「なかむれは《みわたせはイ》」、永青文庫本・通勝本は「見わたせは」である。この歌が座右本では「な」の部に分類されていることから黒田家本系統では元々「なかむれは」の本文であったと思われることは、前掲注(16)で述べた。なお、「増補本」の陽明文庫本も「なかむれは」なので、黒田家本系統との関係に注意される。

不産女地獄の表現史——差別と救済の思想——

田村正彦

はじめに

「灯心で竹の根を掘る」という諺がある。「灯心」とは、油で火を灯す際に用いる糸状のものであるが、それで竹の根を掘ろうとしても到底できるものではない。諺の意味は、まさにそこにあるわけだが、これは、もとを辿れば、子どもを生まなかった女性が堕ちる不産女地獄の責苦であった。竹林に集められた女性たちは、竹の根を掘るよう命じられるが、柔らかい灯心ではどうにもならない。仕方なく素手で掘り始めると、爪が剝がれ、あたり一面が血の海になるという凄惨な地獄である。

この不産女地獄は、『往生要集』や『十王経』など、日本の地獄思想の根幹をなす書物には記されておらず、そもそも典拠自体が曖昧な、謎の多い地獄である。女性の地獄といえば、中世末の血の池地獄や両婦地獄が知られているが、不産女地獄はやや遅れて、近世の初頭に登場した。これらは、現代の我々からすれば女性差別以外の何ものでもないが、この時期に女性の地獄が相次いで設定されたことは、それだけ女性というものの存在がクローズアップされていたということに他なるまい。子どもを生まないことを罪とし、それを広めた不産女地獄とは、いったいどのような地獄であったのだろうか。

一 「うまずめ」とは何か

そもそも「うまずめ」とは何であるのか。「不産女」「不生女」「石女」などの漢字を当てるが、遡れば経典類に見られる「石女《しやくによ》」がこの概念の源流であると考えられる。たとえば、『大般涅槃経』（北本）巻二十六には、「譬如石女本無子相、雖加功力無量因縁子不可得(1)」（譬へば石女の本より子の相なければ、功力無量の因縁を加ふと雖も子を得べからず）とあり、『大宝積経』巻七十六にも、「譬如石女夢見生子(2)」（譬へば石女夢に子を生むことを見るが如し）とある。また、『仏説仏名経』に収められた『大乗蓮華宝達問答報応沙門経』には、次のようにある。

宝達復前更入一地獄。名為火象地獄。其地獄中自然而有火象。其象身甚長大。象身火然烟焰倶出。其象口眼亦有火然。罪人見之迫迮号泣而不肯前。獄卒夜叉叉著象上。其象跳踉罪人堕地。地上火燃焼然其身。一日一夜千死千生万死万生。従地獄出若生人中身不具足。黄門二根不男石女。(3)

この経は、宮中の仏名会で使用された地獄絵の典拠とも考えられているが、右の箇所では、「火象地獄」の亡者が人間界へ転生すると性的に不完全な者に生まれ変わるとし、「黄門」「二根」「不男」などと共に、「石女」もその一例に挙げられているのである。

一方、和語である「うまずめ」に関しては、慈円の『愚管抄』巻四に「ソノ御ムスメ北政所ニテヲハシマシケレド、ツイニムマズメニテ、御子ノイデコザリケレバ(4)」云々とあるのが最も古い例のようである。中世の用例は他に知らないが、近世に入ると韻文、特に俳諧を中心に散見されるようになる。ここでは『古典俳文学大系』所収の史料から、いくつか用例を拾ってみよう。

①うまずめは七夕妻のたぐひ哉　（『崑山集』・巻七・初秋・四五一五）
②うまずめもみて悦こばんこもち月　（『崑山集』・巻七・秋・六〇三六）
③不産女に山吹見せて慰メん　（『俳諧瓜作』・九八）
④石女の水汲に出るしぐれかな　（『夜半叟句集』・一一二五）
⑤石女の寝ぬ夜の友は火桶哉　（『夜半亭発句帖』・冬之部・二四七）
⑥石女も綿子にかかれ冬ごもり　（『俳諧新選』・巻四・冬部・二〇五九）
⑦石女と暮ゆく秋を惜しみけり　（『春泥句集』・秋之部・六四四）[5]

①は、普段同衾する相手がいないことを「七夕妻」（織女）に喩えたものである。②は、「小望月」に「子持ち月」を掛け、揶揄も含めて「悦ばん」と結んでいる。③は、『後拾遺和歌集』巻十九の「ななへやへはなはさけども山ぶきのみのひとつだになきぞあやしき」[6]（兼明親王）を踏まえたもので、八重山吹が実を付けないことを引き合いに慰めてやろうというものである。

次に、④〜⑥はいずれも冬の句であることに特徴がある。「うまずめ」と冬の取り合わせは意外に多い。④は、冬の何げない生活の一コマであるが、「しぐれ」の語に彼女の心象風景が投影されている。⑤は、「うまずめ」の独り寝を詠じたものであり、人の温もりを「火桶」に求めているところが痛々しい。⑥の「綿子」（ちゃんちゃんこ）は、主に子どもが着るものなのであろう。着せてやる子がいるわけではないだろうがお前も冬支度をしろよというのである。[7] ⑦については、第三者ではなく近しい夫の立場から詠まれており、夫婦の苦悩と諦めのような心情が滲み出ているといえよう。

いずれにしても、これらの句の背景には明らかに差別的な眼差しが存在している。しかし、④や⑦のように、「うまずめ」の悲哀に焦点を当てた詠草も散見され、単に好奇の目に晒されるだけの存在というわけではなかったようである。よく知られた服部嵐雪の、

うまず女の雛かしづくぞ哀れなる(8)　(『玄峰集』)

という句にも、それは端的にあらわれていよう。自分の雛人形を飾り付けている妻への愛しさ、悲しさ、いたわしさが、「哀れ」の一語に凝縮されている。近世の人々の中には、このような心性を持つ者がいたことを看過してはなるまい。

付言すると、近世には「うまずめ」を医学的・科学的に分析したものもある。

世に、石女といふて子をもたぬ女有り。すべて世間に、子をもたぬとばかり心うる事也。笑ふべし〳〵。(下・八十九)(9)

柳沢淇園の随筆『ひとりね』の一節であるが、以下に続く部分では「子をもたぬ」ことの原因が男性側にもあることを、詳細に検証している。「笑ふべし〳〵」とは、何も知らず「うまずめ」だけを責める世間の風潮をあざ笑っているのである。

二　不産女地獄の原初的な形

では、次に「うまずめ」が堕ちる地獄、不産女地獄について考えてみよう。そもそも、なぜ「うまずめ」は地獄に堕ちるのであろうか。

又、子のなきもの丶、とがのふかきことは、た丶一人うみて、又むまさるは、むけんのがうなり。(中略)

されば、子なき人は、いのちのうちに、ごしやうを、いち大ぢにかけて、ぜんごんをおもひて、ぎやくしゅをすべきなり。(10)（『人あなさうし』）

これは、『富士の人穴』諸本の中で最古の写本（室町時代後期か）であり、「うまずめ」が地獄に堕ちることに言及した早い段階の資料である。右の通り、子を生まない者、あるいは一人だけしか生まない者は、みな無間地獄に堕ちるとある。意外なのは、一人生んだ者も同じ扱いを受けていることであるが、おそらく産後何らかの理由で子を失った女性を指しているのであろう。そのことは、閻魔王庁の次のような場面からも窺い知ることができる。

十わうさんたんあつて、「しやばに子をもち申」と申ものをば、しばらくひかへて、まちたまひける。又、「子もなき」と申ものをば、すぐに、ぢごくにおとしたまふなり。

これによれば、追善供養の担い手である子どもを持たないことが、大きな罪となったようである。たとえ子どもを生んでも、親を供養する存在として存命していなければ、それは「うまずめ」と同じなのである。

続けて、『富士の人穴』諸本の変遷（写本→版本→写本）を辿ってみることにしよう。まず、先掲『人あなさうし』に続く近世初期の写本には、

『富士の人穴草子』（鳥取県立博物館蔵）　慶長七年（一六〇二）
『ふしの人あなさうし』（赤木文庫旧蔵）　慶長八年（一六〇三）
『ふしの人穴』（天理図書館蔵）　慶長十二年（一六〇七）

などがあるが、不産女地獄に関しては、おおむね同じ内容が語られている。

次に、十七世紀前半から登場する版本についてみてみよう。寛永四年（一六二七）に刊行された『ふしのひと

あなさうし』には、次のようにある。

又子を一人も、もたざる、ねうはうが、むけんにおとさる丶もあり。能々ごしやうを、ねかふへし。（中略）さりながら、しやばにて、この一人も、もち申たるが、とふらひなどをも、いたしやせん、まつべきと、おほせけり。さりながら、しやばにてこの一人ももたぬ、ざい人をは、をにともか、うけ取て、ちこくへおとすなり。(11)

本文はやや異なるが、内容は初期の写本群とほぼ同じであり、「灯心で竹の根を掘る」ことはまだ確認できない。版本には他に、古活字版『ふし野人あな』（元和～寛永頃）、寛永九年（一六三二）版「ふじの人あなさうし」、慶安三年（一六五〇）版「ふじの人あなさうし」、明暦四年（一六五八）版「ふしの人あな」、万治二年（一六五九）版「富士の人穴草紙」、万治四年（一六六一）版「絵入ふじの人あな」があるが、いずれも本文に大きな差異は見られず、また、挿絵として不産女地獄の苦患を描くものは一本もない。

一方、近世後期の写本群の中には、「灯心で竹の根を掘る」不産女地獄が見られる。

又爰にをそろしき竹藪の中にて竹の根をとうしんを持てほれ〳〵とせめらる叶わずして大キなげく女有。是ハ子の一人も生ぬ女か様の苦ヲ受ル也。子なき者ハ善根をなし。三宝諸天ニ礼拝恭敬すへし。子を持ぬ者むけんにおつるまして壱人も生ぬ女ハ。申ニ及ず。凡かやうの女房共しかも富貴の家に生れてたくわい置たる者ハ河原の石をつミ置たるにことならず。命計こそ。我宝也。命ハつねよりもはかなき物なり。譬ハ木の葉の風に吹れちるごとく。されバ子を持ぬ者ハ持たらんざい宝にて善根功徳をすべし。いかに眘ぞくおしく思ふ共幾ほどのぞや。(12)

寛政十二年（一八〇〇）の奥書を持つ『富士之草紙』（個人蔵）であるが、おそらく当時の説法や絵解きの内容、あるいは後述するような談義本や物語からの知識が反映しているのだろう。この時期の写本群は、書写による功徳を求め、版本をもとに各地で書き写されたものであり、独自の語りを取り入れることがよくあった。他にも、『富士人穴由来記』（埼玉県立文書館）、『富士人穴双紙』（個人蔵）、『富士の人穴由来記』（青森県弘前市立図書館）などに、この苦患の様が描かれている。

子のないことがなぜ堕地獄につながるのか。『富士の人穴』諸本によれば、追善供養の担い手である子どもの有無、もしくは生前に逆修《ぎゃくしゅ》（仏事）を行ったか否かが鍵を握っているようである。裏を返せば、追善供養や逆修こそが堕地獄を免れる方法であり、そこにこの地獄の救済のあり方がひとつ示されているのである。

三　近世前期の不産女地獄

「灯心で竹の根を掘る」地獄について、『富士の人穴』以外の作品にも目を向けてみよう。まず、俳諧では、『正章千句』（正保四年＝一六四七）に、

掘ふかとおもへば竹のねに泣て(13)

という句が見える。また、『崑山集』（慶安四年＝一六五一）には、

竹の根をほるや子を思ふ鶴のはし(14)

とあり、「子を思ふ鶴」に「鶴のはし」（つるはし）が掛けられている。これによれば、「うまずめ」が竹の根を掘るのは、子を思うがためであるらしい。

散文に目を移すと、その苦患の様相は、より詳細に描かれている。

さて其川らを打過て、と有さわへをみ給へは、廿ばかりの女ばうか、とうしみをつえにつき、としふれたる

竹のねを、ほらん〳〵としけれ共、つちはくれんにとぢられて、かゞみをみるがごとく也、あらくるしやめまひやな、むねくるしやといふまゝに、こゑを上てそなきにける、かゝりける所に、あつきあまた立出、やあ女、なんぢはしやばに有し時、おつとのまなこをたふらし、一子ももたぬのみならす、こをうみなかすとかにより、かゝるなんきにあふぞかし、(15)

甲賀三郎（兼家）の地獄巡りを描く『すわのほんぢ兼家』（正保三年＝一六四六）からである。灯心で竹の根を掘る女性、指先の血で真っ赤に染まる大地、そしてそこに現れる獄卒など、近世の早い段階から、具体的な語りが存在していたことが知られよう。堕地獄の原因については、夫の目を盗み堕胎を行ったことが指摘されており、ここに登場する「廿ばかりの女ばう」は、意図的に子を生まなかった女性のようである。

当然のことながら、このような詳細な語りには、熊野比丘尼の絵解きが大きく影響をしているはずである。

くまの比丘尼、地獄の体相をゑにうつし、かけ物にして、ゑときし、女わらへをたらす。かのうまずの地ごく、両婦ぐるひの地ごくハ、たやすくゑときせぬを、女子どもなを聞たがりて、しよもふすれバ、百廿文の灯明銭をあげられよ、ゑときせんといへば、われも〳〵と珠数袋のそこをたゝき、銭をだしあわせてきけバ、又血の地ごく、針の地ごくなどした事をいひきかせ、女の気にかゝるやうにゑときして、ひたと銭をとる。これより、地ごくのさたも銭とハいふ也。(16)（四ノ二）

よく知られた『籠耳』（貞享四年＝一六八七）の一節である。聴衆の気に掛かるように語る熊野比丘尼の巧みさもさることながら、『往生要集』や『十王経』からは知り得ないこの不産女地獄は、それ自体、女性たちを惹きつけてやまないものであった。そのような聴衆の知的欲求を礎に、女性の地獄を中心とした語りは形成されてゆくのである。

いる。

また、『私可多咄』（寛文十一年＝一六七一）には、聴衆の鋭い指摘に、臨機応変に答える熊野比丘尼が描かれている。

むかし、くまのびくに絵をかけて、是ハ子をうまぬ人死て後とうしミをもちて、竹のねをほる所なりといふをきく。おなこ共なミたをなかし、さてゐときすミて後、ひくに、とふやうハ、子をうミてもそたゝぬものハ、うますとおなし事かといへハ、比丘尼こたふるハ、それハうますよりすこしつミあさし、されハとうしミハゆるして、たけのねをいがらにてほらするといふたハ、よいかけんな事なり。（三ノ十）[17]

子を生んでも育てられなかった者は、灯心よりはやや固い「いがら」で掘ることを許される。その見解は、確かに「よいかけんな事」であろう。しかし、このような自由な語りは、絵解きの現場では常に行われていたはずであり、場合によっては、そこから物語の詞章へと転化してゆくものもあったに違いない。十一段写本『天狗の内裏』（江戸中期）には、それ以前の『天狗の内裏』諸本には見られない詳細な語りが存在する。

扨程もなく、馬詰地獄に御着有。扨、其地獄と申せしは、長さ廿尋の竹有。しちくの鍬を取もたせ、いかに罪人とも、此竹を、はやうほれ、是を堀たる事ならは、なんなく、じやうとへ渡すへし。只ほれ〳〵と、かしやくする。むさんやな、罪人とも、此竹を堀らんとすれは、しちくの鍬も、つきはて〳〵、さうのれんて、のけにけり。十のよひより出ル血は、只紅の糸を乱することく也。哀成ける次第也。念仏申て、御通ある。[18]

「馬詰地獄」とはもちろん「不産女地獄」のことであり、灯心ではなく「しちくの鍬」で竹を掘ることになっている。加えて、責め苦を全うしたら浄土へ渡してやろうという獄卒の台詞も目新しい。この写本は地方の語り物であったと考えられており[19]、各地に多様な物語が存在していたことを裏付けるものである。

以上、近世前期の作品を中心に、不産女地獄に関する言説を辿ってみたが、どの作品にも共通して言えることは、具体的な責め苦や堕地獄の因縁などを詳細に語っていることである。これは不産女地獄が新しい地獄であったが故に、基本的な説明を必要としたからであり、巷間に流布してゆく過渡期にあったことを示していよう。絵解きの聴衆が競って解説を聞き、また疑問を投げかけていたことは、それを雄弁に物語っている。

四 「竹の根」と「灯心」

ここで少し視点を変えて、なぜ「灯心」で「竹の根」を掘らなければならないのかを考えてみよう。この問題については、すでに斉藤研一が詳しく論じているので[20]、ここではそれに従い、少しばかりの私見を述べてみたいと思う。

斉藤によれば、竹（の根）は「子孫繁栄」や「子種」のイメージを伴うものであり、この地獄で竹の根を掘る意味はそれらを探すことにあるらしい。確かに、『富士之人穴』（無窮会図書館蔵、文政十三年＝一八三〇書写）には、「此竹の根をほりて見よ。汝の子種有ほとに」という獄卒の言葉が見られるし、先に引用した「竹の根をほるや子を思ふ鶴のはし」という句も、そのような考え方をもとにしているのだろう。また、子種に比定されているものは当然「竹の子」であると思われ、『地獄楽日記』（宝暦五年＝一七五五）では、「又は産にて死したる故、血の池灯心で筍を掘らする類」[21]（五ノ三）といい、「竹の根」は敢えて「筍」と言い換えられているのである。

「灯心」については、『日本国語大辞典』（小学館）に「堕胎薬」の意味が記されており、用例として『誹風柳多留　六篇』（明和八年＝一七七一）の「とうしんをたれに聞イたか娵《よめ》はのみ」[22]が挙げられている。斉藤はこの点に注目し、不産女地獄で灯心を用いるのはこのような理由からではないかと推測している。確かに灯心を堕胎薬として使うことは稀にあったようであるが、「たれに聞イたか」という表現などからすると、むしろ不産女地獄から生み出された俗信と考える方がよいのではないか。さらに不産女地獄と灯心との関係を考えるならば、子どもを生まなかった女性の中には、堕胎薬を用いなかった女性、つまり不妊の女性も多かったはずであり、そうであれば、この地獄で灯心を用いることの根拠としては偏りが大きいと言わざるを得ない。結局、現時点では、「固い竹の根」に対する「柔らかい灯心」という対比から考え出された俗信とする以外、合理的な説明はできないものと思われる。

ところで、堕胎薬については、当時からすでに多種多様なものが使用されていたようである(23)。鬼灯の根や朝顔の種といった安価なものから、産科医（中條流など）による高価な処方薬まであり、『諸艶大鑑（好色二代男）』（貞享元年＝一六八四）では、なまぐさ寺の生け垣に「屋《や》弥《や》様《さま》於《お》路《ろ》志《し》薬《くすり》あり(24)」（巻七）との張り紙があったことが記されている。これらの薬は、不義を犯した女性や遊女などによって利用されていたようで、不妊に苦しむ女性達とは別に、生むに生めない女性が数多くいたことを示している。先掲『富士之人穴』には、「子を不産るは売女とて罪深し」という言葉が見えるが、これなども遊女が頻繁に堕胎薬を使っていたことを意味しているのであろう。

竹の根でいつそ泣うと薬のむ(25)

『口よせ草』（元文元年＝一七三六）に見える一句で、前句は「匂ひ社《こそ》すれ〳〵」である。新編日本古典文学全集の解説は、この句を「このまま死んだら、地獄で竹の根を掘るという責め苦を受け、今よりいっそう辛い目にあうはずだから、離婚されそうで苦しいが、何とか子供の授かるよう、婦人科用の煎じ薬を飲んで祈ろう」と解釈しているが、そうではあるまい。ここでいう「薬」とは堕胎薬、もしくは避妊薬と考えるのが自然であり、「子を生まずに、いっそうのこと不産女地獄で泣くことにしよう。そういって堕胎のための薬を飲むのだよ」とする方がよかろう。子どもを身籠もることが許されない女性の悲哀を詠ったものと理解しておきたい(26)。

図１　筆者蔵「十王図」

ちなみに、水子にまつわる地獄はまた別にあり、堕胎した本人はもちろんのこと、それを幇助した医師や産婆も対象となる。『平仮名本因果物語』（万治年間頃＝一六五八〜）には、裏稼業として堕胎を手がける産婆が登場する。

あら、おそろしや、赤子どもの、四方より、あつまりて、我にとりつき、せむるぞや、手あしへも、うしろへも、くらひつきて、さいなみ、髪の毛を、かなぐりて、ぬくなり、あら、いたや、くるしや、これ〳〵、みえぬか、とりのけて、くれよや〳〵。（巻五ノ六）(27)

これまでに手を掛けた多くの赤子に責められる産婆の断末魔である。地獄絵や十王図の中には、稀にこの場面を描いたもの〔図1〕が見られるが、詳しくは別の機会に論じてみたい。

五　滑稽化された不産女地獄

不産女地獄は、近世の後期、具体的には十八世紀の中頃より次第に滑稽化が進み、笑いの対象となってくる。(28)このような傾向は、不産女地獄が流布し周知された結果に他ならず、笑いとはそういった共通認識を突き崩すところに生まれるものである。しがたって、内容は荒唐無稽であり、地獄の堕落と荒廃をモチーフに、現実社会への風刺を眼目としている。

『不埒物語』（宝暦五年＝一七五五）は、その荒唐無稽さが際立つ、地獄合戦ものの一つである。タイトルの「不埒」とは、女色にふけり職務を顧みない閻魔王のことであり、それに業を煮やした釈迦の軍勢が、大挙して攻め上ってくるという物語である。慌てふためいた閻魔王は、泰山王の助言で阿修羅に援軍を求め、戦術に長けた阿修羅は軍議の場で次のようなことを述べる。

つたへうけたまわる当国にては、軍役として常々女子に竹の根ほらせ御貯なさるゝよし、さぞ沢山にあるらん。是くつきやうの事なり。此竹を以て竹たばとなし、葬頭の川尻より三途の川きしまで、すきまなくひしにゆわせ、……（巻六）[29]

軍議はさらに続くが、その戦略の巧みさは皆をうならせる。不産女地獄については、実際の合戦にも用いられた「竹たば」（防御壁の一種）の材料を調達する場として登場する。竹の根を掘る軍役がある地獄では、さぞたくさんの「竹たば」ができることだろうと洒落を効かせているのである。

次に、竹の根を掘ることをコミカルに描く『丹波太郎物語』（正徳五年＝一七一五）を見てみよう。子のない女性が後世を心配しているところへ、棺桶に鍬を入れてあの世へ持って行けばいいと助言する場面である。

汝けふでも死たらば、其くはん桶のうちへ新しき鍬を一丁入て行給へ。竹の根をとうしんでほれといふ時、こつちへまかせとくだんの鍬で掘て見せば、さても手ばしかき女じやと鬼どもも我をつて、是は今まで見ぬ才覚もの。ゑん大わうの内をまかなはせと、台所をわたすはうたがひなし。（巻二ノ五）[30]

鍬で竹の根を掘ってみせれば、きっとその手腕を買われ、地獄のきりもりを任されるに違いない。そうして信用を得た後に、今度は世帯を荒らすようなことをすれば、盂蘭盆を待たずに暇を出されこの世に戻ってこられる。このような眉唾物の話が続いてゆくのである。鍬を使って竹の根を掘ってしまうという発想は、さらに『当世行次第』（明和四年＝一七六七）にも受け継がれている。

行先の竹藪の明地は近比迄不産の地獄の場所成しが。角の達者な鬼共女房の鬼神の目を忍んで彼不産共と馴合ひ。灯心の中へ唐鍬を仕込んで竹の根を安々と掘るに付此責をやめられ。右の不産の女共を二条が岳といふ所へ追ひ上て腹の菱に成ほど鶴に責させ給ふ也。（一ノ三）[31]

竹藪にいる「不産」と懇ろになった鬼たちが、灯心の中に鍬を仕込んで渡したために責め苦が有名無実化し、今では空き地になっているという。鬼たちの所業は、現実世界の官吏の堕落を映し出しているのだろう。

その他、『根奈志具佐』（宝暦十三年＝一七六三）では、地獄の新地開発で暗躍する山師達が「竹の根を掘る灯心も、蠟燭屋の切屑を御買上になさるゝが至極下直に付き候[32]」（巻二）と進言したり、『針の供養』（安永三年＝一七七四）では、倶生神が酒色に耽る閻魔王を「しかのみならず血の池の傍に高楼を築き、袖振の亡者を集めて奢を極め、竹の根を掘る後家を愛して、鼻毛を灯心程にのばし給ふ[33]」と批判したりと、とにかくその滑稽化はバラエティに富んでいる。ここで取り上げた資料はほんの一例に過ぎないが、近世前期のような解説的な内容が一切見られないことには注意が必要であろう。パロディとして享受され得るほどに、不産女地獄というものが膾炙していたことを如実に示している。

六　『見外白宇瑠璃』の「竹の根や」

滑稽化・パロディ化の続きとして、最後に『見外白宇瑠璃』（宝暦八年＝一七五八）という作品を取り上げてみたい。「歌人の地獄」「酒の地獄」「茶人の地獄」「藍染屋の地獄」「鳥の地獄」など、他には見られない多様な地獄が描かれるが、不産女地獄は「不滅の地獄」の中の一つとして語られている。

又地獄の近在に不滅の地獄とて数ヶ所あり。不産の地獄は皆藪にて女ばかり、灯心で竹の根を掘り、あび地獄はむしやうに水あびて居る。無間の地獄は面々手水鉢を一つ宛前に置き、無念無想に柄杓にてくわつち〳〵たたく。(34)

見たいものは何でも見られるという「思見鏡」でのぞき見た地獄の風景である。「不滅の地獄」が意味するところは判然としないが、阿鼻地獄では水を浴び、無間地獄では柄杓で手水鉢を叩く（無間の鐘にまつわる趣向）など、滑稽本らしく出鱈目な内容が続いている。

また、閻魔王や鬼の立場から見た地獄の風景も、面白おかしく描かれる。

焚く役は焚く。はたく者ははたく。舌ぬく所、木挽の所、打見じやく所、呼び活ける所、面面精出し、滞なき故、夕方七つ時分にはちやんと仕舞ひ、浴水して鬼どもは手拭肩に掛けのらつく。鬼もか様に浴水して、伊達な浴衣着三尺手拭前帯にしたる所は、さ程恐しくもなし。

鬼たちは当番制で、就業時間や役割がきちんと決められており、仕事が終わると手ぬぐい片手に風呂へも行くというのである。そして、天の邪鬼が近年開発した新しい町の賑わいが、次のように描かれている。

近き比天の邪鬼といふ者さうづ川の東、六道の辻の西南、さいたら畠と云ふ所に新地を願ひ、中有迷ひの亡者どもを抱へ、極楽地獄入用の諸道具見世、或は蓮の田楽茶屋、虎の煮売の行灯をいだし、内には幽女を商ふ故に、殊の外にぎはひけり。近年娑婆に幽霊の少きは、かやうの所出来し故ぞかし。

道具屋、田楽茶屋、煮売屋などを出店し、内々には遊女ならぬ「幽女」を置いて色を売っている。そして、これらの本文を前後して〔図2〕のような挿絵が添えられており、こちらもまた興味深いものとなっている。手ぬぐいに浴衣姿の鬼たちが通りをうろつき、「幽女」が彼らに声を掛けている。冥途の亡者だけに足は描かれてい

図２　『見外白宇瑠璃』挿絵

図３　『茶屋諸分調方記』挿絵

図４　聖衆来迎寺「六道絵」

図５　『往生要集』（寛政２年版）挿絵

ない。特に目を引くのは「竹の根や」という屋号で、描かれている「幽女」が不産女地獄から来た女性であることを洒落ているのである。その店構えは、遊女の斡旋も手掛けた水茶屋のパロディーで、縁台やよしず、そして暖簾の「〜や」という屋号の書き方などは、実際のものと実によく似ている〔図3〕。

一方、隣にある「針山屋」はどうであろうか。こちらもやはり水茶屋の形態であり、[35]茶を入れる諸道具の奥にキセルを持った「幽女」が座っている。屋号については、当時の地獄絵によく描かれた、剣の山の上の美女の図と関係がありそうである。『往生要集』に見られる邪婬の刀葉林〔図4〕は、剣の木の上に美女が現れ男を誘惑する地獄であるが、中世の半ばから、その美女が剣の山の上に現れるようになる〔図5〕。[36]さらに、「剣の山」は次第に「針の山」とも称されるようになるから、「針山屋」という屋号には「美女のいる場所」という意味が隠されているのである。

以上のことから、この挿絵は、地獄絵などに描かれる女性や鬼たちを、色町の風情の中に登場させ、そのギャップを面白がっているのである。滑稽本の挿絵一つにこれだけの仕掛けがあるわけだが、しかし、本文にこの絵の内容を直接解き明かす文章は見当たらない。言い換えれば、単に本文を絵画化しただけではなく、描き手が絵自体に語りを吹き込んでいるのであり、同時に、当時の読者はそれを読み解くだけの素養を備えていたということになるだろう。

七　描かれた不産女地獄

最後に、絵画化された不産女地獄について考えてみよう。この図は、竹林で女性たちが泣いている構図を基本とし、近世の地獄絵や十王図には欠かせないモチーフとなっている。中でも「熊野観心十界図」は、不産女地獄

図7　龍津寺(静岡市)「十界図」

図6　西福寺(京都市)「熊野観心十界図」

図9　湘南寺(相模原市)「地蔵十王図」

図8　光明寺(足利市)「十王経図」

の流布に大きな役割を果たしており、画中には灯心を持った女性二人が真っ赤な地面の上で泣く様子が描かれている〔図6〕。熊野比丘尼の絵解きについては、すでに見た通りであるが、不産女地獄は女性たちが涙を流して聞く、語りの中の一つの「目玉」であった。血の池地獄、両婦地獄と共に女性の地獄として欠かせない存在であり、それ故であろうか、現存する諸本に不産女地獄を描かないものは一例もないのである。

この「熊野観心十界図」と同様の絵は、他の地獄絵や十王図にも数多く見られることから、これを一つの定型と考えることができるだろう〔図7~9〕。その基本的な構図を踏まえた上で、以下では、この図のいくつかのバリエーションを見ておきたいと思う。

まずは、獄卒が描かれる作例である〔図10・11〕。これは「いかに罪人とも、此竹を、はやうほれ」（『天狗の内

図10　勝蔵寺（南房総市）「十王図」

図11　誓教寺（赤穂市）「三界六道図」

裏』）と女性を責め、「やあ女、なんぢはしやばに有し時、おつとのまなこをたふらし、一子ももたぬのみならす、こをうみなかすとかにより、かゝるなんきにあふぞかし」（『すわのほんぢ兼家』）と教え諭す獄卒を描いたものに他ならず、比較的よく見られるものである。

次に、女性亡者の姿であるが、多くは半裸か白装束で描かれ、時に赤い腰巻きの女性が紛れていることもある。ところが、ごく稀に十二単の女性が竹林に座している作例があり注目される（図12・13）。これは、「堕地獄に貴賤の差はない」ことを視覚的に表したものなのだろう。初期の『富士の人穴』諸本には、「かやうのものともは、ひきかへて、ふつきなり」（赤木文庫旧蔵『ふしの人あなさうし』）といった表現が見られる点にも注意しておきたい。

三点目は、高達奈緒美が指摘した、竹林に描かれる犬についてである[37]。これは、生前かわいがっていた動物が

図12　ゴルドン文庫（早稲田大学図書館）「地獄極楽図」

図13　長安寺（箱根町）「地獄閻魔図」

手助けしてくれるという伝承[38]に基づくもので、高達が紹介した作例[39]以外にも、いくつかの絵を知り得たので紹介しておきたい。まず、犬を描くのは、①鷲林寺（秋田市）「十王図」、②紫雲寺（三春町）「十王図」、③旧矢作町（土浦市）「十王図」、④東覚寺（葛飾区）「十王図」、⑤観音寺（柏市）「十王図」、⑥無量寺（市原市）「十王図」（図14）、⑦月谷町薬師堂（足利市）「地獄変相図」の七例である[40]。犬が竹林を走り回っているもの、地面を掘っているもの、竹に噛みついて抜こうとしているものなど、いくつかの描き方に分類できる。①〜⑥は白犬、⑦は黒犬という違いも見られる。また、犬以外の動物も散見され、⑧円照寺（入間市）「地蔵十王図」（図15）は黒牛、⑧

図14　無量寺（市原市）「十王図」

図15　円照寺（入間市）「地蔵十王図」

図16　光琳寺（宇都宮市）「地獄図」

光琳寺（宇都宮市）「地獄図」（図16）は馬（と黒犬）が描かれている。⑦は角で地面を掘っているように見え、⑧は竹に嚙みついて抜こうとしているようである。ただし、⑧に関しては、亡者の中に男性も紛れ込んでおり、不産女地獄の枠を越えた描き方がなされている。

図中に描かれる動物に関しては、女性に敵対的な様子を見せていないことから、主人を助けるために現れた救済者と考えてよいだろう。ところが、わずかに一例だけではあるが、女性を威嚇するような犬が描かれているものも見られる。山東京伝の『本朝酔菩提全伝』（地獄信解品第七）で紹介された「地獄之袿衣」には、獄卒の足下で女性たちに吼えかかっている犬が描かれている（図17）。図中には「うまずめぢごく」「とうしんにてたけのねをほる」としか説明がないので、その意図するところは判然としないが、不産女地獄には動物を虐待した者や猟師などが堕ちるという伝承(41)も数多く伝わるため、恨みを持った動物が現れたとも考えられる。この図の解明には、今後のさらなる作例の発見と分析が必要であろう。

図17 『本朝酔菩提全伝』地獄信解品第七「地獄之袿衣」

不産女地獄のイメージは、「灯心で竹の根を掘る」ことを忠実に絵画化したものであるが、同時に、様々なバリエーションがあることも明らかになった。特に衣服の違いで貴賤を表したり、動物による救済の形を示したりすることは、文学作品にはほとんど見られない内容である。したがって、これらは絵によって語られた、もう一つの物語であったと考えられるのである。

おわりに

なぜ灯心で竹の根を掘らなければならないのか。何を典拠とし、どこで生まれた信仰なのか。本論は、それらの根本的な問題を解決するものではないが、近世において不産女地獄がどのように流布し、受容されたのか辿ってみた。そこで明らかになったことは、「うまずめ」に対する関心の高さである。

石女の福引き上手憎げなる(42)　（『発句類聚』）

元来不幸せなはずの「うまずめ」が、小さな幸福を手に入れたことへのやっかみ。「うまずめ」への関心の本質は、まさにこういった差別的な意識に裏打ちされているのであり、故に彼女たちが地獄に堕ちるのは当然だと考えたとしても無理はないだろう。しかし、そもそも地獄とは、そこに救済の思想が伴わなければ成り立つものではない。血の池地獄の如意輪観音や賽の河原の地蔵菩薩は、そのよい例である。残念ながら不産女地獄に直接の救済者は見当たらないが、逆修をし、絵解きを聴聞し、愛犬による救済を願う。そういった様々な救済の形が模索されていたのである。

注

（1）『大正新脩大蔵経』巻十二（〇三七四）、大正一切経刊行会、一九二四年、大蔵出版。
（2）『大正新脩大蔵経』巻十一（〇三一〇）、大正一切経刊行会、一九二四年、大蔵出版。
（3）『大正新脩大蔵経』巻十四（〇四四一）、大正一切経刊行会、一九二五年、大蔵出版。
（4）丸山二郎校注『愚管抄』、岩波文庫、岩波書店、一九四九年。
（5）『古典俳文学大系』、集英社、一九七〇～七二年。

（6）『新編国歌大観』第一巻（勅撰集編）、角川書店、一九八三年。
（7）類想の句に、「子の誉やうのあらい石女」（『武玉川』十五）、「石女の手も借りに来る蚕時」（『武玉川』十七）などがある。子どもの世話などしたことがないだろう、という軽侮の眼差しが感じられる。
（8）雲英末雄はか校注『近世俳句俳文集』、新編日本古典文学全集、小学館、二〇〇一年。類句として、『武玉川』十六に「何所か淋しき石女の雛」があり、また、妻を思いやる夫の句としては、『春泥句集』に「石女と暮ゆく秋を惜しみけり」がある。
（9）中村幸彦ほか校注『近世随想集』、日本古典文学大系、岩波書店、一九六五年。
（10）石川透「慶應義塾図書館蔵『人あなさうし』解題・翻刻」（『三田国文』第二六号、一九九七年）。
（11）横山重ほか編『室町時代物語大成』第一一巻、角川書店、一九八三年。
（12）天野文雄翻刻校訂「資料　冨士之草紙」（『伝承文学研究』第一九号、一九七六年）。
（13）中村俊定ほか校注『貞門俳諧集一』、古典俳文学大系、集英社、一九七〇年。
（14）前掲注(13)に同じ。
（15）横山重校訂『古浄瑠璃正本集』第一、角川書店、一九六四年。
（16）武藤禎夫ほか編『噺本大系』第四巻、東京堂出版、一九七六年。
（17）武藤禎夫ほか編『噺本大系』第一巻、東京堂出版、一九七五年。
（18）横山重ほか編『室町時代物語大成』第九巻、角川書店、一九八一年。
（19）前掲注(18)に同じ。
（20）『子どもの中世史』、吉川弘文館、二〇〇三年。
（21）古谷知新編『滑稽文学全集』第七巻、文芸書院、一九一八年。
（22）岡田甫校注『誹風柳多留全集』一、三省堂、一九七六年。
（23）高橋梵仙『堕胎間引の研究』、中央社会事業協会社会事業研究所、一九三六年。
（24）冨士昭雄ほか編『好色二代男　西鶴諸国ばなし　本朝二十不孝』、新日本古典文学大系、岩波書店、一九九一年。

(25) 棚橋正博ほか編『黄表紙　川柳　狂歌』、新編日本古典文学全集、小学館、一九九九年。
(26) 堕地獄を厭わない女性の存在は、『浮世栄花一代男』(元禄六年＝一六九三) 巻四の「笠ぬき捨て武蔵の月」にも、やや形を変えて描かれている。
(27) 朝倉治彦編『仮名草子集成』第四巻、東京堂出版、一九八三年。
(28) このような滑稽化の流れは、地獄に関わる作品全体に見られるものである。田村正彦「貨幣経済と地獄の思想――地獄の沙汰も金次第――」(『蓮花寺佛教研究所紀要』第五号、二〇一二年)。
(29) 咲本英恵・本多亜紀・内田保廣「不埒物語翻刻」(『共立女子大学文芸学部紀要』第五八号、二〇一二年)。
(30) 八文字屋本研究会編『八文字屋本全集』第五巻、汲古書院、一九九四年。
(31) 八文字屋本研究会編『八文字屋本全集』第二三巻、汲古書院、二〇〇〇年。
(32) 中村幸彦校注『風来山人集』日本古典文学大系、岩波書店、一九六一年。
(33) 古谷知新編『滑稽文学全集』第一二巻、文芸書院、一九一八年。
(34) 前掲注(21)に同じ。
(35) 西川祐信の『百人女郎品定』(享保八年＝一七二三) には、「夜の水茶屋」として、似たような場面が描かれている。
(36) 田村正彦「剣の山の上の美女――妄念の地獄から恋慕の地獄へ――」(『仏教文学』第三四号、二〇一〇年)。
(37) 「地獄を語り、地獄を唄う――女性に関する唱導を中心として――」(林雅彦ほか編『唱導文化の比較研究』、岩田書院、二〇一一年)。
(38) 恩賜財団母子愛育会編『日本産育習俗資料集成』第一法規出版、一九七五年。
(39) 本覚寺 (今別町)「地獄絵」と坪井家A本「立山曼荼羅」の二作品。
(40) 東日本、特に関東地方に偏っているが、これはあくまでも現時点で知り得た作例であり、分布の傾向を示すものではないと思われる。
(41) 前掲注(38)に同じ。
(42) 尾崎紅葉校訂『俳諧類題句集』後編、俳諧文庫、博文館、一九〇一年。

〈付記〉引用した図像に関しては、以下の通りである。

図1　筆者蔵。

図2　古谷知新編『滑稽文学全集』第七巻、文芸書院、一九一八年。

図3　西山松之助編『日本史小百科　遊女』、東京堂出版、一九七九年。

図4　私にトレース図にしたもの。

図5　筆者蔵。

図6〜11　許可を得て個人的に撮影したもの。

図12　吉原浩人「絵巻になった『熊野観心十界曼荼羅』――早稲田大学図書館ゴルドン文庫本考――」(『仏教文学芸能　関山和夫博士喜寿記念論集』、思文閣出版、二〇〇六年)。

図13　箱根町立郷土資料館編『箱根山中　村むらの仏たち』、二〇〇七年。

図14　許可を得て個人的に撮影したもの。

図15　松戸市立博物館編『救いの民俗――地獄極楽冥土の旅――』、一九九四年。

図16　許可を得て個人的に撮影したもの。

図17　編集委員会編『山東京伝全集』第一七巻、ぺりかん社、二〇〇三年。

「李陵」考——表現等を巡って——

齋藤　勝

はじめに

渡辺文治はいう、「中村光夫さんから、「李陵」の原稿は北畠八穂のところにある」と。(1)夙に知られた件だが「李陵」は昭和十七年十二月四日、中島敦の病による早世後、深田久弥が未亡人タカから手渡された作品である。父・田人の教え子と共にお悔みに参ったおりだが、葬儀の日ではない模様。中島は一高先輩で『文學界』同人の深田とは京城中学時代一年後輩の三好四郎を介して出入りする機会を持ち、死去の前年六月下旬、南洋庁に赴任する前には『古譚』数篇や「ツシタラの死」(現・「光と風と夢」)の原稿を託す(2)などの親交があった。

昭和十八年七月号の『文學界』にこの作品は掲載された。同号に深田は「故中島敦君」を寄稿している。

中島敦君は昨年十二月四日に亡くなられた。本誌に載せた「李陵」はその最後の作で、まだ草稿のまゝ、題さへついてゐない。中央公論二月号に載った「弟子」の元の題が「子路」であったから、いま仮に僕が「李陵」と附けておいた。

「弟子」の掲載は『中央公論』昭和十八年二月号であり、この題名の件は中央公論社を尋ねたことを示唆する、が、深田と同誌編集担当の杉森久英や後任の篠原敏之との間にかかる件に関する回想等は一切ない。なお昭和十七年七月刊『光と風と夢』(筑摩書房)、同年十一月刊『南島譚』(今日の問題社)に続く、中島敦第三創作集の予定があるような中島敦の覚書(「中央公論行原稿」としたメモ)が存在するものの、その後は中央公論社からはアンソロジーとしての『日本の文学36』(昭和四三年)が出るまで、中島作品は出版されていない。

題がなかった。命名しなければならない、という次第で「弟子」その「元の題」の由来を手掛かりに「李陵」と名付けられた件は、『中央公論』に掲載前後から『文學界』に発表までの期間、中島家に「弟子」と即断される草稿の「子路」[3]を目にした成り行きに基づくものであろう。

深田は、また「草稿が、果して文選工に誤りなく読まれるかどうか懸念しながら、『文學界』の編集部に渡した」(「中島敦君の作品」『中島敦全集2』「ツシタラ」2、文治堂書店、昭和三四年)と述懐している。

誤植などについて、爾来補正も含め定本作りが孜々と行われてきた。が、本文の判読作業は、作者のかくも長い不在のため、題名の件と共に確定が出来ない。

草稿段階に終わっているので、読者のために浄書原稿(以下浄書と略)も含めた『原稿復刻版「李陵」』(文治堂書店、昭和五五年)が写真図版の形態で出されている。

中村光夫はその解説「手書きの原稿」で述べている。

消しや書き込みが多いほど、(中略)完成された作品から消し去られた身もだえの跡が、活字とちがってはっきり辿れ、制作のメカニズムが、おそらく彼の望まぬところまで、出ています。[4]

さて、本論は「李陵」の「消しや書き込み」等が散見する原稿について、その表記のありようや典拠との関わり等の表現に触れて、案ずるところを記したい。ここ十年余に李陵本文は三件出されており、そこで関心を新たにしたことや問題にすべき点も、断章の形で鑑みる機会とした。

とりあげる研究項目は、作品の第一章からは冒頭部・風景描写・李陵の年齢など、第二章からは刑に関わる件、第三章からは兜銜山などである。

本文の引用は『原稿復刻版「李陵」』から、原稿図版も必要に応じて掲げた。記載につき附録の校本や初出誌も参考にした。「李陵」以外の引用は第二次『全集』（筑摩書房、以下略）を用いた。典拠類は新字旧かなにした。

一　冒頭から

「李陵」は、「漢の武帝の天漢二年秋九月」から始まる。が、元は次のように書き出されている。

天漢二年秋九月、（漢の辺将）騎都尉・李陵は五千の歩兵に將として、辺塞遮虜鄣を發して北へ向つた。

この原稿は次のようになる。

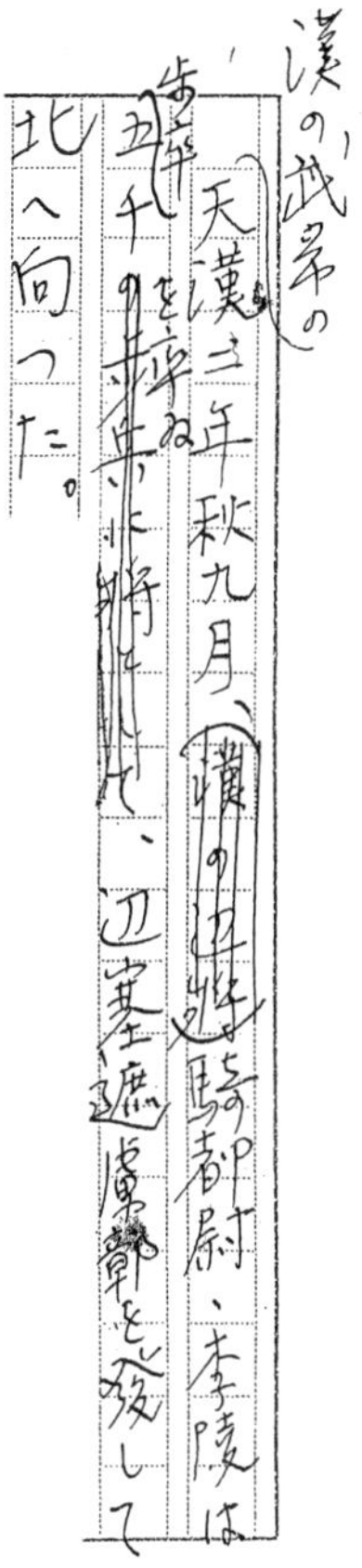

（漢の武帝の）天漢二年秋九月、（漢の辺将）騎都尉・李陵は

五千（歩卒）を率ゐの歩兵に將として、辺塞遮虜鄣を發して

　北へ向つた。

翻刻で、削除の文字は網掛けとした（以下同）。行の右側に挿入文字。「漢の辺將」の部分は始めから（　）で囲まれていたのか、判断がつかない。

「李陵」の冒頭は「漢の武帝」から始まっていなかった。訝しく感じられる向きを持たれるかも知れない。推敲時点に書き加えられたのであって、この件は草稿の姿を見なければ死角に入ったままだろう。

「騎都尉」とあれば騎馬隊なのに伴うのは「歩兵に將として」から「歩卒を率い」にせよ、齟齬を目の当たりにする面から書き起こされている。そしてこの作品に纏うように蔽っている漢の武帝を当為として作品の頭にし、所与の現実から逃れるすべもない予兆がはかられたようである。後の段に入って、事の流れの初端として「その年——天漢二年」に始まる漢と匈奴との経緯に関する条が述べられていく。この「——天漢二年」の前に「つまり」／「即ち、漢の武帝の」との挿入予定が見える。

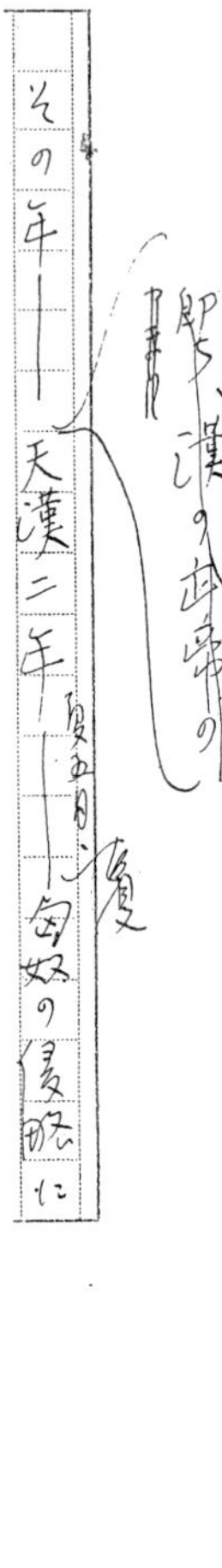

これらを一旦書き込むも削除、共時的に即ここから「漢の武帝の」の語句だけを冒頭位置に引き上げたのであろう。冒頭に書き加えたあとから、ここに書き込み削除したとは考えられない。

武帝、支配者たるその名を掲げてみるに冒頭からが似つかわしい。動かしがたい緊密さを湛え効果的である。

削除箇所の「(漢の辺将)」と五千「歩兵に將として」も見ておきたい。

前者は漢の辺境の地に配された将で辺将、難行的な戦いを「今迠に無い難戦であつた」とするような語の成り立ちである。ここに添えればしっくりこない、次に騎都尉の職名が続く点からも適当でない。そのまま「漢の……」とすれば述べたばかりの武帝との間に軋みを起こすことは論を俟たない。明白に並立できない、が、翻って当初から冒頭を漢の武帝としていなかった様子が改めて認められる。

後者の「歩兵に將として」は、この文脈で発語すれば抑揚にいささかなりとも澱みが出るため、「歩卒五千を率ゐ」と妥当に置き換えている。なぜならそのまま「將として」にすると、「貳師將軍が三万騎に將として酒泉を出た」と同一的に写り李陵軍との識別が曖昧になる。

武帝から、陵はそもそも弐師將軍の輜重に下命されたに過ぎず、役割上で同列に扱えないから。それと李陵の匈奴に臨戦する気概に「願はくは彼らを率ゐて討つて出で」とあるが、この「率ゐ」は、「歩卒五千を率ゐ」の「率ゐ」と一致しあう。五千の歩兵に「將として」と書かれていたのは、この後に引用する典拠の「将其歩卒五千人」からの引き写しに基づく。

この作品中に語句の繰り返しは少なくない、が、この「將として」は意外にも一例のみで「率ゐ」は単于も含め十余の事例を持つ。

冒頭部の削除と変更箇所を若干述べた。最後に武帝の詔から李陵軍による一連の戦闘行動まで「李陵」は『漢書』とおおむね同じであるが、次に引用しておく。これまでに触れた箇所は傍線を引いた。

詔陵「以九月発、出遮虜鄣、至東浚稽山南龍勒水上、徘徊観虜、即亡所見、従浞野侯趙破奴故道抵受降城休士、(以下略)」陵於是将其歩卒五千人出居延、北行三十日……

陵に詔す、「九月を以て発し、遮虜鄣に出、東浚稽山の南の龍勒水の上に至り、徘徊し虜を観、即し見る所亡くば、浞野侯趙破奴の故道より受降城に抵り、士を休せよ」と。陵、是に於て、其の歩卒五千人を将ゐて、居延を出、北行すること三十日……

二　風景描写

○挿入例

阿爾泰山脈の東南端が戈壁沙漠に没せんとする辺の磽确たる丘陵地帯を縫つて北行すること三十日。朔風は戎衣を吹いて寒く、如何にも萬里孤軍来たるの感が深い。

「北行すること三十日」後の傍線部は、原稿用紙欄外のところに書き入れ、挿入箇所も示された風景描写である。この「朔風」云々の箇所はかの辺塞詩人岑参の「北風吹断天山草」(『故笳歌送顔真卿使赴河隴』)の詩意が「天山」(5)も含み原点と目せる。また伯父斗南に「漠北風沙捲戦塵」との語句も見られ、それとなく、しかし確実に温められ刷り込まれていった呼応度を感じられてならない。(6)

○削除例

……荒涼たる風景であつた。極目人煙を見ず、稀に訪れるものとては曠野に水を求める羚羊ぐらゐのものである。突兀と秋空を劃る遠山の上を……

この原稿は次のように書かれていた。

〈甲〉

②紫色の山肌もあらはに、突兀と秋空を劃る裸遠山の上を……

〈乙〉

〈甲〉から五行目後、次の「ある。②」に続く文字の判読は限界がある。隣りの活字と照合していただきたい。

② 稀に訪れるものとては曠野に羚羊

極目人煙を見ず、ぐらゐのものである。　水を求める

〈甲〉の「紫」の文字右にQの文字にも見える②の変形数字がある。挿入位置を示すその②の箇所は、〈乙〉の②の箇所につながる。

漠北の荒涼たる風景に「紫色の山肌もあらわに」という彩りや肌もという言い廻しが意にそぐわないためであろうか、削除になっている。「突兀と秋空を劃る」との漢語のリズム感はそのまま、その次の裸山その「裸」の右に、前方遥かに見通せる「遠」を書き変え、それらしく「遠山」に。

廻りくどくなったが、何ら違和も感じず、挿入位置も迷わない。ただ〈乙〉の②と印されてからあと「稀に」の前文の文字が「人」一字以外まったくわからない。

この一文をとりあげてみたのは、他でもない満鉄病院に療養中に書いた「病氣になつた時のこと」（「断片一」）

に見える、

対岸の大和尚連山が、(7)（中略）突兀として、其の紫色の山肌を浮き立たせて……

という描写が想い起されるからである。

ここでの「突兀として、其の紫色の山肌を……」は、それぞれ「李陵」の「突兀と」あるところや削除になった「紫色の山肌も……」と同一視できる。「李陵」で描かれた山、それは目の当たりにせずとは当たり前ながら記憶に留まっている文を横滑りさせた表し方である。

もう一例を挙げられる。敦の過ごした京城中学校時代のゴビの砂塵が運ばれる様子も含む「虎狩」で、発火演習のところで斥候に出た時の描写に、

遙か上の空には、いつも見慣れた北漢山のゴツゴツした山骨が青紫色に空を劃つてゐたりする。

このような「北漢山のゴツゴツした山骨」また「青紫色」は、当地の特徴的な景色を示しているが、さながら先に挙げていた「大和尚連山」の「紫色」から取出されたように捉えられる。「空を劃つてゐたりする」は、「李陵」で「秋空を劃る」にすっきりと変換した感じである。

「李陵」の一齣に過ぎない描写の下地に「病氣になつた時のこと」および「虎狩」の風景描写が一瞥される。絶筆「李陵」において、中島の習作それも最も初期の側面が、いわば連動している表現の派生に関心を持たざるを得なかったのである。

さても李陵軍の北征に向かう状況として「危険極まる」中の位置で、先に若干触れたが、その「極目人煙を見ず、……」の一文が続く。

ところがこれを、浄書原稿においては「極目人を見ず」となっている。変更箇所は「人煙を見ず」から「人

を見ず」。「人煙を……」という用例のみに固執し、それはたとえば岑参の「平沙万里絶人煙」（「磧中作」）を引きあいに、煙をいともあっさり脱字と見てしまうおそれがあるかも知れない。[8]

空山不見人

中島敦はこの王維の「千古の名篇」（『続国訳漢文大成　陶淵明・王右丞集』）、「神品に入る詩」（『国訳漢文大成　唐詩選』）と賞賛を浴びている著名な「鹿柴」の句を意識するとしないとによらずとも、この「不見人」を掬んでいたであろう。浄書のさいにあの「ひょい」と、思い出したという風な用い方に違いない。また「万里不見虜蕭条胡地空」（「送陸員外」）も作られている。これは『史記』李陵伝の「深入匈奴二千余里過居延視地形不見虜還」の文章から取ったと覚しき語句で「不見人」に通じる。因って「李陵」に反映させたはたらきと把握されるだろう。複眼を強いられるところではあるが、いずれにせよ「不見人」を皮相に脱字と捉えられない。書き直した文章を採るのかどうかを忖度するのでなく、この件ははじめに「人を見ず」と書いていると、「人煙を見ず」と変更を余儀なくするメカニズムがある。

風景描写の一連のありようとして、吉田健一が中島と邂逅したおりのやりとりも述べておく必要性があるだろう。そこで吉田は中島から「いい詩があるという例に、「単于秋色トトモニ来タル」という美しい句」を示したと述べている。氷上英広を介して一期一会の回想であるが、場所は銀座の喫茶店「門」[9]。吉田と中島の年譜に出会いの記載はない。中島のスティーヴンスンの文献調査過程のおりと見込まれるが、氷上の来簡その他からも時期を知る手掛りをつかめない。

かかる「単于秋色トトモニ来タル」の句は、李白の「単于秋色来ル」（「秋思」）と併せ「塞虜乗秋下ル」（「塞下曲」）に基づく。とりもなおさず「李陵」の「毎年秋風が立ち始めると決まつて漢の北辺には胡馬に鞭うつた剽悍な侵略者の大部隊が現れる」の記述に展開する。

さらに加えて、次のように星が現れる件も挙がる。

と續いて、四つ五つ《二つ三つ》、同じやうな光がその周圍に現れて、動いた。（敵の火？と）思はず歩哨が声を立てようとした時、其等の灯《遠くの》はフッと一時に消えた。

このようにうごめき現れた光の気配を、明確にせず不気味な暗示に留めおく仕方で、「（敵の火？と）」の削除を施したのであろう。

この光は盧弼の「和秀才辺庭四時怨四」を援用している。「朔風吹雪透刀瘢　飲馬長城窟更寒　夜半火来知有敵　一時斉保賀蘭山」とある。『国訳漢文大成　唐詩選』の「句釈」から、夜半火来＝「烽火挙がるを言ふ」、次いで知有敵＝「敵来らざれば火も亦挙がらず」とあり、「敵の火」として採り入れられたものである。さらには一時斉保＝「烽火を見て戍卒が一斉に戍に就く」と守備の隊形を整える場面があり、以て翌朝に李陵全軍が「陣形」をとる局面に移行する場面につなげているからでもある。

このようにいわずもがなで削除される事例は原稿紙裏に書かれた、北征につき帝の詔で路博徳の不快な気分をうち表す次の記述だろう。

　陵独りに華やかな役割を演じさせたくない……

博徳は若輩の陵の後塵を拝する形となるための心理であるが、この行を含め三行ほど書かれており全文削除となっている。ありきたりな記載を取り除く処理である。

三　李陵の年齢

李陵の年齢は、武帝から李陵が弐師将軍の「軍旅の輜重」の役目を命じられたさい、「年令も漸く三十を越したばかりとあつては、輜重の役は餘り情無かつたに違ひない」としている箇所に出ている。が、次のように書き換えられていった。北征に出る、まさにその時点である。

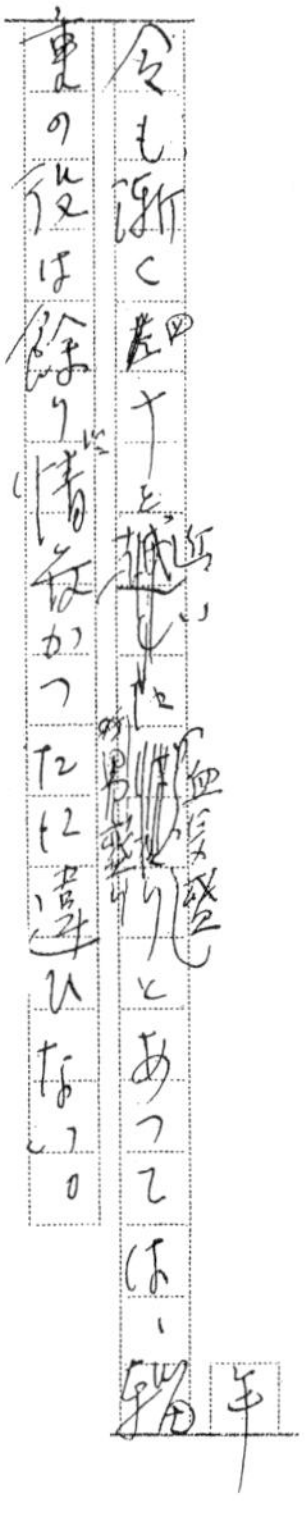

年令も漸く三《四》十を越《近い》したばかり《血気盛の男盛り》とあつては、輜重の役は餘り情《に》無かつたに違ひない。

「三十を越したばかり」という年齢は、あたかも三十歳になったぐらいの感を意味する。一旦そのように書いたものの、その印象を取り払うため「越したばか」りを除く。代りに三十「の男盛り」と形容する。幅を持った三十代の含意をうち立てる。しかし「三」十も、「の男盛り」の文字も消された。

かように辿ってきているものの、書き手の念頭にある事象それと筆記手順等の経過など、実のところは辿れない。中島敦以外、誰もわからないからである。前後しているかも知れないが、さて消された「三」の横には「四」十の年齢がしたためられる。三十からみれば年齢差違も目につく。が、「四」十歳に「近い」と掲げ、それを「血気盛」にとつなぐ――。

四十に近いとは不惑なるイメージを取り込もうとする意図があるのだろう。であれば本来的にその後の李陵の行動に見合う男盛りに落ち着かせるようになるところかと思われる。

「四十」に「近い血気盛」り、そのように一旦記述がまとめられた。また文脈上これを受ける「輜重の役は餘り情無」い念は、「三十」よりか字面のニュアンスからして「四十」の年齢に近い方に添うかも知れないところが……。

決定されたと見えた草稿段階のかかる年齢は、しかし、認識をまたさらに新しく塗り替える、ゆり戻したと言い換えるべきなのか、どうか。

浄書にはしかし、「年齢も漸く三十を越した男盛り」、そのようにしたためられた。

ところで李陵の年齢に関する今に至るまでの人名事典類は、（？～元平元年）である。まったく生年の記載がない。生年については、この作品の登場人物の一人でもある『史記』の作者司馬遷は二説あり没年は不明、李陵の祖父飛将軍李広でも明らかでなく、まして李陵ではなおさらと思える。

しかし李陵の年齢を作成したり、司馬遷の年譜に記載していた事例がある。

「李陵」の作者中島敦その人が、「李陵」執筆につき主人公の年譜を多岐の関連事項も包含し作成していた。村田秀明『中島敦『李陵』の創造』（明治書院、平成十一年）に載り、生年は「元光2」[10]「133」「陵生」とする、第三次『全集』三巻（平成十四年）の記載は「陵生。」と句点を他項も併せ入れている。整合的に見せたいためであろう。しかし元朔の「青・息—河南奪◎」を、当たり前に『全集』は「青・息—河南奪回」と修正している。

四　戦闘場面から

李陵は匈奴の多勢にそれも曲折の中を無勢ながらも邁進する。が、結果は次の通りである。

全軍の刀槍矛戟の類も半ばは折れ缺けて了つた。文字通り刀折れ矢盡きたのである。それでも、戟を失つたものは車輻を斬つて之を持ち、軍吏は尺刀を手にして防戦した。

このように窮地に追いやられて行く、そうであるも一縷の望みを託して戦にさらに臨む。

彼は戟を取直すと、再び乱軍の中に駈入つた。暗い中で敵味方も分らぬ程の乱闘の中に、李陵の馬が流矢に當つたと見えてガツクリ前にのめつた。それとどちらが早かつたか、前なる敵を突かうと戈を引いた李陵は、突然背後から重量のある打擊を後頭部に喰つて、失神した。馬から顚落した彼の上に、生擒らうと構へた胡兵共が十重二十重とおり重なつて、とびかゝつた。

以上の、李陵が失神するその前後の展開において、二、三点程かを見届けておきたい箇所がある。後の箇所で、李陵が「戟を取直」し乱闘の場へ入る。が、ややあって、狙い定め弓を引くように「前なる敵を突かうと戈を引いた」という行動をとる場面がある。この「暗い中」の状況下で掌にしていた「戟」は、突く時に「戈」にうち変わっている。武器名が同じでない。

典拠の『漢書』に「今無兵復戦」（今復た戦う兵なく）の記述が見える。「兵」とは顔師古注に「兵即謂矢及矛戟之属也」（兵とは即ち矢及矛戟に属すなりを謂う）とあるが、戟があっても「戈」が認められない。

それでは、この武器名が「戟」から「戈」に変化しているなりゆきとは何なのだろう。

考えてみるに、この表現は『呂氏春秋』に見える、「亡戟得矛」（戟を亡って矛を得たり）（『国訳漢文大成　呂氏春秋』）を参考にしている、と。戟を手放さざるを得なかったものの、その代りに矛を入手できたと読める。この事例を踏まえれば、「李陵」では「矛」とすべきところだろう。

つまり「敵を突かうと戈を引いた」という戈は、敵の首をかき切るにふさわしい、が、突くには矛が適している各特徴を持つ。であれば「矛」での対応となるところ……。

それで「徒斬車輻而持之、軍吏持尺刀」（徒だ車輻を斬りこれを持し、軍吏は尺刀を持し。顔師古の注で「徒、但也」〔むなしく車輻をば外して応戦できるようにし、軍吏は尺刀で臨戦に入る〕）を援用する「李陵」の「戟を失つたものは車輻を斬つて之を持ち、軍吏は尺刀を手にし防戦した」という側面を、ここにおいて想起しなければならない。

確認を求めるまでもなく、これは咄嗟に本来武器でない「車輻」をば攻撃や防戦に転じさせた事態である。どういうことなのか。

この展開は「暗い中で敵味方も分らぬほどの乱闘」、これを補強するに「闇混戦に乗じて敵の馬を奪った」という状況下であることも喚起しておく必要性がある。かかる喫緊の局面においてをや。以て一体手にする武器の種類を問われるであろうか。この観点に立てば「得矛」は場の状況において自ずと「得戈」に変わり、それで立ち向かうと了解できる。この種の作り変えは、『史記』「仲尼弟子列伝」にある子路が孔子陵暴するさい、彼の服装の飾り付けが、「弟子」では「嗷しい脣吻の音」を持つ小動物を携えた格好にとって変わっている作為と似た実情といえる。

なお戈に関連する用例として、「横戈従百戦」（李白「塞下曲其二」）や「荷戈禦胡騎」（王禹偁「対雪」）が見える。武器の件を明らかに胡軍と死闘を繰り展げる中を辿ったが、この後は、背後から襲われ李陵が失神する場面にさしかかる。

失神した。馬から顚落した彼の上に、生擒らうと構へた胡兵共が十重二十重とおり重《ママ》なつて、とびかゝつた。

「遂降」（『漢書』李陵伝）の箇所である。戦後、この場面を「失神中を捕えられた」と書く解説（『史記』上、平凡社、昭和三三年）がある。中島敦の「李陵」読後の証しと思われる。その箇所は、他伝において「匈奴圍陵降匈奴」（『史記』匈奴伝）と記述されている。断るまでもなく李陵に絶対的讃辞を捧げる司馬遷の手になるものである。例えば『国字解史記七』は「匈奴之を包圍す、陵止むを得ず匈奴に降る」と説いているが、それではと、「遂降」の二文字を加えこの周辺を捉え直す機会ともなった。これは戦意の失せる様を語っておらず、充分に耐えてとどのまつりに降る事態を示唆する。巷間、降りた人となったイメージに支配される中で、作者は遷の意を受けるが如く別の行為に——。李陵を真正面から立ち向かわせる。しかし敵に背後から襲われ「失神」がゆえに「止むを得ず匈奴に降」りざるをえないという設定を創りあげたのである。それをあくまで死角からの、しかも「突然」であったことも注意しよう。そういう攻撃を受けたこととして、李陵自身の面目を揺るがせず保持せしめたのである。

かかる「止むを得ず」との訴求——李陵が漢から匈奴側に足が地につき始める頃、この状況を暗転させるように対極の蘇武を突き合せ、「訓戒」であり「悪夢」であると認識される地点において次のように敷衍化し、一篇の主題に高らめていると認められる。

李陵自身、匈奴への降服といふ己の行為を善しとしてゐる訳ではないが、自分の故国につくした跡と、それに対して故国の己に酬いた所とを考へるなら如何に無情な批判者と雖も、尚、その「やむを得なかつた」ことを認めるだらうとは信じてゐた。所が、こゝに一人の男があつて、如何に「やむを得ない」と思はれる事情を前にしても、断じて、自らにそれは「やむを得ぬのだ」といふ考へ方を許さうとしないのである。飢餓も寒苦も孤独の苦しみも、祖国の冷タンも、己の苦節が竟に何人にも知られないだらうといふ殆ど確定的な事実も、この男にとつて、平生の節ギを改めなければならぬ程のヤムヲエヌ事情ではないのだ。

この「止むを得ず」は、『国字解』で説く講に誘発されたか、と、問うべきか。

他方、芥川龍之介に「或旧友へ送る手記」があり、そこに特徴的に出ている語句であるからでもある。芥川が自殺した昭和二年七月二十四日、その翌日に新聞発表された題名付きの遺書内の該当部を次に引く。

……仏陀は現に阿含経の中に彼の弟子の自殺を肯定してゐる。曲学阿世の徒はこの肯定にも「やむを得ない」場合の外はなどと言ふであらう。しかし第三者の目から見て「やむを得ない」場合と云ふのは見す見すより悲惨に死なければならぬ非常の変の時にあるものではない。誰でも皆自殺するのは彼自身に「やむを得ない場合」だけに行ふのである。……

重視されるこの「やむを得ない」に関わる中島と芥川についての比較検討は別の機会としておきたい。

さて李陵が降りざるを得ない中の失神後はいわば念入りに「十重二十重とおり（ママ）重なつて」捕えられている。李陵をそれだけ手ごわい武人として浮き彫りにしているが、この「十重二十重」は、「項羽本紀」に見える「漢軍及諸侯兵圍之数重」（『増訂史記列伝講義　四』）の「数重」の「解義」にいう「十重廿重に圍みたり」とある箇所からの援用（読んだとの仮定に基づく）と考えさせられる。このような動作の在りようは誇張と取れそうだが、蘇武の件があり陵の自死を避けるための鄭重なる「生擒」りに他ならない。漢内の冷遇に比し単于側で、「厚遇」される初端とさえいえるであろう。「項羽本紀」を引き出したのはまた、「李陵」に「垓下歌」の「時利アラズ」前後の一節があるため及び、あのフレーズ「此天之亡我、非戦之罪也（此れ天の我れを亡ぼすなり、戦ひの拙き罪にはあらぬなり）」（同上）、以上の記述が作り手の脳裏に抜き差しならぬ形で刻み込まれてある、と考えるからである。一足飛びに作品の大団円にいくようだが、いわんとするのは、武帝が崩じその後漢に帰還できる蘇武に対峙し「天は見ていたる」という李陵の述懐はここに啓示を受け援用したのではあるまいか、と。

五　白兵戦が「搏兵戦」

白兵戦とは白刃を装備した兵士が敵に接近した中で戦うことだが、昭和その往時の戦局絡みの軍事用語が占める度合が少なくない中で「人馬入乱れての搏兵戦である」と書いているのは、ほかの人ならいざ知らずの件であろうといわなければならない。

この件は、匈奴軍からの火の攻撃に李陵軍が迎え火で応戦したその後の展開で、次のように出ている。

休息の地のないまゝに一夜泥濘の中を歩き通した後、翌朝漸く丘陵地に辿りついた途端に、先廻りして待伏せてゐた敵の主力の襲撃に遭つた。人馬入乱れての搏兵戦である。騎馬隊の烈しい突撃を避けるため、李陵は車を棄てゝ、山麓の疎林の中に戦闘の場所を移し入れた。林間からの猛射は頗る効を奏した。

李陵軍は匈奴の襲撃に見舞われ「人馬乱れての搏兵戦」へと差しかかり、そうして陣形を変え距離をとり猛射する遠戦にとうち続く。両軍の接近によっての戦い、そのあり様を示す呼称が「搏兵戦」となっている。つまり「白兵戦」と書こうとしながら「搏兵戦」とした成り行きがあると推定されてならないが、さて、となる。

この件は前段階の、次の局面の記述にその要因が求められる。

李陵が全軍を停めて、戦闘の体形をとらせれば、敵は馬を駆つて遠く退き、搏戦を避ける。

「搏戦」、くみうちでの格闘の語句を用いたところから、のちの場面で「搏兵戦」となった。が、この戦闘用語は一見あるようでない。「搏戦」は『漢書』に当該の箇所がある。

虜見漢軍少、直前就営、陵搏戦攻之、千弩倶発、応弦而倒

（虜は漢軍の少なきを見て、直ちに前方の陣営に就く、李陵は搏戦して之を攻め、千弩倶に発し、弦に応じ倒る）

匈奴は無勢の漢軍かと思い、速やかに前なる陣営に進みよるが、「陵搏戦」（「如淳曰「手対戦也」意に介さず李陵は手ずから立ちまわって攻め行き」）、千の弩を一斉に発すれば、弦の音にあわせるが如くにして匈奴軍が散る。

「李陵」ではここの箇所で「搏戰」の用語を省いて「忽ち千弩共に發し、弦に應じて数百の胡兵は一斉に倒れた」と展開。用いられた事例の方は、胡軍がその李陵軍との「搏戰を避ける」と描かれている。

さてそれでは、hakuheisen と書くにつき、頭のhaku と発するその同じ音が呼び水となって、と同時に確実に「搏戰」と書いていた手跡の「搏」の字形がゆくりなく取り入れられ、搏戦から自ずと……もっともらしい流れで「搏兵戰」の表記となったのだろう。とりもなおさず、この件は白兵戦を知らなければ筆記できない。まして史漢などにも見えないところから、かようになったとも追認できる。

ちなみにこの件は「執拗なゲリラ戰術」なる近代用語を投入する点とパラレルだろう。

ところで初出の『文學界』は「搏兵戰」、第一次『全集』一巻は「白兵戰」。定本とした『復元版 弟子・李陵』（『中島敦全集』補巻、文治堂書店）は「搏兵戰」無説明。『全集』四巻（改訂二版、他版未見）の余録に「「文學界」に従って「搏兵戰」の文字を使った」とある。第二次『全集』一巻は校異にもなく「搏兵戰」。

以上、白兵戦についてこだわった。中国文学専門家高島俊男の『お言葉ですが…』5・6（文藝春秋、平成十三年・同十四年）に一連の白兵戦（「白兵」は仏語のarme blancheの翻訳）の説明があったため。第三次『全集』一巻と並んで近刊の『李陵・司馬遷』はそれに従っている。ただし福島吉彦『漢の武帝』（集英社、昭和六二年）、一海知義『李陵』（講談社、平成十年）ほかでも知れたことである。

補足致すとすれば、『李陵・山月記』（旺文社文庫、旺文社、昭和四二年）は、本文では「搏兵戦」、当時の文庫として珍しく各頁内にほとんど傍注が設けられており、それを「敵味方が刀をふるって入り乱れて戦うこと。白兵戦」とある。中島敦全集担当者の解題と年譜の収録があるが、辞書を必携とする編集部が作成している。ただし「李陵」の本文は『全集』と差違が若干ある。

参考までに、明治三七年、『読売新聞』に「白兵戦に就て」の見出しで「森林中の戦闘には是非とも斯の白兵戦を（前後略）」と特徴点を三十行余を解説。同年、『朝日新聞』では「（暗夜の白兵混戦）」の記事。この数年後、陸軍軍医でもあった森鷗外は、「てんでに買つて来たものを出して、鍋に入れる。一品鍋に這入る毎に笑声が起る。もう煮えたといふ。まだ煮えないといふ。鍋の中では箸の白兵戦が始まる」（「ヰタ・セクスアリス」）と、この用語を比喩的に場景に取り入れており、中島はこの小説を聞いて覚えたように読んでいたかも知れない。戦中下で折に触れてこの言葉の発言を聞いたかのように。

なお辞書で「白兵戦」の収録が「初登場」（高島）らしいのは『辞林』（明治四十年）という。初版は未確認であるが、中島敦文庫には明治四四年改訂二六版を所蔵。ちなみに衛将軍驃騎列伝にも「搏戦」が見えるほか、「短兵」の語句が「合短兵殺折蘭王」（『漢書』の当該の箇所とほぼ一致）と出る。『国訳漢文大成　史記』の注で「短兵は短き兵器なり。接戦するをいふ」とあり、この『辞林』にも載る。中島文庫は大正五年十一月の序がある『詳解漢和大字典』（奥付破損）を所蔵。大正十年改修壱百四拾八版によると、「搏」（「イ・うつロ・とるハ・とらふ（捕）」）、「搏戦」（「打ち合つてたたかふこと。組討、挌闘」）。中島文庫の当該の採録頁三分の二が、搏戦も一部含め破れている。裏頁の語句などに「李陵」関連は見られない。「白戦」（「から手でたたかふこと」）、「白兵戦」（「白刃を揮うてたたかふこと」）も載る。「短兵」も採録している。

その「搏戦」の用語が出ているくだんの文章で「戦闘の体形」と書かれた箇所に目が行く。再度引用するが図版を示し、翻字をその次に並べる。

李陵が全軍を停めて、戦闘の体形をとらせれば、敵は馬を駆つて遠く退き、搏戦を避ける。

この「体形」の「形」（この図版で確認しがたいが）の文字の上にはその字を変えるべく「態」の字が覆いかぶさる。「体形」↓「体態」となっている格好である。元の「体形」に戻すのもさることながら、「全軍を停めて」というのは命令系統なので「体形をとらせれば」は「陣形をとらせれば」となるのではないか。そのことは次の記述に裏付けられる。

翌朝李陵が目を醒まして外へ出て見ると、全軍はすでに昨夜の命令どおりの陣形をとり、静かに敵を待ち構えていた。

もっとも同音異字で類語的な「隊形」も蓋然的に選ばれる語句としてある。「体形」の「形」の字に覆いかぶさる「態」に目線をあずけ過ぎれば、上ずる感で押し上げられ「態勢」ともなろう。が、内容的に敵は、「搏戦を避ける」程に李陵軍の体を張った攻撃がある経緯を受けてきたゆえ「体形」となったのであろう。「陣形」「隊形」「態勢」は交戦状態でない。始めに書いてある「体形」は、触れないだろう。

○「嫖騎将軍」と書かれてあること

第一章のところで草稿・浄書とも「嫖騎将軍」と書かれている。「嫖騎」は誤記である。

霍去病の冠である将軍名が驃騎将軍（『史記』）、票騎将軍（『漢書』）と作ってある。それでいずれを採るかである。

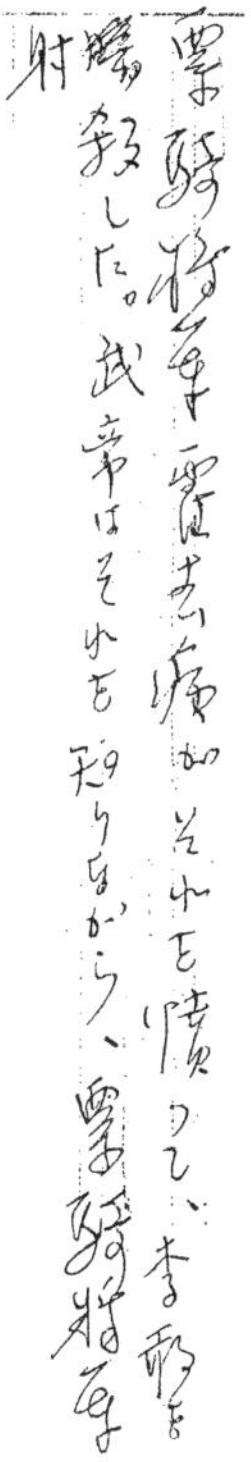
票騎将軍霍去病がそれを憤つて、李敢を
射殺した。武帝はそれを知りながら、票騎将軍

第三章の欄外の裏面には、右のように「票騎將軍」。第一章では「嫖騎將軍」であるが、ここはマス目（裏面だが表のケイ線を活かしている）中央に票騎の「票」が書かれた感じはなく、こころもちでなく旁の側にあって左の偏には書き込みできるように余白の部分を持たせている。馬偏を筆記できなかったのは「剽姚校尉」（『史記』）、「票姚校尉」（『漢書』）と見える将軍の任務前の職名のことからなのだろうか、第一章の将軍名は杜甫の「後出塞」や李白の「塞下曲其三」並びにまた王維の「出塞作」の詩句に見える「霍嫖姚」がまぎれもなく意識下にあったと示すものだろう。

○刑のこと

李陵が失神後、「虜に降つたのだといふ確報」が届く。書かれていないがおそらく夥しい諸報告があって、そののちの確実な事実の伝播である。

武帝を取り巻く者は直言の士汲黯来は佞臣に非ずんば酷吏の中で、降りた陵に対し譏謗の言が渦巻く、「一文筆の吏」司馬遷が、武帝の下問を受けた。李陵を九天の高みにまで褒め上げ弁護した。刑が言い渡される。刑に関わる部分は次のように書かれている。

〈甲〉

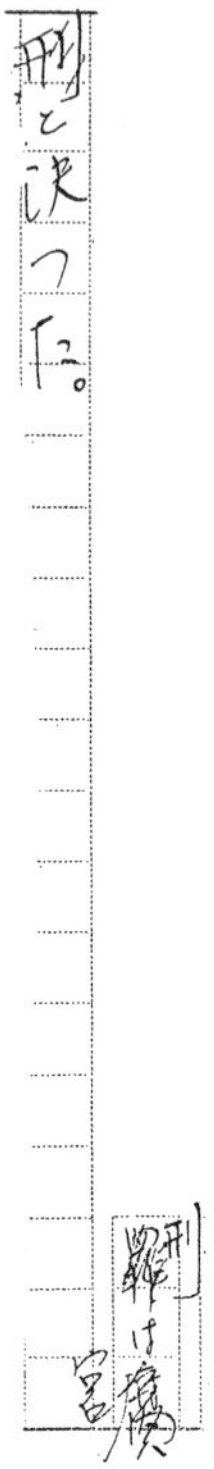

〈乙〉

罪《刑》は腐《宮》刑と決つた。

〈甲〉に「罪は腐刑と決つた」と書かれ、「罪」と「腐」の削除があって、それに類する「刑」と「宮」が行の左右に言い表わされた。〈甲〉〈乙〉とも宮刑となっているその「刑」の旁「刂」の上に、「彡」、あるいは削除かの三重線がかぶさり「刑」が「形」と作られている。それでも「刑」を妥当として通すのか、躊躇なく刑を省くものなのかわかりづらい。「刑は宮形と決つた」「刑は宮と決つた」の、いずれか――後者になる。

引用しないが次いでの記述において「肉刑」の主なものを掲げるに各自「〜刑」とせず宮刑も「宮」と書かれ、しかし宮刑は腐刑という内容説明においては「宮刑」「刑」の旁が前掲と同じかぶさりを持つ。蛇足だが、「宮形」は除くとして、刑の字のかぶさり方は削除の意と了解され「刑は宮と決つた」であろう。

『漢書』も「李陵」とも、死刑が言い渡され、贖うすべもなく宮刑を受けることで死刑を免れるという件を出していない。即刑が下されている恰好になっている。この省略理由は、例えば子路が孔子との出会後、門人に困り弟子を請う典拠の経緯も、「弟子」では孔門下に即日入った構図と同じ処置である。

ところで司馬遷の下獄に関し中国古代刑法専門家冨谷至は『ゴビに生きた男たち』（白帝社、平成六年）で、「よく言われている解説は、司馬遷の李陵に対し行った弁護が武帝を激怒させその結果、彼は投獄された（中略）李陵を弁護して、武帝を怒らせた結果、それこそ「こやつを殺してしまえ」ということになったという解釈については納得できない」、「どうして武帝が「怒った」といえるのだろう」、不審だと述べている。おそらくわかりよい述べ方で読者に注意を引くため「こやつを……」というような言説も弄んでいる。

さてこのあらましは『漢書』李陵伝の次の箇所にあたる。

初め、上は弐師を遣はし、大軍もて出し、財かに陵をして兵を助けるを為さしむ。陵は単于と相い値るに及びて、弐師は功少し。上、以らく遷は誣罔して、弐師を沮しめ、陵の為めに游説せんと欲す、と。遷を腐刑に下す。（訓読は冨谷至、ルビは省略）

因みに都留春雄が角川文庫の『李陵・弟子・名人伝』（角川書店、昭和四三年）に『漢書』巻五十四「李陵伝」の行き届いた書き下しと丁寧な総ルビ付きで『国訳漢文大成』のように収めている（原文は未掲載で次に記す）。

初上遣弐師大軍出、材令陵為助兵、及陵興単于相値、而弐師功少。上以遷誣罔、欲沮弐師、為陵游説、下遷腐刑。

「右の史料には、武帝が腹を立てたなどとは、ただの一言も書かれていない」ことに冨谷は焦点をあてる。そして「武帝は、司馬遷が誣罔を犯して、李広利の名誉を毀損し、そのことで李陵を弁護したとして、下獄した」との指摘を行う。

この記述で「誣罔」に着目し、これは「君臣を欺いたとする不道罪の法規定が適用」された刑とし、つまり

「武帝の激怒」でまとめる大方の意見に与せず、法処罰での執行の趣旨だけを明確にしている。怒りの感情を抑えることが少ない性格の武帝が、遷に対し感情なしで粛々と対処したのであろうか。疑義を容れざるを得ない。まして武帝と李広利は姻戚関係にある。一言も立腹の様子が書かれていないとあれば、また『漢書』に書かれていない宮刑の前段階の死刑の件はどうなのだろう、と誰もが思う。単に省略しているに過ぎないのではないだろうか。という風に思えば李陵事件における司馬遷の刑は死刑から説き起こす例は少なく、腐刑に、あるいは宮刑に遭ったという結果のみを記載される事例がほとんどであることから裏付けられる。

貝塚茂樹の誣告や死刑を繰り出す指摘がある。

> 武帝は、司馬遷の真意を誤解して、すぐに誣告罪で逮捕し、裁判に付した。（中略）武帝を非難したという不敬のかどで、天漢二年《ママ》（前九九年《ママ》）、死刑の判決を受けた。（『世界の名著・司馬遷』中央公論社、昭和四三年）

死刑の件を今問わず、この説明は冨谷がいう「よく言われている解説」と違い、武帝の怒れる感情という点はこの文脈上には入っておらず「誣告罪」との把握を明示している。他のくだんでもっとも当たり前だが「武帝の憤激をかい」云々とある。が、貝塚はこの本に先立って「天漢三年、孤独の敗将李陵を弁護して帝の逆鱗にふれ、宮刑に処せられた司馬遷は」（『史記』中公新書、中央公論社、昭和三八年）と「逆鱗」の件を挙げ、これを別途、司馬遷の独語として「おえら方というものは自己の落ち度を正面から指摘されると、（中略）意地になって怒るもの」と、言うのも気が引けるような心理も開陳させている。

ところで「李陵」内において武帝の感情の起伏を張り巡らす。さながらマッチポンプの人の生理を取り扱うように。しかしこの為政者をピエロにしてはいないだろう。「何といつても武帝は大君主」「たゞ大きいものは、その缺點までが大きく寫つてくる」件も書き込み、司馬遷の処置を「些か後悔した武帝が、暫く後に彼を中書令に取立てた」ことも行う。それは典拠にも書かれてあることだが、もとより「帝が一度言出したら、どんな我が儘でも絶対に通さねばならぬ」という訳でもないのである。中島は玉虫色のありようをただ単に状況の中の人間を描いたままのことで、巫蠱の事件も起こる所以である。

案の定冨谷は、敵地で李陵が軍略を授けているとの似非情報を受けた件で、『漢書』の記述の、

言李陵教単于為兵以備漢軍故臣無所得　上聞於是族陵家母弟妻子皆伏誅

（李陵単于に兵を為し以つて漢軍に備ふと言へり、故に臣得る所無し。上聞き、是に於いて陵の家を族す。陵の家の母弟妻子皆誅に伏す。）

とあることを、また「族刑」という法の縛りのみを繰り出し、武帝の怒りをおくびにも出していない。「原史料」に無記載との理由に基づくからだそうである。たびたび言うようだが、そこに略されているからではないだろうか。

ここも「李陵」では「之を聞いた武帝が李陵に対して激怒したことは言う迠もない」（第三章）と自然に書かれている。

法的な意味合いは、たとえば中島が描くスティーヴンスンのいう、

法律とは或る縄張の中に於いてのみ権威をもつもの。その複雑な機構に通暁することを誇つて見たところで、それは普遍的な人間的価値をもつものではない。（「光と風と夢」）

との指摘を思い起こせば充分となるが、念のため次の事例を出してみたい。

この死刑に関係する、『漢書』武帝紀に次の詔がある点である。

秋九月令死罪入贖錢五十萬減死一等

（〔天漢四年〕秋九月　死罪の令をして贖銭五十萬を入れしめ死一等を減ず）

秋旱九月募死罪入贖銭五十萬減死一等

（〔太始二年〕秋旱九月　死罪を募つて贖銭五十萬を入れしめ死一等を減ず）

小竹武夫訳の『漢書』右の後者の訳注に「天漢四年九月の条と重複か」という指摘がある。両条間は数年内の詔で、古今を通じて変わるところがなく、為政者が法を恣にしているそのため玉虫色的証明となっているのではないだろうか。要は怒りを律に組み立てただけというようなことである。右の件から時期は下がるが「陛下春秋高法令無常」（『漢書』蘇武伝）とあるように法の整然なりがたい点を指摘しておきたい。冨谷は上記に触れない。「中国古代の刑罰」は「皇帝の意志命令の貫徹を志向する強制装置」（冨谷至『秦漢刑罰制度の研究』同朋舎、平成十年）とまとめているように、自ずと皇帝の怒りを「強制装置」の名のもとに隠蔽しているからである。深文巧詆の類とは思わないが……。

さるにても何故に武帝は司馬遷のことで怒ったのか。少なからぬ説があるものの決め手にこと欠く。分けても一例を挙げておきたい。「作景帝本紀極言其短及武帝之過帝怒而削去之　後坐挙李陵陵降匈奴下遷蚕室」（景帝本紀を作るに、其の短を極言し、武帝の過に及ぶ。帝怒りて之を削除す。後に李陵を挙げて陵の匈奴に降るに坐し、遷を蚕室に下す。）（福井重雅『訳注西京雑記・独断』（東方書店、平成十二年））。

六　兜銜山という山

前節で一部とりあげたが、李陵が胡地で兵に漢軍対策を授けているとの誤報が伝わり、武帝が激怒する。この成り行きで陵の老母含め一族が悉く殺されてしまう。この件は同じ降将・李諸と間違われたために起こった出来事だが、陵は諸を一刺で斃す。諸は単于の母大閼と醜関係にあったが故、陵の処遇となるだろうそのことで、隠れる場として単于からあてがわれた山が兜銜山という設定である。

今暫く北方へ隠れてゐて貰ひたい、ほとぼりがさめた頃に迎へを遣るから、と附加えた。その言葉に従つて、李陵は一時従者共をつれ、西北の兜銜山（額林達班嶺）の麓に身を避けた（「ほとぼり」の一字毎に濃くない鉛筆かどうかは未確認だが、右側に波形の線が引かれている。強調するためか活字化につき傍点が付された本もある）

この山の名の出所は『漢書』に次のように見えており、李陵と関わりがない。

度余吾水六七百里居兜銜山単于自将精兵左安侯度姑且水

（余吾水を度り六七百里、兜銜山に居り、単于自ら精兵を将い、安侯を左に度り姑且水を度る）

この文章にある安侯の河川名を、左安侯と見て「左安侯の精兵を率い」との訳がある。弘法も、であろう。陵が降りる直前に死んだ韓延年の名を思い起こし錯誤したもの。それらをさておき、兜銜山は『李陵・山月記』（新潮文庫、平成元年、四三刷改版）の語釈に載る。

次いで「中島敦文庫」からとして『中島敦『李陵』の創造』で、橋本増吉の『世界歴史大系 三 東洋古代史』（平凡社、昭和八年）が、この山を「兜銜山《トウカン》（外蒙古ケルレン河北額林達班嶺《オリンタバン》）」として記載しているのを紹介。

このことで第三次『全集』一巻にも同ルビが振られる。『全集』は「概念図」を載せているも当該地に「？」印が、北征する出発地点遮虜鄣は資料数も多いのに「？」が付されている。

駒井義明は、「前漢匈奴地名略考」（『史林』第一五巻三号、昭和五年、再掲はない）において史漢に見える十余地名を挙げた中で、この山にも言及している。橋本の記述は駒井の論からの援用と想定できる。

余吾水即ちケルレン河を渡りて六七百里の兜銜山とは里数上オノン河南の額林達班嶺中に求められるべし

駒井はこのように比定している。

この山の該当箇所の記入がある地図の「発行年・地図名・山名　特記事項（発行社名と所蔵館は省く）」を、次に簡略記載する。

明治四三年　「東亜輿地図—克魯倫《クイルイルン》」　額林達班《エレン・ダバン》山脈

大正三年　「東蒙古全図」　額林山脈

大正七年　「東部西比利亜大全図」　烏爾載塞坎罸拉山

大正十二年　「満蒙西比利地図」　額林達班山嶺

昭和四年　「東亜輿地図—サンベーズ」　額林達班山嶺

（「山脈中央部付近の座標」のデータを、国土地理院の折笠幸平氏から承った。使用地図はこの「サンベーズ」で、詳細の計算方法を割愛するが「東経約　112° 40′ 13″、北緯約　49° 17′ 28″」を算出していただいた。）

駒井義明は以上のいずれかで「額林達班嶺」を確認したと思われる。

中華民国二三年　「増訂中国歴代疆域戦争合図」　兜銜山（初版未見）

昭和十年　「最新ソウェート聯邦極東地図」　エレンダバン山脈

昭和十二年　「東亜大陸諸国疆域図」　額林達班山嶺

昭和十三年　「最新蒙古地図」　エレンダバン山脈

昭和三十年　「蒙古人民共和国」　額棱达巴山脈

昭和五三年　「モンゴル人民共和国大地図」　エレンダバー山脈

明治四三年の「東亜輿地図」が嚆矢になるかどうかは判断できない。上記に載せてないが『国訳資治通鑑』所収の挟み込み地図に「兜銜山」の記入があり見逃しがたいが、「増訂中国歴代疆域戦争合図」内のと同様に参考程度までのもの。地図の外では『東部蒙古』（大正四年）に「エレンダバに登り始む、此山の南部には七の高からざる坂あり、殆んど樹木なく水なし」、また『蒙古地誌』上（大正八年）に「額林沁拉木《オリンチンラム》喀倫」、『露領極東地誌』上（昭和二年）に「フルフ河及びオノン河の沿岸に並行してドゥトゥルン山脈が延びてゐるが、同山脈は露国々境附近に於てエレン・ダバン山脈と呼ばれ居るもの」の記述が見いだせる。

目下のところ額林達班山嶺、額林達班山脈に「オリンタパン」通りの名称は前述の本以外見いだせていない。

以上の件以外で、中華民国九十年の「史記地図匯編」に「李陵伝」があり（一）「無所見虜而還」（李陵は匈奴を偵察し気づかれず還った）地点から(七)の「李陵既降、武帝族陵母妻子」（武帝は敵地に降りた李陵の老母妻子を族す）までのルートを載せている。書誌情報として、李陵に触れた関係文献を参考までに記すと、意外と王維の「李陵詠」が未紹介か。未確認だが『新刊陳眉公先生精選古論大観』に何去非・白居易（紹介済か）・秦観に各「李陵論」が収録。

さてこの山に関しては、しかし以上に留まらない。

濱川勝彦は、「単于のはからいで、李諸殺害のほとぼりがさめる迄、兜銜山麓にいた李陵が、再び単于」（『中島敦の作品研究』明治書院、昭和五一年）の庭に帰ったおり、「人間が変わつたやうに見えた」と李陵の分岐なすところを検証し、「世界は漢のみにあらず、という認識」を論述している。

李陵が兜銜山から帰り「人間が変わつたやうに見えた」この在りようは関心を呼ぶ。かかる件で作品間の要点が俄かに連携されるようであるから。

「兜銜山」、山でありこの連想で即「名人伝」の霍山に移る。紀昌の山を下りてから「紀昌の顔付の変わつた」という一致。ここで人の変貌に関わりあう収束点として、異形の身なる「山月記」がある。「変わつたやうに見えた」李陵、「顔付の変わつた」紀昌、変化の相は李徴で極まる。したがってこの行路をあらためて見届けていかなければならない。

注

（1）中島敦没後五十年の翌年、文治堂書店に伺ったさいにお聞きした。「李陵」の入手経路は、従来、郡司勝義の『原稿復刻版「李陵」』附録の「校訂雑感」に載る、深田久弥から「李陵」の原稿の所在を伺い、のち渡辺文治を通して、北畠八穂に連絡との経緯で知られていた。

（2）原稿を預けておいても、おそらく何ら反応が届かず苛立つ旨を妻に宛てた書簡（昭和十六年十一月九日）がある。深田を紹介した三好四郎からの来簡（昭和十七年二月二二日）などを併せればその実情の程が知れる。堀込静香『深田久弥』（日外アソシエーツ、昭和六一年）によれば、当時の深田久弥は初恋の人との巡り合わせの事情があった。後に彼女と結婚、義理の弟は中村光夫。北畠は深田の元夫人となる。「李陵」の原稿はこの頃深田の手元から離れたと窺える。「李陵」の掲載後、深田が中島の父田人に宛てた書簡（昭和十八年十月六日）に、敦の作品を「単行本に致したいと思ひ」、出版社（注：社名の明示はない）との「交渉」を終えていたものの、往時の「統制」で見送られたという件がある。収録予定作品は「弟子」「李陵」「名人伝」。齋藤勝『中島敦書誌』（和泉書院、平成九年）の「没後」欄に記載。この後「李陵」「弟子」を収録した『李陵』（小山書店、昭和二一年）が出版されたが、前出の書簡内容との関係は不明。

（3）盧錫熹訳『李陵』（太平出版公司、民国三三年＝昭和十九年）所収の「発表著作」（『中島敦書誌』の「中島田人「中島敦年譜」」に再掲）に「弟子」とあるべき題名は、「子路」になっている。また深田は「李陵」を中島の「最後の作」と指摘。中島家で遺稿類を見定めての推定と思われる。因に同上年譜に「吃公子」（注：韓非伝）着筆の件がみられる。

(4) 中島敦を対象にした件でないが、林達夫に「作家の表現の努力そのもののあとかたであるところの、消し、直し、書き足し等が、書く行為には多少とも必ず随伴している」「しかしかかる書く工作のあとをありありと示している大作家の「原稿」を写真版にして忠実に示したからと言って、彼の傑作の一頁がより美しいものにみえることになるであろうか。必ずやその効果は逆であろう」(「文章について」『文学』昭和十一年三月。引用は『林達夫著作集4』平凡社、昭和四六年)と述べている。断るまでもなく「李陵」は一応の完成を有しているが草稿段階におかれた作品でもあり、また活字に比べ原稿の写真版が美しいかどうかに話を振るのでなく、林の言葉を参考程度に引用した。

(5) 「李陵」内の「右賢王を天山に撃たうといふのである」の「天山」であるが、『国訳漢文大成　唐詩選』の李益「従軍北征」の句釈に「三尺童も知って居る、匈奴は非常にこの山を尊厳なるものとして礼拝したるなり、天山の名も匈奴が命名せし者」とある。

(6) 中村光夫・氷上英広・郡司勝義『中島敦研究』(筑摩書房、昭和五三年)の伯父中島端(斗南)関係に、『史記』の「李将軍」を愛読との開陳がある。この他方中島竦編『斗南存稾』(文求堂書店、昭和七年)と題された漢詩集があり、掲げるのは「失題」とある中の一つの起句で、承句は虫食い。「漢北」の関連を詠じた詩がかなりありこの文字自体も二、三嵌入はかられている。「李広」も収録なってもいるが、敦の「李陵」に関連性が特に見込まれない。私記として書かれた「斗南先生」では『斗南存稾』から三作品が適時に引用されている。なお「朔風」と始まる、張子容の「朔風吹葉雁門秋」(「梁州歌第二畳」)の語句も敦に受容されていただろう。「戎衣」に膚接する語句は杜審言の「朔気捲戎衣」(「贈蘇味道」)が該当する。

佐々木充『中島敦の文学』(桜楓社、昭和四八年)の「李陵」から、後文の「萬里孤軍來る」は高青邱の詩「薊門行」に依拠した語句と導き出されている。

高青邱といえば、「中島敦手帖2」(自家版、平成四年)「第二部」に「全集未収録資料」の中に掲示し、のちに漸くその具体を知り得て『中島敦書誌』の口絵に国訳漢文大成からの「高青邱「楽府」からの抜書きの一部」として掲げた。また無題で載っていた「白葵花」と「臥病夜聞鄰児読書」の題名を記した。『北畠典生博士古稀記念論文集』(永田文昌堂、平成十年)の「『中島敦書誌』その後」で、楽府のあらましと「李陵」に関わる要点が無いと指摘した。この詩人に関して谷崎潤一郎に「饒舌録」等があり、追記しておきたい。

（7）大和尚連山は大連市金州区、「虎狩」の北漢山はソウル市にあり、それぞれ峨々たる山容。「裸山」では前後の文になじまず。程よく「遠山」。

（8）『全集』未収録資料に中島の韓偓などの抜書きを示し「『中島敦書誌』その後」に載せたが、第三次の『全集』にもない。この例示を拾えば「不見人煙空見花」（「尤溪道中」）。別途曹植に「千里無人煙」（「送応氏二首其一」）。

（9）『梶井基次郎・堀辰雄・中島敦集』（筑摩書房、昭和三九年）の「人と文学　中島敦」から。かつて東京都立中央図書館のレファレンスにこの喫茶店の件を尋ねたことがある。国会図書館のレファレンス事例を二年前ごろかに知り、電話帳から昭和十七年までの確認は取れるが、それ以後は不明の調査報告があった。

（10）その年譜上、生年と没年以外の各節目に年齢の記入が「陵15」、「陵30」、そして当該の天漢二年は「陵降虜。35」とある。三五歳時点が故にであろうか、「三十の」「四十に近い」「三十を越した」、と表記のゆれ度合がシーソーのように見られた。

そもそも李陵のかかる年齢を確認する場合、『史記』であろう。

李陵既壮　選為建章監　監諸騎　善射愛士卒　天子以為李氏世将　而使将八百騎　嘗深入匈奴二千余里　過居延視地形　無所見虜而還　拝為騎都尉　将丹陽楚人五千人　教射酒泉張掖　以屯衛胡数歳　天漢二年秋（以下略）

まず「李陵既壮」。『礼記』（『国字解13』）の「字解」によれば、三十を壮「三十になれば身体壮健血気既に定まる」とする。

さて李陵が「建章監」となる三十から「数歳」の期間があって「天漢二年」である。この時点は三十も半ばの年齢を割り出される。逆算で自ずと元光あたりの生年が遡れる。おそらく中島敦は李陵のかかる側面から年譜を作成している、と想定されて然るべきである。作製年譜と「李陵」内の年齢が一致するようになるが、しかし当初に李陵を「三十を越したばかり」の年齢設定が書き込まれており、かかる年譜事項と一致しがたい。

この件は中島の三十についての執拗なまでの熱いまなざし、

遍歴《へめぐ》りていづくにか行くわが魂《たま》ぞはやも三十《みそぢ》に近しといふを　（「遍歴」）

このように上気し、せり上がったところの年齢意識を投入したと言い得るであろう。「三十《みそじ》に近し」の情感がほとばしる意味合いは、李陵に乗りうつり一瞬時に投影はかられた、と察する。

ところで滝川亀太郎の周知の『史記会注考証』（東方文化学院）という有数の書物が中島の生前に刊行されており、その中に「太史公年譜」（同上10、昭和九年）が附載されている。

李陵の生年が、「元光元年　前一三四」の条に「李陵生、」（注：読点は原文のまま）と記入。滝川のあまねく知れ渡ったその考証は、諸書からの典拠を示さず取り込んでいる点が見られるという指摘を、近頃たびたび出されているがこの李陵の年齢の件とは無縁である。李陵の生年を『史記会注考証』に依ったかどうかは問えない。『史記』から割り出せるからである。

〈付記〉大取一馬先生のご高配に預りかつて『中島敦書誌』（近代文学書誌大系、和泉書院、平成九年）を上梓できたものですが、爾来何かとお世話賜る中、『日本仏教文化論叢』（北畠典生博士古稀記念論文集下巻、永田文昌堂、平成十年）で「『中島敦書誌』その後」等、このたびも寔に有難くまたご配慮戴き執筆することができました。感謝の念を申し上げる次第です。

第二部　書誌・出版篇

『和歌題林抄』古筆切の検討（続）

日比野浩信

はじめに

『和歌題林抄』は、初心者向けの手引書として広く享受された歌学書であるらしく、中世以降の歌題の扱いや題詠のあり方を考える上で無視できない。後代においては、『種心秘要抄』あるいは北村季吟の『増補和歌題林抄』へと増補発展して、より広く流布した。

稿者はかつて、この『和歌題林抄』の古筆切を集成し、同定に不安のある一種をも存疑として数え、以下の八種十五葉について検討(1)を加えた。

A　伝後光厳院筆切（三葉）
B　伝覚道法親王筆切（二葉）
C　伝山科言国筆切（四葉）
D　伝常徳院義尚筆切（二葉）

E　伝蒲生高郷筆切（一葉）
F　伝道応筆切（一葉）
G　伝頓阿筆切（一葉）
H　伝橋本公夏筆切（存疑・一葉）

現存伝本の本文とは必ずしも一致しない本文を有する断簡も存しており、和歌題林抄の増補・改訂といった生成過程から生じる本文の多様性をうかがうことができ、広い流布や享受の実態を伝えている。また、専修大学図書館蔵本(2)の出現によって否定されてはいたが、かつてこの『和歌題林抄』は、室町時代の政治家であり古典学者である一条兼良の著述とされていた。古筆切の中には鎌倉末期や南北朝期の書写断簡などもあり、南北朝期以前の成立であるとする見解を補強する資料となる。旧稿では、鎌倉末期の時点ですでに本文が複雑化していたことから、その成立は少なくとも鎌倉時代後期以前にまで溯らせて考える必要があるのではないかとし、その作者として、宝暦七年（一七五七）版本に、能因を編者と伝える「端書」を認めたとされる慶融などは可能性のある一人として検討に値するのではないかと指摘した。

本稿においても、基本的な考えに変化はないが、旧稿以降、それまで知られていなかった『和歌題林抄』の古筆切を新たに確認することができた。ここに検討を加えておきたい。

一　『和歌題林抄』の現存伝本と系統

現在までに報告されている『和歌題林抄』の伝本(3)のうち、○印を付したものを検討のために用いたが、特に必要のない限りは◎印を付けた伝本をもって各類の代表とした。

一類本	宮内庁書陵部蔵一本 ○東京大学文学部国文学研究室蔵本 ○島原図書館松平文庫蔵本 熱田神宮熱田文庫蔵本 井上宗雄氏蔵本 延宝六年版本 ◎（専修大学図書館蔵本） ○（酒田市立図書館光丘文庫蔵本）
二類本	慶應義塾大学附属研究所斯道文庫蔵本 高松宮家蔵本 天理大学附属天理図書館吉田文庫蔵本 ◎大和文華館蔵本 龍谷大学蔵本 ○静嘉堂文庫蔵本 国立国会図書館蔵本
三類本甲本	○宮内庁書陵部蔵一本 ○天理大学附属天理図書館一蔵本 静嘉堂文庫蔵零本 ◎（日本歌学大系所収本） ○（熊本大学蔵本）
三類本乙本	◎三手文庫蔵本
四類本	◎（徳川美術館蔵本）

『和歌題林抄』の本文は、現存伝本においても複雑な様相を呈している。高梨素子氏[4]は大きく三類に分類、先行する一類本から、三類本・二類本が派生したとされたが、佐藤恒雄氏[5]は、一・二類本は、三類本の整理・統合・細分化の諸相と考えられた。ここでは佐藤氏の説かれるとおり、三類本が一・二類本に先行するとみておくこととする。また、三類本に近いとされながら、他の三類本よりも原型に近いとされる徳川美術館蔵本を仮に四類本とした。

なお、旧稿で扱ったA～Hの古筆切に引き続き、新出の断簡はI・J・Kとして掲出することとする。また、断簡の本文の位置を『日本歌学大系』（以下「大系」と略称）の頁数で示した。

二　旧稿補遺

まず、旧稿で取り扱った古筆切のうち、新たにツレの存在が確認できたものについて触れておこう。

〈B　伝覚道法親王筆切〉

旧稿でB「伝覚道法親王筆切」については、①M&Jバーク財団蔵『手鑑藻鏡』所収切、②『光明皇后始手鑑』所収切の二葉を取り上げた。書写年代は室町中期から後期頃で、もとは四半形の冊子本。小林強氏[6]が「系統未詳」とされるこの伝覚道法親王筆切であるが、旧稿では、その立項形式が一・二・四類とは異なり、三類に一致していることを確認、本文の異同から、四類と三類の中間的存在であろうとの指摘をした。その後になって、某オークションカタログに古筆手鑑一帖の部分的な写真が掲載されたが、このうちの一葉が、この伝覚道法親王筆切のツレと思われる。詳細は報告があることを俟つこととし、その本文についてのみ、確認しておきたい。下巻「書」の項目の途中から証歌まで。七行が書写されており、二行分ほどが裁断されているようである。本文は、次の通り。

③某オークションカタログ掲出切（大系、三七六～三七七頁）

きてならひにもしならひをあやしみむすひめもたかはて
のみくれはみさりけるほとをなけきわれはこま〳〵とかき
れともたゝ一筆をうらみ心つくしによせて文字の
のかよひかたき事をなけき浜千鳥水くきの跡に

せてもおもふ心さしをのふ

結ひめもたかひてかへるたひもあらはみてけりとたになくさみなまし

恨てもこゝらさりせは人しれすことの葉をさへ契らましやは

まず、四類には証歌がなく、一～三類は掲出切と同じ証歌がある。さらに細かな異同は少なくないが、断簡の書き出し一行目から二行目にかけてを比べてみると、

③―1

［一　類］なにとなきてならひ×もこひしとのみかきもしならひをあやしみ
［二　類］何となくてならふにもこひしとかき文字ならひをあやしひ
［三類甲］何となきてならひに文字ならひをあやしみ
［断　簡］きてならひにもしならひをあやしみ
［三類乙］何となき手ならひ××××××をあやしみ
［四　類］恋をあやしみかれかくもしならひをあやしみ

③―2

［一　類］むすひめもたかはてのみかへれは見さりける事をなけき
［二　類］結ひ目もたかはてのみかへれはみさりけることよと歎
［三類甲］むすびめもたがはでのみかへれはみざりけることをなげき
［断　簡］むすひめもたかはてのみくれはみさりけるほとをなけき
［三類乙］むすひめもたかはてのみかへされはみさりけることをなけき

［四　類］結目たかはんのみかへれはみさりし程を歎

1の例では、三類甲に一致することは明白である。ただ、三類乙の「にもしならひを」を欠くのは、「ならひ」の語の目移りによる、単なる誤脱の可能性がある。2の例では、三類にほぼ一致しながら、断簡は「かへれは」を「くれは」とする。これも「かへ」の二文字を「く」に誤ったのであろう。誤脱であるとすれば、該当箇所については、三類本系統ということになる。ただ、他の箇所においては、三類に近いものの断定的に判断できないことは旧稿に述べたとおりである。より的確に全体像をつかむためには、一葉でも多くの断簡を集成することが必要となる所以でもある。また、現存伝本による系統論に当てはまらない本文を持つ古筆切の存在は、完本によってのみ行われてきた伝本研究への再検討を促す機縁となるべきである。

三　新出断簡三種

次に、新出切三種について述べておく。

〈Ⅰ　筆者未詳切〉

まず、筆者未詳の一葉を掲出しておこう。縦二二・〇センチ×横一四・〇センチで、もとは四半形の冊子本の断簡。一面に九行を書写している。書写年代はさほど古いわけではなく、せいぜい室町時代の中期から後期といったところであろうか。下巻「慶賀」から「述懐」にかけてで、本文は次の通り。

①個人蔵切（大系、三九四～三九五頁）

事をつる亀によせて行末をもなかれ

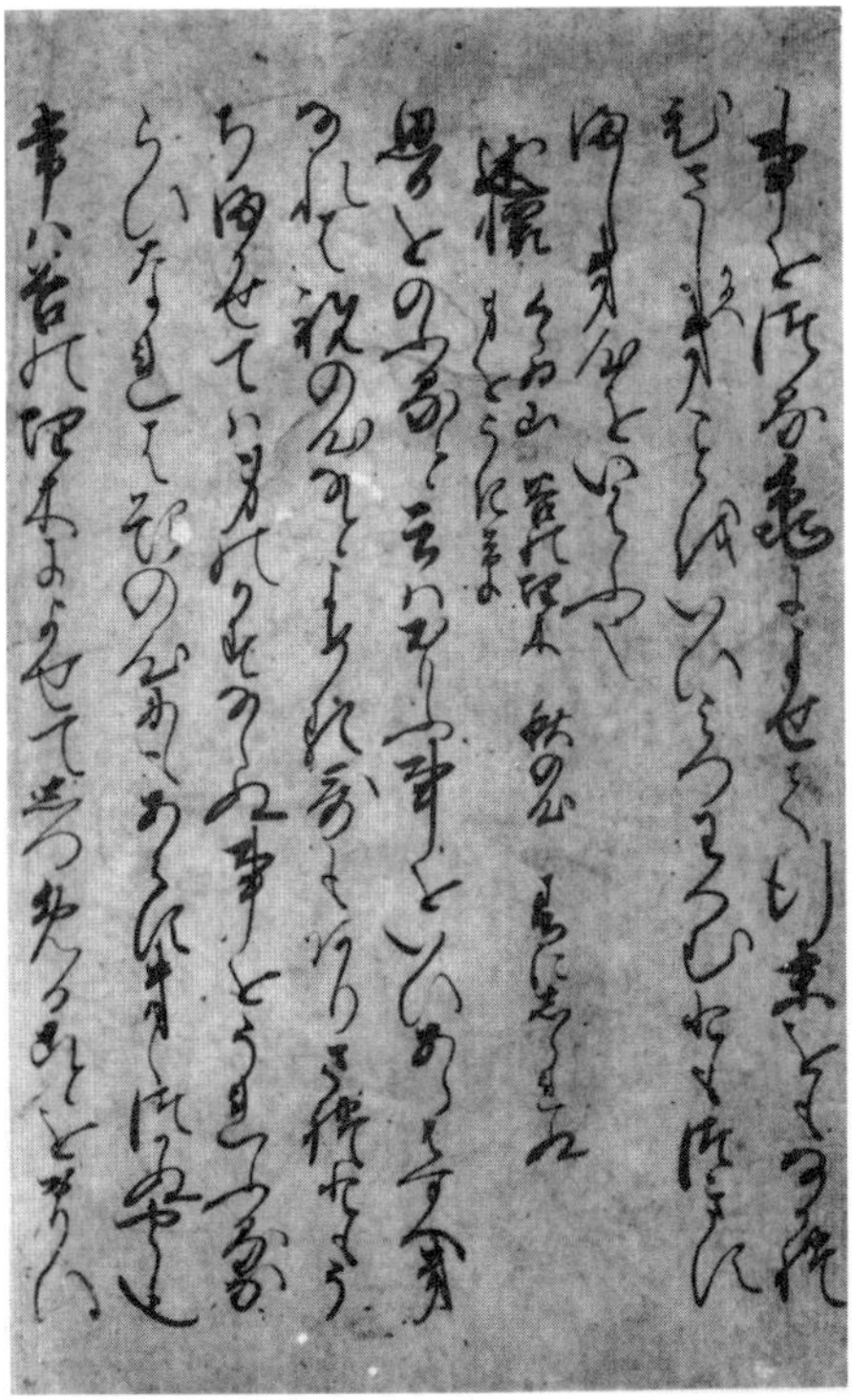

ひさし。《かるへ》きことをいひみつわくむともつきす
ましき心をいはふ也
述懐　くらゐ山　谷の埋木　秋の心　春にしられぬ
　　　身をうき草
思ひをのふると云はおもふ事をいひあらはすへき
なれは祝の心なとよめる哥もありされともう
ちまかせては身のかすならぬ事をうれふるな
らひなれは題の心にもあはすきゝつかぬやう也
常は谷の埋木によせてしつめることをおもひ

比較のために、現存諸本における「慶賀」の後半部分を掲げておこう。

［一　類］つるかめによせてよろこひ又きくの下水によそへてゆくすゑもなかれひさしかるへきよしをいひはとのつゑ竹のつえなとつく事も賀等ある也

うれしさをむかしはそてにつゝみけりこよひは身にもあまりぬるかな

［二　類］（該当スル本文ナシ）

うれしさを昔は袖につゝみけり今夜は身にもあまりぬるかな

［断　簡］つる亀によせて××××××××行末をもなかれひさしかるへきことをいひみつわくむともつきすましき心をいはふ也

（例歌ナシ）

［三類甲］つるかめによせていはひ菊のした水によせて行すゑをもながれひさしかるべきことをいひみつわくむともつきすまじき心をいはふ也

（例歌ナシ）

［三類乙］つるかめによせていはゐきくのした水によせて行ゑをもなかれ久しかるへきことをいひみつはくむともつきすましき心をいはふなり

（例歌ナシ）

［四　類］鶴亀によせて悦竹の杖なとつく共よむ也

一ふしに千代をこめたる杖なれはつくともつきし君か齢は

ちなみに、二類本に該当する本文がないとはいっても、この「慶賀」の項目に注釈文がないというわけではない。大系本文で示しておく。

（前略）四十よりはじまりて、五十六十もしは七八十九十までも、みな十年にみつとしすべきこと也。いのちながくては、かくいたりぬることをよろこびて、経くやうするついでに、我も人も歌をよみて心ざしをのぶるなり。その心をよまば、いのちながきことを、つるかめによせていはひ（後略）

末尾の二重傍線部以下が断簡の冒頭と一致する箇所であるが、二類本では傍線部以下の注説が欠落した状態のままで「うれしさを……」の証歌を掲げているのである。このことから、まず当該断簡は二類本ではない。さて、各伝本間の異同が甚だしい中で、当該断簡は三類本にほぼ一致している。ただし、波線部「いはひ菊の下水によせて」が欠脱している。「よせて」の目移りによる可能性が高いように思われるが、これが同系統本の性質によるものか、当該断簡における単なる誤脱であるのかは、この一葉からの断定は避けたい。

ここに掲出した異同箇所のみをみても、『和歌題林抄』の本文の複雑さを露呈している。たとえば、二類本では該当箇所の直前で本文が途切れており、比較すべき本文を持ち合わせていないが、一類と同一の例歌を有している。あるいは、「竹の杖」の件などは三類には無く、「菊の下水」の件は四類に無い。ただし、三類のうち宮内庁書陵部蔵本には、該当箇所の直後に「はとのつゑ竹のつゑなとにつくこと賀に有なり」という一類と同様の本文が続いている。例歌も、四類と二・一類とでは相違しており、三類には例歌は無い。四類が原型により近いとしても、単に四類から直接三・二・一類が生じたわけでもなさそうである。この一項目のみから判断するわけではないが、『和歌題林抄』の生成の様相は、想像以上に複雑であることは認めねばなるまい。他にも、細かな異同は少なからず存するが、当該伝称筆者未詳切は三類本系統の本文である可能性が高いことはほぼ間違いなかろう。

室町期にまで下る書写断簡であり、さほどの特質をうかがい得る本文を有しているわけではないが、室町期における享受本文の実際であることは確かである。

〈J　伝二条為相筆四半切〉

これまで『和歌題林抄』の最古写断簡といえば、鎌倉時代末期から南北朝期頃の書写に掛かると思しき伝頓阿筆切であったが、この伝頓阿筆切をもやや溯るかと思われる古筆切の存在が確認できた。筆者を二条為相と極める断簡で、もとは四半形の冊子本。一面に十行を書写している。書写年代は鎌倉時代後期頃とみてよさそうである。これまでに三葉が管見に入った。①は縦二二・二センチ×横一四・九センチ。「白馬節」から「霞」の項。②は縦二二・三センチ×横一五・〇センチ、「喚子鳥」から「苗代」の項。③は縦二二・〇センチ×横一四・九センチ。「萩」から「女郎花」の項。以下に本文を掲げておこう。

①個人蔵切（大系、三三四頁）

七日は白馬節といふことあり年のはしめにこの馬を
みれはあしき事もの□□りいのちものふるによりて
七日はみかとの御まへにひくことのあるなり
　みつとりのかもは（ママ）いろのあをきむまを
　けふみる人はかきりなしといふ
霞　はるかすみ　やへかすみ　あさかすみ　ゆふかすみ　かすみ衣
　　たなひく　なかる　たつ　へたつ
みねのゆきはかすみにきへよものこすゑはかすみにう
つもれいもせのやまにはへたつるこゝろそねみのへのかす

みにはもすのくさくきをおほめきやけの丶けふりか
とまかへをき《（ママ）》しまはかすみにしつみあまのつりふねは

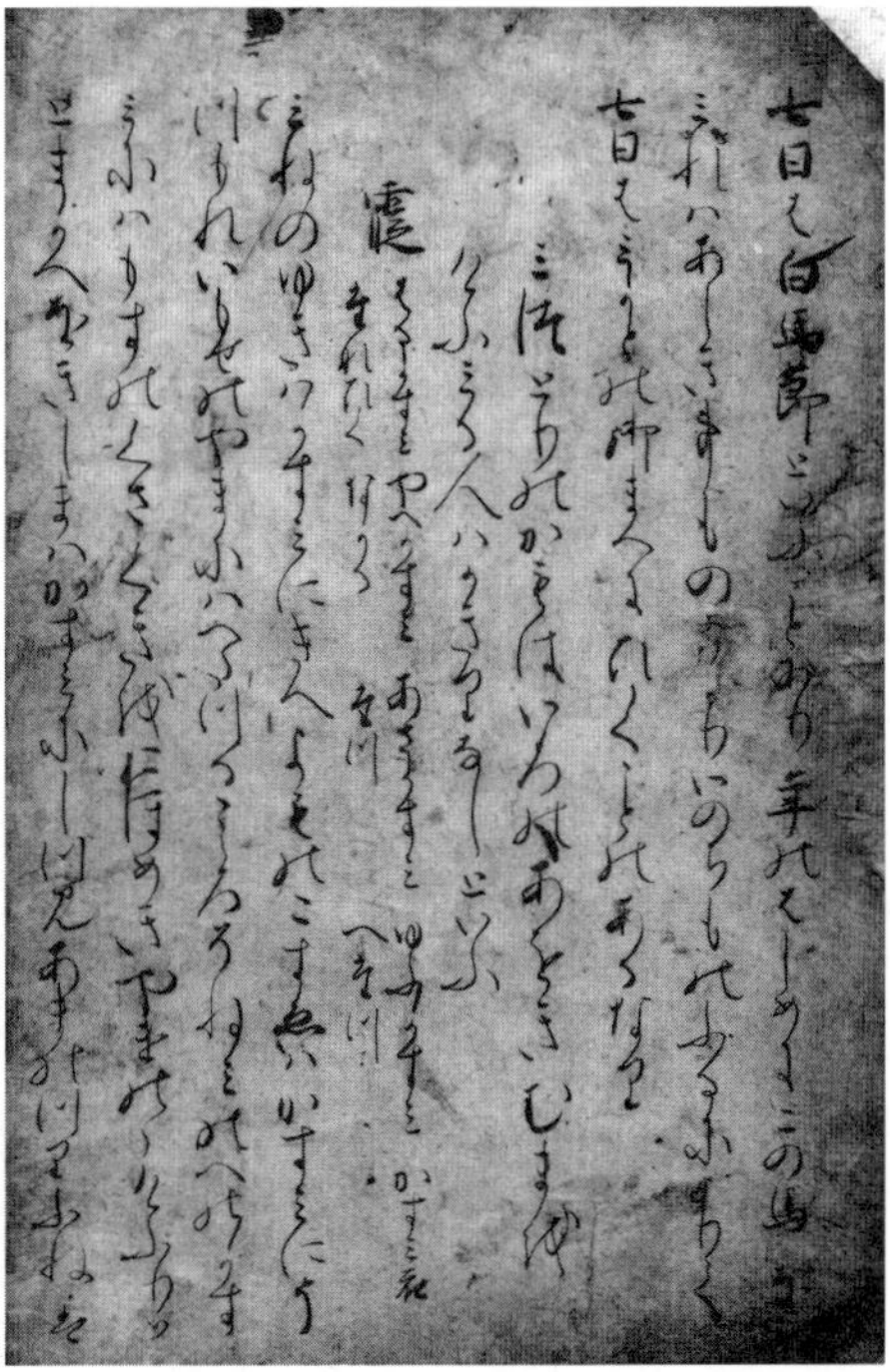

②個人蔵切（三三九～三四〇頁）

おちこちのたつきもしらぬやまなかに
おほつかなくもよふことりかな
よふことりこゑしきるなりくさまくら
たひにこたふる人やなからん

苗代　なはしろ水　おたのなはしろ　たねかす　たねまく
　　　たなゐ　あらをた　とをやまた　かたかと　ゐをしろをた

苗代といふは春たをつくらんとする時たをうちかへし
たねをたかひにかしつゝまくへき時になりぬれはたの
中によきところおしめてなはしろかきをしま
はしみつまかせてしめはへみなくちまつりてた
ねをまくをいふ也秋まてのいのちしらすたねく

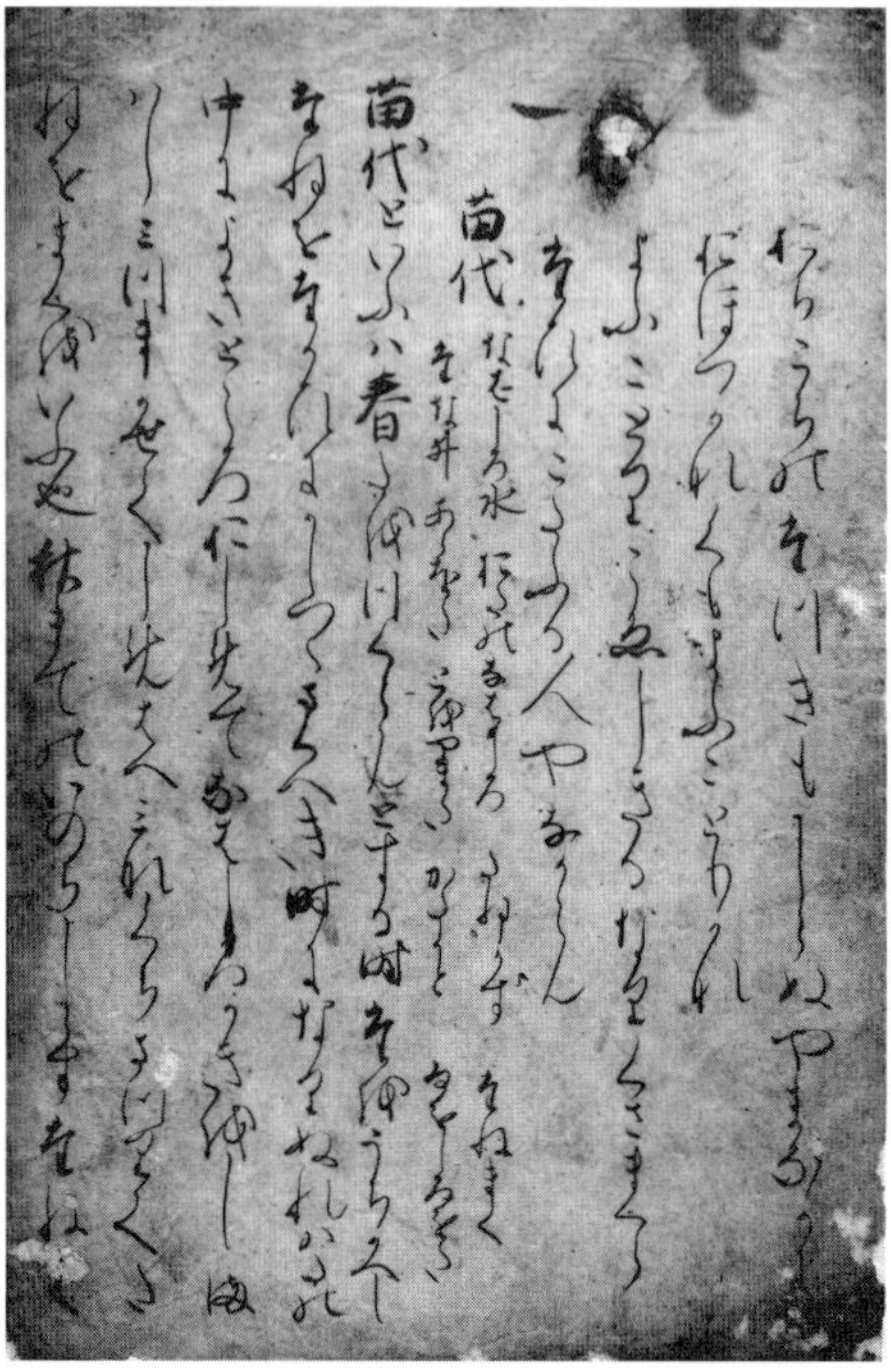

③個人蔵切（三五二頁）

とうたかひいとはきにおもひみたれこゝろをかけつ
ゆのたまをぬきわけゆくそてにはきかはなすり

をうつしにしきによそへてきりのたつことを
もうらむへし
　なきわたるかりのなみたやそめつらん
　ものおもふやとのはきのうゑのつゆ
女郎（ママ）　あたしの　あたのおほの　いはれの　おとこやま
なによりて女によせてもよむあたしのにはなの
心をうたかひ露のむすへるはなみたかとおほめき
しほれふすはものをやおもふとたとりかせに

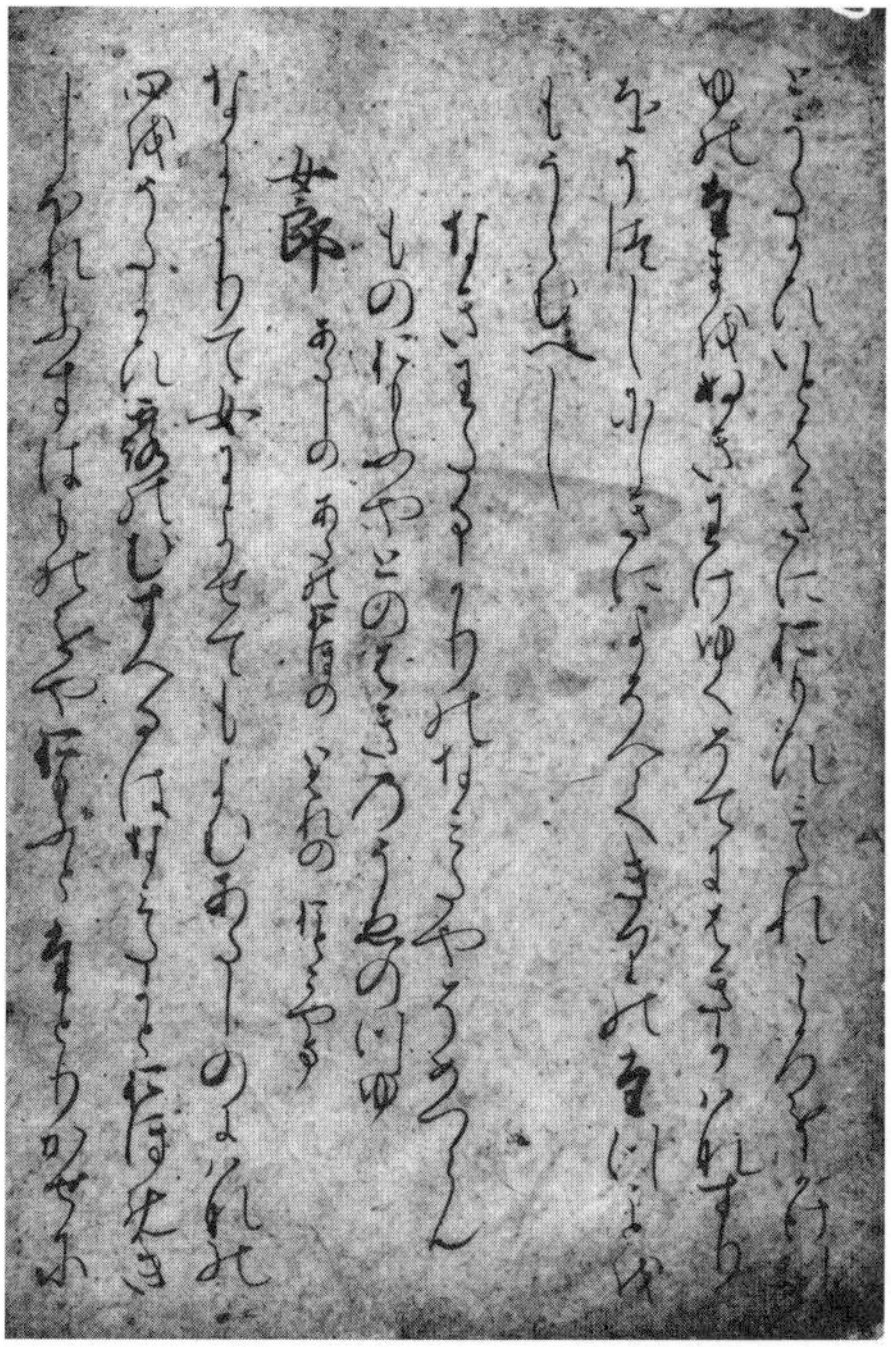

これらの本文を現存本と比較しておく。
まず、証歌については、各系統によって出入りが激しい。断簡では、
[断簡①]「白馬節」
みつとりのかも（の）はいろのあをきむまをけふみる人はかきりなしといふ
[断簡②]「喚子鳥」
おちこちのたつきもしらぬやまなかにおほつかなくもよふことりかな
よふことりこゑしきるなりくさまくらたひにこたふる人やなからん
[断簡③]「萩」
なきわたるかりのなみたやそめつらんものおもふやとのはきのうゑのつゆ
の四首の証歌を見出せるが、これら以外に、現存本では以下のような歌を含む。
「白馬節」
夕霞かもの羽色にたなひきて玉つく庭をわたるあを馬　（四類）
「喚子鳥」
世中のうきたひことにいりなんとおもふ山よりよふことりかな　（一～三類）
人かけもせぬ物ゆへに喚子鳥なにとかゝみの山になくらむ　（四類）
「萩」
秋の野に萩かるをのこなわをなみねるやねりそのくたけてそ思ふ　（二類）
秋はきをおらては過し月草の花すり衣露にぬるとも　（三類乙）

あき萩の花ちるのへの夕つゆにぬれつゝきませ夜は深ぬとも　（三類乙）
さをしかの朝たつをの、秋はきに玉とみるまてをける白露　（三類乙）
をく露もしつ心なく秋風にみたれてさけるまの、萩原　（四類）
秋山のふもとをこむる家ゐにはさそ野の萩そまかき成ける　（四類）

これらの出入りをまとめると、次のようになる。

項目	例歌	一類	二類	断簡	三類甲	三類乙	四類
白馬節	みつとりの	○	○	○	○	○	○
	夕霞	×	×	×	×	×	○
喚子鳥	おちこちの	○	○	○	○	○	○
	世中の	○	○	×	○	○	×
	よふことり	×	○	○	○	○	○
	人かけも	×	×	×	×	×	○
萩	なきわたる	○	○	○	○	○	○
	秋はきを	×	×	×	×	○	×
	あき萩の	×	×	×	×	○	×
	秋の野に	×	○	×	×	×	×
	さをしかの	×	×	×	×	○	×
	をく霜も	×	×	×	×	×	○
	秋山の	×	×	×	×	×	○

系統によって、どれ一つとして完全に一致するものはない。四類などは独自の歌を持つ場合が目立つが、他系統が四類からの増加・減少というだけでは、この現象を説明できないことは明らかである。ここに掲げた三項目

についてのみをみても、基本的に、すべての系統に一致する歌は一首ずつのみ。特に「萩」などは例示するに足る歌は数多く存したのであり、限定的な証歌である必要性は、むしろ小さい。利用者によっては、自らが気付き得ている歌を証歌として加えることもあれば、入れ替えることもあったであろうことなどは、十分に考えられることなのではなかろうか。このような状況ではあるが、断簡は、三類甲本に最も近似していることは指摘できよう。なお、「喚子鳥」の項のうち「世中の……」の証歌は、他のすべての系統の伝本に見出される歌であり、断簡における欠脱と考えれば、証歌の一致という点では、三類甲本と同一ということになる。

次に、標目とされる歌題の後に掲出される、その題と関連の深い歌語の掲出を比較しておく。

一類	二類	断簡	三類甲	三類乙	四類
「霞」					
はるかすみ やへかすみ あさかすみ ゆふかすみ かすみの衣 たつ へたつ なかる たなひく	春かすみ うす霞 朝霞 夕霞 八重霞 うち霞 よこ霞 霞衣 霞袖 たつ なひく こむる か丶る … 以下三十語	はるかすみ やへかすみ あさかすみ ゆふかすみ かすみ衣 たなひく なかる たつ へたつ	はるがすみ やへかすみ あさがすみ 夕がすみ かすみの衣 たなびく ながる たつ	はるかすみ やへかすみ あさかすみ 夕かすみ かすみの衣 たなひく なかる たつ	春霞 八重霞 朝霞 夕霞 霞の衣

「苗代」	「女郎花」
なはしろ水 をたのなはしろ たねまく とを山た たなゐ	さかの おとこ山 まつち山
なはしろ水 なはしろかき たなゐ たねかす たねまくを田 水ひく 水まかする あしを田 山田 小山田 門田 みなと田 ますらを しつ	さく ちる にほふ かほる しほる、 たはる、 くねる なまめく 花つま
なはしろ水 おたのなはしろ たねかす たねまく たな井 あらをた とをやまた かたかと ゐをしろをた	あたしの あたのおほの いはれの おとこやま
なはしろ水 小田のなはしろ たねかす たねまく たなゐ あら小田 小やまだ いほしろをだ	あだし野 あだのおほ野 いはれの をとこ山
なはしろ を田のなはしろ たねかす たねまく あらをた を山田 いはしろをた たなゐ	あたしの あたのおほの いはれの おとこやま
（ナシ）	嵯峨野 男山

一とき あたし野 さかの ふなをか山 あたしの原 あたのおほ野 いなみの いはれの おとこやま たまくら野 はなのやま まつやま 一えたをる

このような情報の多少は、増大されるか縮小されるかのいずれかには相違なかろうが、初学者向きの書物や、知識集積型・類例掲示型ともいうべき書物などでは、書き加えられていくことの方が自然であるように思われる。『和歌題林抄』の場合は、これを基にして後世に成った『増補和歌題林抄』などからも、増加の傾向は顕著であろう。

二類本での膨大な数の歌語掲出は、『増補和歌題林抄』に近づいているとさえいえよう。原型に近いとされる四類が最も少ない掲出数であることも、極めて自然であるといえるようである。『和歌題林抄』という書物の性質を考えた時、ある歌題をもとにどのような歌を詠み出すか、ということが重要視されたはずである。その題を詠み込んだ作例たる証歌を参考に、どのような歌語と組み合わせて一首を作り出すかが求められたのであり、その組み合わせを選択する幅が広がることが求められた結果であろう。本書成立時の目的が歌題の理解であったとすれば、享受段階においては、歌題の理解と組み合わせるべき歌語の豊富さによる実作の手引きが求められるようになっていったといえるのではなかろうか。

ともあれ、断簡の歌語掲出は、三類に近いことは明瞭である。それでも、若干の異同はある。「苗代」の掲出歌語のうち「とをやまた」は「小山田」に対応するのであろうが、「かたかと」という語は、断簡における独自異文である。

さらに、歌題注釈本文(7)を比べてみたい。

①—1

［一　類］××七日は白馬の節会といふ事あり……七日は御門の御まへにひく事のあるなり

［二　類］正月七日は白馬節と云事あり……七日は御門の御前にこれをひくなり

［三類甲］××七日は白馬の節といふことあり……七日は御門の御前に引くこと有

［三類乙］××七日は白馬の節といふ事あり……七日は御門×御前にひく事あり

［断　簡］××七日は白馬節といふことあり……七日はみかとの御まへにひくことのあるなり

［四　類］又×七日は白馬の節とてあり……××御かとの御まへに引事あり

②—1

［一　類］なはしろといふははるのたをつくらんとするときたをうちかへして

［二　類］なはしろと云は春先田をつくらむとて田をうち返して

［三類甲］なはしろといふは春×田をつくらむとする時田を打かへして

［三類乙］なはしろといふは春×田をつくらむとする時田を打返して

［断　簡］苗代といふは春×たをつくらんとする時たをうちかへし
［四　類］苗代といふは春×田をつくらんとて××うち返し×

②—2

［一　類］たねをたなゐにいれつゝまくへきときになりぬれは
［二　類］種をまくへき時に成ぬれは種をたねゐにかしつゝ
［三類甲］たねをたなゐにかしつゝまくべき時になりぬれば
［三類乙］種をたなゐにかしつゝまくへきときに成りぬれは
［断　簡］たねをたかひにかしつゝまくへき時になりぬれは
［四　類］種を××××かしつゝまくへき時に成ぬれは

②—3

［一　類］田の中によきところをしめてなはしろ×××をしまはし×
［二　類］×××××××××××××××××××××××
［三類甲］田の中によき所をしめてなはしろのかきをしまはして
［三類乙］田の中によき所をしめてなはしろ×かきをしまはし×
［断　簡］たの中によきところおしめてなはしろ×かきをしまはし×
［四　類］田の中のよき所をしめて××××田垣をしまはし×

②—4

［一　類］又秋ほにいてん事をおもひやり……

[二　類]×秋までの命もしらす種まくことを……
[三類甲]×秋までの命もしらずたねまきを……
[三類乙]×秋までの命もしらす種まく事を……
[断　簡]×秋までのいのち×しらすたねく
[四　類]×秋までの命もしらす種をまく事を……

③―1

[一　類]たまかとうたかひしらはきはたつたひめのそめもらすかといひ
[二　類]玉かとまかへしら萩は立田ひめの染めもらすかと云
[三類甲]玉かとまがへ白はぎはたつた姫の染もらせるかとうたがひ
[三類乙]玉かとうたかひ××××××××××××××××××
[断　簡]　　とうたかひ×××××××××××××××××
[四　類]玉かとまかへしらはきたつ旅衣を染もらすと疑

③―2

[一　類]にしきによそへてもよむ
[二　類]にしきによせては霧の立ことを恨み鹿のたちならし打はへなくなとよむへし
[三類甲]にしきによせてきりのたつことを×うらむべし
[三類乙]にしきによせてきりのたつことを×うらむへし
[断　簡]にしきによせてきりのたつことをもうらむへし

［四　類］錦によせて霧の立事を×うらむへし

③―3

［一　類］××××おんなのよそへて×よむ××××××××××××

［二　類］名によせて女によそへて×よめるなりあたし野に花の心を疑

［三類甲］名によりて女によせてもよむあだし野に花の心をうたがひ

［三類乙］名によりて女によせてもよむあたし野に花のこゝろをうたかひ

［断　簡］なによりて女によせてもよむあたしのにはなの心をうたかひ

［四　類］名にとりてをんなによせてもいひあたし野に花の心をうたかひても

③―4

［一　類］つゆのむすへるはなみたかとうたかひしほれふすはもの××おもふかとあやめ風に

［二　類］露のむすへるは涙をおほめきしほれふすは物×や思ふらんとたとり×××風に

［三類甲］露のむすべるは涙かとおぼめきしをれふすは物×やおもふらんとたどり×××風に

［三類乙］露のむすへるは涙かとおほめきしほれふすは物×や思ふらんとたとり×××風に

［断　簡］露のむすへるはなみたかとおほめきしほれふすはものをやおもふとたとり××かせに

［四　類］露×むすほゝるゝは涙かとおほめきしほれやすきは物××おほむらんとたとる×××風に

断簡の本文はおおむね三類乙本に近いことがわかる。特に③―1の異同にみられるように、三類乙本系統との一致は顕著である。しかし、①―1の例のように、一類との一致も看取される点には注意すべきである。『和歌題林抄』全体を通して、各項末尾の締めくくりの表現はそれぞれに異なる場合が多く、偶然一致するに至るようなものではなさそうなのである。

〈K　伝冷泉為相筆雲紙切〉

Jと同じく、筆者を冷泉為相と極める断簡が管見に入った。個人蔵の一葉で、縦二八・三センチ×横二三・四センチのもとは巻子本の断簡。天青・地薄赤の雲紙を用いて書写されている。書写年代は鎌倉末期頃とみられそうである。装飾料紙に書写された歌学書切は、皆無ではないが珍しく、一般に知られているのは伝藤原定家筆僻案抄切（『僻案抄』雲紙・未見）、伝阿仏尼筆鯉切（『僻案抄』雲母下絵）、伝後二条院筆藤波切（『八雲御抄』金銀泥下絵）、伝二条為相筆六半切（『顕注密勘』金泥緑代赭下絵）くらいであろう。また、これらは定家関連の歌学書、もしくは歌学の集大成書であり、「然るべき」歌学書として重要視されたもの(8)であるといえそうである。そのような状況の中で『和歌題林抄』などの装飾料紙は極めて珍しいといえようが、旧稿及び本稿で述べてきたように鎌倉後期から南北朝・室町期において『和歌題林抄』が少なからず流布していたことが知られたうえは、それなりに重要視された歌学書の一つであったという裏付けにもなろう。

さて、本文は以下の九行。

①個人蔵（大系、二五〇頁）

泉　いつみ　ましみつ　いはしみつ　いは井のみつ　いはもるみつ
山の井　たまの井　いしゐつゝ　さらしゐ　おほろのし水
たまゐるみつになつをわすれ秋はいつみのそこに
すむかとうたかひむすふてのしつくにゝこる事を思ひ
こふとしもなけれとぬるゝたもとをしほりむかへるかけ

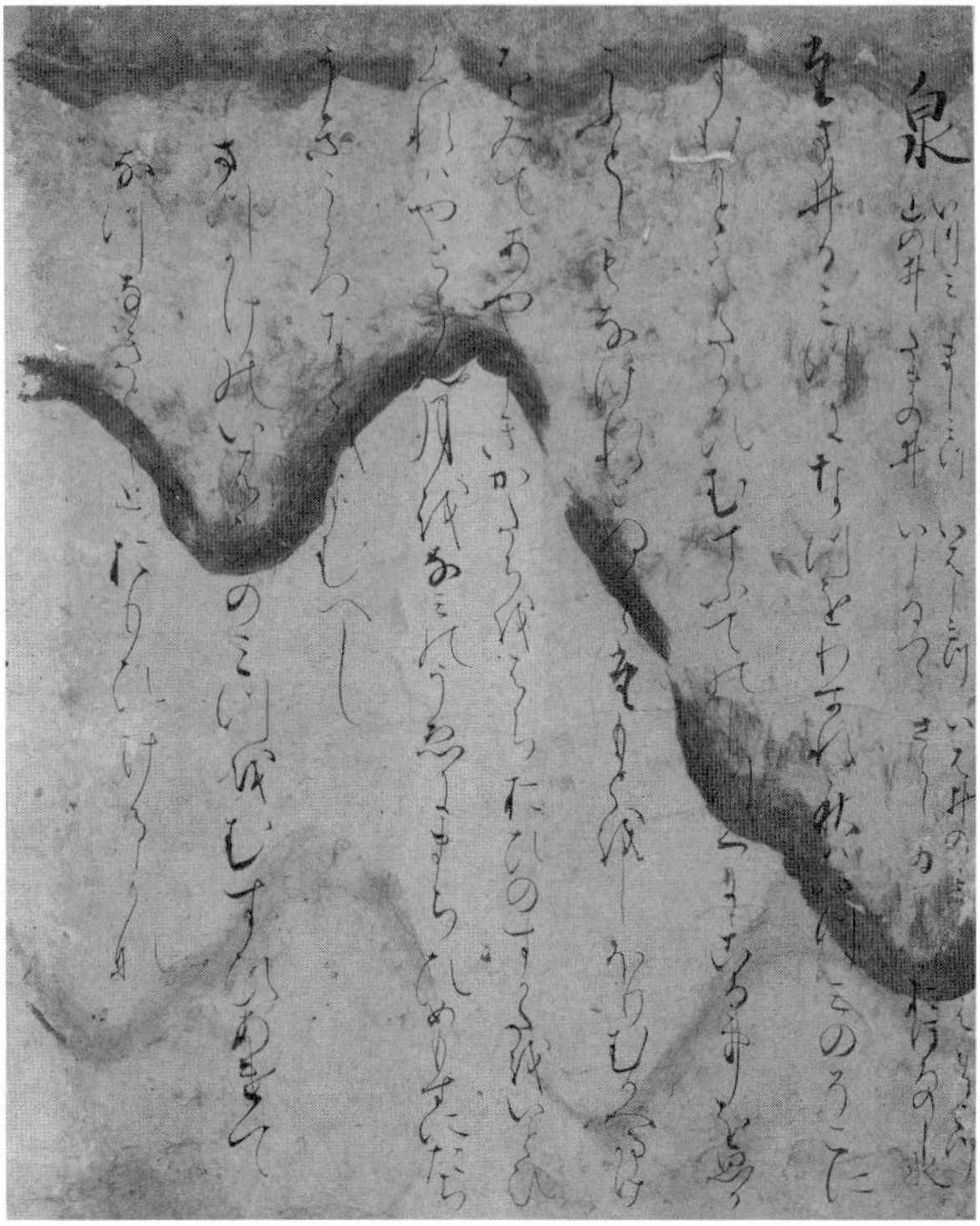

をみてあやしきかたちをはちおひのすかたをいとひ
くれはやとらん月をなみのうゑにまちひめもすにたち
うきこゝろなとをよむへし
まつかけのいはひ《ゐ》のみつをむすひあけて
なつなきとしとおもひけるかな

まず、歌語掲出を諸伝本と比較してみると次のようである。

断簡	一類	二類	三類甲	三類乙	四類
いつみ	いつみ	いつみ	いつみ	いつみ	岩井水
ましみつ	まし水	まし水	まし水	まし水	清水
いはしみつ	いはし水	清水	いはし水	いはし水	山の井
いは井のみつ	いはもる水	岩かきし水	山の井	山の井	岩もる水
いはもるみつ	山井の水	岩もとし水	いはゐの水	いはもる水	
山の井		石清水	いはもる水	玉の井	
たまの井		山井	玉の井	いはしろ水	
いしゐつゝ		岩井	いはしろ水	いは井の水	
さらしゐ		板井			
おほろのし水		玉の井			
		さゝら井			
		下くゝる水			
		瀧ノ糸			
		くむ			
		むすふ手			
		山下水			
		瀧殿			
		いつみとの			

一見して解るように、二類は他よりも歌語掲出の増加が目立つ。四類は最も少ないが、他のすべての系統にある「まし水」を欠く以外は一類と変わらない。三類にはある「いはしろ水」は断簡にない。また、三類のみならず、他のいずれの系統にもみられない「いしゐつゝ」「さらしゐ」「おほろのし水」が断簡にはある。断簡におけ

るこの増加は、二類における増加とは傾向を異にしている。総じて、歌語掲出についていえば、断簡は三類に近く、そこからの派生であるかのようにみえる。

次に例歌についてみるに、断簡における「まつかけの……」の歌はすべての系統に共通して見られる。ただし、これ以外に、二類には、

下くる水に秋こそかよふらしむすふ泉の手さへ涼しき

の一首が、三類乙には、

いはまもる清水をやとにせきとめてほかより夏を過しつる哉

さらぬたに光すゝしき夏のよの月を清水にやとしつるかな

の二首が加わっている。現状からは、断簡は一類・三類甲・四類と同様の証歌一首であったように見られるが、全く問題がないわけではない。断簡料紙の左端には二・五センチほどの余白があり、一・四センチほどは料紙が擦れたようになっている。料紙の継ぎ目としては、やや広いようにも思うが、直線的であり、墨痕も確認できず、仮に半端な行が存していたとしても、ゆったりとした行間の書写であるところからは、裁断してしまっても不自然ではない。俄に判断できず、擦り消された跡ではないとの断言もできないが、一先ずは継ぎ目の剝がし跡であると考えておきたい。いずれにせよ、断簡における二首の例歌の有無は現時点では不明といわざるを得ない。

	一類	二類	三類甲	断簡	三類乙	四類
まつかけの	○	○	○	○	○	○
下くる	×	○	×	×	×	×
いはまもる	×	×	×	?	○	×
さらぬたに	×	×	×	?	○	×

さて、本文の異同は一部を除いてさほど大きいとは言えない。併記して比較しておこう。

1

[一　類]いづみにすゝめは秋は水のそこにすむとも
[二　類]玉いる水に夏をはすれて秋はいつみの底にすむをうたかひ
[三類甲]玉ゐる水に夏を忘れあきはいつみの底にすむかとうたかひ
[三類乙]玉ゐる水になつをわすれあきはいつみのそこにすむかとうたかひ
[断　簡]たまゐるみつになつをわすれ秋はいつみのそこにすむかとうたかひ
[四　類]玉ゐる水に夏をわすれ秋は泉の底に住かとうたかひ

2

[一　類]むすふてのしつくにゝこるとも××××××××××××××××××
[二　類]結ふ手のしつくにゝこることをゝもひ人を恋としもなけれ共ぬるゝ袂をしほり
[三類甲]むすふてのしつくにゝこることを思ひ人をこふとしもなけれともぬるゝ袂をしほり
[三類乙]むすふ手の雫にゝこることをおもひ人をこふとしもなけれとぬるゝ袂をしほり
[断　簡]むすふてのしつくにゝこる事を思ひ××こふとしもなけれとぬるゝたもとをしほり
[四　類]むすふ手のしつくににこる事をおもふ人恋としもなけれとぬるゝ袂をしほり

3

[一　類]むかへるかけをみてあやしきかたちをはち××××××××
[二　類]うかへる影をみてあやしきかたちをはち老の姿をいとひ

［三類甲］うかへるかけをみてあやしきかたちをはち老のすかたをいとひ
［三類乙］うかへるかけをみてあやしきかたちをはちおいのすかたをいとひ
［断　簡］むかへるかけをみてあやしきかたちをはちおひのすかたをいとひ
［四　類］うつれるかけをみてあやしきかたちをはち老の姿をいとひ

4

［一　類］日くるれはやとらん月をまちひくらしたちもさらすすゝむ心なとをよむ
［二　類］暮なはやとらん月を波の上に待ひねもすにたちうきこゝろなとをよむへし
［三類甲］暮はやと覧月を波の上に待ひめもすにたちうき心なとをよむへし
［三類乙］くるれはやとらん月をなみのうへにまちひめもすにたちうき心なとをもよむへし
［断　簡］くれはやとらん月をなみのうゑにまちひめもすにたちうきこゝろなとをよむへし
［四　類］暮れは浪にやとらん月をまちひめもすに立うき心をよむへし

該当箇所については、一類本が大きく異なり、また、四類もやや異なる本文を有していることがわかるが、他は、さほど大きく異なるわけではない。断簡は、基本的には二・三類、殊に三類甲に近いながらも、細部においては必ずしも一致していない。より詳細な比較のためにも、ツレの出現が切に望まれる。

『和歌題林抄』の系統分化は思うほど単純ではなく、断簡の明確な位置付けもしづらく、更なる断簡の出現を俟ちたい。旧稿で検討の対象とした古筆切のほとんどが、明確に系統を示し難いものであったことを考え合わせるに、当該伝冷泉為相筆雲紙切もまた、現存本による系統分類には収まりきれない本文であるとみておくべきであろう。

『和歌題林抄』の各系統の生成は、必ずしも作者による改訂ばかりではあるまい。むしろ、享受の中で改編を繰り返す、利用者と共に生長を続けてきた歌学書であるととらえるべきであろう。

四　作者再検討の必要性

はじめに述べたように、『和歌題林抄』は、古写本・古写断簡の出現によって一条兼良作者説が成り立たなくなった以上は、作者について再検討する必要に迫られている。旧稿では、作者の一人として再検討してもよいのではないかとした慶融の「端書」を示していなかったので、すでに大系の解説で触れられてはいるものの、参考までに掲出しておく。

題林抄は能因法師長門守なりしとき津の国古曽部にのこしける幼なき娘のもとへ哥よみ習へとておくりし読かたの書なりとかやしかはあれとよみかたといへる名を憚りてかくなつけたるならん古人の道を尊み穿鑿の罪を恐るゝ事かくのことしむへなるかな有かたき題目といふなるへし

弘安十丁亥歳仏涅槃日　慶融端書

朱書云　仁和寺法眼慶融者定家卿之玄孫為家卿之子為氏卿之季子也続拾遺集之作者

題林抄一部以慶融自筆正本令書写者

天文三甲午歳中秋三　正三位光継在判

朱書云　光継卿者日野家之庶流哥人也

（以下略）

能因の書とすることについて、大系解題の「単なる伝称で無視すべきであろう」とする考えは、その後も能因作者説がまったく提示されていないことから、大方に支持されているとみてよかろう。また、慶融自筆本を書写したとする光継であるが、「朱書云」とする記述を信ずれば、「日野家」とあるが、日野姓ならば光継ではなく光慶であろう。しかし、日野光慶は天正十九年（一五九一）の生まれ、天文三年（一五三四）にはまだ生まれていない。天文三年の時点で三位の光継とすれば竹屋光継がいる。しかし、この時、五十七歳の光継は「従三位」であり、「正三位」ではないこともすでに大系の解説では指摘済みである。その上で、この識語（端書）・奥書については、

従三位を正三位に誤ったと解することも不可能ではないが、「慶融自筆正本」などと書いている点から見れば、作為と思われる。更に遡って弘安十年（一二八七）の慶融の識語などは、全く認めることができない。とされているのである。確かに光継の奥書の署名には「在判」とあり、元来、自筆署名があったことを想定すると、単なる誤りと考えるのには抵抗がある。ただ、この奥書が不審であるが故に、慶融の端書の存在そのものまでをすべて否定するより、「従三位を正三位に誤ったと解することも不可能ではない」ことを前提に、再検討を加えても良い問題ではないか、と思うのである。兼良作者説が、兼良以前の書写本・書写断簡の出現によって、完全に否定された今、『和歌題林抄』の作者については、白紙に戻ってしまったわけである。題詠が重要視されて以後の著述であろうことから、能因作者説は「伝称」としたとしても、作者・成立については、再検討の余地はあるように思われる。

天文三年の時点で、慶融自筆本が存在していたならば、慶融存命中に、すでに『和歌題林抄』が成っていたことになる。内部徴証によって完全に否定できない限りは、その可能性は存続的に考えるべきであろう。ただし、

この際には、享受段階における改訂なども考慮せねばならず、原型推定という難問が伴い、容易なことではなさそうである。

何より、なぜここに慶融の名が挙げられているのかを考慮する必要があろう。確かに慶融は、為家の子でその遺命によって『詠歌一体』の補遺たる『逐加』を著し、『続拾遺和歌集』撰進の際には、和歌所開闔となっており、二条派内においても重きをなす人物であり、関東との関係もあった。しかし、後世においては、慶融という人物の名を掲出することが、どれほど有益であったのであろうか。御子左家の俊成・定家・為家が、二条・京極・冷泉に分裂した後には、同じ二条家の中でも為氏・為世など勅撰集撰者などの「権威者」がいた中で、なぜ慶融だったのか、などを問う必要もあろう。少なくとも、一般的に考えて、何の理由も無く名前の挙がるような人物には思われない。慶融を作為として否定的に考えるより、なぜ慶融の名が掲げられたのか、慶融とした場合、不都合が生じるのかなどを考えることは、『和歌題林抄』の成立と作者究明の問題の一つとして、改めて俎上に載せられても良いのではなかろうか。

おわりに

以上、旧稿以降に確認し得た『和歌題林抄』の古筆切について述べた。新種の断簡が出現したことで、『和歌題林抄』の古筆切は、

A　伝後光厳院筆切（三葉）
B　伝覚道法親王筆切（二葉）
C　伝山科言国筆切（四葉）

D　伝常徳院義尚筆切（二葉）
E　伝蒲生高郷筆切（一葉）
F　伝道応筆切（二葉）
G　伝頓阿筆切（一葉）
H　伝橋本公夏筆切（存疑・一葉）
I　筆者未詳切（一葉）
J　伝冷泉為相筆切（三葉）
K　伝二条為相筆雲紙切（一葉）

の十一種二十一葉を数えるに至った。歌学書の古筆切自体がさほど多いわけではないが、この十一種というのは『僻案抄』と並んで、『八雲御抄』（三十五種）・『和歌初学抄』（十四種）・『詠歌大概』（十四種）・『顕注密勘』（十三種）に次ぐ多さであり、(9)『和歌題林抄』が広く流布していたことを物語っている。ひいては、中世における初学者の手引きとして、歌題が高く意識されるべき問題であったことの証左ともなるはずである。

殊に鎌倉後期書写断簡の出現により、『和歌題林抄』が鎌倉後期にはすでに成立・生長していたことが示唆されている。今後、作者の問題のみならず、『和歌題林抄』を鎌倉期成立の歌学書として再検討する必要があろう。

注

(1) 日比野浩信「『和歌題林抄』古筆切の検討」（『愛知大学国文学』第四四号、二〇〇四年十二月）。
(2) 中田武司氏『専修大学図書館蔵古典籍影印叢刊　和歌題林抄』解題（専修大学出版局、一九八二年十一月）。

（3）三類本のうち宮内庁書陵部蔵一本と天理大学図書館一蔵本については、高梨素子氏「『和歌題林抄』（三類甲本）の翻刻（一）〜（五）」（『研究と資料』第一一〜一八号、一九八四年七月〜一九八七年十二月）の翻刻と校異によった。
（4）高梨素子氏「和歌題林抄の基礎的研究」（『早稲田大学大学院文学研究科紀要』別冊九、一九八三年三月）。他にも注（2）や、「和歌題林抄（一類本）の考察——合成歌をめぐって」（『国文学研究』第九五号、一九八八年六月）、「『和歌題林抄』三類本の性格」（『和歌文学研究』第五六号、一九八八年六月）がある。
（5）佐藤恒雄氏『徳川黎明会叢書　和歌篇五　和歌題林抄・三千首和歌・萱草』解説（思文閣出版、一九九〇年八月）。
（6）小林強氏「歌論・歌学書の古筆切について」（『講座平安文学論究　第十五輯』風間書房　二〇〇一年二月）。
（7）断簡②の該当箇所は、二類に分類される静嘉堂文庫蔵本には「喚子鳥」「帰雁」「早苗」の順に項目があり、「帰雁」「喚子鳥」「早苗」とする他本とは異なるが、本文は同じ二類の大和文華館蔵本とほぼ同一である。ここでは、その点を指摘した上で、大和文華館蔵本を用いることとしたい。
（8）日比野浩信「歌学書と古筆切」（久曾神昇氏編『語り継ぐ日本の歴史と文学』青簡舎、二〇一二年八月）参照。
（9）注（8）に同じ。

仏教と坊刻本仏書

万波寿子

はじめに

江戸時代前期に起こった出版文化の黎明期を支えたのが仏書出版であったことは、出版文化研究において周知の事実である。しかし、ともすれば仏教の影響は江戸前期をもって終了したとみられており、以後も文学書や儒学書などを圧倒する数の仏書が作られ、残されてきた事実に目が向けられることは稀と言わざるを得ない。なかには、そうした大量の仏書が単に惰性で作られ続けたと認識する向きすらある。仏教信仰にとって出版業の勃興がどのような意味を持ったのか、仏書の地位やあり方がその前後でどのように変化したか、隆盛する出版業に携わる者たちが仏書とどのように関わってきたか、そうした事柄は、今日に至るまでほとんど検証されることがないように思われる。

その伝来以来、仏教は膨大な量の書物を作成・収集して、それらを蓄積し、活用してきた。いつの時代においても他の種類の書物、たとえば歌書（和歌や歌物語関係書籍）や草紙類（小説など）と比べて、はるかに大量の書物が流通していた。はたして、今日まで伝存する大量の近世期仏書（仏教関係書籍）は、惰性で作られ、蓄積されただけだったのだろうか。筆者は、仏教に関わった人々（僧侶だけでなく一般の信徒も含む）が、積極的に書籍を求めていたからこそ、仏書出版は江戸時代初期の出版文化を支え、さらに中世までなかった多様性を仏書にもたらしたのではないかと考える。

一　メディア性に優れる仏教

仏教は伝来以来、多くの方法で教えを伝えてきた。教えの根幹となる各種経典はすでに漢訳され、整備されていた。各種の儀礼や儀式も揃い、絵画的な説明や説教などのオーラルなメディアも持っていた。たとえば、死後の世界について、日本にあっては黄泉という漠然としたイメージであったものを、仏教は地獄図や極楽図のようにビジュアルで誰にでもすぐに理解できる表現を持っていた。

とりわけ書籍による情報伝達は盛んであった。仏教伝来から平安時代にかけて、国家事業として大規模に経典の複製（写経）が行われた。経典は漢字（漢訳）という形で日本でもたらされたために、複製が容易であった。やがて貴族たちも、各々供養のために盛んに写経を行うようになっていった。これら写経は、漢字で書かれているからこそスムーズに書写することができた。加えて、経典の書式が一行十七文字に統一されていたことも、写経という伝達形式の隆盛に大いに利した。次頁に挙げるのは、南北朝時代の摺経（印刷された経典）〔図1〕である。一行を十七文字に一定させている。このスタイルは伝来以前の中国で行われており、日本でも踏襲され、奈良時代の写経から近代に至るまで、写経も摺経も一行十七文字である場合がほとんどである。

書式を統一しておけば製作時に生じるミスを見つけやすい。さらに、経典制作にあたって計画や予算が立てら

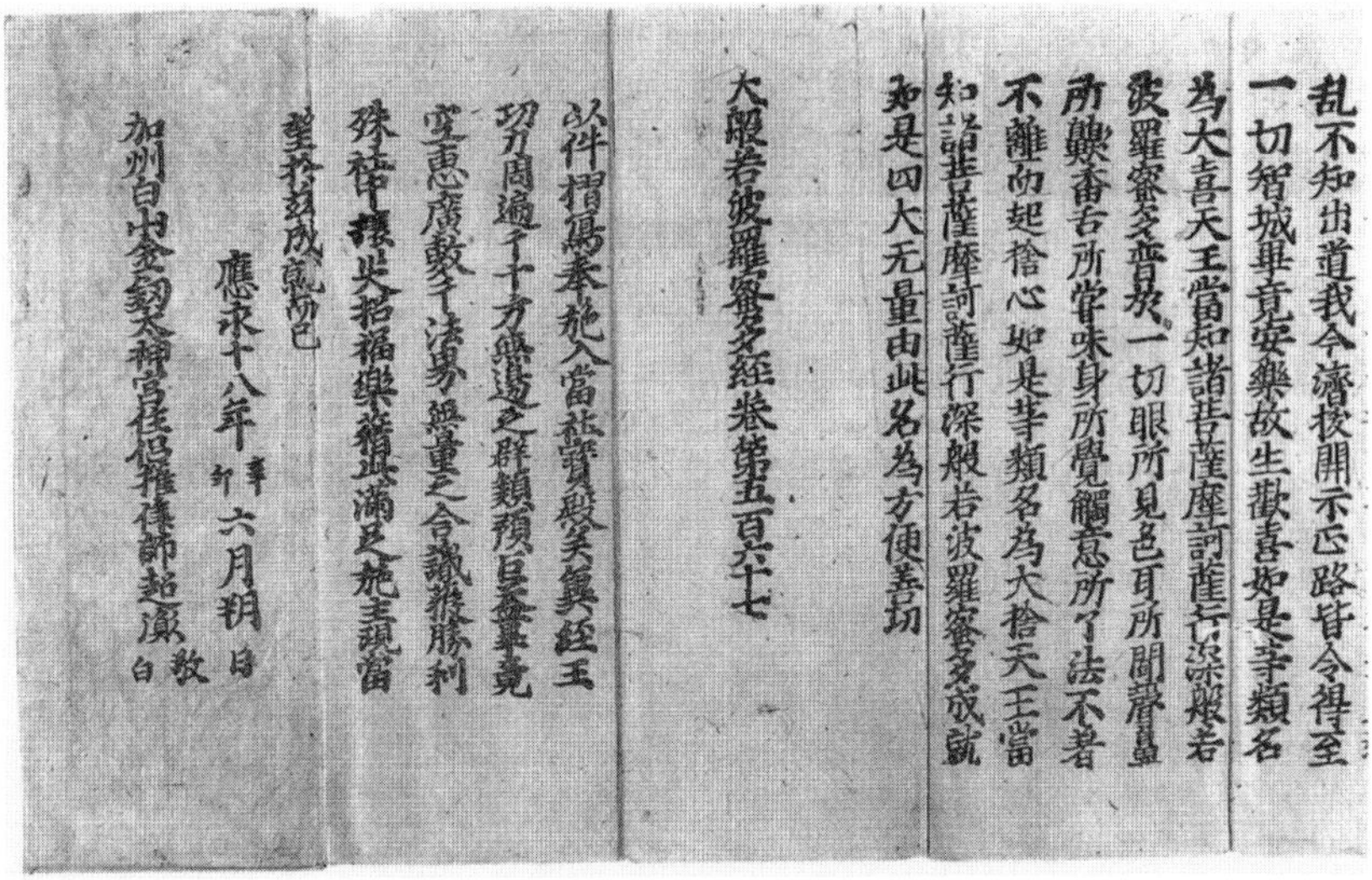
乱不知出道我今濟拔開示正路皆令得至
一切智城畢竟安樂故生歡喜如是等類名
為大喜天王當知諸菩薩摩訶薩行深般若
波羅蜜多普於一切眼所見色耳所聞聲鼻
所齅香舌所嘗味身所覺觸意所了法不著
不離而起捨心如是等類名為大捨天王當
知諸菩薩摩訶薩行深般若波羅蜜多成就
如是四大无量由此名為方便善巧
大般若波羅蜜多經巻第五百六十七
應永十八年辛卯六月朔日

図１『大般若波羅蜜多経』巻第五六七

れる。どんな長大な経典でも、正確に計画的に複製することができる。仏教は伝来以前よりすでに複写しやすい形に整えられた、いわばパッケージ済みの情報体であった。

仏書の量の多さは、日本に伝来する以前から、仏教が文字で表現され、かつそれが複製に適した状態であったからであろう。船山徹の『仏典はどう漢訳されたのか』（二〇一三年）に就けば、仏教は単なる宗教というより総合的な文化体系であった。それは、「漢字という衣装を身にまと」って、「漢字文化圏において、それぞれの文化のある重要な一部として血肉化した[1]」のだった。

二　中世の開版事業

右のごとく、経典は盛んに書写されたが、より多く作るには印刷という手段がある。奈良時代の「百万塔陀羅尼」にはじまり、仏の功徳を乞うための寺社への奉納経典など、印刷による経典の複製は古くから行われた。奉納経典は平安時代に貴族などが盛んに行ったが、膨大な経典を書写するのは時間がかかる。功徳は経典を生み出す行為の中にあると考えられていたから、経典を数多く制作するために摺経を望む者が出てくるのは自然なことであった。その早い例が、寛弘六年（一〇〇九）に藤原道長の『御堂関白記』に見え、中宮の安産祈願として千部の『法華経』を摺写したことが記録されている。こうした経典の大量複製は実用のためではなく、仏とのつながりを期待して行われるもので、摺写する行為そのものが信仰である点が特徴的である。大切なのは摺写する行為であって、生み出された経典はその結果に過ぎない。ただし、写経であれ摺経であれ、書籍の複製が仏教的な行為ととらえられていた点には留意しておきたい。

ところで一般に、書物を開版（版本作成のために板木を制作し、印刷すること）するには巨額の資金がかかる。一度開版して印刷の原版を作成してしまえば、その後の増刷は料紙の代金が大半を占め、印刷や製本の代金は料紙の代金ほどはかからない。つまり、乱暴にいってしまえば料紙さえ用意できれば増刷は比較的容易である。開版費用の捻出こそ、版本制作において最初にして最大の難関となる。

この開版資金を集める方法としては、先の道長の場合のように、個人がすべての資金を出すこともあったが、多くの人々に向かって浄財を募り、資金を集める勧進も盛んに行われた。伝存する版本のうち、勧進によって開版されたと断定できる最古のものは高野山正智院の『往生要集古鈔』で、その奥刊記には仁安三年（一一六八）に、「摺写之本」が少ないので勧進して開版した旨が記されている。すでに十二世紀には勧進募財による開版は広く一般的に行われ、写本よりも本を量産できる有効な手段として認知されていたと知られる。

勧進は造仏や寺院の補修や造営などの資金収集に広く用いられていた手段であったが、本に関しても版本のほか、写本を作成する場合にも行われている。奈良時代に大仏造営で大勧進を務めた行基や、鎌倉初期の浄土僧である重源などに代表される勧進僧たちは、多くの人々に仏との縁を結ばせ、金品を集めた。その資金によって、仏像・寺院のみならず、写本・版本を問わず多くの書籍も作られたのである。ただし、これらはやはり作善行為として行われるものであり、制作された本が実際に使用されることは少なかった。

一方で、同じく仏教の範疇での印刷事業のなかで生み出された版本のうちで、明らかに実用性を帯びたものもあった。最も早い例として、奈良の興福寺や春日大社が行った春日版がある。『成唯識論』という基礎的な経典がまず開版された。また、大屋徳城『仏教古板経の研究』所収の「聖語蔵の古経について」によれば、仁安三年には、高野山において開版された『往生要集古鈔』の奥刊記に、諸人の勧進があり、開版への助成となったことが記されている。(2) この時点で、普及のための開板が行われていたことになる。このように、平安末期の春日版の発生以降、続く鎌倉時代には叡山版や南都版・浄土教版など、いわゆる中世の寺院版が、勧進による資金によって開版され、実用に供された。

これら寺院版の特徴は、実用性を持っていることのほかに、写本の代替であるという点にある。たとえば先の春日版『成唯識論』を見ると、学問に用いるには冊子型よりも不便な巻子本という形態をとっている。文字も肉筆にできるだけ近づけるようにしている点、これら版本は写本の複製が第一義であったと理解される。次の時代に登場した五山版が、袋綴装という版本制作に好都合かつ利用もしやすい装訂にしたり、宋匠体という読みやすいフォントを使用する工夫などを行ったのとは対照的である。

(1) 書物の収集

一方で、奈良時代より朝廷が行った遣隋使・遣唐使の派遣によって大陸から書物が持ち帰られることもあった。彼らが招来した書物についての研究は、すでに大場脩氏の『漢籍輸入の文化史』(3) などがある。上書に就けば、彼らは学士や僧侶などであったが、そのうちで熱心に本を日本に持ち帰ったのは僧侶であった。たとえば最澄は二三〇部四六〇巻、空海二一六部四六一巻、円仁一三七部二〇一巻（少数の外典含む）、円珍四四一部一〇〇〇巻などが知られる。空海などは多くの書を書写していたため帰国が一年遅れている。

ちなみに、彼が書写した経典はすべて新訳で、最新の成果を持ち帰ったことが知られる。持ち帰った書籍の量が特に多いのは玄昉で、五千余巻を日本にもたらしている。この多さは、二十年という、彼の中国での滞在期間の長さに由来するのだろう。つまり、僧侶は書物収集に極めて熱心で、滞在中に本を書写することに励んでいたことが知られる。僧侶の持ち帰った書物に関しては請来目録が作られており、国へ報告義務があったようである。僧侶が大量の本を持ち帰ることは自明のこととして認知されていたのだろう。彼らとともに隋や唐に派遣された明経家や明法家は、本を持ち帰ることをほとんどしていないことを考えれば、これは僧侶に特有であった。なお、この時期に彼ら僧侶の持ち帰った本はほとんどが内典である。

遣唐使が廃止されて以降は、僧侶は商船に便乗して大陸に渡り、引き続き大陸で本を求めた。円仁は最後の遣唐使に従ったが、円珍は新羅の商船に便乗した。唐・宋・元と中国の王朝が変わる間、僧侶は中国商船に便乗しては多くの本を持ち帰っているのである。たとえば、商船に便乗した最初の僧侶東大寺の奝然は、永観元年（九八三）に渡航し、北宋の太祖から初版の開宝蔵大蔵経を与えられている。また、成尋は、延久四年（一〇七二）に渡航し、同じく北宋の神宗に謁見、日本から持ってきた天台真言の経書六百余巻を奉り、新訳経等の下賜を得た。彼は集めた版本・写本を加えた六百数十巻を弟子に託して帰国させている。他にも幾人かの僧侶が入宋し、日本に多くの書物をもたらした。これらはやはり内典が主だった。

（2）五山版

室町時代に入り、禅宗のひとつであり、新しく大陸からもたらされた臨済宗は室町幕府をはじめ武士の支持を集めて普及し、五山文化が興った。この時代の臨済宗の五山を中心とした僧俗関係者が行っていた印刷事業が五山版である。『日本古典籍書誌学辞典』(4)によると、五山版は重刊を含む全開版数が四一〇回に及ぶという。臨済宗は為政者から篤い帰依を受けて権勢を誇り、鎌倉五山・京都五山を組織し、さらにその下には十刹・林下を構え、都市において繁栄した。これを背景に、五山版によって広く知識教養が広まり、そのことがさらなる出版を促すことになった。

五山版はそれまでの写本の代替としての印刷とは一線を画し、江戸時代の坊刻本（本屋による、商品として生み出された本）に通じるメディア性を備えている。すなわち、出版文化が隆盛であった宋や元の影響を受けて、冊子型で袋綴装、楮紙を用いた姿を基本とし、字体も肉筆に近づけるのではなく、整然とした宋匠体に倣っており、量産に適すると同時に実用的であった。五山版が鎌倉中期に始まり、南北朝・室町前期に最盛期を迎える一方で、この時代も僧侶の商船への便乗による渡航は続けられたが、五山僧は外典も持ち帰っており、これは全体の三割を占める。日本で行われた五山版も約三割が外典だから、この書籍の割合は、この時代に文化的リーダーでありかつ教師であった僧侶の、この時代のニーズに応えた実際的なものだったと思われる。外典に辞書が多いのは当然というべきだろう。十刹のひとつ臨済寺などは諸宗兼学の寺院で、他宗派からも多くの僧が集まっており、足利学校の教師は僧侶が務めていた。

このように栄えた五山版も、開版資金の捻出には多くの助縁者が必要であった。幕府の篤い庇護を受け、中国の発達した文化や思想、学問を直接受容して洗練された文化を形成していた五山であったが、一方で盛んに勧進を行わなければ開版を続けられなかった。勧進によって開版された『禅林類聚』二十巻の資金は「四百貫」と見積もっており、「助縁の筆頭である龍湫周沢の五貫二百文も」「言ってしまえば微々たるもの」であり、「南禅寺、臨川寺などの住持を歴任した龍湫周沢をもってしても開板の費用は、はるかに高額であり、その一端を担わなければならなかった事実は、（中略）禅宗と一般の人々との強い結縁と勧進があったことを想像させるし、また、勧進が当然であったのである」(5)。

五山版はひとつの文化活動を形成し、広く知識教養の伝搬を担った。外典を含め実用的な本も開版され利用に付された。ただし、一方で、その開版にあたってはやはり勧進という仏教思想の内での行為が前提であり、仏教とそれを支持する人々とのつながりの内で行われる事業であったから、多種多様な書籍を刊行するには至らなかった。

ここまでをみると、仏教はその伝来以前から、たとえば経典など文字の形で膨大な情報を持っていたが、それらは整理され複製しやすい形式に整えられていた。伝来した後はその伝達能力を発揮して莫大な量の本が制作されたり、大陸から請来されたりした。僧侶や信仰する貴族や一般の人々など仏教を形作る人々にとっては書物を作る行為こそが作善行為であり、実用的な書物も彼らの信仰に支えられて製作された。仏教は書物を求め、また生み出す機能を強固に持っていた。出版は本を量産する有効な手段であったが、莫大な開版費用がかかるため、各寺院や僧侶は勧進を行ってその資金を準備していた。しかし、これを近世期に始まるいわゆる出版文化と比較してみたとき、それらはあまりにも量が少なく、普及も限定的である。これは上下貴賤問わず仏教を信仰する者たちの喜捨の資金を受けたものであるが故に、開版されかつ実用に付されるのが多くの人の支持を得た一部の仏書のみであったためであろう。これは本を受容する層が限られていたことを差し引いても、需要にたいして開版れば、仏教は多くの書物を入手することはできなかったとも言えよう。

のハードルが高かったと考えられる。印刷が仏教信仰と少なくとも直接は切り離され、自律したものにならなければ、仏教は多くの書物を入手することはできなかったとも言えよう。

三　近世の開版事業――古活字版から木版へ

長かった戦国時代も終わり天下統一が成ると、新しい出版方法が現れた。古活字版である。近世初期から始まり、およそ五十年の期間行われたもので、外来の技術であった活版印刷を日本で行ったものである。現存はしないが、記録上は文禄二年（一五九三）刊行の勅版『古文孝経』が最初の古活字版とされる。これに象徴されるように、今まで仏教の中に留まっていた印刷・出版が、天皇や将軍、芸術家によって次々となされるようになった。彼らは、『日本書紀』「神代巻」や『群書治要』など、外典を多く手がけた。江戸時代という新しい時代の新しい支配者として、あるいは文化的なリーダーとしてのデモンストレーションの一手段であったのだろう。ほかにも、大名や小瀬甫庵などの医師による開版もある。

活版印刷は印刷が終わった後に活字をばらして別の本の印刷に再利用することができたので、フレキシブルに利用できた。しかしながら、活版であるが故に、日本の文字表現には馴染みにくいのが欠点であった。漢字仮名交じり文は莫大な種類の活字を用意しなければならなかったし、活字で崩し字の連綿体を表現することは極めて難しかった。しかも、この時代の活版印刷は耐久性がなく大量印刷は不可能で、かつ活版であるが故に原版を長期保存することはできないため、増刷には向いてなかった。古活字版が五十年という短命で終わったのは、読者層が広がり、旺盛な書物需要に応えられなかったためと考えられている。

仏教もまた、多くの古活字版を生み出している。いわゆる天海版大蔵経が開版され、頒布されていることはつとに知られているが、天海のような権力者のほかにも、本国寺・比叡山・高野山など多くの寺院が実用のために活版で本を作り出した。漢字で表記し、かつ崩し字や連綿体を用いることが少ない仏書、特に経典類は活版に適しており、仏教寺院にあっては一定の需要を満たしたと考えられる。古活字版の印刷部数は五十部前後と言われており、続いて興った出版文化の中にあっては少なすぎて用を為さないが、周囲に頒布するには充分な数である。寺院など限られた範囲内で使用するには適していたはずである。

(1) 仏教教団と坊刻本

仏書が限られた一部の人々でのみ使用されるならば、当時の活版印刷技術で充分であったはずである。しかし、実際はそうではなかった。古活字版が衰退した頃に隆盛を見せはじめる本屋（書林、書肆などともいう）による木版印刷の隆盛をもたらしたのは、ほかでもない仏書出版であり、これはすなわち当時の仏教が大量生産される版本を必要としていたことを示している。

江戸時代に入ると、仏教勢力は徳川政権の指導の下に再編成された。各宗各派ごとに本山・末寺の形に整えられ（本末制度）、各本山は檀林を設けて自らに所属する僧侶の教育にあたった。また、すべての民衆はいずれかの寺院の信徒となったため、基本的にはすべての人がいずれかの教団組織に所属することとなった（寺檀制度）。今日、これらの制度は幕府が創出し強制的に制度化したものではなく、「むしろ寺院側や民衆側の動向を権力者が追認したというのが実態に近いと考えられるようになってきた」[6]。

仏教教団が、幕府に追認される形で自らが目指すものへと再編されたとすれば、新しい仏教教団はどのようなものであったか。まず本末制度に伴い、各宗各派においてそれぞれ独自の教学の確立や組織の維持・運営が志向された。教化の拠点となる末寺の認可も相次ぎ、増大した新寺における僧侶の教育も急務となった。独自の教学を確立し、それを斉一的に授ける必要ができたために、本末制度の頂点にある本山による檀林の設置が相次いだ。巨大な仏教の学校が出現することになったが、この檀林の設置・整備は元禄期が最も盛んであった。さらに末寺のみならず寺檀制度により組織の低層に一般の信徒を抱えることになったため、彼らに組織を理解させ、教化することも重要であった。檀林の教学研究や教育においては、中世までの口伝による教育形態は影を潜め、文献主義で公開性があるのが特徴である。すなわち、新しく編成された仏教教団の出現は、江戸前期における空前の仏書需要の契機となった。檀林教育が数々の書籍を利用したのはもちろん、教団の下層を形成する信徒の人々も、信仰のために折本装の経典などを家に備えるようになったのである。

この時期に登場した本屋による木版印刷は、右のような需要に応える形で発達した。本屋による印刷事業は近世の出版文化を根底から支えたが、その最初は仏書出版が形作ったのである。古活字版と違い木版は、彫る手間はかかるが多彩な表現が可能で、かつ一度原版を作成すればいつでも必要な部数を増刷でき、耐久性も優れていた。また、出版界の発展のためには法的な秩序が不可欠であるが、その根底をなす権利である版権も、木版の原版である版木そのものと同一視された（活版印刷では、印刷後組まれた原版の活字がばらばらにされるため、版権が明確ではなかった）。この時期の坊刻本出版が仏教教団の維持や発展を支え、出版界も仏教教団の需要によって成長していった。

図2に掲げるのは、西本願寺の檀林である学林で能化と呼ばれる最高職にあった知空（一六三四〜一七一八）が著した注釈書『御伝絵照蒙記』である。これは、当時の浄土真宗の祖師伝に註釈を施したものであるが、室町時代までの注釈書とは大きく異なり、多くの書物を博捜して詳細に解説している。知空は学林の最高責任者であり、

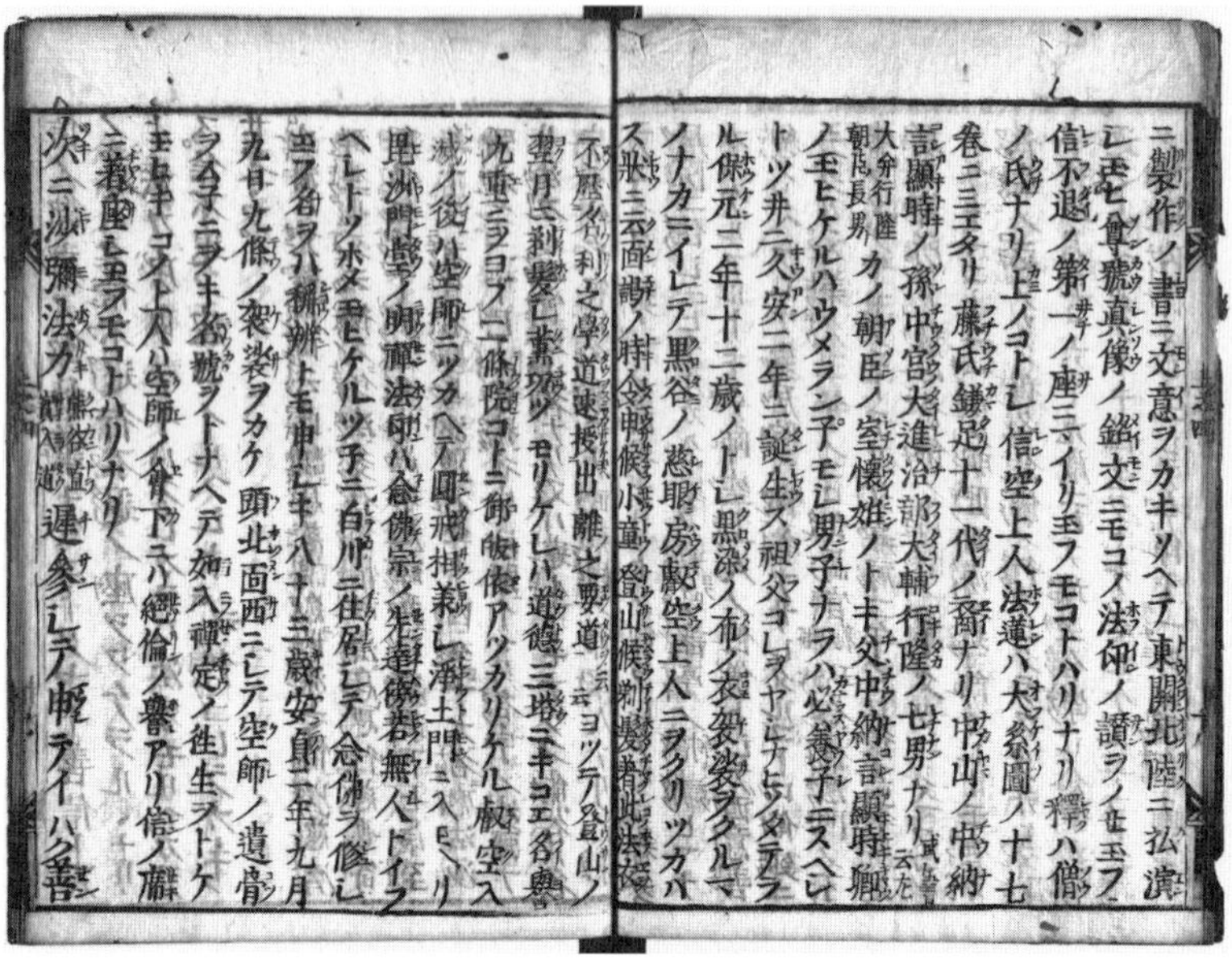

図２　『御伝絵照蒙記』

その学説には本山の権威がかかっている。平明であったことも幸いして、この書はよく読まれ、末寺で行われていた絵解きなどにも採り入れられて普及した。すなわち、檀林トップによる、文献主義的な研究成果を門末までもが共有しうる時代が来たのである。

武士として生まれながら僧として生きることを選んだ鈴木正三は、『反故集』の中で「仏書の類、殊外うれ申候」と、仏書の需要が極めて高かったことを記している。さらに注目すべきは、「此故に、次第に古の法語等乞求尋出して開板致し候」(7)と続けていることから、仏書の出版がさらなる仏書需要を呼び、本屋たちの開版を促していたことが知られる。当時の本屋の中で、仏書出版を主軸にした本屋は多く、仏書が彼らの商業活動によって盛んに出版され、それが初期の出版文化を育てたのだった。日本史上初めて、商業出版の中で作者として認知されたのが、彼や浅井了意といった僧侶であったことも、仏書が本屋のすぐれた商品たりえたことを物語っている。

基本的な経典やその参考書、教育に必要な辞書や文例集といった外典類は版本で次々と開版された。これらはほとんどこの時代に新しく登場した職種である本屋が行ったものである。

一方で、本屋が行わない仏書出版も一ジャンルを形成していた。それは折本装や巻子装といった特別な装訂をした版本である。仏書は勉強や信仰を深めるために書籍を用いることのほかに、形式として調えるべき書籍が多くあった。これらは多くの場合、特別な装訂や装飾が施されている。読まれることももちろんあったが、基本的な信仰の形はまず所持することにあった。したがって、江戸時代の坊刻本の出版が始まるはるか以前から、その制作や販売が行われてきた。それを担ったのが経師屋（経師）である。彼らは古くから本の装訂に関わっており、紙の扱いに長けた職人であった。また骨董商を兼業する者もいたほど、書画骨董の扱いに長けている者も多かった。もともと経師とは奈良時代の写経事業で書写を担当した者を言ったが、やがて本や軸物などを装訂・修理する職人を言うようになったもので、民間の者と寺院専属の者がある。彼らは中世から、注文に応じて書籍を印刷していた。次に掲げるのは、延慶四年（一三一一）の高野山史料『定置印板摺写論疏等直品条々事』(8)で、これはいわば経師の商品カタログである。

一牒書者料紙椙原打別三文
内紙直一文
打摺賃二文
不論大小一帖隠背表紙合拾文

内 表紙二文 賃等二文
一巻物者料紙椙原牧別肆文
内 紙直二文 賃等二文
又原紙牧三文内 紙一文 賃等二文 （以下略）

「料紙椙原打別三文」など、料紙に椙原紙の打紙を用いた場合は余計に三文かかるといった記述から、特別な装訂の注文を常時受けていたことがわかる。一般に、仏書のうち儀式に用いる聖教などは袋綴装ではなく、巻子装や折本装、あるいは粘葉装や綴葉装など特別な装訂の本が多い。これらは作成するのに技術が要るが、寺院では必須の書籍である。したがって、経師のような職人が必要となるのである。

教団が再編成された近世にあっては、各末寺や教団下層部もこれらの本を必要としたため、拡大した需要に応えるべく、経師屋も盛んに出版活動を行ったと推定される。京都の本屋仲間記録である『済帳標目』に頻繁に経師が登場するのは、彼らのそうした活発な活動ゆえであろう。

しかしながら、彼らが作るのは装訂が特別な本であって、その内容は『般若経』や『浄土三部経』といった、古来より使用され続けた経典や聖教類であった。彼らが莫大な量の本を恒常的に作り続けられた点は見逃すことができない。しかしながら近世の出版文化の多様性を考えるとき、その活動はあくまで限定的であった。時代に即して姿を変化させたり、多少校訂者が変化することはあっても、まったく新しい内容の本を出版することはないため、当代のニーズを見抜いてそれを出版する本屋とは住み分けられるものであった。いわば、内容よりも本の姿に需要が求められる本を生み出す経師屋と、姿よりも内容が重要な本屋は、どちらも仏教教団には必要不可欠であり、近代まで両者は別々の仏書を刊行し続けたといえる。

(3) 坊刻本の性質

坊刻本は商品として生み出されたものである。したがって、信仰とは少なくとも直接は無関係となる。坊刻本を生み出す原動力は商業的利益であり、その出版活動は自律したものであった。自らの資本で自律的に本を出版する本屋の登場は、仏教の歴史としては画期的であったに違いない。それ以前のように、大規模な勧進によってたった一種の本を開版していたのとは異なり、多くの商品の中から必要なものを必要な部数だけ購入すればよい時代が到来したのである。仏教教団は大量に購入し、それが初期の出版文化を育てた。本屋が自律的である限り、各教団は本を入手することができた。

逆に、本屋が宗教活動の内側に入ってくると、その自律性を失い、出版されるものは限定的になる。そういった本屋がないわけではなかった。たとえば、京都の書林吉野屋為八は、真宗の仏書を商品として扱う本屋であった。吉野屋は大坂の有力門徒の縁者であり、真宗本願寺派の本山西本願寺の自治区であった寺内町に住居していたから、真宗の信者(門徒)であったことは間違いない。西本願寺が安永年間に『教行信証』と『六要鈔』の坊刻本の版株を購入する際、その仲介にあたり、当主が幼少のため辞退したものの、本山が購入しなかった寛文本『教行信証』の版株の一部を本山の指示で蔵版し、本山にかわって坊刻本を監視する役目を受けている。これは彼が門徒としてその職分を活かして行動したことを示している。

しかし、安永九年(一七八〇)に京都の地誌で大人気を博した『都名所図会』の刊行を機に、寺内町から本屋の多い寺町五条に店を移している。売れ筋商品によってより利益を見込める場所へ移っていったと考えられるが、そのことで門徒としての立場がなくなってしまったわけではないだろう。しかし、宗教的な繋がりを薄くしてでも、本屋としての商業活動を重視する傾向は看取される。本屋は自らの利益を優先する点で信仰とはまったく別に、坊刻本を生み出し得る存在であった。

あるいは、日蓮宗に深く帰依し、同宗の書籍の出版を専門的に行って御用書林となった村上勘兵衛も、日蓮宗との繋がりは多分に営業上の戦略として活きていただろう。御用書林は、特に老舗の本屋がその権威や経営が揺らいでくる江戸中後期にあっては経営戦略上有効な手段であった。また、一般に、御用書林といえども他宗他派の本を出版することは普通であった。

さらに、西本願寺御用書林の永田調兵衛などは、一方で本山の出版を補佐しながら、本山に敵対する寺院の出版を助けている。しかし、本山はそれを強くとがめてはおらず、永田の立場に影響した形跡はない(9)。坊刻本によって仏教教団が維持されるため、むしろ本屋が自律性を保持する方が教団にとって都合がよいと言えるのかも知れない。

この時代に初めて登場した本屋による仏書出版はあくまで商業活動であり、寺院の出版を個別的に手伝うことはあっても、自らの出資をまったくの作善行為ととらえたり、自らの利益を度外視して信仰のために出版活動を行うことは希であるように見える。

(4) 江戸後期の変化

一七〇〇年代初めの享保年間にはすでに地方へも仏書が行き渡っていたと考えられ、多くの書籍を蓄えた地方寺院は、自学するようになる(10)。また江戸中後期には勧化本(説教の資料に使われた本。通俗仏書)にも大きな変化があらわれた。今まで僧侶の持ち物であったこれらの書籍が通俗化し、幕末に刊行された『三国七高僧伝図会』〔図3〕のように、信仰はもとより庶民の教養や娯楽に供される書籍が出てきた。

図３　『三国七高僧伝図会』

これは仏書に限ったことではなく、一七〇〇年代は社会が書物による知を自らに還元することが一般的になってきた時代であった。たとえば、八代将軍吉宗（将軍在位一七一六～四五年）は、書物を政治に利用している。明の太祖が発布した六ヶ条の通俗的な道徳である六諭に解説を施した漢籍『六諭衍義』に訓点と和解を施して享保七年（一七二二）に官刻により出版したことは有名である。ほかにも享保の医薬政策は、元禄～享保期における疫病の流行を背景とした社会の閉塞状況の中で、吉宗の仁政の一環として行われたが、その柱には民衆向けの医書『普救類方』（享保十四＝一七二九年刊）の編纂・刊行があった。このような書物の発行が効果的で有効な政策となるには、民間にこれら書物を読みこなし、書かれていることを実行できる受け皿があったこそであろう。寛永期から百年を待たず、日本という国では書物によって知識を獲得することが当たり前になっていた。

さらに江戸後期になると、一般の人々でも仏書を著し、それを本屋が出版する例が見られるようになる。たとえば幕末の安政五年（一八五八）には、江戸で雑俳点者が書いた半紙本五冊の『親鸞聖人御化導実記』が地本問屋から刊行された。真宗の祖師伝であるが、単なる信仰の書ではなく豪華な図をふんだんに入れ込んでおり、娯楽や教養も得られる本となっている。宗教行為として限定的であった出版活動が、売れる本を出版するという本屋の登場によって通俗的な仏書の発達の道を開いている。いわば、本山から一般の信徒までが、情報を発信し、お互いに影響し合う状態になったと言える。

おわりに

その伝来から近代まで、仏教は書物を集め、儀式や学問に利用してきた。写本にせよ版本にせよ、自らが作った本あるいは中国大陸から持ち帰った本など積極的に書物を生み出し、収集している。しかし、仏教行為としてそれが続けられるうちは、量的にも種類の数にも限界があった。それゆえに、江戸時代初期に現れた、本屋という存在は画期的であった。近世初期の教団は、自らの発展や組織の維持のためには時代に即応した版本の発行が必須であり、それは仏教思想とはまったく別の動機で、自らの資本で本を生み出す本屋の活動によって、初めて可能であった。そして、瞬く間に地方にまで蓄積された坊刻本は、一般の人々が情報発信する機会さえ与え、中世までとはまったく異なる変化を仏教にもたらしたと推測される。だとすれば、中世以来の惰性で大量に仏書が作られ続けたとは考えにくく、自らの書物需要によって本屋を登場させた仏教は、坊刻本によって大いに発展し、また坊刻本が浸透した江戸中後期からは、それによって変容していったと言えるかもしれない。その変化については、今後の研究を俟ちたい。

注

（1）船山徹『仏典はどう漢訳されたのか──スートラが経典になるとき』（岩波書店、二〇一三年）、「はじめに」vi頁。
（2）大屋徳城『仏教古板経の研究』「聖語語蔵の古経について」（大屋徳城著作選集、国書刊行会、一九八八年）。
（3）大場脩『漢籍輸入の文化史──聖徳太子から吉宗へ──』（研文出版、一九九七年）。
（4）井上宗雄ほか編『日本古典籍書誌学辞典』（岩波書店、一九九九年）。
（5）内田啓一『日本仏教版画史論考』第三章「勧進と結縁、仏教版画」（法藏館、二〇一一年）三三三頁。
（6）末木文美士編『民衆仏教の定着』第二章「近世国家と仏教」（曽根原理）（『新アジア仏教史』第一三巻《日本Ⅲ》、佼成出版社、二〇一〇年）九六頁。
（7）『反故集』（高木市之助監修、宮坂宥勝校注『仮名法語集』〔日本古典文学大系、岩波書店、一九六四年〕所収、ルビは省略）。
（8）『定置印板摺写論疏等直品条々事』（水原堯榮『高野板之研究』〔高野山学志、森江書店、一九三二年〕収載）。
（9）万波寿子「興正寺の聖教出版活動」（『書物・出版と社会変容』第一三号、二〇一二年）。
（10）坂本勝成「田舎談林の成立と展開──常陸国筑波郡神郡新義真言宗普門寺を中心として──」（『立正大学文学部論叢』第四一号、一九七二年）。

〈付記〉引用した図版出典は、以下の通りである。
図1『大般若波羅蜜多経』巻第五六七（貞和四年刊）龍谷大学大宮図書館蔵（写真は同館発行の図録『禿氏文庫本と真宗関係版本』〔二〇〇五年〕より）。
図2『御伝絵照蒙記』九巻五冊（寛文十一年再刊本）龍谷大学大宮図書館蔵。
図3『三国七高僧伝図会』六巻六冊（万延元年刊）龍谷大学大宮図書館蔵（写真は同館発行の図録『近世庶民の信仰と学びと娯楽』〔二〇一〇年〕より）。

大田垣蓮月尼と平井家の交流について
——醍醐寺の旧坊官家宛書簡をめぐって——

山本廣子

はじめに

大田垣蓮月（俗名誠《のぶ》）は、寛政三年（一七九一）正月八日京都に生まれ、生後すぐに京都知恩院の寺侍大田垣伴左衛門光古の養女となる。城勤めの後結婚するが離婚し、再婚した夫とも、また、五、六人は儲けたという子らとも死に別れ、三十三歳で尼となる。天保三年（一八三二）、四十二歳で養父を見送ると、単身知恩院を離れる。それ以来、手捻りの茶碗やきびしょ（急須）などの埴細工に自詠の歌をくぎ彫りして焼いた「蓮月焼」で生計を立てた。慶応二年（一八六六）、七十六歳から、終の住処となる西賀茂の神光院に移住するが、明治八年（一八七五）十二月十日、八十五歳の長寿を全うしてその生涯を終えた。素直に心の内を詠んでいるその歌は写実的であり、かつ、流麗で繊細、中には飄々とした味わいのものもある。家集は『海人のかる藻』ほかがある。(1)

本論では、平井家宛の蓮月の書簡二通を紹介し、あわせてこれまでの蓮月の先行研究では触れられることのなかった本書簡をめぐって、平井家との交流、醍醐の地における蓮月の仮寓について考察する。

一　平井家文書と平井家について

この書簡を含む古文書「平井（政）家文書」は、その写真版が京都市歴史資料館において保存されており、閲覧することが出来る。京都市文化財保護課による伏見区の古文書調査が行われたのは昭和三、四十年代のことであるが、平井家の古文書は昭和四十二年（一九六七）に撮影され、『史料　京都の歴史』(2)第十六巻（伏見篇）の関係文書として管理されている。

「伏見区関係文書目録・解説」（三三頁）によると、平井家は代々醍醐和泉町（現在・槇ノ内町）に居住し、三宝院門跡の坊官を務めた家の一つであり、文書の年代の古いものは、江戸時代初期の慶長のものである。最も多い文書は、江戸中期以降から明治時代前半にかけてのもので、醍醐寺の運営を知る手掛かりになる日記類や年中行事目録など、また、坊官家の歴代録や、明治初年の家士明細書のほか、金銭貸借や土地売買に関する証文類などがあり、書簡類ではその差出人が近世初期の板倉重宗・片桐且元や近世後期の蓮月のものなどである。

調査当時の平井家当主は平井正（政は誤り）夫氏であるが、その後、代も替わって、平井家は醍醐から転居されており、ご家族によると、これらの古文書は現在保存されていないとのことである。

二　平井家宛蓮月書簡二通について

平井家宛蓮月の書簡二通を紹介すべく、その影印（上段）と翻刻（下段）を載せ、検討することにした。

後掲書簡A（四五八～四五九頁）〔図1〕の概要は、最初に季節のあいさつに続き、文をいただき拝見しました。仰せのようにしばらくお会いしておらず、失礼して過ごしており、恐縮していますが、寒さの折、お元気でお過ごしください、とのあいさつから始まっている。

本題は、平井様から頼まれた短冊の事も、大いに年を取り、忘れてしまい申し訳ないと謝罪。早速書いて差し上げるはずですのに、すでに時刻が七つ（申の刻・午後四時頃）過ぎになり、目も見えなくなりました。今日は他から頼まれて書き置いた内から十枚ばかりをご覧にいれましょう。残りは後の便の折に差し上げます。年寄った犬のようなものとみてお許しください、と重ねて謝罪している。引き続き、また、春来の歌を沢山拝見させていただき、その歌の数々が、近頃では目の覚めるように思い、繰り返しありがたく拝吟したこと、近頃歌も詠まずに暮らしている蓮月には、めずらしく素晴らしい歌にて楽しみ、気分もよくなりました、と称賛している。

この地へ引き込んで以来、どのような依頼ごとも断っていますが、江戸から来られた方があり、今日は久しぶりに短冊を書いてみましたので、見苦しいものですが、お許しください、お返事まで、と一旦結んでいる。

尚書として、このお寺内にしばらくお願いして仮寓していることも不思議なご縁であり、ありがたいと書き添えている。

次の書簡B（四六〇頁）〔図2〕の概要は、書簡Aよりも簡潔なもので、平井氏より文をいただいたこと、また、訪ねて来られて短冊を書くように頼まれたが、例の通りさっぱり忘れてしまっていたこと、たしか七十歳の御祝のようで、今日弁天様に奉納してきたこと、また、おめでたい御書をたくさんいただいているのに、大いに年寄って忘れてしまい、お許しくださいと、謝罪している。さらに平井氏の歌の秀逸であることに感心し、楽しんでいるとした上で、「冬至」の歌については人の思いよらぬ風光、「雪のあした」の心地、「春をすゝむる」「早梅」の歌などが非常に優れていると評している。

このA・B二通の書簡からは、蓮月と平井家との交流の一端を読み取ることができる。

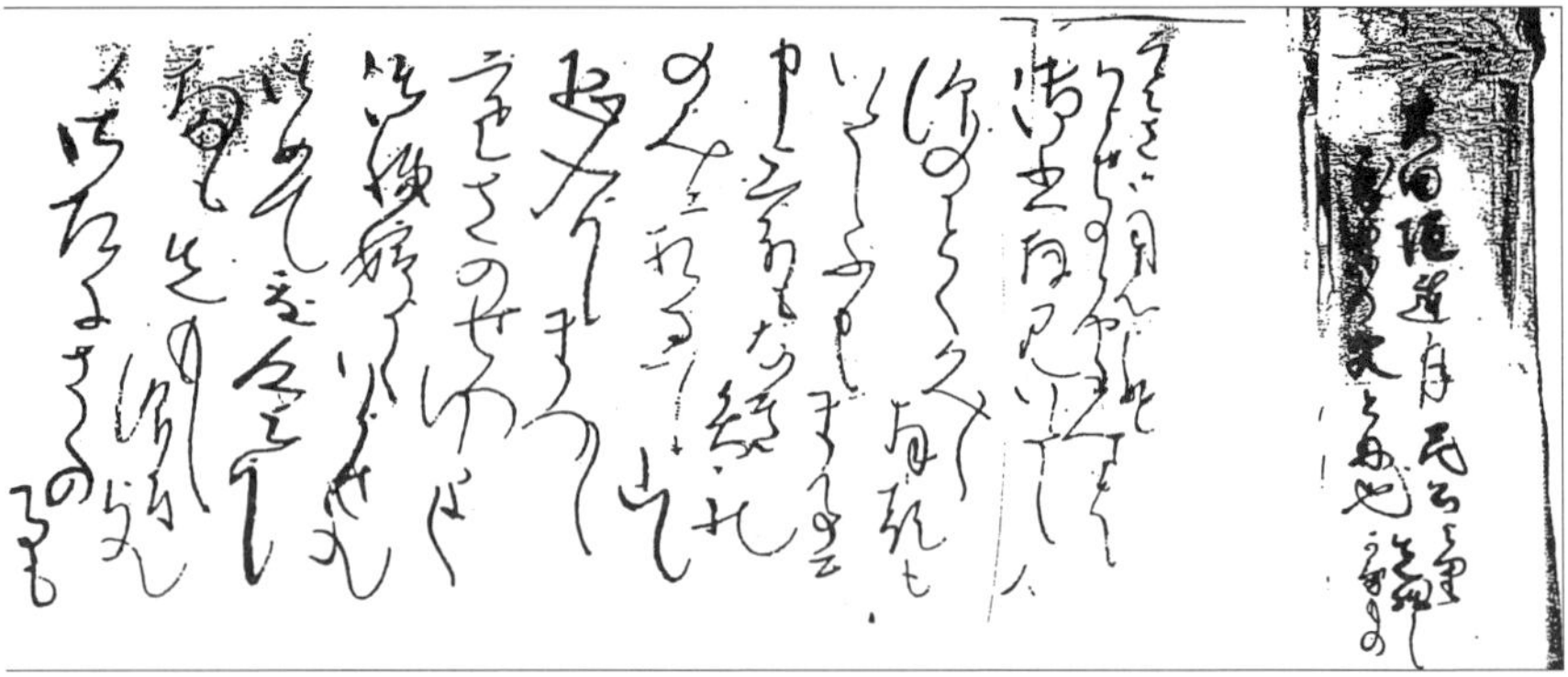

図1　書簡A

大田垣蓮月尼公より
到来の文とも也　真跡之かきもの

寒さ御用心被遊
いらせられ候やうねんしまいらせ候
御書拝見いたし候
仰のことく久々拝顔も
いたし不申候　ま事に
申上外もなき　失礼
のみに相過し　山々
恐入まいらせ候　まつ〳〵
寒さのせつ　いよ〳〵
御機嫌よくいらせられ
御めて度存上まいらせ候
扨も先もし　仰付られ
候御たにさくの事も

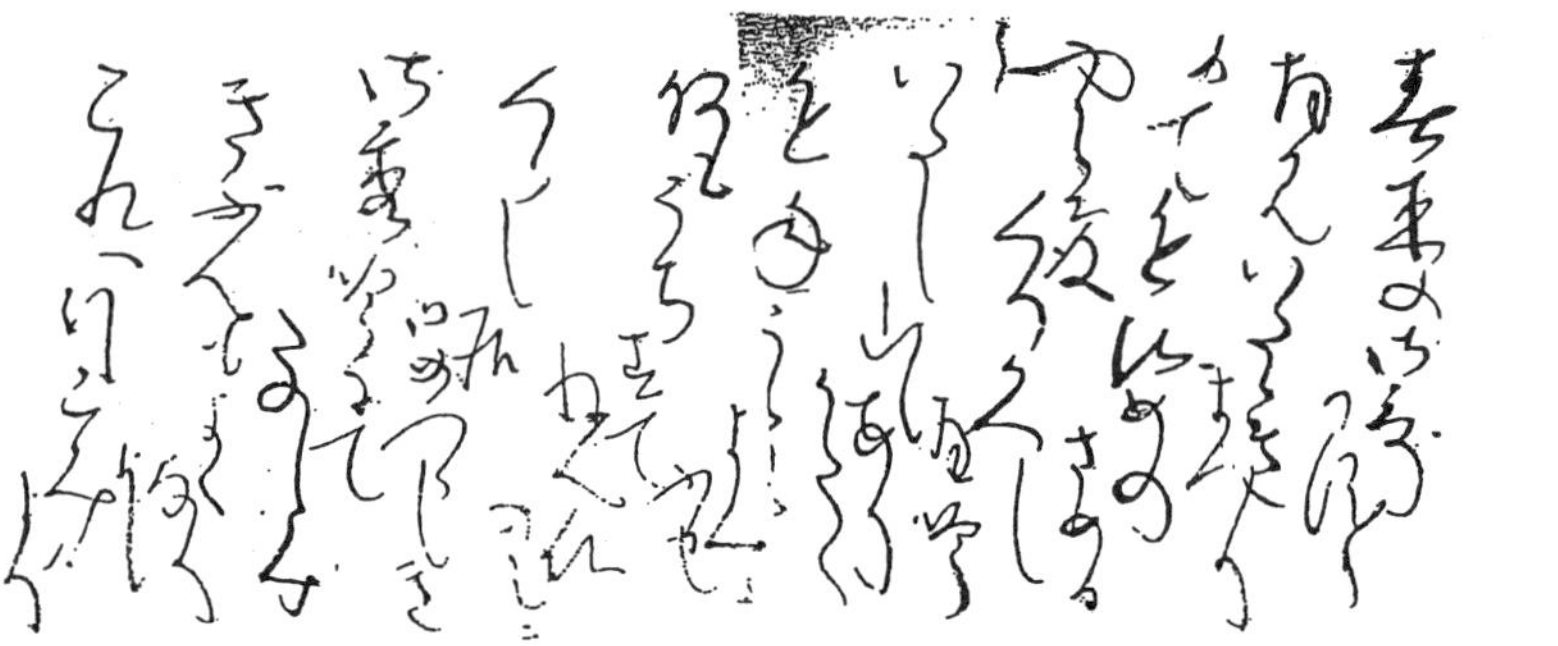

春来の御歌　かす〳〵
拝見いたゝき　まつり
候て　近頃めの　さめる
やうに存　くりかへし　拝吟
いたし　山々ありかたく
近年うたも　よみ不申
何もうちすて　ねん頃のみに
くらし居　御めつらしき
御秀吟にて　たのしみ
きぶんもよくなりまいらせ候
これへ引こみ候より

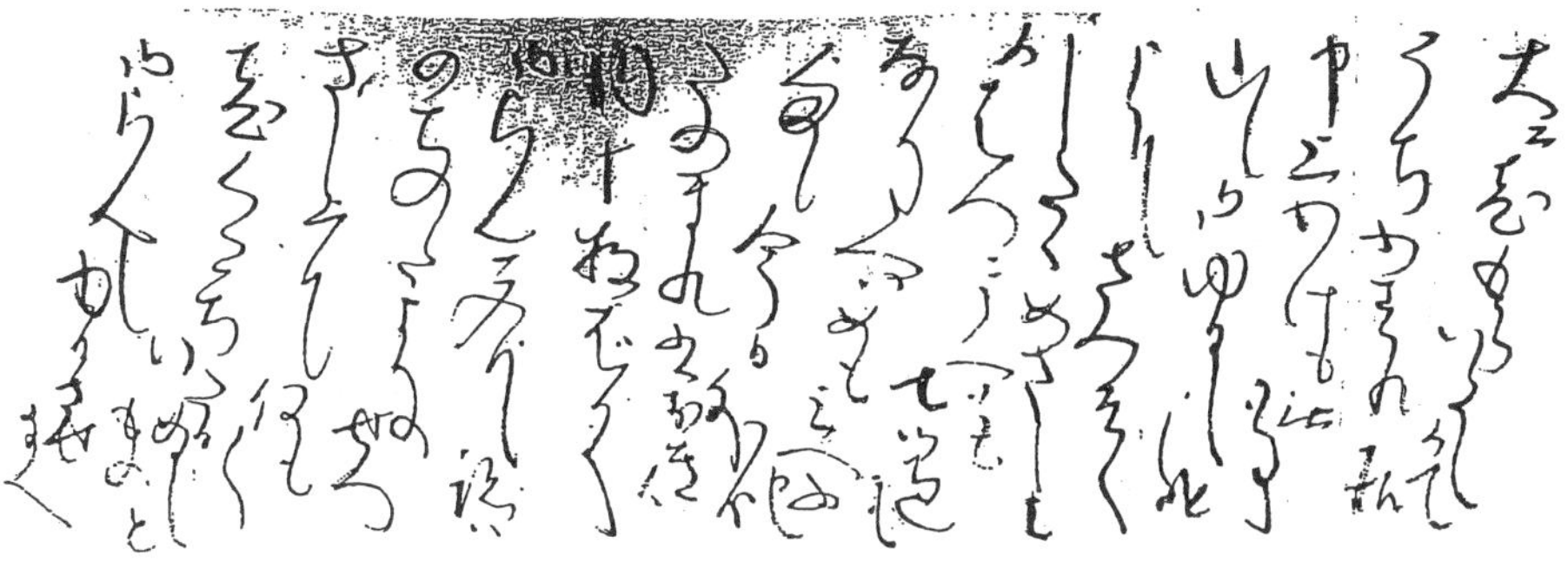

大に老もういたし候て
うちわすれ居
申上わけも無御事
山々御ゆるし被遊
被下候　さつそく
した、めさし上
候はつに候へとも
七ツ過にも
なり候へは　めもみへ不申
存候　今日外より
たのまれ書おき候
内十枚はかり
御らんに入まいらせ候　跡は
のちのたよりのせつ
さし上申候　何も〳〵
老くたちたる　いぬしものと
御らんし　ゆるさせ給へ

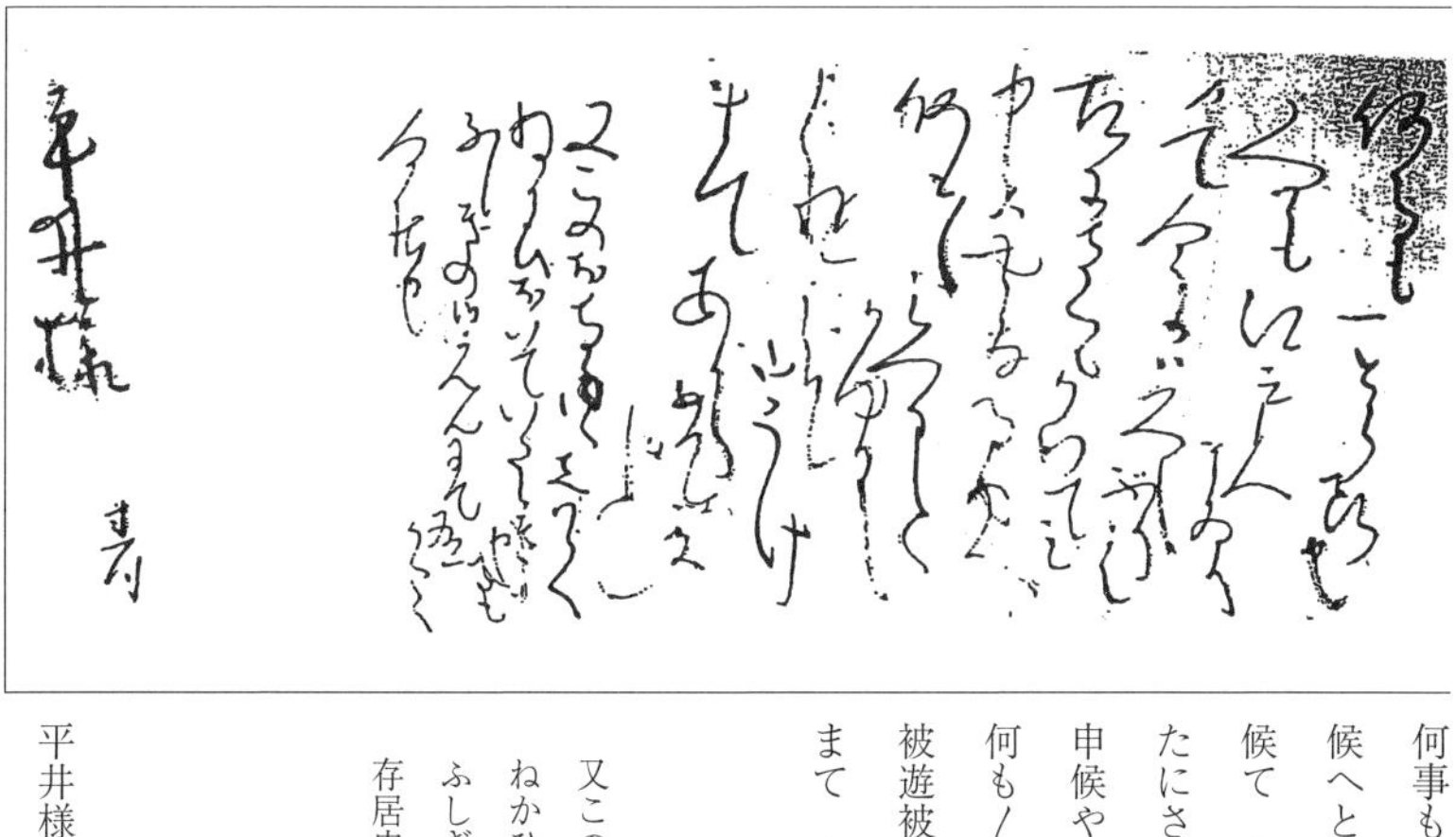

何事も一とうり断申
候へとも　江戸人まゐり
候て　今日は久しぶりにて
たにさくもかいてみ
申候やうな事ゆへ
何も〳〵みくるしく　御ゆるし
被遊被下候　御うけ
まて　あら〳〵　めて度
かしく
又このお寺内へしはらく
ねかひおいていた、き申候事も
ふしぎの御えんにて有かたく
存居申候
平井様
蓮月

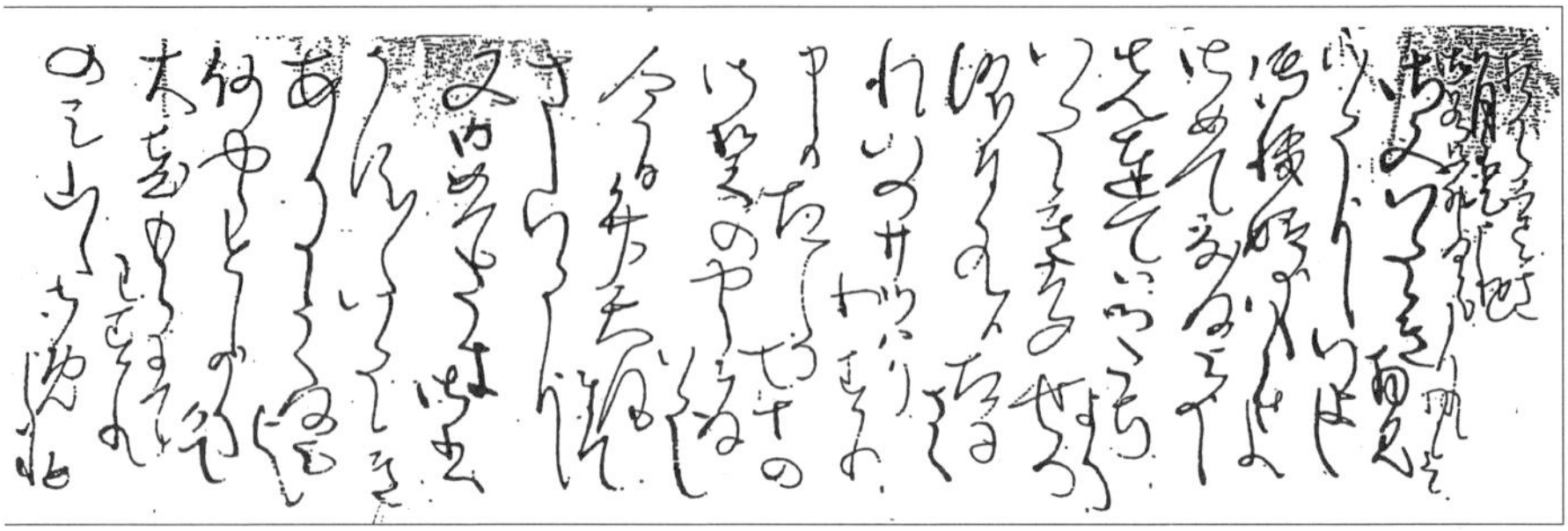

図2　書簡B

折から寒さ
ご自愛被遊
御若いつれ存上候
よろしく存上候
御文いたゝき　拝見
いたしまいらせ候　いよ〳〵
御機嫌よくいらせられ
御めて度存上まいらせ候
先達ては御たちより
いたゝき　そのせつ
仰付られ候たにさく
れいのサツハリわすれ
申候　たしか七十の
御賀のやうに存いたし
今日弁天様まて
さしいたしまいらせ候
又御めてたき御書
かす〳〵いたたき
ありかたく存上まいらせ候
何やらとしより候て
大老もうにて　わすれ
のみ　山々御免被遊

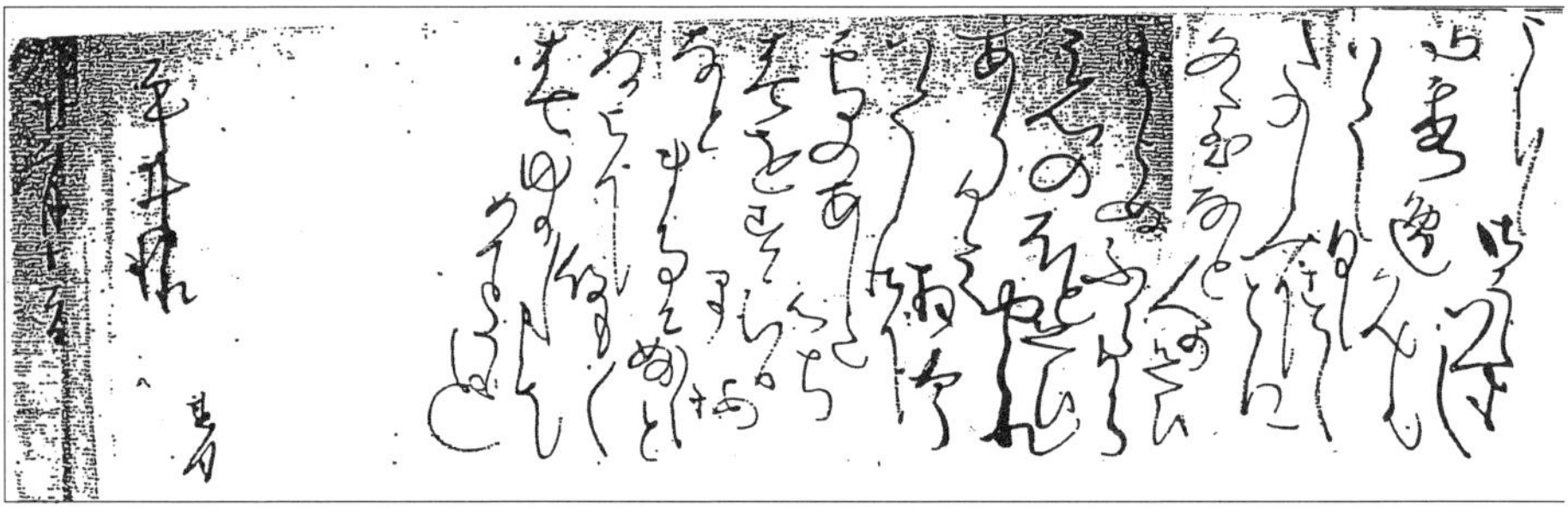

下され候　御うた　いつも〳〵
御秀逸かんしん
いたし存候　すく
たのしみまいらせ　候ことに
冬至なと　人の思ひ
よらぬふうかう
み心のほと　思ひやられ
ありかたく拝吟
いたし居まいらせ候
雪のあした心ち
春をすゝむる　早梅
なと　ま事に妙〳〵と
存上まいらせ候　何も〳〵
春ゆかし申上候
めてたく
かしく
蓮月
平井様
十二月十六日

すなわち、この蓮月の書簡の文面からは、蓮月が「このお寺内」に居住していた間、もっぱら平井氏が訪ね、また、文を出しては歌の批評を頼み、蓮月が評をしている。また、平井氏の要請にこたえて蓮月が短冊に歌を書いては贈り、平井氏と歌の交換をしながら親しく交流していたことが知れる。また、書簡Bには「たしか七十の御賀のやうに存いたし、今日弁天様までさしいたしまいらせ候」とあり、平井家のどなたかの古稀の御祝に和歌を詠み、弁天堂に奉納したとある。(3) また、蓮月は、ここへ引き込んで以来何事も断っているのに、江戸からの訪問客があり、久しぶりに短冊を依頼されて書いてみたのでと、その中から十枚ばかりを抜いて平井家にまわしていることが知られる。

この当時、歌を詠み、蓮月と交流していたのは、年代的にみて正夫氏の先々代か、そのまた先代の当主、あるいはその兄弟や家族と思われる。

この文面の限りでは年代の特定はできないが、季節としては、書簡Aでは「寒さのせつ」、書簡Bでは「十二月十六日」とあり、冬であったことは確かである。

なお、平井家の古文書の中には、この二通の書簡のほかに和歌を記した四枚の写真版がある。一枚の紙を半分に折り、懐紙風に上下に記している。何かの反故紙の紙背を利用したようにもうかがえる。撮影の関係か天地、左右いずれかが欠けている。『堀河百首』題の春の題(立春、子日、霞、鶯、若菜、残雪、梅、柳、早蕨、桜、春雨、春駒、帰雁、呼子鳥、苗代、菫、杜若、藤、山吹、三月尽)を詠んだ題詠歌で、各題二首ずつ詠んでいる。添削してもらうための草稿のようである。書簡Bで高く評価している「冬至」「雪のあした」「春をすゝむる」「早梅」の題で詠んだ歌は見あたらない。

第一首立春の歌の右端に「宣重上」と書かれており、この和歌の作者の名前が「宣重」氏であると思われる。

書簡Aで蓮月が「春来の御歌かす〳〵拝見いた、きまつり」と書いている歌をさすのであろうか、或いは全く別のものであろうか。前述のように、当主のほか、家族も交流していたとも考えられる。(4)秀歌には右肩に合点が付せられている。また、十数首の歌に対して蓮月の字とおぼしき文字で添削が加えられている。写真版ゆえ断定はできない。その歌の一部を紹介する。

立春

〽鳴わたるひへより春の　くる春も関の戸越て
立初て都の方ハ《や》まつ　新玉のとくより霞む（かくは読みがたくやとしてあれはよし）
霞むらし《ん》　相坂の山

子日

〽子日する松に《の》千年を　鶯も松にひかれて
契らまし□《(茂カ)》ハ二葉の　初子の日これも千年を（此も二つ同意にてあし）
永きねさしに（に二つ同意　聞にくし）　契るならまし

呼子鳥

〽奥深く花見よとてや　人問ぬ深山のおくの
呼子鳥ふもとのさくら　(よ)ふこ鳥猶淋しさに
風にちる比　(い)やまさりぬる

藤

咲花も富士をうつして
白妙の雪の色なる
田子の浦藤
藤の名所は此文字はか、す

咲か、る梢はふしの
色はへて松吹風も
にほう比ころ

山吹

散花も暮行春を
おしと思ふ色に出てや
咲る山吹

散花の白かね色も
此句つ、きいか、
山吹のこかねをなかす
瀬々の岩波

三　醍醐寺領内での蓮月の仮寓について

書簡Aの尚書に「このお寺内へしはらくねかひおいていた、き申候事」とあり、本文中にも「これへ引こみ候より　何事も一とうり断申候へとも　江戸人まゐり候て」とある。寺の名前も「これへ」もどこかを明記してないので、この書簡のみでは蓮月がこの書簡を醍醐の地で書いたものかどうかの確証は得られない。とはいえ、当時の平井家の家人との親しい交流や昭和四十年代に醍醐小学校育友会関係者の編集による『ふるさと醍醐』[5]および『醍醐百年史』[6]から、「このお寺内」は醍醐寺領内であったろうと推察される。

右の『ふるさと醍醐』には「大田垣蓮月住居跡」と記載された地図〔図3〕が示され、その説明文には「菩提の奥、現在端山幼稚園のあるあたりに歌人蓮月尼が住んでいたという」とある。明治初期の廃仏毀釈でこのあた

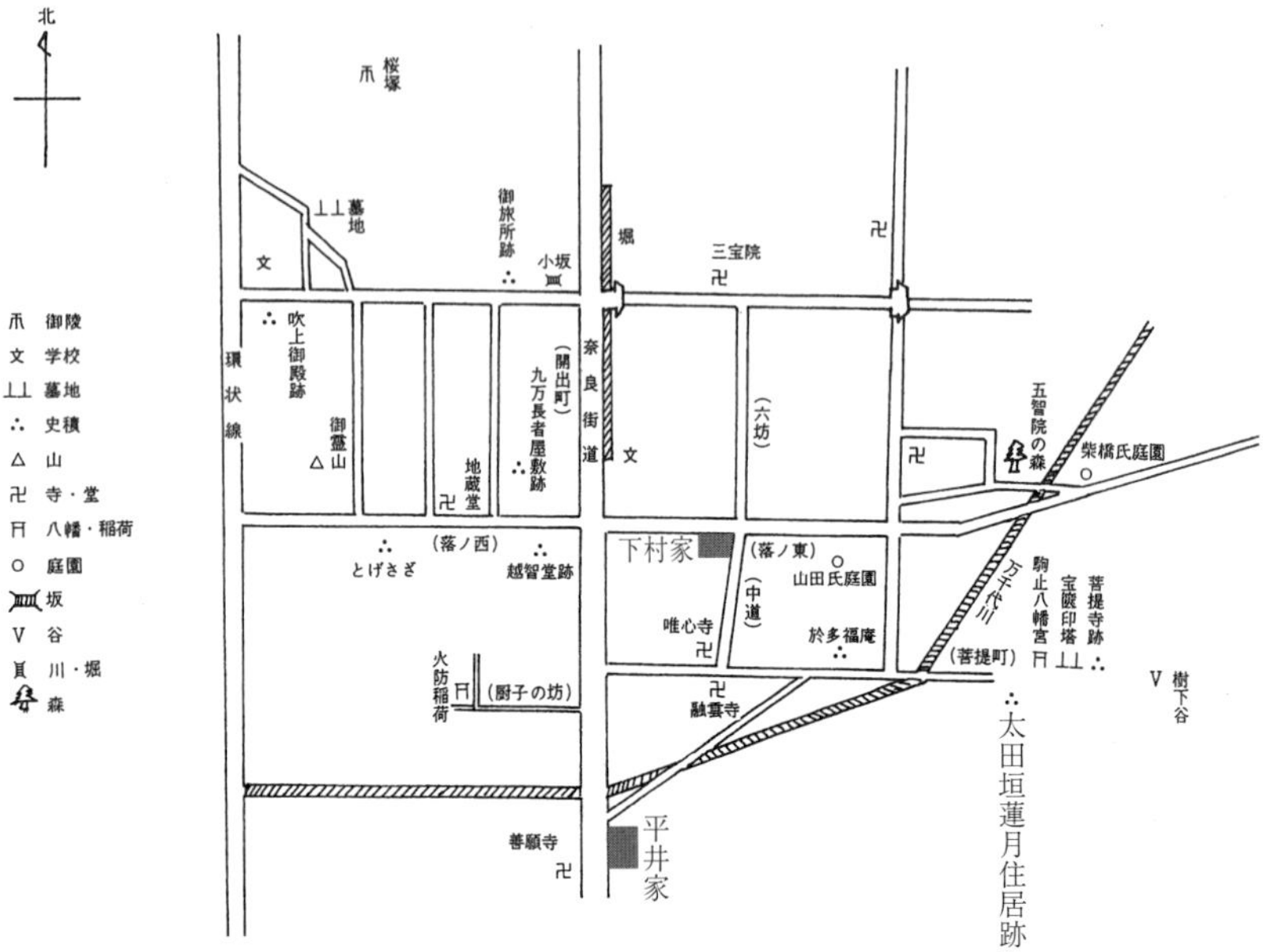

図３　大田垣蓮月住居跡（醍醐小学校育友会・視聴覚委員会編集『ふるさと醍醐』、1969年）

りは寺領でなくなり、竹藪や田畑になっていた地に戦後、端山幼稚園が建てられた。それも五十年代には閉園となり、現在では山の斜面がさらに開発されて住宅地が広がっている。

さらに、『醍醐百年史』には、「大田垣蓮月の筆の跡」との見出しで、書簡Aの巻頭と書簡Bの巻軸の写真版を載せ、「黒門を出た前に現在北田氏（元下村家）の住むはなれに、『大田垣蓮月』が一時住んでいたといわれる」と紹介している。

その他の資料としては、『心のふる里　山科・醍醐』(7)等があるが、いずれも先の『醍醐百年史』同様、下村家に蓮月が仮寓したと紹介している。

先の二著の蓮月住居址と仮寓先とでは場所が異なるが、それは以下の事情による。『醍醐百年史』の「元下村家」は、醍醐三宝院の南正面、通称黒門前に所在し、江戸中期以後代々醍醐寺の米蔵を預かる庄屋であり、また、寺領内（落ノ東）での大年寄を務めており、当時の当主良輔は多年蓮月と親しく往来していた。これまで下村家では「蓮月は七十二、三歳頃に約二年あまり仮寓した」と言い伝えられており、文久二〜三年（一八六二〜六三）に該当する。蓮月が当初仮寓していた離れの間取りでは、作陶活動をするには狭く、また、勤王の志士も出入りしていた。そのため、静謐を好み、かつ作陶活動を継続できる蓮月のための住まいとして、醍醐寺領内の山裾に住居（庵）を建てたとされる。この頃は、まだ若かった富岡鉄斎が蓮月のもとに土を運び、また、出来上がった手捻りの埴細工を窯場に運ぶ使いをしていたという。[8]

なお、醍醐寺では天明期から文化文政期頃も座主を中心に歌会や連歌等の会が盛んに行われていたという。文化的な土壌が豊かにはぐくまれていたものと考えられる。[9]

弁天堂に奉納されたとあるので、醍醐寺に照会したところ、醍醐寺では文化財調査を継続しているが、これまでに整理された目録には登載されていないという。当時の資料については未整理のものもあり、また紙背に使われたものもあるとの回答であった。

蓮月が醍醐の地に屋移りしてきた時期やその間の暮らしぶり等について明確に書かれた文献資料は、ほかに見つかっていない。

四　晩年の「宿替」について

蓮月は、しばしば屋移りすることを「屋越屋の蓮月」と揶揄されているのに対して、自らの心情を述懐し、次のように詠んだ歌がある。

宿替ということをあまたゝびいたすとて人の笑ひければ
浮雲のこゝにかしこにたゞよふも消せぬほどのすさびなりけり

「消せぬほどのすさび」とは蓮月にとって一体どのようなことであったのか。

「すさび（荒び、進び、遊び）」は「気の向くままにすること。気慰みのわざ。もてあそび」（『広辞苑』）とあるが、屋越しの内には、越してみて心落ち着けず、あるいは楽しめず、馴染めないままに移ったというだけではないこだわりが「消せぬほど」に込められているものと思われる。

村上素道はその著『蓮月尼全集』(10)に、蓮月が知恩院を出て最晩年に西賀茂の神光院に寄寓するまでの三十年余りの間に、三十数度、多い時には一年に十三度も頻繁に屋移りしたことなどを記す。また、「尼の屋越しには二つの意味があった」とし、「一は俗客の襲来を避ける。他は幕吏の目を逃れる。此外にもあったであろうが、此二つは尼の尤も必要を感じた処だ」と記している（下巻逸事篇、一八四頁）。

「宿替」を繰り返した地は、おおかた家族が眠る大田垣家の墓に近い東山界隈を中心に、岡崎・下河原・大仏・聖護院あたり、あるいは北白川村・川端丸太町などであったという。おおかた、賀茂川よりも東、洛東の地である。

また、村上は前掲書で、蓮月が聖護院村に住まいしていた時に毒殺を謀られ、免れた逸事を記している（下巻伝記篇、一三〇頁以下）。洛中において、ことに安政五～六年（一八五八～五九）にかけては、井伊直弼が尊皇攘夷運動派に対して行った大弾圧に対して、安政七年（一八六〇）三月三日（三月十八日万延に改元）には直弼を暗殺する桜田門外の変が起こるなど、明治を迎えるまで世情は不安定さを増すばかりとなっていた。蓮月は、戦闘的な尊王攘夷の思想を抱いて行動し、投獄された経験もある野村望東尼（文化三＝一八〇六年生）とは違って、毒殺を謀られるほどに身の危険が迫っていたのか真偽の程は定かではないが、志士との交流が多かっただけに、七年余りも居住した聖護院の地を離れて「宿替」している。それは戦を厭い、かつ、身の危険を避けるがゆえに、幕末の動乱下にあった洛中をさらに遠く離れねばならなかった事情と、「すさび」心もあってのことではなかったかと推察される。

越前福井の井出（橘）曙覧（文化九＝一八一二年生）や望東尼が蓮月を訪ねた住居はこの聖護院村の住まいである。曙覧が訪ねたのは文久元年（一八六一）九月末と十月五日で、望東尼が訪ねたのは和宮降嫁（同年十月二十二日）を見送るために上京した折のことである[11]。その翌春以降、その聖護院村の住まいには長崎遊学から戻った鉄斎が居住し、私塾を開いている。

曙覧や望東尼が訪ねた文久元年十月以降の蓮月の足跡について記す資料としては、翌文久二年（一八六二、蓮月七十二歳）に大阪西天満龍光寺道休和尚宛に蓮月が送った書状である。その外封に「にしかも　蓮月」と記載されており、その文面は古敦（蓮月の養父伴左衛門光古が隠居後家督を継ぎ、かつ、知恩院の譜代職も継いだ養子）の後妻ゑみが「この四日に死去いたし（中略）とりこみ居、私も一ばんのたよりをうしなひ、大によわり（以下略）」（『蓮月尼全集』中巻消息篇、九三頁）とあり、その内容から死去した文久二年七月四日から間もない頃には西賀茂村のどこかに仮寓していたことになる。その他、蛤御門の変（元治元年＝一八六四）後の田結荘天民宛の消息には、京より北西二里ばかりいなか故ご安心下さいと記し、また、大田垣知足宛には蛤御門の変の前年（文久三年）より西賀茂に引っこんでいると記している。（『蓮月尼全集』増補版消息篇ほか）。なお、醍醐からと記して発信した消息文はこれまで発見されていない。

蓮月の陶器の一つに蛙を付した建水の作品がある（美術商村山所蔵）が、その箱書きには「洛東　七十五才」と記されており、神光院に移る前年の作品である（同様の雨蛙建水は神光院に移ってからも制作している）。「洛東」は賀茂川以東の地を指すが、いずれの地であったのかは不明である。

醍醐の地は東山・桃山丘陵が洛中から隔てており、西賀茂の地は西山が隔てている。どちらも洛中からおよそ二里ばかり離れた、当時としては辺境の地で、徒歩以外に交通手段はなく、身を潜めて静かに暮らすには好適地であったと考えられる。

これらのことから、七十一歳の文久元年秋以降、七十六歳の慶応二年、神光院に移るまでの間の蓮月の足跡ははっきりしない。しかし、古敦の後妻ゑみの死去後には西賀茂に滞在し、その後、あるいは西賀茂滞在を挟んで醍醐寺領内の地に滞在したと考えられる。

蓮月は日々の穏やかで安心して暮せる生活の場の確保、知恩院に住む家族との交流、また「すさび」心も手伝い、最晩年の定住までの間も「宿替」をしていたことが推察される。

おわりに

蓮月の書簡が残されていた醍醐和泉町の平井家は旧奈良街道沿いにあり、仮寓していた醍醐落保町の下村家は、旧奈良街道から醍醐寺に沿って東に入り、蓮月居住の庵は、さらに醍醐山の裾野を登った菩提寺跡の付近であり、平井家からは北東に十五分程歩いた距離にある（図3参照）。どちらの家も、寺領内にあって、その生業も醍醐寺との縁が深く、また、和歌を詠むことを通しても蓮月との関わりが共に深いものであったことが知られる。

このたび『蓮月尼全集』には所収されていない平井家の書簡二通を紹介するとともに、これまでの先行研究では触れられていない平井家との交流と醍醐の地での蓮月の仮寓の事実について考察した。拙稿を書くにあたっての調査では、この書簡が醍醐の地で書かれたものとの確証は得られなかったが、七十歳代前半の蓮月が戦乱の洛中を避け、洛外の宿替先の地でも歌を通しての交流を続けていたことが、この書簡から読み取ることができる。

注

（1）近藤芳樹編『海人のかる藻』書林・辻本仁兵衛、明治三年（一八七〇）。『蓮月・式部二女和歌集』編者不明、書林・綿谷三郎兵衛、金屏堂蔵板、明治元年（一八六八）。

（2）京都市編『史料　京都の歴史』第一六巻伏見編、平凡社、一九七九年。

（3）醍醐寺の池の端には弁天堂が建っているが、この弁天堂は昭和九年（一九三四）に建立されている。寛政十二年（一八〇〇）上醍醐准胝堂蔵刻になる『山城国醍醐之図』によると、「醍醐王府は平安城の巽二里にして（以下略）」と解説している。その図によると、五重塔のさらに東の山麓に堂宇が立ち並ぶ一言寺の境内に弁天堂が記されており、今も現存する。しかし、これまでの諸資料調査結果からは、和歌を奉納した「弁天様」であるかどうかは不明である。

（4）平井家の墓地は、江戸時代から醍醐の地にある墓地（現在市営）内の中心地にある。昭和五十年代に新たに整理されて「平井家之墓」が建立されているが、江戸時代中期からの「兵部卿」「治部卿」「宣正」「宣隆」「宣嗣」等歴代の当主とその家族の墓はそのまま残されている。それらの墓碑と菩提寺である融雲寺の過去帳によると、「兵部卿」は宝暦十一年（一七六一）巳八月二十八日歿、享年四十歳、「治部卿」は天保壬申三年（一八三二）十月二十日歿、享年不明、「宣正」は明治二十七年（一八九四）一月三十日歿、享年七十六歳とある。「宣重」の名はない。過去帳に「宣正の父の弟」が明治六年（一八七三）三月十日歿とあり、享年の欄に七十余歳と記されている。戒名のみ記載されており、俗名はわからない。この限りでは、文久～元治年間の頃に誰が「七十の御賀」を迎えられたかは不明である。和歌の紙に残る「宣重」が平井家当主の家族の一員であり、和歌を詠み、かつ、蓮月と交流していた一人であろうと推察されるが、宣正の父の弟（治部卿の兄弟）にあたる人物とまでは特定しがたい。なお、古い墓石はまとめて整理されており、墓碑は判読できない。

（5）醍醐小学校育友会・視聴覚委員会編『ふるさと醍醐』、一九六九年。住居址とされる地図（図3）は同書四一頁、説明文は四三頁に載る。なお、平井家には蓮月から茄子の歌が書かれた扇子も贈られたとある。

（6）醍醐小学校記念事業実行委員会・醍醐小学校育友会編『醍醐百年史』、一九七二年、一三六頁。説明文には、蓮月の履歴と逸事等に続けて、富岡鉄斎の履歴や蓮月との関わり等を紹介し、「鉄斎が醍醐に居たのは青年時代だと聞くが、知人の家に遊びに出ては絵を描き、そのため醍醐には鉄斎の絵が多く残っている」と記し、石村家所蔵の屏風絵（蘇東坡の笠戴図）の写真（部分）を載せている。

（7）『心のふる里　山科・醍醐』、京都洛東ライオンズクラブ、一九七六年、一八二頁。なお、同ライオンズクラブは昭和六十一年（一九九〇）に下村家前に「大田垣蓮月の仮寓跡」の碑を建てている。

（8）良輔の曽孫が筆者の父にあたり、父のほか、親族より聴取。後記注(10)の消息篇（一三六頁）には蓮月の下村家宛二通の書簡が載っている。なお、良輔は、神光院住職和田月心（号・呉山）とも安政年間より交流があり、月心の描いた地蔵尊影が伝わっている。

（9）醍醐寺文化財研究所編『醍醐寺文化財調査百年誌』（勉誠出版、二〇一三年）所収の「国文学」（奥田勲執筆）には、日本最古の連歌懐紙が残されているほか、連歌懐紙群があり、また、桃山時代の座主義演による歌書の書写や版本等の資料があると記してある。

（10）村上素道編『増補　蓮月尼全集』思文閣出版、一九八〇年。同編『蓮月尼全集』（蓮月尼全集頒布会、一九二七年刊）を所収。

（11）井出曙覧の紀行文『榊の薫』は井出今滋編『橘曙覧全集』岩波書店、一九二七年、二七五頁以下二八一頁）に所収。および、前注(10)下巻伝記篇、一〇三・一〇七頁。小野則秋『野村望東尼伝』（文友堂書店、一九四三年）二七〇頁。なお、野村望東尼の「上京日記」は和宮降下見物の折に書かれたものであるが、文久二年一月五日で中断していて、蓮月訪問は記されていない。しかし、福岡の歌友筑紫いそ子宛の書簡に「蓮月尼をとひ侍り、短冊三葉ばかりもらひ帰りしかど、歌思ひでず、ここになければかいつけ侍らず、いとおもしろき歌なり。（中略）いと〳〵うつくしき尼ぞかし」とある。

〈付記〉

今回書簡の発表や影印の掲載を許可してくださった平井初美様、京都市歴史資料館、また、ご指導いただきました大取一馬先生はじめ、融雲寺、醍醐寺ほかお世話になりました方々に深く感謝申し上げます。

第三部　歴史・思想篇

藤原道長の高野山・四天王寺参詣の旅程

内田美由紀

はじめに

藤原道長の治安三年（一〇二三）十月の高野山・四天王寺参詣は、『扶桑略記』の詳細な記事によってよく知られていて、その記事の部分部分が西暦一〇〇〇年頃の各寺の様子として引用されている(1)。また道長の事跡として旅の概略が紹介されることもあり、たとえば、山中裕氏の『藤原道長』(2)では次のように紹介されている。

十月十七日夜は東大寺に宿している。十八日には興福寺、大安寺、法蓮寺、山田寺などに行き、堂塔を見ている。二十一日に高野政所に着し、二十三日には廟堂を拝し、法華経などを供養している。二十四日に下山。二十六日には法隆寺にいたり、宝物を拝観。二十八日には摂津四天王寺に到っている。二十九日には江口の遊女に米を給わっている。十一月一日には帰京。桂河辺で夜が明け、法成寺の御堂に入った。

どこの寺をまわったかを述べておられる個所なので、山中氏は途中の経路をあっさり流されているが、道長はこの治安三年の参詣で龍田越えをしている。また、竜門寺や仙房の記述もある。旅程そのものも現在からいえば、若干不明な部分がある。

そこで、この高野山・四天王寺参詣の旅程を『扶桑略記』の治安三年の記事によって、たどってみたい。

一　南都七大寺

道長の旅程をたどる中で最初の関門は「七大寺」であろう。本文には次のようにある。

〇同十七日丁丑。入道前大相国詣紀伊金剛峰寺。則是弘法大師廟堂也。路次拝見七大寺並所々名寺。

「路次拝見七大寺並所々名寺」と道々寄っているだけとはいえ、後に出てくるどの寺を「七大寺」と指しているのだろうか。

もちろん、『拾芥抄』にあるように七大寺は「東大寺・興福寺・元興寺・大安寺・薬師寺・西大寺・法隆寺」であり、道長の高野山参詣から約八十年後の嘉祥元年（一一〇六）大江親通撰という『七大寺日記』(3)でも、七大寺は同じ寺々を指している。が、『扶桑略記』の記事には西大寺・薬師寺の記述がなく、旅程から見ても西大寺と薬師寺には寄っていない。

具体的に寺の名前を抜き出して、法隆寺までの行程を簡略に並べ、寺に丸付き番号を付けると次のようになる。

十七日巳時。宇治殿に御す。膳所、御膳を供す。

次いで、①東大寺に留宿す。

十八日早旦。大仏を奉礼す。巡礼の後、大門の下で馬一疋僧正に投ぜらる。

次いで、②興福寺北南円堂を拝す。

次いで、③元興寺(4)に御す。

次いで、④大安寺(5)に御す。

次いで未時、⑤法蓮寺に御す。下八相を覧給ふ。

次いで⑥山田寺（桜井市山田）に御す。已に夜に入る。維時、参り来たる。大僧都、威儀師等、飯膳を弁備す。

十九日。（山田寺の）堂塔を覧る。

次いで⑦本元興寺（飛鳥寺）に御す。宝倉を開けて覧せしむ。

次いで⑧橘寺に御す。是依日暮途遠也。

次いで漸向晩頭。

次いで⑨竜門寺に御す。峡天日暮。

礼仏の後、上房に留宿す。

二十一日。吉野川の末で船に御す。

午時、高野政所に御す。

申剋ばかり、山中仮屋御宿を指して登る。

二十二日。晨を払い、雨を侵して共に御歩を追う。

申剋、⑩金剛峰寺に御す。

晩頭、僧三十口に法服を給ふ。

二十三日払暁、廟堂に詣づ。

申時、大寺に帰御す。

二十四日辰時、政所御宿を指す。山中仮屋において聊か御膳を供す。
　未刻、雨降る。御歩を催すと雖も、険途猶遥。
二十五日。大僧正の房に御す。引き出物有り。
　丑刻、御宿に就く。東宮三后の御使参来す。
二十六日。維時を召して御馬を給ふ。
　申刻。維時の宅に留宿す。
　⑪法隆寺に御す。先に東院を覧る。

二十七日に河内の国に入るので、それまでに南都「七大寺」の東大寺から法隆寺まで出揃ったはずということになるが、東大寺から高野山に至るまでとしても竜門寺まで九つの寺があり、法隆寺までならば寺は①〜⑪までの十一ある。

また、この間の旅程に三点ほど不明な点がある。すなわち、第一に、二十日の記述がすっぽり抜けている。第二に、「法蓮寺」という寺が管見に入らず、不詳。第三に、大安寺から山田寺までかなり距離がある。

不明の第一について、「二十日」の記述がないのは「二十日」の記事を丸々目移り等の誤脱で飛ばしたというのが一番シンプルな考え方だろう。これについては次節の「竜門寺」で述べたい。

第二の「法蓮寺」については、奈良市内に現在も法蓮というかなり広域を指す地名があるものの、現在の近鉄奈良線よりさらに北側の地域で平城宮跡の北側、すなわち東大寺の北西にあたり、有名なところでは在原氏の造った不退寺も法蓮にある。したがって〈地名＋寺〉とすれば旅程としては逆方向となってしまうので、〈地名＋寺〉の可能性は薄い。〈人名＋寺〉ということもあり得るが、「法蓮寺」の伝承もないのが気にかかる。

第三については、大安寺のあと詳細・所在共に不明の法蓮寺を経由するので、実際のところ距離はわからない。とはいえ、現在で考えても、早朝に東大寺大仏を拝んで一巡した後、興福寺の北・南円堂を見て、現在より寺域の広かった元興寺を経て、左京六条の大安寺に行き、法蓮寺に午後二時頃（未時）に着いて下八相図を見て、桜井市の山田寺に夜着く、というのは相当な強行軍に思われる。南北に縦長の奈良盆地を縦断することになり、東大寺から山田寺跡まで地図を見ると、上つ道をまっすぐ南下し大安寺を無視しても約二十五キロメートル、元興寺から大安寺まで片道二・六キロある。したがって広い寺の中を見物しつつ、寺から寺へざっと三十キロの移動である。十七日の記事で従った人々の紹介の後に「轡を並べて」と騎馬であることが示されているので、この距離がまったく無理とはいえないが、どうだろうか。

もちろん、速さや疲労の少なさという点では川舟を利用するという方法もある。ダムがなかったこの当時、佐保川を下って初瀬川などを遡るというのは、飛鳥〜奈良時代に一般的な交通手段だった。特に、大安寺は上つ道からはかなり西でしかも川沿いにあり、大安寺からは舟ということも考えられる。初瀬川沿いならば田原本に法貴寺千万院という秦河勝ゆかりの大寺の名残が現存する。(6) 法貴（起）寺を「法蓮寺」と誤ったとすれば誤写としてはお粗末だが、舟旅の昼休憩の位置としては悪くない。寺川側に出て川を遡れば、山田寺の近辺までいくことができる。行程案の一つにはなるであろう。

なお、法蓮寺の注「字名上寺」で、名上寺が石上寺になっている写本があるところから、石上に行くため上つ道に戻ったとする考えもあり、その場合は騎馬が想定されている。

立派な堂塔配置を有した山田寺に着いたとき、「已に夜に入る」ため、食事の膳を大僧都扶公や威儀師仁満が用意したとある。この二人は旅の付き添いではないので、山田寺の者（または同じ宗派の本山から派遣された者）であろう。現在、山田寺跡は南東に山があり、その裾野にある。そこは、山の頭を一つ平削したようなサッカーグラウンドのように広大な土地で、湧水があるのか水のせせらぎの音がして、西側は谷なのに一面湿原のようである。木製品が出土するには良い条件だが、寺としてはどうだろうか。なお、山田寺は、蘇我石川麻呂の冥福を祈って建てられたもので、東回廊建物が倒れた形のまま土中に埋没していて発掘されたことで有名である。

飛鳥では前日とうって変わって、見物に終始している。山田寺では堂塔を見て、本元興寺（飛鳥寺）・橘寺（聖徳太子ゆかりの尼寺）では宝物を見ている。物が多く、遺すところが多いと嘆いている。書かれてはいないが、この山田寺・飛鳥寺・橘寺のあたりはゆるやかではあるが山道で、しかもそれぞれ少し距離がある。橘寺の後で「今日、恨むるところは、天雨・曼荼羅花を求めえず」は「聖徳太子が勝鬘経を講ずるとき雨ふれるところの瑞なり」と注が入っているので、この日、勝鬘経が講じられたが、洒水や散華はあっても、天から雨が降ったり曼荼羅花の花びらが降ってきたりということがなかったのは残念というのであろう。

さて、道長が河内国に入るまでに見たとされている寺は、①東大寺、②興福寺、③元興寺、④大安寺、⑤法蓮寺、⑥山田寺、⑦本元興寺（飛鳥寺）、⑧橘寺、⑨竜門寺、⑩金剛峰寺、⑪法隆寺となる。

⑩の高野山の金剛峰寺や所在不明の⑤「法蓮寺」、および明日香以南の⑥〜⑨の寺を除くと、（南都）七大寺は①東大寺、②興福寺、③元興寺、④大安寺、⑪法隆寺の五つとなり、二つ足りない。

法隆寺が南都七大寺に入るのだから、明日香村にある寺ももちろん可能性はある。ただし、明日香の寺は、⑧橘寺のような尼寺を大寺に入れることはないであろうし、⑦本元興寺（飛鳥寺）のように平城京の元興寺への移転元で、そもそも含めてもいいのかどうかわからない。その上、⑥山田寺はのちに興福寺宗徒に本尊を持ち去られ平安末の火災などで一度廃絶というように、現代にそのまま残っていない。当然、資料も乏しく、決め手に欠けるといわざるを得ない。

ちなみに、⑨の竜門寺跡は明日香村ではなく吉野郡にある。書かれていない二十日は、吉野郡付近にいたことになる。

したがって、今のところ高野山参詣の途中の「七大寺」は、東大寺・興福寺・元興寺・大安寺・法隆寺までは入れてもよいと思われるが、あとの二寺については、「七大寺」が文飾の恐れもあるので、今のところ不明としておく。

二　竜門寺

竜門寺は、『扶桑略記』の記事では「仙洞雲深。峡天日暮。青苔巌尖。瀑布泉飛」と山深い様子に描かれている。ところが竜門寺に向かう前に橘寺で日暮を迎え「漸向晩頭」とあるのに、さらに山奥にある竜門寺で「竜門寺に御す……峡天日暮」と再び日暮れになっている。距離からいうと、橘寺で日暮れであれば、そのまま竜門寺に向かえば夜になるのではないだろうか。

次橘寺。披覧宝物。覧物已少。所遺猶多。是依日暮途遠也。今日所恨。不求得天雨曼荼羅花太子講勝鬘経時所雨之瑞也。次漸向晩頭。次竜門寺。于時仙洞雲深。峡天日暮。青苔巌尖。瀑布泉飛。見其勝絶。殆欲忘帰。

竜門寺は竜門岳の南麓、吉野郡吉野町山口にあったことが知られており(7)、橘寺から竜門寺までは談山神社や法輪寺を経由して、現在の道路でも十六キロメートルある山道をたどらなければならない。このため、橘寺と竜門寺の日暮れは同じ日とは考えにくい。芋ヶ峠経由という説もあるが(8)、その場合でもやはり途中の寺に泊まらなければ、竜門寺で夕暮れは迎えられない。ちなみに橘寺から吉野町山口までは徒歩で多武峰経由三時間半程度、芋ヶ峠経由三時間半程度と想定され、距離はいずれも十六キロ程である。現代では、多武峰～竜門寺間の道が他の峠道ほど使われていないので芋ヶ峠や他の峠を通ってはと勧められるが、当時の道の状況は違ったであろうし、とりわけ藤原氏の氏長者である道長にとっては道がどうのという問題ではなかっただろう。

すなわち、藤原鎌足を祀った談山神社すなわち多武峰で「漸向晩頭」となり、そこで宿泊したのではないだろうか。したがって、前項で述べた不明の第一、「二十日」の記述がないのは、多武峰から竜門寺までの一日が落ちているとみていいだろう。単純な誤脱と考えることもできる。ただし、道長が先祖を祀る記述が抜けていることになり、何か理由があるとは思われる。ちなみに多武峰は鎌足だけでなく、多武峰の少将（藤原高光）や増賀上人が有名だが、高光は正暦五年（九九四）に、増賀上人は長保五年（一〇〇三）に亡くなっている。没後二十年、増賀は伝説の域に入っていたであろうか(9)。

さて、竜門寺でのエピソードは、他の寺にくらべずっと詳しい。先にあげた「仙洞雲深。峡天日暮。青苔巌尖。瀑布泉飛。見其勝絶。殆欲忘帰」も漢詩の世界である。さらに仙室で宇多法皇が和歌を詠んだことを「昔」として、「今」道長が仏台に五千灯を挑むと対比して、今を以て古を思うと、随喜なお前に同じ、と大層な持ち上げようである。

また「仙房」と呼ばれる方丈の室に菅丞相や都良香の真筆の手跡があること、そして、そこでの前総州刺史菅原孝標（九七二～？）の失敗が描かれる。

菅丞相良香之真跡。書于両扉。如白玉之匣。似紅錦在機。各詠妙句。徘徊難去。前総州刺史菅原孝標者。菅家末葉也。雖為折桂之身。敢非滄花之才。誤以仮手之文。忝書神筆之上。悪其無心。消以壁粉。其外儒胤成業之者又並拙草。衆人嘲之。

すなわち、菅原道真（八四五～九〇三）や都良香（八三四～八七九）の真跡が両扉に書かれていて、それは白玉が箱に満ちているようであり、紅の錦が機にあるのに似ている、各々妙句を詠み、徘徊して去りがたい、とある。

この妙句を詠んだのは道真や良香と考えたいところだが、「徘徊して去りがたい」のは今見物している道長一行なので、道長一行が妙句を詠んだことになってしまう。その延長線上で孝標の失敗も描かれる。曰く、孝標は菅家の末裔で、官吏登用試験に合格し身を成したが、才能がなく、誤って仮名手の文を（漢字で書かれた、天神道真の）「神筆」の上に書いたので、その心ないことを憎んで壁粉で消した、とある。

ただ、孝標は同行者の中に名前がない。ということは、さらに「其外儒胤成業之者又並拙草。衆人嘲之」とある「其外」も、孝標以外のその場にいない「儒胤成業之者」が「拙草」を書き付けていたということなのであろう。

ところで、竜門寺すなわち「龍門寺」は『扶桑略記』昌泰四年（九〇一）八月二十五日に次のようにある。

昌泰四年八月廿五日、古老相伝、本朝往年、有三人仙、飛龍門寺、所謂大伴仙、安曇仙、久米仙也。大伴仙草庵、有基無舎、余両仙室、于今猶存、但久米仙飛後更落、其造精舎、在大和国高市郡、奉鋳丈六金銅薬師仏像、並日光月光像、堂宇皆亡、仏像猶坐曠野之中、久米寺是也。

同じ『扶桑略記』中の記事ではあるが、昌泰四年の記事では「龍門寺」は三人の仙人がいた場所で、久米の仙人はのちに大和国高市郡に久米寺を造ったとあるが、ここでは「大伴仙草庵、有基無舎」で、大伴仙草庵は残っていないが、それ以外の安曇仙と久米仙の仙室は残っているとする。

これに対して治安三年（一〇二三）の道長の高野山参詣の記事では、仙人の名前も注に「大伴安曇両仙之処。各有其碑」とあって仙人は二人だけであり、久米の仙人にまったく言及していない。飛行中に墜落したことで有名な久米の仙人は、道長の参詣記にふさわしくないということで書かれなかったのだろうか。

久米の仙人については昌泰四年の記事よりも『今昔物語集』のほうが詳しいが、「今昔、大和国吉野ノ郡龍門寺ト云寺有リ、寺ニ二ノ人籠リ居テ、仙ノ法ヲ行ヒケリ、其仙人ノ名ヲバ一人ヲアヅミト云フ、一人ヲバ久米ト云フ」とあって、仙人は二人だが、安曇と久米になってしまっていて大伴の名がない。安曇も大伴も久米も古い部民や氏族の名前なので、大伴と久米が入れ替わるのは何か理由があろう。

『群書類従』に「久米仙人経行事」と引く文では、次のように仙人は三人であるが、久米仙は最初「毛堅仙」と呼ばれている。「天平年中、和州吉野郡龍門山崛、有三人之神仙、所謂大伴仙、安曇仙、毛堅仙也、此毛堅仙、常自龍門嶽、飛通葛木峯（以下省略）」と、仙人は三人と明記され、大伴・安曇・毛堅である。

いずれにせよ『扶桑略記』によれば昌泰四年（九〇一）や治安三年（一〇二三）の時点では仙房は二つしかなかったと見える。このあたりが大伴と久米とが入れ替わる原因かと思われる。

なお、竜門寺があるのは吉野郡の竜門岳であるが、別に龍門山が和歌山にあり（＝紀州富士）紛らわしい。この紀州富士の龍門山は高野山よりも紀ノ川の下流にあるので、道長の参詣では「竜門寺」から吉野川を下って高野山に向かっていることからすれば、紀州富士と竜門寺とが無関係なのは明らかである。

三　高野山参詣

竜門寺での「衆人嘲之」の後、唐突に二十一日「吉野川之末」で船に御す、とある。この「吉野川之末」は混乱を招く表現である。旅程からいえば、竜門寺から川に沿って山を下りてきたのであるから、これは妹山の麓、宮滝からの吉野川の流れとの合流地点のことかと思われる。百歩譲って「吉野川之末」を吉野神宮付近とすれば、妹山・背山より下流の吉野町上市付近の乗船になる。現代の吉野川の末はもっと下流で、橋本市で吉野川が紀ノ川になる。さすがにそこまで行くと船に乗る意味があまりない。

さて、船で奇巌の景観を楽しみながら、真昼に高野政所(九度山、慈尊院)に着き、午後四時ぐらいには山中仮屋御宿を目指して登っている。前例は騎馬ではあるが今回は藁靴とある。具体的には次のようにある。

午時。御高野政所。申剋許。指山中仮屋御宿登。御前例。雖騎馬。此時用藁履。僧侶俗徒皆以追従。二十二日。内相府以下払晨侵雨。共追御歩。申尅。御金剛峯寺。

ただし、二十一日申の剋ばかり(午後四時頃)から読めば読むほど状況がわかりにくくなっている。真昼に高野政所に着いているのに午後四時頃に山中仮屋御宿を目指しているのはなぜだろうか。また、今回藁靴を履いたのはわかるが、騎馬でなく藁靴だから徒歩かと思って読むと、騎馬ではあるが藁靴を用いた、とも読めてしまう。これは次の日も同じで、二十二日、内相府(藤原教通)以下朝早くから雨を冒して共に御歩を追う、と読めるが、徒歩の道長を追うのは、徒歩なのか、『小右記』に書かれている下山の様子と思い合わせると、教道らは徒歩ではなく騎馬だったのではないか。ともあれ申時に金剛峰寺に着いている。

二十三日は暁に奥の院の廟堂に詣でて『法華経』一巻と『般若理趣経』三十巻を供養し、連れてきた前権少僧都の心誉を講師にしている。注に講師は「智証之門徒」とあり、「顕密之道疑関霧開」とあるので、道長は密教の本場で顕密一致の講釈をさせたことになる。これに対し、高野山の僧正(『扶桑略記』では名前もあげられていないが『小右記』には「済信」と注記)は、次のように述べた。弘法大師が入定してから二百年、廟堂の戸は開かなかったが、石山僧淳祐が百日祈ったとき、廟堂の戸が少し開いたという。禅下(道長)が深くこの話を信じ、観念している中、廟の戸が自ずから倒れた。満座の者が驚き、瑞相が現れたと感じた、という。

状況から言って高野山金剛峰寺が道長や心誉を歓迎したとはとても思えないが、この『扶桑略記』の記事では金剛峰寺側がちょっとした瑞相のパフォーマンスをしたことになっている。実際にはどうだったのか。

道長はこの件について、帰ってから小野宮実資に詳しく語ったので『小右記』治安三年（一〇二三）十一月十日に詳細な記述がある。(10) 瑞相とは書いておらず、廟堂の戸の桙立が放たれて仏具机と礼盤の間に顚臥（倒れ臥す）といい、まるで事故にでも遭遇したような雰囲気だが、大僧正の言葉で「しかるべきこと」になっている。事故なのか、瑞相パフォーマンスなのか。

『小右記』によれば、道長はそこで礼盤の上に登って開かずの廟堂内の古墳状の物を見たことと、その墳の状況、またそこには初め塔があったが野火で焼けて廟に変わったことなどが語られている。高野山の弘法大師入定の伝説を打ち消す、冷徹な為政者の口調を感じさせる。廟堂が作られたのが癸亥で今年（治安三年）と干支が同じという指摘が救いである。

二十四日、辰時（午前八時頃）政所御宿を目指し、山中仮屋で少し御膳を供した。未の刻（午後二時頃）雨が降り、早く進もうとするが険しい道がなお遥かである。丑の刻（午前二時）に（政所）御宿に着く、とあって、途中休憩はあるものの出発してから十六時間の下山となっている。この理由についても『小右記』に次のように詳しく記されている（本文は『大日本古記録　小右記六』（岩波書店、一九七一年）による）。

従彼政所歩行参入、退帰、行理趣三昧、供養絵図、天気朗明、退下途中俄従黄昏雨脚如沃、仍留山底居樹下、亥時許雨止、退下、鶏鳴帰到政所、大僧正乗平輿前立退下、自余上達部騎馬、同先退下者

『小右記』によれば、夕方から大雨で樹下から動けず、午後十時頃まで雨がやまず、政所に帰り着いたのは鶏鳴だった、とある。こちらの記述の方が到着時刻は感覚的で、しかも遅い。また、最初に政所より歩行参入とあ

るので、帰りも徒歩と暗に主張しているが、大僧正が平輿で前に退下したのはともかく、他の上達部は騎馬で先に下りた、とある。では『扶桑略記』二十二日に高野山に登るとき「内相府以下払晨共追御歩」とあるのは、道長だけが徒歩だったのか。

二十五日に大僧正の房に行くと引き出物があった。大僧正の房が高野山を下りた九度山の高野政所にもあったことがわかる。これで、高野山参詣自体の記事は終わる。

四　法隆寺・龍田越え

二十六日、法隆寺は意外にあっさりと描かれている。まず、東院は「これは聖徳太子夢殿なり」と解説し、種々の宝物を見て、御歌（道長の歌）が載せられている。「王《おおきみ》の御名を聞くと　またもみぬ夢殿までにいかてきつらん」、この歌を筆者は古今の秀歌はあるといえども、その右には出られないだろうと持ち上げている。これだけである。

ちなみに法隆寺に行く前の晩、道長は前常陸介維時の宅に泊まった。場所は高野政所から法隆寺の間としかわからない。高野政所（九度山）から法隆寺までは、現・下街道を曲がらずに北上すれば、約四十八キロメートルある。中街道（下つ道）と違って、下街道は昔からある道ではないというが、この時は山沿いを北上あるのみなので馬を走らせただろう。高野政所から現在の近鉄御所《ごせ》駅までで約三十キロあり、距離だけで考えれば、維時宅は御所付近か。

維時は山田寺から同行している。ここでいう維時とは、『千載佳句』の大江維時（延喜十六年に文章生になって天慶・天暦・天徳期に活躍。応和三年〔九六三〕薨）ではなく、桓武平氏の流れをくみ、武人として知られた平維時である。したがって、漢詩文のための維時なのではなく、吉野・高野山・龍田の間のボディーガードとして、付き従っていたと考えた方がよさそうである。

二十七日に前権少僧都の心誉と永円が、智証大師の遠忌が近いということで京に帰った。ここから河内の国を指して、龍田越えをしている。その間の描写はそのまま漢詩文の世界である。

亀瀬山之嵐　紅葉影脆　竜田川之浪　白花声寒
爰於山中仮鋪草座　聊供菓子　焼紅葉　煖佳酒　蓋避寒風也

「亀瀬」というのは、現・大和川を通って山越えするときの難所で、ここは山の名前になっている。したがって、ここで言う「竜田川」は現・大和川のことである。風神・龍田大社から西に大阪側に出る際に、「亀瀬」は危険で舟が通れないので龍田大社の背後の山を越える。その山が龍田山と『万葉集』で詠まれたが、平安時代になってから山でなく龍田川が詠まれるようになった。ちなみに現在の竜田川は平群《へぐり》から大和川へ入る川であり、ずいぶん趣きが異なる。法隆寺のため分祀された竜田神社付近が現在龍田と呼ばれているが奈良県生駒郡斑鳩《いかるが》町に属し、「亀瀬」は大阪府柏原市、JR大和路線河内堅上駅のやや上流付近である。

昏黒、つまり暗くなって河内国道明寺に着いている。この健脚な人々にしては徒歩としても少し時間がかかりすぎているので、山中で漢詩を作っていたのではないか。『和漢朗詠集』でも「林間に酒を煖めて紅葉を焼く石上に詩を題して緑苔を掃ふ（白）」と詠まれている。道長は漢詩好きだったという。[11]だからこその「維時」であったかもしれない。同時代人なら「維時」で平維時とすぐわかったであろうが、漢詩の前に配されると違う効果が生まれる。当時の人なら『千載佳句』の秋興の詩句も浮かぶであろう。

五　河内・摂津

二十八日、摂津の国に入って、午の時に四天王寺に着き、別当定基の房で御膳を供し、仏舎利を見終わって、国府大渡下（後の八軒屋、現在の石町）で乗船、とある。

道明寺付近から四天王寺まで舟でも可能なのだが、国府大渡下で「乗御船」とあるので、それまでは徒歩か騎馬だったであろう。

しかし、午前中の道明寺から四天王寺までは、旧大和川沿いの道（渋川道・奈良街道）を十五キロ、これまでの旅程のペースから言えば、二、三見たところを省略しているのではないか。道明寺の西に中の太子（野中寺）、渋川には下の太子（太子堂、大聖勝軍寺）がある。四天王寺〜国府大渡下（四・五キロ）についても、徒歩で一時間圏内であるから、騎馬でもあり、法事や食事を考慮しても三〜四時間は余裕がある。

二十九日は船で遊覧している。田蓑島を過ぐとある。田蓑島の場所ははっきりしないが、横を通り過ぎて「雲海茫々。沙渚渺々」というのだから、難波の海のクルージングといったところである。

未時（午後二時頃）江口を指して行く間に、遊女の船が浮かび来たので、米百石を給う、とある。江口は、神崎川と淀川の分岐点なので、ここからは帰途になる。

三十日の申の刻（午後四時）に山崎の岸辺で御船を下りた。関外院（関戸院とも）に御したが、院の預かりの前肥後守が善美を尽くしすぎて過差の事がしかるべきではない、すなわち螺鈿蘇芳の懸盤やら銀器やらを準備していてやりすぎであったが、もうすでにしてあったので、厭わなかったとある。

十一月一日に京に入った、とあるが、もう手段を書いていないので騎馬かと思われる。ただ桂川の川辺で夜がようやく曙を迎えたことや、霧が野に満ち、霜で衣が湿ったことなどが書かれている。さらに七条河原を経て法成寺御堂に入って、この旅は終わった。

最後に、修理権大夫源長経が教命によって書いた。多々抄略した、とある。

おわりに

道長がたどった旅程を『扶桑略記』で見てきたが、旅程については省略が多く、垣間見える人間模様のほうが面白い。旅程に関わる人々の名前が記されるのは、誰がどのような奉仕をしたのか、顕彰する目的があったのであろう。

晩年の道長が騎馬で、現在の車で見て回るのと同じくらいの距離を、十月十八日のように一日で覧《み》て回っているのは驚異的とも言える。現在でも実際に回ってみれば大変なのは明白である。しかも騎馬自体かなりの運動量がある。乗船と断っているところ以外がすべて騎馬だったとすれば、相当な乗馬好きと言えよう。ただし、寺社は騎馬での参詣が禁じられていることもあるので、騎馬についての記述は、特に高野山で歯切れが悪い。命じられて書いているため、『小右記』と比べると文飾もあり、本当のところはわからない。

法隆寺、特に夢殿の記述と四天王寺に参詣する旅程からは道長の聖徳太子に対する興味(12)が感じられる。

龍田越えや難波の海の遊覧は優雅であるが、それ以外の寺巡りは全般に強行軍の日程で、たどるほどに平安貴族や道長へのイメージが変わる旅程であった。

注

（1）たとえば、今泉淑夫氏編『日本仏教史辞典』（吉川弘文館、一九九九年）に「前太政大臣藤原道長が高野山参詣の途中、山田寺の堂塔を見た時は「堂中以奇偉荘厳、言語云黙、心眼不及」の感銘を受けたというから（『扶桑略記』）、伽藍は健在であったことがわかる」とある。

（2）山中裕氏『藤原道長』（教育社歴史新書　日本史、教育社、一九八八年）。

（3）奈良国立博物館ウェブサイト（http://narahaku.go.jp）「収蔵品データベース」『七大寺日記』参照（二〇一四年七月アクセス）。

（4）元興寺は寺域の大半を失い、現在は観音堂と極楽坊の二つの寺になっている。

（5）平城京の左京六条四坊。『小右記』治安三年閏九月二十六日に「造大安寺材木配分」、十二月五日に「材木被曳事」「造大安寺行事所」等々の記述があり、この当時大安寺で造作の計画があったことがわかる。

（6）田原本町ウェブサイト（http://www.town.tawaramoto.nara.jp）「文化財と観光」の「千万院の不動明王」による（二〇一四年七月アクセス）。

（7）大和路アーカイブウェブサイト「奈良県観光情報」（http://yamatoji.nara-kankou.or.jp　奈良県ビジターズビューロー）の「龍門寺跡」による。

（8）両槻会（http://asuka.fhuryuu.com）第七回定例会「道長が見た飛鳥」滝川幸司氏講演関連で第二七回定例会「嶋宮をめぐる諸問題」の事務局作製事前散策用資料の「道の話」の後半で「道長一行は芋峠道へと進んだと思われます」とある（二〇一四年七月アクセス）。

（9）三木紀人氏『多武峰ひじり譚』（法蔵館選書、法蔵館、一九八八年）。

（10）『小右記』「於高野修諷誦、供養法華経一部・理趣経三十巻、講師前僧都心誉、次行理修三昧、講用彼寺僧三十人、施与布衣袴・袈裟・綿衣等、畢行三昧、此間大師廟堂戸桙立漸放、顚臥仏供机与理三昧阿闍梨礼盤中間、希有事也、二釘遣柱、其外一釘ハ桙立乃本仁打ハサメタリ、大僧正済信、云、進寄可奉拝、是可然也者、仍慭昇立礼盤、登其上奉見堂内、有如墳物、塗白土、高二尺余許、今思又三尺余許者堀土歟、合六尺許歟、初件廟上造塔、而為野火被焼、令造堂、其年紀癸亥、支干当今年」。

（11）倉本一宏氏が『藤原道長　御堂関白記（下）』（講談社学術文庫、講談社、二〇〇九年）の「おわりに」の「作文好き」で指摘されている。

（12）榊原史子氏『『四天王寺縁起』の研究――聖徳太子の縁起とその周辺』（勉誠出版、二〇一三年）に、『四天王寺縁起』の成立年代については寛弘四年（一〇〇七）頃と見るのが今日の通説であること、聖徳太子仮託の『四天王寺縁起』が人々の聖徳太子信仰と四天王寺に対する信仰を高揚させ、浄土信仰を高めることとなったことが指摘されている。

〈付記〉校正中に山中裕氏の訃報に接した。学恩に感謝し、ご冥福をお祈り申し上げます。

佛光寺本『善信聖人親鸞伝絵』の神祇記述について

――付加された理由と役割――

吉田　唯

はじめに

佛光寺本『善信聖人親鸞伝絵』（以下『親鸞伝絵』）は他本にはない、親鸞（一一七三～一二六二）の伊勢神宮と鹿島神宮への参詣について記している。そこで、本論では、佛光寺本『親鸞伝絵』の独自記述である神祇記述が記されることにより、伝記内にいかなる作用を及ぼすのかを究明する。この考察により、佛光寺派における神祇の有りようの一端が垣間見られると考える。

『佛光寺中興了源上人伝』によると佛光寺本『親鸞伝絵』は、(1)

則親鸞ノ伝文源海上人御作也ヲ奉ルニ。徳行叡慮ニ叶ハセ給ヒケルニヤ。祖伝ヲ宸翰ナシ賜ハリ。勅ニ依リテ彼山科西野村ノ坊舎ヲ東山渋谷ニ移ス。

とあり、後醍醐天皇（一二八八～一三三九）から賜ったという由緒が記されている。(2)また軸箱は、後世に青綺門院（一七一六～九〇・桜町天皇の女御）が寄付し、箱書は有栖川宮織仁親王（一七五四～一八二〇）が書したと伝えてい

る。このように佛光寺本は、他本に比べて伝来に天皇家が大きく関わっていることも特色の一つである。(3)

『親鸞伝絵』そのものについて、寺川幽芳氏は次のように言及している。(4)

> 『親鸞伝絵』は覚如二十六歳にして成った初稿本から、七十七歳にいたる長年月にわたって増改訂されながら諸方に写仏流布し、その間に題名や構成形態にも変化と異同がみられるという特異な歩みをもっている。すなわち、その題名は①『善信聖人絵』（永仁三年十月十二日　西本願寺蔵）・②『善信聖人親鸞伝絵』（永仁三年十二月十三日　専修寺蔵）・③『本願寺聖人伝絵』（康永二年十一月二日　東本願寺蔵）・④『本願寺親鸞聖人伝絵』（康永三年十一月一日　照願寺蔵）・⑤『本願寺聖人親鸞伝絵』（貞和二年十月四日　東本願寺蔵）というように変化しているのであるが、それは大谷廟堂を寺院化して本願寺と成した覚如の生涯の歩みをそのまま反映していることは明らかであり、また構成の異同も同様であって、その意味では『親鸞伝絵』には覚如の人生そのものを見てとることができるのである。（中略）下巻では、第二段「稲田興法」で東国教化の統括を述べ、それが救世観音の夢告にかなうものであることを明確にしたのち、第三段「弁円済度」で修験道を扱い、ついで第四段「箱根夢告」、第五段「熊野霊告」とつづけて二段にわたって覚如一流の饒舌とも思えるほどの筆の冴えで神祇観が語られているのであるが、はっきり言って親鸞の関東における二十年の教化を語るのが主旨であれば、いささか繁雑に過ぎると感じるのは私だけではないだろう。

『親鸞伝絵』は、親鸞の没後三十三年にあたる永仁三年（一二九五）に、親鸞の曽孫の覚如（一二七〇～一三五一）がまとめた親鸞の一代記である。詞書は覚如、絵は康楽寺浄賀（一二七五～一三五六）により、作成当時は上巻「出家学道」「吉水入室」「六角夢想」「選択付属」「信行両座」「信心諍論」の六段と、下巻「師資遷謫」「稲田興法」「山伏済度」「箱根夢告」「熊野霊告」「洛陽遷化」「廟堂創立」の七段による全十三段で構成されていた。しかしながら、覚如自身による度重なる改訂により、東本願寺所蔵康永二年本（一三四三）は上巻に「蓮位夢想」「入西観察」の二段が増補されて全十五段となる。この絵巻のなかで詞書のみを記したのが『御伝鈔』、絵の部分を掛軸としたものが『御絵伝』と呼ばれ報恩講の際に現在も用いられている。本論で扱う佛光寺本は、覚如による『親鸞伝絵』が作成された後に増補された本である。

佛光寺本の特徴は、伝来のみならず、先に記した親鸞の①伊勢神宮参詣と②鹿島神宮参詣、そして③一切経の校合と、④親鸞の埋葬場面で登場する高田門徒に関する四点の独自記述である。本論では、この四点の独自記述の特に神祇に関する箇所に着目する。(5)

もちろん、先行研究でも再三独自記述が存在することは論じられてきたが、本文内における作用や、記される意義という本文解釈に関しては充分に論じられてきたとは言い難い。また、神祇に着目するのは、真宗唯一の神祇書である『諸神本懐集』が、佛光寺の了源（一二九五〜一三三六）の要望により存覚（一二九〇〜一三七三）が作成したという由緒を持つためであり、『親鸞伝絵』の神祇記述に着目することにより、佛光寺がなぜ、神祇を必要としたのかを知る手がかりになると考えた。

一　『親鸞伝絵』の神祇観

次にあげたのは『親鸞伝絵』の諸本対校表である。紙面の都合上、全文ではなく、本論に関わる章段の初めと終わりのみを掲載している（点線部は中略を示す）(6)。

	高田本	西本願寺本	弘願本	康永本	佛光寺本
下3 山伏済度（常陸）	すなわち明法房是也。聖人つけ給き、	すなわち明法房是也、上人つけたまひき、	すなわち明法房是也、聖人これをつけ給き、	すなわち明法房是也。聖人これをつけ給き、	すなわち明法房これなり。聖人つけたまひき。
	（該当本文なし）	（該当本文なし）	（該当本文なし）	（該当本文なし）	聖人鹿嶋大明神にまうて給けり。これすなわち佛法守護の明徳をあふきたてまつり給ゆへなりけれは、さま〳〵神感ありて、納受掲焉なりけるとなむ。
下4 箱根夢告	聖人東関の堺を出て、花城の路に赴まし〳〵けり、	聖人、東関の堺を出て、花城の路に赴まし〳〵けり、	聖人、東関の堺を出て、花城の路におもむきまし〳〵けり、	聖人、東関の堺を出て、花城の路におもむきまし〳〵けり、	聖人東関のさかひを出て、華城のみちにおもむきまし〳〵けり。
	神勅是炳焉なり、感応最恭敬す、と云て尊重崛請したてまつりて、さま〳〵に飯食を粧、いろ〳〵に珍味を調けり	神勅是炳焉なり、感応最恭敬す、といひて尊重崛請したてまつりて、さま〳〵に飯食を粧、色々に珍味を調けり。	神勅是炳焉也、感応最恭敬す、といひて尊重崛請したてまつりて、さま〳〵に飯食を粧、色々に珍味を調けり	神勅是炳焉也、感応最恭敬す、といひて尊重崛請したてまつりて、さま〳〵に飯食を粧、色々に珍味を調けり	神勅これ炳焉なり。感応もとも恭敬すといひて尊重崛請したてまつりて、さま〳〵に飯食をよそひ、いろ〳〵に珍味をとゝのへけり。

下5 熊野霊告		一切経校合
聖人古郷に帰て、往事をおもふに、年々歳々夢のことし、幻のことし、		（該当本文なし）
聖人、古郷に帰て往事をおもふに、年々歳々夢のことし、幻のことし、	下向の後、貴房にまいりてくわしく此旨を申に、上人其事也とのたまふ、これまた不可思議の事也かし	（該当本文なし）
聖人故郷に帰て往事をおもふに、年々歳々夢のことし、幻のことし、	下向の後、貴坊にまいりてくはしく此旨を申に、聖人其事也とのたまふ、此又不可思儀のことなりかし	（該当本文なし）
聖人故郷に帰て往事をおもふに、年々歳々夢のことし、幻のことし、	下向の後、貴坊にまいりてくはしく此旨を申に、聖人其事也とのたまふ、此又不可思議のことなりかし	（該当本文なし）
聖人故郷にかへりて、往事をおもふに、年々歳々夢のことしまほろしのことし。	下向ののち貴坊にまいりて、くはしくこのむねを申すに、聖人そのことなりとの給ふ。これまた不思議のことなり。	関東武州の禅門泰時、一切経の文字を校合せらる丶ことありけり。聖人その選にあたりて、文字章句の邪正をた丶し、五千余巻の華文をひらきて、かの大願をとけしめ給けり。これによりて壱岐左衛門入道法名覚印沙汰として、さま〱に四事の供養をのへられけり。

先にも言及した通り、佛光寺本『親鸞伝絵』に記される独自記事四点のうち、二点は神祇に関する記事である。(7)そこで、まず、真宗における神祇観と『親鸞伝絵』の諸本全てに共通して記されている「箱根夢告」と「熊野霊告」に関して先行研究を通して確認しておく。真宗の神祇観については、黒田俊雄氏が、(8)

専修念仏はそれらきびしい否定によってこそ専修たりうるにかかわらず、それを回避して、専修を手続き上の簡便化の方法であるかのごとくに説く論理を展開したのである。これは一向専修の卑俗化以外のなにものでもない。この性格は『諸神本懐集』や当時の教化本にも、おなじようにみられる。（中略）覚如、存覚時代の真宗の著作が、なぜこのように一向専修（専念）の論理を骨抜きにしてまで神国思想を採用しなければならなかったか。これが、前節にのべた時代全般の傾向と無関係でないことだけは、あきらかである。さきにものべたように、当時の記録によれば、専修念仏の徒の神祇不拝に対する非難はつねにくりかえされたし、客観的にみても専修念仏の発生基盤は依然存在した。しかしそれにもかかわらず、弾圧をさけるためには、まして教団を組織するためには、権力者の思想に屈従しなければならなかったし、神祇不拝の激発を防止するために、上述のような論理が必要であったのである。

と覚如・存覚が親鸞の神祇不拝を反故にしてまで神祇を取り入れた理由を、「弾圧」を避けるためと言及している。(9)この中の神祇の取り入れには、『諸神本懐集』のような神祇書のみならず、『親鸞伝絵』も含まれている。『親鸞伝絵』の諸本すべてに記載されている「箱根夢告」と「熊野霊告」には、次のような記事がある。

A聖人東関のさかひを出て、華城のみちにおもむきまし〳〵けり。或日晩陰におよひて箱根の険阻にかゝりつゝ、遙に行客のあとをゝりて、漸人屋のとほそにちかつくに、夜もすてに暁更にをよひて、月もはや孤嶺にかたふきぬ。ときに聖人あゆみよりつゝ、案内したまふに、まことによはひかたふきたるおきなのうるわしくしやうそきたるか、いとこと〻くいてあふていふ様、社廟ちかき所のならひ、巫ともの夜もすからあそひし侍に、おきなもましはりつるか、いさ〻かよりゐ侍とおもふほとに、夢にもあらす、まほろしにもあらすして、権現おほせられていはく、只今、我尊敬をいたすへき客人、このみちをとほり給へき事あり、必慇懃しの忠節をぬきいて、ことに丁寧の饗応をまうくへしと、示現いまたさめをはらさるに、貴僧忽として影嚮し給へり。なむそた〻人にましまさむ。神勅これ炳焉なり。感応もとも恭敬すといひて尊重崛請したてまつり①て、さま〳〵に飯食をよそひ、いろ〳〵に珍味をと〻のへけり。（下四段「箱根夢告」）

B聖人故郷にかへりて、往事をおもふに、年々歳々夢のことしまほろしのことし。長安洛陽のすまひも跡をと〻むるにものうしとて、扶風馮翊ところ〳〵に移住し給き。五條西洞院わたり、これひとつの勝地なりとて、しはらく居をしめたまふ。この比いにしへ②口決をつたへ面受をとけし門徒等、をの〳〵よしみをしたひ、みちをたつねて参集したまひけり。その中に常陸国那荷の西の郡大部の郷に、平太郎なにかしといふ庶民あり。聖人のおをしへを信して、もはらふた心なかりき。しかるに或時件の平太郎所務にかられて熊野へ参詣すへしとて、ことのよしを尋申さむために、聖人へまいりたるに、おほせられていはく、それ聖教万差なり、いつれも機に相応すれは巨益あり、た〻し末法の今の時、聖道の修行にをいては成すへからす。すなはち、我末法時中億々衆生、起行修道未有一人得者といひ、唯有浄土一門可通入路といへり。これみな経釈の明文、如来の金言なり。しかるにいま唯有浄土の真説について、かたしけなくかの三国の祖師をのくこの一宗を興行す。このゆへに愚禿す〻むるところ更に私なし。しかるに一向専修の義ハ往生の肝府自宗の骨目なり。すなはち三経に隠顕ありといへとも、文といひ義といひともにあきらかなるをや。大経の三輩にも、一向とす〻めて流通にはこれを弥勒に付属し、観経の九品にも、しはらく三心と〻きて、これまた阿難に付属す。

小経に一心とときて舎利弗に付属し、つゐに諸仏これを証誠す。これによりて論主一心と判し、和尚一向と釈す。しかれはすなはちいつれの文によりて一向専修の義たつへからさるそや。③証誠殿の本地すなはちいまの教主なり。かるかゆへにとにもかくにも、衆生に結縁のこころさしふかきによりて、和光の垂迹をとゝめ給すふ、垂迹をとゝむる本意、たゝ結縁の羣類をして願海に引入せむとなり。しかあれは本地の誓願を信して、一向に念仏をことゝせむともから、公務にもしたかひ、領主にも駈仕して、その霊地をふみ、その社廟に詣せんこと、さらに自心の発起するところにあらす、しかれは垂迹におきて、内懐虚仮の身たりなから、あなかちに賢善精進の威儀を標すへからす。たゝ本地の誓約にまかすへし。あなかしこく。神威をかろしむるにあらす、ゆめ〳〵冥眦をめくらし給ふへからすと云々。これによりて平太郎熊野に参詣す。道の作法とりわきとゝのふる儀なし。たゝ常没の凡情にしたかつて、更に不浄をもかいつくろふ事なし。行往坐臥に本願をあふき、造次顛沛に師教をまもるに、はたして無為に参着の夜、④件のおとこゆめのつけにいはく、証誠殿のとひらをゝしひらきて、衣冠たゝしき俗人おほせられていはく、なむちなむそわれを忽緒して汗穢不浄にして参詣するやと。そのときかの俗人に対座して、聖人忽爾として見えたまふ。そのことはにいはく、かれは善信かをしへによりて念仏するものなりと云云。こゝに俗人笏をたゝしくして、ことに敬屈の礼をあらはしつゝ、かさねてのふるところなしと見るほとに、夢さめをはりぬ。おほよそ奇異のおもひをなすこと、いふへからす。下向ののち貴坊にまいりて、くはしくこのむねを申すに、聖人そのことなりとの給ふ。これまた不思議のことなり。

（下五段「熊野霊告」）

以上は、諸本すべてに掲載されている「箱根夢告」と「熊野霊告」である。「箱根夢告」は、親鸞が関東から京に帰る際に、立派な装束の老人に出会うというところから始まる。この老人は、この地の習慣で夜を徹して遊んでいたが、眠たくなり、うつらうつらしていると、夢の中で権現より「今から来る客人を丁寧にもてなせ」とのお告げがあり、この夢から覚めて直ぐに来られたのが親鸞である旨を告げ、親鸞を丁重にもてなしたという話である。

一方の「熊野霊告」は、常陸国の平太郎という庶民が、熊野権現に参詣しなければならなくなり、親鸞に相談するところから話が始まる。親鸞に、「熊野の証誠殿の本地は阿弥陀であるから気にすることはない」と言われた平太郎は熊野へと向かう。そして、平太郎は、その途中の夢の中で、立派な身なりの俗人に「そんな汚い格好で、どうして参詣するのか」と詰問される。そこに親鸞が現れ「これは、私親鸞の訓えにより参詣するものです」と述べたところ、俗人は姿勢を正し、それ以上平太郎を咎めることもなく夢が覚めたという話である。いずれも、神が親鸞に敬服の念を抱いている話である。これらの記事について、国枝正雄氏と林智康氏の見解を確認しておく。国枝氏は、(10)

「御伝鈔」著作の主要目的は、親鸞一生の実伝とするよりは、神秘的夢告、又は史上の人物を応用した仮作の物語に依て、親鸞の教義及び之に対する思想を述べているものと思はれるし、此物語は寧ろ覚如が親鸞の訓示の語に寄せて、真宗の神祇観を述べたものではなかろうかと思はれる。

と述べ、また林氏は、(11)

『御伝抄』の二つの話は、明らかに本地垂迹説の導入が見られる。覚如においては、親鸞に見られなかった本地垂迹説に基づく神仏関係を説いて、名神大社への崇拝を認め、さらには神仏習合的宗教性を基盤とした社会体制との接近、妥協が見られる。

以上の如く、覚如の神祇観は本地垂迹説の上に成り立ち、安易な神祇崇敬の態度が見られる。これは厳しく神祇不拝に徹し、真実信心の利益による神祇護念を主張した親鸞の神祇観との乖離が生じている。と述べており、国枝氏は『親鸞伝絵』そのものが「真宗の神祇観を述べたものではなかろうか」とし、林氏も「厳しく神祇不拝に徹し、真実信心の利益による神祇護念を主張した親鸞の神祇観との乖離が生じている」と神祇不拝を推奨していた親鸞の教えとの間の乖離性を指摘している。箱根権現と熊野権現の記事の次は、親鸞の死と葬儀に関しての記事に繋がっていく。先行研究が言及するように、『親鸞伝絵』が、真宗の神祇観を述べた書という位置づけが可能であれば、熊野権現の記事を親鸞の死の直前に描く必要があった要因が、熊野の本地が阿弥陀如来であることと無関係ではないと考える。「熊野霊告」の記事の傍線部③には、「証誠殿の本地すなはちいまの教主なり」と熊野大社の証誠殿の本地が教主こと阿弥陀如来であると記している。この熊野権現＝阿弥陀如来については、真宗唯一の神祇書である『諸神本懐集』においても、[12]「ナカンヅクニ証誠殿ハ、タヾチニ弥陀ノ垂迹ニテマシマスガユヘニ、コトニ日本第一ノ霊社トアガメラレタマフ」と阿弥陀如来の垂迹であると記している。一方、箱根権現についても『諸神本懐集』には、[13]

二所三嶋ノ大明神トイフハ、大箱根ハ三所権現ナリ。法体ハ三世覚母ノ文殊師利、俗体ハ当来道師ノ弥勒慈尊、女体ハ施无畏者観音薩藉ナリ。三嶋ノ大明神ハ十二願王医王善逝ナリ。

法体の文殊菩薩と俗体の弥勒菩薩は阿弥陀如来の本願を信じて極楽往生した尊格であり、弥勒菩薩は、当来の導師、つまり来世に出現して衆生を救う導師であることと、女体では観音菩薩（施無畏は観音の別名）であると記している。観音菩薩は、阿弥陀如来の脇侍であり、阿弥陀により弥勒と文殊は極楽往生を遂げるのである。すなわち、箱根権現も阿弥陀との関わりから『親鸞伝絵』内に記されている可能性が高いと考える。これは、『親鸞伝絵』そのものの構成が、箱根権現のお告げにより親鸞をもてなし、熊野権現が夢にて親鸞と対峙するという行為により、次の章段である親鸞の死と埋葬の記述を匂わせる前段階として描かれている可能性も考えられる。

熊野権現については、『法然上人絵伝』第三十五段でも次のように記されている。(14)

直聖房《じきしょうぼう》といふ僧ありき。上人の弟子となりて、一向専念の行を修す。あるとき熊野山《くまのさん》へまいりたりけるに、上人の配流《はいる》せられ給よしをきゝて、いそぎ下向《げこう》せむとしけるに、にはかに重病をうけて下向かなはざりければ、ねんごろに権現にいのり申けるに、かの僧のゆめに、「臨終すでにちかづけり。下向しかるべからず」としめし給ひければ、「法然上人の御事、あまりにおぼつかなく候へば、はやく下向してうけたまはりたく候」と申ければ、「かの上人は勢至菩薩の化現《けげん》なり。不審すべからず」とかさねてしめしおほせらるとみて夢さめぬ。其後《そののち》いくほどをへずして、臨終正念にして往生をとげにけり。

法然の弟子である直聖房が熊野に参詣した折、法然が配流されたと聞いて、下向しようとしたが急に病にかかって向かうことが出来なかった。そこで、熊野権現に祈ったところ、「臨終が近づいているから下向してはならない」と告げられる。それでも直聖房が法然に会いたい旨を伝えると熊野権現に「法然は勢至菩薩の化現であるから疑ってはいけない」と言われ、臨終正念で往生を遂げた話である。つまり『親鸞伝絵』の章段は、『法然上人絵伝』同様に、熊野権現・死・阿弥陀如来というイメージを親鸞の死の前の章段に記すことにより、次に続く親鸞の死への布石的な役割を担っていると考える。

二　付加された神祇記述

本節では、親鸞の伊勢神宮参詣と鹿島神宮参詣の二点の『親鸞伝絵』に付加された神祇記述について考察を行う。一点目は、(15)

聖人鹿嶋大明神にまうて給けり。これすなわち佛法守護の明徳をあふきたてまつり給ゆへなりけれは、さま〳〵神感ありて、納受掲焉なりけるとなむ

というもので、親鸞の鹿島神宮参詣についてである。この記事に関して今井雅晴氏は、[16]

親鸞の鹿島神宮参詣に関する史料は、現在判明するかぎり、すべて江戸時代以降のものである。（中略）確実にそれを示す史料は、現在までのところ発見されていないというのが正しい見方であろう。ただ、親鸞が実際に参詣していたとしたら、どのような目的だったのか。鹿島神宮では多くの書籍を所蔵しており、それらを見るためであった、という有力な考え方である。主著『教行信証』のような精緻な内容を執筆するためには、どうしても一切経をはじめとする多くの書籍を参考にしなければならなかったであろうからである。

と鹿島神宮に参詣した資料が江戸時代以降のものばかりであることと、参詣の理由についても一切経等の書籍の参照ではないかと述べている。また、野上尊博氏は、[17]

『親鸞伝絵』は東国門徒によって製作が企てられたと考えられており、親鸞上洛の際、箱根権現の饗応をうける場面が描かれているのも鹿島の背景を無視しての考察は許されないのではなかろうか。

のように、『親鸞伝絵』の製作に東国門徒が関わっているのではないかと述べている。[18]

それでは、真宗唯一の神祇書である『諸神本懐集』では、鹿島神宮についてどのように記しているのであろうか。次に一文を掲げておく。[19]

ソモ〳〵日本ワガ朝ハ、天神七代、地神五代、人王百代ナリ。ソノウチ、天神ノ第七代オバ、伊弉諾・伊弉冊トマウシキ。①伊弉諾ノ尊ハオトコガミナリ。イマノ鹿嶋ノ大明神ナリ。伊弉冊ノ尊ハキサキガミナリ。イマノ香取ノ大明神ナリ。カノフタリノミコト、アマノウキハシノウヘニテ、メガミオガミトナリタマヒテ、

トモニアヒハカリテイハク、「コノシタニ、アニクニナカランヤ」トテ、アマノサカホトヲサシオロシテ、サグリタマフニ、ホコノシタヾリコリカタマリテ、ヒトツノシマトナレリ。コノ日本国コレナリ。ソノノチ、「クニノウチニ、ヌシナカランヤ」トテ、御子ヲマフケタマヘリ。日神・月神コレナリ。日神トイフハ天照大神、月神トイフハ素盞烏尊ナリ。兄弟タガヒニ、日本国ヲトラントアラソヒタマヒケルニ、伊弉諾・伊弉冊コレヲシヅメンガタメニ、天ヨリクダリタマフトキ、天照大神ハオヤニアヒタテマツラジトテ、アマノイワトヲヒキタテ、、コモラセタマヒケレバ、ニハカニコノクニクラキヤミトナレリ。ソノトキ伊弉諾・伊弉冊、天照大神ヲイダシタテマツランガタメニ、内侍所トイフカヾミヲカケテ、カミ〴〵アツマリテ、七日ノ御神楽ヲハジメタマフニ、天照大神コレヲミタマハンガタメニ、イワトヲホソメニアケラレシトキ、ソノミカゲ内侍所ニウツリ、世ノヒカリクモリナカリケレバ、伊弉諾・伊弉冊チカラヲエテ、イワトヲオシヒラキ、大神ヲイダシタテマツリタマヒケリ。サテ兄弟ノナカヲヤワラゲテ、天照大神オバ日本国ノヌシトナシタテマツリタマフ。イマノ伊勢大神宮コレナリ。素盞烏尊オバ日本国ノカミノオヤトナシタテマツリタマフ。イマノ出雲ノオホヤシロコレナリ。コレ神明ノワガクニ、アトヲタレタマヒシハジメナリ。②鹿嶋ノ大明神ハ、本地十一面観音ナリ。

①の記事は、イザナギは鹿島明神、イザナミは香取明神であることを記しており、②の記事は鹿島明神の本地が十一面観音であるむねを記している。このことを念頭におきながら次に伊勢神宮に関する記述を確認する。

『親鸞伝絵』[20]では、

聖人越後国の国府に五年の居諸をへたまひてのち建暦弐年正月廿一日勅免のあひたおなしき八月廿一日京都へかへりのほりたまひてのちおなしき十月華洛をいて、東関におもむきたまひけり。そのときまつ伊勢大神宮に参詣したまふ。しかうして常陸国に下着したまひて下間の小嶋に十年居住したまふ。

と書かれている。ここで注目したいのは、親鸞が越後国から都に戻り「まつ伊勢大神宮に参詣したまふ」と書かれている部分である。この伊勢参詣の後、舞台は常陸国へと移る。「まつ」という接続の言葉は、単体では成り立たず、次に続く動作を踏まえての表現方法である。つまり、親鸞は、何かの動作の前に真っ先に伊勢に参詣したということが読み取れる。それでは、伊勢参詣に続くものとは何なのか、それは、常陸への下向である。端的に言えば、常陸を立つ際の鹿島神宮参詣と、常陸に向かう前の伊勢神宮参詣が対を成していると考えているのである。伊勢神宮参詣の後、舞台は常陸国へと移り、稲田での伝道の実践と、親鸞の命を狙おうとした山伏の話へと続く。山伏が親鸞より明法房という名前をもらったところで常陸での話を諸本は終えている。しかしながら、佛光寺本では、常陸国であるということ以外話の流れに直接関係のない鹿島明神参詣の話が記されている。この記事の後、先ほど確認した「熊野夢告」と「箱根霊告」の霊験段へと移行する。

このように鹿島明神の記事は、常陸国の章段の終わりに位置していることから、常陸国の章段は、伊勢神宮参詣にはじまり、鹿島神宮参詣を終わりとする一連の流れとして一括されているのではないかと考えたのである。

鹿島神宮の記述は、「これすなわち佛法守護の明徳をあふきたてまつり給ゆへなりけれは、さまざま神感ありて、納受掲焉なりけるとなむ」とある。この文面は、神が願いを聞くことが明らかであることを記しており、鹿島神宮参詣が伊勢神宮参詣との対峙のみならず、次の箱根権現・熊野権現の霊告に関しても鹿島明神により約束された出来事として読者に認識させる効果も持ち合わせている。

また、諸本では、親鸞は、越後国より都に戻らず常陸に下向している。しかしながら、佛光寺本では、都に一度入り、伊勢へと参宮している。都が示すのは、都を都たらしめている御所の住人である「天皇」を示すのではないだろうか。この都＝天皇の後に伊勢神宮参詣の記事に至るのは、王法との関わりを示すものと考える。『親鸞伝絵』の本章段は、伊勢神宮や鹿島神宮に参詣したという記事のみで、それ以外何も記してはいないが、この親鸞が参詣したという記事こそが重要なのではないかと考える。それは、真宗が神祇不拝を推奨していることと、都や伊勢神宮という〈場〉が天皇を内包している場所と考えられるからである。

三　佛光寺本の性格について

前節まで、真宗の神祇観と、佛光寺本の独自記述である親鸞の伊勢神宮と鹿島神宮参詣の記事に着目してきた。このような性格を持つ佛光寺本の構成について小林達朗氏は、(21)

題は「善信聖人親鸞伝絵」で高田本と同じであり、「本願寺聖人」とする康永本と異なる。上巻の構成も六段で「入西観察」、「蓮位夢想」の段を含まない。すなわち最も古い初稿本の構成と考えられるものを反映している。

と、初稿本である高田本と同じ基本構成をなしていると述べている。これらを踏まえて『親鸞伝絵』の四点目の独自記述について確認をしておく。

その葬歛のみきりに、真仏法師の門弟、顕智・専信両人さいわひにまいりあひて、遺骨をひろひおさめたてまつる人数にくはゝりける。宿縁あさからさりけるにこそ。

この記事に記されている真仏（一二〇九～五八）や顕智（一二二六～一三一〇）・専信（生没年未詳・一二〇〇年代頃）に関して、龍谷大学大宮図書館所蔵『佛光寺絵詞伝著聞鈔』は次のように記している。(22)

①平太郎トハ常陸《ヒタチ》国ノモノナリ。聖人坂東《ハントウ》御回国《クワイコク》ノミキリ、御勧化ヲカウフリ無《ム》二ノ信者ナリ。シカルニ世

ニ平太郎聖教トテコレアリ。毎年節分《セツブン》ノ夜《ヨ》ニ是ヲヨム家アツテ、平太郎ハ即チ真仏上人ノ事ナリトイヘル臆《ヲク》説《セツ》ノ流言《リウケン》ヲナス。（中略）サレハ人見氏如レ是浮言《ウケルコト》ヲ受伝《ウケツタ》ヘテ、大系図ノ中ニ真仏上人ハ平太郎ノ事ナリトカケル、マコトニ翰墨場ノ黷《ケカレ》可怜生ナルモノヲヤ。

②顕智ハ下《ケ》ノ野州《ヤシウ》高田《タカタ》専修寺《センジユシ》ノ開山《カイ》ナリ。但シ専修寺ハ鸞師ノ御建立。専信ハ常陸国《ヒタチノクニ》ノ人ナリ。氏姓不レ祥ナラ、追《ヲ》ツテ可レ考《カン》カフ。

②の記事によると、顕智は高田専修寺の開山であり、専心は常陸国の人物であるとし、両者の師である真仏に関しても、①に、『親鸞伝絵』の「熊野霊告」に記される平太郎という説があると記している。この真仏に関して同一人物が二名いたとの見解も見受けられるが、稿者は、佛光寺本の『親鸞伝絵』に記される真仏と平太郎は別人物ではないかと考える。それは、真仏が、専修寺二世のみならず、佛光寺二世であるために、もし同一人物であるならば、真仏について記す際に、「熊野霊告」の章段に登場した平太郎であることと、佛光寺二世であることを明記、もしくは読者に知らしめるのではないかと推測したためである。このことは『佛光寺絵詞伝著聞鈔』序文の次の一文からも推測できる。(23)

サテ天皇佛光寺ノ住宝物ヲ一一高覧マシ〱キ於レ中鸞師御生涯ヲシルシタル草案ノ絵詞伝アリ。文字絵《エ》トコロタ、シカラサルニヨリ即効筆ヲ下シ平仮名《ヒラカナ》ヲ以伝記ヲアソハサセラレ、絵ハ土佐家ニ仰付サセラレテカ、シメ佛光寺ニ下サル丶。実トニ天下無比《ヒ》ノ霊宝物《レイホウモツ》ナリ。

天皇（後醍醐帝）が、親鸞の絵伝を見て、文字や絵の間違いを改めさせ、「平仮名」にて伝記を記し、佛光寺に下さったという記事である。確かに『親鸞伝絵』の諸本の比較を行うと、佛光寺本は、他の諸本に比べてなるだけ平易な文章で書かれていることと、覚如が関東の高田門徒に与えた高田本を基本としながらも、(24)他の諸本の表現の方がわかりやすければ、その諸本を参考としていることから、佛光寺本作成の際に、真仏と平太郎が同一人物ならば、読者に対して何らかの読みに対しての配慮がなされても不思議ではない。誰もが名前を見ただけで理解が可能なのであれば問題はないが、現に江戸時代には議論が分かれているということは、必ずしも、平太郎と真仏の関係が、周知の事実であった可能性は低いものと考える。

また、佛光寺と後醍醐天皇の関係は、『親鸞伝絵』だけに留まらない。『佛光寺中興了源上人伝』には、(25)

> 彼寺ニ法然親鸞ヨリ伝来ノ仏像及ヒ一宗相承ノ記録アル故ナリ。何ニモシテ是等ノ物ヲ盗ミトリ。其後了源ハ親鸞ノ正統ニ非ズ。亦流儀モ正シカラズト流言セバ。自ラ衆人ノ帰依薄カルヘシトテ。遂ニ賊徒ニヨリテ此事ヲ計リケル。賊徒闇夜ヲ待テ忍入。宝物及ヒ本尊ヲ盗ミ去ントスルニ。手足疼痛シケレハ。佛霊ヲ恐レ。本尊ヲ藪ノ中ニ捨ヲキ。宝物ノミヲ持チ去ントスルニ。疼痛ナヲヤマサリケル故。路ノ傍ニ捨テ去リケルト云々。時ニ主上後醍醐天皇。東南ノ方ヨリ金色ノ光明鳳闕ヲ照曜スト夢見タマヒ。其方ヲ尋給フニ。一ツノ木像ヲ藪ノ中ニ得テ還リ。此由ヲ奏聞シケレハ。此霊像朕ニヨリテ化益ヲ成シ給フヤト。叡感ノ余リ。四方ノ坊舎ヘ此事ヲ告ケ知シメ給フト云々。然ルニ当時上人了源晨朝ノ勤行ヲ修セントテ参堂シ給フニ。(中略)上人ノタマハク。必ス当一本我山ノ本尊ナラントテ。則チ座光ヲモタシメテ参内シ。此由ヲ奏ス。帝木像ヲ座光ニウツサセ給フニ。符節ヲ合スカ如クナリケレハ。帝叡感斜ナラス。二度ヒ仏像ヲ下シ給ハリ。興正寺ヲ改メテ佛光寺ト勅号ヲ下シ給ヒケルト云々。

と、佛光寺の盗まれた仏像が後醍醐天皇によって見つけられ、寺号を佛光寺としたとまで記している。後世佛光寺は、積極的に後醍醐天皇との関係を強調していく。佛光寺と後醍醐天皇との関係を考慮すると、伊勢神宮に親鸞が参詣するという行為は、真宗の神祇不拝の問題だけではなく、王法との関係からも考慮する必要性が出てく

る。塩谷菊美氏は、(26)

伊勢参詣の理由を玄貞は「天照大神は主君、天児屋根は臣下であるから、親鸞は君臣の道を正して最初にここへ参詣した」と言う。なるほど、赦免後まず都へ帰り（玄貞はその理由については特に述べていない）、皇室の宗廟伊勢神宮や、東国守護を司り藤原氏とも縁の深い鹿嶋社に参詣したことは、「天皇の修正」にふさわしい。

と、親鸞が伊勢神宮や鹿島神宮に参詣したことについて「天皇の修正」という表現を用いている。親鸞の参宮を「天皇の修正」とするならば、だからこそ、親鸞は諸本に無い、都に帰洛してから伊勢神宮に参詣しなければならなかったのではないかと考える。つまり、都は、「天皇」を内包する〈場〉なのである。奇しくも、佛光寺了源は、後醍醐天皇が都に帰洛する際に、伊賀より都に向う途中で惨殺されてしまい、都に馳せ参じることが叶わなかったと伝記上は記されているのである。

『佛光寺絵詞伝著聞鈔』(27)の、

爰ニ今師聖人先ツ伊勢大神宮エ御参詣マシマス事ハ、今師ノ御先祖ハ天児屋根命ナリ。故ニ天照大神ハ主君《シユクン》、天児屋根ハ臣下ナリ。ヨツテ君臣ノ道ヲタ、シテ、マツ是エマイリ玉フトナリ。シカノミナラス内宮・外宮共ニ天児屋根命ヲ祝《イハ》ヒ玉フ故ニ、先祖ノ神ヲ遂《ヲフ》テマイリ玉ヘリ。

との記事によると、内宮も外宮もアメノコヤネの名があることと、アマテラスが主君、アメノコヤネが臣下である旨が記されている。この中のアメノコヤネは、『親鸞伝絵』上巻一「出家学道」(28)に、

夫聖人の俗姓は藤原氏、天兒屋根命、二十一世の苗裔、大織冠鎌子大臣の玄孫、近衛大将右大臣従一位内麿（後長岡大臣と号す。或ハ閑院大臣と号す　贈正一位太政大臣房前公の孫、大納言式部卿真楯の息なり。）六代の後胤、弼宰相有国卿五代の孫　皇太后宮大進有範の

子なり。

親鸞の先祖であることを知らしめる一文がある。佛光寺本がどれぐらいアマテアマテラスを主君と捉えて記述したのかは疑問が残るが、佛光寺の了源より依頼を受けて作成されたが、佛光寺本がどれぐらい『諸神本懐集』には、

コノ大日本国ハ、モトヨリ神国トシテ、天児屋根尊ノ苗裔ハ、ナガク朝ノマツリゴトヲタスケタマフ。垂仁天皇ノ御代ヨリ、コトニ神明ヲアガメ、欽明天皇ノ御トキ、仏法ハジメテヒロマリシヨリコノカタ、神ヲウヤマフヲモテ、クニノマツリゴト、シ、仏ニ帰スルヲモテ、世ノイトナミトス。

と、アメノコヤネの子孫が長く朝廷に仕えてきたことが記されている。つまり、親鸞の伊勢参宮は、天皇家であるアマテラスを拝することを意味する。

一方のアマテラス（天皇）を支える藤原一族の先祖となる鹿島神宮に参詣するという行為は、同じく増補された高田門徒の記述同様に、関東、特に鹿島門徒等をも意識した記述とも考えられるが、それ以上に、初稿本の高田本の体裁を真似、高田門徒について記すことにより、テクストとしての正当性を示す意味合いも持つのではないかと考えた。それこそが、他の諸本とは違い、絵巻・箱書等においても王法との関わりを示すこととなる佛光寺本独自の伝来を持つこととなった所以に繋がると考える。そして、今後の課題とするが、佛光寺派が頻繁に強調する後醍醐天皇との関係性についても無視できない問題を孕んでいると考える。

おわりに

佛光寺本『親鸞伝絵』は、物語内で覚如が記した親鸞の神祇崇拝を、より積極的に推し進める存在として描か

れているように見受けられる。

具体的に述べると、親鸞が越後国より常陸に赴くにあたり「まつ伊勢」に参詣する必要があり、この伊勢参宮から続く常陸の章段は、鹿島神宮参詣に関する記事に挟まれる形となっている。さらに、鹿島神宮参詣の記事は、次の「箱根夢告」「熊野霊告」への布石的な役割も担わされているのではないかと考えた。この「箱根夢告」「熊野霊告」は、諸本すべてにみられる章段ではあるが、阿弥陀との関係が見え隠れする存在であることから、「熊野霊告」の次の章段である親鸞の死を意識した配置と考える。このことは、佛光寺本に限らず、『親鸞伝絵』諸本すべての構成にも言えることである。

『親鸞伝絵』の享受の一過程として佛光寺本が存在し、この佛光寺本は、初稿本である高田本に依拠するだけにとどまらず、さらに後醍醐天皇に賜ったという享受と王法という正当性が加味されることとなり、最終的には、軸箱にまで王法が絡むのである。

後醍醐天皇という象徴が付加される意義に関しては、了源との関係や佛光寺がなぜ、後醍醐天皇を欲したのか。はたまた了源惨殺が後醍醐天皇の隠岐よりの帰還を知り、都に馳せ参じようと試みた時であること等も考慮する必要があると考える。このことは、将来的に関東教学や、後醍醐天皇周辺における神祇への思考へと波及するものと考えるが今後の課題とする。

現時点での佛光寺本『親鸞伝絵』の、真宗における神祇信仰の中での位置づけを提示しておく。覚如が記した『親鸞伝絵』内において、親鸞と神祇の関係は、親鸞が直接神社へ詣でるのではなく、門徒の夢告に親鸞が登場したり、熊野権現について、法然や親鸞が語ったりという間接的なものであった。それが、覚如の伝記である『慕帰絵』になると、和歌への憧憬という名目で、覚如自らが神社へ参詣をし、神祇歌まで詠じている。(29)このような神祇への接近が、最終的に佛光寺本『親鸞伝絵』の親鸞の参詣記事に至ったのではないだろうか。つまり、次のような図式が考えられるのである。

『親鸞伝絵』①親鸞が、熊野権現は阿弥陀の垂迹と述べる。
②箱根権現の夢告を受けた社家の人が親鸞をもてなす。
↓
『慕帰絵』　覚如が和歌を通して神と接し、神祇歌を奉納する。氏神（春日社）にも参詣。
↓
佛光寺本『親鸞伝絵』親鸞の伊勢参詣と鹿島明神参詣。

これは、『諸神本懐集』が記さなかった、祖師や高僧の参詣を伝記が、許容したということになる。このことは、『諸神本懐集』と伝記の読者層の違いや、本としての性格の違いも大きいと考える。

意図的か否かは明らかではないが、『諸神本懐集』は、阿弥陀とアマテラスの格の違いを見せつけたのに対して、[30]徐々に神祇を許容していくさまを示したのが、『親鸞伝絵』と覚如の伝記である『慕帰絵』、そして佛光寺本の『親鸞伝絵』と考える。もちろん、佛光寺本の『親鸞伝絵』を通常の『親鸞伝絵』と同格に扱うのではなく、神祇を『親鸞伝絵』や『慕帰絵』が許容する中で、佛光寺本『親鸞伝絵』が生み出されたと考えるのである。

注

（1）『真宗全書』第六十八巻（三四八頁）。本書は、『真宗全書』の解題によると、佛光寺第七世で、了源（一二九五～一三三六。存覚に『諸神本懐集』に執筆を依頼した人物）の息子の佛光寺第十世唯了（生没年未詳・一三〇〇年代）が、了源の五十回忌に際して作成されたものとされるが、撰者不明。

（2）『佛光寺中興了源上人伝』の前の章段で（前掲注（1）『真宗全書』に同じ、三四七頁）、「時ニ主上後醍醐天皇」とあることから、当該箇所の「宸翰」の主語にあたる天皇は、後醍醐天皇である。

（3）佛光寺第三十一代門主伝灯奉告法要事務局編『善信聖人親鸞伝絵』（本山佛光寺、一九五五年）の軸箱の複製より。

（4）寺川幽芳氏「『親鸞伝絵』の構想と夢」（村上速水先生喜寿記念論文集刊行会編『親鸞教学論叢』永田文昌堂、一九九七年）。近年佛光寺本の製作が近世期頃のものではないかという論調も見受けられるが、まだ近世とも明確に判断できないために従来の美術史等の方の見解に従い、室町期のものとして論を進める。

（5）三点目の「一切経校合」の記事は、神祇記述ではないために、注にて簡単に記しておく。当該箇所は、平松令三氏（「帰洛の理由と京の生活」同氏著『親鸞』吉川弘文館、一九九八年、一九〇～一九二頁）によると、覚如の『口伝鈔』初稿本にも見られる記事である。また平松氏は、「この佛光寺本伝絵の一切経校合について少し疑問が残るのは、右に記したように熊野霊告段と、親鸞入滅段との間に位置していることである。話の筋としては、箱根霊告段の前に置かれるべきなのに、どうしてこんなところにあるのか、今後の検討課題としておきたい」とも指摘している。しかしながら、本文を考察すると、佛光寺本『親鸞伝絵』の構成で問題ないように見受けられるために、簡単にその理由を記しておく。「一切経校合」の、「関東武州の禅門泰時、一切経の文字を校合せらる、ことありけり」と「かの大願をとけしめ給けり」という記述は、いずれも過去形で記されている。しかも「校合せらる、ことありけり」と回想場面として描かれているのである。確かに、「一切経校合」の記事は、話の筋としては、常陸の章段に組み入れるべきであるが、回想であるならば、箱根権現の前の常陸の章段に組み入れる必要性はない。

また『親鸞伝絵』の「熊野霊告」の章段には、「聖人故郷にかへりて、往事をおもふに、年々歳々夢のことしまほろしのことし」と「常陸国那荷の西の郡大部の郷に、平太郎なにかしといふ庶民あり」という記述がある。これは、諸本すべてに記される記述で、親鸞が回想する場面である。その回想録の話の中で登場するのが、常陸国の平太郎という庶民についてであり、この平太郎が、親鸞の教えにより熊野に詣でることとなる記事である。つまり、「一切経校合」の記事は、往事を思うという「熊野霊告」の章段の流れと、主人公の出自が常陸であることを踏まえたうえでの記述ではないかと考える。

常陸を出た親鸞が、箱根を越え、故郷に帰り、熊野の回想を始める。そして、「熊野へ参詣に行った平太郎は常陸の人であった。常陸といえば一切経の校合を行って泰時の大願を叶えることも出来た」という回想の流れではないだろうか。そしてこの回想以降は、親鸞の死へと話は転換されていく。このことからも、「一切経校合」の記事は常陸国の章段の末尾にくるものであり、「箱根夢告」の前の章段ではなく、回想録である「熊野霊告」の章段の後に位置していても不思議ではないと考える。

(6) 表中の「下3」は、『親鸞伝絵』下巻第三段という意味である。以下、凡例を記しておく。

1、諸本の本文は、首藤善樹氏「『親鸞聖人伝絵』詞書翻刻比較対照表」(信仰の造形的表現研究委員会編『真宗重宝聚英』第五巻、同朋舎出版、一九八九年)を基本とし、本論で使用する佛光寺本は閲覧不可の為に、龍谷大学大宮図書館が所有する同本の原寸大の複製本を使用した(前掲注(3)『善信聖人親鸞伝絵』)。

2、ルビは省略した(佛光寺本にはルビなし)。

3、傍線部は、漢字・仮名等の表記の相違、波線部は表現の違い、アミカケ部分は、佛光寺本のみに見られる記述である。

(7) 前掲注(3)『善信聖人親鸞伝絵』に同じ(A:三一頁、B:三三頁)。

(8) 黒田俊雄氏「中世国家と神国思想」(『日本中世の国家と宗教』岩波書店、一九七五年、二七七~二七八頁)。

(9) 本論における「不拝」とは、神祇を拝まないという意味合いではなく、敢えて拝む必要が無いという意味として使用する。

(10) 国枝正雄氏「真宗の神祇観に就いて」(『国史学』第二〇号、一九三四年一一月)。

(11) 林智康氏「真宗における神祇観」(『真宗学』第七八号、一九八八年三月)。

(12) 日本思想大系『中世神道論』(一八八~一八九頁)。

(13) 前掲注(12)『中世神道論』に同じ(一八九頁)。

(14) 大橋俊雄校注『法然上人絵伝(下)』(岩波書店、二〇一一年、一二六~一二七頁)。

(15) 前掲注(3)『善信聖人親鸞伝絵』に同じ(三三頁)。

(16) 今井雅晴氏「鹿島門徒の研究」(同氏著『親鸞と東国門徒』吉川弘文館、一九九九年、四一~四二・四七頁)。近世期の親鸞の鹿島神宮参詣については、熊田順正氏「『浄土真宗興行縁起』(西念寺蔵)について――親鸞と稲田草庵について――」(『竜谷教学』第三六号、二〇〇一年四月)に詳しい。

(17) 野上尊博氏「親鸞伝にみる鹿島神人――親鸞聖人大蛇済度縁起を通路として――」(『伝承文学研究』第三六号、一九八九年五月)。

(18) 鹿島門徒との関わりから、鹿島神宮や常陸での出来事を考える必要性も今後あるが、物語内における影響関係に終始し、東国との関わりや、近世期に見られる親鸞の鹿島神宮参詣説や筑波権現については今回割愛する。

(19) 前掲注(12)『中世神道論』に同じ(一八三~一八八頁)。

(20) 前掲注(3)『善信聖人親鸞絵伝』に同じ(三一頁)。

(21) 小林達朗氏「親鸞上人絵伝」(『日本の美術(絵巻 親鸞聖人絵伝)』第四一五号、二〇〇〇年、七二~七三頁)。

(22) 龍谷大学大宮図書館所蔵『佛光寺絵詞伝著聞鈔』(第四冊一一丁オ~一一丁ウ・三七丁オ)。

(23) 前掲注(22)『佛光寺絵詞伝著聞鈔』に同じ(第一冊五丁オ)。

(24) 小林達朗氏「絵伝の系譜と覚如」(前掲注(21)『日本の美術 絵巻 親鸞聖人絵伝』、一七頁)。

(25) 前掲注(1)『真宗全書』に同じ(三四八頁)。『佛光寺中興了源上人伝』では、
去年《去去年》天皇隠岐国ヨリ還幸重祚アリケレハ。此国ノ化導半ナレトモ。急キ帰洛シ天気ヲ伺ヒ奉ルヘシトテ。十二月上旬上京セント曰ヒケルヲ。山田八郎伝へ聞テ。田中兵衛ト相議シ。七里峠ニテ上人ヲマチケルト云々。上人カヽル事トハ知リ給ハス。十二月八日伊賀国ヲ立出。従者ト同ク歩マセ給ヒ。道スカラ一歩一称名シテ峠ニカヽリ給ヒケレハ。賊徒出合テ。アヘナクモ従者ヲ害ス。兵衛ハ上人ニ一刀ヲサシテ曰ク。必ス吾ヲ恨ムル事ナカレ。事ヲ計ルハ八郎ナリト。上人曰ク。吾レ過去ノ業果ニテカク山路ニ死ストイヘトモ。ヤカテ無為ノ浄土ニ往生ス。

と、了源が、伊賀より都に帰る途中で惨殺された話を記している。注目したいのは、了源が都に帰る理由が後醍醐天皇の隠岐からの帰洛であり、その道中に惨殺されているのである。このことと、佛光寺や了源と後醍醐天皇との関係性に

ついては、今後の課題としたい。

(26) 塩谷菊美氏「「非本願寺系親鸞伝」の成立――佛光寺本『伝絵』のメディア・デビュー」(編集委員会編『佛光寺の歴史と文化』法藏館、二〇一一年、二九七頁)。山田雅敬氏「親鸞の伊勢参宮伝承について」(『高田学報』第七六輯、一九八八年一二月)。

(27) 前掲注(22)『佛光寺絵詞伝著聞鈔』に同じ(第三冊三四丁オ)。

(28) 前掲注(3)『善信聖人親鸞伝絵』に同じ(九頁)。

(29) 拙稿「覚如の伝記に見る和歌と神祇について――『沙石集』との影響関係を中心に――」(『国文学論叢』第五八号、二〇一三年二月)。

(30) 『諸神本懐集』内の阿弥陀とアマテラスの関係性については、拙稿「『諸神本懐集』におけるアマテラス像――『神本地之事』との比較を中心に――」(存覚教学研究会編『存覚教学の研究』二〇一四年秋刊行)参照。

〈付記〉本論文は、平成二十四年度第三回龍谷大学国際研究集会(於スタンフォード大学)において、口頭発表させて頂いたものに補足・訂正を施したものである。席上ご教示頂きました先生方には、この場をお借りして厚く御礼申し上げます。

地下伝授の相承と変容——墨流斎宗範——

三輪正胤

歌学においての伝授は、江戸時代の初め、細川幽斎から智仁親王に行われ、これが後水尾天皇の手に渡り、以降の歴代天皇はそれを受け継ぎ、それはまた公家衆にも伝えられていく御所伝授と呼ばれるものになっていく。一方、同じように、細川幽斎から伝えられたものを核にして地下《じげ》の間にも一つの系譜が創られていく。松永貞徳を祖とする一派であり、貞徳を受け継いでいくのは平間長孝・望月長雅らである。この地下の流れに関わった一つの動きを追ってみようと思う。

墨流斎宗範が篠原相雄に伝授した八冊の本を架蔵している。(1)そのうちの一つ『百人一首秘訣乾坤』の最終丁には本文とは別筆で「明治十四年上浣/木村東州蔵/共八冊」とあるから、明治十四年（一八八一）においても八冊が一括して伝わっていたものと考えられる。八冊共に「享保二十一丙辰天弥生十八日」と篠原相雄に伝授した日時を記しているから、享保二十一年（一七三六）三月時点において、宗範の秘蔵する書のうちから八冊が選ばれて相雄に伝授されたのである。『百人一首秘訣乾坤』が宗範に至るまでの経緯はその奥書を見ると明らかである。その奥書は二つあって、それに続いて宗範の奥書が記され、その後に宗範が確かに伝授することを証明する方形の朱印「墨流斎」と「宗範」の二つが押されている。その奥書を見てみよう。（以下、便宜のため通し番号を付す）。

①這二巻小倉山荘色紙形／之和歌者大蔵卿二位法印／玄旨逍遥《遊》軒明心居士／広沢陰士狭々野屋翁／長孝的々相承乃趣而／唯授一人之口訣秘極之中之／秘也然松平周防守殿雖／為多年夙望遠境而不克／口授故暫露筆尖伝之／被銘心腑畢而后約附丙丁／童子今亦強為懇望上／於此道無他心励篤実而／憲其器故不差一字書写以／令附属訖如誓盟全不可／有他見漏脱者也／六喩居士長雅／時／宝永元甲申天／林鐘上浣／岡氏／高倫丈

②這二巻六喩居士奥／書之通二条家的々／相承之為極秘也雖／然多年強為懇望上／歌道感厚心篤実／以今書伝之令附与／訖如誓盟全不可／有他見漏脱也／蘆錐軒高倫／正徳乙未／臘月中浣／森本氏／宗範丈

③右百人一首二巻者如／奥書二条家的々相承之／為極秘者也雖然多年強／為懇望上歌道感厚心／篤実以令書伝之訖必誓／盟全不可有他見漏脱／者也／墨流斎宗範／享保二十一丙辰天弥生十八日（「浄要」花押）／（「墨流斎」「宗範」の二箇の方形朱印）篠原氏／相雄丈

①は細川幽斎から松永貞徳、平間長孝、望月長雅、岡高倫（岡蘆錐斎、堺の人）へと伝えられた次第を語っている。殊に貞徳から「口訣」を受けていた長孝は、松平周防守（康官）が伝授を希望したが「遠境」である故に「口授」することができないので書伝にしたと断っている。長雅は、宝永元年（一七〇四）に歌道に熱心でありその器と認められる岡高倫に伝授したことを述べている。②は高倫から歌道に熱心である故に宗範へ伝授する旨を、③は宗範から歌道に熱心な相雄へと伝授する旨を記している。この②に記される、高倫から宗範に伝授される前の段階の本（高倫の所持していた本の系統）は東洋文庫に一本がある。それは『百人一首秘訣乾坤』巻本子二巻で

あって、高倫から享保二年（一七一七）に石橋直孝に伝授されている。(2)幽斎から貞徳へ次に長孝、長雅へと伝授される系譜は、先にも述べたように江戸時代においては地下の間の大きな流れと認められるものである。宗範はこの流派の主要な人物ということになる。

宗範については『磯城郡誌』『田原本町史』および日下幸男の著書(3)などにおよそのことは記されている。それらを参考にして記せば、宗範は大和の国磯城郡の生まれ、地元大木村にて医業を営む傍ら、歌道に通じ墨流斎と称す。大和の櫟本にある柿本人丸の寺と伝える柿本寺を顕彰し、奉納した和歌などを記す『歌塚縁起』（享保八年（一七二三）刊）、大和にある廟陵を考証した『和陽皇都廟陵記』、『古今和歌集』を説いた『古今和歌集類解』などいくつかの著書がある。宗匠格として開催した歌会も多く、宗範の妻ふさ、娘ちさも歌人である。没年は寛保元年（一七四一）で、墓は地元の教安寺にある。

この墨流斎の所持していた八冊の書物からは、墨流斎に伝わるまでに二つの流れがあることが判る。

その一つの系統は『百人一首秘訣乾坤』に見られるように個人の関係が判然とするもので、そこでは二人の人物との関わりが認められる。

一人は先にも見たように岡高倫であって幽斎から貞徳、長孝、長雅の手を経て高倫へと繫がっている。『詠歌大概安心秘訣左右』と『伊勢物語七ケ之大事裏説幷清濁口訣条目切紙』『春樹顕秘抄出仁葉之大事全』の三冊と先の『百人一首秘訣乾坤』の四冊がそれである。もう一人の人物は浜田定継で、同じように長孝、長雅の手を経て定継へと連なっている。『八雲神詠秘訣幷超大極秘人丸伝』と『新古今七十二首秘歌句訣左右』の二冊がそれである。

もう一つの系統は二条家伝来の秘書と称するもので、『古今箱伝授』と『古今集切紙』の二冊がそれである。

さて、初めに記した岡高倫から墨流斎に伝授された系統の本である『詠歌大概安心秘訣左右』には次のような奥書がある。

①右之二巻者詠歌大概／秘訣口伝幷二条家的々／相承之和歌之安心則／大蔵卿二位法印御述／作也爾来逍遊軒／明心居士広沢陰士狭々野／屋翁長孝伝来趣也／誠此道之奥旨読方／之至極奈加之哉雖然無／他事依為懇望無拠令／付与之訖如誓盟全不可／有他見漏脱者也／六喩居士風観斎長雅／元禄甲申天如月吉辰／岡氏／高倫丈

②右之二巻者詠歌大概／秘訣口伝幷二条家的々／相承之和歌之安心則／大蔵卿二位法印御述／作也爾来逍遊軒／明心居士広沢陰士狭々野／屋翁長孝風観斎長雅／伝来趣也誠此道之奥旨／読方之至極奈加之哉雖然／無他事依為懇望無拠令／付与之訖如誓盟全不可／有他見漏脱者也／蘆錐軒高倫／享保三戊戌天季春下浣／森本氏／宗範丈

③右二巻者詠歌大概安心／秘訣代々如奥書二条家／的々相承之趣也誠此道／之奥旨読方之至極奈心之哉雖然無他事依為／懇望無拠令付与之訖／如誓盟全不可有他見／漏脱者也／墨流斎宗範／享保二十一丙辰弥生十八日

（「浄要」花押）／（「墨流斎」「宗範」の二箇の方形朱印）篠原氏／相雄丈

①は『百人一首秘訣乾坤』と同じように幽斎以来高倫に渡ってきた伝来の正しさを言い、②は高倫から宗範に伝授されたこと、③は宗範から相雄に伝授された次第を語っている。

宗範はすでに宝永六年（一七〇九）に西光庵還了から『詠歌大概安心秘訣』二巻を受けているが、(4) それとは別に高倫から伝授された書を相雄に伝授したことになる。伝授系統を重んじた宗範の思い入れがあったのかもしれない。

『詠歌大概安心秘訣』は藤原定家が著した『詠歌大概』の注釈書である。『詠歌大概安心秘訣』の諸本はいくつかあるが、東洋文庫に蔵されるものはいずれも長雅伝来のものであって三本ある。(5) 宝永元年（一七〇四）に長雅が大宅臣近文に伝授し、近文が大宅臣光世に宝永七年（一七一〇）に伝えた一本、同じく長雅が手にした本を義慣斎長基が伝え、天保九年（一八三八）に弄瓦軒元彊が加藤保定に伝えた一本、長雅伝来の書を以敬斎長伯が元禄元年（一六八八）に何人かに伝授した一本である。この長伯の奥書のある本と同じ系統のものは架蔵本の中にもある。その奥書は次のようであるが、被伝授者は明らかではない。江戸時代後半のものかと考えられる。

①這二巻者詠歌大概秘訣口伝並／二条家的々／相承和歌安心而則／大蔵卿二位法印玄旨尊翁之御／述作也爾来逍遊軒明心居士／広沢陰士狭々野屋翁長孝伝来／之趣而誠此道之奥旨読方之極／意奈加之哉雖然無他事懇／望之上於此道感厚心篤実而有／其器以今正付与之訖如誓盟全／不可有他見漏脱者也／風観斎長雅

②右二巻者詠歌大概秘訣也相承之趣／見于前之奥書従風観斎長雅／先師相伝雖為唯授一人之大極秘／感厚信志以令付与訖如誓盟全／不可有他言漏脱者也／以敬斎長伯

もう一つ、上下二巻の巻子本を架蔵している。この本は被伝授者は明らかであって、その下巻の奥書には次の通りにある。

右二巻者二条家正統詠歌／大概安心秘訣大蔵卿二位／法印玄旨逍遊軒明心居士広沢陰士長孝居士六喩長雅居／世々相承従長雅居士以敬斎江／被令付与誠此道之大本秘授心／法奈加之如誓盟全不可有／他見漏脱者也／敬義斎長川／宝暦二甲年中夏／良辰／（「敬義斎」の角形と円形の二箇の朱印）／山本／実友丈

長雅は長伯に付与し、それが敬義斎長川（有賀長川、長印に同じ）に伝わり、宝暦二年（一七五二）に山本実友に与えられたのである。

次に同じく岡高倫から宗範に伝授された『伊勢物語七ヶ之大事裏説并清濁口訣条目切紙』の奥書を見てみよう。

右伊勢物語裏説清濁七／箇口訣者細川幽斎玄旨／法印長頭丸貞徳明心／居士狭々野屋翁長孝／風観斎長雅六喩居士／岡蘆錐斎南浦居士伝／来之趣也／雖然多年強／為懇望上歌道感厚心／篤実以今書伝之訖如／誓盟全不可有他見／漏脱者也／墨流斎宗範／享保二十一丙辰天弥生十八日（「浄要」花押）／（「墨流斎」「宗範」の角形朱印）／篠原氏／相雄丈

細川幽斎に始り、長孝、長雅、高倫へと伝来したのであるが、個々の奥書は記されていない。あるいはなかったのかもしれないが、宗範から相雄への直接の伝授であることが重視されているのであろう。

この書は内題として「伊勢物語七ケ之大事裏説并清濁口訣条目切紙」とある通り、『伊勢物語』を注釈したものであるが、中に殊に秘されたものを裏説・口訣・大事等のまとまりとして捉えて記した書である。貞徳流において創られたと考えられる『伊勢物語奥旨秘訣』、あるいは後述の『伊勢物語秘註』との関係は認められるがよく一致する書は見当たらない。しかし、『伊勢物語七ケ之大事裏説并清濁口訣条目切紙』はその注釈の中で、「裏説と云ハ細川玄旨法印闕疑抄を撰ひ給し時に能説を残し給ふ也是を裏の説と云也闕疑抄の趣と各別也」と述べている。これは他の伝書が幽斎からの伝来を事々しく言っているのに比べて、幽斎が著した『伊勢物語』の注釈書『闕疑抄』の説とは違っていることを断っている。表の書の説とは違った内容の考えが裏説となって秘せられているというのであるから、この書とよく一致する書のないことは自明のこととなる。貞徳流が形成されていく中で伝書が変容する一形態を示すものとしても注意される。幽斎以降の個々の奥書が記されないのも、本書が作者として特定の個人を決められない事情が絡んでいるのかもしれない。

次に同じく岡高倫から宗範に伝授された『春樹顕秘抄出仁葉之大事全』の奥書を見てみよう。

①這一冊大蔵卿二位法印玄旨よりの／伝也雖然種々申さるゝ間出葉の／こらす相伝申候一子ならては御ゆるし

／有ましく候仮令雖為千金歌道無／執心之輩不可許之可秘々々／元和八壬戌年八月十三日／亜槐烏丸光廣／在判

②右条々者此道之階梯深秘之大事／於歌道末代之明鏡也仮令雖／運千金志少輩者不可相伝之／若背此旨　和歌三神幷／聖廟之可蒙御罰也仍如件／相伝代々奥書如斯／相伝之次第／姉小路殿代々／龍本寺殿淳恵／源意金沢下野守入道／源政宣明智中務少輔／源信秀佐々木刑部少輔／別伝衆中／元亀元年庚午年／巨哉判／慶長十三年／氏昇判／寛文七年／経晃判

③右一巻者如代々奥書此道之階梯／読方之至宝奈比之哉於堂上／出仁葉伝受者被許宗匠節有／御相伝為規模仍而容易不免／之雖然年来感心篤実以令／付与訖如誓盟全不可有他見漏／脱者也／六喩居士長雅／時　風観（花押の模写）／宝永元甲申天林鐘上浣／岡氏／高倫丈

④右一巻者六喩居士如奥書此道之／階梯読方之至宝奈比之哉雖／然年来感厚心篤実以令付与訖／如誓盟全不可有他見漏脱者也／蘆錐斎南浦／時（朱印と二か所に朱書）素慶（花押の模写）／享保九癸辰年仲春下浣／森本氏宗範丈

⑤右一巻者代々如奥書此道之／階梯読方之至宝奈比之哉／雖然於此道年来感厚心／篤実以令付与訖如誓盟／全不可他見漏脱者也／墨流斎宗範／時享保二十一丙辰天弥生十八日（「浄要」花押）／（「墨流斎」「宗範」の二箇の方形朱印）／篠原氏／相雄丈

①は細川幽斎から烏丸光廣に伝授されたことを述べている。ここまでに紹介してきた宗範の書は幽斎から直接貞徳、長孝へと伝えられることによって二条家の秘本となることが強調されていた。しかしこの本は幽斎から光廣に伝えられているのであって、それは②の奥書に見られるように姉小路家より代々相伝されてきたとされて、

には（いわゆる助詞のてにをは）の伝書、いわゆる『姉小路式』(6)の一系統の本である。したがって、幽斎の説、あるいは教えと称する書を相伝の中核とする貞徳流にあってはやや異質な書ということになる。これは恐らく、貞徳流が形成されていく中で、てにはの伝授が必然となる状況に迎合する作為が働いていたものと理解される。そのことは③の奥書にも見られる通り、堂上においてはてにはの伝授が行われ、さらにはその「規模」が容易ならざるものであることが認識されている。その「規模」とは言うまでもなく伝授儀式の規模のことである。伝授においては儀式は重要なものであったのであり、伝授の決定、伝授日時の設定から、相当な量の謝礼の準備、当日の儀式、後日の儀式と一連の行程は荘厳なものとして執行されている。(7)

それに比べて、この貞徳流の場合、③の長雅から高倫へ、④の高倫から宗範へ、⑤の宗範から相雄への伝授にあたっては何らかの儀式が執行された形跡が認められない。伝授は本を書写し、それを相手に渡す作業として行われている。ただ単に本が写されてその本が相手に渡る、それが「付与」と表現されているのだと理解される。

次に、岡高倫からではなく浜田定継の手を経て宗範に伝えられた系統の書を見てみよう。『八雲神詠秘訣并超大極秘人丸伝』の奥書は次のようである。

①右八雲神詠和歌三神并化現／之大事人丸相伝者雖為絶／妙深秘之口訣一貫伝心之／正理在奇異之大幸上於／此道被抽至誠之志条今長頭丸／令授与之訖如誓盟全不可在他／見漏脱者也／従二位大蔵法印玄旨／時　慶長十一年霜月四日（「判形写之」と朱書し模写）

②右条々者神国之奥旨歌道／之要訣雖為一子相伝之極秘／於此道感厚心篤実以如一／器水写一器令授与訖如誓／盟全不可在他見漏脱者也／逍遊軒貞徳／慶安二年三月十八日（「判形写之」と朱書し花押の模写）／望月氏　兼友丈

③右条々者和国之大事歌道之／要訣而為絶妙之極秘於此道／備其器以感志之篤実今玄旨／法印明心居士嫡々相

承之趣不違／毫釐令附属訖非血脈道統／之人而争伝之哉全他見漏脱令／禁止者乎／狭々野屋長好（ママ）／延宝四年八月二十日（「判形写之」と朱書し花押の模写）平間氏／長雅丈

④（朱印と朱筆にて旁書）右二巻者八雲神詠之／口訣和歌三神之大事並／化現大事人丸伝也於／此道雖為無上絶妙之深／秘感厚心篤実以的々相／承之趣不違毫釐書写以／令附与訖如誓盟全不可／他見漏脱者也／六喩居士長雅／宝永甲申天改元日（花押の模写）／（朱印と二か所に朱筆）／浜田氏／定継丈

⑤右一巻者従風観斎長雅／高弟浜田定継江相伝之書／也予又定継懇望之蒙免／許令書写者也／時宝永六稔丑弥生日／墨流斎宗範／浄要判

⑥右二巻者八雲神詠／之口訣、和歌三神之／大事并化現之大事／人丸伝也。代々奥書／之通於此道雖為／無上絶妙之深秘感／厚心篤実書写以／令付与訖如誓盟／全不可有他見漏脱／者也／享保第二十一丙申天／三月十八日／墨流斎宗範／（「墨流斎」「宗範」の二箇の方形朱印）／篠原氏／相雄丈

以上の奥書は①は幽斎から貞徳へ、②は貞徳から望月兼友（長孝）へ、③は長孝から長雅へ、④は長雅から定継へ、⑤は定継から宗範へ、⑥は宗範から相雄へと伝授された次第を語っている。

『八雲神詠伝』の諸本は大きく二系統に分類することができ、本書は吉田兼倶と宗祇によって創られた神道者流のものが貞徳流によって改編された系統となる本である。(8) この『八雲神詠伝』が三条西実隆を経て細川幽斎に伝えられていたものである。この本を貞徳が所持するに至る経緯が本書の末尾には記されている。貞徳が不思議な縁に拠って幽斎に伝わっていたものとまったく同じ書を手にすることができたので、改めて幽斎から正式な伝授を受けたという話なのである。この伝授次第にまつわる逸話は、この書あるいは貞徳流の性格を決めるものである。神道伝授の中枢にいる吉田家とも対等に近い権威を持ち、幽斎からの伝授も受けられる位置にいたことを

強調しているのである。それでいて、この貞徳流の書にはまた神道者流とは異なった考えが盛り込まれている。単なる模倣ではない改変によって、堂上派に対して新しい流派としての主張をしているのである。そうした次第を合わせ考えてみると、①の奥書の信憑性が問われてくる。奥書に記される「奇異之大幸」の言葉は正にこの書について回っているのであり、貞徳流のあり様そのものが「奇異」と考えられるのである。

同じく定継から宗範に伝授された『新古今七十二首秘歌口訣左右』には、次のような奥書が記されている。

①右新古今秘歌三十六首宛二かさね七十二／首の和歌ハ二条家代々先達口授にして／物にも書付す伝へ来りし趣也三十六首は／歌仙の数にて四条大納言公任卿の初／給ひし也先其数量に大事有り二柱の／御神心の御柱を左へめくり右へめくり給／ひて読初給ひし神詠あなうれしに／へやうましをとこにあひぬとある陽神の／御歌の字数十八字あり陰神の御歌又／文かくのことし其神詠の字数を／合せて三十六とし三十六人の歌仙と定む／されは神社の拝殿にも左右にわ／け掛奉る是を歌仙伝授といふ也又和歌／曼荼羅といふ事有和歌ハ唯一の神道／より出たれと聖徳太子子弘法大師なと／出給ひて御代の和歌なれハ理の遠き事／ありとて仏説に引合頓にさとしやすき／やうに習合し給へり此曼荼羅祭主輔親／三十六人の歌仙の像を書其上に過／去七仏の像を畫し其外其功力を文字／に明し和歌の曼陀羅と名付け時の／帝に奏聞して宇治の宝蔵に納む／それを又申出して伊勢外宮の神庫に奉／納せられけり此曼荼羅の図に習有／事なれと紛失して当代に所持したる人な／し然共やつかれゆへありて伝へを記し也其／三十六首の二を陰陽の二にわけ月令七十二／候にあて数極められたり根本定家／卿より初り為家為氏為世頓阿二条／家嫡々相承の口授にのみ残りて／一首も筆頭に顕さすされハ僕先師廣／沢長孝より面授して心頭に納め／置侍る然るにあて成人あまたゝひ御懇／ありけれと遠境をへたて口授す／へき手たてなけれは神慮歌仙の／恐をかへりみす今筆に書顕はす／者也他見漏脱はい

ふに及ハす御／熟覧の後丙丁の童子にあたへ／られ侍りねかしといふ事しかり／元禄十六癸未歳仲冬十六日／風観斎長雅／宝永六己丑天大族上浣（花押の模写）／浜田氏／定継丈

②右一巻者従風観斎長雅／六喩元夢居士高弟浜田氏／定継江相伝之書也予又／懇望之蒙許免令書／写者也定継者和陽矢部郷陰士也俗名藤助剃髪後改自陰居士時宝永七稔庚寅八月二十日／墨流斎宗範／浄要判

③右新古今七十二首の秘歌注者／平間長雅翁浜田自陰居士／伝来於此道至極之深秘也／雖然依多年懇望無許拠令／相伝者也如誓盟全不可有／他見漏者脱也／墨流斎宗範／時享保第二十一丙申天弥生十八日／（「墨流斎」「宗範」の方形朱印）／篠原氏／相雄丈

①は書名の由来を語っている。『新古今和歌集』から七十二首を選んで注を付したのは、三十六の数字に因んでいる。天の御柱を巡っての陰陽二神の詞を十八字の二歌、すなわち三十六字と読むことに発し、これが三十六歌仙の制定にいたり、さらにこれが両界曼荼羅に比せられてきた。その形をさらに月令七十二候に相応させて口伝の秘事としてきたものをここに一書として著すというのである。さらに、ここに記される根本の考えは定家以降、二条家の伝来の秘事なのであるが、長雅は長孝から面授の書として受けたが、今、遠境故に面授はできないので、一書として定継に伝授すると言う。

②と③は定継から宗範へ、宗範から相雄への伝来の過程を語っている。

この①に言う三十六の数に因んでの曼陀羅図の作製へと続く歴史の過程には吉田兼倶が関わっている。陰陽二神の発した詞を三十六字の統一体として捉えたのは『八雲神詠伝』[9]である。また、歌聖を両界曼荼羅風に配置するのはそれより早く鎌倉時代後期に著された『古今著聞集』の和歌の部に見えることである。[10]したがって、ここで行われている『新古今和歌集』から選んだ七十二首を注釈する形は、『古今著聞集』などを参考にして兼倶の

『八雲神詠伝』の構想を引き継いで平間長雅が最終的に完成したものと考えられる。事実、その完成図は長雅が著した『神国和歌師資相伝血脈道統譜』(11)に見ることができる。それに拠って見れば、古代・中古・新の三時代の歌仙となる十八人を両界曼荼羅に見立てて左右に配置し、それら歌聖に守られて歌道伝授が行われてきたとする一大系統図が構想されている。これは歌道伝授が遠く天御中主尊に始まって貫之などを経て幽斎に続き、それが貞徳に受け継がれ、長雅に至っている幽遠な伝授の伝統を語るものである。古今伝授は『古今和歌集』から始まるものではなく、遠く神代に始まったものであり、『古今和歌集』において一つの形となり、『新古今和歌集』に至ってなお新しい形を成したことを語っているのである。

以上の六冊の諸書と違って単に先師伝来、二条家伝来の秘書と称するものを宗範が相雄に伝えたとする二冊『古今箱伝授』と『古今集切紙』の様態を見てみよう。

『古今箱伝授』の奥書は次のとおりである。

右古今和歌集箱伝授一巻者／尭恵法印之述作二条家和歌／之奥旨雖為先師伝来之秘／書多年懇望之上於歌道／感厚篤実令相伝者也／如誓盟全不可有他見漏脱／者也／墨流斎宗範／享保二十一丙辰天弥生十八日（「浄要」花押）／（「墨流斎」「宗範」の二箇の方形朱印）／篠原氏／相雄丈

この奥書に記されるように、尭恵法印の著作になる『古今集延五記』を源拠とするのが本書である。天理図書館蔵二十三冊本は尭恵の自筆かとされるものであるが、それに拠れば、その第一冊めの「古今集序注声句聞書」と第二冊めの「序注秘伝切紙」に相当する所から主要な部分が取り出されて本書は構成されている。『古今箱伝授』はその体裁と呼応しつつ、初めに「古今二字相伝」と端書して天神七代次第事、地神五代次第などの切紙秘伝などを記し、次に序中秘伝切紙などを記している。これに続いて「右此一巻には序の中の秘訣の分皆切紙にて

／可授事を一紙に載前の一巻悉以当家の／聞書の一流なり夫を地として此巻を文に／なして源底極れりおろそかにすへからす祖神の冥慮難計但卞和か玉も磨かさる人の上／においての事也よくよく可思慮者乎」との奥書、さらには次に続く奥書「第二帖／当家二条家之聞書和泉守藤原憲輔令／授二十二巻之内序文後一巻是には序之切／紙ヲ寄テ令書写者也／延徳四年壬子十月仲冬下旬写之／権僧正秀信」と記されるのも『古今集延五記』のものである。尭恵の奥書が記された書を秀信が書写した系統の書から借用し編纂しているのである。総じて『古今集延五記』の一部を『古今箱伝授』と書名を変更して一書に見立てたものと言えよう。

箱伝授と呼称された伝授は宗祇に始まって堺の宗訊に伝えられた系統において行われ、文字通り箱に入れたものが伝授の対象となったようであるが、その内実は明らかではない。長雅はその箱を開封して実見したというから、(12)長雅が本書を作成して「箱伝授」の一部を伝えようとしたのかもしれない。本書の奥書に「尭恵法印之述作」と明言されており、二条家の伝来のみが語られているのも、幽斎からの伝来ではなく、幽斎以降において伝授書となった可能性が高いものと考えられる。「二条冷泉両家箱伝授」などと記される切紙を集成した書もいくつか存在することも箱伝授の実態が不明であったことを現しているのかもしれない。この切紙の集成にも長雅が関わっていたかもしれない。

なお、東大寺僧成慶は並河五一本『古今箱伝授』を書写しているから『古今箱伝授』は貞徳流の重要な秘書なのである。(13)

次にもう一つ相雄に伝えられた『古今集切紙』を見てみよう。その奥書は次のとおりである。

右古今和歌集切紙一巻者二条／家和歌之奥儀雖先師伝来之／秘書数年懇望感厚心／篤実令相伝之者也如誓盟全／不可有他見漏脱者也／墨流斎宗範／享保二十一丙辰天弥生十八日（「浄要」花押）／（「墨流斎」「宗範」の二箇

の方形朱印）／篠原氏／相雄丈

この書も二条家伝来の一書と称されている。

『古今集切紙』は、古今二字相伝、天神七代次第事、地神五代次第事、人皇次第事、千葉破の大事、万葉時代相伝、十継の伝、十体、六義の事、三鳥の大事などを記している。この内容は先の『古今集延五記』の一部を含み、宗祇流の切紙集と称するものとの関連を持っている。この奥書も『古今箱伝授』と同じく二条家の伝来を言うのみである。広く二条家系と認定される諸書の中から切紙として伝授された秘事を一書として編纂されたものと考えられる。

『古今箱伝授』と『古今集箱伝授』の両書は貞徳流の伝授において、切紙の伝授に焦点を絞って編纂された書と言ってよいかと考えられる。

以上架蔵する八冊の書の紹介をしてきたのであるが、これに加えてもう一冊、森本宗範から篠原相雄に伝えられた書がある。

それは『伊勢物語』の注釈書で、鉄心斎文庫に蔵される『伊勢物語秘註』である。[14] この本は影印翻刻されており、それによってみると宗範は岡高倫から享保四年（一七一七）に伝授され、それを相雄へ伝授している事が判る。その奥書を記してみよう。

①右伊勢物語一部者諸説勘合／師説之秘註也不可有他漏／脱也

②右伊勢物語注解者二条家本説師／師相承之秘本たりといへとも／年来懇望之上歌道感厚心而／老後書写相授而已尤如誓盟／之他見あるへからさる者也／蘆錐斎南浦居士／享保四已亥夏吉辰　素慶印

③右伊勢物語抄者細川幽斎玄旨／法印貞徳翁明心居士狭々野屋翁／長孝風観斎長雅蘆錐斎／南浦居士伝来之秘

注也誠於此／道甚深之極秘雖為千金莫伝／之書也為授愚娘新書写之読／曲清濁等加朱者也／墨点之読曲清濁等者伝来之書之趣也／享保十九申寅八月二十五日書写功終／墨流斎宗範

④右奥書之通代々的々相承之秘注也／誠於此道甚深之極秘雖為千金／莫伝之書於此道感厚心篤実／以今書伝之令付与訖如誓盟／全不可有他見漏脱者也／墨流斎宗範／享保二十一丙辰天弥生十八日（「浄要」花押）／（「墨流斎」「宗範」の二箇の方形朱印）／篠原氏／相雄丈

この奥書の①は細川幽斎が諸説を勘合して一書を成したこと、②は長雅が蘆錐斎南浦（岡高倫）に伝授したこと、③は墨流斎が娘のために読曲清濁などを伝来の書に拠って書き加えて新写したことを記している。ここに記される宗範の娘とは先に記したきちであろうか。④は墨流斎が相雄に伝授した次第を語っている。④の伝授日時の記載によって『伊勢物語秘註』は先の八冊と同じ享保二十一年三月十八日に伝授されたものであることが判る。これによって宗範から相雄へは少なくとも同時期に九冊の書が付与されていたことが判るのである。

『伊勢物語秘註』の装丁はその解題に拠れば「縦二八・八センチメートル、横二〇・六センチメートル。黄色地海松文様などの下絵表紙の左肩に鳥の子金銀下絵の題簽」があると記されている。この解題に拠れば本八冊とは本の形態や装丁などに相当の違いが認められる。本八冊は、表紙はすべて同じで、薄緑の緞子地に牡丹花蔓草繋ぎ模様を織りだしている。その左肩に貼られた題簽は鳥の子料紙で、金銀箔散らし草木模様地である。袋綴じになる背には金泥で蔓草模様が描かれている。表紙見返しは天に金箔、地に銀箔を散らした地に銀泥を用いて草花樹木などを描いている。撫子・椿などの草花樹木は各冊ごとに異なっている。袋綴になっている料紙は鳥の子。本の大きさは二種類に分かれている。『詠歌大概安心秘訣左右』『百人一首秘訣乾坤』『伊勢物語七ヶ之大事裏説幷清濁口訣条目切紙』『八雲神詠秘訣幷超大極秘人丸伝』の四冊は縦一六・五センチメートル、横一八センチメートルあり、

『古今箱伝授』『春樹顕秘抄出仁葉之大事全』『新古今七十二首秘歌口訣左右』『古今集切紙』の四冊は縦二〇・五センチメートル、横一八センチメートルある。この二種類の本の大きさの相違はどのような由縁によるものか判然としない。また『伊勢物語秘註』の装丁とも違っていることについてもその理由は判然としない。

さて、以上の九冊のあり方について、注意されることはいくつか記してきたのであるが、ここでもう一度まとめをしておくことにしよう。

最大の特徴は「付与」という用語に含まれた意味合いについてである。「付与」とは言うまでもなく書物を書き与えることである。しかし、この「付与」の行為によって伝授史に大きな変容が起きていることが知られる。その一つは伝授の儀式がなくなったことである。『春樹顕秘抄』の奥書にある通り、てにはの伝授においては堂上間では儀式の行われていたことは十分知られていたのである。しかし、貞徳流においては儀式が行われなかった。儀式を施行された形跡もない。儀式が行われなかったとは、式場の荘厳な宗教的状況がなくなり、儀式の準備・執行・後祭りに行われていたすべての事柄がなくなったということである。儀式とは最終的には神あるいは仏と一体となるべき場であったことは明白である。吉田兼倶が行った伝授の場の荘厳さはその後、当流切紙二十二通[15]の神道の部に「神通自在」の言葉を記させるほどの神聖なものであった。その場が喪失したのである。秘事の持っていた宗教的境地が失われれば、伝授行為そのものが持っていた荘厳さは単なる言語の問題にすり替えられてしまう。それは秘事を手にすることのできた「師」を持たない賢者によって、容易に空疎な内容と非難されることになっていくものである。

この儀式の場の喪失は当然のことながら「口訣」（以下「口伝」と言い換える）を伝える場のなくなったことを意味している。平安時代後期の伝授の発生期においては、儀式と口伝を伝える場とは必ずしも連動していたものではなかった。儀式の場は口伝を伝える場である必要もなかった。しかし、今『百人一首秘訣乾坤』および『新古今七十二首秘歌口訣』の奥書が言うように「遠境」故に「口訣」ができないので書として「付与」するとの奥書が記されているのを見ると、儀式と口伝を伝える場は少なくとも連動していたものと了解される。しかし、貞徳を受けた長孝、また長孝から受けた長雅において、口伝の必要性は意識されていない。口伝から書の伝授へと比重が大きく移っているのである。口伝は口伝を伝える場を設けない限り消えてなくなる運命を背負わされたのである。

ここに次の問題が生じてくる。「口訣」すなわち、口伝が失われたことによる深刻な問題と言ってよい。口伝とは文字どおり口頭を以て伝えることであり、文字化を許さないものである。この故に何代かを経ていくうちに口伝は少しずつ変容していくのである。この変容は師が偉大であればある程大きくなっていくものである。その変容にこそ「師」の存在価値があると言っても良い。「師」はその変容に自らの立場を保持できたと言ってもよい。

しかし、また口伝があまりにも先師伝来の説から隔たっていると感じられたり、奇異な説と考えられたりすると口伝の正しさが問われるようになる。たとえば、三鳥の秘事の呼子鳥とは何であるかを言うに、喚子鳥、猿、箱鳥、筒鳥などと列挙され、さらにそれに続けて新たな説を考える場に立たされた「師」は心ならずも立ち止まってしまうに違いない。そこに記されている諸説は歴代の「師」が考案したものである。「師」も「被伝受者」も正しさの前で躊躇するのである。切紙二十二通には諸説を記した後に「不可免記」と書かれている場合がある。口伝は記しなさいと言うのである。口伝は口伝だけで終わらせてはならないのである。しかし、文字化された口伝の説の多様性は次の口伝を創作するのに躊躇を覚えさせる。新たな説は多くの場合、口伝の価値を低下させている。口伝は文字化されなければならない、それは口伝が口伝を否定する言葉である。口伝は危うく脆いのである。

さてこうして口伝がなくなった「書」の「付与」は師に安易な道を選択させることにもなる。「師」としてどのような口伝をするべきかの研鑽も、さらには創造への道しるべとなる「師」の説の提示も必要がなくなったのである。

こうした状態を被伝受者の立場から見た時、「師」は伝授される「書」に成り変わったと言ってもよいことになる。「師」からの直接の講義がなくなったのであるから、「書」に書かれていることだけが「師」なのである。したがって、伝授される「書」は確かに代々の「師」から確実に伝えられてきたことが保証されなければならない。

ここに、歴代の人名を単に系統図として羅列するだけではなく、伝授の行われる度に記された奥書の一つ一つが大事な意味を持って作用してくる。「師」にとっても、「被伝授者」にとっても奥書は大事なのである。それが貞徳流の伝授書に奥書がいくつも列挙されている意味である。ここでは、「師」の言語を引き継ぐ者として「師」にできる限り寄り添った形を踏襲することが正しさとなっている。この結果、いくつもの奥書は、また類型化した奥書を生んでいくことにもなる。しかし、いくつもの奥書を列挙してもそれもまた必ずしも「書」の正しさとは結びついてこない。たとえば、定家が作成した『古今和歌集』あるいは『伊勢物語』などの「証本」を伝承する姿勢などとは遠く隔たったことが生じてきている。原典の復元ではない、『古今和歌集』や『伊勢物語』などの解釈を巡ってのことであるから解釈の幅が大きくなっているのである。『伊勢物語秘註』には宗範が「愚娘」のために「読曲清濁等」について「加朱」と記されていた。つまり宗範は娘に与えるために「師」から伝えられた書に新たな書き込みをしている。師から伝えられた「書」に自らが必要と認めた事柄を書き加えてもよいのである。恣意に基づいた変容が認められているのであるから、変容は大きくなるばかりである。奥書を記しただけでは処理できない問題に遭遇しているのである。

「師」に成り変って「付与」された「書」には師の体温が感じられない。いや温もりが薄いと言った方がよいかもしれない。温もりがあるとすれば、師の筆になるということである。しかし、この場合でも「師」から自筆の書を伝授される場合はまだ救われている。「師」から書写を許される伝授の場合では「師」の温もりはない。それ故に、「師」の自筆であることは何よりも貴く暖かい。その暖かさは師が筆に込めた重さと共に「書」の重さにも関わってくる。「書」の重さはそこに施された装丁の豪華さにも比例している。宗範が伝授した八冊の装丁は先にも記したように、表紙・表紙見返し・料紙などに充分な配慮がなされている。心の温もりは金銭の多寡に関わってきているのである。

金銭の多寡に関わってくると、伝授の行為に関わる「謝礼」の問題が生じてくる。貞徳流においては「謝礼」は伝授の行為に対してではなく、一冊の本の値段の問題へと飛躍している。東洋文庫には貞徳流の秘書の値段一覧を記したものがある。(16) 長雅が記した「秘書伝謝礼之旧記」にはたとえば「出尓葉伝授之秘書　一巻」(これは先に見た『春樹顕秘抄出仁葉之大事全』に相当するものであろう)「黄金一枚」と記されている。歌道に執心し、器量があると認めたから伝授するとの「師」の判断は有名無実となっていく。秘書は売買の対象となっていくのである。

こうした背景にはまた、伝授されてきた知識の解放、すなわち出版という新しい事態が絡んでいることも考えておかなければならないであろう。(17) 多くとも二百部とも言われる一回の出版能力とは言え、知識は出版事業の出現によって金銭を持った人々に分け与えられ始めているのである。急速に出版事業が進展する様子は今ここで改めて述べる必要もないであろう。一部幾らと値段が付いて売買される出版物に呼応するように、伝授の書も一部幾らと値段が付けられたのである。

こうなってしまうと、師の許し、師の裁量によって一人のみに伝えられる知識を持つこと、伝授という行為はいっそう重いものとなっていく。この重さは、次にはこの伝授された書を以て自らが師として立てる保証（「師」として指導し、それによって対価を得る）をさえも与えてくれる。われ一人のみが保持する知識、それは多量に配布される知識とは雲泥の差を以て重くわが身にのしかかっている。

ここにまた口伝が生きる余地が生まれてくる。口伝は知識の放漫な散逸によって希薄化される欠陥を補完するのである。

知識は広く解放されていかなければならない。しかし、不特定多数に解放されることによって知識は不安定な状況に投げ出されてくる。知識の理解度の問題でもあるし、正しさの問題でもある。貞徳流は流派を形成することによって、この難問に立ち入らないでとりあえずの安泰の状態を保っていると言えよう。

この流派の形成には、貞徳流は二条家に連なる流派であるとする誇示が付きまとっている。「二条家本説」「二条家和歌之本説」などと奥書に記された例はすでに見てきた。幽斎以来の伝書とされる『詠歌大概安心秘訣』[18]には「定家卿は古今集を以て此道の正義を覚知して、二条家の正流をたて給」とある。『古今和歌集』によって歌道が確立した、それを推進したのは定家である。その流れが二条家である。「よき風体の手本にみるへきものは秀歌体略　百人一首　正風体抄　草庵集」という言もある。定家の真書と貞徳流が認めた『秀歌大略』『百人一首』『正風体抄』に加えて、頓阿の歌集である『草庵集』を手本にして和歌の道を学びなさいと言うのである。

幽斎を遡って定家以来の二条家の正説とは定家の記した歌学書を基にした歌学が基本であり、『古今和歌集』

の詞と心に習熟し、二条家流を支えた頓阿、尭恵、宗祇と伝えられた伝授の精神から出来上がっていると言ってよいであろう。

この新たな二条家の構築の背景には、後水尾天皇を頭とする歌壇、歌道の宗匠家である冷泉家の動向も密接に絡んでいること、言うまでもないであろう。(19) そのことにここでは言及しないが、地下の貞徳流はこの二条家の復活に積極的に関わったのだとだけは言っておいてよいであろう。

先に、口伝の正しさはどこに求められたのであろうかと尋ねた。それは貞徳という流派の結成の中に求められるかとした。しかし、それは定家に始まる二条家の伝統の中にあると言い直した方がよいのかもしれない。

注

（1）『古典籍展観大入札会目録』（東京古典会創立百周年記念）に掲載された「古今伝授八種」である。この本は井上宗雄『書架解体』（二〇一〇年、青簡舎）に〔八種合綴〕と記されているものに同じかと思われる。

（2）東洋文庫日本研究班編『岩崎文庫貴重書書誌解題　Ⅶ』（二〇一一年）には、その解題がある。

（3）磯城郡役所編『磯城郡誌』（大正一一年）、田原本町史編纂委員会編『田原本町史』（一九八六年）、その他の町史に記されている。日下幸男『近世古今伝授史の研究　地下篇』（新典社、一九九八年）には貞徳流における宗範の重要な位置を示す事績が多く記されている。白井伊佐牟「陰士　森本宗範瑣事」（『皇学館論叢』第三八巻第二号、二〇〇五年）には宗範について丁寧な考証が行われている。

（4）前掲注(3)日下書（四〇四頁）に記されている。

（5）前掲注(2)に記した書にも、その解題がある。

（6）てにはの伝授書『姉小路式』の諸本の状態については根来司『てにをは研究史』（明治書院、一九八〇年）が詳しい。秘伝としてのあり方については『テニハ秘伝の研究』（テニハ秘伝研究会編、勉誠出版、二〇〇三年）がある。

（7）秘伝書の伝授の場が厳粛にかつ大規模に執行された様子は横井金男『古今伝授の史的研究』（臨川書店、一九八〇年）に明らかであり、海野圭介・尾崎千佳の論文「京都大学附属図書館中院文庫本『古今伝授日記』解題と翻刻」（『上方文芸研究』第二〜四号、上方文芸研究の会、二〇〇四〜〇七年）には、伝授次第を示す日記が翻刻されている。てには伝授の場合も同じことであり、架蔵本『享和二年十二月五日 自 主上厳閣和歌天仁遠波御伝授雑記』には、享和二年に光格天皇より久世通根に行われた伝授の様子が記されている。

（8）三輪正胤『歌学秘伝の研究』（風間書房、一九九四年）第四章第二節「『八雲神詠伝』の成立と流伝」の項。

（9）『八雲神詠伝』において語られる十八字妙極秘は陰陽二神の詞を十八字として読む秘事である。

（10）前掲注（8）『歌学秘伝の研究』第五章第一節において、家隆流においては歌仙が曼荼羅図的に配置されて家隆が称揚される形が創られていると述べた。

（11）宝永六年に長雅が羽間重義に伝授した架蔵本『古今系図』による。

（12）簑田将樹「平間長雅の箱伝授と『堺浦天満宮法楽連歌百首和歌』」（『上方文芸研究』第五号、二〇〇八年）。

（13）前掲注（3）日下書（六〇二頁）。

（14）『鉄心斎文庫　伊勢物語古注釈叢刊十二』（八木書店、二〇〇二年）。解題は西田正宏。同じ系統の本が東大寺図書館にあることが注（3）の日下書（五九六頁）に記されている。

（15）京都大学国語国文学研究室編『古今切紙集』（臨川書店、一九八三年）による。

（16）前掲注（2）書に解題がある。

（17）知識が出版によって解放されていく状況について、以下の書は有益である。上野洋三『元禄和歌史の基礎構築』（岩波書店、二〇〇三年）、鈴木健一編『浸透する教養——江戸の出版文化という回路』（勉誠出版、二〇一三年）。

（18）架蔵四巻四冊本『倭歌伝書』所収「詠歌大本秘訣」による。「詠歌大本秘訣」は、風真軒澄月が「安永五年歳次丙申四月吉辰」に有実に伝授し、有実は寛政十一年に久保信行に伝授している。

（19）江戸時代初期の歌壇状況について、以下の書は有益である。鈴木健一『近世堂上歌壇の研究』（汲古書院、一九九六年）、久保田啓一『近世冷泉派歌壇の研究』（翰林書房、二〇〇三年）、高梨素子『後水尾院初期歌壇の歌人の研究』（おうふう、二〇一〇年）。

■編者略歴■

大 取 一 馬（おおとり・かずま）
1947年生．龍谷大学大学院文学研究科博士課程単位取得退学．現在，龍谷大学文学部教授．『新勅撰和歌集古注釈とその研究』上・下（思文閣出版，1986年，編著），『詞源略注』（古典文庫，1984年，編），龍谷大学善本叢書31『中世歌書集』（思文閣出版，2013年，編）など
源氏物語『奥入』における定家の「引歌」意識について

日本文学《にほんぶんがく》とその周辺《しゅうへん》　龍谷大学仏教文化研究叢書　33

2014(平成26)年 9 月30日発行

定価：本体8,400円(税別)

編　者　大取一馬

発行者　田中　大

発行所　株式会社　思文閣出版
〒605-0089 京都市東山区元町355
電話 075-751-1781(代表)

印　刷
製　本　株式会社 図書印刷 同朋舎

ISBN978-4-7842-1771-7　C3091

◎執筆者紹介（収録順）◎

第一部　文学篇

石 原 清 志（いしはら・きよし）
1919年生，1999年逝去．大阪市立大学大学院文学研究科博士課程修了．博士（文学）．龍谷大学名誉教授，神戸女子大学名誉教授．主な論著に，『日本仏教文学』（佛教大学，1963年），『釈教歌の研究』（同朋舎出版，1980年），『発心和歌集の研究』（和泉書院，1983年）など．
日本仏教と文学

若 生　 哲（わかいき・さとし）
1963年生．甲南大学大学院人文科学研究科修士課程修了．現在，龍谷大学仏教文化研究所客員研究員．主な論著に，「拾遺集の万葉摂取―貫之・人麿をめぐって―」（『川口朗先生退職記念文集』，和泉書院，1989年），「翻刻『（鳥居小路家）家伝』」（共編，『中世和歌の研究―資料と考証―』，新典社，1990年），「藤村琢堂画『清少納言之図』小見」（『相愛大学研究論集』第29巻，2013年）など．
「草の庵を誰かたづねむ」小考

櫛 井 亜 依（くしい・あい）
1981年生．同志社大学文学研究科博士後期課程退学．現在，愛知淑徳大学常勤講師．主な論著に，「『源氏物語』少女巻における六条院造営の意義―「ふる宮」という表現をめぐって」（『文化学年報』（同志社大学）第60号，2011年），「『源氏物語』二条東院から六条院の階梯―邸第と人物の据え直し―」（『文化学年報』（同志社大学）第59号，2010年），「『源氏物語』「紫のゆかり」考―歌語としての「紫」を視座に―」（『同志社国文学』第70号，2009年）など．
『源氏物語』玉鬘十帖における紫の上の位置づけ―錯綜するまなざしに着目して―

鈴 木 徳 男（すずき・のりお）
1951年生．龍谷大学大学院文学研究科博士課程修了．博士（文学）．現在，相愛大学人文学部教授．主な論著に，『俊頼髄脳の研究』（思文閣出版，2006年），『続詞花和歌集新注』上・下（青簡舎，2010・2011年）など．
『俊頼髄脳』の異名

安 井 重 雄（やすい・しげお）
1961年生．龍谷大学大学院文学研究科博士課程単位取得．博士（文学）．現在，兵庫大学教授．主な論著に，『藤原俊成　判詞と歌語の研究』（笠間書院，2006年），「道因勧進『住吉社歌合』『広田社歌合』の奉納と位署と俊成」（『国語国文』第78巻７号，2009年），「紀行と和歌―地名を詠むということ―」（錦仁編『中世詩歌の本質と連関』，竹林舎，2012年）など．
『嘉応二年十月九日住吉社歌合』伝本と本文考

小 田　 剛（おだ・たけし）
1948年生．神戸大学大学院文学研究科修士課程修了．現在，龍谷大学仏教文化研究所客員研究員．主な論著に，『式子内親王全歌注釈』（和泉書院，1995年），『小侍従全歌注釈』（同，2004年），『定家正治百首，御室五十首，院五十首，注釈』（同，2010年）など．
三百六十番歌合の式子内親王歌の世界―後鳥羽院撰者説をふまえて―

小 山 順 子（こやま・じゅんこ）
1976年生．京都大学大学院文学研究科博士課程研究指導認定退学．博士（文学）．現在，国文学研究資料館研究部・総合研究大学院大学准教授．主な論著に，「後柏原天皇御会「伊勢物語詞連歌」の位相―〈伊勢詞〉の展開から―」（『隔月刊　文学』第12巻４号，2011年），『藤原良経』（コレクション日本歌人選，

笠間書院，2011年），「天理図書館蔵『俊成家集』考」（『ビブリア』第140号，2013年）など．
藤原良経「吉野山花のふる里」考

岩 井 宏 子（いわい・ひろこ）
1937年生．甲南大学大学院人文科学研究科博士後期課程単位取得満期退学．博士（文学）．現在，龍谷大学仏教文化研究所研究員．主な論著に，『文集百首全釈』（共著，風間書房，2007年），『古今的表現の成立と展開』（和泉書院，2008年），『土御門門院句題和歌全釈』（風間書房，2012年）など．
土御門院の句題和歌―『文集百首』を通して―

加 美 甲 多（かみ・こうた）
1978年生．同志社大学大学院文学研究科博士課程後期課程修了．博士（文学）．現在，同志社国際中学校・高等学校嘱託講師．主な論著に，「『沙石集』と経典における譬喩―『百喩経』との比較を端緒として―」（『仏教文学』第34号，2010年），「無住と梵舜本『沙石集』の位置」（『無住　研究と資料』，あるむ，2011年），「『沙石集』諸本と譬喩経典」（『説話文学研究』第47号，2012年）など．
後世における『沙石集』受容の在り方と意義―「思潮」としての『沙石集』―

浜 畑 圭 吾（はまはた・けいご）
1978年生．龍谷大学大学院文学研究科博士課程単位取得．博士（文学）．現在，高野山大学助教．主な論著に，「『源平盛衰記』「髑髏尼物語」の展開」（『軍記物語の窓』第４集，和泉書院，2012年），「『源平盛衰記』「長光寺縁起」の生成」（『国語と国文学』2013年４月号），「願成寺をめぐる二つの縁起」（大橋直義ほか編『中世寺社の空間・テクスト・技芸―「寺社圏」のパースペクティブ』アジア遊学174，勉誠出版，2014年）など．
『源平盛衰記』と聖徳太子伝―巻第十「守屋成二啄木鳥一事」と巻第二十一「聖徳太子椋木」を中心に―

近藤美奈子（こんどう・みなこ）
1953年生．甲南女子大学大学院文学研究科博士課程単位取得満期退学．現在，甲南女子大学非常勤講師．主な論著に，『文集百首全釈（歌合・定数歌全釈叢書 八）』（共著，風間書房，2007年），「『新古今私抄』の実態について」（『甲南国文』第59号，2012年），「書陵部蔵『新古今和歌集注抜書』について」（『甲南国文』第60号，2013年）など．
常縁原撰『新古今集聞書』から幽斎増補本への道程

田 村 正 彦（たむら・まさひこ）
1972年生．大東文化大学大学院文学研究科博士課程後期課程修了．博士（日本文学）．現在，大東文化大学非常勤講師，明治大学兼任講師．主な論著に，「貨幣経済と地獄の思想―地獄の沙汰も金次第―」（『蓮花寺佛教研究所紀要』第５号，2012年），「圓福寺（春日部市）「閻魔王宮と八大地獄図」とその開帳―信仰と娯楽の狭間で―」（『佛教藝術』第326号，2013年），「三途の川の信仰について―王朝物語と十王経―」（加須屋誠編『仏教美術論集４　図像解釈学―権力と他者』，竹林舎，2013年）など．
不産女地獄の表現史―差別と救済の思想―

齋 藤　勝（さいとう・まさる）
1947年生．龍谷大学文学部卒業．主な論著に，『中島敦書誌』（和泉書院，1997年），「『中島敦書誌』その後」（『日本仏教文化論叢』，永田文昌堂，1998年），「杉本秀太郎」ほか執筆（『京都近代文学事典』和泉書院，2013年）など．
「李陵」考―表現等を巡って―

第二部　書誌・出版篇

日比野浩信（ひびの・ひろのぶ）
1966年生．愛知淑徳大学大学院博士後期課程修了．博士（文学）．現在，愛知淑徳大学非常勤講師．

主な論著に，『校本和歌一字抄　付索引・資料』（共編著，風間書房，2004年），『五代集歌枕』（共著，みずほ出版，2006年），『古筆切影印解説Ⅳ　十三代集編』（共著，風間書房，2010年），『二条為氏と為世』（笠間書院，2012年）など．
『和歌題林抄』古筆切の検討（続）

万 波 寿 子（まんなみ・ひさこ）
1977年生．龍谷大学大学院文学研究科博士課程単位取得．博士（文学）．現在，龍谷大学非常勤講師．「宣長版本における版権の流れ」（『鈴屋学会報』第21号，2005年），「近世後期における公家鑑の出版」（『近世文芸』第94号，2011年），「江戸時代の西本願寺と出版」（前田雅之編『もう一つの古典知』アジア遊学155，勉誠出版，2012年）など．
仏教と坊刻本仏書

山 本 廣 子（やまもと・ひろこ）
1943年生．同志社大学文学部卒業．現在，公益社団法人 家族問題情報センター相談員．主な論著に，『狂歌百人一首泥亀の月を読む―戯劇百人一首闇夜礫への改作』（武蔵野書院，2009年），「大田垣連月の歌をめぐって―悲哀を乗り越えて―」（『龍谷大学古典文芸論叢』第５号，2013年）など．
大田垣蓮月尼と平井家の交流について―醍醐寺の旧坊官家宛書簡をめぐって―

第三部　歴史・思想篇

關 根 真 隆（せきね・しんりゅう）
1933年生．立正大学大学院修士課程修了．文学博士（國學院大學）．元聖徳太子奉賛会研究生・宮内庁正倉院事務所保存課長．主な論著に，『正倉院文書事項索引』（2001年）『奈良朝食生活の研究』（1969年）『奈良朝服飾の研究』（1974年）『正倉院への道』（1991年，以上吉川弘文館），「古代尺よりみた法隆寺遺宝」（大取一馬編『典籍と史料』龍谷大学仏教文化研究叢書，思文閣出版，2011年）など．
古代尺よりみたわが上代文物―薬師寺について―

内田美由紀（うちだ・みゆき）
1962年生．大阪女子大学大学院修士課程修了．現在，大阪府立三国丘高等学校教諭．主な論著に，『伊勢物語考―成立と歴史的背景』（新典社，2014年），「伊勢物語『小式部内侍本』の本文について」（『中古文学』創立三十周年記念臨時創刊号，1997年）など．
藤原道長の高野山・四天王寺参詣の道程

吉 田　　唯（よしだ・ゆい）
1983年生．龍谷大学大学院文学研究科博士後期課程修了．博士（文学）．現在，兵庫大学短期大学部非常勤講師・高野山大学密教文化研究所受託研究員．主な論著に，「『沙石集』という〈名〉の踏襲をめぐって―『続沙石集』を中心に―」（『無住　研究と資料』，あるむ，2011年），「『諸神本懐集』を中心に見る〈存覚〉の神祇観と祖師という表象について」（『仏教文学』第35号，2011年），「『諸神本懐集』におけるアマテラス像―『神本地之事』との比較を中心に―」（存覚教学研究会編『存覚教学の研究』，永田文昌堂，2014年）など．
佛光寺本『善信聖人親鸞伝絵』の神祇記述について―付加された理由と役割―

三 輪 正 胤（みわ・まさたね）
1938年生．大阪大学大学院文学研究科博士課程単位取得．大阪府立大学名誉教授．主な論著に，『歌学秘伝の研究』（風間書房，1994年），『近代高野山の学問』（新典社，2006年），「神道歌学の成立―卜部兼雄の業績―」（大取一馬編『典籍と史料』龍谷大学仏教文化研究叢書，思文閣出版，2011年）など．
地下伝授の相承と変容―墨流斎宗範―

古代尺よりみたわが上代文物
——薬師寺について——

關根真隆

序

毎年歳末、薬師寺さんの除夜の鐘の音が、かすかに聞こえるエリアに、筆者は住んでいる。これまで同寺には、さしたる関心はなく、精ぜい遠来の客を案内するくらいであった。

筆者は、かつて「正倉院古櫃考[(1)]」という小論をまとめたことがあり、正倉院に伝わる約百六十合余を数える大型の杉材の箱、奈良時代には一種の雑物の収納用の箱で、工芸品というよりは日用雑器的な品で、辛（唐）櫃とも称している。その百六十余合の一々の各部位の寸法を計測し、またその木組の種類等をまとめたもので、当時、その筋の専門家からは評価してもらった。

その調査は、当今のことであるから、当然cm単位での計測であったが、製作時、奈良時代では、当然、何尺何寸かの設計の筈、と思って、当時として想定される唐尺（天平尺）あるいは高麗尺に一々を換算してみると、なかには確かにそれらしき類があるものの、どうもその網にかからないのもあるようで、それ以外の尺度があるのではないかと、詮索しつつ時が過ぎ去ったが、ある時、正倉院の古櫃以外で何か大型の箱形状の類例は、ということで思いついたのが、実は、あの薬師寺本尊の台座であった。

そして、その台座について、公表されている数値を検討した結果、その尺度は本論（Ⅰ　金堂　本尊薬師如来座像　台座）で示すように、後漢尺（1尺=23.5cm）という結果になった。そして更には、同寺の聖観音像、東塔などの

既往のデータを一見しても、その尺度であることを了解した。薬師寺というのは後漢尺による寺か、と感じた。これが小論の出発点でもあった。

７、８世紀において、後漢尺？ と、大方は奇異に思うだろうが、実際に色々なものに当ってみると、確かに奈良朝遺品に用いられていることは後に縷述の通りである。奈良朝どころか、後に少し付記するが、平安・鎌倉、それ以降に入ってさえみえ、現今、古い建物の建替の際、どのような尺度を使っているのか知らないが、その痕跡は多くみられる。どうも日本の文化史研究上、大きな盲点になっているように思う。

後漢尺とは勿論、紀元前後約四百年、秦漢帝国時代の文化、文物の基本的measure（尺度）であったことは論を俟たない（ただ漢代でも古い時代はやや短かい）。

つまりその尺度が用いられた背景には、漢代文物の生産形態を引継ぐ工匠集団、その系列につながっていると考えるべきで、上記、薬師寺本尊の台座には衆知の通り、四神図、即ち青竜・白虎・朱雀・玄武が精巧に表わされているが、その製作尺度が中国に源流をもつ後漢尺という尺度を用いる工匠集団の手によっているとなれば、それで納得、とやかくの理屈の必要はない。inch 尺で仕事をする工匠に四神図を要求しても困惑するだろうし、逆に西方系の神々なら特技を発揮したに違いない。

本小論での後漢尺全体論の理解上、後に少し述べるが、正倉院の絹織物系の遺品には後漢尺の尺度が深く浸透している（麻布は別系）。いずれ後文にて詳述するが、それは織物類が大陸より伝来したとする応神天皇20年、37年の伝説、あるいは雄略天皇７年、14年などの伝説を裏付けるもので、その生産機構が大陸のそれを引継いでいることをよく示している。そして織物という日常生活上、最もポピュラーなものが後漢尺であれば、おそらくその尺度（物差）は当時の人々の間では、広くごく普通の身の廻りの品であったはずで、決して特異なものではなかったのである。これまで後漢尺という尺度を俎上にのせた例は寡聞にして知らないが、ただそれに気付かなかっただけであろう。

今日、古代の尺度として通例挙げられるのは唐尺（天平尺）、高麗尺、それに唐小尺（晋尺）くらいであるが、筆者はそれ以外も想定するが、その内の一つが、本論で主題とする後漢尺である。

かつて関野貞博士が、法隆寺再建非再建の学界での論争中に「法隆寺金堂塔婆及中門非再建論(2)」を発表され、「法隆寺の金堂塔婆及中門の寸尺を研究するに計画の際明かに高麗尺によりて其桁行梁間及各柱間を決定せし者なるを知る事を得たり」（158頁）とされたのは、夙に著名なことである。そして博士は、曲尺、高麗尺、唐尺によって建物各部分、詳細な数値を示され、これらは更には法隆寺以外の寺々に及んでいる。

そしてこの流れは、今日の建築史家、考古の諸先学が引継いでいる。しかし厳密に云えばそれらの尺度で割切れない例が出てきている。それを処理するために、奈良尺とか、天平尺をやや短かくした尺と称して調査報告が行われているのが実情であるが、私見では、そのような尺度は、筆者の射程には入っていない。これから詳述するが、実は「後漢尺」という尺度の存在が見抜けていなかっただけのことである。

ここで、まずその実寸の問題に入る。このような古代の尺度については、中国では自国の尺度であるから当然の事ながら以前より研究者、いわゆる考証学者も多く、そういう事情もあって、国家的にも関心は高く、『中国古代度量衡図集(3)』なるもので国家的規模で遺例を蒐集、公刊している。これは又、和訳されて、山田慶児、浅原達郎訳『中国古代度量衡図集(4)』（以下、『図集』）でもみることができる。

そこでみるのは出土品を主とし、伝世品も含めて多くの尺度遺品をデータと共に示してくれている。当然、後漢尺の例が挙げられているので通覧してみる。示される例は、商代から清代にかけて77例中、後漢尺として14例がみえ、更に後に追加されたのだろう「付」として14例があげられ、その例数は他の時代のそれを圧倒している。ということは、その使用、利用率が高かったということにもなろう。

そこにみる尺（物差）の材質は玉、牙、銅、骨、竹であるが、出土品という点から銅尺が多い。本来からいえば、使用者の身分階層によって素材が異なっていたのは当然で、王侯は玉、牙。庶民は竹。そして実技術者らには、その正確さが要求されるから銅尺に正確な目盛を刻んだものを持っていたであろう。

そして一番の問題はその1尺の実際の数値である。それを『図集』が示す数値を一通り整理すると、短は22.5cm、長は24.08cmで、その22cm台が6例、24cm台が1例、残りが23cm台で、後漢尺1尺が23cm台であったことが推察される。22cm台は、後漢時代よりやや古い時代の尺かもしれない。

そして23cm台を1mm単位につめていくと、23cm 2例、23.1cm 3例、23.2cm 2例、23.3cm 2例、23.4cm 2例、23.5cm 2例、23.6cm 4例、23.7cm 6例、23.8cm 2例となり、凡そ1尺値23.6〜23.7cmに見当づけられる。が、微差であるが、筆者は、次のような理由で、1尺=23.5cm説を採りたい。

その一つは、考古学の立場から算出された関野雄氏の「235粍」説(5)によることと。

今一例として、かの有名な「漢委奴國王」銘の金印の寸法、「方一寸」=一辺23.5cmによる。これについては、岡崎敬氏『「漢委奴國王」金印の測定(6)』に示された数値があげられる。この後漢王朝公式品の寸法は特に尊重されるべきと考える。後述諸論において多くを、この単位で検討した結果は、それで正解であったと思っている。

上記、岡崎氏らによる金印の計測は、素人が手元にあるような物差で測った、というものではない。通産省工業技術院計量研究所の専門官が科学的に精密計測したもので、印面四面を計測して、平均値「2.347」cmという結果が示された。要は1寸=2.35cmとして押さえられる。余談だが、これによって逆に後漢時代の技術力の確かさも感じる。

この金印について、篆刻家のなかから彫り方の時代が古くない、とかで疑作説をとなえるむきもあるとか。後漢時代のどれだけの確かな類例とで比較されての判断かは知らないが、筆者に云わしめれば、彫り方云々よりも一番の問題

点は、その成形寸法であって、それを江戸時代の物差で、上記の寸法を精密に割出して造形できるのか、おそらく不可能に近いだろう。彫り方云々以前に、その方が問題で、疑作説など論外だろう。

以上、関野雄説と「金印」一辺一寸の実測寸法によって筆者は後漢尺1尺=23.5cmで、小論を進めていく。

ここで、薬師寺という寺が、後漢尺という尺度の仕様によって成っていることを、後述の論の順に従って前もって概略述べておく。

まず現金堂薬師如来本尊の台座についてであるが、これは先述、正倉院の古櫃の検討に関連して、大型の箱形の類として、院外資料を物色するなかで思いついたもので、素材は金属製で櫃類の木製とは違うが、箱状で計測値の誤差も少ないだろうことで、公表されているcm単位の数値をいくつかの古代尺の寸法で検討した結果は後漢尺仕様であることを確信した。

実はこの結果が、本小論に引き込まれていった原点であった。以後、次々と目にするものが後漢尺ということであった。

同寺の著名な像、聖観音像のデータをみると、その蓮華台座を含めての寸法は一見、後漢尺の10尺であることを了解、更に東塔のデータを一見、その塔身高は後漢尺100尺、つまり聖観音像・台座を合わせての寸法10尺の10倍ということである。聖観音像全高10尺という数値は、こうなると偶然そうなったのではなく、そこに後漢尺によっての薬師寺の全体計画のなかでの原点というべき尺度かもしれないと思っている。いや確信してよいだろう。

そうなると、実は大変重大な問題にぶつかることになる。それはこれまでの長年の諸先学による本薬師寺跡の調査、西ノ京同寺の調査等は、関野博士以来の流をひく、唐尺（天平尺）、高麗尺で理解すれば、ということで、唐尺（天平尺）をやや短かくした「尺」ということを考え、“奈良尺”とも称して行われた復原数値が、そうではなく、みな後漢尺によってやり直さなければならないのではないか、ということである。

その基本的問題のもとになる各論は、下記各項で詳述するが、要は薬師寺は本薬師寺を含めて全体的に、後漢尺の痕跡を色濃くとどめているということである。

ただ、では現金堂の薬師三尊像、あるいは講堂の三尊像はどうなのか、ということになるが、実はどちらも後漢尺では割切れない、他の尺度による造形のようで、ここが薬師寺の創草期以来の歴史を考える上での一番の問題点と筆者は思っている。

ここで、本論の薬師寺関係の具体例に入る前に、これまでおそらく、大方において気付かれていないと思われる、当時の全般的な後漢尺の用例の実態を少し述べておく。おそらく諸先学にとっては想定外だろうから。

以下、織物関係、仏像、建造物、そして先学が用いる奈良尺、そして今もさかんに用いられる天平尺（唐尺）のやや短かい尺の実態、又、それによった山田寺発掘調査結果の尺度の解釈、そして「高麗尺と後漢尺」など、小論にかかわる問題点につき、前もって順次私見を付記しておきたい。

（1）織物

まず織物というか染織というか、奈良時代のそれは、正倉院の存在によって、厖大な量が存在する。同時代のものでシルクロードで一片の絹織物が発掘されれば一大発見であるから、正倉院の存在がいかに貴重かがうかがわれる。実はそこに後漢尺の尺度の痕跡を色濃く止めている。言葉をかえれば、中国漢文化の流れが認められるということでもあろう。

その正倉院染織品のなかに、「調庸」と称して国内諸国から中央へ貢出されたものがあり、なかにはその貢出の墨書銘（調庸銘）を残すもののあることもよく知られている。その絁《あしぎぬ》（文様のない平織の絹織物）の調銘として、「長六丈闊《ひろさ》壹尺九寸」、又は「長六丈廣一尺九寸」と現物初末端に直接墨書されたのが、多く伝来する[7]。

これは『続日本紀』養老三年五月辛亥条に「制定二諸國貢調短絹。狭絁。麁

狭絹・美濃狭絁之法_。各長六尺。濶一尺九寸。」に対応するものである。

今、長さはおくとして、その濶(闊)、即ち織幅であるが、それが1尺9寸という、少々半端な数値であるが、調庸名という公式なものであるから当時としては、その尺度は当然、唐尺（天平尺）（1尺＝29.7cm）で、それで計算すると、(法定上) 56.43cmとなる。正倉院に実際に現存する織幅のわかる例を計測すれば、凡そ56～57cmであり、その法令がよく順守されていたことがわかる。

ところで、この何でもないような数値を、今、ここで問題としている後漢尺/23.5cmでみるとどうなるか。56.43/23.5＝2.401尺となる。たまたま唐尺で1尺9寸という落着きの悪い数字になるが、その深層は後漢尺で2尺4寸なのである。これは正倉院の多くの染織品の寸法を種々検討しているなかで気付いたことであるが、多分それで良いと思っている。

これは織物技術が大陸より伝来した時、かの地において後漢尺2尺4寸に設定された織機がそのまま導入、稼動したことを示すものであろう。それが応神、雄略紀にみるように、凡そ5世紀頃の中国からの織機技術渡来伝説以来のものと考えても差支えないのではないか。それが7、8世紀においても稼動しており、制度上唐尺の世になって公式計算上、「幅1尺9寸」と表示されるようになったのである。

この他に、正倉院の染織品中、後漢尺仕様の例として、大幡がある。これは灌頂幡ともいい、他の道場幡と称するもの（『続紀』天平勝宝八歳十二月己亥条）と共に聖武帝一周忌斎会に供されたもので、少なくとも10旒が存在した。[(8)] この大幡の脚の幅が、cm単位で、45、45.5、46、46.5、47、47.5とみることで、その47cmは正しく後漢尺2尺丁度である。筆者は、或いは2尺丁度の織幅のものをそのまま幡脚とした可能性も考えたが、近時、尾形充彦氏の次のような所見で、両端切断されたもの、とされ、ならばそこで裁縫女が後漢尺の物差をもって仕事をしていたことになる。元もと後漢尺での2尺4寸幅であるから唐尺では仕事にならず当然後漢尺での仕事になったであろう。以下、尾形氏所見、

綾1幅の寸法は1尺9寸（約56.4cm）だから、幡脚地裂の綾はそれより

約10cm短い。しかも、左右の織耳が切断されていて、綾の主文が中心にある。したがって綾の左右縁をそれぞれ同じ幅だけ切断して脚地裂に使用したと考えられる。裂地の幅を狭くするために、両長側を均等に切断した例は正倉院の染織品の中では珍しい。(9)

と、これは重要な指摘である。つまりわざわざ両側を裁断して中央部綾文を失することなく、先記のように46〜47cmにしている。これは尾形氏は気付いていないが、要はその脚幅の仕立が後漢尺２尺と設定されたことによって、なるべく織文を残すように両端を裁ったことを示す。図版ではよくわからないが、織幅２尺４寸の中程で２尺をとり、両端各２寸（計４寸）をおそらく二つ折にして各両端を１寸幅で縁として縫い付けたのだろう。このようにみると、後漢尺織幅のものを後漢尺仕様で縫いあげていった様子が目にうかぶ。そこには当然縫女達がみな後漢尺目盛の物差をもって仕事をしていたことを示す。つまりその後漢尺の物差が別に特異なものではなく、日常的なものであったことが感じとれる。

ここでついでに、上記から察して当然であるが、大幡全体が後漢尺仕立であったことを、尾形氏の示すデータから述べてみよう。「図19　大幡復元図」にみれば、１坪縦94cmは/23.5で、丁度４尺。坪の上下縁各12cm、24cmを加えれば118cmは/23.5＝5.02≒５尺である。身幅の数値がおちているが、計算すれば58cmとなり/23.5＝2.47≒2.5尺で、５尺：2.5尺である。また「幡頭67.5cm＋幡身649cm」（114頁）＝716.5cm/23.5＝30.49、即ち幡頭・幡身は後漢尺30尺の設計であったろう。

そして全長については、現在では裂の劣化も進行していることで計測も推測以外、示すことは困難であろうが、かつて大正14年に凡その計測であろうが「７丈５尺余」（約22.8m）という数値が残されている（上掲、尾形氏著、112頁）。この数値を危ぶむ声があるが、筆者は、大正14年という年代は、まだ年代的に宝物類に人手が色々入る以前、云ってみれば宝物類が奈良時代の比較的生《う》ぶな状況をとどめていた時代であったと考えられ、又、往時の人々も、かなり慎重

に調べた、信用度の高い数値と思っている。

そして、その約22.8mであるが、おそらく実寸は23.5m、後漢尺100尺ではなかったかと推察する。前述の幡頭・幡身が後漢尺30尺とすれば、全長100尺から幡身部30尺を引けば、幡脚が70尺ということであったろう。

後漢尺100尺という長さは、後述、薬師寺東塔の塔身部が後漢尺100尺と私考するので、勿論この大幡は薬師寺には関係ないが、長さというか高さというか、具体的目安である。

参考までに同じ幡類として道場幡はどうであったかといえば、その数値（南倉Ⅳ）は全長が凡そ３m前後であるから、当代正規尺の唐尺で10尺、つまり１丈であったとみてよかろう。勿論唐尺（天平尺）と後漢尺とでは単位寸法は全く違うわけであるが、10尺という言葉上のみからいえば大幡100丈は、その10倍ということである。また、一方を唐尺、一方を後漢尺、この使いわけをどう考えるかであるが、大幡に後漢尺を用いたのは、心理的には昔から用いていた古式の物差で新尺よりも重い感じをもつものであったのではないか、と感じる。

ここでこの織物の織幅の問題で、中国漢代の様子を眺めてみよう。その例としてかの馬王堆遺品のなかに、後漢尺２尺の例がある。長沙馬王堆１号漢墓出土「彩絵帛画」と称するものである（『湖南省博物館[10]』、79図）。そのデータによると、「長205.0cm　上幅92cm　下幅47.7cm」とある。T字型、ごく短い袖風に長い身頃という形で、当代独特の図様が彩絵で全面に描かれており、袖、身頃両端下に房様の飾りがつく。

その身頃幅（下幅）が47.7cm。その両端は図版でみても織耳かどうか不明だが、後漢尺/23.5で2.029尺となり、正しくその２尺の幅である（遺品は前漢時代であるが）。また上幅92cmは/23.5で3.9尺、これは上記身頃部幅２尺を縦半分に裁ったものを縫いつけたと考えられる。本来は２幅で４尺であろうが、3.9尺で１寸不足するのは縫代であったろう。なお長さ205.0cmは/23.5で8.72尺で整数にはならない。

この『湖南省博物館』になお１点の前掲と同型「彩絵帛画」（馬王堆３号漢墓出土）（『同上』、81図）が紹介されており、そのデータによると、長233cm、上幅141cm、下幅50cmとある。まず長さ233cmは/23.5で、9.92尺、約10尺。下幅50cm（左右端は織耳か）は、/23.5で2.13尺とやや広い。上幅141cmは/23.5で丁度６尺で割切れる。長（丈）、上幅からみて、完全に後漢尺仕様である。

馬王堆には、他に「136 帛画「地形図」前漢」（『同上』）と大変貴重な例をみるが、「辺長96cm」は、/23.5で4.085と４尺四方となる。

ここで論点が相前後するようだが、では漢代の織物の規格はどうであったのか、という問題になるが、佐藤武敏氏が引かれる『漢書』巻二十四食貨志下によると「布帛廣二尺二寸為幅、長四丈為匹」とある（同氏『中国古代絹織物史研究 上』、332頁）[11]。今、長さはともかく、「廣二尺二寸」に注目したい。上記、馬王堆３号漢墓の彩絵帛画が、幅が2.13尺とみるが、他の２尺幅の例より、１寸以上広いのが、２尺２寸には届かないが、それらしい。２尺丁度でみるのは、切断された姿かもしれない。

以上、正倉院の後漢尺２尺４寸幅のものは、上記２尺２寸より２寸広いが、漢代以降、徐々に広幅になったということかもしれない。ともかく正倉院の絹織物の例と、遠く漢代のそれとが、後漢尺という尺度によって繋がっていることを、いささか証明し得たと思っている。

なお、スタインが DANDAN-OILIK で発見した、中国の女王が、禁じられていた養蚕関係品を持出した伝説の図というのがあるが[12]、そこではスケールが「two-fifths」で、明確にわからないが、別資料（『大英博物館 芸術と人間展 *The Treasures of the British Museum*』[13]）によると、「縦12.0　横46.0」とあり、12.0cmは/23.5=0.51、つまり５寸、46cmは/23.5で、1.96、つまり後漢尺２尺であり、絵の内容と共に、描かれた板幅自体の長さが、その織幅を示すものであったという推定もなりたつかもしれない。

なお論は馬王堆遺例に戻るが、前掲『湖南省博物館』によれば、「黒地彩絵棺」、「朱地彩絵棺」など、漆工関係をみるが、寸法をみればいずれも後漢尺仕

様と考えられる。織物だけでなく、当然ながら他の諸工芸も、その尺度によって製作された、ということである。

以上、律令時代、調絁規格幅唐尺１尺９寸は、数字上の辻褄合せで、実態はその底流にある生産機構にあり、中国漢代以来の流れを汲む後漢尺という尺度によっていること、そして正倉院宝物の内、聖武帝一周忌斎会用の大幡（全長後漢尺100尺）が、10旒あったといわれ（現存６旒）、その巨大な幡が斎会に間に合わすように作業を進めるのに、どれ程多くの縫女が動員されたか見当もつかない。そして当然ながらその一人ひとりが正確な後漢尺の物差を持って仕事をしていた筈であった。

今日の研究者のなかで、当時の物差は尺度に幅があってそう正確なものではないから、という意味の記事をよく見るが、そんなことで、このような大幡が仕上るだろうか。このような大仕事が後漢尺というのは、その尺度が各別特殊なものでもなく、ありふれたものであったといえよう。

そして前記の調絁の点からいえば、正倉院の調銘、あるいは他の記録から、その貢出は国内広範囲に見るわけで、そうした諸国においても正確な後漢尺で織幅を２尺４寸（56～57cm）幅に設定していた筈で、一般的に広く行きわたっていたと考えられ、特殊な存在ではなかったろうと記しておきたい。

（2）仏像

次は、仏像の例であるが、先に薬師寺聖観音像が後漢尺仕様であろうことをみたが、これも別に特異なことでもないことを述べよう。具体例で比較し易い例として、著名な法隆寺献納宝物の四十八体仏での一例であるが、その内のNo.163「弥勒菩薩半跏像」（『法隆寺献納宝物』[(14)] No.90）と、No.164「弥勒菩薩半跏像」（『同上』No.91）とであるが、丁度それらの図版が見開き左右に見るので比較し易いが、両者一見、全く同じポーズで、成程と思うが、よく見れば素人目にも、No.90は顔はきびしく、No.91はさ程にはなく、手つきも、No.90がよくなじんでいるし、ことに衣紋は、No.91は浅く省略されており、No.90が本歌で

あることは疑いない。そしてNo.90は像高47.0cmは、前記大幡の記述のなかにも出た数字で、/23.5で丁度２尺。No.91は像高41.5cm、唐尺/29.7で、1.4尺と読んだ。因みにNo.90は唐尺では1.58尺、No.91は後漢尺で1.77尺で、それらの尺度ではないとしてよいだろう。

上記図版解説に、No.90は「いかにも悠揚迫らぬ重厚な感じを与える」と、No.91については、「No.163　像と同一鋳型からつくられたかと思うほどよく似ている」、「おそらく同一作家の手になるものであろう」と解説するが、そうだろうか。筆者は後漢尺工匠集団と唐尺工匠集団の、それぞれの力量の差というべきかと思う。

ここで後漢尺仕様の例を、今日公表されている数値によって今二、三挙げれば、まず一つは、島根 鰐淵寺の観音菩薩立像（像高94.6cm）は、後漢尺/23.5で、４尺である。これを確実にするには、もう少し計測点をおさえなければならないが。この像には「壬辰年五月出雲國若倭部……」の刻名のあることでも著名であるが、「壬辰年」は持統６年（692）とされ、出雲でその尺度が用いられていたことになろう。

今一つ、これは大方が想定外だろうが、東大寺のかの有名な誕生釈迦仏立像は、これは上記大幡で見た47.0cmよりやや多い47.5cm（『奈良六大寺大観』(15) 第10、東大寺２、57頁。以下、本論中は『大観』10と略）であるが、ものによっては47.0cmともみる。これも後漢尺２尺とみてよいだろう。先掲、四十八体仏の弥勒菩薩半跏像とほぼ同寸である。が、その灌仏盤（径88.7〜89.2cm、高15.2cm）（『大観』10）は、89.2cm/29.7＝3.00尺、で唐尺である。高さは５寸で、像と盤とは別系統の仕事である。

なお一点、東大寺法華堂、不空羂索観音像の宝冠化仏像は像高23.6cm（『大観』10、25頁）で、後漢尺で丁度１尺である。

やや時代が降るが、今、少々付記すれば、浄瑠璃寺の九体阿弥陀如来座像、中尊以外の８軀は像高後漢尺６尺である。これが「丈《たけ》六尺の仏」、「丈六仏」であろう。８軀の数値に多少の出入があるが、“手”の違いのようにみえる。只、

中尊は他の尺度のようである。そしてかの宇治平等院の定朝作、阿弥陀座像、また岩船寺、興福寺（大御堂）のそれらは共に後漢尺12尺、つまり丈六の丁度2倍。丈六仏の2倍の功徳を期待したのである。[16] 因みに北円堂の運慶の弥勒仏も後漢尺6尺仏である。[17]

まだあげれば挙げられるが、これらの例のあることを考えれば、薬師寺聖観音像も、後漢尺の造仏であっても別に不思議ではない、ということである。彫刻史というものの一視点となりうるだろう。

ここで松原三郎氏の論で引用させてもらえば（「大仏の道――唐代の大仏――」[18]、71頁)、「莫高窟記」に「北大像」は延載2年（695）に霊隠禅師などが造り、高さは140尺と記すという。そしてその大仏の高さは「三十三メートル」というから、3300÷140尺＝23.57cmで1尺は正しく後漢尺1尺であり、それによる造像である。遠く西域の地でも後漢尺による造仏が行われている。ただそこ莫高窟の他の像がみなそうかといえば、そうではなく、他の尺度とみられる例も混じる。

わが国、7、8世紀の美術史について、大陸等の残存類例を例証として白鳳か天平かの議論が様式論を主として述べられるが、筆者は古代尺というものを扱ってみて、そこに尺度の異なった工匠集団というものを想定してもよいのではないかと思う。島国の本邦には、大陸、半島から独自の尺度とそれにともなう工芸技法を持った工匠集団が折々来朝、貴顕にむすびついて活動した、というような想定もしてみたいのである。

薬師寺の聖観音像、薬師如来三尊像の議論をみていても、当然様式論になろうが、筆者の尺度論から云えば、前者が後漢尺で、すっきり割切れるのに、後者薬師三尊は割切れないことにひっかかる。私見では、おそらく用いられた尺度の異なった工匠集団の差という考え方をしてもよいのでは、と感じている。いまの論調では、当時既に本邦において、一つの大きな造仏集団があって、そこに半島、大陸から入ってきた新様式を受入れ、全体が様式転換という図式が暗に前提になっているようだが、そうではなく、使用尺度の異なる工匠集団が

あって、各々の尺度で独自の製作活動をしていた、と。私考してみたい。

（3）建築

以上、織物、造仏等に後漢尺が尺度として、その造形に入っていることを述べたが、次に建築について述べよう。先記で少しふれたが、後で詳述するが、西の京薬師寺の現東塔、旧金堂が後漢尺仕様であり、又、本薬師寺の東塔跡、金堂跡も、更にはその配置距離も、それであること、各項本文で詳述した。

これらは実は、これまで諸先学は、並べて“奈良尺”なるものを設定して、その尺度でこれまで全く異論なく各論者それぞれに伽藍復原案を示してきている。筆者はそれに対して奈良尺ではなく、後漢尺ではないか、という立場で反論、論証した。とすれば、奈良尺説は失礼ながら砂上の楼閣の感が深い。

では、他に後漢尺仕様の建造物の類例があるのか、という問いがあれば、あると答えよう。実は歴とした後漢尺による巨大建築が厳然と存在する。それは、万人が承知の、かの有名な正倉院の校倉である。かつては東大寺の正倉で、奈良時代にあの地に建ち、以来、災禍に遭うことなく生ぶな姿で今日に至っている。

あの三倉連結の巨大な建物が、実は筆者が想定するいくつかの古代尺のなかでも最も短尺単位、繊細な単位の後漢尺仕様である点に興味を覚える。これまでそのようなことを指摘した建築史家がいただろうか。

わが国への校倉様式伝来の源流はおそらく中国江南であろうから、新たに渡来したその尺度を持った工匠らによる建造かもしれない。

正倉院の校倉は大正初年に初めて解体修理され、その後、昭和24年、同30年に建築史家浅野清氏の点検結果は、

> 昭和三十年の秋、和田所長から大正修理前図面が内匠寮に蔵されていて、今正倉院事務所にとどけられているとうかがったので、拝見してみると、それは全く予想の通り先に我々が作成した復原図と全く同じものであった。そして彌々大正修理まで、徹底的な改修はうけず、一部の材を中古に取り

かえた程度で、忠実に創立時の原形が踏襲されて来たものであることをはっきり知ったのであった。(「正倉院校倉屋根内部構造の原形について」、5頁)[19]

という結論である。

表1　正倉院校倉　古代尺寸法

計測部位	m、cm	高麗尺 /35.6	唐尺 /29.7	奈良尺 /29.54	後漢尺 /23.5
南北	約33m	92.70	111.11	111.71	140.43
東西	約9.3m	26.12	31.31	31.48	39.58(40)
床下支柱直径	93cm	2.61	3.13	3.15	3.96(4)
床下支柱高	242cm	6.80	8.15	8.19	10.30
総高	約14m	39.33	47.14	47.39	59.58(60)

依『正倉院宝物　北倉』(朝日新聞社、昭和62年) 4頁。
床下支柱高242cmであるが、倉の床板までは更に30cmばかりある。

ところでその校倉の凡その規模は、正倉院のいわゆる概説書に、mあるいはcm単位で示され、それらを表示すると表1のようになる。

まず校倉の南北、つまり校倉正面に向って左(南)〜右(北)の規模は約33m、東西(奥行)9.3m、床下支柱径93cm、同高242cm(床下の高さ)、そして校倉自体の総高約14mと記す。

それらを表示して、高麗尺、唐尺、そして奈良尺、後漢尺に換算すれば表1のようになる。問題はどの尺単位で整数値が揃うかである。一見して後漢尺であることは、明々白々であろう。それでも奈良尺という人はいないだろう。即ち、後漢尺で、南北(正面向って左右規模)140尺、東西(奥行)40尺、床下支柱直径4尺、同柱高10尺、校倉総高60尺、以上、簡潔明瞭な見事な整数値である。よって正倉院校倉が後漢尺による設計であることは絶対に揺るがない。

かつて正倉院在職中、来訪者を校倉床下に案内することがあったが、飛びあがっても手が床下板に届かない高さが何によっているのか、さっぱり見当もつかなかったが、後漢尺10尺で了解。こうなると、校木の断面の割出しも後漢尺だろう。

そしてなお、この校倉の規模を細部説明すれば、先記大正2年の修理前の図

正倉院校倉全景

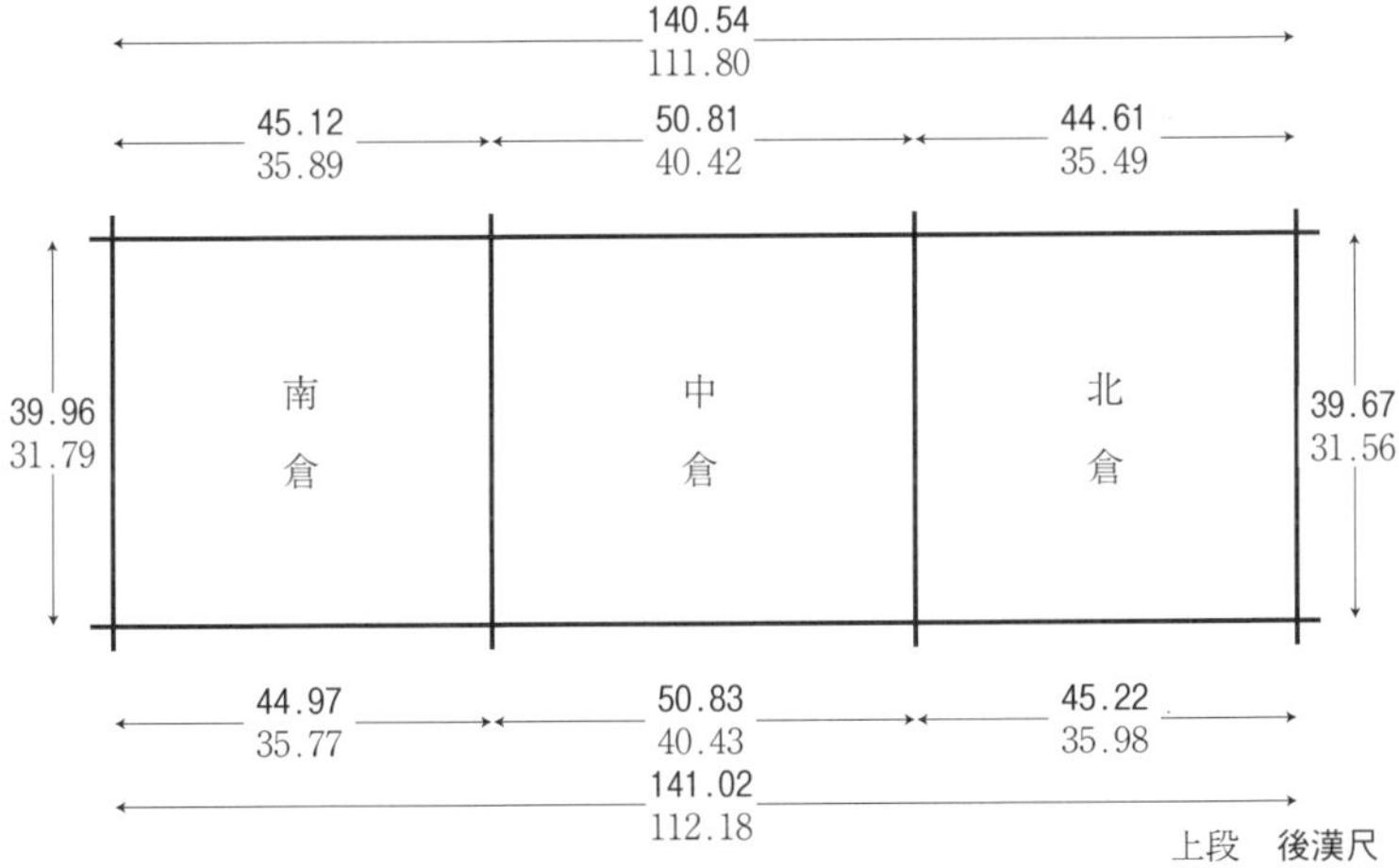

図１　正倉院校倉　平面尺度

（依「正倉院宝庫修理前平面図」大正２年）（表2）

表2　正倉院校倉　古代尺寸法（大正２年平面図による）

計測部位	尺寸	cm	高麗尺	唐尺	奈良尺	後漢尺
正面長全長	109尺3寸7分	3313.91	93.09	111.58	112.18	141.02
背面長全長	109尺	3302.7	92.77	111.20	111.80	140.54
北倉正面長	35尺7分5厘	1062.77	29.85	35.78	35.98	45.22
北倉背面長	34尺6寸	1048.38	29.45	35.30	35.49	44.61
中倉正面長	39尺4寸2分	1194.43	33.55	40.22	40.43	50.83
中倉背面長	39尺4寸1分	1194.12	33.54	40.21	40.42	50.81
南倉正面長	34尺8寸7分5厘	1056.71	29.68	35.58	35.77	44.97
南倉背面長	34尺9寸9分	1060.20	29.78	35.70	35.89	45.12
北倉北面幅	30尺7寸7分	932.33	26.19	31.39	31.56	39.67
南倉南面幅	30尺9寸9分	939.00	26.38	31.62	31.79	39.96

（依『書陵部紀要』第７号（正倉院特集、昭和31年）８頁、挿図４「正倉院宝庫修理前平面図」大正２年）

が、『書陵部紀要』第７号に「挿図４　正倉院宝庫修理前平面図」として現行尺寸単位で示す資料がある。それをcm単位に換算して、更に高麗尺、唐尺、奈良尺そして後漢尺に換算図示すると表２、図１のようになる。

当然であるが、南北（正面全長）、東西（南倉南面幅、北倉北面幅）など、先掲データ〔表1〕とほぼ同寸である。そして殊に校倉各倉の正面幅、背面幅がみえるが、ここでも尺度は後漢尺仕様とみてよかろう。ただ奈良尺で各倉正面、背面が、北倉35尺、中倉40尺、南倉35尺とそれらしく、又、側面南北面とも31～32尺で整数値になるが、正面全長が112尺、背面もほぼ112尺と、半端な数字である。これに対して後漢尺は正面、背面とも全長140尺、北倉45尺、中倉50尺、南倉45尺、側面南北とも40尺と、又各倉合計が140尺とよく一致し、まことに明快で、後漢尺によるとみて誤りあるまい。因みに、福山敏男氏は校倉尺度について「曲尺の約〇・九七五尺を一尺とする奈良尺に換算すると」（『日本建築史研究』[20]、383頁）として、本論図１に示す奈良尺の数値をとられる。奈良尺学派であった。

なお各倉の柱間については、浅野清『奈良時代建築の研究』[21]（挿図127）に、

中倉は１間13.1尺、×30.3cmで396.93cm、後漢尺/23.5cm=約17尺、３間で×3、=51尺。北・南倉は１間11.7尺、×30.3cmで、354.51cm/23.5=15.09尺×３間で、45尺となり、よく一致する。

蛇足ながら、浅野氏（先掲論中、９頁〜）「三、屋根裏に転用されている旧小屋材」として、尺寸で総長を示される材のなかに、後漢尺の痕跡を残すもののあることを指摘しておく（以下、〈　〉内が後漢尺）。旧二重梁材 No.1 総長23.34尺〈30尺〉、旧三重梁材 No.3 総長10.10尺〈13尺〉、同 No.4 3.08尺〈４尺〉。旧妻繋梁材 No.1 10.05尺〈13尺〉、旧棟木材 No.1 23.12尺〈30尺〉。旧母屋材 No.1 38.45尺〈50尺〉。同 No.3 23.50尺〈30尺〉。同 No.6 17.06尺〈22尺〉。同 No.7 11.70尺〈15尺〉、等であろう。丁度昨今、校倉の屋根瓦葺替が終ったようだが、瓦の寸法も奈良朝のものは、あるいは後漢尺仕様かもしれない。

正倉院校倉について、はじめは、北倉、南倉が別に建っていて、のちに連結で中倉が出来たという初建双倉説と、はじめから三倉同時に造ったという説とがあるが、上記の結果からみれば、寸法的にみて同時説でよいのではないか。

なお、ここで思い出されるのは先記莫高窟の北大像が33mで後漢尺140尺というのが、正倉院校倉と同寸というのが気になる。正倉院は大仏の倉ということで、大仏が共通するが。

なお又、浅川滋男氏が『建築考古学の実証と復元研究』[(22)]で、弥生時代とされる鳥取市青谷上寺地遺跡出土の丸太柱材、残存長724cmで下から585cmの位置に細い貫孔、内法で95cm上ると長さ19cmだけ貫孔が残って……（7頁、38〜40頁）の数値がみえ、724cmは/23.5で30.8尺、585cmは25尺、95cmは4尺、19cmは8寸である。既に建築に後漢尺は用いられていたと考えられる。

以上、織物、造仏、建築の各分野で後漢尺という尺度が用いられていたことを例証した。当時は、公的、表向きは唐尺（天平尺）の時代であったが、その実生活の身辺底流には広く後漢尺が用いられていたのであって、それが特別なものでもなかったと云っていいと思う。

こうした前提にたてば、薬師寺が、本薬師寺も平城も後漢尺仕様であったとしても、特殊なことでもなく、普通のことであったと云うことである。

ここで今少し付記のような恰好で、後漢尺仕様と考えられる例をあげれば、興福寺関係になるが、いま立派に境内に建っている東金堂が、その痕跡を色濃くとどめている。「東金堂は創建以来数度罹災しているが」（『大観』7、29頁）、その都度旧状を踏襲して再建され、「ほぼ創建堂の形式を踏襲していると考えられる」（大岡實「興福寺」『南都七大寺の研究』[23]、42頁）と云われる。

その桁行7間は、大岡氏は77.75尺と示され、これは2355.825cmで、後漢尺/23.5で、100.25尺、丁度100尺である。『大観』（7、29頁）は、23.48mと示され/23.5cm後漢尺で、99.9尺、100尺となり、当然上記と同結果である。

また梁間4間は、大岡氏は42.05尺、1274.115cm、後漢尺/23.5cmで、54.21尺。『大観』は、12.96mで、/23.5で55.15尺となる。両者微差はあるが、桁行が後漢尺で100尺、これは本薬師金堂跡、平城薬師寺旧金堂のそれにほぼ一致し、梁間、54～55尺でやや多いが、凡そ2：1の関係で類似する。ただ柱間は、変更になっているようだが、大枠は大岡氏の言葉通りで旧様をとどめ、おそらくその創建時は後漢尺仕様であったろうと考えてよかろう。

又、同じ興福寺境内の北円堂、数値はあげないが、後世災禍に遭って、その都度再建され、今日に至るが上掲『大観』（7、21頁）に示される数値をみれば、創建当初の規模を守っているのだろう、後漢尺によっていることは疑いない。

又、かつて南円堂の前に建っていたという灯籠は、全長後漢尺10尺。また先記のように北円堂内の運慶作弥勒座像は後漢尺6尺（丈六仏）。

そして更に序にふれるならば、上代だけではないのである。京都の彼の蓮華王院三十三間堂、そしてそこの千手観音像もそれと思われ、更に云えば、西国、厳島神社の主たる社殿、あるいは大阪の住吉社の社殿もそれらしい。上代のみでなく、平安あるいは、それ以降さえ用いられているように思われる。蓮華王院と厳島神社は清盛との関連もあるだろう。また延暦寺の根本中堂は現在のそ

れは江戸初期と云われるが、尺度は後漢尺である（梁間100尺、桁行160尺）。元の礎石がそうなっているのだろう。この１：1.6の比は、後述、後漢尺と考えられる山田寺の遺構にもみる。

（４）「奈良尺」

かつて建築史家の用いた“奈良尺”とは、率直に云って実在しない架空の尺度である。尺度を専門とする書にもそのような名称項目は見当らない。近年は、その奈良尺の語は用いられなくなったようだが、実質は、天平尺（唐尺）１尺29.7cmをやや短かくした尺度を設定して、それによって発掘調査報告がなされ全体構想が示されていることには変りない。筆者はそれに疑問をいだくものである。

従来、筆者の知る範囲内では、“奈良尺”は本薬師寺の伽藍調査報告書あたりで使われ出したようであるが、その算出の仕方は、上記のように現在の発掘調査で、“奈良尺”と云わないまでも、天平尺の短尺とか称して、当り前のようになされている。しかしそのような有りもしない尺度で組立てられていく姿、全体が構築される結論は、本来からは異なった感覚のもので、外野席からではあるが大いに危惧するところである。

後に付記するように、山田寺の調査にしても、次項で述べる私見では後漢尺仕様のようである。これは先拙論（「古代尺よりみた法隆寺遺宝」[24]）では見落したが。ここで記述する薬師寺関係がそうであるならば、その尺度の背景には漢文化の要素があるということも認識しておく必要があろう。

天平尺よりやや短か目の尺度、といって、ではその尺度にいかなる文化的背景があるのか。ただ数値さえ合えば良し、ではないだろう。

さて、本薬師寺関係の報告書をみていると、その尺度は天平尺（１尺29.7cm）をやや下廻る数値単位の尺度を設定し、それを“奈良尺”と称して用いている。

本小論をまとめた筆者からみれば、次のようなことであろう事を前もって述べておきたい。

かつて本薬師寺の遺跡を計測調査された大岡實氏、あるいは足立康氏は、上記のような想定で算出した数値を奈良尺という語を用い、宮上茂隆氏も大著『薬師寺伽藍の研究』(25)で、奈良尺の語は見ないようだが、天平尺と称しつつも、その数値は、やはり上記のような、現尺の0.97……派で、短か目の天平尺で論じ、実質は奈良尺派である。また町田甲一氏も奈良尺の語を用いる。

ここで少し具体例に入り詳述すれば、大岡氏は、“完数”という言葉を用いて、「本薬師寺金堂計画の尺度は現尺の〇・九七四乃至〇・九七五くらいであるように思われる」(同氏「薬師寺」(26)、87頁)という。因みに現尺の0.974は29.51cm、0.975は29.54cmで、天平尺29.7cmをやや下廻る1尺を想定して、遺構をなるべく“完数”で把握しようとする。

その大岡氏説の核心部分は、同氏「薬師寺」「(三) 金堂塔婆の相互関係位置(挿図25)」においてである。それは図2(次頁)に見る、「塔婆の中心を結ぶ直線(東西両塔間、筆者註)より金堂中心までの距離は九七・五八となる。これはおそらく奈良尺一〇〇尺に計画されたものであろう。その尺度は((現尺の)筆者註)〇・九七五八となる」(88頁)の所見であろう。これはここで諸賢も気付きのことであろうが、実寸97.58尺の距離を1/100にしたまでである。

因みに、その金堂中心までの97.58尺は×30.3cm(現尺)は、1尺=29.57cmであり、通例天平尺29.7cmよりわずかに短かい。これはその都度、その場で、このような微調整がなされ、奈良尺で処理されている。

実はこのような手段は当今の報文でも奈良尺とはいわないまでも、とられている。

また足立康氏は「薬師寺伽藍の研究」(27)(23頁)で、東塔跡調査の結果を、少し長い引用になるが、

> さてこれら實測の結果に基いて當初の平面を復原するに、奈良時代頃の一尺は大體曲尺の九寸七分から九寸八分位の間にあるので(註二)、これを念頭に置いて二十三尺六寸餘を奈良尺に換算しその完数を求めると(註三)丁度二十四尺と云小數が得られる。勿論當時の物差の長さは必ずしも

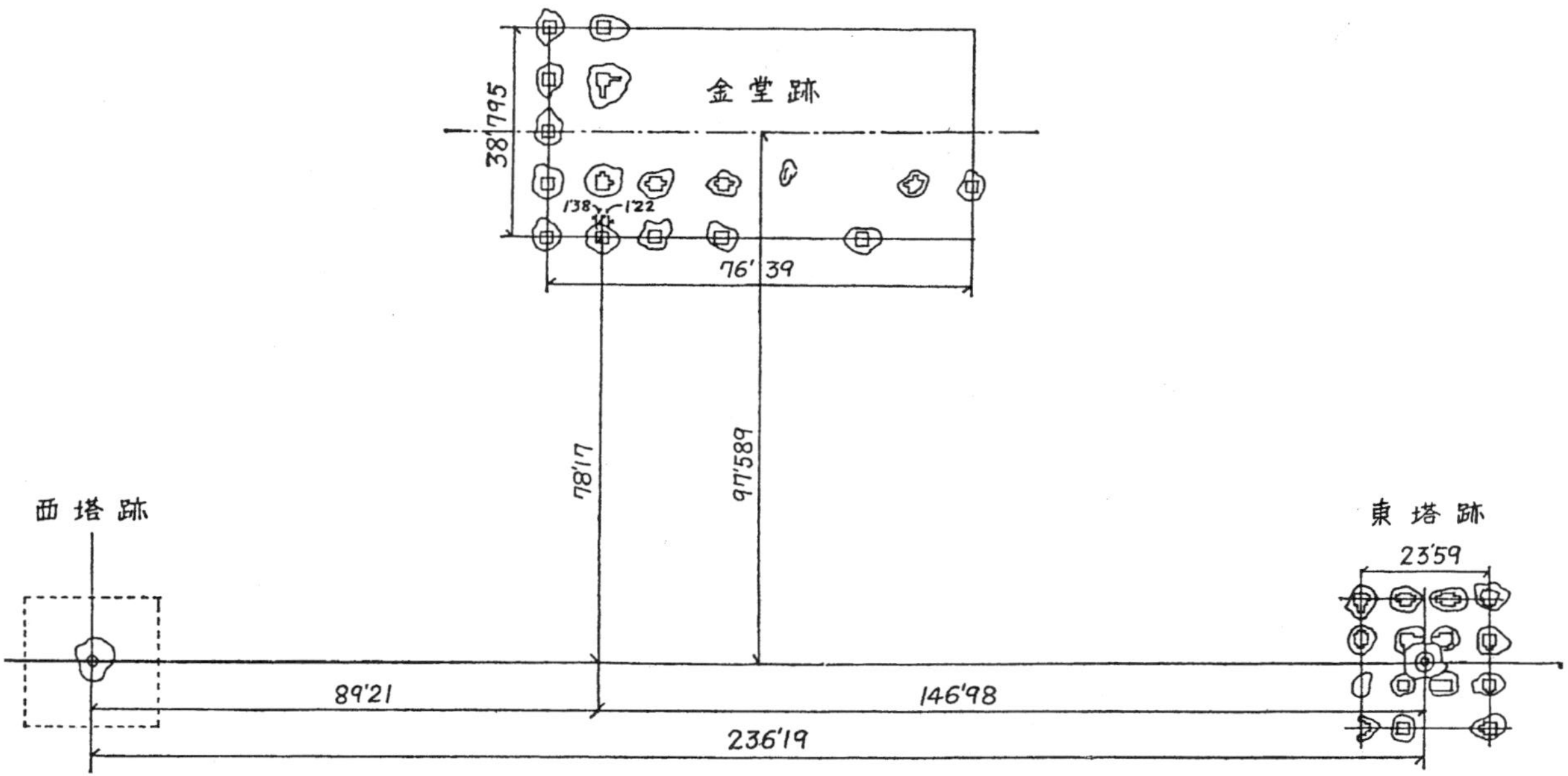

図２　本薬師寺跡実測図
（大岡氏「薬師寺」挿図25）

一定せず、また施工に際して分厘に誤らずに柱を立てる事も出来ぬから、茲に云ふ二十四尺とは、その計劃の精神に就いて云ふのである。既に塔婆一面の長さが奈良尺の二十四尺と推定されゝば、各柱間は三間同一であるからそれぞれ八尺宛である事が推知される。

とする。

そしてそこにみる「(註二)」とは、「これは唐尺の系統に屬するものであるが、本稿では便宜上奈良時代頃の使用尺と云ふ意味で奈良尺と呼ぶ」(28頁)、又「(註三)」は「換算の方法により色々の端數も出るが、要するにその計劃の精神に就いて考へれば、特別な理由のない限り、徒らに半端な數が選ばれる筈はない」(28頁)として、唐尺といわず奈良尺と称して結着させる。

また宮上氏(先掲書、172頁)は東塔跡で「礎石相互間の相対的な位置関係が当初からほとんど変らずに保たれているとみられるところもある」として、「このようなきれいな数値が得られるというのに偶然ではありえない」とされ、「0.975ぐらいの尺度を使用して建てられたと考えられよう」と上掲論に同調される。因みに0.975は29.54cmである。奈良尺派である。

しかし、筆者に云わせれば、足立氏の「当時の物差の長さは必ずしも一定せず」も問題だが、精神論まで持ち出して、分厘の端数を完数におし込むのは問題だろう。これは偏に先述、関野貞氏以来の考えで、奈良時代だから、その尺度は唐尺かあるいは高麗尺くらいしかない筈、ならば唐尺だろうという先入観的前提にたって、端数は奈良尺と称して繕ったに過ぎない。筆者がいま提唱したい後漢尺などという尺度は全くの想定外であっただろうから。

つまり先記のように100尺という確信的完数を造作したことで、大岡氏も諸先学もそれで良しとしたのであろうが、そうではないのではないかというのが本論の一つの大きな問題点である。敢えて云えば、それを否定、後漢尺という視点で新たな展望を開いたつもりである。

上述の問題点、図2の両塔間の中心を結ぶ直線から金堂中心までの距離97.589尺(大岡説)は、×30.3cm(現尺)で2956.95cmで、29.57cm(奈良尺1尺)

で丁度100尺となるが、これを筆者流、後漢尺/23.5でみると、125.83となり、125尺というある程度の整数値を得る。そして同じく両塔間中心線より金堂の桁行南１列目までの長さは78.17尺〔図２〕と示され、これは×30.3cmで2368.55cmで、後漢尺/23.5で、100.79尺、ほぼ100尺という整数値を得る。因みに上記奈良尺/29.57では80.10尺である。10：８だからそれでよいのである。

つまり奈良尺100尺は後漢尺125尺、奈良尺80尺は後漢尺100尺であるから、金堂中心線までの100尺が必ずしも万全決定値でもない。

以上縷述したが、肝心の結論をわかり易く述べれば、後漢尺（１尺＝23.5cm）×10と天平尺（唐尺）（１尺=29.7cm）×８とが凡そ＝（イコール）になるが、厳密につめれば、後漢尺23.5/天平尺29.7は、0.791、つまり0.01不足、それを10：８により近づけ、正確さを追求するには、天平尺１尺をやや短か目に、例えば29.54cmに設定する必要がある。そうすれば23.5/29.54=0.7955と0.8により近くなるわけで、それを現尺（30.3cm）の、例えば0.975とすれば29.5425となる、ということである。これをその都度、此處の所は現尺の0.97……と、臨機応変に微調整され、用いられている便利な尺度で、今日、発掘報文などに通例用いられる方法である。

実は、1990年代になって本格的な発掘調査が始まった（花谷浩「本薬師寺の発掘調査[28]」）がそうした調査においても、その天平尺29.7cmよりもやや短か目の尺度で示される。上記花谷氏行文中の数値を検算してもcmと尺の関係が、１尺が29.56cm、29.6cm、29.44cm、28.67cm、28.3cmと多彩にみられる。先学が奈良尺としたのは先記のように現尺（30.3cm）の0.975=29.54cmくらいであるが、上記のなかには、いささかかけ離れたものもみられる。

これがいわゆるかつて奈良尺、いま天平尺のやや短かいものと称する尺度の実態である。先述、調絁一幅天平尺１尺９寸は絁そのものに墨書で明記される寸法で、実寸は1.9尺×29.7cm=56.43cm、その本来の寸法は幅、後漢尺２尺４寸で、×23.5cm=56.4cmで一致。これが天平尺よりやや短かい尺などと、実尺がゆらゆらしていては徴税制そのものがゆらぎ、法制的に律令制度あるいは王

権とかも成り立たない。ひいては奈良朝律令制の否定にもなる。いかが。

奈良尺、天平尺よりやや短尺論者は、結局、その現場に後漢尺という尺度が横たわっていることに気付いてないからである。往時の尺度としては、天平尺(唐尺)、高麗尺以外の尺度は無かった筈、という前提での発想であろうが、実はそうではなかったのである。

奈良尺でも後漢尺でも、要は数値が合えばいいのではないか、という論者もいるだろうが、後漢尺という尺度は、漢代四百年の文化、技術をはぐくんだ尺度であるが、奈良尺、あるいは天平尺より短尺というものにどのような文化史的背景があるのか。よし唐尺の流れであるといっても、後漢尺とは別のものだろう。

(5) 山田寺の尺度

縮小の天平尺(奈良尺)か後漢尺かの論になった序でに、以前より気になっている山田寺の発掘調査での尺度問題であるが、いま大枠のところで述べれば、佐川正敏氏の「山田寺跡の発掘調査」(29)に示される数値で述べれば、大垣の規模は東西118m、南北187mとされる。ここで同氏の古代の尺度換算はみえないが、筆者の後漢尺/23.5説でみれば、東西118mは502.12尺、南北18.7mは795.75尺で，凡そ東西500尺、南北800尺という構図になってくる。また大垣の垣間は、2.35m、2.37m、2.73mと示されるが、当然後漢尺/23.5cmで、凡そ10尺、１丈単位というきわめて明確な尺度であらわれる。佐川氏はそれを7.5～8尺(基準尺29.7cm)とするが、先記のように29.7cmは天平尺であって後漢尺との関係は10：８弱で、その通りで、短尺天平尺での通例どおりの処理である。

山田寺の正式報告書『山田寺発掘調査報告　本文編』(30)の「伽藍配置の復元Fig.161　建物間寸法１：1200」(447頁図)に、東西118.21m=400尺(295.5)、南北183.03m=619尺(295.7)と換算する(( )内の295.5は29.55、295.7は29.57ではないか)。

ここで東西が400尺という確信的数値を得られたので、納得であったのだろ

うが、これは何度も繰返すが後漢尺：天平尺が、10：８弱であり、上記のように東西後漢尺500尺であれば当然天平短尺（奈良尺）では400尺になるわけである。それはよいとして、問題は南北である。2002年の報文は上記図で183.03mで、佐川氏のは187mとやや延びるが、報文はそこを619尺とする。187mとして/29.57では632.4尺である。以上を見易く整理すれば、

天平短尺　東西400尺　南北632尺

後漢尺　　東西500尺　南北800尺

どちらがそれらしいかは云うまでもないだろう。大体一方が400尺丁度で、南北が630尺などというプランは、まず作らないだろう。500と800の方がはるかに整合性が感じられすっきりする。明確に１：1.6の短形である。

また、その『学報』第63冊中の報文に、「８尺」と考えられる、という語をよくみるが、これは上記対比のように後漢尺10尺であったのだろう。また「3.78m」という比較的こまかい半端な数値もしばしば掲げるが、3.78/23.5=16.0尺である。この後漢尺16尺は、後述、本薬師寺金堂桁行７間の中央三間と同寸で、そこの推定数値は3.76mで上記と２mm差である。そこを先学は奈良尺12.5尺とされたが、筆者は後漢尺16尺とした所である。

次に佐川氏が示す回廊の規模（134頁）をみれば、

東西長84.89mは、/23.5=361.23尺=360尺

南北長86.94mは、/23.5=369.96尺=370尺

であろう。氏は「本来はおおむね300尺四方」と、ごく大まかな結論を出されるが、そうではあるまい。後漢尺では、上示のように極めて明確に10尺の差のあることを提示できる。また東西22間、南北23間と同氏は示され、それら１間を13尺と結論されるが、後漢尺/23.5で計算すれば、東西は16.42尺、南北は16.09尺でおよそ16尺で、ことに南北長23間は、１間当り3.78m、2002年の本報告中にしばしばみる、その数によく一致する。

また金堂南面の礼拝石は（同報告、本文30頁、134頁）、東西2.4m、南北1.2mで、そこでは古代尺寸法表示はいずれもなされてないが、以前、筆者はどなたかに

質問され、唐尺8尺・4尺ではと答えたが、後漢尺10尺、5尺に訂正したい。

以上、山田寺の使用尺度は、後漢尺であったろうと提案しておく。これまでの数値を後漢尺に置換えたら今まで提示されている数字より上記のように、もっとすっきりした数値が並ぶことを期待しながら。

なお、岡田英男氏の「飛鳥時代寺院の造営計画[(31)]」のなかで示される「図6 四天王寺伽藍配置図」（68頁）にみる数値について、同氏は「大尺」による計画とされるが、筆者の後漢尺/23.5cmで考える余地もある。即ち回廊東西径300尺、南門心〜講堂心600尺、南門心〜金堂心300尺、金堂心〜講堂心300尺と。

（6）高麗尺と後漢尺

いきなり無関係のような尺度名を並べるが、筆者は、両者関係があるのでは、と思うので、それを記してみたい。

それは、かつて岸俊男氏が、藤原京城の条坊制から導き出された高麗尺1尺、35.3cmという数字についてである（「古代地割制の基本的視点[(32)]」、153〜154頁）。これについて岸氏は、高麗尺1尺35.6cmということが頭にあってか、この35.3cmについて、高麗尺とは云いにくそうで、「しかしこれは概測であって、決して高麗尺一尺の数値として厳密に寸法を論ずるばあいのデータにはならない。また高麗尺そのものについても、東魏尺との異同、唐尺との関係などの問題が多く」と、慎重な姿勢をとられる。

ただ筆者は、この岸氏が見事にはじき出された35.3という数値に非常に興味をもっている者である。それはこの小論で繰返し述べている後漢尺数値、23.5の丁度1.5倍に相当するからである。即ち、23.5×1.5=35.25と一致するのである。これは偶然ということで見過すことはできないと思っている。そして筆者の一案としては、中国漢代23.5cm尺が、半島へ漢代文化流入の楽浪時代にでも、彼の地に導入され、そこで「度地尺」として、短尺を長尺へと1.5倍したものが35.3cm＝1尺ではなかったろうかと思う。それがいつの頃か本邦に流入、彼の地と同様「度地尺」として使用されていた、と。ただ唐尺29.7cmと高麗尺と

の関係は、唐尺の1.2倍＝35.6cmが近かったので、のちその数値修正されたのがいわゆる高麗尺であったろう。

今一度重要と思うことは、条坊制の基本的単位とでもいうべき35.3cmが、筆者想定の後漢尺の1.5倍であるなら、その条坊制地に創作する際、倍数になっている後漢尺での仕様が、唐尺よりはなじむのではないかということである。つまり後漢尺は、飛鳥・藤原の地になじみ易い尺度単位であったという視点もあろう。

Ⅰ　金堂　本尊薬師如来座像　台座

今日、奈良西ノ京薬師寺金堂の本尊、薬師如来座像が座す台座のことである。本台座は銅鋳造製で、形状は、かの法隆寺金堂内のは木製であるが、そこに在る三つの台座と同様式、いわゆる宣字形須弥座と称すべきものと同類である。

その構造は三部構成で、図３（『大観』６、48頁）にみるように、下方で全体を支える下框部（框座とその上方に三段の框）、その上に箱状の腰部、更にその上部に上框（二段）で完形、という構成である。これらは、それぞれ別鋳後に組

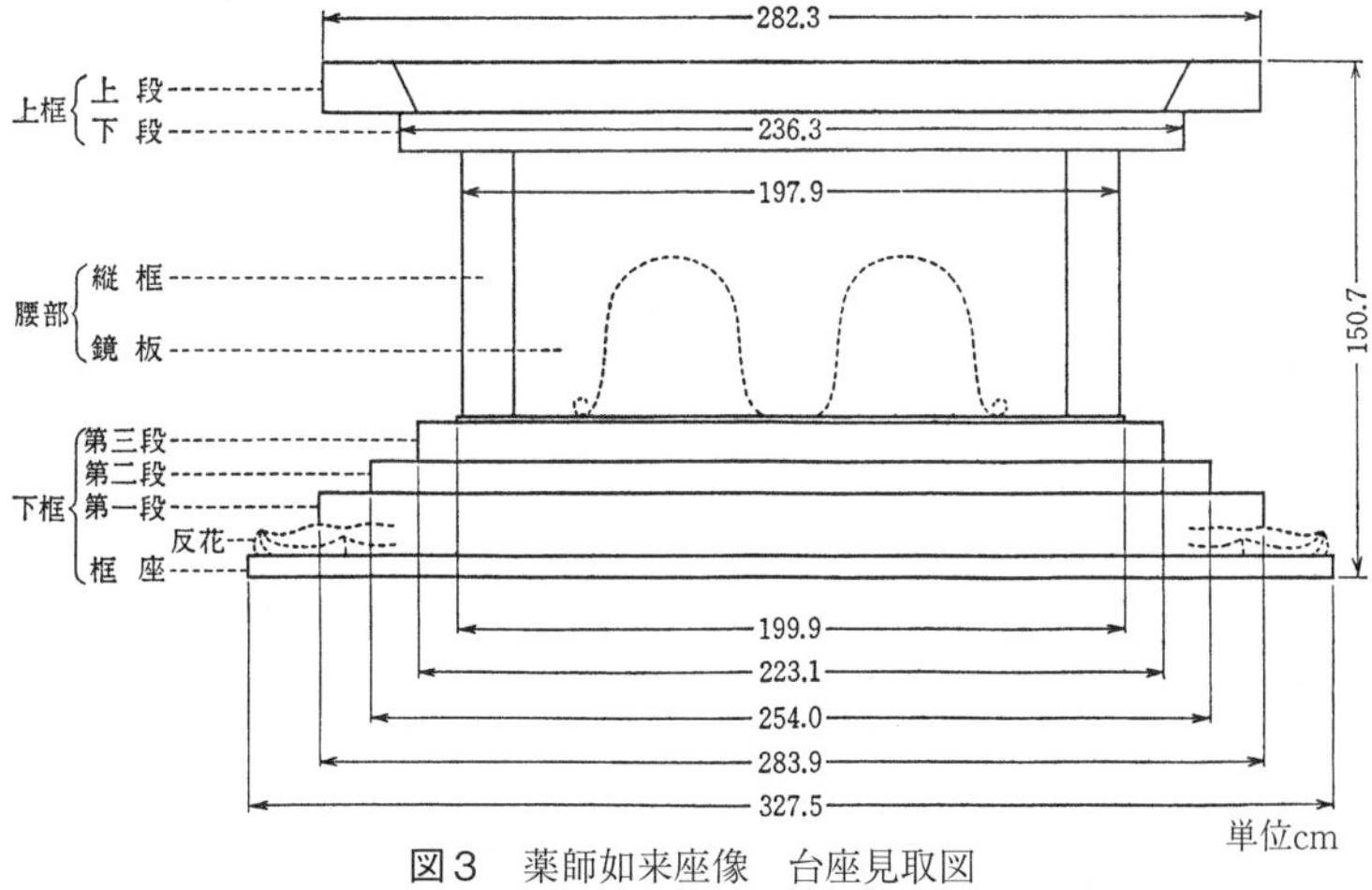

図３　薬師如来座像　台座見取図
（岩波書店刊『奈良六大寺大観』６、挿図33、48頁。以下本論中『大観』６と略）

立てられたものである。

まず下方から、下框部は最低辺で、框座四周に反花をめぐらし、その上方に三段の框とし、各四周には長方形枠内に宝珠形文とでも称すべき文様をあらわす。そして第三段目の框の四面各中央それぞれに、東に青竜、西に白虎、南に朱雀、北に玄武と、いわゆる四神を浮彫にあらわし、漢文化の匂を漂わす。

次に、中程の腰部は箱状で各四隅縦框に、下框にみるのと同類の長方形枠内に宝珠形文をあらわす。ただ、この腰部縦框の宝珠形文は、既刊の図でみると、上述の下框のそれら、或いは後述の上框にみるそれらに比べてやや小振り、矮小化しており、どうも上下框制作担当の工匠とは“手”が違うように思われる。そして、この腰部には、他に見られない特異な文様表現、風字形様の枠内に、東西面（本尊座像左右面）には二人の裸形の鬼人風を、南北面（座像前後面）には、まず中央にうずくまった鬼人風が頭上に団子状の宝珠様のものを重ねた塔状風のものを支える姿、その左右一面に又それぞれ上記東西面型と同じ風字形枠内裸形の二鬼人を表現するが、いずれも他に類例を見ない異様な図様である。今日、薬師寺に参詣し、金堂の本尊の裏手にまわれば、背面・北側の図様が見えるように配慮されている。いずれにしても一般的にはお目にかかれない、特異な図様表現である。中国の華夷思想での南方異民族への蔑視的表現とでもいうべきものだろうが、これらについての私見も少々あるが、後述（終章）にゆずる。

この腰部の上方に、上下二段組の上框が重なって、本台座が完形となるわけであるが、この上框の上段部分側面には見事な葡萄唐草文が表現され、下段部分周りには下框にみるのと同様な宝珠形文がめぐらされる。そしてこれが重要なことであるが、その上段の葡萄唐草文は南側、つまり今の座像の正面は、その唐草文は框部両端部を少し残して、中程はみな削除された状態になっている。これは現状をみても明らかなように、現本尊薬師如来の懸裳が全面に垂れているが、その懸裳端両端に近いところで切込んで、懸裳の当る部分が全面削除されていることである。又、上框下段正面（南面）は、他三面（東・西・北面）に

みる宝珠形文がみえないが、それを『大観』は、そこは最初から文様が表現されなかったように説明するが、そうではあるまい。やはり削除されていると、筆者はみる。

この台座の現状を忠実に模造したという現薬師寺休憩所に展示の模造品をみても、やはり完成後に削除されたようにみられる。もし最初からその面には何も表現しないものとすれば、表面処理は、もっとなめらかにきれいに仕上げられた筈である。

この上框の上下二段正面の、二次的作為については、本台座を考えるのに重要な問題点であると思うが、先学諸氏が、それについて述べられたものをなにも見ないのは不思議である。これは薬師寺全体にかかわることで終章で述べる。

台座の現状所見は、凡そ以上のようなものである。

では、本論の題名、「古代尺」からみた場合、この台座はどういうことになるのか。そもそもの始まりは、工芸的見地から正倉院宝物外での箱物状の尺度検討で思いついたのが、ほぼ同時代ということで、この薬師寺本尊の台座であった。宣字形須弥座の本台座は方形であるので、計測寸法が明確であろうし、数値は比較的明瞭に現われるのでは、と思ったが、結果はその予想通り明確にあらわれたが、それは、「序」にも述べるように、“後漢尺”という尺度が結論である。これは、これまで長年正倉院の例を検討してきたなかにあって、後漢尺仕様のものの存在は了解していたので、想定内ではあった。

まずその台座の尺度を検討する数値については、『大観』６（薬師寺）に「挿図33　薬師如来像　台座見取図」（48頁）で、正面観からの各部分の測定数値があげられ〔図３〕、又、その他の部分は『大観』（55頁）に述べられる。また、これとは別に町田甲一氏『薬師寺』[(33)]の「挿図65　薬師如来像　台座見取図」（116頁）、「附図３　金堂　薬師如来像台座（西面）実測図」（235頁）がある。又、同書「附図１　金堂　薬師如来像　実測図」（234頁）には、裳懸座での姿で、また異なった部分の測定値が示される。

これらを照合すると正面寸法は、『大観』と町田氏のとは全く一致する。また「西面」図（いわゆる向って左側面）は、『大観』には見えず町田氏図が唯一である〔表３－２〕。また各部の厚さも町田氏図のみで、『大観』にはない。データ的には凡そ以上であり、以下、これまで示されたcm単位で計測された台座の各部について、古代尺数値に換算して検討を進める。

まずここで検討する古代尺については、奈良尺/29.54cm、唐尺/29.7cm、高麗尺/35.6cm、晋尺（唐小尺）/24.75cm、そして後漢尺/23.5cmである。ただ奈良尺は筆者は認めない尺度であるが、先述のように建築史家あるいは考古の諸先学が、現尺（30.3cm）の0.975とか称して唐尺29.7cmよりやや短か目の尺度を設定多用するので、一応とりあげる。

そしてまず最初に図３にみる正面幅数値を上記各尺度で検討してみると、表３－１のような数値になる。それをみると、整数値が並ぶのは後漢尺である。奈良尺でも唐尺でもない、高麗尺、晋尺でもない。そしてその後漢尺の数値をその台座の図にあてはめてみれば、図４のようになる。これらの数値をみれば大体整数値になり、この台座製作尺度が後漢尺仕様であることがほぼ確認できる。そしてこれを別の面から検討して、町田氏の台座西面幅（本体左側面）の数値を整理表示すれば表３－２のようになる。

そして先記正面幅各所数値と西面幅（左側面）各所数値の差、つまり正面幅数値－西面幅数値の差を示したのが表４である。当然だが正面幅が西面幅より広く、双方各部位の差を算し、各古代尺数値に換算した結果〔表４〕をみると、正面幅・側面幅差は、後漢尺で各部位とも凡そ３尺差という結果があらわれ、他尺にはみられない数値が明瞭に示された。又、高麗尺で２尺差とみえ、前述のように後漢尺×1.5が高麗尺であるから３尺：２尺で辻褄は合う（後漢尺23.5cm×３尺＝70.5cm。高麗尺35.6×２尺＝71.2cmで、ほぼ等しい）が、この場合はやはり後漢尺とみるべきであろう。要は後漢尺寸法で正面幅各部位寸法から３尺を減じた寸法が側面幅寸法になっているということで、この台座が後漢尺仕様であることは間違いなく証明されたと考える。これは本台座について、きわ

表３－１　薬師寺　薬師如来座像台座（正面幅）　古代尺寸法

正　面						
部　位	cm	奈良尺 /29.54	唐尺 /29.7	高麗尺 /35.6	晋尺 /24.75	後漢尺 /23.5
上框上段	282.3	9.56	9.51	7.93	11.41	12.01
〃　下段	236.3	8.00	7.96	6.64	9.55	10.05
腰　部	197.9	6.70	6.66	5.56	8.00	8.42
腰部下端	199.9	6.77	6.73	5.62	8.08	8.51
下框第三段	223.1	7.55	7.51	6.27	9.01	9.49
〃　第二段	254.0	8.60	8.55	7.13	10.26	10.81
〃　第一段	283.9	9.61	9.56	7.98	11.47	12.08
框　座	327.5	11.09	11.03	9.20	13.23	13.94

（依『大観』６、48頁「挿図33　薬師如来像　台座見取図」および町田甲一『薬師寺』「挿図65　薬師如来像台座見取図」116頁・同「附図３　金堂　薬師如来像台座（西面）実測図」235頁）

『大観』（６、挿図34）をみると、腰部上辺が作製後切断されているのがみえるから本来の寸法は現在以上あったことは確かである。その点について田村吉永氏「１尺９寸」切断説（「薬師寺堂塔本尊造立新考」『佛教藝術』151号、1962年）がある。紹介のみにとどめる。

表３－２　薬師寺　薬師如来座像台座（西面幅）　古代尺寸法

西　面						
部　位	cm	奈良尺	唐尺	高麗尺	晋尺	後漢尺
上框上段	※217.2	7.35	7.31	6.10	8.78	9.24
	※212.1	7.18	7.14	5.96	8.57	9.03
〃　下段	166.2	5.63	5.60	4.67	6.72	7.07
腰　部	124.4	4.21	4.19	3.49	5.03	5.29
腰部下端	128.8	4.36	4.34	3.62	5.20	5.48
下框第三段	152.4	5.16	5.13	4.28	6.16	6.49
〃　第二段	182.8	6.19	6.16	5.14	7.39	7.78
〃　第一段	212.9	7.21	7.17	5.98	8.60	9.06
框　座	256.3	8.68	8.63	7.20	10.36	10.91
高	152.0	5.15	5.12	4.27	6.14	6.47

（依町田甲一『薬師寺』「附図３　金堂　薬師如来像台座（西面）実測図」235頁）

表４の※に記すように、この上框上段の217.2cmは、５cmの物差上の見誤りで、実寸は217.2→212.2とみられる。212.2cmで後漢尺9.03尺である。

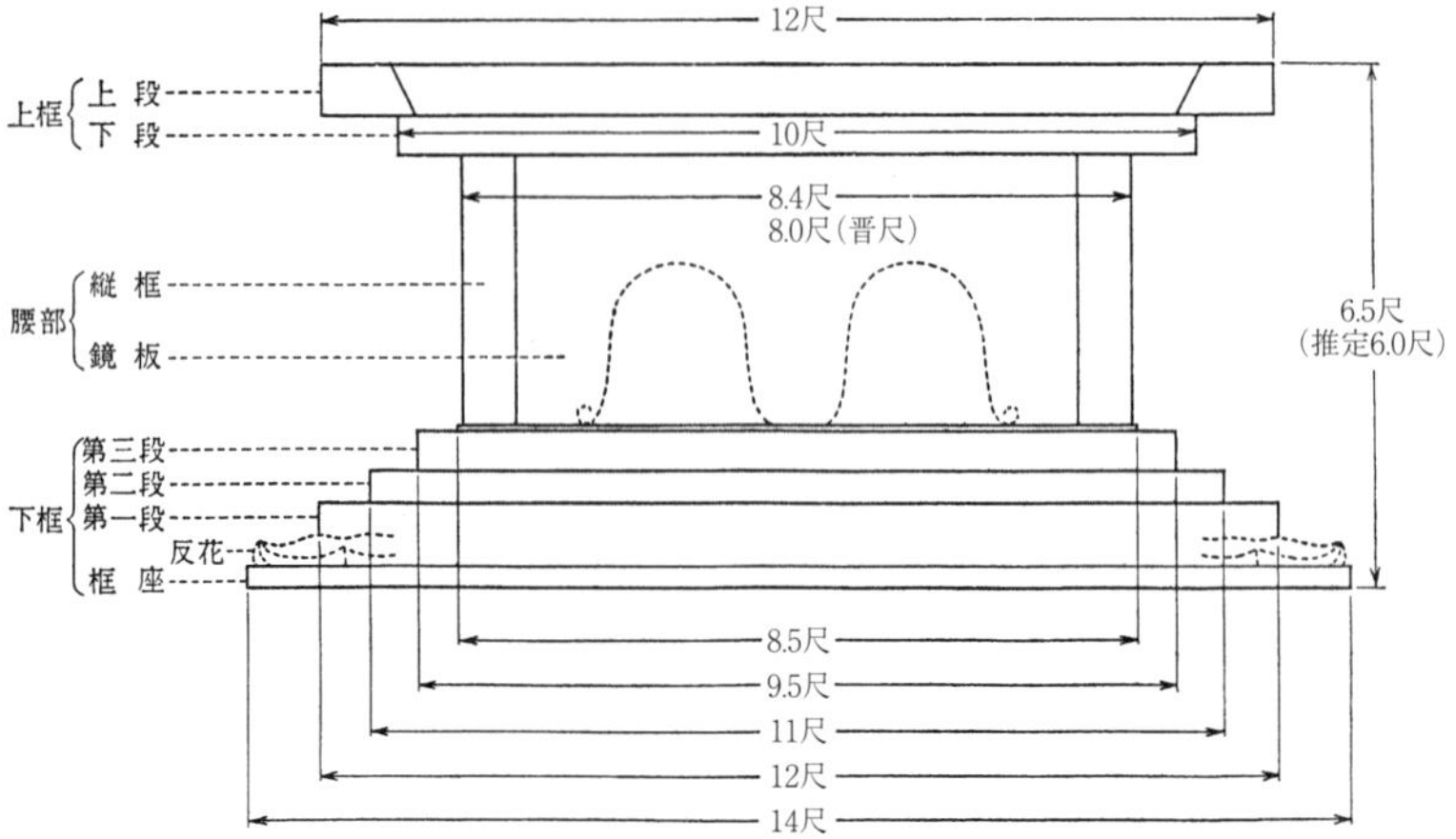

図４　薬師如来座像　台座　後漢尺寸法
（依表３－１、『大観』６、挿図33を基に作成）

表４　正面幅より西面幅を差引いた古代尺寸法

部　位	正面－西面	cm	奈良尺	唐尺	高麗尺	晋尺	後漢尺
上框上段	282.3－217.2※	65.1	2.20	2.19	1.83	2.63	2.77
	282.3－212.2※	70.1	2.37	2.36	1.97	2.83	2.98
〃　下段	236.3－166.2	70.1	2.37	2.36	1.97	2.83	2.98
腰　部	197.9－124.4	73.5	2.49	2.48	2.07	2.97	3.13
腰部下端	199.9－128.8	71.1	2.41	2.39	2.00	2.87	3.03
下框第三段	223.1－152.4	70.7	2.39	2.38	1.99	2.86	3.01
〃　第二段	254.0－182.8	71.2	2.41	2.40	2	2.88	3.03
〃　第一段	283.9－212.9	71.0	2.40	2.39	1.99	2.87	3.02
框　座	327.5－256.3	71.2	2.41	2.40	2	2.88	3.03

※上框上段「正面－西面」の数値が65.1cmとみえ他の場所に比べて約５cm短かい。これは西面数値が217.2cmとみえているが５cmの物差上の見誤りで、217.2は実際は（212.2cm）ではなかろうか。これで下段の数値と一致する。

めて重要な指摘をなし得たと思っている。

ただ問題が一箇所残る。それは腰部幅の寸法で、正面左右幅197.9cmは、後漢尺換算で、8.42尺〔表３－１〕、西面（側面）左右幅124.4cmは後漢尺5.29尺で〔表３－２〕、他に比べて歯切れが悪い。要は他の箇所のようにすんなり後漢尺で整数値で納まらない。因みにこれを晋尺でみると〔表３－１・２〕、正面は7.996尺＝８尺、西面は5.03尺＝５尺となり、その差３尺である。とすると、この腰部は、上框、下框など後漢尺工匠集団とは異なった晋尺工人グループとでも称する人達による仕事ではなかったろうか、と。

上述のように、この腰部は風字様枠のなかに特異な人種の表現、又、正面、背面には更に特異な塔様の図をあらわし、上框、下框とは全く異なった雰囲気の仕事で、尺度の点からも工人集団の違いがあったのではないかと感じる。このような腰部の異様な図様表現が、後漢尺工匠集団には出来ないので、晋尺集団に委ねられたのではないか。先に少しふれたが、腰部縦框の宝珠形文が、上框、下框にみるそれらに比べて、やや弱い表現に感じるのも、真似るという過程の入った証左であろう。またこの腰部上端に完成後の切断の跡が残るのも、晋尺、後漢尺両工匠間の寸法のとり違えの結果の切断、と考えられる。

以上、中ほど腰部はやや異なると思われるが、上框、下框は後漢尺仕様によって全体がまとめられたものと、結論したい。ことにそこにみる四神図は、中国色強いものであるが、これが後漢尺という尺度からみて、漢代文化の流れをひく尺度であるから納得の図様である。

なお、町田氏『薬師寺』（235頁、附図３）別表によると、 框各段の厚さを詳細に記し、cm単位以下二桁の数値をかかげるが、これは尺寸単位を換算して示されたように思われる。因みに部分部分の合計が、全高で計測した数値よりも大きくなる。（『同書』234頁、附図１）では150.68と示され、部分合計では155.63となる。『大観』は150.7とするから、前者を四捨五入した数値である。因みにそれは後漢尺6.4尺である。前者は6.6尺となる。平均すれば6.5尺で別示復原図〔図４〕には、それを入れたが、改めて復原図全体をみると計測値はす

べて尺単位区切りでみえるのに、この台座高のみ小数点以下がつく。そこで町田氏の附図（先掲235頁）の腰部高をみると80.52cmとあり、これは後漢尺/23.5で3.43尺で、その約４寸が先述異工人の切断残し分とみて、本来は後漢尺３尺＝70.5cmであるべきで、台座全高152.0cmから（現腰高80.52）－（本来高70.5）＝10cmを差引、142cmとすると/23.5で6.04尺で、つまり６尺が本来の台座完成の予定寸法であったと推定しておく。

Ⅱ　東院　聖観音菩薩立像

薬師寺の仏像のなかでも、代表的な金堂のあの豊麗な曲線美ゆたかな薬師如来三尊像とは対照的な東院の聖観音菩薩立像。直立、ひき締り、張りつめた堂々たる体軀、その全身に、緩やかに纏った天衣の曲線、鋳造という硬直な素材ながら、あたかも薄絹をまとったかのような表現は感嘆の外ない。剛直な直線に華麗な曲線をまとわせた姿とでも称すべきか。

昔、まだ薬師寺も人影少なかった頃、この像に初めて対面した時、その気品ある姿に感動した。そして今、本像が後漢尺という尺度によって、後漢尺工匠集団とでも称すべき人々による造立であることを指摘しておきたい。

ただ、本像については、かの町田氏でさえ、「この堂（東院堂）の本尊のことについて全く記すところのないことは、誠に不可解なことである」（同氏『薬師寺』146頁）と云わしめる像であるから、筆者など及ぶところでないが、ひそかに、この像こそ天武９年（680）、皇后の病気平癒を祈願し、発願された時の像ではないかと推察する。要は本来の本尊。それが薬師寺として、薬師信仰が持統帝によって主流となり、天武帝崩御後、その観音信仰が徐々に遠ざかっていった結果が、今日の姿ではないかと思う。

さて、ここで本像の尺度問題に論を進めれば、本像の法量については、『大観』６（59頁）、「挿図39　聖観音菩薩像　測定図」〔図５〕として、図像が描きおこされ、その各部分にcm単位の数値が、かなり綿密に入れられ、全体がよく把握できる。

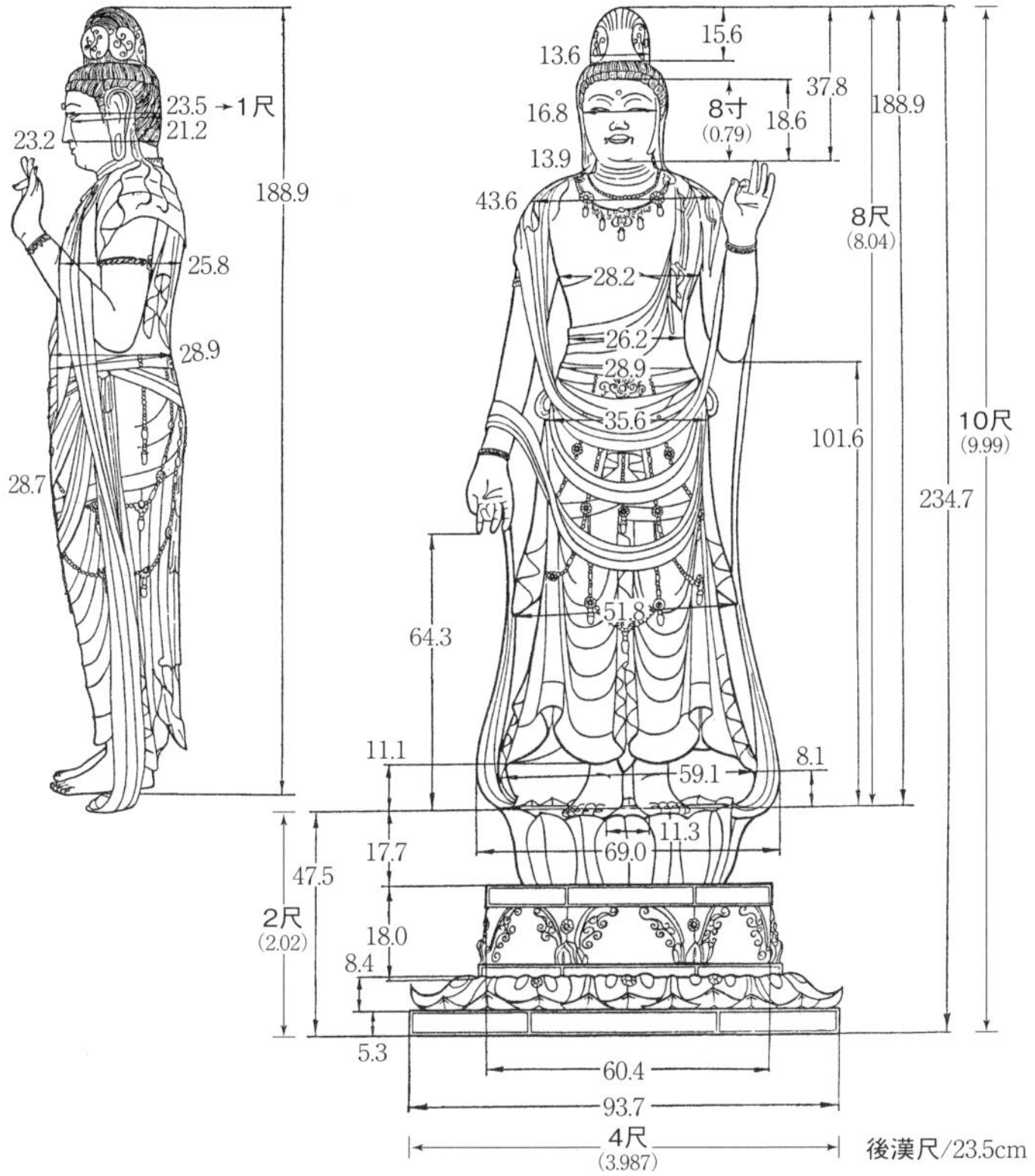

図5　聖観音菩薩像　測定図
（『大観』 6、挿図39を基に作成）

表5　薬師寺　聖観音菩薩像　古代尺寸法

部　位	cm	奈良尺 /29.54	唐尺 /29.7	高麗尺 /35.6	晋尺 /24.75	後漢尺 /23.5
総高（像高＋台座）	234.7	7.95	7.90	6.59	9.48	9.99
像　高	188.9	6.40	6.36	5.31	7.63	8.04
顔面・頭部高	37.8	1.28	1.27	1.06	1.53	1.61
顔面高	18.6	0.63	0.63	0.52	0.75	0.79
顔面奥行	23.5	0.80	0.79	0.66	0.95	1
台座高	47.5	1.61	1.60	1.33	1.92	2.02
台座下框幅	93.7	3.17	3.16	2.63	3.79	3.99

（依『大観』 6、59頁「測定図」）

ただ古代尺という問題はまだ一般的でもないから、関心のない人にとっては、そのcmはただの数値にしかみえないだろうが、筆者のように長年それに取組んできた者の眼には、その数値を一見、この像が後漢尺仕様であることは瞬時によみとれる（測定図に後漢尺概算数値をゴチック体で併記した）。

即ち像高及び台座も含めた全高234.7cm〔図５〕は、まさに後漢尺１尺23.5cmの10倍、つまり丁度その10尺であることがよみとれる。少し不遜な云い方になるが、「序」でふれた「漢委奴國王」金印の印面、通産省の四面計測値の平均値「2.347」cmのもの100個を一列に並べた数値に１mmの誤差もなく全く一致するのである。机上論ではあるが、彼此、何世紀も離れた作品2.347mが、１mmの誤差なく一致する尺度をみても、いかにその尺度が正確に伝承されていたかがうかがわれよう。現今のわが国の専門家の間で、当時の尺は、幅があって一定していない、とか、鷹揚なものである。

そして「測定図」〔図５〕にみる数値で、比較的わかり易い部分の数値を、念の為、奈良尺、唐尺、高麗尺、晋尺、後漢尺に換算して示すと、表５にみるようになる。掲示する各尺度の数値を通覧しても明らかなように、その各部位の数値の整合性からみて、建築史家が用いる奈良尺でもなく、唐尺、高麗尺、晋尺でもなく、後漢尺の割出しであることは明白である。これまでも述べるが、後漢尺10尺に、奈良尺を８尺に近づけるから、総高はそれで良いだろうが、各部分の寸法は、奈良尺では殆んど整数値にならない。この点、後漢尺は総高（像高８尺＋台座２尺）10尺、顔面高８寸、顔面奥行１尺、台座高２尺、台座下框幅４尺。顔面高の10倍が像高に同じ。台座高と台座下框幅は１：２の割合。後漢尺による見事な割出しというほかない。

本像の台座について、町田甲一氏が、「本体と台座が一具のものとして同時に造られたものであったかどうかについては少なからぬ疑問が残りそうである」（同氏『薬師寺』、158頁）と云われるが、尺度からみれば、上記のように、この後漢尺の高２尺の台座をはずすと全体論が成り立たなくなり、その懸念は全くない、と断言できる。

本聖観音像が後漢尺仕様であることは、揺らがないが、では金堂の薬師三尊像あるいは講堂のそれら（寺側では弥勒菩薩とする）が、やはり後漢尺仕様かと問われれば、それでは割切れない、他の尺度単位のように思われると答えよう。美術史家が白鳳か天平かという論を様々な観点からなすが、筆者は様式論もさることながら、一つの見方として、使用する尺度の工匠集団の相違が関連するようにも思っている。或る尺度を用いる工匠集団が、その尺度と共に独自の技術をもって、あえて云えば“渡来して来て”仕事をしたと。

今日のようにあらゆる製品が、並べてcm単位、昨今はmm単位で行われる時代では、以上のような考えにはなかなか及ばないだろうが、なお伝統的な手工業での生産、製品には、“尺”が用いられていることは衆知の通りである。例えば手漉和紙などはそうであろう。古く尺寸で漉枠などが作られたものをやはり継承すれば、製品も自ずと尺寸単位になるだろう。この聖観音像を白鳳彫刻とみるか、天平彫刻とみるかという点について、斎藤理恵子「東院聖観音像」(34)で、この聖観音像と金堂薬師三尊像がほぼ同時期に製作されたとすれば、聖観音像により古い要素がみられるというのは事実だろうが、これについて、「聖観音像が発願された時には一線級仏師によって金堂薬師三尊像の制作が行われており、「その結果、造丈六官の一線級仏師の手を借りることができず、人体解剖学的な観察と写実的な造形の習熟度が未完成の仏師たちが制作」したため」（145～146頁）との文をみるが、これによれば、当時、造仏工の集団が一つのまとまりであって、そこに上手仏師、下手仏師があって、それぞれ制作に従事していたかにみえるが、そうであったろうか。私見では、「序」に少しふれるが、尺度の異なった工匠集団があることを思えば、必ずしもそうと云えない面もあろう。

かつて上原昭一氏が「飛鳥・白鳳彫刻(35)」（『日本の美術』No.21、18頁）で、「そして、その様式の間断なく半島や大陸からの影響をうけていた時代であったということが、一様式の系統的発展として、順序よくその系譜を編年することができないということを物語っている最大の理由」といわれる。実は尺度をやっ

ていても、異なるものの流入という視点があると思っている。

Ⅲ　東塔・旧金堂

（1）東塔

人口に膾炙するする著名な仏塔である。本薬師寺で建立移転か、現薬師寺での建立かという議論のあるところである。三重の塔に各裳階がつき、その複雑な規模のなかにリズミカルな変化が人目をひきつける。

ここで筆者は、この東塔について、これまで計測された数値を検討することによって、この塔がやはり後漢尺仕様であることを述べ、更にはそのリズミカルな点について、なぜそう見えるのかその数値でもって、私案を述べてみたい。

この東塔のデータについては、その平面的なものと、立体的なものとがあり、その二つの面から検討ができる。

まず平面的な問題点から。そのデータは『大観』（6、「挿図10　東塔平面図」、19頁）に、「東塔平面図」が示される〔図6〕。要は東塔基部の柱列間の寸法である。また同類で管見に入ったものに町田氏の『薬師寺』（「挿図18　東塔平面図実測図」、59頁）がある。この町田氏掲示のものは、尺単位の目盛（7.83、7.74、7.83各尺）でみえ、因みにcm換算して『大観』図の数値と比べると、よく一致する。とすれば、この尺単位の計測値が古く、それを換算して『大観』の数値は示されたのだろう。今は便宜上cm換算の『大観』のデータによって述べる〔図6〕。

まず柱間三間の中央の数字「2.345m」が示されるが、これは実は先にみた聖観音菩薩像、台座を含めての全高234.7cm、と僅かに2mm差で、ほぼ一致する数値であることに注目したい。つまり聖観音像が台座と共に横になった寸法と同寸なのである。2.345m/23.5＝9.98尺、いわゆる後漢尺10尺であり、この一事によって、東塔自体が後漢尺仕様であることが推察される。ただ中央間の両サイドが共に2.373mと、わずかに広く、/23.5＝10.10くらいになる。これは建築上の力学的な問題からであろうか。そしてこの3間の柱間の合計は、

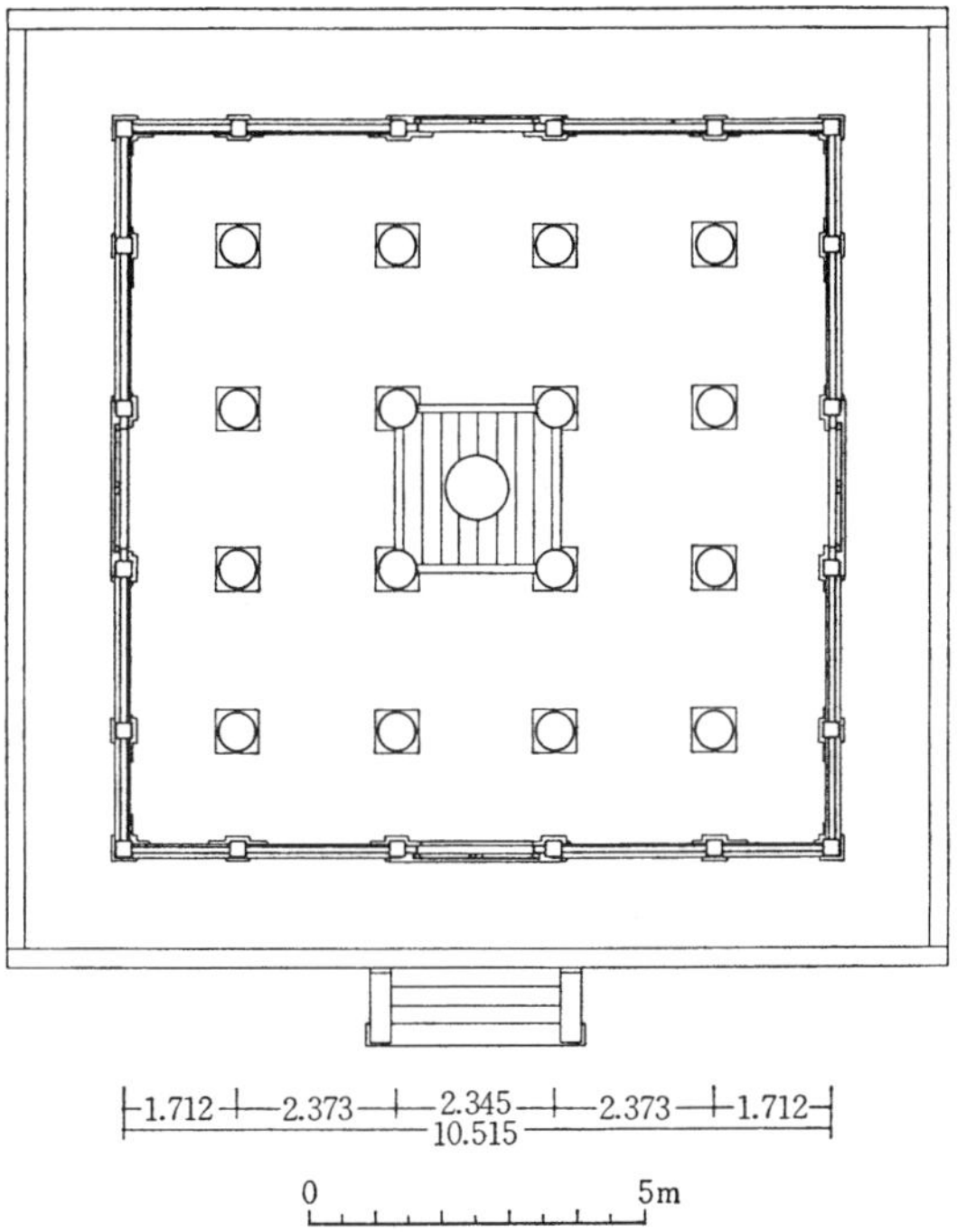

図6　東塔平面図
（『大観』6、挿図10）

7.091mとなり、/23.5後漢尺で、30.18尺。唐尺/29.7で23.88尺、ここで唐尺では割切れないので、建築史家流にやれば、その唐尺よりやや短か目に、現尺（30.3cm）の0.975倍くらいを奈良尺と称して/29.54に設定すると、24.01尺と、それらしい整数値になり、かくして東塔柱間は奈良尺で各8尺ということになる。ここの所は実は後述「Ⅳ　本薬師寺遺構尺度」中の東塔跡が、現東塔の規模と、ほぼ同寸であることによって（正確にいえば、現東塔3間柱間709.1cmが、本薬師寺のそれは714.17cm）、同じ結果になるのを、先行述べるのであるが、先学は本薬師寺の東塔について後述のように上記奈良尺説で、柱間1間奈良尺8尺×3間＝24尺説をとるが、筆者は上記のように、そこも1間後漢尺10尺×3間＝30尺説である。要は後漢尺10尺とみて、ややミステリーめくが、先述、聖

観音像・台座の全高寸法、後漢尺10尺とおさえ、塔柱間もそれによって意識的に同寸にしたのではないかと。因みに後述（48頁）、宮上氏の修理後報告にもとづく結果も（柱間３間）702.96cm（現尺7.73+7.74+7.73=23.2尺。×30.3=702.96）となり/23.5後漢尺29.91尺で、上記とほぼ一致する。

またその塔の基壇、東西南北の長さが、町田氏図（「挿図18　東塔平面実測図」、59頁）に示されているので、それらの数値を整理すると、

	現尺	尺×30.3	奈良尺	唐尺	後漢尺
西側	48.0尺	1454.4	49.24	48.97	61.89
東側	45.85尺	1389.26	47.03	46.78	59.12
北側	47.1尺	1427.13	48.31	48.05	60.73
南側	47.0尺	1424.1	48.21	47.95	60.6

となり、奈良尺・唐尺の47尺、48尺よりも後漢尺60尺が、それらしい。つまり三つの柱間が後漢尺30尺の２倍、60尺で理解できよう。奈良尺の24尺の２倍48尺でも良いが、30、60の方が明快だろう。このような点からも後漢尺割出しであろうことは疑いないと思う。

なお蛇足であるが、『大観』６（22頁上段）の行文中に示される塔初重の柱寸法長15.53尺、15.71尺について、試算で換算すると、

15.53尺×30.3＝470.56cm　奈良尺15.93尺　唐尺15.84尺　後漢尺20.02尺

15.71尺×30.3＝476.01cm　奈良尺16.11尺　唐尺16.03尺　後漢尺20.26尺

となり、奈良尺８尺＝後漢尺10尺であるから16尺か20尺かでよいわけで、後漢尺20尺という方がそれらしい。柱間10尺、長20尺で１：２の割合である。この問題は現東塔の各所、詳細な計測値を後漢尺単位に換算すれば、より明確になるだろう。

次は立体面での計測値の検討に入ってみたい。そしてこれらの数値からもこの塔が後漢尺仕様であろうことをまとめてみよう。

ただその前に塔全体の構想とでも称するものをながめると、図７によると総

高34.133m、塔身高23.792m、相輪部10.341mの数値を割合からみると、塔身高は総高の0.697、つまり７割、相輪部は総高の0.303、つまり、塔身部：相輪部は７：３の割合で構成されているということを示しておきたい。

ここで『大観』（6、21頁）に示されるデータ「挿図12　東塔断面図」〔図７〕にみると、その覆鉢下までの長さ、いわゆる塔身部の高さ23.792mを一見すれば、先述の聖観音像・台座の全長234.7cmの約10倍、又、上記東塔初層中央柱間2.345mの約10倍であることも明白、つまり後漢尺10尺の10倍、つまり100尺ということになるだろう。図７のなかに、そこにみる数値の換算値を入れておいたが、それは101尺となるが、薬師寺造寺設計者は、後漢尺100尺を意図したことは疑いないことだろう。

ただ例によって、後漢尺10：奈良尺８で、柱間を８尺という見方をとれば、上記塔身部高は、奈良尺80尺となり、これも区切りはよいが、後述のように他面において否定的で、その可能性は低い。下記データの整理にみるように、やはり後漢尺仕様であることは疑う余地はない。

ここで、この東塔の各部位の数値について、やや詳しくみていき、東塔が後漢尺仕様であることを、さらに証明してみよう。

東塔の今日的標準数値見解は、右掲〔図７〕の通りであるが、それ以外表６に掲げるように、『薬師寺大鏡』(36)（以下、『大鏡』）、関野貞氏記など、その他に沢村仁氏の記(37)などがある。

まず高さは、図７で先にふれたが、『大観』断面図に三つの数値（全高、露盤までの塔身高、露盤～相輪頂の塔身高）について古代尺を当てれば、それぞれの図に記入するような数値になる。

これらをみると、塔身高は先述のように後漢尺100尺、奈良尺80尺と、それぞれの整数でみるが、全高では奈良尺で115尺、後漢尺で145尺となり、後漢尺の方がそれらしい。

これを『薬師寺大鏡』、あるいは関野説にみる数字を整理すると表６のようになり、当然のことながら上記数値とほぼ一致、塔身高は後漢尺100尺、奈良

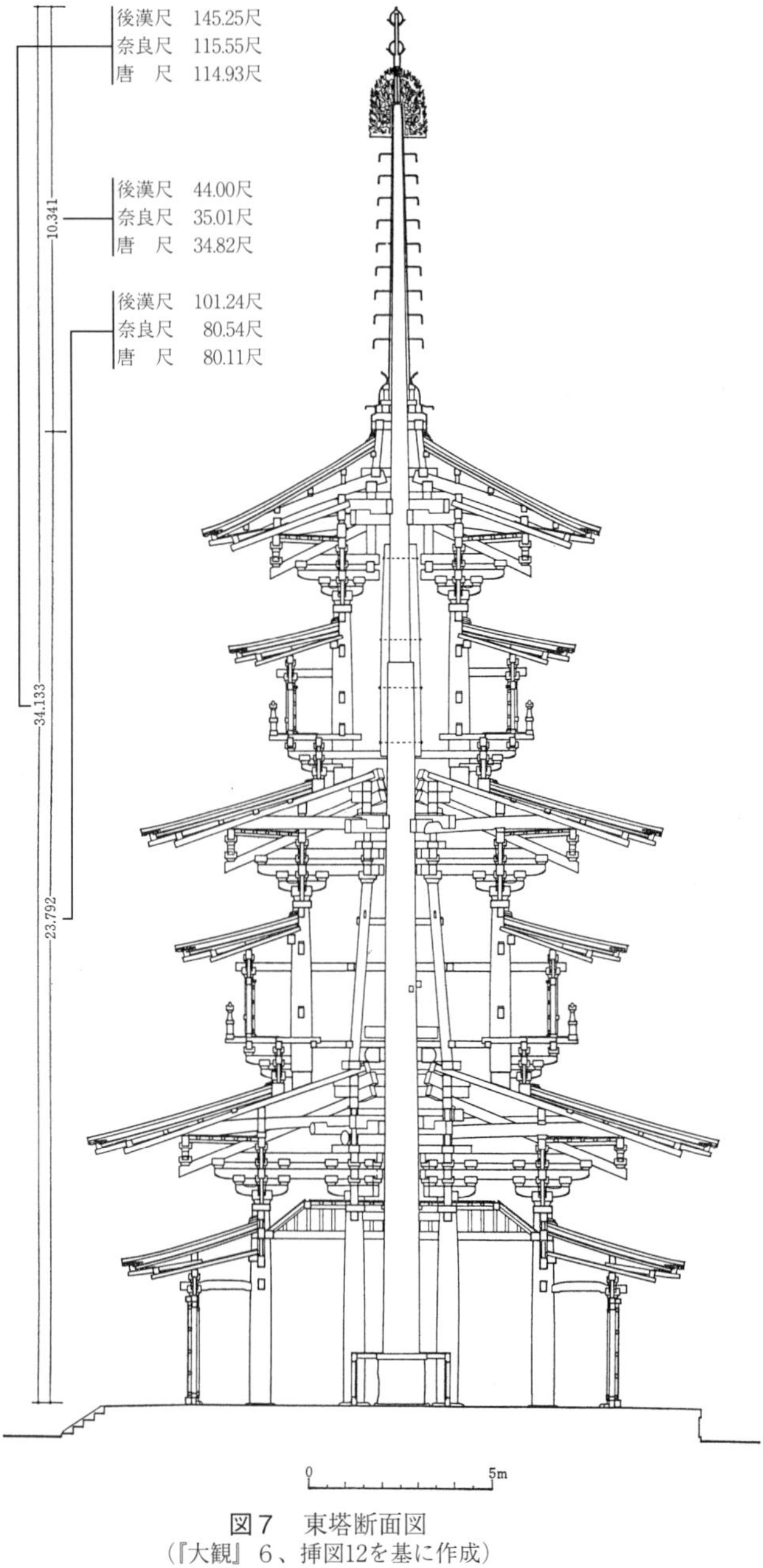

図７　東塔断面図
（『大観』６、挿図12を基に作成）

表６　薬師寺東塔部位　古代尺寸法

塔の部位	尺寸法	×30.3cm	奈良尺 /29.54	唐尺 /29.7	高麗尺 /35.6	晋尺 /24.75	後漢尺 /23.5	注項
全高（相輪頂ヨリ石口マデ）	111尺	3363.3	113.86	113.24	94.48	135.89	143.12	
露盤下ヨリ石口マデ	78尺2寸	2369.46	80.21	79.78	66.56	95.74	100.83*	100尺
初層裳階 同軒高（石口ヨリ）	方38尺6寸 11尺5分	方1169.58 334.82	方39.59 11.33	方39.38 11.27	方32.85 9.41	方47.26 13.53	方49.77* 14.25	方50尺
初層 同軒高（石口ヨリ）	方23尺3寸 20尺6寸	方705.99 624.18	方23.90 21.13	方23.77 21.02	方19.83 17.53	方28.53 25.22	方30.04* 26.56	方30尺
二層裳階 同軒高（石口ヨリ）	方28尺3寸 36尺2寸8分	方857.49 1099.28	方29.03 37.21	方28.87 37.01	方24.09 30.88	方34.65 44.42	方36.49 46.78	
二層 同軒高（石口ヨリ）	方16尺4寸 45尺4寸	方496.92 1375.62	方16.82 46.57	方16.73 46.32	方13.96 38.64	方20.08 55.58	方21.15 58.54*	60尺か
三層裳階 同軒高（石口ヨリ）	方20尺3寸 60尺3寸9分	方615.09 1829.82	方20.82 61.94	方20.71 61.61	方17.28 51.40	方24.85 73.93	方26.17 77.87*	80尺か
三層 同軒高（石口ヨリ）	方9尺7寸 69尺9寸	方293.91 2117.97	方9.95 71.70	方9.90 71.31	方8.26 59.49	方11.88 85.57	方12.51 90.13*	90尺
石壇大サ 同高	48尺2寸 3尺1寸	1460.46 93.93	49.44 3.18	49.17 3.16	41.02 2.64	59.01 3.80	62.15 3.997*	4尺

（注）各層と各層裳階の数値をみると、例えば、「初層裳階方38尺6寸」「初層方23尺3寸」とあるが、前者が後者より広いはずはなく数値が入れ替っている。二層、三層とも同じ。
（依『薬師寺大鏡』6頁）

関野説薬師寺東塔部位　古代尺寸法

初層一面ノ長	方23尺4寸	方709.02	方24.00	方23.87	方19.92	方28.65	方30.17*	30尺
裳層	方34尺6寸8分	方1050.80	方35.57	方35.38	方29.52	方42.46	方44.72	
高サ壇上ヨリ露盤マデ	78尺3寸	2372.49	80.32	79.88	66.64	95..86	100.96*	100尺
相輪長サ	33尺6寸	1018.08	34.47	34.28	28.60	41.14	43.32	
総テ地上ヨリ高サ	114尺9寸	3481.47	117.86	117.22	97.79	140.67	148.15*	約150尺
全高	111尺9寸4分	3391.78	114.82	114.20	95.28	137.04	144.33	

（依『國華』第155号「薬師寺東塔考上」212頁および、同第158号「薬師寺東塔考下」25頁）

尺80尺でみる。ただ、関野説では総高148.15尺ともみえ、ほぼ150尺に届く。

沢村氏は、前掲書（９頁）で、塔の総高につき、先記『大観』の34.13mをひき「当時の造営尺で115尺にほぼあたる」（これは上記のように奈良尺が念頭にある）としつつも、塔自体に処々問題点があるとして、「推定総高は約33m（109現尺）ほど」とされ、115尺にはならない、という。どうも少し勘繰れば同氏にとっ

ては「115」という中途半端な数であるからと思われ、「115尺という数値は実測値ではなく、なんらかの理由からの要請による計画値だったのではないか、との疑いである」とも云われるが、表6の他の計測によっても凡そ奈良尺114尺とみえるから、そのあたりが実寸であろう。塔の総高という、考えようによっては崇高であるべき数値が115尺というような中途半端な数値に沢村氏は違和感を感じ、短か目に100尺位にもっていきたかったのでは、と感じる。そういう点では、奈良尺ではなく、後漢尺では上記のように塔身自体、100尺になるのである。

ここで改めて表6に目を移して、その「注項」をみれば、注目すべき整数値が、いくつかみえる。『大鏡』が示す数値を、いま筆者が想定する5種類の古代史に換算して示したものであるが、とくに後漢尺では、塔身高（「露盤下ヨリ石ロマデ」）100尺、初層方50尺（表では初層裳階とするが、広さからみて初層分だろう）、初層裳階方30尺（表では初層でみるが、同裳階分だろう）、三層軒高90尺、石壇高4尺など、整数値でみることの多いのは、後漢尺が東塔造営に深くかかわっていることの証左であろう。

一方、奈良尺での整数としては、塔身高後漢尺100尺のところが80尺、初層後漢尺方50尺が方40尺、初層裳階後漢尺方30尺のところが24尺など、これらはいずれも唐尺数値が微調整され、後漢尺と10：8になることを示している。

また関野説〔表6〕（下）の「総テ地上ヨリ高サ」即ち塔の総高は奈良尺では、118尺であるが、後漢尺では148尺でほぼ150尺となる。これは先記『大観』〔図7〕では145尺で、それを上廻る数値であるが、それに「石壇高」後漢尺4尺〔表6〕を加えれば、ほぼ150尺になる。こうなると沢村氏が躊躇された中途半端な数値115尺（奈良尺）より、すっきりした数値で、それらしくなってくる。

そして後述のように、東・西両塔間（各中心から中心）の距離をこれまでの通説は奈良尺240尺とするが、そこを筆者は後漢尺300尺とみればどうか、と思う。そうすると東・西両塔高各150尺と合わせたものが、その両塔心々距離に一致することになり、伽藍設計者は、そういう意識であったろうと思う。数値的に

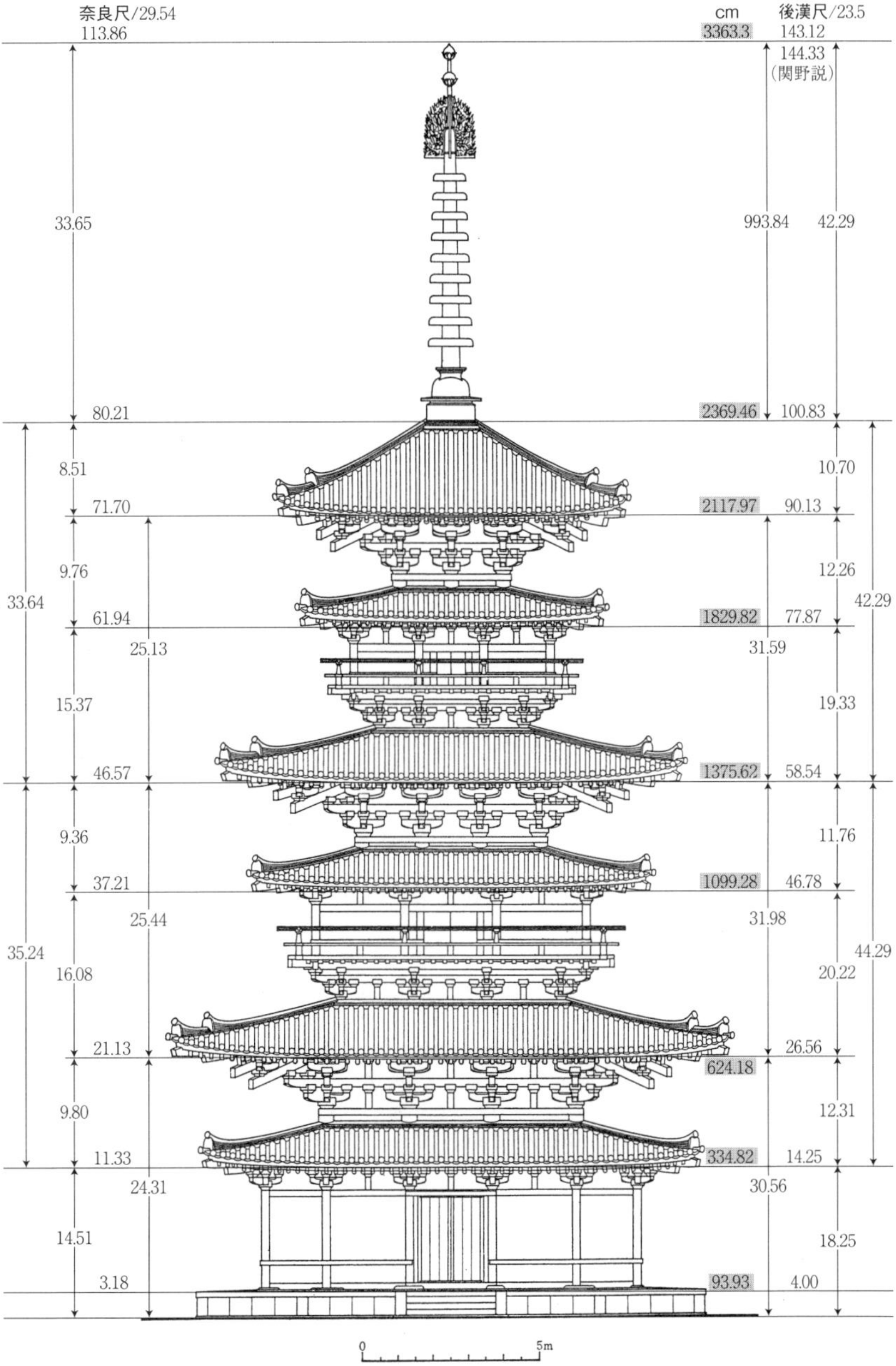

図８　東塔立面図
（『大観』６、挿図11を基に作成）（依・数値は表６『薬師寺大鏡』）

は奈良尺で両塔間240尺で、両塔全長各120尺とみれば、これも話が合わないわけでもないが、これまで縷述する後漢尺への拘りから考えれば、やはり後漢尺による、と考えたい。

次は全高の論から離れ、部分的な高さに論点を移すが、それをみてもこの東塔が後漢尺によっていることが読み取れる。それは『大鏡』（６頁）の示す数値を整理した各層軒高（「石口ヨリ」）〔表６〕で、その寸法を検討してみる。それを奈良尺、唐尺、高麗尺、晋尺、後漢尺に換算して「露盤下ヨリ石口マデ」の数値が、整数値になるのは、上記でも記すが、奈良尺80尺、後漢尺100尺である。したがって問題はこの二種の尺度にしぼられる。

この二種の尺度で各層と各層裳階の「軒高数値」を「東塔立面面図」（『大観』６、20頁、挿図11）を借りて書入れてみると左の図８のようになる。

そこでまず後漢尺で、軒高各層間の数値を下から上へ追って示せば〈初層裳階〉〜12.31〜〈初層〉〜20.22〜〈二層裳階〉〜11.76〜〈二層〉〜19.33〜〈三層裳階〉〜12.26〜〈三層〉〜10.70〜〈露盤下〉となり、それらは凡そ12〜20〜12〜20〜12〜10と、まことにリズミカルな数値である。〈初層裳階〉下は、石壇高４尺を加えれば、18.25となり、地中沈下を想定すれば、凡そそこも20尺と考えてよいだろう。

そして、これらの数値をもう一度、別の視点から眺め直してみると、凡そ〈初層〉〜32〜〈二層〉〜32〜〈三層〉となり、また裳階各層間の方も、〈初層裳階〉〜32〜〈二層裳階〉〜31〜〈三層裳階〉となる。つまり各層間の間隔、各裳階間の間隔とも、後漢尺32尺に設定し、その間を20尺と12尺にずらして分けて組合わす、という構図が浮かびあがってくる。

では奈良尺ではどうか。露盤下まで、つまり塔身全高80尺は後漢尺100尺と同様まことに明快な整数値であり、その可能性は高い、が、上記後漢尺のような見方をしても、うまく割切れない。上記後漢尺では各層間の数値32尺（752cm）の所が、奈良尺では図にみるように凡そ25尺（738.5cm）である。それが奇数であるという点からも分けにくいが、各層間、各裳階層間とも25尺を10、15の繰

返し、上記後漢尺例で述べると同様のパターンになるが、やや端数がでるようである。

具体的には、後漢尺32尺は752cmで、20尺は470cm、12尺は282cmで全く端数は出ないが、奈良尺25尺は738.5cm、15尺は443.1cm、10尺は295.4cmで、前者はcm換算でも、以下の端数は出ないが、後者は端数が出てすっきり割切れない。端数が出ずに割切れる方が理にかなっているとみるべきだろう。大体が前述するように唐尺を微調整するように思いついて考えだされたような実在しない尺度であるから細部議論で通用しないのは当然と、筆者は敢えて云いたい。

ここで宮上茂隆氏（『薬師寺伽藍の研究』、169～170頁）の「東塔の塔身部と裳層の造営尺をもとめてみる」といわれる点を検証してみよう。氏の東塔及び南門の修理工事報告書のデータの見解として、

三重の塔身。二間で各柱間は現尺（一尺＝三〇・三センチメートル）で、4.85尺、当時の１尺は現在の１尺より若干短く、また柱間寸法は完数に近い値を使用していたとみられるので、実測値4.85尺は天平尺の５尺に相当するだろうとして、その天平尺は現尺の0.970ぐらいの尺が使われたことになろうとされる。また、二重の塔身は３間が各柱間で寸法は、現尺5.45、5.42、5.45で、いずれも天平尺の5.6尺に相当するであろうから、その尺度は現尺の0.971。

初重では３間の各柱間は、現尺の7.73、7.74、7.73で、いずれも天平尺の８尺に相当するであろうから、その造営尺は現尺の0.967、と。宮上氏の目的は、上記にもみるように造営尺の尺度を求められたものであり、各層柱間も奈良尺という語は用いられないが、現尺より若干短かい天平尺といういいかたで処理される。

ここにみた数値を筆者のいう後漢尺で計算すると、

三重の塔身、２間各柱間、現尺4.85尺は147cmは後漢尺/23.5、6.26尺。

二重の塔身、３間、現尺5.45、5.42、5.45各尺は、5.45尺は165.1cmは後漢尺/23.5で、7.03尺。5.42尺は164.2cmで後漢尺6.99＝7.0尺。

初重の塔身、３間、現尺7.73、7.74、7.73各尺は本論冒頭で後漢尺10尺と述べ、又奈良尺で８尺となる所だが、改めてここに示される数値によれば、7.73尺は234.22cm　後漢尺で/23.5＝9.97≒10尺。7.74尺は234.52cm　後漢尺/23.5＝9.98≒10尺。

以上まとめれば、宮上説短か目の天平尺で三重塔身柱間５尺、二重塔身柱間5.6尺、初重塔身柱間８尺となるが、筆者後漢尺説でみれば三重塔身部は6.26尺、二重塔身部は7.0尺、初重塔身部は10.0尺である。数値的感覚からみても、後漢尺説が妥当ではないか。

つまり、現薬師寺東塔は、平面空間、またその立体空間を検証する時、諸先学が通例用いる奈良尺や、やや短かい天平尺ではなく後漢尺での造営であろうことはほぼ疑いない。

なお一伽藍において、それまで塔は一つであったが、この薬師寺で双塔形式になったこと、あるいは各層に裳階をつけることなど、これまで見られなかった顕著な構図、これは云うなれば、この後漢尺という尺度を用いる、新渡来ともいうべきか、その工匠集団が、尺度と共に持っていた伽藍プランではなかったろうか。

私見では、当時いくつかの尺度をみるが、それぞれの尺度を持つ工匠集団があって、尺度と共に技法・技術が一体となっていたように感じられる。今日のようにすべてが、mm、cmで表示される時代とは全く異なった感覚の時代であったろう。

『大観』の東塔解説者の最後の文、

> したがってこの東塔は、白鳳時代の様式を伝える唯一の実物建築であり、そのうえ、卓抜な意匠を示す日本建築の至宝であり、その美しさ、見事さは、最高の讃辞を捧げてもなお足りることを知らぬであろう。
>
> （６、25頁下段）

という20世紀の日本の建築史家の讃辞を、７、８世紀の名も残さなかった後漢尺工匠集団へ贈りたい。

（2）旧金堂

薬師寺は昭和40年代より、衆知のように写経勧進によって再建事業が進められてきており、金堂も一新された。その造営尺がどのようなものであったかは知らないが、今ここでふれるのは、記録に残っている旧金堂の尺度についてである。結論を先に述べれば、西の京の旧金堂は後述、本薬師寺金堂跡にみる後漢尺仕様の寸法を色濃くとどめたものであったということである。

まず関野貞氏（『國華』第158号[38]、25頁）によると、旧金堂正面78尺という数値がみえる。これは×30.3cm＝2363.4cmで、後漢尺/23.5で、100.57尺。また側面（梁間）39.4尺は×30.3cm＝1193.82cmで、/23.5＝50.80尺となる。きわめて明瞭に正面100尺：側面50尺という数値になり、後述本薬師寺金堂跡のそれに一致する点が重要である。ただこれは、いわゆる奈良尺でも、両者の割合から正面80尺、側面40尺という整数値にはなる。

また足立氏「薬師寺伽藍の研究」の図（図版第23　薬師寺金堂平面実測図）によると、梁間４間計39.36尺は、×30.3cm＝1192.61cmで/23.5＝50.75尺、これは上記関野氏の数値（39.4尺）にほぼ一致する（裳階分6.1尺×２、は含まない）。また１間は9.8〜9.9尺で、後漢尺で、12.64〜12.77尺。奈良尺で10.05〜10.16尺で、本薬師寺跡の寸法よりやや多い目であるが、よく引継いでいる。また正面桁行については、７間の合計75.86尺は×30.3＝2298.56cmで/23.5で97.81尺となり本薬師寺のそれに一致する。中央３間の各12.2尺は後漢尺15.73尺で、本薬師寺での16尺よりはやや短かくなっているが、さ程違和感はない。また中央３間の両サイド２間は、9.73尺は後漢尺12.55尺、9.9尺は後漢尺12.77尺で、次の本薬師寺跡項で述べる125尺に近い。奈良尺はそこを後述のように10尺とする。要は旧金堂は本薬師寺跡と比べて、裳階分がプラスされているということである。

以上、旧金堂の造営尺度は、裳階部を除いてその規模、尺度ともに本薬師跡をよく引継いでいたといえる。そして、それは同じように後漢尺仕様であったといえる。

要は旧金堂は、本薬師寺跡のそれに裳階分がプラスされた姿で、それを除い

た寸法を精査すれば、桁行中央3間の1間12.2尺は、369.66cmで後漢尺/23.5＝15.73尺×3間＝47.19尺、その両サイドの1間、9.73尺は294.82cm/23.5＝12.55尺。今一つ9.9尺は299.97cm/23.5＝12.77尺。

以上を集計すると、後漢尺15.73×3間＝47.19尺。12.55×2間＝25.1尺。12.77×2間＝25.54尺。合計後漢尺97.83尺。本薬師寺金堂跡でみた桁行後漢尺中央間3間×各16尺＝48尺、その両サイド4間各12.5尺＝50尺、計98尺にほぼ一致する。

梁間4間は、2間が9.83尺、1間が9.8尺、1間が9.9尺。まず9.83尺は297.849cm/23.5=12.67尺。9.8尺は296.94cm/23.5＝12.64尺。9.9尺は299.97cm/23.5＝12.77尺。計後漢尺50.75尺。これも、本薬師寺のそれに一致する。全体的には、裳階がついて変貌したというべきであろうが、それを除けば元の寸尺をよく引継いでいたというべきだろう。

Ⅳ　本薬師寺遺構尺度

今日、橿原市木殿の田圃のなかの少し高い位置に礎石を残す本薬師寺の遺構がある。そこに往時の金堂、東塔、西塔の礎石と土壇を残す。ただ西塔は心礎のみで礎石は残存しない。

ここでそれらの遺構上からの尺度問題に、先学調査のデータによって筆者なりの所見を述べてみたい。

この遺構調査については、疾く大岡實氏による「薬師寺」と、足立康氏による「薬師寺伽藍の研究」とがあげられ、詳細に調査され、それぞれ総合的な調査報告で、又当然のことであるが、数値はほぼ一致する。そして両先学は、共に使用尺度は“奈良尺”と考えて、結果数値をそれによって示され、更には、従ってというか、当然、その伽藍復原案は共に“奈良尺”によるわけである。

その結論は、現再建の金堂の尺度は知らないが、旧金堂、東塔などは本薬師寺とほぼ同規模と云われる。とすれば本薬師寺の尺度問題は西ノ京薬師寺に密接に関連するということになる。

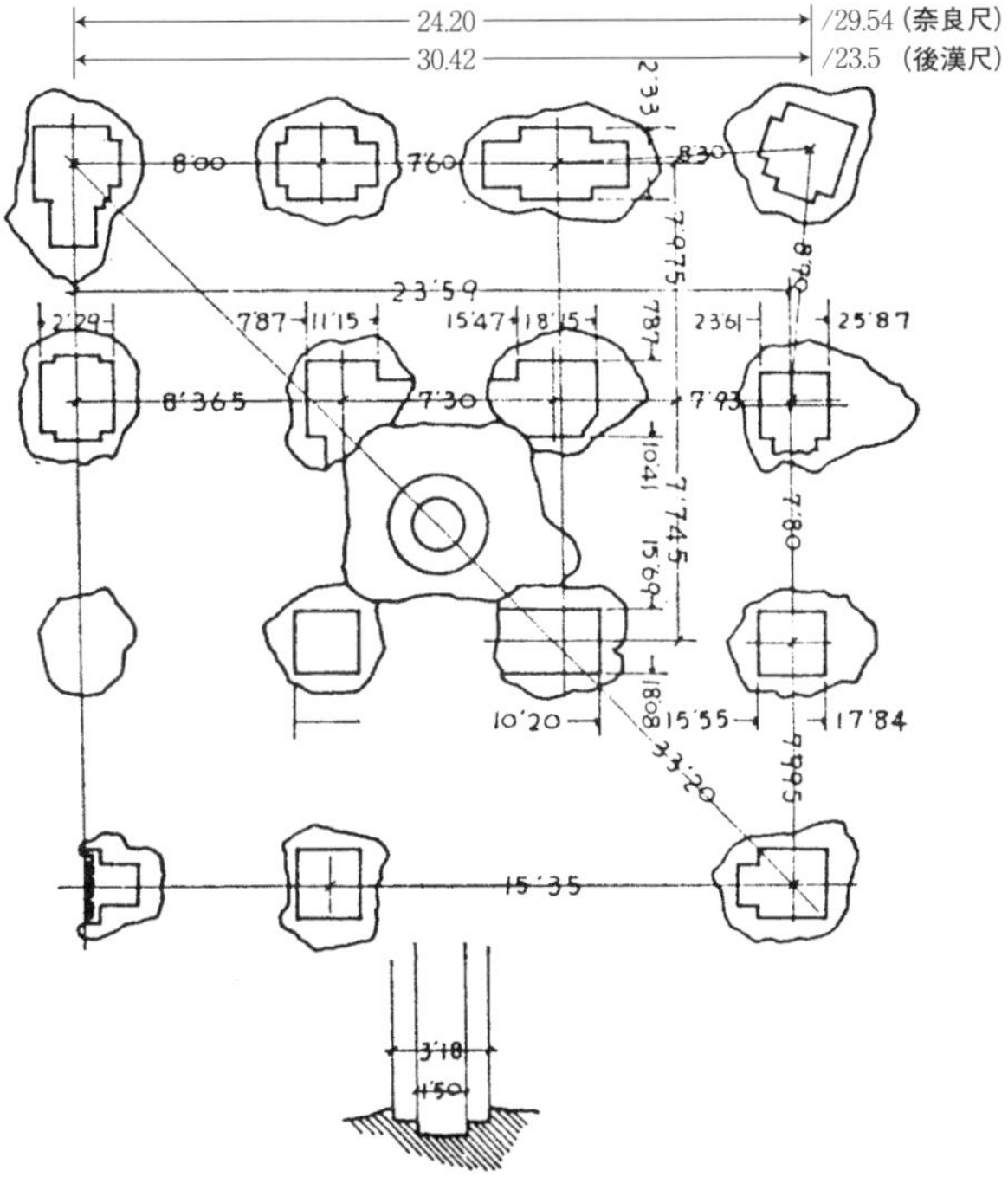

（大岡氏「薬師寺」、88頁）

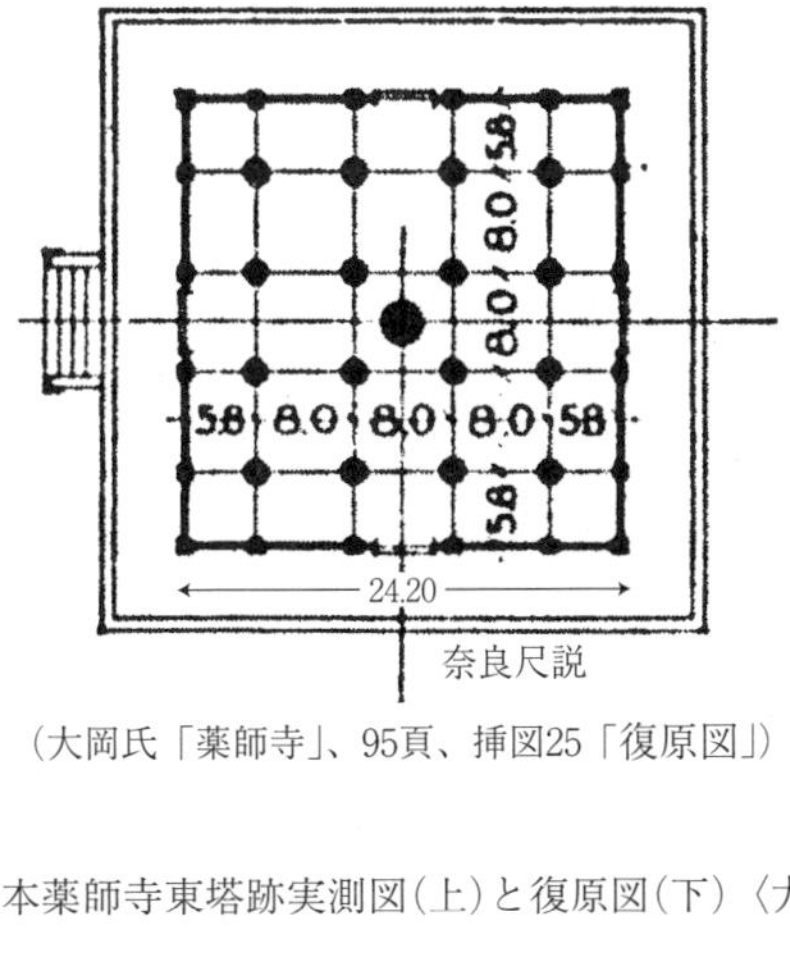

（大岡氏「薬師寺」、95頁、挿図25「復原図」）

図９　本薬師寺東塔跡実測図（上）と復原図（下）〈大岡説〉

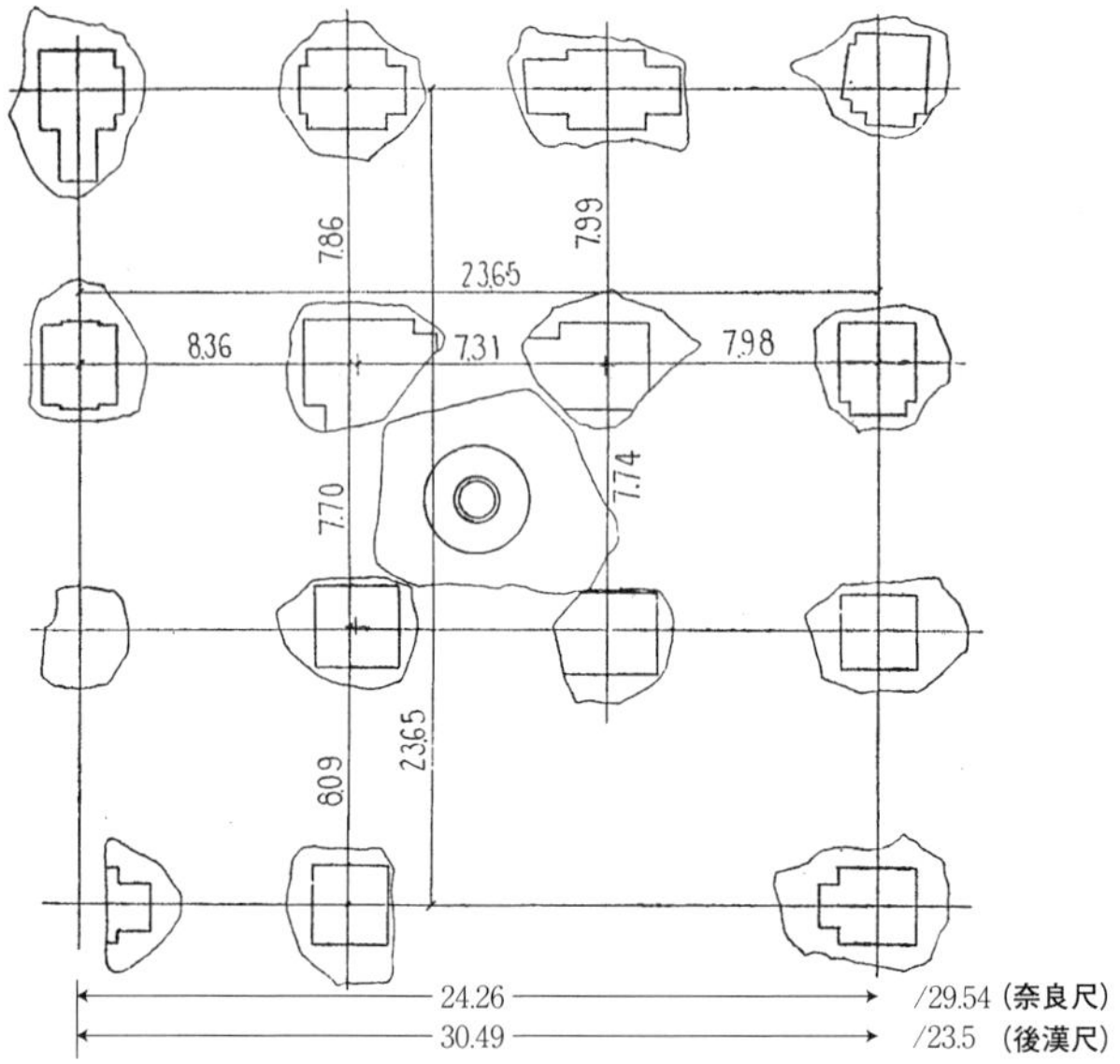

(足立氏「薬師寺伽藍の研究」、図版第13)

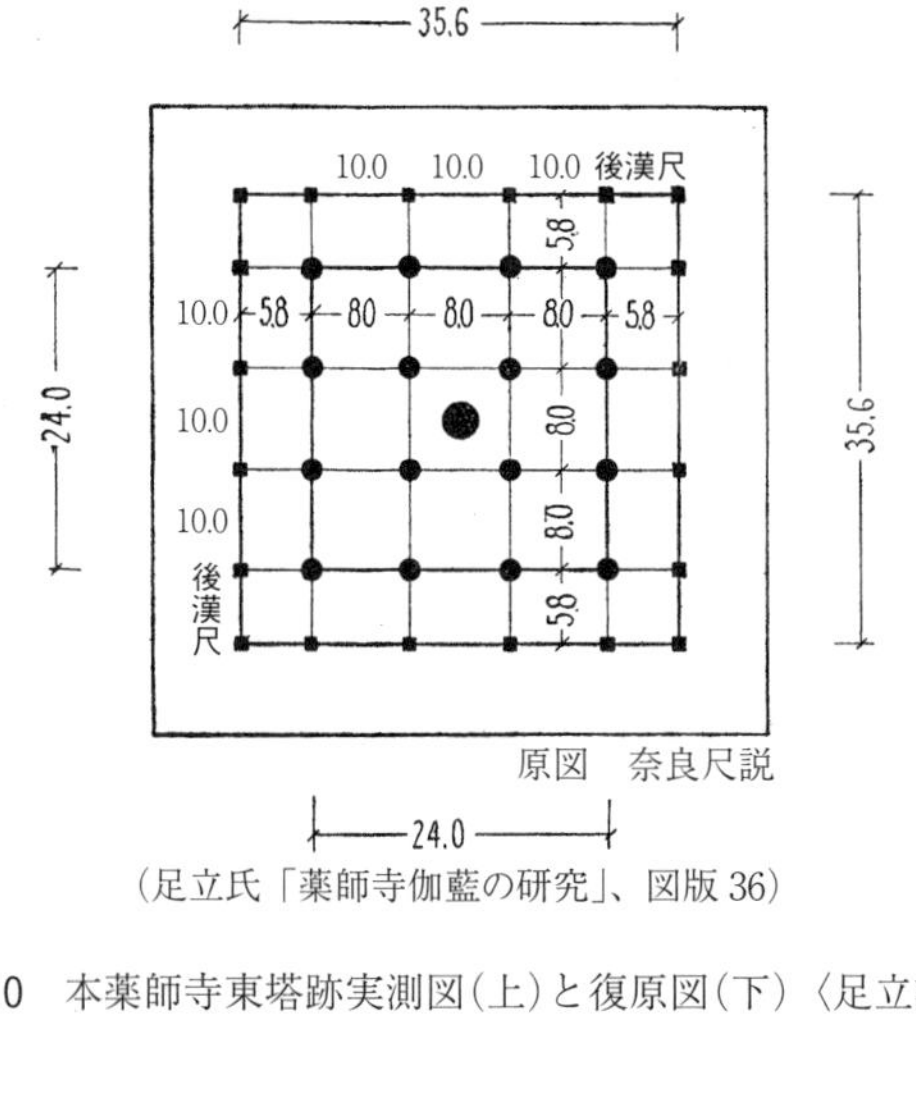

(足立氏「薬師寺伽藍の研究」、図版36)

図10 本薬師寺東塔跡実測図(上)と復原図(下)〈足立説〉

ではそれらの尺度はどのようなものであったのか、また伽藍配置の距離間隔はどうであったのかをさぐってみたい。

そして順序として、（1）東塔跡及び塔心礎柱孔、（2）金堂跡、そして（3）堂・塔跡間の距離間隔などを述べてみる。

（1） 東塔跡及び塔心礎柱孔の尺度

この調査結果は、上記大岡氏（88頁、95頁）〔図9〕、足立氏（図版第13）〔図10〕があり、足立氏のはそのまま『大観』6（9頁）に転載されている。

それらをみると、東塔残礎のなかで最も良好な状況を残すのは、上記両氏図中にもみるよう梁間第三列で、大岡図では3間合計は23.59尺、足立図では23.65尺、また大岡氏によると、西北隅より東南隅に至る対角線の長さから一辺を出すと、23.47尺になるという。これらを平均すると、23.57尺（714.17cm）という数値が得られる。現東塔は先記のように、709.1cmであるから、本薬師寺東塔跡がやや大きいことになる。

凡そ先述現東塔の規模と同じであろうが、ここで大岡氏は奈良尺ということで処理され、足立氏の報文もそれに追従されている。どうもこの辺りで、奈良尺というのが、認知されるようになったと思われる。そして奈良尺も折々に伸縮されるようだが、一応、1尺＝29.54cmでみると、714.17cmは/29.54で、24.18尺となり3間であるから1間8.06尺となる。これが両先学の説である。これに対して筆者後漢尺説では、/23.5で30.39尺、1間が10.13尺。

つまり、これまで先学の1間8尺説に対して筆者は後漢尺説を提唱し、3間30尺、1間10尺とみる。これはさきに現東塔平面図によって述べたが、3間の長さは、この本薬師寺のそれよりやや短かいが、大差なく、ここでの結果が、そのまま当てはまる。

これまで大岡氏の行文をみると、足立氏のもそうであるが、天平尺では少々離れる数字をある寸法に数値をなるべく合わすように、その都度、微調整、現尺の0.97……等とされているが、尺度というものが、それほど融通無碍なもの

表７　本薬師寺東塔心礎　柱孔　古代尺寸法

部 位　cm	奈良尺 /29.54	唐尺 /29.7	高麗尺 /35.6	晋尺 /24.75	後漢尺 /23.5
柱 孔 径 95.8	3.24	3.23	2.69	3.87	4.08
〃　深 18.2	0.62	0.61	0.51	0.74	0.78
蓋 孔 径 43.3	1.47	1.46	1.22	1.75	1.84
〃　深 8.5	0.29	0.29	0.24	0.34	0.36
舎利孔径 30.3	1.03	1.02	0.85	1.22	1.29
〃　深 23.5	0.80	0.79	0.66	0.95	1

西ノ京薬師寺西塔心礎　柱孔　古代尺寸法

部 位　cm	奈良尺	唐尺	高麗尺	晋尺	後漢尺
柱 孔 径 95.1	3.22	3.20	2.67	3.84	4.05
〃　深 16.2	0.55	0.55	0.46	0.66	0.69
蓋 孔 径 42.3	1.43	1.42	1.19	1.71	1.8
〃　深 8.5	0.29	0.29	0.24	0.34	0.36
舎利孔径 29.9	1.01	1.01	0.84	1.21	1.27
〃　深 19.8	0.67	0.67	0.56	0.8	0.84

（依以上町田甲一氏『薬師寺』37頁表）

だろうか。こういう傾向は今日の発掘調査報告でも当然のように行われ引継がれているようだが、賛意は表し難い。

塔跡に関連して、つけ加えなければならないのは、その心礎である。といっても、その石の全体の大きさではなく、問題点はその柱孔である。心柱を受け支える柱孔が、どういう寸法の尺度であったか、それは当然、本体である塔で使用された尺度であったろう。石工はそれなりの物差は持っていたかもしれないが、究極は本体の寸法に合わせなければ、仕事として成り立たないだろう。

これについては、『大観』（6、18頁）に「9　本薬師寺東塔心礎実測図」「8　平城薬師寺西塔心礎実測図」をみる。また町田氏が『薬師寺』（48・49頁）に同じく上記東西の二つのそれらをcm単位で詳細に記す。又、町田氏（同上書、37頁）は、それらを要領よくcm単位でまとめられており、その両者を古代尺に換算して表示すれば、表7のようになる。両者の数値を比べると、本薬師寺東

塔心礎孔が、平城西ノ京のそれより、やや大ぶりで本源的な感じを受け、西ノ京西塔のが前者にない排水溝、排水孔が造られているのは、発展した段階のものと察知される。本薬師のがやや大ぶりなのは、先述、本薬師寺東塔跡柱間規模が、西ノ京のそれらより僅かに大ぶりな点に通じる。

話を心礎柱孔に移すが、筆者が表7をみてまず注目するのは、本薬師の舎利孔深さが、23.5cmと示される点で、これはまさしく、これまで屢述する後漢尺1尺であり、この造形尺度が、後漢尺によっていることが明白である。としてみれば、柱孔径は後漢尺4尺、柱孔深さ8寸ということだろう。

これを、これまでいわれている奈良尺でみると、柱孔径3.2尺、柱孔深0.6尺、舎利孔深さ0.8尺でもよいが、やはり舎利孔深さは丁度後漢尺1尺がそれらしい。

ただ西ノ京のは、柱孔径は後漢尺4尺で同寸であるが、孔深さは1寸浅く舎利孔深さも8寸4分と浅くなっている。本薬師の方が、本源的姿を感じさせる。

要は、本薬師寺東塔跡、及び塔心礎孔も同じ後漢尺仕様であったことは疑いない。

なお、宮上氏が、「また本薬師寺の東塔と平城薬師寺の西塔の心礎の形式寸法が一致するので」（同氏『薬師寺伽藍の研究』、14頁）と云われるが、厳密には以上のように一致はしない。

（2）金堂跡の尺度

金堂跡の規模、尺度については、図11・12に示すように大岡、足立両氏の図によって知られる。梁間は西端南北に礎石が5個記録され、4間、その長さは、大岡氏は38.795尺〔図11〕、足立氏は38.8尺〔図12〕とする。

次に東西桁行は、東側過半が失われ、2列目東端1個にたよって、西端礎石との心々間、大岡氏は76.39尺、足立氏は76.49尺と計測している。

両者の梁間、桁行の計測値は当然ながら微差で、凡そその寸法とみてよいだろう。そして、それらの数値を古代尺に換算すれば、表8のようになる。

まず梁間4間について、表8によると、唐尺で39.58尺、約40尺であるが、

これをより40尺に近づけるには、唐尺よりやや短か目の奈良尺（30.3cm×0.975＝29.54）なるものを設定して、それによると、39.80尺（足立）〔図12〕となる。要は40尺ということになれば、一間10尺というきわめて理解しやすい合理的な整数になる。こういう整数値の出ることに大岡氏らは、奈良尺に自信を深められたのだろう。

ただこれを筆者提唱の後漢尺/23.5に換算すると〔図11・12〕〔表８〕、50.02、50.03という、きわめて整った数値でみる。これは一見、４間だと半端な数値になるようであるが、50/４で、１間12.5尺となり、４間50尺でよいわけである。

次に桁行であるが、これは上述のように、東側過半が失われるが、残存する礎石によって、両氏の復元図にみるように全体７間（但し、大岡氏は裳階をつけるが、ここでは一応除外）とし、東西両端各２間、計４間が梁間の同寸とみなし、１間各奈良尺10尺、中央３間がやや広く奈良尺12.5尺とする（同上）。その数値はそこにみるように、足立説で桁行全長は、唐尺で78.04尺、奈良尺で78.46尺となる〔表８〕が、両者共図11・12にみるよう復原図に77.5尺とする。とすると0.96尺、約１尺少ない。全体を梁間40尺、桁行80尺とみるのだろう。

この桁行を後漢尺でみると、表８、図12のように98.62尺とみえ、やや不足するが、100尺とみれば、先述の梁間50尺、桁行100尺で、１：２となる。

以上からこの本薬師寺金堂規模は、奈良尺では梁間40：桁行80となり、後漢尺ではそれらが50：100となる。いずれも１：２の比になるが、奈良尺では80尺に1.54尺、唐尺で1.96尺不足、後漢尺では100尺に1.38尺の不足で、誤差の少

表８　本薬師寺金堂跡規模　古代尺寸法

	部位	現尺	cm	奈良尺	唐尺	高麗尺	晋尺	後漢尺
大岡説	梁間４間	38.795	1175.49	39.79	39.58	33.02	47.50	50.02
足立説	梁間４間	38.8	1175.64	39.80	39.58	33.02	47.50	50.03
大岡説	桁行７間	76.39	2314.62	78.36	77.93	65.02	93.52	98.50
足立説	桁行７間	76.49	2317.65	78.46	78.04	65.10	93.64	98.62

（依大岡氏「薬師寺」、89頁「挿図25　本薬師寺跡実測図」および足立氏「薬師寺伽藍の研究」、図版第８「本薬師寺金堂阯実測図」）

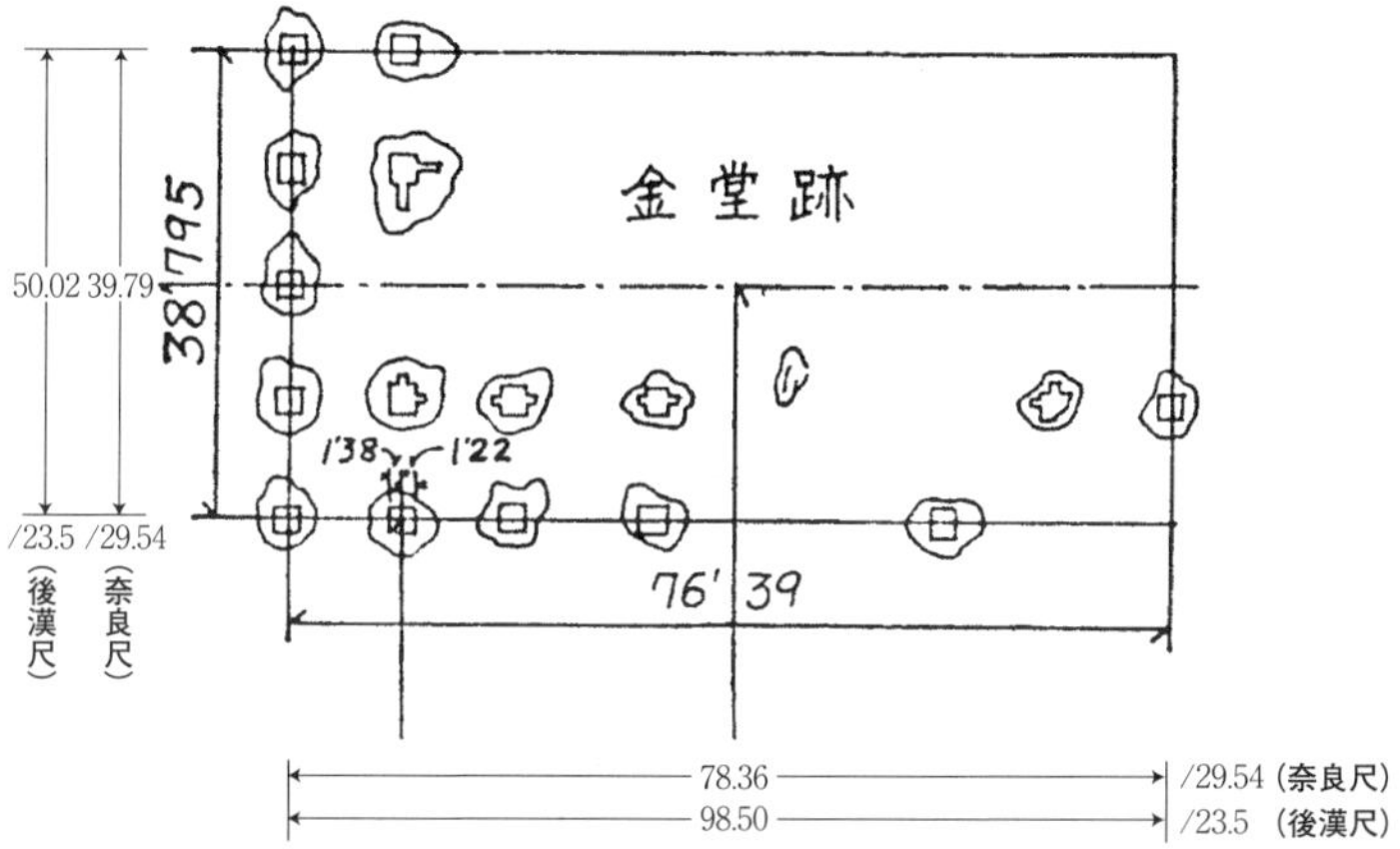

（大岡氏「薬師寺」、89頁「挿図25　本薬師寺跡実測図」）

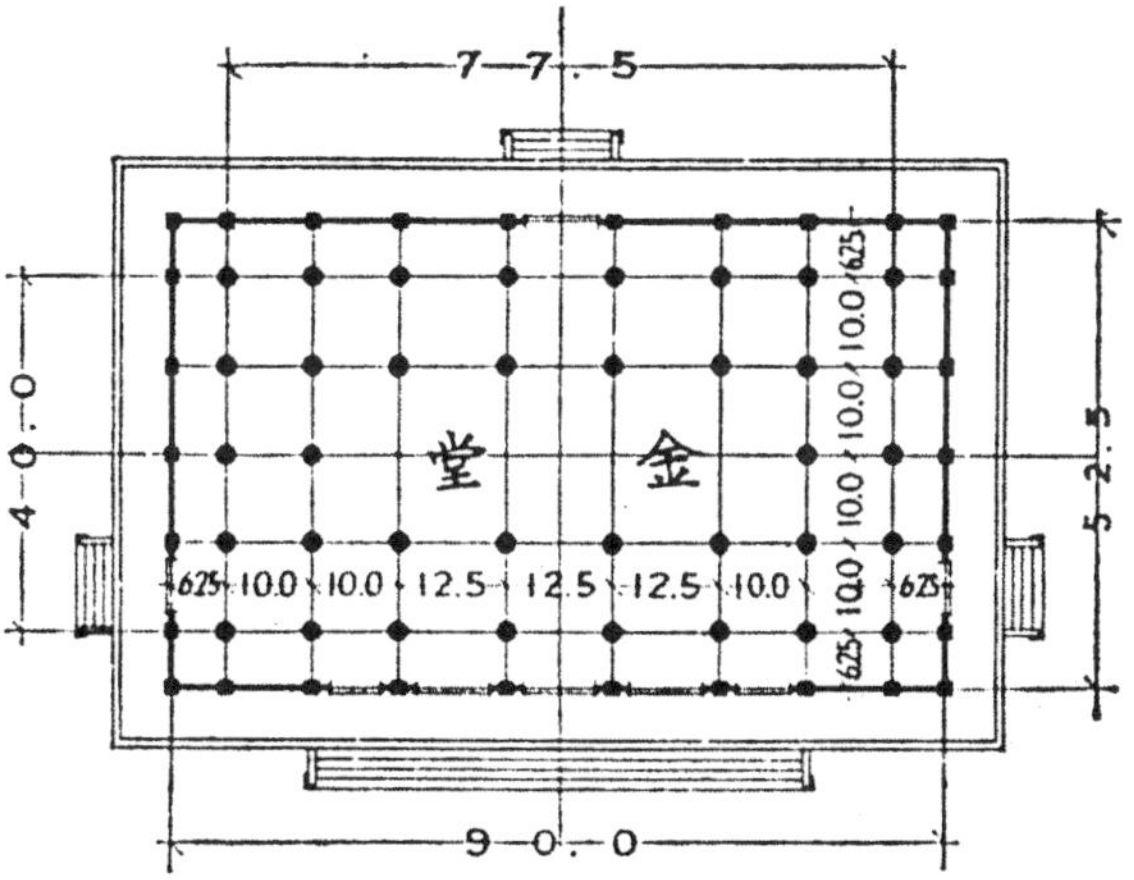

（大岡氏「薬師寺」、95頁「挿図27　薬師寺主要堂塔復原図」）

図11　本薬師寺金堂跡実測図（上）と復原図（下）〈大岡説〉

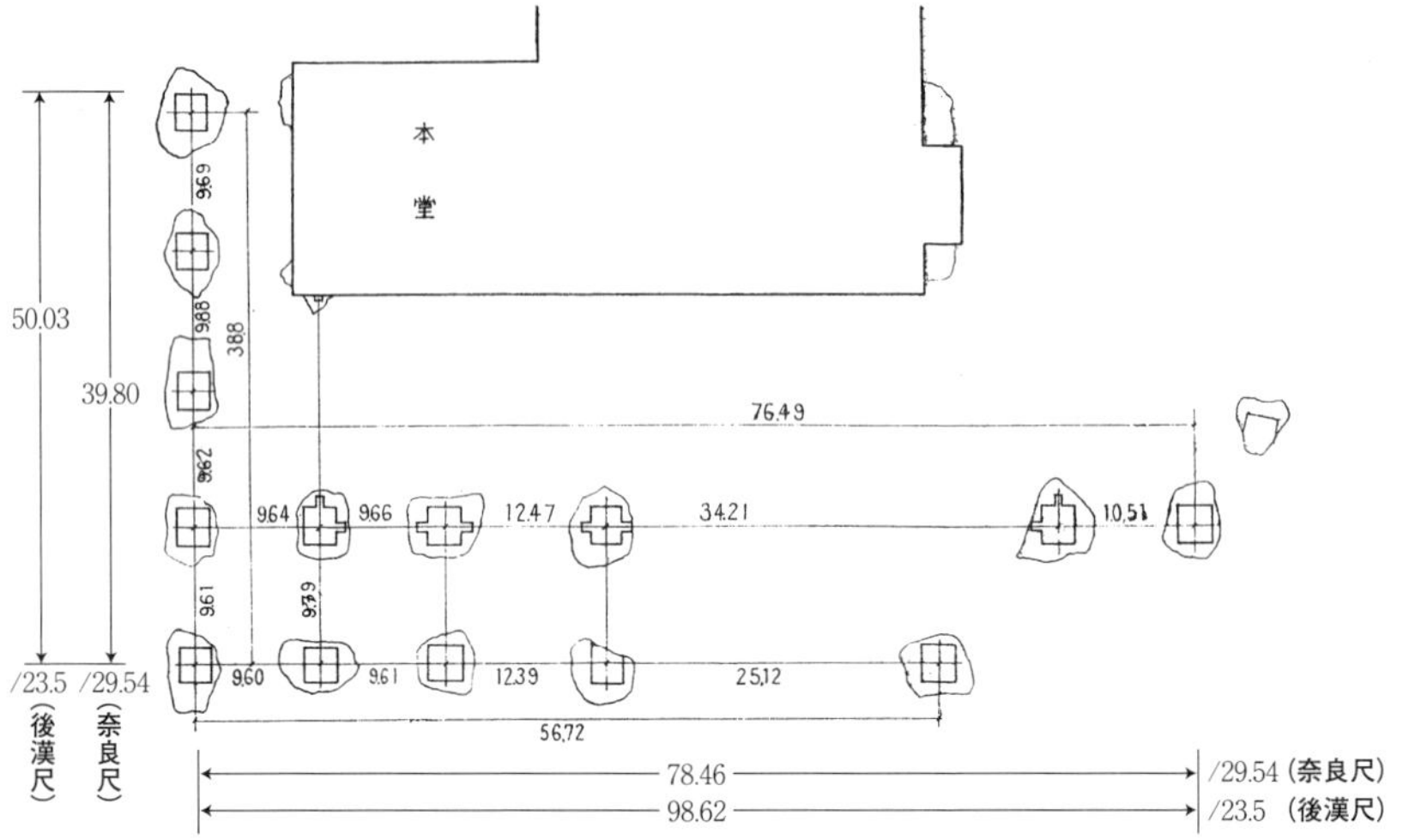

(足立氏「薬師寺伽藍の研究」、図版第８「本薬師寺金堂阯実測図」)

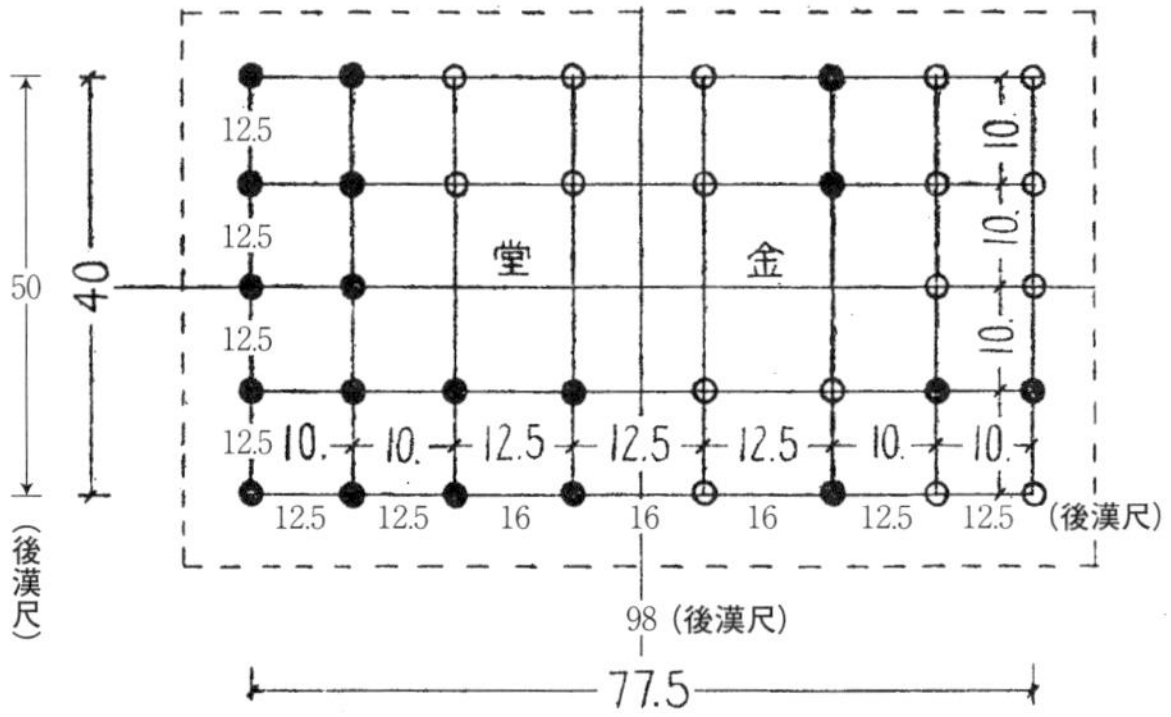

(足立氏「薬師寺伽藍の研究」、図版第17「本薬師寺金堂塔婆配置図」)

図12　本薬師寺金堂跡実測図(上)と復原図(下)〈足立説〉

ない後漢尺仕様がそれらしい。

ここでその桁行の柱間寸法について確認すれば、図12の足立氏（第８図）に示される南側第一列西側から３間目の間隔が12.39尺、その北第二列目が12.47尺と示され、平均12.43尺となる。cm換算すれば376.63cmとなり、これを奈良尺/29.54でみると、12.75尺、唐尺/29.7では12.68尺となる。そして後漢尺/23.5では、16.03尺、ほぼ完数に近い数値になる。奈良尺12.75尺であるから、両氏復元図〔図11・12〕に示される12.5尺よりも0.25尺、唐尺では0.18尺長い。それが三箇所あるから、誤差は奈良尺では0.75尺、唐尺では0.54尺長いことになる。

復元中心部三箇所を奈良尺12.5尺として、ほか両サイド各２間、計４間各10尺の復元案として、全体を両氏とも77.5尺と示すが、桁行全体寸法は奈良尺で78.36尺あるいは78.46尺〔表８〕から0.86尺、0.96尺が切捨てられて辻褄が合わされている。つまり、奈良尺では厳密には割切れないのである。

この点、後漢尺でみると、先記のように、中央中之間３間各16.03尺、ほぼ16尺丁度となり、その両脇各３間、先学が各10尺とした所を、梁間で示した10尺は12.5尺、つまり後漢尺で各12.5尺とすれば、足立氏説の図に書入れたように、総計後漢尺98尺に一致し、ほぼ100尺となり、奈良尺よりもはるかに合理的に理解できる数値になる。

以上、本薬師寺金堂跡が残す数値を検討した結果は、前記、東塔跡で考察した結果と同様に後漢尺仕様と断定して誤りあるまい。

なお、大岡氏は図11の復原案にみるように裳階として四方に「6.25尺」を加えて東西桁行90尺とする案を示す。が、実寸計算で、後漢尺での完数は得られないことを付記しておく。

（３）堂・塔跡距離間隔の尺度

建造物の尺度は、それ自体あるいは、その礎石跡を計測するとして、それら建物同士間の配置の距離間隔をどうとるか、という問題も、全体の姿を考える上で重要な問題点であったろう。担当工匠がどのように考え間隔をとったか、

いわゆる伽藍配置の問題、それにともなう尺度について、これまでみた数値から考えてみる。それは建造物が奈良尺であれば、配置の距離間も奈良尺であろうし、後漢尺ならば、それであろうと、当然考えられる。

先に結論を述べれば、これまで先学諸氏によっていくつか伽藍復原案がなされているが、当然のことながら、みな奈良尺、あるいは短かめの天平尺によって成されているが、そうではなく、すべて後漢尺によっているのではないか、とみるのが筆者の結論である。

ここで大岡氏「薬師寺」の「主要堂塔実測図」(挿図26、93頁)、「復元図」(挿図27、95頁)、その他に示された数値〔表9〕によって、検討してみる。それらの問題点は①～⑤で、以下順次所見を述べよう。

表9　本薬師寺　堂・塔跡の距離間隔　古代尺寸法

No	部　位	現尺	cm	奈良尺 /29.54	後漢尺 /23.5	出典
①	南大門中心～両塔間中心線	160.45	4861.64	164.58	206.88	挿図26
			4800.25	(注1) 162.5	204.27	挿図27
②	両塔間中心線～金堂中心線	96.3	2917.89	98.78	124.17	挿図26
		(注3) 97.59	2956.95	100.10	125.83	挿図25 (注2)
		97.5	2954.25	100.00	125.71	足立説第4図
③	両塔間中心線～金堂桁行南第一列	78.17	2368.55	80.18	100.79	挿図25
④	金堂中心線～講堂中心線	188.3	5705.49	193.15	242.79	挿図26
				175.0		挿図27
⑤	両塔各中心間	234.28	7098.68	240.31	302.07	挿図26
		236.19	7156.56	242.27	304.53	挿図25
		236.2	7156.86	242.28	304.55	足立説第4図
		235.1	7123.53	241.15	303.13	足立説第35図
①′	南大門中心線～両塔中心引通し線間			162.5		大岡氏99頁
②′	両塔中心引通し線金堂中心線間			100.0		〃
③′	金堂中心講堂主屋前面柱筋間			175.0		〃
④′	両塔中心間			240.0		〃

「挿図」Noは大岡氏「主要堂塔実測図」(挿図26、93頁)、「復元図」(挿図27、95頁)による(挿図25は89頁、図は本論「奈良尺」項に掲示)。
(注1) 750.0×2+12.5の値。
(注2) 沢村仁氏は『東塔　薬師寺』(岩波書店) 6頁において、この数値を取上げ「約29.57mで100尺と推定され」とされ、大岡氏の奈良尺をそのまま承認しているようである。
(注3) ②の97.59尺はおそらく奈良尺の100尺で計画されたもの、と云われる(大岡氏)。

①南大門中心～両塔間中心線は、伽藍全体の入口南大門中心から東西両塔間中心線までは、現尺で160.45尺（挿図26）、これは奈良尺で164.58尺、後漢尺で206.88尺。同氏挿図27復原図では、南大門中心～回廊、回廊～両塔間中心線、各75.0尺×２で150尺、プラス回廊幅12.5尺を加えて、162.5尺となる。ここは表９にみれば後漢尺204.27尺となる。凡そ奈良尺165尺、後漢尺200尺ということであろう。とすれば、後述、東西両塔各中心間が筆者説の後漢尺300尺であれば、そこは端的に云えば、200尺：300尺、２：３の感覚的空間である。奈良尺で云えば、南大門中心線～両塔間中心線165尺、両塔間距離、通説240尺で165尺：240尺では、上記の対にはならず160尺位と240尺で、２：３になる。がそれにしても、奈良尺数値では、数字的にはそうだが、今少しすっきりしない数値といえよう。

②両塔間中心線～金堂中心線では、表９に、96.3尺、97.589尺、97.5尺の数値をみるが、97.589尺には、現尺の0.9758の奈良尺によって（大岡氏）、100.10尺となり、足立氏も（図版17）で、100尺とし、また宮上氏も、上記の96.3尺について、「天平尺の一〇〇尺に相当するとみられる」（『薬師寺伽藍の研究』302頁、註17）とされ、100という実数で先にも記すように奈良尺派の核心的部分である。これを後漢尺によると/23.5、表９にみるように125尺となる。

そしてこれは③にみるように、金堂桁行南第一列までが丁度後漢尺100尺で、それに梁間２間（１間12.5×２）25尺で中心線になるわけで、それで後漢尺125尺で破綻はない。

④金堂中心線～講堂中心線、実数では、奈良尺193.15尺、後漢尺では242.79尺〔表９〕。少々深読みすれば、奈良尺200尺、後漢尺250尺という所だろうか。大岡氏挿図27復原図では175.0と示されるが、挿図26実測図で188.3尺とあれば、そのような数字にはならない。よくわからない。

⑤東西両塔各中心間の距離で、多くの人が注目する所であるが、早くから奈良尺説で、240尺で通説になっている。が、筆者は表９にもみるように、後漢尺300尺とみる。割合では、奈良尺８＝後漢尺10であるからそれでよいわけで

ある。これは先に述べるように、現東塔全長を、後漢尺150尺とみると、東西両塔合わせた数値は150×２＝300であり、蓋然性は高いと思う。又、先記①のように、南大門中心～両塔間中心線を後漢尺200尺とみれば、両塔間300尺という両者の２：３の数的対比が、それらしい。

以上、およそ数値の知られる堂塔主要部分の相互間の例であるが、上記のように奈良尺とみるよりも後漢尺とみる方が、より妥当であろうと思う。

そしてこれは、先述来の現本尊の台座の尺度、聖観音像の尺度、あるいは東塔自体の尺度、本薬師寺東塔跡、金堂跡など、いずれも後漢尺仕様とみられ、すべてに通じるということは、薬師寺という寺は本薬師寺も平城薬師寺も、後漢尺仕様の寺と断定して差支えあるまい。

終　　章

薬師寺創建に関する天武天皇九年の誓願の記から持統、文武朝にかけての『日本書紀』、『続日本紀』のいくつかの記は、これまで論じられたものをみても、確かに難解であるが、私見を端的に云えば、天武帝は観音信仰者であったろうということから入りたい。

それは天武崩御直前、『書紀』（二十九）に、次のような記が目にとまる。

朱鳥元年秋七月条「是月、諸王臣等、為二天皇一、造二観世音像一。則説二観世音経於大官大寺一。」

同年八月庚午条「当二天皇一度僧尼一百。因以、坐二百菩薩於宮中一。読二観世音経二百巻一。」

『日本古典文学大系　日本書紀 下』（480頁頭注）に、七月条の観世音像について、「大安寺資財帳に繡菩薩一帳を載せ、「右以二丙戌年七月一、奉為二浄御原宮御宇天皇皇后并皇太子一奉造請坐者」とあるのは、それと関係があろう」と、指摘がなされている。刺繡の観音像であったと推察される。

要は天武帝は観音信仰であったが、持統帝は何らかの縁で薬師信仰に入られたものとみえ、多分、天武崩御後、その薬師信仰が前に出ることによって、天

武帝の「観音信仰」は影が薄くなっていったというような印象をうける。

やや時代が降るが、聖武帝の世、皇太子が病になった時、

勅、皇太子寝病、終レ日不レ愈、自レ非二三宝威力一、何能解脱二患苦一。因レ茲、敬造二観世音菩薩像一百七十七躯并経一百七十七巻一、礼佛転経、一日行道、縁二此功徳一、欲二得平復一、（下文略）　（『続日本記』神亀五年八月甲申条）

聖武帝が、観音の力によって皇太子の病の平癒を祈る具体的所作、「礼佛転経、一日行道」とみる。その皇太子の所を、天武帝の時、皇后とおき替えれば、その時の様子がしのばれよう。そして皇后は「由レ是、得二平安一」と回復されたが。

つまり観音信仰者の天武帝が皇后の病気平癒を祈願したのは観音であって薬師ではなかったと思う。そして現東院堂の聖観音像こそが、誓願のそれであったろうと筆者は考えたい。

天武帝は観音信仰、持統帝は薬師信仰と述べたが、当時、この現世利益的な二つの信仰が民間でも行われていたことを端的に示す記がある。『日本書紀』持統三年秋七月壬子朔条「付二陸奥蝦夷沙門自得、所請金銅薬師像、観世音菩薩像、各一軀、鐘・娑羅・寶帳・香爐・幡等物一。」東北へ帰る沙門に金銅の薬師、観音像を付すというのは、その二つの現世利益を求める人が多かったのだろう。当時の一般の信仰形態の一端を示している。

薬師経の写経はさほどみないが、書写供養の功徳を謳う法花経、その一品観音経は奈良朝でも盛んに書写された。例えば正倉院文書天平19年の「写経料紙納受帳」（『大日本古文書』巻９、450頁）には「右觀世音經一千巻之内料」として、麻紙一千余張、又、天平勝宝６年の「経紙出納帳」（『同上』巻３、610頁）には、大納言藤原卿（仲麻呂）の宣によって「花厳経一千巻観世音経一千巻」奉写の為、「穀紙貳萬陸千余張」を計上するなど、あるいは百巻書写、あるいは美しい彩色紙への書写など、人々は競って安穏を祈って、観音経の書写供養をした。

観世音菩薩普門品の偈文中には、万人の願い「生老病死苦　以漸悉令滅」を願ってのことである。

また「或遇悪羅刹　毒龍諸鬼等　念彼観音力　時悉不敢害」ともみえ、元々現聖観音像の台座と筆者推定する、いま薬師如来本尊が座す台座腰部四面にみる裸形褌姿のものは、その悪羅刹、また風字状のものは、鱗状にもみえるので偈文の毒龍の姿ともみえ、それらが観音の力によって悪害を封じ込められる姿を示したものかもしれない。

つまり天武帝は上述、当時の観音信仰の風潮のなかにあっての観音信仰者で、天武九年の皇后の病気平癒は観音に祈念したのであって、現聖観音像こそ、その天武帝祈念の観世音菩薩であったろうと。

さて、終章に当って、問題点をあらかじめ述べれば、本薬師寺は、観音信仰者であった天武帝誓願の寺で、本尊は聖観音像。平城薬師寺は薬師信仰者であった持統帝所願の寺で、本尊は薬師如来像であった、と考える。

そして本小論の一つの主題、古代尺、ここでは後漢尺という点からみれば、平城薬師寺の現金堂本尊薬師如来像、日光・月光の三尊、そして講堂の三尊は後漢尺では割切れない、他の尺度による造立と思われ、その他は総てが後漢尺仕様である、ということである。これはきわめて重要な指摘をなしえたと思っている。

具体的には、Ⅰ～Ⅳに述べるように、現薬師寺本尊薬師如来が座す台座、聖観音像、東塔、本薬師寺伽藍跡、それを引継ぐ平城薬師伽藍、みな後漢尺仕様である。となると、平城薬師寺の薬師三尊像が他尺であることは、そのなかで孤立的、きわめて少数派ということになる。このような点が通例の様式論ではつきとめられないことである。

これは、後漢尺が造営基準尺という大きな流れがあって、それのなかに、薬師三尊は後発的に、その流れに入ってきたもの、としか云いようがない。平城の現本尊、薬師如来座像の台座ですら、Ⅰで詳述するように、紛れもなく後漢尺仕様なのである。本来的に像・台座が一体のものでない、と考えられる。

天武九年紀、天武発願当初の造仏は、そうした流れのなかで考えれば、薬師如来ではなく、後漢尺10尺の聖観音像がそれで、それ以外は考えられない。確

かに『書紀』には「則為二皇后一誓願之、初興二薬師寺一。」とはあるが、その文は後に平城薬師寺が整ってからの作文で、当初は「興寺」程度であったろう。“本薬師寺”の名が、いつからのものか知らないが、これも寺名が付く前に、上記のように本尊が変転して、薬師が本尊となり、平城が薬師寺となったので、藤原は本薬師寺となったのだろう。該当地の大正13年の顕彰碑では「元薬師寺」となっている。

以下具体的に述べれば、薬師寺関係は上記薬師三尊像以外はみな後漢尺仕様であり、その中でも、Ⅱで詳述する、いま東院堂内に立つ聖観音像は、完全な後漢尺仕様で、しかも全高がその10尺という見事な整数値であることを強調しておきたい。これは薬師寺（本薬師寺も含め）の建物、あるいはその跡地、伽藍配置がすべて後漢尺仕様であることによく一致し、ひいてはこの聖観音像こそが、本薬師寺の草創期の根本的本尊として造立された像であったと考えてよかろう。これも尺度論からでこそ云い切れることである。そして、その尺度を基本として全体計画が考えられた、という見方も可能であろう。

そうしたなかにあって現金堂の薬師三尊像、講堂の三尊像は後漢尺で割切れない。それに当てはまらないことは上記の通りであるが、それとは別に本尊薬師如来座像には、又別の大きな問題点がある。

それは、これまでの先学が誰しも疑うことがなかったようだが、今その薬師像が座す台座、即ち宣字形台座は、元もとは現東院堂の聖観音像の台座ではなかったか、ということである。それはⅠに詳述するように、その台座は完全な後漢尺仕様で、今、その上に座す薬師座像は後漢尺ではない。むしろ今、全く離れた場所に立つ聖観音像が後漢尺仕様で合うということである。

現状は、後漢尺仕様の台座の上に他尺仕様の像が座しているということ。勿論それでもよいのではと、云われればそれまでであるが、多少とも合理的に考えれば、本来セットのものならば同一尺度のものだろう。

現状を疑問に思う今一点は、その台座は、先にⅠで指摘したように、その上框正面上下二段の表面、本来あるべき上段の葡萄唐草文、二段目の宝珠文の、

それぞれの所に削除痕があり、要は二次的工作痕のあることで、それは現薬師座像が、その台に座す際に行われた工作であろうことを述べたが、またその台座腰部四面の図様は、少なくとも正面のは、現座像の懸裳下にかくれ、正面からははっきり見えないわけで、必要のない図様であり、やはり二次的利用としか考えられない。

さらに今一点は、現場に行ってみないと、わからないことだが、台座正面、懸裳下辺あたりにそって、金色が施されている。これは待合所にある模造品にもはっきり表わされているのを見ることができるが、台座の他の三面には見ることのないものである。メッキなのか塗色なのかは、わからないが、要はこれも台座二次利用の際、薬師の懸裳に調子を合わせた工作であることは疑いない。

そして本来と思われる聖観音像が、その台座上に立った具体的な姿。図４の台座上に図５の聖観音像が立った姿は図13のような姿になる。Ⅰで検討した後漢尺寸法の台座上にⅡで説明した聖観音像が後漢尺寸法の数値を入れて台座上に立つと、そのような寸尺単位での姿になる。ここで肝心なことを申し添えておきたいのは、像にしろ台座にしろ、当今のcm単位にいく種かの古代尺の実寸をあててみて、はっきり双方が整数として割切れるのは、奈良尺でもなく、唐尺でもなく、その他でもなく、後漢尺だけである、ということ。よって、これら像、台座が共に後漢尺仕様であることはゆるがない。

そして全体的に復元図〔図13〕の寸尺をみても破綻なく、実に堂々たる姿で、この案はほぼ受け入れてもらえると思っている。

そこにみる後漢尺数値を具体的にみれば、台座の上框の横幅12尺、その12尺の中心に像の中心をおけば、観音像の蓮花座の框幅は４尺、その各両側それぞれ４尺の空間、計12尺となる。要は12尺を1/3ずつでまとめる。そして最底辺の台下框の横幅は14尺。これは上記上框幅の12尺より２尺多いが、左右各１尺ずつのふりわけで、裾ひろがりの姿とする。寸分の隙なく誠に明快である。

また台座の高さであるが、いま図面に6.5尺と記すが、先のⅠの台座の項で述べたように本来は６尺とみられ、これは台座上框の上段幅が12尺である点か

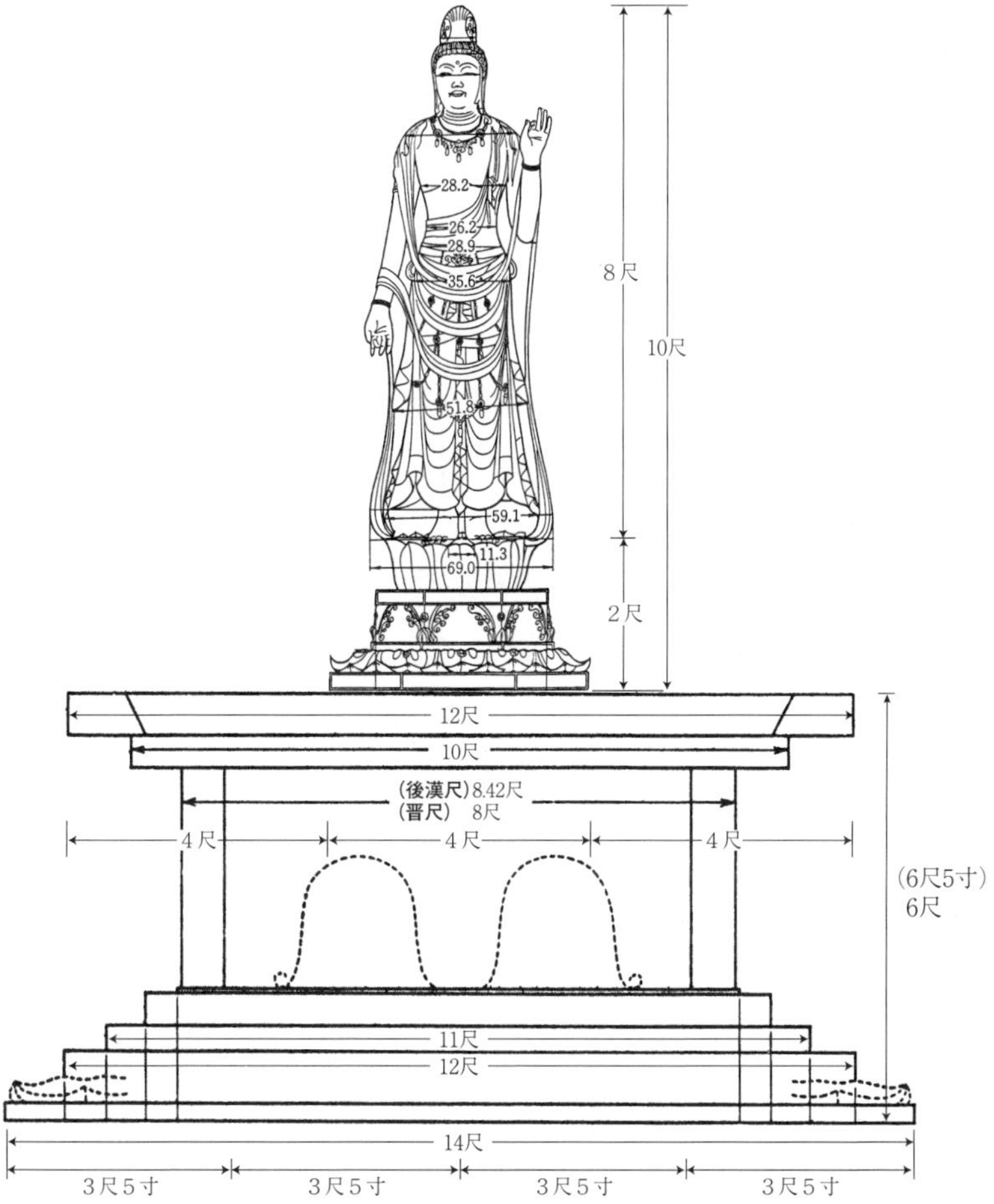

図13　薬師寺聖観音菩薩像・台座復原案(後漢尺単位)
(『大観』6、挿図33・39を基に作図)(台座は本論図4、33頁)

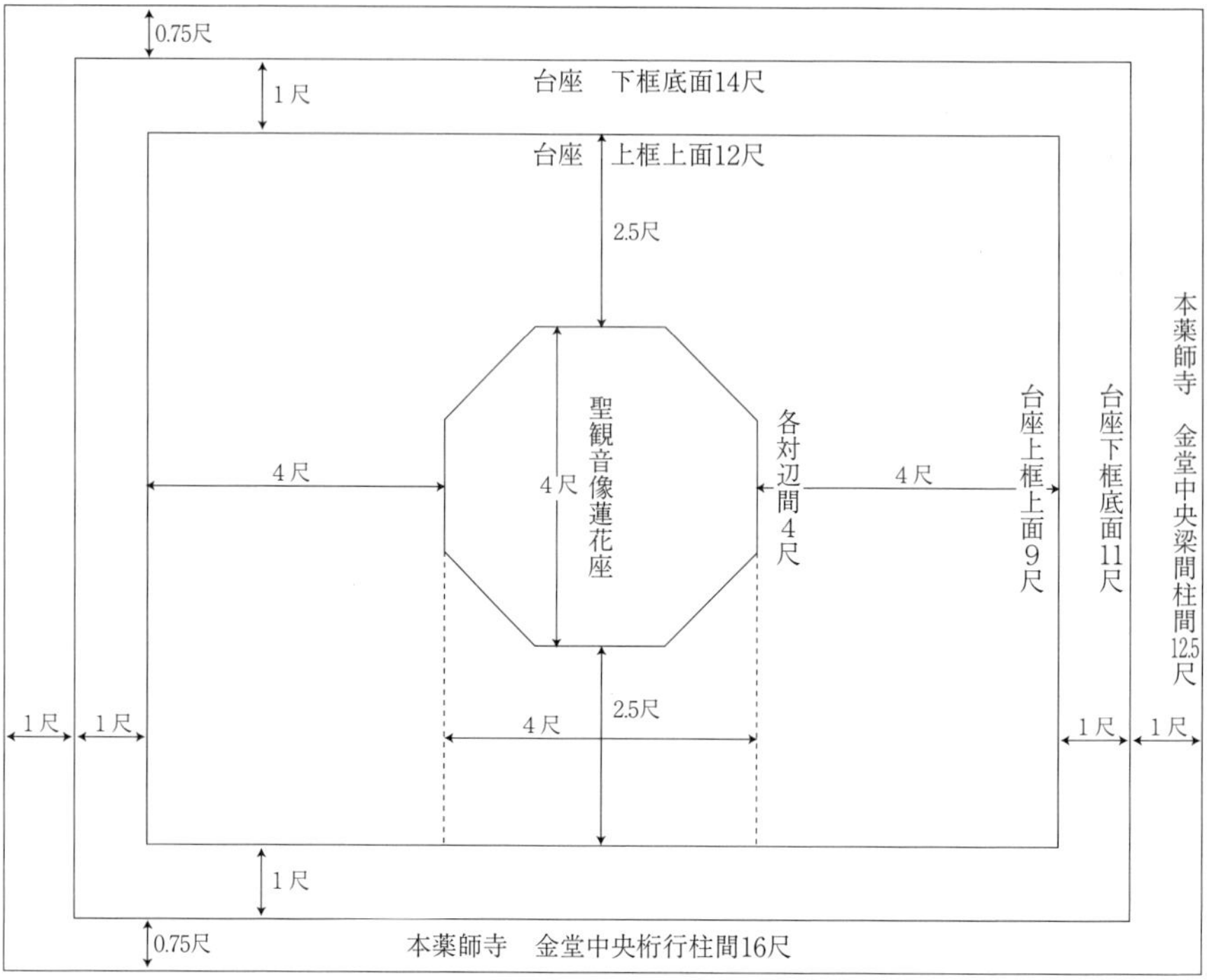

図14　本薬師寺金堂中央部における聖観音像と現薬師如来座像台座合祀想定図（後漢尺単位）

らも、その1/2、６尺が妥当であろう。とすれば、台座上に聖観音像が立っての総高16尺、台座上幅12尺、高さ６尺、下幅14尺と、誠に整然とした後漢尺での数値が並び、像と台座の両者が本来というか、当初からこのような姿であったろうと思われる。奈良尺や、やや短かい天平尺などという尺度ではこのような結論はみちびき出せないこと申すまでもない。

次に俯瞰平面的にみるとどうなるか、を図示したのが図14である。一番外側の枠は、そこに示すように、本薬師寺金堂跡中央部の一間の桁行、梁間の寸法である。先学はそこを桁行１間を奈良尺12.5尺、梁間１間を10尺としたが、筆者はⅣ〔図12〕に示すように桁行１間後漢尺16尺、梁間12.5尺とするが、今、聖観音像の台脚と目するものの後漢尺での実寸を書入れてみると、ぴたりと納

まる。その台座底面寸法は左右幅後漢尺で14尺、奥行11尺であるからI〔図4、表3－1・2〕、図14にみるように、桁行空間は左右幅各1尺、梁間空間奥行前後各0.75尺で納まる。又、台座底面と上面の左右幅は上記でふれるが、2尺の差で、ふりわけ各1尺、奥行前後は底面11尺、上面9尺で、2尺差ふりわけ各1尺と明瞭である。そして台座上面に聖観音像を置いた正側面は上記の通り全12尺の三等分のふりわけ、奥行前後は図にみるように中央観音台座4尺で、前後空間各2.5尺で、9尺で寸分の誤差なく中央に納まり、更にはこの本薬師寺の金堂中央の桁行1間16尺は、聖観音像がその台座上に立った総高16尺と一致するということである。

なお上記の平面の横幅、奥行の寸法比を記しとどめおけば、金堂空間比16：12.5＝1：0.781、台座下框底面比14：11＝1：0.786、台座上框上面比12：9＝1：0.75丁度である。当然ながら一定率で割出されている。

かつて先学は本薬師寺金堂の梁間、桁行寸法を奈良尺としたが、上述のような結論になれば、そうではなく、筆者案のようにいささかの微瑕もなく総て後漢尺による設計と断案できる。

かくして金堂空間の規模は、上記聖観音像がその台座の上に立った時の寸法によっているとみられ、その寸法と深くかかわっていること、あるいはそれによって策定されたように思われることは、その台上に立つべき聖観音像こそが本薬師寺での根本となる像で、本尊と称すべき像であることは疑いない。その台座寸法、後漢尺で正面底幅14尺、同奥行11尺が納まるよう、また観音像がその台座上に立った総高後漢尺16尺が桁行1間と同寸であることなどを基準としての構成であったろう。

聖観音像が、いま薬師如来座像が座す台座中央に立った姿、それは寸法的に立体側面からみても、俯瞰的平面からみても過不足なく均衡のとれた姿で、筆者推定通り、本来は聖観音の台座で、後漢尺工匠集団によって同時に製作されたものであろうことは疑いないだろう。

そしてこの聖観音がその台座に立った時、金堂内ではどうなるか、m寸法で

後漢尺16尺は約3.8m、やや高いかと思うが、現在、金堂内の日光・月光像が、『大観』（6、55頁）によると、それぞれ3.7m余でほぼ近い数値であり、しかもそれらは、いま白石基壇の上に立っている状態からみて、そう違和感はないだろう。

そして今、東院堂に安置されているが、実はその東院堂は、中世の改変をうけた姿になっているが、かつての本薬師寺の金堂の遺構そのものではないだろうか。そして安置の姿、それがかつての姿ではないか。天武帝発願で実現した草創期の姿を伝えているのではないかと、考えてみたい。

「現在の東院堂はもと南面していたのを享保十八年（1733）に西面させた」（『大観』6、31頁上段）と、その南面とはかつての旧金堂の旧状の姿を引継いでいるとみるべきだろう。

筆者のこの発想は、東院堂が、古尺いわゆる後漢尺を用いた様相をとどめると同時に規模的に本薬師金堂跡のそれと全く同じ、あるいは近いことによる。『大観』は、造営尺（29.54cm）（奈良尺１尺・筆者注）の関係から天平時代も早い頃の造立ともいい、また鎌倉時代の仏堂の代表的なものともいうが、要はその二面性を感じとってのことだろうが、上記『大観』（6、31頁下段）の「造営尺は現尺の〇・九七五ほどに当り」、この点は正しく既述のように後漢尺との対比は10：８で古様であることを予感さす。

ここで改めて、現「東院堂平面図」（『大観』６、31頁）が示す数値と、大岡、足立両氏の本薬師寺金堂跡の測定値とを対比すれば、その梁間４間の総数値は、両者全く一致する（現東院堂11.786m、大岡説11.755m、足立説11.756m）、これは奈良尺説で、39.9尺（『大観』）、39.79尺（大岡）、39.80尺（足立）となり、40尺４間で、１間10尺。筆者後漢尺説で50.15尺（『大観』）、50.02尺（大岡氏数値）、50.03尺（足立氏数値）で、50尺、４間で１間12.5尺。これはⅣで述べた本薬師寺のそれに全く一致する。

次に桁行だが、これは鎌倉期の改変があってか、やや広くなる。それは主に正面中央辺りで、正面観を主眼として改装したのか。ただその両端は2.954mと、

奈良尺10尺、後漢尺12.5尺の古様をとどめる。

その桁行全長は『大観』が24.270m、これは奈良尺で82.16尺、後漢尺で103.28尺。また本薬師寺金堂では、大岡説23.146m、足立説23.177mで、約１m東院堂が長くなっている。これらは奈良尺で、78.4尺、78.5尺。後漢尺で98.5尺、98.6尺。金堂跡よりやや延びているが、後漢尺で約100尺とみて、梁間との関係は50：100で本薬師のそれに一致する。桁行では中央３間の合計は11.818mで、/23.5で50.29尺。これは梁間４間と一致、後漢尺の痕跡をとどめる。

以上、現東院堂の規模を検討するに、本薬師寺金堂跡の寸法と非常に近いものであり、現に聖観音像が安置されているという事実は、この姿こそが、かつての本薬師寺での金堂の姿をそのまま今日に伝えているように思われる。

そして今は、中世の改変で僧堂風にかわっているが、かつては、〔図13・14〕（筆者案）にみる姿で、その中央部、桁行後漢尺16尺、梁間同12.5尺の空間に、上記、聖観音像の台座と目される台座を置いて、その上に立った聖観音立像が祀られていたと想定したい。そしてその姿こそが、本薬師寺の草創期を示すものであったろう。

ここで問題が残る。それは現金堂の薬師如来座像の台座が、聖観音の台座となると、薬師像の本来の台座はどうなのか。筆者は、それは最初から造らなかったのではないかと考える。

そもそも薬師寺の端緒は、天武九年紀の皇后不予平癒を祈念するにはじまったものであるが、この終章の初めに記すように寺の造作の大きな流れは、後漢尺という尺度のもとに、現聖観音像（後漢尺10尺）を本尊とした寺であって、薬師像ではなかった。でも同上紀に「薬師寺」とあるではないか、と、大勢はそう叱するだろうが、それはやや後に、薬師像が造られ寺が盛大になってから、そのルーツをそこに求めたからであろう。天武帝の発願時は、本尊は聖観音で、すべては後漢尺工匠集団によって進められていたが、しかしその後、天武帝崩御になり、そのあたりからであろう、持統帝が薬師信仰に傾倒されて、薬師三尊像の造立ということになり、寺も薬師寺となったということではないか。

それに伴う問題は、いわゆる本薬師寺にはこれまで述べる聖観音像が本尊として祀られているところに、平城薬師寺に薬師三尊像がつくられ、寺としての信仰的整合性が問われることになったのではないか。そこで考え出されたのが、天武帝所願の聖観音像の台座を持統帝発願新造の薬師如来座像の台座に用い、両者を合わせて一体化し、両天皇各所願のものを、いわゆる合祀の形式としたのが、今の金堂の本尊の姿ではなかったか。

そしていわゆる本薬師寺には、聖観音像が本来の台座をはずした姿、今、東院堂にみるような姿で藤原京にとどまっていたと。したがって寺の名前としては、本来は「観音寺」とでもすべきを、平城との関係もあって、「本薬師寺」と称しているのではないかと思う。

宮上茂隆氏が、『薬師寺伽藍の研究』の「序」(15頁)に、

> 藤原道長(九六六〜一〇二七)が本薬師寺に参詣した事実を証明して、当時まで本薬師寺の金堂が存在し、容易に人の入堂を許さなかったことを明らかにするとともに、その閉鎖的秘密性は同堂が天武天皇の廟堂的性格を有したことと関係があろうと推定した。

と。筆者は、この小論をまとめている最中から、上記の意見に同調する気持が強かった。それは、平城薬師寺が、薬師像を本尊として寺観を整えるなかで、聖観音像は、道長の時代までかどうかは判らないが、本薬師寺で、おそらく秘仏のような格好で長くとどまっていたのではなかろうかと思われるからである。

それは聖観音像が壬申の乱の勝者でもある偉大な天武帝誓願の像で、何人も侵すことの出来ない神聖な像であり、その意味では聖観音像安置の本薬師寺金堂それ自体、宮上氏の「廟堂的」であるとは、的を射た言葉であろうと思うからである。

図15　新羅時代（筆者蔵）
後漢尺塔身幅１寸、塔身高２寸。

注

（１）　關根真隆「正倉院古櫃考」（正倉院事務所編『正倉院の木工』日本経済新聞社、昭和53年）。

（２）　関野貞「法隆寺金堂塔婆及中門非再建論」（『史学雑誌』第16編２号、明治38年）。

（３）　中国国家計量総局主編『中国古代度量衡図集』（文物出版社、1981・88年）。

（４）　山田慶児、浅原達郎訳『中国古代度量衡図集』（みすず書房、1985年）。

（５）　関野雄『中国考古学研究』「Ⅳ　尺度と重量単位の解明」（東京大学出版会、1956年）402頁。

（６）　岡崎敬『「漢委奴國王」金印の測定』（『史淵』第100号、九州大学文学部、1968年）268頁～。

（７）　松嶋順正編『正倉院寳物銘文集成』（吉川弘文館、昭和53年）。

（８）『正倉院宝物10』（南倉Ⅳ、毎日新聞社、平成９年）222頁。

（９）　尾形充彦『正倉院染織品の研究』（思文閣出版、2013年）116頁注12。

(10) 『湖南省博物館』(中国の博物館２、講談社、1981年)。
(11) 佐藤武敏『中国古代絹織物史研究　上』(風間書房、昭和52年)。
(12) *"ON ANCIENT CENTRAL-ASIAN TRACKS"*, STEIN, LONDON, 1933, pp.62-63.
(13) 『大英博物館 芸術と人間展　*The Treasures of the British Museum*』(図録発行　日本放送協会・朝日新聞社、1990年) 図No.173、168頁。
(14) 東京国立博物館編『法隆寺献納宝物』(便利堂、昭和50年)。
(15) 『奈良六大寺大観』第10 東大寺２ (岩波書店、1968年)。
(16) 文化庁監修『重要文化財１　彫刻Ⅰ』(毎日新聞社、昭和47年)。
(17) 文化庁監修『重要文化財２』。
(18) 松原三郎「大仏の道——唐代の大仏——」(『古美術21 (特集 大仏建立)』、三彩社、1968年)。
(19) 浅野清「正倉院校倉屋根内部構造の原形について」(『書陵部紀要』第７号 正倉院特集、宮内庁書陵部、昭和31年)。
(20) 福山敏男『日本建築史研究』(墨水書房、昭和43年)。
(21) 浅野清『奈良時代建築の研究』(中央公論美術出版、昭和44年)。
(22) 浅川滋男『建築考古学の実証と復元研究』(同成社、2013年)。
(23) 大岡實「興福寺」『南都七大寺の研究』(中央公論美術出版、昭和41年)。
(24) 關根真隆「古代尺よりみた法隆寺遺宝」(大取一馬編『典籍と史料』、龍谷大学仏教文化研究叢書、思文閣出版、2011年)。
(25) 宮上茂隆『薬師寺伽藍の研究』(草思社、2009年)。
(26) 大岡實「薬師寺」(『南都七大寺建築論』第二編、昭和4年)。
(27) 足立康「薬師寺伽藍の研究」(『日本古代文化研究所報告　第五』、昭和12年)。
(28) 花谷浩「本薬師寺の発掘調査」(『佛教藝術』第235号、1997年)。
(29) 佐川正敏「山田寺跡の発掘調査」(『佛教藝術』第235号、1997年)。
(30) 『山田寺発掘調査報告　本文編』(創立50周年記念『奈良文化財研究所学報』第63冊、奈良文化財研究所、2002年)。
(31) 岡田英男「飛鳥時代寺院の造営計画」(奈良国立文化財研究所学報 第四十七冊『研究論集Ⅷ』奈良文化財研究所、平成元年)。
(32) 岸俊男「古代地割制の基本的視点」(『古代の日本９　研究資料』角川書店、昭和46年)。
(33) 町田甲一『薬師寺』(グラフ社、昭和59年)。

(34)　斎藤理恵子「東院聖観音像」(大橋一章・松原智美編『薬師寺　千三百年の精華――美術史研究のあゆみ――』里文出版、平成12年) 132頁～、146頁～。

(35)　上原昭一「飛鳥・白鳳彫刻」(『日本の美術』No.21、昭和43年)。

(36)　東京美術学校編『薬師寺大鏡』(大塚巧藝社、昭和8年)。

(37)　沢村仁ほか『薬師寺　東塔』(岩波書店、1974年)。

(38)　関野貞「薬師寺東塔考 下」(『國華』第158号、明治36年)。

〈追記〉おわりに、本拙稿を本論集に加えていただいた大取一馬先生のご配慮に心から御礼を申上げます。そしてこの複雑、面倒な稿を手際よく整理していただいた思文閣出版の編集部、とくに大地亜希子さんに御礼を申上げます。